Uschi Zietsch wurde 1961 in München geboren.
Nach ihrem Studium der Rechtswissenschaften, Theaterwissenschaft,
Geschichte und Politik machte sie ihren kaufmännischen Abschluss
an der IHK. Bis Mitte 1996 war sie neben dem Schreiben hauptberuflich
im Marketing/Vertrieb tätig. Seither ist sie freischaffende Schriftstellerin.
1986 veröffentlichte sie ihren ersten Fantasy-Roman »Sternwolke
und Eiszauber«. Bis heute folgten über 100 weitere Publikationen.
2008 belegte sie den ersten Platz beim Amnesty-International-Literaturpreis-
wettbewerb. Uschi Zietsch lebt mit ihrem Ehemann, diversen Tieren,
Autos und Motorrädern im bayerischen Unterallgäu.

Weitere Titel der Autorin

Uschi Zietsch

FYRGAR

Volk des Feuers

BASTEI
LÜBBE
TASCHENBUCH

BASTEI LÜBBE TASCHENBUCH
Band 28 549

1. Auflage: Januar 2011

Bastei Lübbe Taschenbuch in der Bastei Lübbe GmbH & Co. KG

Originalausgabe

Copyright © 2011 by Bastei Lübbe GmbH & Co. KG, Köln
Textredaktion: Monika Hofki
Titelillustration: © Guter Punkt unter Verwendung von Motiven
von Shutterstock und Kira Sánta, Budapest
Umschlaggestaltung: Guter Punkt, München
Autorenfoto: Uschi Zietsch
Satz: Urban SatzKonzept, Düsseldorf
Gesetzt aus der Goudy Old Style
Druck und Verarbeitung: CPI – Ebner & Spiegel, Ulm
Printed in Germany
ISBN 978-3-404-28549-5

Sie finden uns im Internet unter
www.luebbe.de
Bitte beachten Sie auch: www.lesejury.de

Der Preis dieses Bandes versteht sich einschließlich
der gesetzlichen Mehrwertsteuer.

Inhalt

So gehe denn durch das Feuer.

Möge es dich ewig begleiten, dich leiten und schützen, und dir Heilung spenden. Mögest du Teil werden der Urkraft und ihr Hüter. Gib das Feuer weiter in Dankbarkeit und Demut, um zu leiten, zu wärmen und zu dienen. Bewahre, was dir gegeben wurde, und halte es in Ehren. Missbrauche niemals seine Macht und nimm sein Urteil an, sobald es gefällt ist.

Das Feuer ist dein Baiku, und dein Baiku ist das Feuer.

Und dies bist du: Fyrgar.

ERSTES LEBEN

Das stolze Kind

1.

Der halbe Mensch

Aldavinur hätte auf den Rat hören sollen.

Nur wie hätte er ahnen können, was daraus erwachsen würde. Wie hätte er vom Verborgenen wissen sollen, das schon so lange existierte und nun erst zutage trat, wenn es doch nicht einmal die Götter erkannt hatten.

Aber Aldavinur war es, der den Fehler beging, ans Ende seiner Weisheit zu gelangen.

Der Morgen tropfte kühl auf den Fyrgar herab. Spinnweb war angebrochen und färbte die Welt vor seinen Augen grau. Der schwere Sturm der vergangenen Nacht hatte endlich nachgelassen, doch es sah nicht so aus, als würde das Wetter bald besser werden. Schwarze Wolken zogen zwischen den Gipfeln hindurch, und jedes Mal, wenn sie sich an schroffem Gestein stießen und sich verletzten, weinten sie bittere Tränen, die schwer auf Aldavinurs Fell platschten. Er schüttelte sich, und die Fontänen aus seinen Haaren vereinigten sich mit dem Wolkenblut und prallten auf Felskanten, fielen weiter hinab auf Klippen und Grate, sprangen in Rinnen und Gräben, flossen zusammen und schwollen weiter an. Breite Ströme ergossen sich in Schluchten und Senken wie Wasserfälle und rauschten in schäumenden Fluten immer steiler hinab in die ferne Welt dort unten, die darob zu bedauern war, fand Aldavinur, denn sie war schutzlos ausgeliefert.

Die langen Grannenhaare legten sich wieder eng über das Unterfell, damit keine Feuchtigkeit hindurchdringen konnte, doch Aldavinurs Kopf und seine Pfoten waren triefnass, und dementsprechend mürrisch war seine Miene. Einige Angehörige seines Volkes schätzten den Regen, aber er gehörte nicht dazu. Die dichte Winterwolle seines blauschwarzen Fells saugte sich bei zu lange andauernden Schauern voll, wurde prall und schwer, und nahm ihm jeglichen Schwung in der Bewegung. An Jagd war dann kaum zu denken.

»Meister!«

Eine Stimme, hell wie ein Glockenläuten, drang in seine trüben Gedanken, schob den grauen Schleier einfach fort und ließ für einen Augenblick sogar den Regen innehalten. Aldavinur brummte und richtete die langen, spitzen Ohren auf, bewegte sie leicht in die Richtung, aus der die Stimme erklungen war.

»Efrynn, wieso bist du so früh schon auf?«

»Ich habe ein Geräusch gehört, Meister, und wollte nachsehen!«

»Geräusche gibt es hier viele, närrisches Kind, selbst die Steine stoßen Töne aus, wenn sie in der glühenden Hitze ihre Hülle sprengen oder mit dem Regen plaudern, so wie jetzt.«

Manche Flachländer dort unten suchten in einem Augenblick tiefer Lebensverzweiflung den Weg in die Berge, um Stille zu finden. Was für ein törichter Gedanke. Selbst die Kälte hatte hier oben vierunddreißig verschiedene Klänge, und erst der Ton des Schnees! Er war wechselvoll, je nach Tageszeit, oder wenn man ihn berührte. Aldavinur hatte einst an einem Wettstreit teilgenommen und als Sieger eintausendachthundert Schneetöne gezählt, doch das waren bei weitem nicht alle, die es gab. Und wie viel mehr erst erklangen bei Regen und wenn der Morgentau trocknete ... hier holten sich die Barden der Fyrgar ihre Inspiration, um ihre einzigartigen Melodien zu schaffen.

»Meister, du hörst mir nicht zu!«

»Sollte ich das?«

Das Kind sprang lachend über die Felsklippen heran. Der Regen konnte seiner glatten Schuppenhaut nichts anhaben, er perlte einfach in funkelnden Tropfen ab. Alles an Efrynn war Farbe, selbst in diesem Morgengrau. Je nachdem wie das Licht auftraf, schimmerten seine Schuppen hell oder dunkel, in allen Farben des Regenbogens, ineinandergegossen und vermischt. Purpur und Violett herrschten an Kopf und Rumpf vor, durchsetzt von zarten Blautönen; am Bauch und an den Gliedmaßen wechselte es zu Grün und Gelb. Seine Kopfhörner fingen gerade an, sich auszubilden, und auch die Schuppen an seinen Wangen wurden allmählich länger. Ebenso wuchs sein kurzer Schwanz und bildete an der Spitze Stacheln aus.

12

Die großen, stets fragend wirkenden Augen des Kindes schillerten ebenfalls vielfarbig wie edle Opale mit goldener Einfassung um die schlitzförmigen schwarzen Pupillen. Wie alle Kinder war Efrynn sehr lebhaft und kaum zu bändigen, ging jeden Tag auf Abenteuerreise und unternahm alle möglichen Versuche, sich den Hals zu brechen.

»Der Regen hört auf«, bemerkte Efrynn strahlend, als er bei seinem Meister angekommen war.

»Das ist mir nicht entgangen.«

So war es doch meistens. Nicht einmal schlechtes Wetter konnte sich bei dieser Erscheinung halten. Das Kind war von einem ganz besonderen Glanz umgeben, der weithin strahlte. Efrynn ließ bei jeder Bewegung eine unverwechselbare Melodie erklingen, der sogar die Elemente verzückt lauschten.

»Was für ein Geräusch hast du gehört, Efrynn?«, fragte Aldavinur nun.

»Ein sehr fremdes«, antwortete der Junge. »Einen Klagelaut, der von keinem Tier kam, das wir jagen. Er passte zu nichts, was hierher gehört. Und vorher gab es das Geräusch eines Aufschlags, doch ich konnte nicht erkennen, wodurch es verursacht wurde.«

Aldavinur fragte sich, ob Efrynn jemals irgendetwas entging. Was die hellwachen Sinne betraf, war er seinem Lehrmeister sehr ähnlich. Kein anderer Fyrgar war hier draußen. Anscheinend waren sie beide die Einzigen, die eine Veränderung bemerkten. Oder die anderen achteten nicht darauf. Die Wahrnehmung eines Fyrgar war äußerst fein; Aldavinur konnte sich nicht vorstellen, dass niemand sonst den Schrei gehört hatte.

Sie beschränken sich wieder einmal aufs ferne Lauschen.

Das Hören war der wichtigste Sinn der Fyrgar, er konnte kaum getäuscht werden. Und hier oben, viele Tausend Schritte über dem Talgrund, war das Gebirge karg und reizlos, und es gab weniger Farben als Töne.

»Sehen wir nach?«, schlug Efrynn aufgeregt vor. Alles, was die tägliche Gleichförmigkeit des Lernens und Rezitierens unterbrach, begeisterte ihn, und die Aussicht auf ein Abenteuer umso mehr.

Aldavinur überlegte kurz, dann stimmte er zu. »Warum nicht.«

Eine Gefahr, mit der nicht fertig wurde, würde wohl nicht drohen. Der unsterbliche Fyrgar war nicht nur Efrynns Lehrmeister, sondern auch verantwortlich für dessen Schutz, und er nahm diese Aufgabe sehr ernst. Efrynn war der kostbarste Schatz des Volkes. Dennoch konnte Aldavinur seinen Schützling nicht in Daunenfedern packen und für immer in seiner Höhle anketten. Er entwickelte sich beängstigend schnell und musste vorbereitet werden.

Außerdem würde Efrynn in seiner lebhaften Neugier nicht gehorchen, wenn er ihn jetzt zurückschickte; er würde ihm entweder heimlich folgen oder nach einem anderen, schnelleren Weg suchen, um herauszufinden, was geschehen war. Also war es besser, ihn unter seiner Aufsicht mitzunehmen und ihm gleichzeitig eine Lektion zu erteilen.

Auffordernd sah er seinen Schüler an. »Aus welcher Richtung kam das Geräusch?«

Efrynn deutete mit einer Kralle Richtung Sonnenuntergang, nach Westen, und nach unten, wo die messerscharfen Klingfelsen lagen. Das Gebiet war nicht ungefährlich. Aldavinur zögerte, ob er nicht vorschnell nachgegeben hatte, denn tatsächlich war das Geräusch von dort gekommen. Genau in jenem Augenblick, als der Sturm sich legte. Hatte der Wind sich etwa an den spitzen Felsenzähnen verfangen und war dazwischen zerrieben worden, bis er mit einem letzten Schrei erstarb?

Nein. Ein Lebewesen hatte in grellem Schmerz geschrien. Aldavinur kannte diese Art Schrei in Todesnot, die jeden, Fyrgar und Tier, gleichmachte.

»Habe ich recht, Meister?«

»Du hast recht.«

Efrynn stürmte los, und Aldavinur streckte blitzschnell seine Pranke aus, sodass Efrynn stolperte und ächzend auf den nasskalten Felsboden plumpste. Aldavinur schüttelte die Pfote, es hatte ihm beinahe das Vorderbein ausgekugelt. Efrynn hatte ordentlich an Gewicht zugelegt. Das nächste Mal konnte er ihn vielleicht nicht mehr aufhalten. »Du gehst *hinter* mir, verstanden?«

»Ja, Meister«, murmelte Efrynn und neigte den Kopf mit griesgrämiger Miene.

14

Ja, der Junge wuchs heran. Er war nicht mehr weit entfernt von der zweiten Stufe seiner Entwicklung. Vom Schüler zum Meister.

Aldavinur maß kurz die Entfernung, schätzte mit den Augen den Weg ab, dann spannte er die Oberschenkelmuskeln an und sprang mit einem geschmeidigen Satz hinunter auf den nächsten Vorsprung. »Schlaf nicht, Junge!«, rief er zu Efrynn hinauf, der einen Jubelschrei ausstieß. Ein rasanter Abstieg stand bevor, der Efrynns Gleichgewichtssinn und Geschicklichkeit einiges abverlangte.

Aldavinur wollte so schnell wie möglich der Ursache des Schreis auf den Grund gehen. Jeder Moment zählte. Der Tod kam schnell in den Bergen, erst recht zu dieser Jahreszeit, wenn die Felsen nass und kalt waren. Und nicht alle waren so zäh wie Fyrgar.

Der Weg verlangte große Sprünge über klaftertiefe Abgründe, und Landungen auf schmalen Felsgraten oder lockeren Brocken, auf denen jemand von Größe und Gewicht der beiden Fyrgar nicht länger als einen Atemzug verweilen durfte. Der richtige Absprungwinkel zum nächsten Ziel musste mit traumwandlerischer Sicherheit gefunden werden, zum Innehalten und Nachdenken war keine Zeit.

Es hatte aufgehört zu regnen, und hie und da brach sogar ein Sonnenstrahl durch die grauschwarzen Wolkenballungen. Aldavinurs feuchtes Fell glänzte wie schwarzblauer Schwertstahl, wenn er lang gestreckt zwischen Himmel und Abgrund dahinflog, und Wassertropfen sprühten in einem feinen Nebel auf, sobald seine schweren Pfoten festen Untergrund erreichten und er die gelben Krallen ausfuhr, um im Gestein Halt zu finden.

Ab und zu musste Aldavinur auf einem Vorsprung innehalten. Trotz seiner Jugend und Stärke und trotz seines Draufgängertums schaffte Efrynn es noch nicht, mit ihm Schritt zu halten. An seiner Gestalt lag es nicht, diese war wie geschaffen für das Gebirge, schlank und geschmeidig, mit beweglichen, muskulösen Gliedern, und er war sehr geschickt durch das ausdauernde Üben. Aber er war immer noch ein Kind und beherrschte seinen Körper bei Weitem nicht so vollkommen wie sein Meister.

Wie ein Regenbogen flirrte er durch die Luft im nächsten Sprung und kam außer Atem bei seinem Lehrmeister an. Er schnappte kurz nach Luft, sein Kopf ruckte hoch, und seine Nüstern blähten sich. »Meister, ich wittere etwas . . .«

Aldavinur nickte und deutete mit ausgestreckter Kralle nach links, ungefähr fünfzig Höhenschritte unter ihnen. Spitz und steil ragten die Klingfelsen auf, voller Zacken und Sporne. Abweisend gegen jeden, der keine Flügel besaß oder nicht mehr als vier Beine.

»Meine Eltern haben mir verboten, dorthin zu gehen«, sagte Efrynn.

»Aus gutem Grund«, erklärte Aldavinur. Er hatte den Jungen in letzter Zeit einige Male dabei ertappt, wie der sich heimlich hinunterschleichen wollte. »Du musst sehr vorsichtig sein und darfst keinen falschen Schritt tun. Sprich nicht, stoße keinen Laut aus. Halte dich genau an meine Anweisungen!«

Vorsichtig kletterte er den steilen Felsgrat hinunter. Hier, zwischen den Bergen, trafen verschiedene Luftschichten aufeinander und erzeugten ihren eigenen Wind, der sich niemals über die Grate erhob, sondern durch die Schluchten und Täler donnerte, schneller und zerstörerischer als ein Wolkensturm.

Dieser Wind war es auch, der die Klingfelsen umwarb und umschmeichelte, der mit ihnen spielte wie auf einer Harfe und ihnen Lieder entlockte, die von Krallen handelten, von Blut und Tod, von Schneidschlingen und Würgenetzen, von Giftzähnen und Stacheln. Es waren schaurige Lieder, die dem, der ihre Sprache nicht verstand, allein schon wegen ihres Klangs die Haare zu Berge stehen ließen.

Die Fyrgar ertrugen diese schrillen Misstöne nicht, und für Aldavinurs besonders empfindliche Ohren waren sie eine Qual. Es fiel ihm schwer, Gleichmut zu bewahren und die Klingfelsen als Teil des großen Ganzen zu sehen. Hohn und Spott verbreiteten sie über die Täler. Nicht einmal Flechten konnten dort wachsen, wo deren Schall hindrang.

Nur eine einzige, zumeist sehr verborgene Lebensform gedieh in harmonischer Eintracht mit den spitzen, schmalen, messerscharfen Felskanten, die aufragten wie gebogene Zähne und Stacheln. Es gab nur wenige Stellen dort unten, an denen Pranken oder Hände Halt fanden, kaum Überhänge und Hochflächen, nur Löcher, Spalten und Höhlen, in die kein Licht eindringen konnte, aus denen nur Finsternis herausdrang. Viele der kleinen Löcher waren rund und so angeordnet, dass der Wind hindurchstrich wie bei einer Flöte und das schaurige Konzert nur noch verstärkte.

Efrynn schob sich neben Aldavinur, und er konnte sehen, dass dem Jungen nun doch etwas von seinem Forscherdrang und Mut abhandengekommen war. Mit dem Kopf nach unten zu verharren behagte ihm nicht sonderlich, und der Blick hinüber war wenig erbaulich. »Meister, es klingt furchtbar«, flüsterte er seinem Beschützer zu. Seine Wangenschuppen sträubten sich. »So schlimm hat es sich noch nie an angehört . . . «

»Sie rufen zur Jagd«, murmelte Aldavinur. Efrynn war manchmal recht ungeschickt. Er hatte gerade zugegeben, dass er sich schon mehrmals heimlich hierhergeschlichen hatte. Doch der Lehrmeister verzichtete auf eine Ermahnung. »Das sind nicht nur die Felsen, die da singen. «

»Aber ich sehe nichts . . . «

Auch Aldavinur konnte nichts erkennen, und das beunruhigte ihn. Kein hauchfeines Gespinst, kein abgesetztes Schwarz vor den silbergrauen Felsen. Und das zu Spinnweb! Erstaunlich, denn gerade jetzt kamen sie häufiger hervor. Oft verirrten sich Zugvögel oder Klippspringer auf der Reise in tiefere, wärmere Gefilde hierher. Sie waren willkommene Beute vor dem Schlaf bis zum Frühjahr. Den Winter hier oben hielten nur wenige Tiere ohne Winterschlaf aus, und auch Aldavinur musste daran denken, bald Vorräte anzulegen.

»Du solltest besser hierbleiben und mir Rückendeckung geben«, ordnete er an.

Efrynn schüttelte heftig den Kopf. »Du wirst mich hier nicht auf halber Höhe im Zwischennichts zurücklassen, Meister! Ich gehe mit dir dorthin. «

»Du hast zu gehorchen. «

»Aber in diesem Fall gehorche ich nicht! «

Aldavinur richtete seine Turmalinaugen auf den aufsässigen Jungen, und der wich rasch dem Blick aus, doch seine trotzige Miene blieb.

»Da braucht jemand unsere Hilfe, und du wirst auf meine Unterstützung nicht verzichten können, Meister!«

Aus diesem Grund trug er den Namen: *das stolze Kind*.

Erneut unterließ Aldavinur den Tadel. »Wem auch immer hier etwas zugestoßen ist, der ist nicht mehr am Leben, Efrynn. Ich gehe nur nachsehen, welche Ursache das hatte, um nötigenfalls Vorsorge zu treffen, dass es kein zweites Mal passiert.«

»Und wenn du dich irrst? Außerdem können die da drin mir nichts anhaben. Ich bin sehr schuppig, anders als du.« Er spannte die Rückenmuskeln an, und kleine Stacheln richteten sich auf. »Siehst du?«

»Seit wann...«, entfuhr es Aldavinur verblüfft. Er unterbrach sich und winkte mit einer Pranke ab. »Wir sprechen nachher darüber. Also gut. Du darfst mitkommen – aber von jetzt an wirst du mir widerspruchslos gehorchen.«

»Verstanden, Meister!«, versicherte Efrynn eifrig. Seine Wangen glühten rot auf.

Aldavinur stieß sich ab und überwand den Abgrund zwischen den beiden Bergen, durch die verwirbelten Luftströme hindurch. Das war die unsichtbare Grenze zwischen dem östlichen und dem südlichen Gebirgszug, hier endete das Gebiet der Fyrgar. Wenn man von den Klingfelsen aus immer weiter südlich wanderte, gelangte man zur Unendlichen Wüste, die sich von Osten nach Westen, von Meer zu Meerbusen zog, von Luvgar bis Nerovia. Auf der anderen Seite des Meerbusens lag Ishgalad, von dem man heute nicht mehr viel wusste. Die Seefahrer bereisten nur die Inseln dazwischen, bis zu einer gewissen, nie verbürgt festgelegten Grenze, aber keinesfalls bis in das große Reich des Westens. Umgekehrt schien auch Ishgalad diese geheimnisvolle Grenze zu achten, denn nie kam es zu einer Begegnung auf See.

Diese Trennung des Reiches geschah vor langer Zeit während des

Titanenkrieges, als Götter und Mächtige um die Herrschaft über Waldsee kämpften. Die letzte Schlacht fand auf dem Titanenfeld in Valia statt und endete in einem solch schrecklichen Gemetzel, dass dies das Ende des Krieges bedeutete, ohne dass es einen Sieger gegeben hätte. Die ursprünglichen Vier Königreiche waren für immer zerstört, und Ishgalad wurde zudem durch eine gewaltige Katastrophe von den anderen Reichen getrennt, ein riesiges Loch tat sich durch einen Einschlag plötzlich auf im Kontinent und füllte sich in einer gewaltigen Springflut mit Meerwasser. Ein Dämon sollte dies ausgelöst haben, hieß es, der in der Schlacht verwundet wurde und dessen austretende Lebensessenz das Gefüge der Welt aus dem Lot gebracht hatte. Es war natürlich eine Legende, aber nicht unmöglich, wenn man bedachte, dass an jenem Tag auch Götter fielen, dunkle ebenso wie helle.

Nur ein schmaler Streifen Land blieb erhalten, eine tödlich heiße Wüste im äußersten Süden, doch dieses Gebiet war noch niemals durchquert worden. Seit der Titanenschlacht war Ishgalad von den anderen Ländern getrennt, und es kam nie wieder zu einer Verbindung, nicht einmal mittels den Luftschiffen der Daranil. Es war, als läge dazwischen nicht nur das Meer, sondern auch eine Schutzmauer.

Seltsam, dass Aldavinur sich genau in dem Moment daran erinnerte, als sein Körper durch die Luft flog, bevor er geschmeidig auf der anderen Seite aufkam und sich mit steil hochgerecktem Schwanz auf einem schmalen Grat im Gleichgewicht hielt. Als hätte der Gesang der Lüfte diese Bilder in ihm hervorgerufen, irgendwelche Überbleibsel des nächtlichen Sturms aus Westen. Eine Botschaft, die er durch Zufall empfing? Hatte er je daran gedacht, mehr über Ishgalad herauszufinden? Schließlich rühmten sich die Fyrgar, dass sie alles wüssten über Waldsee.

»*Das Wissen kommt zu uns, wenn es an der Zeit ist*«, lautete ein Spruch des Volkes. »*Was wir nicht wissen, hat keine Bedeutung.*« Die Fyrgar warteten seit je her ab. Früher oder später erfuhren sie alles. Und sie würden ebenso alles bewahren.

Efrynn hatte ab und zu davon gesprochen, wenigstens einmal das ganze Gebirge zu durchwandern, um mit eigenen Augen zu sehen, was er nur vom Hörensagen wusste. Seine Eltern waren über dieses Ansinnen entsetzt gewesen. Fyrgar wanderten nicht, sie blieben und bewahrten, beobachteten und lauschten, ließen das Wissen zu sich kommen. Sie versuchten, den Göttern so nah zu sein wie möglich, vor allem Lúvenor, dem Schöpfergott und Beschützer der Alten Völker, zu denen auch die Fyrgar gehörten.

Aldavinur hatte den Jungen streng ermahnt, doch wie konnte er einen solchen Forscherdrang ausmerzen? Das war unmöglich. Deshalb nahm er Efrynn jetzt mit, das heutige Abenteuer würde ihn wieder für einige Zeit zufriedenstellen, bevor er von neuer Ruhelosigkeit erfüllt würde. Und Efrynn, das stolze Kind, *musste* Erfahrungen sammeln, um zu erkennen, wie falsch sein Streben war.

Es gab Fyrgar, die ebenso ruhelos waren wie der Junge. In früheren Zeiten war es immer wieder vorgekommen, dass der eine oder andere nach dem Gang durch das Feuer auf die Dritte Stufe die Berge verließ, um im Tiefland seine Dienste anzubieten. Dort unten nannte man diese sterblich gewordenen Fyrgar ehrfürchtig »die Flammenritter«, weil sie den Umgang mit dem Schwert in Vollendung beherrschten, doch bei ihrem eigenen Volk galten sie als Narren und vor allem als blutgierige Söldner. Man sprach nicht über sie. Die letzten Fyrgar waren wohl vor tausend Jahren gegangen, aber Aldavinur hatte keinen von ihnen gekannt. Sie hatten ziemlich weit entfernt in den westlichen Ausläufern des Gebirges gelebt. Er hatte sich nicht darum gekümmert; wenn jemand gehen wollte, dann war es dessen freie Entscheidung. Er urteilte auch nicht über diese sogenannten »Abtrünnigen«, über die der Rat sich empörte.

Andererseits konnte er die Besorgnis durchaus verstehen, dass solches Verhalten eines Tages zu Verwicklungen führen konnte, wenn dadurch etwa die Lebensweise der Fyrgar bekannt würde oder wenn sich mehrere Tiefländer auf den Weg zu ihnen herauf machen würden. Ab und zu kam das zwar vor, aber es waren immer nur Einzelne, die den Pfad der Erleuchtung betreten wollten oder nach Erlösung suchten, und keiner von ihnen kehrte wieder zurück.

Aldavinurs erste Vermutung, nachdem er den Schrei gehört hatte, war deshalb, dass es sich um einen solchen ungeladenen Besucher handelte, dem etwas zugestoßen war. Vielleicht hing dies auch mit den Stürmen der letzten Zeit zusammen, die immer aus Westen kamen …

Er drehte den Kopf und wies neben sich auf einen schmalen Vorsprung, eine halbe Sprunglänge entfernt. »Hier.«

Efrynn zögerte; einen solchen Sprung hatte er noch nie gewagt – kopfunter an einer Steilwand hängend, und aus dieser Lage über eine tiefe, stürmische Kluft hinweg. Er presste die Beine zusammen, Aldavinur sah die Anspannung der Muskeln, die sich durch das Schuppenkleid abzeichneten.

Ich nehme meine Verantwortung also ernst, dachte er. *Und was mache ich, wenn er jetzt abstürzt?*

Doch Efrynn war gut ausgebildet. Seine Augen funkelten, seine Miene drückte Stolz aus über die Herausforderung. Es spornte ihn an, dass sein Lehrmeister so viel Vertrauen in ihn setzte. Er stieß sich ab, flog gestreckt durch die Aufwinde hindurch und landete mit traumwandlerischer Sicherheit auf dem schmalen Sims. Doch bevor er strahlend seinen Triumph verkünden konnte, glitten seine Hinterbeine ab, und er verlor den Halt. Sofort schlug er die Krallen ins Gestein, schnappte mit den kräftigen Reißzähnen nach einem Zacken und hielt sich fest, während sein Körper frei in der Luft pendelte. Dann fanden seine rudernden und strampelnden Hinterbeine wieder Halt, er krallte sich fest und kletterte langsam hoch, bis er wieder einen sicheren Stand hatte.

»Huuu«, machte er und blickte verwirrt drein. Verlegen sah er zu seinem Meister herüber, der ihn unverwandt beobachtete und missbilligend den Kopf schüttelte. Nicht zum ersten Mal, dass er so unaufmerksam war, doch vielleicht war es ihm jetzt, wo er beinahe in viele Klafter Tiefe gestürzt wäre, endlich eine Lehre.

Bevor Efrynn etwas sagen konnte, setzte Aldavinur den Weg fort. Es gab scharfe Kanten und Hohlräume zu überwinden, bevor sie festeres Gestein und ebeneren Grund erreichten, und es war nicht gut, hier zu lange zu verweilen. Der Wind raste heulend durch die Felspfeifen, das Harfenspiel der dünnen Kanten und Zacken wurde schärfer und noch schauriger. Die Luft fuhr scharf durch Aldavinurs Fell, und er legte die Ohren an. Fyrgar hatten hier nichts zu suchen, das konnte er ganz deutlich spüren.

Da! Nur eine schnelle Bewegung, gerade noch im Augenwinkel aufgefangen, doch er reagierte sofort. »Los!« Er gab den Weg vor, und Efrynn folgte ihm genau auf dem Pfad. Der Schrecken saß ihm wohl in den Gliedern, dass er sich nun so folgsam zeigte.

Die silbriggrauen Felsen schrien empört auf, wenn scharfe Krallen oder der Druck des Gewichts ein Stück Gestein herausbrachen, das knisternd in die Kluft hinunterstürzte. Aldavinur erreichte in Zickzacksprüngen den Berg und galoppierte auf einem schmalen Ziegenpfad abwärts, Efrynn dicht hinter ihm. Noch immer bewegte der Lehrmeister sich in Richtung des Schreis, seine Ohren täuschten sich nie. Es war nicht mehr weit.

Dann verlangsamte er den Lauf. Stäubte da nicht gerade etwas Schwarzes aus einer Ritze? Sah er dort nicht ein schwarzes Bein aus einem Spalt tasten?

Jäh schlug er einen Haken und änderte die Richtung, sprang auf einen einzeln aufragenden Felsen, an dem er sich mit aller Kraft festkrallen musste. Sein langer Schwanz peitschte, doch da war Efrynn schon neben ihm und presste sich ans Gestein. Einen Augenblick lang verharrten sie regungslos und beobachteten den Berg gegenüber.

Efrynns Schuppenhaut verlor ihren Schimmer, als er sie kommen sah – Felsspinnen, die Herrscher der Klingfelsen, die einzigen Wesen, die hier dauerhaft siedelten. Sie wuchsen ihr ganzes Leben lang, und ihr Körper wurde fast so groß wie der von Aldavinur, doch die überlangen, mit giftigen Borsten besetzten schwarzen Beine waren viel länger als seine. Ihre sechs Augenpaare schillerten in einem giftgrünen Licht, und mit ihren gewaltigen Mundwerkzeugen brachten sie unangenehm schnarrende, klickende Geräusche hervor, die ein vielfaches Echo in den Klingfelsen fanden.

Zwischen den großen wimmelten kleinere Artgenossen umher, manche nur eine halbe Spanne groß, aber nicht weniger giftig und gefährlich. Die ersten woben bereits glitzernde schwarze Wurfnetze, andere spannen Fallen über den Weg, zwischen Spalten und Durchgängen. Bei jeder Bewegung stießen sie pulvrige schwarze Schwaden aus, die auch ohne Sonnenlicht Schatten warfen, wo sie hernieder- rieselten.

Efrynn sprach kein Wort. Aber die Frage, wie es jetzt weitergehen sollte, stand ihm ins Gesicht geschrieben. Von hier aus schien es nicht mehr weiterzugehen. Und auch der Platz selbst war nicht sicher; die ersten Spinnen tasteten schon mit den Beinen durch die Luft, um sich auf den Sprung vorzubereiten, die anderen schwangen die Wurfnetze, um sie dann im richtigen Moment herüberzuschleudern.

Aldavinur dachte nach. Fyrgar waren friedliche Geschöpfe. Das bedeutete aber nicht, dass sie sich notfalls nicht verteidigen konn- ten. Er beobachtete, wie die Felsspinnen näher kamen, lauschte auf die Laute, mit denen sie sich untereinander verständigten. Er achtete auf die Tonlage, die Schwingungen, auf jede Kleinigkeit.

»Wenn ich es dir sage«, flüsterte er dem Jungen zu, »dann springst du zurück!«

»Verstanden«, gab Efrynn fast unhörbar zurück. Seine Wangen- schuppen zuckten, er hatte Angst. Verständlich. Im Allgemeinen woben die Felsspinnen ihre Opfer in Netze ein wie andere Spinnen auch, bohrten sie an und spritzten Gift und Säure in das Fleisch, lös- ten sie langsam auf bei lebendigem Leibe und saugten sie dann aus. Solange das Herz noch schlug, bekam das Opfer alles mit.

»Pass gut auf«, fügte Aldavinur hinzu.

Efrynns Lehrmeister öffnete den Rachen, zeigte seine gewaltigen Zähne, und dann stieß er ein Brüllen aus, begleitet von einem tie- fen Brummen, das markerschütternd war. Es brach sich an den Fels- wänden und brachte das Gestein zum schrillen Klingen, einige der Zacken zitterten so heftig, als würden sie jeden Augenblick bersten. Die Spinnen zirpten und duckten sich, ihre dicken schwarzen Borsten- haare sträubten sich. Die Netzschleuderer warfen die Netze über sich selbst, andere schlugen abwehrend mit den Vorderbeinen. Schließlich drehte die erste Spinne sich um und kletterte eilig über die Felswände nach oben, um in einer Spalte zu verschwinden. Die anderen taten es ihr rasch gleich; die Kleinen wimmelten verwirrt durcheinander und schlüpften in die schmalen Löcher, durch die der Wind pfiff.

»Spring!«, rief Aldavinur, und Efrynn stieß sich ab und flog zurück auf den schmalen Vorsprung des Berges. Alvinadur setzte dem Jungen nach, kam ein Stück vor ihm auf und folgte dem Ziegenpfad weiter, immer dicht an der Felswand entlang. Ab und zu drangen schwarze Staubwolken aus Höhlen und Spalten, doch sie blieben unbehelligt.

»Was war das, Meister?«, wollte Efrynn unterwegs wissen.

»Du musst dich auf ihre Tonlage einstellen und genau auf den Klangrhythmus achten«, antwortete Aldavinur. »Und dann gibst du Laute von dir, die genau einen halben Ton daneben liegen und einen halben Takt neben dem Rhythmus. Dieser Missklang bringt ihren Herzschlag zum Stolpern und macht sie halb wahnsinnig vor Schmerz.«

»Und sogar die Klingfelsen«, bemerkte Efrynn. »Ich dachte wirklich, dein Gebrüll würde sie sprengen, Meister. Ziemlich unheimlich. Ich weiß nicht, ob ich das so gut kann wie du, aber ich habe aufgepasst und mir alles gemerkt. Dann haben wir jetzt Ruhe vor ihnen?«

»Ich will es hoffen.«

»Und der Rückweg?«

»Sie werden uns aus dem Weg gehen. Es gibt lohnendere und leichtere Beute. Dennoch müssen wir vorsichtig sein.«

Vor der Biegung um den Berg verhielt Aldavinur und deutete nach unten. »Da.«

Efrynn schob sich neben ihn, achtete darauf, nicht den Halt zu verlieren, und blickte neugierig nach unten. Ein Stückweit ging es über loses Geröll hinab, das einen zweiten Berg mit diesem hier verband. Auf der anderen Seite ragte eine Art Plateau aus der schroffen Felswand.

»Da liegt jemand!«, rief der Junge aufgeregt.

»Unser Ziel«, bestätigte Aldavinur. »Aber vorsichtig jetzt, wir wissen nicht, was uns erwartet.«

Sie kletterten hintereinander langsam über das Geröll hinunter, wobei Aldavinur die Umgegend genau im Auge behielt. Hoch über ihnen kreiste ein Grauhaak, ein großer Geier, und stieß einen einsam klingenden Pfiff aus.

»Er hat seine Beute wohl schon erspäht«, meinte Efrynn nach einem Blick nach oben.

»Ich glaube, er hofft vergebens«, erwiderte Aldavinur. »Das Wesen hat sich gerade bewegt. Schau!«

Tatsächlich, die schmale Gestalt regte sich, und Aldavinurs feines Gehör empfing leise Schmerzenslaute. Das Wesen sah aus wie ein Mensch, der aus großer Höhe abgestürzt war. Seine Kleidung war in Fetzen, er blutete an vielen Stellen, und sein linkes Bein war seltsam verdreht.

»Warum haben ihn die Felsspinnen noch nicht geholt?«, flüsterte Efrynn.

»Sie überqueren das Geröll normalerweise nicht«, antwortete Aldavinur. »Wegen der Kupferwürmer, die hier leben. Die sind nicht groß, aber sehr gefährlich für die Spinnen, selbst für die riesigen. Die Würmer springen sie an, beißen sich blitzschnell fest und stoßen durch einen Stechrüssel ihre Eier in die Wunde, aus denen bald Larven schlüpfen. Die fressen sich durch die Spinnen, bis sie aus den Augen als fertige Würmer schlüpfen.«

»Uh!« Efrynn sprang mit allen vieren hoch und verzog das Gesicht vor Ekel und Entsetzen. »Grässlich! Was ... was passiert dann mit uns?«

Aldavinur schmunzelte. »Nichts«, beruhigte er den Jungen. »An unserem Blut sind sie nicht interessiert.«

Efrynn ging dennoch auf Zehenspitzen weiter und zuckte bei jedem Stein zusammen, der ins Rutschen kam. »Kupfer? Die müssten leicht zu erkennen sein in dem eintönigen Grau hier ...«

»Mhm. Nicht für die Spinnen, die sind farbenblind. Schweig jetzt, wir sind fast da.«

Geduckt schlichen sie sich näher an die Hochfläche heran, die immer noch ein Stückweit unter ihnen lag. Das Stöhnen des verletzten Wesens war nun deutlich zu hören, und es war auch zu erkennen, dass es sich um einen Mann handelte, aber ob Sentrii oder Mensch, das war schwer zu sagen.

»Er hat Glück, dass er noch am Leben ist«, brummte Aldavinur leise. »Und dass ihn bisher kein Greif oder sonst ein Jäger entdeckt hat. Sein Blut lockt jeden an, dessen Geruchssinn nicht völlig untauglich ist.«

Efrynn rümpfte die Nase. »Das also war es, was ich gewittert habe. Ekelhaft! Blut riecht normalerweise viel besser.«

»Er kommt von weit her und ist von fremder Art, das ist alles. Dieser Geruch ist dir nicht vertraut, aber er ist zweifelsohne von Blut durchtränkt, wie es auch durch deine und meine Adern fließt.« Aldavinur betrachtete prüfend den Himmel und den Berg. Sie waren kaum voneinander zu unterscheiden, nur grau in grau. Die Sonne hatte sich hinter dicke Wolken verzogen, und von einem Tal herauf zog Nebel. Und dabei war es noch nicht einmal Mittag. »Vielleicht sind die Jäger schon weiter nach Süden gezogen, wo es wärmer ist.«

Aldavinur machte diese Witterung nichts aus, und Efrynn erst recht nicht. Unter dessen geschmeidigen, aber äußerst widerstandsfähigen Schuppen hatte er eine dicke Speckschicht, die keine Wetterunbilden oder scharfe Zähne und Krallen durchließ.

»Ich gehe jetzt hinunter«, sagte er zu dem Jungen. »Komm erst nach, wenn ich dir das Zeichen gebe.«

»Ja, Meister.«

Der Verletzte stieß einen schrillen Schrei aus, als plötzlich wie aus dem Nichts jemand auf weichen Sohlen landete und sich ihm lautlos näherte. Er versuchte zurückzuweichen, doch als er dabei das linke Bein bewegte, schrie er nochmals laut auf, diesmal vor Qual, und sackte zusammen.

»Tu mir nichts, bitte, bitte, verschone mich«, wimmerte er und hielt den Arm schützend vor das Gesicht.

»Warum sollte ich dir etwas tun?«, fragte Aldavinur mit tiefer, ruhiger Stimme.

Alle Völker auf Waldsee beherrschten neben ihren eigenen Dialekten die Hochsprache und konnten sich miteinander verständigen, auch wenn die Aussprache häufig sehr unterschiedlich ausfiel. Aldavinur sprach sehr klar und deutlich, aber er wusste, dass die Wortwahl und die Betonung altertümlich wirken mussten. Er kam dem Fremden wahrscheinlich vor wie ein Wesen aus uralter Zeit, vielleicht hielt er ihn auch für das Trugbild eines Sterbenden.

Der Verletzte erstarrte und hielt den Atem an, als würde ihm erst jetzt bewusst, dass er die Laute aus dem Tierrachen verstehen konnte. Langsam ließ er den Arm sinken und starrte Aldavinur verstört an.

»D-d-du bist eine Raubkatze«, stotterte der Mann.

»I-i-ich bin ein Fyrgar«, ahmte Aldavinur ihn spöttisch nach. »Wie kommst du zu der merkwürdigen Annahme, dass jemand, der sprechen kann, so aussehen muss wie du?« Er hob den Schwanz und peitschte damit zweimal hin und her, das Zeichen für Efrynn.

»O-offen gestanden habe ich keine Ahnung, wie ein Fyrgar aussieht oder was ein Fyrgar überhaupt ist. Ich dachte immer, der Name bezieht sich nur auf das Gebirge hier.« Der Mann stieß wieder einen panischen Schrei aus, als Efrynn unter Getöse und Staub aufwirbelnd landete. »Und was ist das? Ein Drachenjunges?«

»Er ist auch ein Fyrgar«, knurrte Aldavinur ungeduldig. »Was willst du hier, Mensch-und-Nicht-Mensch?«

»W-was meinst du damit?«

»Was ich hier sehe, ist nur halb menschlich.«

»Sein Sp-sp-sprachfehler ist ziemlich menschlich, finde ich«, bemerkte Efrynn kichernd und schnupperte neugierig am Körper des Mannes, der schlotternd vor ihm lag. Schweiß rann in Strömen an ihm herab und vermischte sich mit dem sickernden Blut. »Ist das ein Gestaltwandler?«

»Nicht so richtig«, antwortete sein Meister. »Sag mir, was du witterst.«

»Angst.« Der Junge blähte angewidert die Nüstern. »Aber nicht süß, sondern säuerlich, abgestanden, wie faulige Pilze. Ekelhaft!«

»Efrynn«, mahnte Aldavinur.

»Verzeihung, Meister, es ist nur, weil ich keine Pilze mag, weder frisch noch faulig.«

»Das ist gut. Dann kommst du auch nicht auf die Idee, vergorenen Pilztee mit Weißschimmel zu probieren.«

»Scheußlich! Niemals!« Efrynn schüttelte sich.

Der Mann ließ alles stumm über sich ergehen, während Efrynn ihn noch einmal gründlich beschnupperte.

»Das Menschliche überlagert momentan alles, es ist nicht einfach. Aber mir kommt es so vor, als wäre da noch der staubig-fedrige Geruch eines Vogels.«

Aldavinur nickte. »Einer Krähe«, sagte er.

Efrynn sprang zurück. »Ein *Krahim?*«, rief er und versteckte sich hinter seinem Meister. »Er will mich fressen!«

»Du bist größer als ich«, wies der Mann vorsichtig hin.

»Was macht ein Krahim in Luvgar, weitab von seiner eigentlichen Heimat Nerovia?«, fragte Aldavinur und runzelte düster die Brauen mit den langen weißen Tasthaaren über seinen kristallklar leuchtenden turmalinfarbenen Katzenaugen, rot und grün zugleich.

Der Mann seufzte ergeben und richtete sich leicht auf. »Ich bin kein richtiger Krahim«, antwortete er. »Sie haben mich zwar aufgezogen, weil es die Sippe meines Vaters ist, doch meine Mutter war ein Mensch, und ich glaube, ich bin ziemlich nach ihr geraten.« Er deutete auf seine Beine. »Keine Krähenfüße, keine …«, er zupfte an seinen Haaren, »keine Federn, geschweige denn ein Federkleid am Körper.«

Aber seine metallblauen Augen waren ganz und gar die eines Krahim.

»Dann kannst du dich gar nicht verwandeln?«, fragte Efrynn.

»Doch, irgendwie schon.«

»Und wie machst du das mit der Kleidung?«

»Geht in Fetzen, wie du siehst, wenn ich nicht aufpasse. Abgesehen von den Verletzungen durch den Sturz. Ich konnte mich gerade noch in die Krähengestalt retten, als der Sturm mich fortriss.«

Aldavinur sagte unbewegt: »Du hast meine Frage nicht beantwortet, Krahim.«

»Deine feindselige Haltung ist unbegründet, Herr Fyrgar. Es gibt nicht mehr viele von uns«, erklärte der Verletzte. »Seit langer Zeit schon sind wir Verfolgte.«

»Das liegt an eurem gewalttätigen Verhalten«, sagte Aldavinur streng. »Dafür haben wir hier keinen Sinn. Und nun mach dich fort aus unseren Bergen.«

»Das würde ich gern, aber ich kann nicht.« Der Krahim verzog das Gesicht vor Schmerz. »Wie ich bereits sagte: Ein furchtbarer Sturm hat mich meiner Heimat entrissen und bis hierher gewirbelt, und dann bin ich gegen die Felsen dieses hohen Berges hier geprallt, habe die Kontrolle über meine Gestalt verloren und bin verletzt abgestürzt. Ich habe sicher mehrere Brüche, auch in meinem linken Bein. Dass ich nicht unablässig schreie vor Qual, liegt daran, dass ich keine Kraft mehr habe.«

»Und ich dachte, weil Krahim sich von klein auf darin üben müssen, klaglos zu leiden«, versetzte Efrynn erstaunt.

»Jedenfalls hattest du vorher noch eine Menge Luft in dir, die du zum Klingen brachtest«, meinte Aldavinur.

»Das waren die letzten Reste, Herr Fyrgar. Und jetzt bin ich auf deine Gnade angewiesen.«

Aldavinur blickte besorgt zum Himmel. »Stürme gibt es oft . . .«, murmelte er. »Und in letzter Zeit häufen sie sich.« Und sie brachten Seltsames mit sich, den Geruch nach Magie und Finsternis. Obwohl Waldsee neutral war und von einem Schutzwall umgeben, damit der Ewige Krieg nicht hereinbrechen konnte, stimmte etwas nicht mehr, die Verhältnisse waren unausgewogen. Die unselige Ankunft dieses Wesens trug nicht gerade dazu bei, Aldavinur zu beruhigen. »Solche wie du haben mir gerade noch gefehlt. Deine Art ist hier unerwünscht.«

Efrynn zog die Lippen spitz und gab ein schnalzendes Geräusch von sich. »So schlimm finde ich diesen Krahim gar nicht, Meister, eher . . . faszinierend.«

»Das heißt . . . ihr werdet mich nicht töten?«, fragte der Verwundete hoffnungsvoll.

Aldavinur und Efrynn wechselten einen Blick. »Weshalb sollten wir das tun?«, fragte der Lehrmeister.

»Nun . . . weil . . .«

»Ich sagte es schon: Wir sind Fyrgar«, unterbrach Aldavinur ihn ungehalten. »Wir töten nicht, außer es dient unserer Ernährung. Wir sammeln Wissen und bewahren es. Wir versuchen, Weisheit zu erlangen und Erleuchtung. Wir streben danach, den Göttern nah zu sein. Wir würden unser Baiku besudeln, wenn wir *einfach so* töten.«

»Verzeihung«, murmelte der Krahim. »Ich dachte, bei Gefahr . . .«

»Bist du denn eine Gefahr?« Aldavinur fletschte die Zähne und zeigte dem Verletzten seinen aufgerissenen Rachen. Seine Reißzähne waren so lang wie die Hand des Krahim, und die Backenzähne so dick wie dessen Daumen. Aldavinur hätte den Kopf des Mannes mit einem einzigen Zuschnappen von den Schultern trennen können.

Der Krahim schüttelte heftig den Kopf, sodass seine dünnfedrigen schwarzen Haare flogen. Sein Körper schlotterte erneut. »Bewahre! Sieh her, ich habe nicht einmal eine Waffe bei mir. Meine Kleidung ist in Fetzen, ich kann nichts verbergen. Außerdem bin ich in einem jämmerlichen Zustand.«

»Dann gibt es auch keinen Grund, dich zu töten. Das wäre *ineffizient.*«

Efrynn fing an, sich zu langweilen. Er hob den Hinterfuß und kratzte sich ausgiebig hinter dem gezackten Ohr. »Meister, was machen wir jetzt mit ihm?«

Das war allerdings das Problem. Fyrgar mischten sich nicht ein, sie mieden alles, was das Gleichgewicht in Gefahr bringen könnte. Und die Anwesenheit dieses Krahim brachte das Pendel eindeutig ins Schwanken. Der Rat würde nicht begeistert darauf reagieren. Fremde brachten Unruhe mit sich und waren eine Störung.

»Ich werde ihn zu meiner Höhle bringen, dann spreche ich mit dem Rat«, antwortete Aldavinur.

Der Krahim atmete erleichtert auf. »Welch eine wundersame Rettung an diesem von allen Göttern verlassenen Platz . . .«

Efrynns Augen glühten auf. »Das ist *kein* von allen Göttern verlassener Platz!«, fauchte er den Verwundeten an, und der hob erschrocken die Hand vor das Gesicht, als es ihm die Haare nach hinten blies. Efrynns Atem war heiß, er konnte jeden Moment in Brand geraten. »Mein Meister hat schon mit ihnen gesprochen!«

Ein Muskel zuckte daraufhin im Gesicht des Krahim, doch er sagte nichts.

2.

Der ferne Mann

Sansiri zog das Schultertuch vor der Brust zusammen und rieb sich fröstelnd die Arme. Der Herbst war fast vorüber, und der Winter nahte; der Wind brachte schon den Geruch des ersten Schnees mit sich. Seit Tagen hatte es ununterbrochen geregnet, und viele Flüsse und Bäche waren über die Ufer getreten. Das große Fyrgar-Gebirge lag hinter dickem Dunst und einer Wolkendecke verborgen.

Gelächter und Stimmengeschwirr drang aus der Schänke heraus, als die Tür geöffnet wurde und im herausfallenden Lichtschein jemand ins Freie trat.

Mukel, der große, schweigsame Knecht, setzte seinen breitkrempigen Hut auf, um den nur von schütterem Haar bedeckten Kopf zu schützen. Misstrauisch schaute er in den Abend, der gleich hinter dem Dachvorsprung begann, düster und verhangen, aber wenigstens ohne Regen. »Wann hat es aufgehört?«, fragte er Sansiri.

»Vor einer Stunde etwa.«

»Dann gehe ich lieber. Wenn schon nicht trockenen Fußes, komme ich wenigstens trockenen Hauptes nach Hause.«

Die Wege waren schlammig und von Rinnsalen durchzogen; kaum ein Fuhrwerk kam mehr durch, allenfalls noch Ochsenkarren mit besonders starken Zugtieren.

Mukel trug dick verkrustete Lederstiefel, doch die uralten, spröde gewordenen Nähte fingen an, sich zu lösen. Nach einem weiteren prüfenden Blick auf den Weg zog er die Stiefel kurzerhand aus und ging barfuß in den Morast.

»Gute Nacht, Sansiri«, rief er über die Schulter, während er davoneilte.

»Gute Nacht, Mukel, bis morgen«, antwortete sie. Sie sollte wieder hineingehen, aber die Luft dort drin war stickig, und viele der Gäste waren betrunken. Manchmal machte es ihr nichts aus, aber an

Abenden wie diesem wurde sie dessen überdrüssig. *Ich verlasse Zem,* dachte sie. *Ich will ein fröhliches Heim und Kinder und nicht einen Schankwirt als Mann, der jede Frau anschaut außer seiner eigenen. Und der nur Fäuste sprechen lässt.*

Mukel hatte ihr schon oft gesagt, dass sie mit ihm gehen könne. »Ich verdiene nicht viel, aber sicher gibt es für dich Arbeit auf dem Hof. Die Herrschaft ist anständig, sie würden uns bestimmt ein kleines Haus bauen lassen. Ich werd' dich auch nie schlagen, Sansiri, so was tu ich nicht.«

»Das weiß ich doch, Mukel, aber Zem würde uns finden. Ich muss weit fort, wenn ich ihm entkommen will. Und ich will nicht ewig Magd bleiben, verstehst du das nicht?«

Nein, das tat er nicht. Sie konnte es ihm sagen, so oft sie wollte, er versuchte es immer wieder. Wenigstens legte er sich nicht mit Zem an.

Eines Tages . . .

Sansiri wollte soeben wieder hineingehen, als sie einen leisen Ruf hörte.

»*Bist du einsam?*«

Verunsichert blieb sie stehen und spähte in die Dunkelheit. »Wer ist da?«

»*Bist du einsam?*«

Die Stimme klang fremd, nicht-menschlich, aber keineswegs erschreckend. Sie rührte an eine Stelle in Sansiris Herz und brachte sie auf seltsame Weise zum Klingen.

Das war neu, aber dennoch fiel sie nicht darauf herein. Sie kannte solches Gerede zur Genüge. Von Männern, die Sansiris Augen traurig fanden und sie trösten wollten. Am liebsten überall mit ihren Händen.

»*Bist du einsam?*«

Sie hatte genug. Hier draußen musste sie sich das nicht auch noch gefallen lassen. »Hör zu, du Trunkenbold, sieh zu, dass du nach Hause kommst!«, rief sie warnend in die Dunkelheit. »Ich hole die Dorfwache.« Immerhin gab es auch weibliche Gäste in der Schänke, die unter Umständen allein nach Hause gehen mussten. Sansiri achtete stets darauf, dass sie dies ohne Sorge tun konnten, indem sie ihnen verlässliche Begleitung mitgab oder die Dorfwache alarmierte.

»Fürchte dich nicht.«

»Wovor sollte ich mich fürchten?«, fragte Sansiri, fast trotzig. Sie wollte wieder hineingehen. Doch immer wenn sie einen Schritt tun wollte, hinderte etwas sie daran. War es diese Stimme? Oder war es ihr Widerwille gegen die ungehobelten Gäste da drin und gegen Zem, der heute in der Stimmung war, sie zu schlagen? Sie kannte diesen Blick, wenn er zu viel getrunken hatte und streitsüchtig wurde.

»Ich tue dir nichts.«

»Verschwinde.« Doch sie verlieh ihren Worten nicht den nötigen Nachdruck. Was war das für ein seltsames Wesen, das sich hierher verirrt hatte? Selten kamen an diesen Ort andere Leute, die keine Menschen waren. Sansiri kannte die Geschichten über die Alten Völker, die vor allem im weit entfernten Valia lebten, in Nachbarschaft mit den Menschen. Dort gab es Pferdmenschen, Geflügelte, Menschenähnliche, sogar Dämonen, und sie verfügten über wundersame Kräfte.

»Soll ich dir deinen Wunsch erfüllen?«

»Ich habe keinen Wunsch, den du mir erfüllen könntest.«

Sansiri glaubte eine Bewegung wahrzunehmen, an der Hausecke, und es kam ihr so vor, als würde ein Schatten heraustreten, der menschliche Umrisse hatte. Nicht so groß wie Zem oder Mukel, aber ... etwas kam ihr vertraut vor.

»Wer bist du?«, flüsterte sie.

Arme streckten sich ihr entgegen. *»Finde es heraus.«*

Das Wispern hallte in ihrem Kopf nach, sanft und schmeichelnd. Sansiri fühlte Erregung in sich aufsteigen. Sollte sie es wagen? Einen kurzen Blick nur? Sie war immer noch dicht beim Haus, unter dem Dachvorsprung, beinahe in Sicherheit.

»Warum tust du das?«, fragte sie zaghaft. »Ich bin eine verheiratete Frau ...«

Sansiri kannte die romantischen Geschichten von Verführung und Lust, die Frauen widerfuhren, wenn einer aus den Alten Völkern ein Auge auf sie warf. Manche ihrer weiblichen Gäste wollten sogar schon selbst das eine oder andere Erlebnis gehabt haben. Sansiri hatte ihnen stets voller Neid gelauscht, und ihre Sehnsucht war in Bitterkeit umgeschlagen.

»*Ich tue nichts, was dir nicht gefällt*«, sagte der Fremde. Lockte. Unwiderstehlich.

»Hast du mich verzaubert?« Sansiris Lider wurden schläfrig und schlossen sich halb. Sie spürte, wie ihr Wille aus ihr floss, zu dem Fremden hin, der sie zu sich winkte. Was auch immer geschehen würde, sie konnte nicht mehr zurück.

»*Ich werde gut zu dir sein.*«

Sansiri folgte dem Summen, das ihr den Weg wies, auf die Gestalt zu, die ihr so vertraut erschien. Männliche Konturen, genau wie im Traum. Hände, die sie streicheln würden und nicht schlagen. Und die sie mit sich nahmen ...

Sansiri hatte das Haus gegenüber erreicht und schaute vorsichtig um die Ecke, sah dort im Dunst den Schatten winken, glaubte ein Lächeln aufblitzen zu sehen, obwohl es doch gar kein Mondlicht gab, und erst recht keine Straßenlaterne, nicht hier.

Ich bin dumm, dachte sie selig lächelnd und folgte dem Fremden, der immer gleich weit entfernt blieb, egal wie sehr sie ihren Schritt beschleunigte. Sie achtete nicht darauf, dass sie durch den Schlamm stapfte. Ihre leichten Schuhe waren bald von Nässe vollgesogen, und der Saum ihres Kleides schleifte durch den Matsch.

»*Hier.*«

Der Laut floss goldensämig aus der Dunkelheit wie Herbsthonig aus dem Topf. Sansiri konnte fast nichts mehr erkennen, der Fremde verschmolz beinahe mit der Holzwand des Gebäudes hinter ihm.

Sie blieb stehen, sah teilnahmslos zu, wie zwei Hände auf sie zukamen, ihre Taille umfassten und sie tiefer in die Schatten zogen. Kühle Lippen pressten sich auf ihren Mund. Als ob es nicht schon dunkel genug wäre, hatte sie das Gefühl, dass sich während des Kusses ein hauchfeines Gespinst über sie legte und sie sah wie durch das schwarze Netz eines Schleiers. Sie schloss die Lider und ließ sich hingebungsvoll küssen.

Zem war außer sich vor Wut, als Sansiri endlich in den Gastraum zurückkehrte, doch er besann sich auf sein Ansehen als Wirt und bezähmte sich mühsam. Etliche Männer lagen betrunken unter den Tischen, ohnmächtig oder grölend, die anderen lärmten durcheinander, versuchten sich gegenseitig in misstönendem Gesang zu übertreffen oder stritten sich lallend. Immer wieder brachen Kämpfe aus um die wenigen Frauen, die noch da waren und kaum weniger betrunken waren, doch diese wurden von den Schankwachen schnell beigelegt. Kuddl und Fuddl, wie sie genannt wurden, waren unbestechlich. Sie tranken keinen Tropfen Alkohol und ahndeten streng jedes Fehlverhalten.

Sansiri schritt zwischen den schwitzenden, sabbernden und lallenden Menschen hindurch, die durch den Raum torkelten oder sich schwankend am Tisch festhielten. Immer wieder hielten Finger sie am Rockzipfel fest, wollten Hände nach ihr greifen, doch sie bahnte sich ungerührt ihren Weg. Ihr Blick blieb starr geradeaus gerichtet, ihre Miene war völlig glatt und leer. Es sah so aus, als würde sie einen dünnen schwarzen Schleier über dem Gesicht tragen und ein Netz über dem Haar. Als sie die Hand hob, war auch diese von einem hauchfeinen Gespinst bedeckt.

Zem beugte sich über seine Frau und zischte ihr ins Ohr: »Wo warst du wieder, du Schlampe? Und was soll diese Ausstaffierung, hältst du dich etwa für eine feine Frau, dass du einen Schleier tragen musst?«

»Die Netze schützen, lehren, leiten mich«, murmelte sie. »Ich bin nicht mehr allein.«

Zem packte Sansiri am Arm und quetschte ihn so fest zusammen, dass man die Male noch tagelang sehen würde.

Sie zuckte nicht zusammen, noch verzog sie das Gesicht. Still verharrte sie. Schien ihren Mann gar nicht zu bemerken, ihre Miene blieb völlig gleichgültig. Das beunruhigte ihn und entfachte seinen Zorn nur noch mehr.

»He, Wirt!«, rief jemand ungeduldig und schlug mit dem Steinkrug krachend auf die hölzerne Tischplatte. »Wird's bald mit meinem Bier, oder willst du, dass ich hier alles kurz und klein schlage?«

»Es ist gezapft und wird sofort gebracht!«, gab der Wirt ungehalten zurück.

»Aber nicht von dir, du hässliche Sumpfkröte, sondern von deiner Frau, sonst kriegst du keine Zeche!«

Brüllendes Gelächter folgte.

»Hast du gehört?«, knurrte Zem. »Du wirst jetzt deiner Pflicht nachkommen, wie es sich für eine anständige Wirtin gehört.«

»Ja«, sagte sie tonlos.

»Sieh mich an, wenn ich mit dir rede!«, herrschte er sie an, nahm ihr Gesicht zwischen seine derben, schwieligen Hände und drehte es grob zu sich. Dann stutzte er. »Was ist mit deinen Augen?«

Als ob sich auch über ihre Augen ein Netz gelegt hätte.

»Nichts«, antwortete sie. Dann veränderte sich mit einem Mal ihr Blick. »Komm mit nach hinten«, fuhr sie fort.

»Bist du jetzt vollkommen übergeschnappt, du blödes Weib?«, polterte er los, doch sie berührte nur leicht seinen Arm, und er ging zu seinem eigenen Erstaunen mit ihr hinter den Tresen, hinaus zur Vorratskammer.

»Ich werde dich –«, setzte er an, doch weiter kam er nicht. Etwas von ihren Händen, die ihn festhielten, sprang auf ihn über, und ihm war, als wäre er in ein Zimmer voller Spinnweben gelaufen. Ein unangenehmes klebrig-kaltes Gefühl, und er versuchte, den Schleier vor seinen Augen wegzuwischen, versuchte, die Netze hektisch wegzureiben, versuchte ...

Verblüfft merkte Zem, dass er sich hinabbeugte, den Lippen seiner Frau entgegen, was ihn mit äußerstem Widerwillen erfüllte. In Gedanken stellte er sich vor, was er stattdessen lieber täte: Die Faust zu ballen und sie mit Wucht in diesen Mund zu schlagen, sodass die vollen Lippen aufsprangen und Blut hervorquoll, das Splitter von Zähnen herausspülte ...

Doch Zem tat, wie Sansiri es verlangte. Voller Ekel schloss er die Augen und zuckte zusammen, als er ihren Mund berührte. Die Lippen waren kalt, eisig kalt ...

Als Sansiri in die Gaststube zurückkam, herrschte dort Chaos. Der Gast, der immer noch auf sein Bier warten musste, randalierte wütend, und ein anderer schrie lallend, als er sie bemerkte: »Dada kommse ja, die t-tugendsame Schlampe! Die sich zu fein is, die Gäste selber zu bedien'n!«

Kuddl und Fuddl steuerten auf den Angetrunkenen zu, doch Sansiri gebot ihnen mit einer Geste Einhalt. Verwundert sahen die Schankwächter sie an, doch sie schüttelte nachdrücklich den Kopf. Dann packte sie mehrere Krüge, in denen das zuvor gezapfte Bier bereits schal geworden war, und trat in den Gastraum hinein.

»Wer hat ein Bier mit Kuss bestellt?«, fragte sie so laut, dass schlagartig verblüffte Stille eintrat.

»Ich!«, stieß der erste Trunkenbold schon nach zwei Herzschlägen sabbernd hervor und wurde umgehend von den anderen übertönt. »Nein, ich!« – »Nein, ich!«

Kuddl und Fuddl hielten die Gäste auf, die sich gegenseitig schubsend und drängelnd auf die Wirtin stürzen wollten.

»He, einer nach dem anderen!«, rief Kuddl.

»Ordentlich anstellen, los!«, verlangte Fuddl.

Ein Säufer kroch unter dem Tisch hervor und lallte etwas wie »iwillau«, konnte sich aber nicht aufrichten, während die anderen allmählich zur Ordnung fanden und sich aufgeregt flüsternd in einer Reihe aufstellten.

Plötzlich trat ein Ausdruck in Sansiris bisher so glatte, starre, wie von Spinnweben überzogene Miene, und ihr verschleierter Blick schweifte über die gierig hechelnden Männer.

Sie lächelte.

»Gut«, sagte sie. »*Ihr kommt alle an die Reihe, einer nach dem anderen. Seid unbesorgt.*«

3.

Güte und Ahnung

Der Krahim war so entkräftet und schmerzgepeinigt, dass er sich nicht selbst auf den Rücken des Jungen ziehen konnte. Efrynn bückte sich so tief wie möglich, und Aldavinur schloss sein Furcht erregendes Gebiss um den Nacken des Mannes, der daraufhin voller Schrecken ohnmächtig wurde.

»Der ist wirklich kein Krahim«, stellte Efrynn naserümpfend fest. »Die sollen doch viel furchtloser sein, den Tod verachtend.«

»Ng. Katschen und Vögel, Junge, dasch ischt Inschtinkt, dagegen kommt keiner an«, nuschelte Aldavinur mit vollem Maul. Behutsam hob er den Bewusstlosen, der völlig schlaff in seinem Fang hing, auf den Rücken seines Schützlings.

Das gebrochene Bein schlug dabei gegen die Flanke des jungen Fyrgar, was den Verwundeten mit einem Aufschrei wieder zu sich brachte.

»Gut«, sagte Aldavinur, der ihn mit einer Samtpfote stützte. »Nun bleib ganz ruhig liegen und halte dich an Efrynns Halskragen fest. Er wird dich zu meiner Höhle tragen. Dein Bein wird dabei leider frei schwingen, aber du musst bei Bewusstsein bleiben, sonst stürzt du.«

»Ich glaube, ich will lieber sterben«, flüsterte der Gepeinigte. Er presste die Augen zusammen und bewegte leicht den Kopf. »Ist das dein Speichel, der mir da den Nacken runterrinnt?«

»Da es nicht regnet, wird es wohl so sein.«

»Er brennt wie Feuer. Hast du mich etwa angeknabbert?«

»Deine Art mag ich nicht verspeisen, Krahim.«

»Ich habe einen Namen. Gondwin. Bitte vergiss ihn nicht, damit ich nicht namenlos sterbe.«

»Du wirst nicht sterben, Gondwin.« Aldavinur war keineswegs so überzeugt, wie er klang. Der Mann war unterkühlt, seine Haut hatte eine ungesunde graublaue Färbung, und er war sehr schwach. Aber Krahim waren zäh, und Menschen hielten auch eine Menge aus.

»Ich bin Efrynn«, stellte der Junge sich vor. »Und das ist mein Lehrmeister Aldavinur. Er ist hochgeachtet, also lass es nicht am nötigen Respekt ihm gegenüber mangeln!«

»Ich bitte um Vergebung«, sagte Gondwin demütig. »Das ist alles nicht leicht für mich.«

Er befand sich Auge in Auge mit Aldavinur, der neben Efrynn stand, und blinzelte schüchtern. »Wir müssen los«, mahnte der Lehrmeister und hob den Kopf zum Himmel. »Dort oben braut sich etwas zusammen, der nächste Regen ist nicht weit.« Als er wieder zu Gondwin sah, stellte er fest, dass der Mann erneut ohnmächtig geworden war. Besser für ihn, denn der Rückweg würde nicht leicht.

Sie kletterten wieder nach oben, überquerten das Geröllfeld und machten sich zum Sprung auf die andere Seite bereit. Unterwegs hatte Aldavinur einige Steine umgedreht und Kupferwürmer eingesammelt, deren schimmernde Körper er hochhielt, als sie die Klingfelsen erreichten und Netzfallen über den Weg gespannt sahen. Er ging voraus, zerriss die Netze mit scharfen Krallen und setzte dann die Kupferwürmer bei einigen Löchern ab, aus denen Finsternis herausquoll. Zufrieden hörte er empörtes, auch panisches Zischen und Schnarren.

»Das wird ihnen eine Lehre sein«, murmelte er vor sich hin und drehte den Kopf nach hinten. »Nun pass auf, Junge, folge genau meinen Tritten.«

»Ich werde keinen Fehler machen, Meister, und dir keine Schande bereiten«, versicherte Efrynn. »Ich bin schließlich ein guter Schüler.«

Der Rückweg dauerte viele Stunden, und der Nachmittag ging bereits dem Ende zu, als sie schließlich bei Aldavinurs Winterhöhle ankamen. Außer einem weichen Lager aus Fellen und Federdecken befand sich nichts darin. Die Federn schimmerten rot und gelb – Geschenke von Beserdem, und die Felle waren von Sarundi und Resimbar, Efrynns Eltern, und anderen Fyrgar, die Aldavinur ihre Ehre erweisen wollten. Aldavinur, sonst jeglicher Verehrung abgeneigt, hatte in dem Fall nichts dagegen; auch ein mit dichtem, weichem Fell bedeckter Katzenkörper wollte wohl gebettet sein.

»Du hältst Wache bei ihm, während ich mit dem Rat spreche«, befahl er Efrynn. »Ich bin bald mit einem Heiler zurück.«

»Jawohl, Meister.« Efrynn sah müde aus, das Abenteuer hatte ihn sehr angestrengt. »Das war ein außergewöhnlicher Tag, Meister. Ich habe so viel gelernt wie sonst in einer Woche.«

»Ungewöhnliche Ereignisse erfordern erhöhte Aufmerksamkeit«, sagte Aldavinur und kratzte sich hinter dem Ohr; seine Zunge fuhr kurz über das vom Regen klebende Fell, und er schüttelte sich. Später würde eine gründliche Reinigungsprozedur notwendig sein. »Manchmal werden auch wir aus unserer beschaulichen Ruhe gerissen, und du musst darauf vorbereitet sein.«

»*Vor allem* ich, willst du sagen?«

»Ja.«

Efrynn verzog das Gesicht und sah seinen Lehrmeister ernst an. »Empfindest du mich als etwas so Besonderes?«

Aldavinur nickte. »Du bist außergewöhnlich, Efrynn. Denn du bist mit Wissen geboren worden. Niemand von uns weiß, was dir zuteil wird, wenn du die Zweite Stufe beschreitest. Vielleicht trittst du in eine ganz neue Daseinsform ein.«

»Eine, die das Volk der Fyrgar schon lange erstrebt. Mit ... der Fünften Stufe.«

»Es gibt keine Fünfte Stufe.«

»Aber ist sie nicht das Ideal? Das höchste Ziel?« Efrynns schillernde Augen waren groß und tief wie ein Bergsee, in dem ein Regenbogen versank.

»Das ist wohl wahr«, gab Aldavinur zu. »Aber vielleicht gipfelt alles in dir, Junge. Dann stehst du auf der Fünften Stufe, die keiner von uns erreichen kann.«

»Und was wird dann geschehen?«, flüsterte Efrynn. »Werde ich zu einem Gott?«

»Wenn es Vollkommenheit bedeutet – mindestens.«

»Götter sind nicht vollkommen?«

»Nein. Vollkommenheit richtet sich nicht nach Macht. Sie ... ist etwas ganz anderes.« Er näherte sein Gesicht dem des jungen Fyrgar, und seine feinen Tasthaare berührten die Schuppen, strichen wie ein lauer Frühlingswind darüber. »Das herauszufinden, wird dein Weg sein.« Er wich zurück und richtete sich auf. »Ich werde dich begleiten, so weit es möglich ist, und dich beschützen, damit niemand dich davon abbringen kann.«

Tiefer Ernst lag auf dem jungen Gesicht. »Du bist besorgt, nicht wahr? Schon seit einiger Zeit, das blieb mir nicht verborgen.«

»Die Zusammenhänge erschließen sich mir noch nicht, Efrynn. Aber irgendetwas geht vor sich, das ist unabweisbar.« Aldavinurs Miene verdüsterte sich. »Eine große Veränderung.«

Aldavinur hoffte, dass der Regen sich zurückhalten würde, bis er wieder bei der Höhle angekommen war. Ein Guss am Tag reichte ihm völlig aus, und er schüttelte unwillkürlich eine Pranke, als wäre er in eine Pfütze getreten. Der späte Nachmittag umhüllte ihn mit trübem Licht und kühlem Wind, der träge über sein seidiges Fell glitt.

Der Weg führte von der Höhle aus nordostwärts, über weite Hänge hinauf und durch einen Passdurchgang zu den Lieblichen Höhen. Aldavinur lief im gestreckten Galopp, seine Ohren bewegten sich lebhaft, doch seine Augen blieben nach vorn gerichtet. Er hatte jetzt kein Ohr für die Schönlippenhirsche, deren trillernde Rufe verlockend von den Westhängen her erklangen, und kein Auge für die Blauseidenziegen, die am linken Berghang munter auf und ab sprangen und krachend die großen gebogenen Hörner zusammenstießen. Kein Zweifel, dass sie ihn alle bemerkten, auch die kreisenden Greifvögel dort oben, die nur in Gruppen jagenden Stachelfalken, deren grünweißes Gefieder vor dem grauen Himmel leuchtete. Sie pfiffen laut eine abwehrende Melodie, ihnen nicht die Beute wegzuschnappen.

Nichts gab es in diesem Teil der Berge, keine Tiere, ja nicht einmal Pflanzen, die den blauschwarzen Glanz des geschmeidigen Katzenkörpers nicht kannten und die nicht erzitterten, sobald sein donnernder Jagdruf erscholl.

Wohin er auch ging, sie beobachteten ihn. Selbst jetzt, da sie von der Brunft erhitzt waren, schweiften ihre Blicke immer wieder zu ihm, während er den Blàdr hinauflief, den bläulich kühlen Hang, der niemals ein Geräusch von sich gab, so verschlossen war er. Und auch jetzt glitten Aldavinurs Samtpfoten geräuschlos über das eisige Gestein hinweg.

Nordwärts, über den Hang einer schmalen Bergkette hinausragend, lag der Adfall, der zu ewigem Eis erstarrte riesige Wasserfall, der direkt aus dem Wolkenhimmelreich Adlangur herabgesandt zu sein schien, der letzten Barriere zwischen dem höchsten Gipfel der Welt, dem Wolkenreiter, und der Weltensphäre kurz vor den Außenlanden, in der die Götter und Dämoninnen wohnten.

Direkt vor Aldavinur lag nun der Passdurchgang zu den Lieblichen Höhen, und er verharrte kurz und erwies dem Adfall seine Ehrerbietung. Der Wolkenreiter lag hinter den Wolken verborgen, seit Tagen schon, und Aldavinur verspürte einen kurzen Stich im Herzen. Normalerweise begann und beendete er sein Tagwerk mit einer Verbeugung vor dem riesigen Gipfel im ewigen Eis, das im Sonnenlicht in Flammen aufbrandete, den ganzen Tag grellblau loderte, bis es am Abend in kühlem Violett zur Ruhe ging. Der Lehrmeister vermisste den Anblick des Berges schmerzlich; es gab nichts, was ihm mehr bedeutete, ja, nicht einmal Efrynn. Dass der Wolkenreiter sich seinen Blicken entzog, war von Bedeutung und erklärte zum Teil Aldavinurs düstere Stimmung.

Was ist das nur?, dachte er. *Bin ich es, o Berg, vor dem du dein Antlitz verhüllen willst? Habe ich erneut versagt? Oder tust du es, um dich vor dem Leid zu schützen, das über dieses Land oder gar die Welt kommen mag?*

Noch einmal verneigte er sich, dann durchschritt er den engen Einschnitt zwischen den beiden Bergen und fühlte sich bei dem Anblick der anderen Seite sogleich getröstet.

Ein ringsum von steilen Massiven geschütztes, verborgenes Hochgebirgstal breitete sich vor ihm aus, mit grünen Terrassenfeldern, durchsetzt von blauen Seen, in den Steinhügeln dazwischen lagen Höhlenwohnungen. Riesige Scheinbäume, teils lebendig, teils Felsen, boten mit ihren ausladenden flachen Kronen Schutz und Schatten. Hier herrschte durch Vulkanadern und heiße Quellen mildere Luft, sodass Getreide, Gemüse und sogar Früchte und Wein angebaut werden konnten. Halbwilde Ziegen liefen meckernd zum Markt, wo frisch geschnittenes Wollgras sie erwartete, und freche Schneehasen hoppelten fröhlich mümmelnd umher.

Das Volk der Fyrgar war nicht groß, es mochte nicht mehr als zweitausend Seelen zählen, und gut die Hälfte lebte hier in den Lieblichen Höhen. Ungefähr vierzig Fyrgar wohnten draußen am Berghang, an dem sich auch Aldavinur niedergelassen hatte, und dann verstreuten sie sich immer weiter westlich. Jedes Jahr zur Sonnenwende kamen die meisten von ihren Einsiedeleien zu Besuch, um in tagelangen Festen die Gemeinschaft des Volkes zu feiern und sich auszutauschen und um dabei zu sein, wenn einige von ihnen durch das Feuer gingen.

Doch es gab noch weitere hundert oder mehr Fyrgar, die keinerlei Nähe zu anderen ertragen konnten und allezeit fernblieben, nur gelegentlich Botschaften schickten. Fyrgar erspürten einander, wenn sie es wollten, wo auch immer sie waren, und sie konnten sich sogar mittels geistiger Verbindung austauschen. Sie vermochten allerdings keine Gedanken zu übermitteln, sondern nur Bilder, Eindrücke, Empfindungen. Und Wissen . . .

Im Zentrum der Siedlung lebte in einem alten Scheinbaum der gewählte Rat der Ältesten. Und nicht weit davon entfernt wohnten Resimbar und Sarundi, Efrynns Eltern, von vielen verehrt.

Außer Efrynn gab es nur noch fünf weitere Kinder in der Siedlung, sie waren älter als Efrynn und würden in den nächsten Sonnenwenden nacheinander durch das Feuer gehen, um die Zweite Stufe zu betreten.

Die Fyrgar liefen zusammen, als Aldavinur den Hauptpfad einschlug, und erwiesen ihm am Wegesrand ihre Hochachtung. Er grüßte höflich jeden Einzelnen, hielt sich jedoch nicht auf. Als er das Rauschen mächtiger Schwingen über sich hörte, sah er hoch und verlangsamte nun den Schritt.

Ein goldener Löwenleib mit Vogelklauen als Vorderbeinen, gelb-roten Flügeln auf dem Rücken und bronzefarben gefiedertem Hals, auf dem ein stolzer Adlerkopf saß, setzte neben ihm zur Landung an.

Aldavinur neigte den Kopf, Freude durchzuckte sein Herz. »Beserdem.«

Die Grypha richtete dunkle Augen auf ihn. »Lange nicht gesehen, alter Freund.«

Gemeinsam setzten sie den Weg fort, Beserdems Schulter war so hoch wie Aldavinurs, doch ihr Adlerkopf ragte über seinen Katzenschädel hinaus.

Vor dem Scheinbaum wartete bereits der Rat, und immer mehr Fyrgar strömten zusammen.

»Ich sehe mit Freude, dass du in bester Verfassung bist, Beserdem«, sagte Aldavinur schließlich höflich.

»Desgleichen gilt für dich, Aldavinur«, erwiderte Beserdem und klappte mit dem Schnabel; sie lachte. »Wir sehen uns zu selten.«

»Viel zu selten.«

»Doch du hast immer viel zu tun.«

»Efrynn.«

»Natürlich.«

Resimbar und Sarundi waren ebenfalls anwesend und neigten ihren Reptilienkopf vor ihm, als er mit Beserdem eintraf. Es waren schlanke Geschöpfe, die mühelos aufrecht sitzen und ihre vorderen Klauen als Hände einsetzen konnten. Darum beneidete Aldavinur sie manchmal.

»Wir grüßen dich, o Lehrmeister.«

»Ich grüße euch, Eltern von Efrynn. Euer Sohn ist wohlauf und wird noch heute seine Erlebnisse mit euch teilen.«

Der Rat setzte sich aus vier Vertretern zusammen: Broddi, Dasú, Ró und Garrim. Erst zur letzten Sonnenwende hatte das Volk sie neu gewählt, da von dem vorherigen Rat zwei durch das Feuer gegangen waren und die anderen beiden die Lieblichen Höhen verlassen hatten. Broddi und Ró waren mittelgroße Ranagui. Ró hatte sehr langes silberfarbenes Fellhaar und war feingliedrig, Broddi hingegen war von derber Statur und konnte seine Hände am besten für Schmiedearbeiten einsetzen. Dasú war eine aufrecht gehende Warandi mit rauer, zäher grünlicher Haut, und Garrim ein mehr als zwei Mannslängen messendes Schlangenwesen mit beeindruckender Kopfhaube.

Fyrgar setzten sich aus allen möglichen Gestalten und Formen zusammen, entsprechend ihrer Baikus. Die Ranagui waren allerdings am häufigsten vertreten, und sie übernahmen es daher, Getränke und kleine Speisen zu reichen – Wein, Bier, vergorene Milch mit Pilzsporen, dazu verzuckerte und getrocknete Früchte, saures Gemüse und Mehlfladen.

Aldavinur bekam eine Schale Kräutermilch vorgesetzt, und er tauchte seine Lippen hinein und schlabberte sie mit seiner rauen Zunge zur Hälfte leer. Er hatte seit gestern nichts mehr zu sich genommen. Milch tropfte von seinem über das Kinn hinabreichenden weißen Reißzahn herab, die er hastig mit vorschnellender Zunge auffing. Sein Magen stieß ein unmissverständliches Geräusch aus, als ein Schneehase dreist unter seiner Nase vorbeihoppelte. Aldavinurs geschlitzte Pupillen wurden blitzartig rund und so groß, dass sie das Rotgrün vollständig verdeckten, er stieß einen kurzen heiseren Laut aus, und seine dichten Brauen klappten wie ein Schild über die Augen. Eine einzelne gelbe Kralle sprang aus einem Zehenballen, als der offenbar grenzenlos dumme Hase dicht neben der Pranke sitzenblieb und anfing, seine wolligen Löffel zu putzen.

Ein reiherartiger Fyrgar schnappte blitzschnell zu, erwischte den erschrockenen Hasen mit langem Schnabel an den Löffeln und entfernte das zeternde Tier hastig aus dem Gefahrenbereich.

Aldavinurs heftig zuckender Schwanz sank nach unten, er setzte sich, hob die Pfote und leckte die Kralle wieder in den Ballen zurück; eine besänftigende Geste. Seine Pupillen normalisierten sich zu schmalen Schlitzen, und einige Fyrgar um ihn herum atmeten erleichtert auf.

Beserdem klappte mit dem Schnabel, sie schien sich köstlich zu amüsieren. Sie neigte sich zu einem Ranagui und flüsterte ihm etwas zu. Kurz darauf lag eine Schale getrockneten Fleisches vor Aldavinur, die er mit zwei Bissen leerte.

»Danke«, brummte er.

»Dir zum Wohl, verehrter Aldavinur, o alter Freund«, sagte Dàsu, und ihre Zunge vollführte eine Geste des Respekts. »Viel zu selten erfreut uns dein Besuch. Wir hoffen, dein Schüler gibt keinen Anlass zur Klage?«

»Keineswegs. Er hat heute eine vorbildliche Leistung vollbracht. Ich werde ihn später heraufschicken, damit er selbst berichten kann. Nach all dem hat er sich ein paar Tage Ruhe verdient.«

»Dann erzähl uns, was geschehen ist«, forderte Broddi ihn auf.

Aldavinur berichtete in kurzen Worten.

Efrynns Eltern waren außer sich, aber sie wagten nicht, laut aufzubegehren, und erst recht nicht, den Lehrmeister zurechtzuweisen, dass er ihren Sohn derart in Gefahr gebracht hatte. Die Grenze zu überschreiten! Die Klingfelsen zu queren, trotz der Felsspinnen!

»Die Felsspinnen können dem Jungen nichts anhaben«, gab Aldavinur ungefragt zur Antwort, weil er die Gedanken Resimbars und Sarundis erraten konnte. »Wusstet ihr, dass er Rückenstacheln entwickelt hat?«

»Nein«, sagte Sarundi verwirrt. »Er wird sich doch nicht etwa...«

»...zu einem *Drachen* entwickeln?«, vollendete Resimbar den Satz.

»Wenn das wahr ist, dann gibt es keinen Zweifel mehr daran, dass Efrynn die Hoffnung des Volkes ist!«, wurden mehrere Stimmen laut.

Die Drachen waren noch vor den Göttern da gewesen, als erste Schöpfung des ERSTEN GEDANKEN Erenatar, der angeblich selbst Drachengestalt haben sollte. Und Erenatar war in dem Augenblick entstanden, als Ishtru der Träumer das Universum erschuf, und damit war dieser ERSTE GEDANKE die unmittelbare Verbindung zum Schöpfer all dessen, was es gab. Und nicht nur das. Erenatar hatte dereinst Waldsee geformt, bevor er die Welt Lúvenor schenkte, damit der sie besiedelte. Das bedeutete seit jeher eine Sonderstellung für Drachen.

»Darüber werden wir ein andermal befinden«, mahnte Aldavinur. »In meiner Höhle liegt ein schwer verwundeter Mann, der dringend eurer Hilfe bedarf. Ich bin dazu körperlich nicht in der Lage und muss euch daher um Unterstützung bitten.«

Die Blicke seiner Artgenossen behagten ihm nicht. »Was wollt ihr mir sagen?«, fragte er schärfer als beabsichtigt.

»Sie wollen dich fragen, weshalb du den Mann hierher gebracht hast«, sagte Beserdem neben ihm.

»Ich habe ihn in meine Höhle gebracht, nicht hierher«, betonte Aldavinur und sah die vier Räte streng an.

Broddi schüttelte den Kopf. »Es tut mir leid, hochgeschätzter Lehrmeister, aber ... wir können ihn nicht hierbehalten. Du musst ihn zurückbringen, wo du ihn gefunden hast und ihn dort liegen lassen.«

»Was wollt ihr da verlangen, ich soll in der Nacht dorthin zurück? Bei bedecktem Himmel? Ausgeschlossen!« Aldavinur fletschte die Zähne. »Da breche selbst ich mir den Hals, wenn ich mich nicht in den Fallnetzen verfange.«

»So meinten wir das nicht«, beschwichtigte Ró. »Natürlich sollst du das bei Tageslicht tun.«

»Morgen früh ist er tot, wenn er bis dahin keine Hilfe erhält!«

»Dann ist das eben sein Schicksal«, sagte Dasú.

Für einen kurzen Augenblick verschlug es Aldavinur die Sprache. »Ich fasse es nicht, was ihr da von mir verlangen wollt!«

»Dem stimme ich zu, das kann unmöglich euer Ernst sein«, sagte Beserdem. »Ich würde Aldavinur unterstützen, aber meine Klauen sind für die Tätigkeiten eines Heilers genausowenig brauchbar wie seine Pranken.«

»Was hast du nur getan, Aldavinur!«, brach es aus Broddi hervor. »Fyrgar *beobachten*, sie mischen sich nicht ein!«

»Wenn wir ihn jetzt einfach so liegen lassen, haben wir seinen Tod zu verantworten«, erwiderte der Lehrmeister bemüht ruhig. »Wir töten nur, um uns zu ernähren. Die Schuld, ihn durch Nichtstun getötet zu haben, lade ich nicht auf mich. Deswegen habe ich ihn dort auch nicht liegen gelassen, wo ich ihn gefunden hatte.«

Broddi schüttelte heftig den Kopf. »Du bringst großes Unglück über uns!«, warf er dem Lehrmeister vor.

Aldavinur sah ihn fassungslos an. »Indem ich mich mildtätig und mitfühlend zeige?«

»Es ist der natürliche Gang der Dinge ...«

»Sind *das* also die Fyrgar: Rücksichtslos und gleichgültig? Nur danach bestrebt, nüchternes Wissen zu bewahren, wie ein Buch? Aber wir sind diejenigen, die das Buch *schreiben*! Ihr wollt den schmerzvollen Tod eines anderen zulassen, ohne ihm zu helfen? Weil es ... der natürliche Gang der Dinge ist? Wir sind denkende, fühlende Wesen!« Die letzten Worte schrie er, und viele duckten sich unter dem Klang seiner Stimme. Er sprang auf, sein Fell sträubte sich. »Efrynn hat das trotz seiner Jugend begriffen, denn er war sofort bereit, dem Verletzten zu helfen!«

Verlegenes Schweigen breitete sich aus. Die meisten starrten zu Boden.

»Es ist so, o Lehrmeister«, sagte Sarundi schließlich behutsam, »der Sturm vergangene Nacht brachte düstere Vorahnungen mit sich. Das Eintreffen dieses Krahim kann nicht zufällig geschehen sein.«

Aldavinur schnaubte verächtlich. »Welche Geheimnisse sollte er uns schon entlocken! Er liegt dort abgeschieden in meiner Höhle, und von mir wird er nichts erfahren.«

»Wissen ist Macht, alter Freund«, wandte Resimbar ein.

»Unsinn! Magie und Schwert sind Macht! Wissen steht darüber, es verschafft Klärung und Erleuchtung, aber diese Klippe zu erreichen gelingt niemandem, der nach Macht giert.« Aldavinurs Stimme klang jetzt streng und belehrend. »Aber in einem gebe ich euch recht. Es muss einen Grund geben, warum der Krahim gerade jetzt hierher verschlagen wurde. Das herauszufinden, wird meine Aufgabe sein.« Wütend funkelte er die Räte an. »Wer sind wir, dass wir uns über alle erhaben fühlen?«

»Ausgerechnet du fragst das?«, rief Broddi.

»Broddi!«, schrie Dasú ihn unbeherrscht an. »Hat dich dein Verstand verlassen? Derartige Respektlosigkeit wird niemals, auch nicht von einem Rat geduldet!«

Die anderen Fyrgar wichen vorsichtshalber zwei Schritte zurück und machten sich so unsichtbar wie möglich. Aldavinurs Zorn war eine brodelnde Vulkanglut, deren Hitze ihnen ins Gesicht schlug, Federn und Haare versengte und Schuppenhaut zum Knistern brachte. Jeden Augenblick konnte er in Feuer aufgehen.

Broddi störte es gar nicht, dass alle Abstand zu ihm genommen hatten. Er stemmte die langen behaarten Arme in die Seiten und funkelte zu dem Lehrmeister hoch. »Du wirst also nicht auf uns hören?«

»Nein.«

Die Antwort kam schnell. Auf Broddis Gesicht spiegelte sich plötzlich große Trauer.

»Das wirst du bereuen«, sagte er leise. »Wir alle werden es bitter bereuen und dafür bezahlen.«

Aldavinur stand immer noch wie gebannt, als Ró herankam. »Ich werde mitgehen«, sagte sie. »Ich bitte dich um ein wenig Geduld, o Lehrmeister, bis ich die notwendigen Utensilien gepackt habe.«

»Bitte reicht dem Lehrmeister noch etwas zu essen und zu trinken, solange er wartet«, ordnete Garrim an. »Er braucht Stärkung, und wir wollen doch wenigstens unsere Gastfreundschaft in Ehren halten.«

Wenn schon nicht mich, dachte Aldavinur grimmig.

Der Himmel wurde trüb und bereitete sich allmählich auf die vom Tal unten heraufkriechende Nacht vor. Immerhin wartete der Regen ab, was weiter passieren würde, damit er durch sein eigenes Rauschen nicht etwa ein Wort versäumte.

Beserdem trat dicht zu ihm und rieb ihren Schnabel an seinem Hals. »Das war keine gute Versammlung.«

»Kann man nicht sagen. Ich bin nur froh, dass ich Efrynn nicht mitgenommen habe.«

»Aldavinur . . . du wirfst uns vor, zu weit entfernt von allem zu sein. Doch du bist auch entfernt von uns.«

Er neigte den Kopf und setzte sich hin. »Das ist wohl wahr«, murmelte er.

»Du bist der Lehrmeister unseres Volkes«, fuhr sie fort. »Weiser und wissender als wir alle. Du solltest uns nicht ausschließen.«

»Das lag nicht in meiner Absicht, Beserdem. Es tut mir leid.« Er kauerte sich nieder und nahm eine weitere Schale Kräutermilch und Fleisch zu sich, und sein Magen räusperte sich dankbar.

Ihre dunklen Augen musterten ihn eindringlich. »Schon lange habe ich den Eindruck, als ob du mir etwas mitteilen möchtest.«

»Ja.« Er schluckte den letzten Bissen hinunter, leckte sich über die Samtschnauze und erwiderte ihren Blick. »Du weißt so wenig über mich, und da gibt es etwas, das du erfahren musst. Es ist nur ... ich wollte warten, bis Efrynn mich nicht mehr braucht, verstehst du?«

»Selbstverständlich. Efrynn hat Vorrang vor allem.« Sie stellte die Kopffedern wie eine Krone auf. Ihre Augen glänzten wie polierter Mitternachtsstein. »Wenn unsere Vermutung zuträfe, wäre es die Vollendung dessen, was das Volk der Fyrgar zu erreichen trachtet.«

Ró traf mit ihrem Heilerbeutel ein. »Ich bin soweit.«

»Ich hoffe, dich bald wiederzusehen«, sagte Beserdem zum Abschied.

»Du bist mir jederzeit willkommen«, erwiderte er.

Ihre Wangenfedern flatterten, sie lächelte. »Dann werde ich kommen.«

Er rieb schnurrend seine Stirn an ihrer Löwenflanke, dann wandte er sich Ró zu. »Steig auf, dann geht es schneller.«

»Darum wäre ich dir dankbar.« Sie schwang sich behände auf seinen Rücken und krallte sich in seine mächtige Nackenfalte mit dem dichten Fellkragen. Er sprang an und fegte in weiten Sätzen zum Pass zurück. Die leichte Last auf seinem Rücken spürte er kaum.

Efrynn schlummerte tief und fest, als Aldavinur mit Ró bei der Höhle ankam. Der verwundete Krahim lag im Fieberschlaf, sein Körper wurde immer wieder von Schauern geschüttelt. Ró untersuchte ihn gründlich.

»Schwere Prellungen und Blutergüsse, aber zum Glück nur der Bruch am Bein«, stellte sie am Ende fest. »Keine inneren Verletzungen, soweit ich das erkennen kann. Er wird sich wieder erholen.« Sie zog alles Notwendige aus dem mitgeführten Beutel und versorgte den Verletzten.

Gondwin kam während der Behandlung nicht zu sich. Aldavinur nahm an, dass es an dem Mittel lag, und Ró bestätigte es. »Es ist besser, wenn er dabei ruhig liegt.« Sie deckte den Mann zu. »Ich werde morgen nach ihm sehen. Doch sobald er wohlauf ist, musst du ihn fortschicken.«

»Nichts anderes habe ich vor.« Aldavinur näherte sich dem Schlummernden und stupste ihn an. »Wach auf, Junge.«

Efrynn fuhr hoch, blinzelte verschlafen und zog dann den Kopf ein. »Ein schöner Wächter bin ich«, murmelte er.

Ró lächelte, während sie etwas zu essen für ihn aus dem Beutel holte, über das er heißhungrig herfiel. »Ich denke, dein Meister wird dir ausnahmsweise verzeihen.«

»Efrynn, du wirst Ró zu deinen Eltern begleiten«, sagte Aldavinur.

Der Junge sah ihn verstört an. »Wie lange dauert meine Strafe, Meister?«

»Keine Strafe, Dummkopf. Du hast dir ein paar Tage Erholung verdient, und deine Eltern wollen dich sehen.«

»Aber ich will bei dir bleiben!«

»Und ich sage dir, geh.«

Mürrisch gehorchte Efrynn. Aldavinur begleitete ihn hinaus, doch der Junge würdigte seinen Lehrmeister keines Blickes mehr. Das Zwielicht brach gerade herein, und alles zerfloss grau in grau.

Es war dunkel, als Aldavinur vom Jagen zurückkehrte, und der Krahim war wach und erwartete ihn mit beunruhigter Miene. Seine Augen glänzten noch ein wenig fiebrig, aber er schien über dem Berg zu sein.

»Beruhige dich, ich bin es nur«, brummte der Fyrgar.

»Was ist passiert? Wo . . .«

»Du bist in meiner Höhle. Eine Angehörige meines Volkes hat dich versorgt. Wenn du dein Bein still hältst, wird der Knochen bald wieder zusammenwachsen.«

»Ich...« Der Verletzte fuhr sich durch die feinen Haare. »Danke.«

»Mhm.« Aldavinur legte ein Stück Modersaufleisch vor ihn hin, und Gondwin betrachtete es misstrauisch. »Muss ich das etwa roh essen?«

»Verwandle dich in eine Krähe, und es macht dir nichts mehr aus«, sagte Aldavinur barsch. Er war verärgert, immerhin hatte er sich viel Mühe gegeben, das beste, kaum riechende Stück aus der Lende zu lösen.

Aber Gondwin würgte an dem Brocken. »So ist das nicht. Wir essen als Menschen, und kein rohes Fleisch.«

»Verstehe ich das richtig«, Aldavinur setzte sich und nahm belehrende Haltung an, »ihr tötet eure Beute als Krähen, indem ihr sie gemeinschaftlich jagt und von einem Felsgrat stoßt. Und dann verwandelt ihr euch, zerlegt das Wild und *kocht* es?« Er schüttelte sich. »Widerlich.«

Gondwin sah ihn bittend an. »Würde es dir etwas ausmachen? Ich kann das so wirklich nicht essen. Außerdem hast du darauf herumgekaut und es eingespeichelt. Das wiederum finde *ich* widerlich.«

»Hätte ich es in meiner Pfote hertragen sollen?« Der Fyrgar seufzte. Er lief in die Felsen hinaus, kam etwas später mit Glutsteinen und Hornmoos und getrockneten Kötteln zurück, die er auf den Ziegenpfad gefunden hatte.

Inzwischen herrschte dort draußen finstere Nacht, doch in der Höhle war es durch gelblich phosphoreszierende Flechten behaglich erleuchtet.

»Bäume oder Büsche gibt es in meiner Umgegend kaum, du musst also damit vorliebnehmen.«

Gondwin verzog keine Miene. »Nur zu, mein Geruchssinn ist als Mensch nicht sonderlich ausgeprägt.«

»Warum versuchst du nicht, als Krähe zu fressen? Das würde vieles leichter machen.«

»Vergiss nicht, dass ich nur ein halber Krahim bin. Dies hier ist meine wahre Gestalt. So wie du dich vermutlich weigern würdest, in menschlicher Gestalt zu essen, ist es bei mir umgekehrt.«

»Nun, im Gegensatz zu dir habe ich nur eine Gestalt und kann sie nicht beliebig wechseln.«

»Ich im Augenblick auch nicht. Ich bin viel zu schwer verletzt. Als Krähe würde ich vermutlich an dem Bruch sterben, sollte mir ein Wechsel gelingen.«

Aldavinur legte den Kopf leicht schief. »Ein wenig kann ich dennoch nachvollziehen, was mit dir vorgeht, wenn du deine Gestalt änderst. Die Einzigartigkeit der Fyrgar besteht darin, dass sie verschiedene Entwicklungsstufen durchleben können, an denen die äußere Form mitwächst. Die Erste Stufe, genannt Leviantain, ist die der Kindheit, in der sich Efrynn gerade befindet. Ich bin auf der Zweiten Stufe, erwachsen und unsterblich.«

»Es gibt mehrere Stufen?«

»Ja, vier.« Von der fünften träumten die Fyrgar nur.

Manchmal, wenn er sich in den besonders einsamen Momenten den Göttern nah fühlte, war Aldavinur geneigt, an die Fünfte Stufe zu glauben. Dort oben, auf dem gleißenden Gipfel des Wolkenreiters, war die Luft so dünn, dass er sich nur sehr langsam bewegen konnte, um nicht von Schwindel befallen zu werden, und beinahe konnte er den glitzernden Himmel berühren. Die Bergspitze reichte bis in die Weltensphäre hinein. Aldavinur konnte sie spüren, wenn er den Kopf hochreckte, den Verstand ausschaltete und seinen Sinnen folgte. Dann, ja dann, schien es möglich zu sein, die Fünfte Stufe zu erahnen. Und wenn Aldavinur halb im Höhenrausch war und das Abbild Lúvenors hoch oben in den Sphären, in der Nähe des Siebensterns, sah, wenn er sich dem Schöpfergott ganz nah und verbunden fühlte und seinen leisen Gesang in sich hörte, schwingend mit den Tönen der Weltenmelodie, die hier oben so klar und rein war wie nirgends sonst ... dann musste der letzte Schritt dort hinaufführen. Die Erleuchtung der Fünften Stufe bedeutete vielleicht, dass man ein Stern wurde, ein Wächter des Himmels. Das war möglicherweise Efrynns Schicksal.

Im letzten Sommer erst hatte Aldavinur dem Jungen den Sternenhimmel erklärt, über dem der Siebenstern thronte.

»Der Siebenstern ist ein Wächter, nicht wahr?«, hatte Efrynn damals gefragt.

»Er bedeutet den Schutz der Neutralität für Waldsee«, antwortete Aldavinur. »Weder Regenbogen noch Finsternis können die Welt als Bastion nutzen. Gleichzeitig bietet Waldsee Asyl für denjenigen, der dem Ewigen Krieg entsagen will, gleichgültig, zu welcher Seite er gehört.«

»Der Ewige Krieg ist da draußen ...«

»Der Sturm kommt näher. Ja. Doch derzeit sind wir sicher.«

Efrynn dachte eine Weile nach. »Aber was ist ... wenn eine Bedrohung von innen heraus erwächst? Von etwas, das schon auf dieser Welt war, lange Zeit, bevor der Siebenstern entstand?«

Eine kluge Frage. »Es gibt noch weitere Wächter, die diese Welt schützen, Efrynn. Zum einen ist da Nachtfeuer.«

»Ist er nicht ein Dämon?«

»Der älteste von allen, und der mächtigste, sagt man, weil er der Sohn der Urmutter aller Dämonen ist. Anfangs war er ein großer Streiter der Finsternis. Doch dann hat er sich für den Regenbogen entschieden und beschützt Waldsee seither. Und dann ist da noch Halrid Falkon, der Annatai, der Zauberer. Die Annatai sind die mächtigsten geborenen Geschöpfe, und auch er ist ein bedeutender Wächter über die Welt. Deshalb ist mir nicht bang.«

Und deswegen, nach solch erhabenen Momenten, auch wenn Aldavinur zunächst gesättigt und zufrieden, *glücklich*, wieder hinabstieg, kam er unten völlig ernüchtert und bei klarem Verstand an und konnte sich nur wundern über sein Hochgefühl. Er berauschte sich sonst nie, weder an Vergorenem, noch an Schwelkräutern, ihm war es wichtig, stets die Kontrolle über alles zu haben. Oben auf dem Gipfel aber verlor er alles, seinen Verstand, sein Wissen, seine Vernunft.

Denn man musste nicht allzu gut rechnen können, um zu erkennen, dass nach der Unsterblichkeit der ersten beiden Stufen noch Stufe Drei und Vier dazwischen standen, bevor die Erleuchtung erreicht werden konnte, und beide bedeuteten Sterblichkeit. Weil auch Geburt und Verfall zum Wissen gehörten.

Ein langer Weg, dessen Ende nicht absehbar war.

Und so blieb letztendlich nur eine Erkenntnis.

Es gab keine Fünfte Stufe, sie war ein Wunschtraum, weil jeder, der auf einer so hohen Entwicklungsstufe war wie die Fyrgar, unweigerlich von Vollkommenheit träumte. Träumen musste, weil sonst nichts mehr blieb. Doch Vollkommenheit war unerreichbar.

Ebenso gewiss war es aber, dass Aldavinur und der Berg zusammen gehörten. Der Klang der Sphären war es, der ihn bald wieder hinauf trieb, der ihn so sehr erfüllte und ihn manchmal dazu neigen ließ, für immer dort oben zu bleiben.

Aldavinur blinzelte, er war abgeschweift. Er lebte gewöhnlich allein mit sich und seinen Gedanken und war es nicht gewöhnt, jemanden um sich zu haben. Doch der Krahim hatte die ganze Zeit geschwiegen.

Gondwin schien seinerseits in Gedanken versunken gewesen zu sein, denn unvermittelt fragte er: »Also ihr wandelt die Gestalt. Wie geschieht das?«

»Indem wir durch das Feuer gehen.«

»Bildlich gesprochen.«

»Wörtlich.«

Gondwin fuhr sich verblüfft in einer unsicheren Geste durch das feinfiedrige schwarze Haar, dann fuhr er fort: »Aber was wäre, wenn du die nächste Stufe – also die Dritte Stufe, wenn ich das richtig verstanden habe – erklimmst und gehst als Mensch hervor?«

»Völlig ausgeschlossen. Mein *Baiku* ist dies hier, und der nächste Schritt wäre eine Weiterentwicklung davon. Eine menschliche Gestalt wäre ein Rückschritt.«

Gondwin starrte ihn an und lachte dann trocken. »Kein Wunder, dass ihr hier oben abgeschieden lebt. Dort unten in der Ebene, unter all den anderen Völkern, würde niemand eine derart überhebliche Haltung dulden. Sicherlich sehen auch die anderen Alten Völker die

Menschen als kurzlebig und verletzlich an, aber sie geben sich ihnen gegenüber nicht derart herablassend.«

»Auch unter sich nicht, wenn kein Mensch zuhört?«, gab Aldavinur zurück. »Und ihr Menschen wiederum seht alles, was nicht so ist wie ihr, als gleichwertig an?«

»Menschen sehen nicht einmal ihre eigene Art als gleichwertig an, aber darum geht es nicht. Sondern um die Haltung deines so hochedlen und gebildeten Volkes, das sich über alles erhaben dünkt.«

»Worüber regst du dich auf? Du bist noch nicht einmal ein richtiger Mensch.«

»Das ist wohl wahr. Und für dich bin ich dadurch noch minderwertiger, nicht wahr?«

»Nicht minderwertig«, verbesserte Aldavinur mild. »Nur nicht auf der Stufe unserer Entwicklung. Wir sehen jedes Leben als kostbar an, Gondwin, das verstehst du falsch. Ich war vorhin nicht überheblich, sondern aufrichtig. Die Fyrgar sind das Volk, das die höchste Weisheit und Entwicklung besitzt, und zwar von allen Völkern Waldsees. Nur die Annatai, die Wahren Zauberer von jener weit entfernten ältesten Welt, stehen über uns.«

»Die dünne Luft hier oben und das starke Sonnenlicht haben euren Verstand ausdörren lassen«, sagte Gondwin gekränkt. »In euren hohen Gefilden habt ihr euch so weit von der Welt entfernt, dass ihr überhaupt keine Ahnung mehr habt, was da unten tatsächlich vorgeht!«

»Wie meinst du das?«

»Ich will jetzt nicht mehr darüber reden. Ich habe Hunger, außerdem ist mir kalt.«

Aldavinur ging noch einmal hinaus, holte mehr Brennmaterial. »Mit den Glutsteinen wirst du es lange warm haben.«

Er grub mit einer Pranke eine kleine Kuhle, schichtete die porösen, silbrigen Glutsteine darin auf, verteilte Moos und Köttel. Dann fuhr er die Hauptkralle der rechten Tatze aus und hielt sie über ein Moosstück. Plötzlich flammten seine Augen auf, ihr Licht spiegelte sich in Gondwins metallisch blauen Augen, und der wich erschrocken zurück.

Ein Blitz, ein leiser Knall – dann loderte das Moos lichterloh auf und entzündete den getrockneten Kot. Beißender Gestank breitete sich in der Höhle aus. Mit gespitzten Lippen blies Aldavinur die Flammen unter den Steinen an, die daraufhin dunkelrot aufglühten und zu brennen begannen.

»Brennende Steine?«, sagte der Krahim ungläubig. Die Flammen zeichneten flackernde Lichter an die Felswände und lockten verschlungene Zeichen aus den phosphoreszierenden Flechten hervor.

»Nur in diesem Gebirge gibt es die besondere Zusammensetzung des Gesteins«, brummte der Fyrgar. »Deswegen ist mein Volk vor langer Zeit hierhergezogen. Nicht nur, um den Göttern nah zu sein und die letzte Stufe der Weisheit zu finden, sondern auch wegen des Feuers, das es in dieser Höhe gibt. Es ist von ganz besonderer Art, und es macht uns zu dem, was wir sind. Die Steine sind nicht leicht zu erobern, aber ich habe genug davon.«

»Dann ... könnt ihr nur hier *durch das Feuer* gehen?«, fragte Gondwin.

»Um die nächste Stufe zu erreichen? Nein. Nicht, solange wir einen Glutstein bei uns haben; der genügt uns. Aber es besteht kein Grund dazu, irgendwo anders durch das Feuer zu gehen, da wir unsere Gefilde normalerweise nicht verlassen. Warum auch?«

Gondwin hatte die Augen immer noch weit aufgerissen.

»Und du ... kannst Feuer machen ... einfach so?«

»Ich kann auch Feuer pinkeln, wenn es sein muss«, antwortete Aldavinur und zog die Lefzen in einem breiten Grinsen zurück. »Wir beherrschen das Feuer, und wir sind das Feuer selbst, Gondwin. Fyrgar, Feuerfels, wie das Gebirge, so lautet unser Name. Wir sind Eins, die Berge und mein Volk.«

»Ihr könntet die besten Schmiede der Welt sein.«

»Schmiede?« Aldavinur schnaubte. Natürlich, Menschen dachten nur ans Geschäft. Und an den Krieg, den sie führen mussten, um den größten Gewinn zu erzielen, den sie dann als Machtmittel einsetzten. »Die gibt es dort unten in Barastie, die Besten der Welt, sagt man. Genügt das nicht?«

Direkt neben den immer stärker aufglühenden Steinen, die

schnell eine wohltuende Wärme verbreiteten, grub Aldavinur eine zweite Kuhle und legte sie mit flachen Steinen aus. »Lass sie sich erhitzen, dann leg dein Fleisch zum Braten darauf«, sagte er. »Ich bin gleich zurück.«

Gondwin rückte nah ans Feuer und wärmte sich dankbar.

Eine Stunde später kehrte Aldavinur wieder zurück. In seinem Fang trug er einen Kessel, in dem wiederum ein kleinerer Kessel war, und noch eine gefüllte Wasserblase und zwei Bündel getrocknete Kräuter. Ein alter Fyrgar, der ebenfalls in diesem Hochtal wohnte, war so freundlich gewesen, ihm all diese Dinge zu leihen. »Morgen bringe ich dir noch mehr Wasser in dem großen Kessel; in dem kleinen kannst du dir Kräutertee zubereiten.«

»Wie bist du daran gekommen?«, fragte Gondwin.

»Manche von uns haben geschickte Hände.«

»Also seid ihr *doch* Schmiede.«

Aldavinur deutete mit einer Kralle auf einen Kräuterbund. »Für den Tee; die anderen Kräuter sind für dein Fleisch, damit es etwas Geschmack bekommt. Das Feuer wird die ganze Nacht brennen.« Er musterte den Krahim eindringlich, dann wandte er sich zum Gehen.

»Gestatte mir noch eine Frage!«, rief der Krahim ihm nach.

»Da kann ich nicht widerstehen.« Der Lehrmeister richtete die Turmalinaugen auf den verletzten Gast. »Stelle sie.«

»Wie haben die anderen aus deinem Volk meine Anwesenheit aufgenommen?«

»Sie sagten, dass du Unglück bringst. Haben sie recht?«

»Nein«, sagte Gondwin und klang davon überzeugt.

4.

Dunkelhimmel

Im Südosten, kurz bevor Berge und Wüste ineinander überflossen und Fels in Sand zerrann, dort, wo östlich hinter dem letzten Ausläufer Fyrgars die Umschließende See sich donnernd an wuchtigen und zähnestarrenden Klippen brach, lag das Fürstentum Barastie von Luvgar, und dort hatte die Veränderung im vergangenen Sommer ihren Anfang genommen, bevor Sansiri ihrer dunklen Versuchung erlag und Gondwin seinen Unfall erlitt. Die herrschende Familie hatte einen sehr langen Stammbaum, der bis zurzeit der Vier Königreiche zurückreichte. Ob Fürst Réando tatsächlich in direkter Linie dem Königsgeschlecht entstammte, wie er behauptete, war allerdings nicht mehr vollständig nachvollziehbar – aber zumindest entsprang er nachweislich einer Seitenlinie. Insofern war Barastie von besonderer Bedeutung für das in viele kleine und große Reiche zersplitterte Luvgar. Die Gebiete, die normalerweise kein Herrscher für sich beanspruchte, weil die Alten Völker sich dort niedergelassen hatten, wurden heutzutage immer weniger. Vielerorts wurden Burgen gebaut, in denen sich Händler oder auch alt gewordene erfolgreiche Räuber, die ihren Ruhestand genießen wollten, niederließen und ein gewisses Gebiet von da an beanspruchten, samt Siedlungen und Einwohnern. Das sahen die größeren und vor allem alteingesessenen Barone, Herzöge und Fürsten nicht gern, da sie um ihre eigenen Machtansprüche fürchteten, und sie fingen an, Bündnisse einzugehen statt Krieg zu führen, und Beistandspakte zu schließen. So zeigten sie mit geballter Macht, dass, was groß war, groß bleiben würde, und was klein war, nie mehr als den niedrigsten Rang in der Hierarchie einnehmen konnte.

Dabei spielte Barastie eine wichtige Rolle; Fürst Réando führte bei allen Zusammenkünften den Vorsitz, und sein Wort hatte das größte Gewicht.

Doch Saranla, die Fürstin des an Barastie angrenzenden Nachbarlandes Hasad, hielt sich ebenfalls für eine direkte Nachfahrin des Königshauses und war bestrebt, ihre Herrschaft über ihre Grenze hinaus auszudehnen. Sie verfügte über fruchtbares Land, und sie regierte mit eiserner Hand und hatte im Lauf von zwei Jahrzehnten Kriegerbauern herangezogen, die im Frieden ihre Felder bestellten und im Kampf unerbittlich das Schwert schwangen. Hasad galt nach außen hin als vorbildlich regiertes, friedliches, reiches Land mit zufriedenen Untertanen und blühenden Städten.

Sollte Saranlas Vorhaben gelingen, würde ihr Sohn und einziger Nachkomme Sasteme, der inzwischen dreiundzwanzig Jahre zählte und demnächst verheiratet werden sollte, die Herrschaft übernehmen. Dies sollte das Fundament für das neue Reich bilden, das Saranla errichten wollte. Sasteme sollte der Begründer des neuen Königshauses werden. Und sie wollte sich auch an Barastie heranwagen.

Das Fürstenschloss von Barastie lag in einer mächtigen Felsenfestung am Fuße des Gebirges, in der Nähe des Schlafenden Vulkans. Hier gab es viele heiße Quellen und Spalten, durch die tief unten ein steter, träger Lavastrom floss. Viele solcher Adern durchzogen das raue, karge Land mit seinen finsteren Wäldern und den dampfenden Seen. So wie das Land waren auch die Leute: Groß gewachsen, kräftig und schweigsam, Jäger und Bauern, Bergleute und vor allem Schmiede. Es gab nur wenige Städte, aber dafür umso größere Märkte, auf denen vorwiegend handwerkliche Erzeugnisse angeboten wurden. Die Schmiede Barasties galten als große Künstler, und die Berge waren reich an Erzen und Metallen zur Erzeugung von Waffen und Rüstungen, von Geräten für Haus und Hof, von Toren, Gittern und Ketten. Aber auch Glas wurde hergestellt, in allen Farben, vor allem für Fenster und Spiegel. Der auf diesen beiden Handwerkskünsten beruhende Reichtum Barasties galt als märchenhaft, denn diese Erzeugnisse waren allerorts begehrt auf Waldsee, und Händler von überall kamen zu den großen, das ganze Jahr über dauernden Märkten, die alles an Waren feilboten, was das Land selbst nicht zu bieten hatte. Wohlgenüsse für den Magen, Schmuck, edle Stoffe, Rauschkräuter und Gewürze und dergleichen mehr.

»Unser Fortbestand steht auf dem Spiel«, sagte Fürst Réando düster und wanderte mit auf dem Rücken verschränkten Händen vor seinem Thron auf und ab. Die Sonne fiel durch hohe, schmale, bunt verglaste Fenster herein und zauberte ein prächtiges Spiel auf den mit großen Mosaiksteinen ausgelegten Boden. In die wuchtigen Holzsäulen und Bögen der Halle waren prachtvolle Ornamente geschnitzt, die mit Edelsteinen verziert waren.

Seine Tochter Nansha stand reglos in der Mitte der Halle, umkränzt von Sonnenstrahlen. Draußen fauchten heiße Wüstenwinde, die gegen die Fallwinde der Berge kämpften, um die Zinnen des Schlosses, doch hier drin herrschte die gewohnte dämmrige Kühle. Die wirbelnden Winde kündigten bereits den nahenden Herbst an; die Zeit der Ernte und der Stürme nahte, sobald sich das Wetter nach Westen drehte.

Der Fürst blieb stehen und wandte sich zu der Prinzessin hin. Nanshas Schweigen war lauter und eindringlicher als ihre Stimme. Sie war eine streng dreinblickende junge Frau, die nach dem Tod der Mutter vor zehn Jahren an deren Stelle gerückt war, im Alter von gerade einmal zwölf Frühlingen, und die seither die Pflichten einer Fürstin erfüllte. Sie lachte nur selten und gab sich stets beherrscht. Darin war sie ihrem Vater sehr ähnlich.

Vater und Tochter waren prächtig gewandet und traditionell geschmückt. Die Barastie zeigten ihren Reichtum nicht nur durch ihre Bauten, sondern auch in der Kleidung. Doch unter der juwelenglitzernden Pracht verbarg sich oft ein eher sprödes Wesen.

»Ich weiß, Nansha«, sagte Réando ruhig. »Ich weiß, welches Opfer von dir verlangt wird. Aber siehst du einen anderen Weg?«

»Als eine Heirat mit Sasteme? Mich vom höchsten Turm zu stürzen.« Sie machte eine wegwerfende Handbewegung. »Die Hasad erschleichen sich auf diese Weise doch nur unseren Thron!«

»Sie versuchen es, mehr nicht. Andererseits bekommen wir sie so unter Aufsicht.« Réando stieg die drei Stufen zum Thron hinauf und ließ sich darauf nieder. »Saranla hat es sehr geschickt verstanden, ihre Macht im Verborgenen aufzubauen. Ich habe sie unterschätzt, weil ich sie seit meiner frühen Jugend kenne. Sie war ein fröhliches und unbeschwertes Mädchen damals, wir haben viel gelacht, Streiche gespielt und hatten Spaß, wenn unsere Familien zusammenkamen. Ich hätte niemals gedacht, dass unter dieser lieblichen Schale ein ehrgeiziges, machtbesessenes und rücksichtsloses Herz schlug.«

»Vielleicht hat sie sich verändert?«

»Nein, Nansha. Ich hätte es schon erkennen müssen, als unsere Eltern meine Werbung um Saranla ablehnten, weil sie keinen Zusammenschluss der beiden Reiche wünschten. Blanker Hass stand auf ihrem Gesicht, als sie unsere Eltern ansah. Ich erschrak damals darüber, war jedoch selbst viel zu aufgebracht, um allzu sehr darauf zu achten. Danach ... sprach sie nur noch das Notwendigste mit mir und erschien auch nicht zu meiner späteren Hochzeit mit deiner Mutter. Unsere Freundschaft, die sich bei mir zu Liebe entwickelt hatte, war zerbrochen, und ich habe mir einige Jahre lang Vorwürfe gemacht, dass es meine Schuld gewesen war.« Er hob die Schultern. »Aber wer denkt in solchen Momenten schon darüber nach, dass es Saranla nur um Macht ging? Die Zusammenhänge klären sich immer erst später.«

»Dann kann ich dich umso weniger verstehen, dass du mich jetzt an ihren Sohn verkaufst«, erwiderte Nansha.

»Ich sagte es schon: Nur so kann ich sie im Auge behalten und rechtzeitig eingreifen. Ich bin kein Narr, ich weiß, dass Saranla meinen Tod bereits geplant hat ... und deinen vermutlich auch, sobald du den Thronerben geboren hast. Ich kann nur gegensteuern, indem ich Mutter und Sohn so nah wie möglich an uns heran lasse – aber nur die beiden, und nicht ihr gesamtes Heer.«

»Und was wäre, Vater, wenn du ablehnst und sie daraufhin ihr Heer gegen uns aufmarschieren lässt? Soll sie doch! Dieses Schloss ist uneinnehmbar!«

»Aber das Land nicht, Tochter. Das Volk würde zu leiden haben, es gäbe Hunderte, wenn nicht Tausende Opfer. Armut, Hunger und Krankheiten würden ausbrechen, und am Ende müssten wir dennoch aufgeben, wenn die Belagerung zu lange andauert. Wir können uns nicht selbst versorgen. Und ich habe nur halb so viele Soldaten wie Saranla, denn niemand hat es bisher je gewagt, mir zu drohen.

Warum auch? Unsere Traditionen haben ganz Luvgar reich gemacht, und das königliche Erbe hat immer noch Wert und Bestand.«

Finsternis verdunkelte Nanshas felsgraue Augen. Ihre feingliedrigen Hände ballten sich zu bleichen, harten Fäusten. »Dann werde ich Sasteme töten, und seine Mutter ebenso.«

»Niemals«, sagte Réando leise, aber so scharf, dass der Ton einen Harnisch durchschneiden könnte wie ein frisch gebackenes Brot. »Diese Schande begehen wir nicht, meine Tochter. Es gibt eine Grenze, die wir niemals überschreiten werden, und nicht nur hinsichtlich des Erbes der Königslinie, sondern auch hinsichtlich unseres reinen und wahren Selbst. Die Fyrgar haben ein Wort dafür: Baiku. Dieses werden wir niemals besudeln, denn unser höchstes Ziel sollte Ehre sein und Wahrhaftigkeit.«

Nansha legte den Kopf leicht schräg. »*Die* Fyrgar?«

Der Fürst zeigte zur Decke. »Das unsterbliche Volk, das hoch in den Bergen lebt.«

»Ich dachte, das wäre nur eine Legende ...«

»Oh nein. Dieses Volk besitzt das Wissen der Welt und ist von höchstem Stand. Nachdem ich Saranla nicht heiraten durfte, reiste ich damals Richtung Wolkenreiter, weil ich Antworten suchte auf so viele Fragen ...«

»Und was hast du gefunden?«

»Mich.«

Die Prinzessin nickte langsam. »Ich bin nicht überrascht, nur gekränkt, weil du mir das erst jetzt offenbarst. Wie dem auch sei. Und das also, was du bei den Fyrgar gelernt hast, begründete den dauerhaften Frieden unseres Landes?«

Der Fürst lächelte leicht. »Ja, seither gab es keinen Krieg mehr, und abgesehen von kleineren Grenzstreitigkeiten oder neuen Landbesetzungen wirkte sich das auf ganz Luvgar aus. Als ich nach vier Jahren von meiner Reise zurückkehrte, bestieg ich den Thron. Ich forderte meinen Vater zu einem Wettstreit des Verstandes heraus, und er nahm tatsächlich die Folgen auf sich, als er verlor.«

Nansha kam mit kleinen Schritten näher. »Bist du jemals wieder zu den Fyrgar gegangen?«

Ihr Vater schüttelte den Kopf. »Schließlich hatte ich viel zu tun, und fünf Jahre später hatte ich eine Frau ... und nicht zuletzt dann dich.« Er rieb sich den kurz geschnittenen dunklen Bart, in den sich bereits feine weiße Fäden schlichen. »Das alles ist schon ziemlich lange her, wenn ich es recht bedenke«, brummte er. »So jung bin ich ja gar nicht mehr ...«

»Vater«, sagte Nansha leise. »Geh noch einmal in dich.« Seine Tochter stieg die Stufen hinauf, kniete vor ihm nieder und ergriff seine Hand. »Vater, ich bitte dich«, flehte sie. »Es gibt noch einen anderen Weg ...«

Seine Stirn umwölkte sich. »Dazu habe ich dir meine Antwort bereits gegeben. Ich kann mein einziges Kind nicht irgendeinem dahergelaufenen ...«

»*Schmied*, Vater. Er ist ein Meister des Handwerks, das du öffentlich lobst und ehrst. Und du hast ihn sogar zum Fürstlichen Meister ernannt!«

»Das war, als ich noch nicht wusste, dass –«

»Und um sich meiner würdig zu erweisen, steigt er nun in den Schlafenden Vulkan hinab, um einen jener sagenhaften Diamanten zu finden, die es uralten Aufzeichnungen zufolge dort unten geben soll und die so viel wert sein sollen wie halb Barastie. Das wäre ein Brautgeschenk, das du nicht ablehnen kannst! Außerdem ist Lýtir ein tapferer und guter Mann, ein Mann von Ehre, und ihm liegt das Schicksal unseres Landes am Herzen.«

Réandos Augen nahmen einen traurigen Glanz an. »Was erzählst du mir da, Kind?«

»Ich erzähle dir«, antwortete sie mit bebender Stimme, »dass ich das alte Gesetz unserer Dynastie in Anspruch nehme, wonach ein Held, der ein angemessenes Brautgeschenk bringt, einem Adligen gleichzustellen ist und bei der Auswahl der Bewerber berücksichtigt werden muss, wenn es die Prinzessin ausdrücklich wünscht.«

Er ließ sich auf seinem Thron zurücksinken und atmete schwer. »Du ... hast dich kundig gemacht.«

Sie richtete sich auf, und Stolz sprach aus ihrer Miene. »Gewiss, Vater, wie es meine Aufgabe ist als Fürstin, die vor Jahren an die

Stelle ihrer Mutter getreten ist und die den Thron erben wird und daher frühzeitig Entscheidungen treffen muss, um die Zukunft zu sichern.«

Der Fürst schwieg lange Zeit, und Nansha verharrte weiterhin reglos vor dem Thron.

»Wie es scheint, hast du deine Entscheidung getroffen«, sagte er schließlich.

Sie nickte. »Ja, Vater. Lýtir ist der Mann, den ich an meiner Seite haben will. Er ist bodenständig, und er ist unserem Thron verbunden, und er liebt mich aufrichtig, dessen bin ich sicher. Ein Mann wie er versteht nichts von List und Tücke, Intrigen und Ränkespielen, er ist ein harter Arbeiter mit den Händen, der Tag für Tag Metall bearbeitet, in Ruß und Schweiß. Er ist gerade heraus, und er besitzt einen gesunden Verstand.« Ein weicherer Ausdruck huschte über ihre Miene. »Er bringt mich zum Lachen, Vater.«

Jäh stand der Fürst auf, ging erregt die Thronstufen hinunter und zum Banketttisch, auf dem Wein, Früchte und Nüsse bereitstanden. Er schenkte sich ein und trank den Pokal in einem Zug leer, bevor er ihn absetzte und sich seiner Tochter zuwandte.

»Du kämpfst mit unlauteren Mitteln!«, rief er. »Indem du ...«

»Indem ich dich an deine eigene Ehe erinnere? Dass du Mutter deswegen den Vorzug vor den anderen edlen Damen gegeben hast, weil sie dich zum Lachen brachte?«

»Du ... sprichst meine Gefühle an, doch in so einer Frage darf nur der Verstand entscheiden!«

»So wie du damals nur mit dem Verstand entschieden hast?« Nansha verzog spöttisch die vollen Lippen. »Lýtir wird starke, gesunde Kinder zeugen und unsere dahinschwindende Familie mit neuem Blut füllen und wieder wachsen lassen! Und unsere Kinder werden viele Begabungen erben!«

Réando leerte den zweiten Pokal und dachte nach, während seine Hand einen eigenwilligen Takt auf eine Stuhllehne schlug.

Nansha erhob sich und trat auf ihn zu.

»Er ist heute gegangen, sagst du?«, murmelte er, den Blick von ihr abgewandt und auf den Tisch gerichtet.

»Ja. Ich schätze, er wird zwei oder drei Tage unterwegs sein; dort unten gibt es viele Wege.«

»Wahrscheinlich hast du ihn in den Tod geschickt, du törichtes Kind. Niemand geht dort hinunter, nicht einmal ein Zwerg oder einer von den Alten! Ich glaube, selbst die Fyrgar würden sich weigern, diesen Ort zu betreten. Es ist unerträglich heiß und voller Schwefel und Gase, die dir den Verstand benebeln und dich den Rückweg nicht mehr finden lassen, und wenn, dann geistig verwirrt.«

»Eben deswegen wollte er es unbedingt versuchen«, sagte sie sanft. »Er sah es als einzige Möglichkeit, dich zu beeindrucken. Und als einzige Möglichkeit, wie er dich überreden könnte, unserer Heirat zuzustimmen und ihm dein Vertrauen zu schenken.«

Er stieß einen trockenen Laut aus. »Und glaubst du wirklich, dass er dort unten einen Diamanten findet, so groß wie eine Faust?«

»Ich weiß nicht, was er dort unten findet, Vater. Ich habe ihm gesagt, dass es mir genügt, wenn er selbst gesund und wohlbehalten zurückkehrt zu mir, denn mehr brauche ich nicht.«

Er seufzte laut. »Und wie hast du dir das Weitere vorgestellt? Nehmen wir an, ich stimme zu . . . wie willst du den Krieg mit Hasad verhindern?«

Nansha setzte sich an den Tisch und griff nach der Fruchtschale. »Lýtir erzählte mir, dass er jemanden kennt, der uns dabei helfen könnte.« Sie schob eine rosafarbene, saftige Anteluse in den Mund und kaute sie genießerisch.

»Und wer sollte das wohl sein?«, hakte Réando verächtlich nach, während er den Pokal ein drittes Mal füllte.

»Halrid Falkon.«

Der Fürst ließ den Pokal fallen, und der Inhalt ergoss sich über den Tisch. »Der Annatai? Der Zauberer? Der mit dem Drachen? Bist du wahnsinnig geworden? Der befindet sich in anderen Gefilden als unseren!«

»Nicht immer«, erwiderte die Prinzessin und gestattete sich ein vergnügtes Lächeln. »Lýtir erzählte mir, dass er eines Tages, es muss etwa fünf Jahre her sein, mit dem Drachen vor seiner Schmiede landete und ihn bat, sein Schwert, das stark beschädigt war, wiederherzustellen. Eine Aufgabe, die sich leicht anhört, die aber nicht von jedem Schmied ausgeführt werden konnte. Anscheinend war Lýtir nicht der Erste, den der Zauberer aufsuchte, doch tatsächlich besaß er die Fertigkeit, *und* vor allem das richtige Feuer, das Schwert wie neu zu machen. Unsere Essen sind einzigartig, Vater, ohne sie wären unsere Schmiede trotz ihrer Begabung nur halb so gut. Das Gestein ist es, und die Beschaffenheit des Holzes aus den Bergen, die zusammen erst das Talent unserer Schmiede vollenden. Und genau deshalb konnte Lýtir Halrid Falkons Wunsch erfüllen, und er muss in der Tat der Beste sein, wenn der Zauberer ihn und keinen anderen in Barastie aufsucht.«

Réando musste sich setzen. Er war sprachlos.

Nansha fuhr fort: »Halrid Falkon war nicht nur sehr zufrieden, sondern auch erleichtert, dass sein Schwert besser war denn je. Da er kein Geld und nichts Wertvolles besaß, sagte er zu Lýtir, dass er ihm einen Gefallen schulde.«

Der Fürst suchte hastig in seinen Taschen, zog schließlich ein Tüchlein hervor und betupfte sich die schweißbedeckte Stirn. »Das ... das ist doch nicht dein Ernst? D-der unsterbliche Zauberer schuldet einem ... einem *Schmied* einen *Gefallen?*«

»Unterschrieben und besiegelt«, bestätigte die Prinzessin. »Lýtir weiß, wie er ihn und seinen Drachen herbeiruft. Wenn wir Halrid Falkon unser Problem auseinandersetzen, wird er sich bestimmt bereit erklären, als unser Fürsprecher bei den Verhandlungen mit Saranla dabei zu sein. Glaubst du, sie wird es wagen, die Unterschrift auf dem Friedensvertrag zu verweigern, wenn er dabei ist? Sicher kennt auch sie die Legenden über diesen Mann, der einst ein großer Kriegsherr war, und nicht zu vergessen – er ist ein Zauberer, ein wahrhaft Mächtiger, *und* von göttlichem Geblüt.«

»Deswegen hast du mich also um diese Unterredung gebeten.«

»Ja, Vater.«

Der Fürst wiegte nachdenklich den Kopf. »Zwei oder drei Tage, sagst du?«

»Ich sagte Lýtir, er dürfe keinesfalls länger fort sein.«

Wie aufs Stichwort öffnete sich das Eingangsportal, und ein blassgesichtiger Herold kam herein. Er trug nicht die Farben Barasties, sondern Hasads. Dennoch war sein unangemeldeter Auftritt zu dieser Zeit nicht ungewöhnlich.

Réando schaute hoch zum Fenster. »Wie jeden Tag ist er pünktlich«, murmelte er. Er erhob sich und ging dem Herold entgegen, der einen vollendeten Bückling vorführte und in leicht gebeugter Haltung stehen blieb. Sein Blick von unten herauf bekam dadurch etwas Verschlagenes.

»Hochedler Fürst, seid Ihr zu einer Entscheidung gekommen?«, fragte er unumwunden. In den vergangenen drei Tagen hatte er noch geschraubte Floskeln benutzt, doch inzwischen schien ihn die ununterbrochene Warterei auf der Bank vor dem Eingang zu ermüden. Réando hatte ihm kein Gastzimmer zugewiesen, sondern ihn auf den Warteplatz verbannt. Die Wut des Mannes stieg sicherlich von Stunde zu Stunde, und dementsprechend nahm er auch zusehends seine devote Haltung zurück.

»Drei Tage«, sagte der Fürst ruhig, jedoch deutlich von oben herab. »Dies ist meine Antwort für heute, und nun geh.«

»Ich weiß, Ihr werdet die Frist wahren«, zischelte der Herold in mühsam unterdrücktem Zorn und verbeugte sich tief.

»Bis zur letzten Stunde, wie ich es jeden Tag verkünde«, erklärte Réando und wandte sich ab.

Der Herold verließ in gebeugter Haltung rückwärts gehend den Thronsaal, und die Flügel schlossen sich wieder mit lautem Hall.

»Wir sollten bis dahin darum beten, dass dein Plan aufgeht, Tochter«, sagte der Fürst in einer Mischung aus Hoffnung und Furcht. »Wenn Lýtir nicht rechtzeitig zurückkehrt, gehen wir nach meinem Plan vor, und du wirst gehorchen.«

»Gewiss, Vater.« Ihre Augen wurden eng, die Lippen schmal, das Gesicht starr.

Selbst für einen Schmied war die Hitze hier unten unerträglich. Der Berg umschloss ihn mit schwarzen, rauen Kanten und mit schwerem, massivem Gestein. Kostbare Glutsteinadern gab es hier, die silbergrau glitzerten, und edle Metalle und Kristalle. Ein reicher Berg, den zu besitzen Barastie sich rühmen konnte, und ebenso, ihn zu beherrschen. Durch die dicken Adern floss träges Leben, das sich stauen und in tödlicher Gewalt ausbrechen könnte ... doch der Vulkan schlief seit Jahrtausenden, sein Krater war leer, von hoch aufragenden, gezackten Felsfingern umgeben, die noch nie jemand bestiegen hatte. Der letzte König von Luvgar hatte den gewaltigen Berg einst bezwungen und befriedet, und das hielt noch immer an.

»Ein gesundes Herz braucht freie Adern, um das Blut kraftvoll hindurchzupumpen«, sollte er einst gesagt haben, wie in den Chroniken stand. »Nichts wird den ewigen Fluss der Lava hier stören, nichts ihn stauen, und so wird der Berg ruhen und träumen wie das Universum dort draußen.«

Die Herrscher von Barastie nahmen für sich in Anspruch, bis heute das Geheimnis zu bewahren, wie der Schlafende Vulkan im Zaum gehalten wurde. Auch das mochte ein Grund sein, weswegen kein anderes Reich es bisher gewagt hatte, hier anzugreifen. Niemand glaubte zwar so recht daran, aber genauso wenig wollte jemand Gefahr laufen, sich zu irren. Wenn die Fürsten tatsächlich über die Fähigkeit verfügten, den Vulkan zu wecken, dann bedeutete das den Untergang jedes Angreifers. Die Felsenfestung würde dabei vermutlich nahezu unbeschadet bleiben, sie war sehr sicher gebaut; die wichtigsten Gebäude lagen alle im Inneren des Massivs.

Aber genau darauf hat Saranla es abgesehen und begründet dies mit ihrem scheinbaren Anspruch aufgrund ihrer Abstammung, dachte Lýtir, während er langsam weiterging. Längst hatte er das meiste von seiner Kleidung abgelegt, Schweiß rann ihm in Bächen über die muskulöse, glatte Brust. Der Stoff des Hemdes und der Beinkleider troff vor Schweiß, Bart und Haare sträubten sich in der ausdörrenden Hitze.

Das aus den Lavaadern strömende rötlich dämmrige Licht flackerte und warf schaurige Schatten, noch schwärzer als die Wände. Luftlöcher und Kavernen pumpten heiße Luft durch die Gänge, die das Atmen noch mehr erschwerte und die Ohren mit geschwätzigem Gesäusel peinigte. Aus tiefer gelegenen Höhlen stiegen grüne und gelbe Schwaden auf, Wasser dampfte zischend durch poröse Löcher aus Quellkuhlen.

Der Gedanke, dass die Fürstin von Hasad sich auf den Thron von Barastie setzen würde, war für Lýtir unerträglich, mehr noch als diese Qual hier unten. Gewiss, Hasad war ein reiches Land, es gab kaum Arme dort. Doch die Gesetzgebung war streng, und die Untertanen waren unfrei. Nicht einmal beim einfachen Volk durfte eine Ehe ohne schriftliche Bewilligung der Fürstin geschlossen werden. Man konnte keinen Schritt tun, ohne beobachtet zu werden, und man musste sorgfältig auf jedes Wort achten. Ein goldener Käfig. Unvorstellbar für einen Freien aus Barastie. Das Leben hier war hart, doch es stand jedem Untertan frei, zu entscheiden, welcher Arbeit er nachgehen wollte, wo er lebte und mit wem. Der Fürst mischte sich nicht in das tägliche Leben ein, doch er hatte stets ein offenes Ohr für Sorgen und Nöte. Die Barastiener waren stolz und frei, sie zahlten ihre Steuern und erhielten dafür den Schutz des Fürsten; jeder hatte gleichermaßen Anspruch auf Gerichtsbarkeit. Anders als in Hasad war Sklaverei hier unter strenge Strafe gestellt, und selbst Karawanen, die nur auf der Durchreise waren und Sklaven mit sich führten, durften nicht passieren. Wenn jemand krank wurde und nicht arbeiten konnte, erhielt dessen Familie für diese Zeit eine Grundversorgung und ein Dach über dem Kopf. Zum Abend des Halbmonds im zweiten Sommermond jedes Jahr, genannt der Fürstentag, strömte das Volk auf den Märkten zusammen, selbst von den abgelegensten Höfen des Landes. Sie wurden von großen gepanzerten Karren erwartet, aus denen unter strenger soldatischer Bewachung Bedienstete des Fürsten das traditionelle Geburtstagsgeschenk verteilten: eine frisch geprägte Münze aus reinem Gold mit Sonderstempel, und zwar für jeden geborenen und hier ansässigen Barastiener, auch für den jüngsten Säugling.

Dennoch lebten in dem kleineren Hasad viermal so viele Menschen, und die waren stolz auf ihren Reichtum und schauten mitleidig auf die Barastie herab. Lýtir kannte diese Leute recht gut, denn sie kamen zu ihm in die Schmiede, um ihm Aufträge zu erteilen. Sein Ruf hatte sich längst herumgesprochen, und er wurde sehr geachtet, doch er bekam nur wenig Lohn. Immer wieder wurde er betrogen, sodass sein Vermögen sich kaum mehrte, obwohl er sehr bescheiden lebte. Eine Beschwerde beim Fürsten brachte nichts, da Lýtir keine Beweise vorbringen konnte. Obwohl er nicht dumm war, fanden die gewieften Hasad immer neuen Wege, ihn übers Ohr zu hauen. Lýtir war viel zu ehrlich und zu geradeheraus, um den verschlungenen Irrwegen der Tücke seiner Auftraggeber folgen zu können und zu erkennen, was sie vorhatten.

Deshalb reichte sein Besitz als Grundstock nicht aus für Nansha. Als hochedle Prinzessin sollte sie nicht den Rest ihres Lebens als bescheidene Frau eines Schmiedes leben, und es war ehrenhaft und für das Volk ein Glück, dass sie ihrer Pflicht nachkommen wollte; doch das Fürstenhaus würde vielleicht bald weitere Hände brauchen, die ordentlich zupacken konnten. Die Welt veränderte sich, und nicht zum Besseren, nein, sie wurde dunkler und gewalttätiger. Angehörige der Alten Völker verbreiteten die Kunde, dass der Ewige Krieg in seine entscheidende Phase getreten sei und dass der Sturm nun auch Waldsee erreichen würde. Ob die Welt trotz des Schutzes durch den Siebenstern standhalten würde ... das konnte niemand sagen. Doch auch auf Waldsee selbst zeigten sich schon erste Anzeichen dafür, dass das Gefüge ins Wanken geriet, und das sah der Schmied mit Besorgnis. Seit der Annatai Halrid Falkon vor fünf Jahren ein paar Tage bei ihm gelebt hatte, weil sein Schwert wiederhergestellt werden musste, hatte Lýtirs Sicht der Dinge sich verändert, sein Blick reichte nun sehr viel weiter, und er sah es als seine Pflicht an, seinen Beitrag zu leisten.

Lýtir liebte Nansha, seit er sie vor zwei Jahren auf einer Sonnwendfeier zum ersten Mal erblickt hatte, und er hatte seine Anstrengungen verdoppelt, um alle anderen Schmiede im Wettstreit um den Titel des Fürstlichen Meisters auszustechen und öffentlich geehrt zu werden. Nur so, während der Feierlichkeiten, konnte er der Prinzessin nah genug kommen, um ihr seine Zuneigung zu gestehen. Und sein Wunsch ging in Erfüllung, er wurde Nansha am Abend vorgestellt, und es sprudelte aus ihm hervor, ungeschickt und nicht sehr gewitzt, doch er musste den Augenblick nutzen, als sie allein zur Tanzfläche gingen.

Bald hatte er seine Füße ganz vergessen, und dass er gar nicht tanzen konnte, und versank in den grauen Sternen ihrer Augen, in denen sich die Kerzenflammen spiegelten.

Zu seiner Überraschung hatte sie längst ebenso ein Auge auf ihn geworfen, doch sie machte ihm noch am selben Abend deutlich, dass es keine Zukunft gab für sie beide. Nicht einmal die Hoffnung darauf.

Doch bevor Mitternacht durch die Fenster hereinsah, flüsterte sie ihm einen Ort zu, an dem sie ihn treffen wollte, schon am nächsten Tag.

Dieser heimlichen Begegnung sollten viele weitere folgen, jeden Mond wenigstens einmal. Lýtir konnte nicht von Nansha lassen, und Nansha nicht von ihm.

Und dann sollte Nansha Sasteme heiraten, oder Barastie wurde angegriffen. Ausgerechnet in diesem Moment des Schreckens eröffnete Nansha ihm, dass sie schwanger war von ihm. Und jetzt hatte er nur drei Tage, um sich zu beweisen, um die Diamanten zu holen und um somit als Bewerber angenommen zu werden.

»Also bleibt mir nur dieser Weg«, murmelte der Schmied, um durch seine Stimme einen tröstlichen Klang in diesem Brausen und Zischen zu hören. Und um vielleicht Zuversicht zu gewinnen?

Lýtir liebte die Sprache und den Gesang des Feuers, doch was er hier hörte, war grauenhaft. Er verstand die Sprache nicht, aber die Klänge waren die abartige Form von etwas, das einst rein gewesen war. Sie brachten den Herzschlag durcheinander und kehrten alles um.

»Nur ein Geschenk, das niemand sonst darbieten kann, kann mich vor Réandos Zorn retten, und ich glaube, das hier ist der richtige Weg. Ich tue das für Nansha, für dieses Land und für mein Kind.«

Und deshalb war er nun hier, auf der Spur alter Legenden, um seinen Mut und seine Überlebenskraft zu beweisen.

Aber was, wenn es hier unten keine solchen Diamanten gab, wenn es tatsächlich nur ein Märchen war und lediglich der Wahnsinn auf Beute lauerte?

Doch er sah die Kristalladern, die Glutsteine, die Metallpfade.

Dort unten *musste* es Diamanten geben. Aber ob er lebend dort ankam? Lýtir war stark und gesund, gerade erst dreißig Jahre alt geworden und damit in der Blüte seiner Jahre. Er war Entbehrungen und äußerste Belastungen gewöhnt. Doch dies hier brachte ihn an seine Grenzen, und nun verstand er, weshalb niemand je hier hinunterstieg. Die Dämpfe hatten seinen Verstand längst benebelt, der Schwefel brachte seine Nase zum Bluten, und seine Haut war gereizt und bildete Blasen. Und dann die unerträgliche Hitze, die inzwischen als wallende Luft sichtbare Form annahm und lüstern vor ihm her tanzte. Lýtir leerte die letzte Wasserblase, die er mit sich geführt hatte; es mussten inzwischen zwei Gallonen sein, die er getrunken hatte, doch seine Kehle war trocken, es floss nicht mehr genug Schweiß nach, um die Haut zu schützen, und das Ende des Weges war noch nicht erreicht. Wenn die Gase ihn nicht umbrachten, dann der Durst.

Aber ich will Nansha, dachte er. *Ich will der Vater ihres Kindes sein.*

Doch wer würde Nansha und das Kind beschützen, wenn er nicht zurückkehrte? Wozu das alles, wenn er scheiterte?

Immer tiefer hinab ging es in den Schlund des Vulkans. Lýtir war nicht abergläubisch, doch ihm wurde unheimlich zumute. War dieser Weg nicht auch ein Symbol?

Er griff sich an den Kopf und rieb sich die schmerzende Stirn, die nicht nur von der Vulkanhitze heiß glühte.

Es ist mir egal, was du mitbringst, hatte Nansha ihm eingeschärft. *Mir ist nur wichtig, dass du zurückkehrst. Diese Reise zu überstehen ist schon Heldentat genug und wiegt ein Brautgeschenk auf. Bring etwas mit von dort unten, damit du selbst glauben kannst, dass du dort warst. Einen weiteren Beweis braucht es nicht, denn man wird es dir ansehen. Also hör bitte auf mich: Kehr um, wenn es gefährlich wird. Sonst ist alles verloren. Klammere dich nicht an den männlichen Stolz. Überlebe!*

Was könnte er mitbringen? Am besten eine Druse, er hatte schon eine Menge gesehen auf dem Weg. Sie bargen Geheimnisse und Schätze, niemand wusste, was sie umhüllten, solange sie verschlossen waren. Die Drusen hier unten waren ganz anders beschaffen als die, die man sonst in den Bergwerken fand. Vielleicht ruhte in einer sogar ein reiner Diamant?

Nur noch ein Stückweit, dachte Lýtir. Der Weg wurde allmählich breiter, und verschiedene Luftströme trafen zusammen. Der Lärm der zusammenprallenden Hitzewellen geriet zu einem misstönenden Durcheinander, durch das Feuerklänge brausten. So wie es aussah, würde er als Nächstes eine Kaverne erreichen – tief unten im Herzen des Vulkans. Diesen Anblick wollte er sich nicht entgehen lassen. Weiter würde er sich nicht vorwagen. Er war schon jetzt am Ende seiner Kräfte. Aber er würde es ewig bereuen, wenn er kurz vor der Offenbarung umkehrte. Es war nicht mehr weit, er würde es schaffen! Genauso war es auch beim Schmieden: Das Werk musste getan werden, solange das Feuer brannte und die Glut genau richtig war, egal, wie müde der Schmied sein mochte oder sein Gehilfe. Gaben sie vorzeitig auf, war alles umsonst, und die Ware würde nur noch von minderem Wert sein. Undenkbar bei einer Waffe wie einem Schwert. Also voran! Und auf dem Rückweg musste er sich eben beeilen, auch wenn der Durst inzwischen mörderisch war. Doch auf dem Weg zurück würde es Schritt um Schritt besser werden, und kühler, er würde neue Kräfte sammeln. Er konnte auch auf allen vieren kriechen, dem Licht und der sanften Luft entgegen; und auch der wohltuenden Stille.

Ich werde nicht versagen, entschied der Schmied energisch. *Was auch immer ich im Herzen finde, werde ich meiner geliebten Nansha mitbringen und mich ihrem Vater demütig zu Füßen werfen. Was auch immer ich finde, es ist genau das, was es sein soll. Was das Land braucht!*

Lýtirs Herz schlug schneller und trieb ihm noch mehr den Schweiß aus den Poren, der ganz kurz einen lindernd kühlenden Schutz über die brennende Haut legte.

Sein Schritt wurde leicht, und er bot dem Schlafenden Vulkan die Stirn. *Ich bin dein Meister, Feuer, und seist du auch aus Lavablut geboren.*

Dann erreichte er die Kaverne, eine Höhle von unermesslichen Ausmaßen, für die seine Augen Stunden brauchen würden, um sie vollständig zu erfassen. Doch das war gar nicht notwendig.

Er sah schon.

Fürst Réando und seine Tochter Nansha warteten bang. Mit dem Verstreichen der Frist verging draußen auch langsam der Sommer, und der Herbst warf seinen ersten langen Schatten voraus. Kurz vor Mittag endlich die Erlösung: Lýtir wurde gemeldet!

Der Schmied trat durch das Eingangsportal und kam langsam näher, die Umrisse seiner großen, breitschultrigen Gestalt schälten sich aus den Schatten der wuchtigen Holzsäulen; er konnte nicht verbergen, wo er gewesen war. Seine Kleidung war rußig und versengt, ebenso Haut und Haare, und der ganze Körper dampfte immer noch von der Hitze dort unten. Sein Schritt war ein wenig langsam, aber fest und beinah herausfordernd.

Im hereinfallenden Mittagslicht in der Mitte der Halle offenbarte sich schließlich sein Antlitz.

Nansha fuhr zusammen.

»Willkommen, Meister Lýtir«, begrüßte der Fürst den Schmied. »Ich freue mich, Euch wohlbehalten wiederzusehen. Meine Tochter hat mir alles erzählt.«

»Lýtir?«, sagte der Mann nachdenklich, dessen Gesicht von Ruß und getrocknetem Schweiß gezeichnet war. Es war, als hörte er den Namen zum ersten Mal. Er neigte leicht den Kopf, um in sich zu hineinzuhorchen. »Ah, da ist er ja.« Er lächelte, doch es war nur sein Mund, der sich verzog. Er sprach ein wenig langsam und schwerfällig, als hätte er Mühe, nicht nur die Worte, sondern auch die Stimme zu finden, weil er ungeübt darin war.

»Was ist mit deinen Augen?«, flüsterte Nansha bleich.

Von klarem Blau waren Lýtirs Augen gewesen, wie ein See unter einem wolkenlosen Himmel. Diese Augen waren es gewesen, in die Nansha sich verliebt hatte, weil sie Ausdruck seiner Seele waren, bevor sie feststellte, dass auch sein Körper Vergnügen bereitete.

Die Augen dieses Mannes, dessen Name anscheinend durch die Vulkanhitze verglüht war und der doch aussah wie Lýtir, waren farblos geworden und wie überzogen von einem schwarzen Gespinst; wie überhaupt auf seiner Haut seltsame feine schwarze Linien zu sehen waren.

»Nachwirkungen«, antwortete der Schmied und lächelte noch

breiter. Er fand seine Stimme allmählich wieder, und die Worte flossen jetzt in stetigem Strom. »Dort unten ist es *wirklich* verdammt heiß. Meinem schlimmsten Feind möchte ich das nicht wünschen.«

Der Fürst war irritiert. Er merkte sehr wohl, dass etwas nicht stimmte, doch er wusste nicht, wie er sich darauf einstellen sollte. »Und Ihr habt es geschafft, Ihr seid zurück. Berichtet, was habt Ihr dort gefunden?«

»Unermesslichen Reichtum, mein Fürst, und Diamanten, und Drusen voller Geheimnisse, und Metalle, die uns eine neue Art von Waffen liefern werden. Als ob die ganze Magie Waldsees dort gebündelt wäre, um uns diesen Schatz zu schenken.« Lýtir hob leicht die Arme. »Seid unbesorgt, o Fürst, Hasad wird Euch nicht angreifen, und Ihr braucht auch nicht auf die Fristsetzung einzugehen. Ich habe die Lösung gefunden.«

Die Prinzessin verzog keine Miene, doch in ihren Augen stand Angst. Aber dann verschleierte sich mit einem Mal ihr Blick, und sie spürte, wie sie von der Ausstrahlung des Schmiedes unwiderstehlich angezogen wurde. Sie erkannte ihn nicht wieder, doch er erschien ihr begehrenswerter denn je, wie die Erfüllung aller Träume. In wohligem Schauer näherte sie sich ihm, eine seltsame Kälte umgab seinen dampfenden Körper, doch gleichzeitig fühlte sie die Hitze der Erregung aufsteigen.

»Was hast du gefunden, Lýtir?«, flüsterte sie.

»*Schattenweber*«, antwortete er und breitete die Arme aus. »*Komm zu mir, Nansha, meine Blume, und kommt auch Ihr näher, verehrter Brautvater, wir wollen uns zur Familie vereinen und einen Bund schließen, bevor wir dem Herold eine Botschaft auf die Reise mitgeben.*«

»Und ... und welche wird das sein?«, fragte der Fürst, während er tatsächlich näherkam, doch im Widerstreit der Gefühle, die sich auf seinem Gesicht spiegelten.

»*Wir werden Frieden bringen ... überall*«, verkündete der künftige Tochtergemahl mit einem zufriedenen, zugleich gierig wirkenden Lächeln. »*Und mit Hasad fangen wir an.*«

Fylangs Kopf ruckte hoch. »Ich habe soeben einen Ruf empfangen«, sagte der weißgoldene Drache zu seinem Herrn.

Halrid Falkon stand seit Stunden reglos am Rand eines Plateaus in den Nordbergen und beobachtete das Wechselspiel der Farben im Dämonenland. »Es ist bald so weit«, murmelte er. »Sie bereiten sich vor.« Sein Blick glitt zum Himmel, hinauf zur Sphäre der Dämonenfrauen. Der Wind blies ihm die schwarzen Haare aus dem Gesicht und blähte seinen Umhang. »Ich hoffe, sie wird rechtzeitig kommen. Das wird eine harte Belastung für die Welt, der sie hoffentlich standhalten kann.«

»Hast du mich gehört?«

»Ich habe dich gehört.«

»Aber du sorgst dich um andere Dinge?«

»Ich sorge mich um eine Menge Dinge, Fylang, und es werden mit jedem Tag mehr.« Der Zauberer wandte sich dem Drachen zu, der seine Schwingen langsam ausbreitete. »Dieser Ruf kommt ungelegen. Wir sollten eigentlich weiter, an einen ganz anderen Ort, der uns dringend braucht.«

Fylang stieß eine kleine Flamme aus der linken Nüster. »Es ist eine verbriefte Schuld.«

»Ich weiß, was es ist.«

»Hast du den Ruf auch empfangen?«

»Wie viele Schulden haben wir derzeit offen?«

»Nun, äh ... diese. Sie ist schon fünf Jahre alt. Das bedeutet, der Ruf ist dringend und nicht einfach aus einer Laune heraus erfolgt. Kannst du dich an den Mann erinnern?«

»Lýtir, der Meisterschmied.« Der Zauberer legte die Hand an den schimmernden Griff des mächtigen Langschwerts an seiner linken Seite. »Wie könnte ich ihn vergessen! Er hat ein Wunder vollbracht an diesem Schwert. Es gibt nur noch eines, das besser ist.«

»Also werden wir bezahlen?«

»Natürlich. Ich bleibe nichts schuldig.«

Mit federndem Schwung sprang Halrid Falkon auf den Rücken des Drachen. »Ich hoffe nur, wir kommen nicht zu spät. Dass dieser Ruf gerade jetzt eintrifft, gefällt mir nicht.«

»Du bist immer misstrauisch«, schnaubte Fylang.

»Und ich habe immer recht damit.« Halrid Falkon stieß einen tiefen Seufzer aus. »Das alles will mir gar nicht gefallen, alter Freund. Die Welt ist im Wandel, und die Götter werden unruhig. Der Sturm des Ewigen Krieges naht. Wie soll ich da hier unten noch Ordnung wahren?«

»Du bist nicht allein ...«

»Wie lange noch?«

»Andere werden folgen. Hab Vertrauen!«

Die mächtigen Lederschwingen erzeugten einen brausenden Wind, und dann hob der Drache ab und flog Richtung Süden, nach Luvgar.

Zwei Tage später, nach ununterbrochenem Flug, weckte Fylang seinen Herrn im frühen Morgenlicht. »Wir sind gleich da, Halrid, dort ist die Grenze.«

Das gewaltige Fyrgar-Gebirge türmte sich vor ihnen auf und stellte sich ihnen in den Weg. Es beherrschte mit all seinen Ausläufern und Nebengebirgen gut die Hälfte des Landes, bevor es Richtung Westen in Steppenland und Richtung Süden in Wüste überging.

Die ersten Gipfel erwachten schon und loderten auf im Morgenrot, doch der Wolkenreiter, der höchste Berg der Welt, lag verborgen hinter Wolken, die normalerweise nie so hoch hinaufreichten.

Der Zauberer richtete sich beunruhigt auf. »Fylang!«, rief er.

Doch es war zu spät.

Der Drache erreichte in diesem Augenblick die Grenze – und prallte ab, als wäre er gegen eine gewaltige Mauer geflogen. Er stieß einen Schrei aus und verlor die Herrschaft, als ein gewaltiger Windstoß ihn anschob, und trudelte in einer Spirale nach unten.

Der Annatai konnte sich gerade noch festhalten, bevor er aus dem Sattel geschleudert wurde. »Du musst landen!«, schrie er seinem Gefährten durch den tosenden Sturm zu, der sie mit wilder Gewalt umgab und der den Drachen immer weiter abtreiben ließ.

»Das ist ein Sphärensturm, Halrid!«, rief Fylang. »Ich komme nicht dagegen an, er ist stärker als ich!«

Der Drache wurde umhergeschleudert wie ein welkes Blatt, während sich der geballte Zorn des Himmels über ihm zu entladen schien, und der Zauberer hob die Hand. Er schloss die Augen und sprach ein Wort, und seinen Fingern entsprangen violette Blitzstrahlen.

Es gab einen gewaltigen Donnerschlag, dann bildete sich eine Art Blase um den Annatai und den Drachen, der seinen Absturz endlich aufhalten konnte. Während draußen der Sturm um ihn tobte, sank er mit kräftigen Schlägen langsam weiter nach unten.

»Ganz ruhig«, sagte der Zauberer angestrengt. »Wir müssen es schaffen...« Trotz des Schutzbanns spürte er, wie seine Kräfte aus ihm herausflossen. Zu schnell, viel zu schnell, der Boden war noch weit entfernt.

Obwohl der Morgen gerade erblühte, wurde der Himmel über ihnen dunkler und überzog sich mit seltsamen Schlieren. Halrid hatte das Gefühl, als würde sich etwas zusammenziehen um ihn und ihm seine Macht entreißen.

»Halrid, was ist das?«, schrie Fylang auf. »Ich komme nicht mehr tiefer!« Er schlug heftig mit den Schwingen, doch es ging nicht weiter hinab. Er verharrte auf der Stelle, und die Schutzblase um ihn begann zu flackern.

»Wir sind in eine Falle geraten«, stellte der Annatai unbewegt fest.

»Wie kannst du da so ruhig bleiben?«

»Ich kann nichts mehr tun, Fylang. Das ist vielleicht das Ende.«

»Nein!«, donnerte der Drache in wütendem Gebrüll und kämpfte heftig gegen den unsichtbaren Gegner an. »So endet es nicht, niemals! Das lasse ich nicht zu!«

Halrid Falkons Gesichtszüge waren verzerrt vor Erschöpfung, seine Muskeln versteiften sich, und er spürte, wie Starre ihn erfasste. Gleichzeitig legte sich die Dunkelheit des Himmels über seinen Verstand und fing an, ihn zu lähmen. »Es... tut mir leid, Fylang«, stieß er mit letzter Kraft hervor. »Es ist meine Schuld, ich hätte... vorbereitet sein sollen, dann hätten... wir...«

Als die Starre ihn vollends lähmte, brach die schützende Blase zusammen, und der Drache wurde von den Gewalten mit voller Wucht gepackt wie von einer riesigen Faust, die sich um ihn schloss und ihn zusammenpresste. Vom Himmel herab fiel ein Gespinst, das aus Schatten gewoben schien, und zog sich zusammen über dem Drachen und über dem Zauberer wie das Netz eines Fischers. Dann wurden beide mit gewaltiger Kraft in eine Schlucht in den Bergen geschleudert, in den Schlund eines Abgrunds, und verschwanden in lichtloser Tiefe.

Kundor der Händler wunderte sich, weshalb er so lange zur Einreise nach Barastie anstehen musste. In den dreißig Jahren, seitdem er seine Waren nach Luvgar brachte, hatte es nie Schwierigkeiten gegeben, die Straßen zwischen den Reichen waren immer offen gewesen. Doch nun hatte sich auf der breit ausgebauten, gut gepflasterten Hauptstraße eine lange Schlange von Karren, Fuhrwerken, Reitern und Reisenden zu Fuß gebildet, die nur stockend vorankam.

Am meisten verwirrte ihn, dass niemand entgegenkam. Hier gab es nur Reisende auf dem Weg hinein. Und so hatte es keinen Sinn, herumzufragen, was der Grund für die Verzögerung war.

Er drehte sich um, als er Hufschlag auf trockenem Boden hörte, und sah einen Reiter herannahen. Die übrigen Reisenden um ihn herum fingen sofort zu zetern an, weil der Mann sich offensichtlich vordrängeln wollte.

Kundor erkannte ihn. »Zurim!«, rief er überrascht und winkte. »He, Zurim, hierher!«

Der Mann zügelte das Pferd, entdeckte den Händler in seinem offenen Reisewagen und hielt auf ihn zu. Die Proteste der anderen Reisenden beachtete er nicht. »Ahi, Kundor, du auch hier? Und mindestens eine Stunde voraus! Ich wollte einmal nachsehen, was da vorn los ist, weil ich sonst einen anderen Weg nehme. Ich habe schließlich verderbliche Ware!«

»Sie ist haltbarer als die meine, möchte ich annehmen«, erwiderte Kundor naserümpfend.

Zurim verhielt neben Kundors Wagen und beugte sich mit ausgestrecktem Arm herüber, und sie drückten sich die Hand.

»Was machst du hier, Zurim? Du bist doch Sklavenhändler, und dieses Gewerbe ist in Barastie streng verboten.«

»Nicht mehr«, erwiderte Zurim. »Es gibt eine neue Herrscherin und eine neue Gesetzgebung.«

»Was sagst du da?«, fuhr Kundor auf. »Wieso habe ich davon keine Kenntnis?«

»Fürstin Nansha hat jetzt das Sagen im Reich«, bekräftigte Zurim. »Ich bekam höchstselbst eine Einladung zum Markt. Ich kann es kaum glauben, aber natürlich folge ich diesem Aufruf, bevor andere es tun!«

»Zurim, du bist ein widerlicher, geschmackloser . . .«

»Sei nicht so scheinheilig, Kundor, Geschäft ist Geschäft. Kann ich etwas dafür, wenn Menschen, ja sogar die Alten Völker, sich gern Sklaven halten? Wenn sie keine kaufen würden, müsste ich mir ein anderes Gewerbe suchen. Und warum lassen diese Tröpfe sich auch als Sklaven nehmen? Sind doch selber schuld. Außerdem wählen manche lieber dieses Schicksal als das, das ihnen sonst blühen würde. Ich helfe ihnen somit sogar.«

»Aber natürlich«, knurrte Kundor widerstrebend. Zurim war ein bedeutender Händler, den Kundor nicht einfach ächten konnte; zudem kannten sie sich seit der Ausbildung und waren auf seltsame Weise immer noch Freunde. »Ich fürchte nur, du wirst dich hinten anstellen müssen, wie alle, und einfach abwarten.«

»Was dagegen, wenn ich eine Weile bei dir einsteige? Wir könnten Tee trinken und ein bisschen plaudern.«

»Meinetwegen.«

Das vertrieb die Wartezeit in der Tat auf angenehme Weise, und so kam Kundor schließlich doch noch an die Reihe, während Zurim sich auf den Rückweg zu seiner eigenen Karawane machte.

Der Händler sah eine Menge Soldaten an der Grenze aufgestellt, und am Übergang wurden strenge Kontrollen durchgeführt. Kein Wunder, dass es so lange dauerte. Seltsamerweise wurden die Reisenden in unterschiedliche Richtungen gelenkt, weg von der Straße, zu mehreren Posten, an denen anscheinend noch einmal Kontrollen durchgeführt wurden. So ganz wohl fühlte Kundor sich nicht mehr in seiner Haut, aber wie sollte er umkehren? Vor allem jetzt, da er es endlich fast geschafft hatte.

»Was sollen wir tun, Herr?« Der Karawanenführer kam angelaufen.

»Wir bringen alles hinter uns und fahren sofort weiter zum nächsten Markt, bei Lindental am Méanfluss.«

»Wir fahren nicht zum Hauptmarkt am Schloss?«

»Nein, mir gefällt das alles nicht. Wir sollten so schnell wie möglich alles verkaufen und den Nachhauseweg antreten.«

»Vielleicht habt Ihr recht, Herr. Habt Ihr Euch schon den Himmel angeschaut?«

Kundor schaute nach oben. »Sonnenschein.«

»Es ist die Farbe, Herr. Sie kommt mir dunkler vor ... so als ob ein feinmaschiger Schleier darüberliegen würde. Vorhin war das noch nicht.«

Ein kühler Windstoß fegte Kundor entgegen, und er erschauerte. »Mach die Wagen bereit«, befahl er hastig, ohne auf die Bemerkung des Karawanenführers zu antworten. »Ihr fahrt los, sobald ihr die Freigabe erhaltet, ich hole euch dann schon ein.« Er tippte dem Kutscher mit der Spitze des Spazierstocks auf die Schulter. »Los, der Grenzwächter dort vorn winkt uns zu sich.«

Das Helmvisier des Wächters war geschlossen, doch eine seltsame Scheu hielt den Händler davon ab, etwas über dieses unhöfliche Gebaren zu sagen. Beunruhigt sah er das Aufgebot an Soldaten, die überall waren, es mussten gut tausend sein.

»Befürchtet ihr einen Überfall?«, fragte er, während er ihm seine Papiere reichte.

»Nein.«

»Aber warum dann so viele Soldaten?«

»Es muss alles seine Ordnung haben.« Die Stimme des Grenzwächters klang dumpf durch die Sprechschlitze. »Also, wie viele Wagen führt Ihr mit Euch, Händler Kundor aus Nerovia?«

»Neunzehn, ich bringe Mehl, Saatgut, Gemüse und Früchte, frisch und eingelegt.«

»Das ist gut. Passage erteilt. Willkommen in Barastie.« Der Wächter wies zu einem Posten auf der linken Seite. »Dort hinüber, wir müssen noch eine Wagenkontrolle durchführen, dann dürft Ihr weiterfahren.«

Das war schnell gegangen. Seltsamerweise fühlte Kundor sich trotzdem keineswegs erleichtert. Wozu noch eine Wagenkontrolle? Schmuggelware gab es keine, nachdem die Sklaverei nunmehr erlaubt war, zumindest behauptete Zurim das, und die Einfuhr war zollfrei. Eine Steuer wurde erst auf den Verkaufserlös erhoben.

Die Wagen rumpelten über rauen Steppenboden auf den Posten zu, wo gut zwanzig Soldaten warteten, samt einem gelb gewandeten, hageren Kontrolleur mit wichtiger Miene.

»Absteigen«, befahl er Kundor, und der gehorchte widerstrebend, aber er hatte wohl keine Wahl.

»Ich versichere, dass ich nichts ...«

»Maul halten.«

»Aber ...«

Einer der Soldaten trat näher. »Still, oder ich steche dir deine feiste Wampe auf und lasse die heiße Luft heraus!«, zischte er.

Kundor, dem es jetzt kalten Angstschweiß aus den Poren trieb, hob beschwichtigend die Hände. »Schon gut! Ich mache keine Schwierigkeiten, und ich habe nichts zu verbergen.« Er hätte auf sein Gefühl hören und umkehren sollen. Noch nie hatte er etwas Ähnliches erlebt, und er ahnte, was jetzt kommen würde.

Voller Entsetzen musste er mitansehen, wie die Soldaten seine Wagen durchwühlten, alles durcheinanderbrachten, sogar Mehlsäcke aufschlitzten. Das waren erhebliche Verluste – für Kundor, aber auch für die Menschen hier, für die der karge Boden nicht genug hergab.

Dann blieb ihm fast das Herz stehen, als er plötzlich lautes Geschrei hörte. Die Stimme eines Kindes, die ihm nur allzu vertraut war.

Seines Kindes! Des Jüngsten, genau genommen, und dabei hatte er es vor seiner Abreise streng ermahnt, weil er schon ahnte, dass es ihm folgen wollte.

»Lundi, du ungehorsames, böses, dummes Kind«, flüsterte er erbleichend. »Was hast du nur getan ...«

Zwei Soldaten zerrten das heftig um sich schlagende, etwa neunjährige Kind herbei, das versuchte, sie zu beißen und zu treten und dabei aus Leibeskräften schrie. Ein wildes, mageres Bündel, das nur aus Augen zu bestehen schien.

»Was hat das zu bedeuten?«, fragte der Kontrolleur.

»Ich ... ich weiß es nicht, Lundi muss sich eingeschlichen haben ...«, stammelte Kundor verzweifelt. »Lundi gehört zu mir, ich bin der Vater und stehe für mein Kind ein ...«

Der Kontrolleur gab den Soldaten einen Wink, woraufhin sie das zeternde Kind zu einem in der Nähe gelegenen großen Zelt schleiften.

»Papa, hilf mir!«, schrie Lundi. »Bitte, Papa, ich will auch immer artig sein, ich verspreche es!«

»Sei brav, Lundi, ich komme dich bald holen!«, rief Kundor dem Kind nach und wandte sich an den Listenführer. »Bitte, Ihr könnt Euch darauf verlassen, dass das nicht mehr vorkommt! Ich werde natürlich für die Passage aufkommen, und ...«

»Geld brauchen wir keins, davon haben wir genug.« Der Kontrolleur winkte ab. »Was wir brauchen, sind Nahrungsmittel und Arbeitskräfte, und beides habt Ihr im Überfluss zu bieten. Dafür danken wir Euch.« Er musterte den Händler von oben bis unten. »Doch welche Verwendung sollten wir für Euch selbst haben, frage ich Euch?«

Kundor wich einen Schritt zurück. »W-was sagt Ihr da?«, flüsterte er. »Ich bin ein ehrbarer Händler, meine Papiere sind in Ordnung, ich komme für Lundi auf – und Ihr werdet mich nun passieren lassen, sowie meine neunzehn Wagen samt Besatzung! Zwischen Nerovia und Barastie bestehen Verträge, in denen der Handel genau geregelt ist, und Ihr verstoßt soeben dagegen!«

»Beschwert Euch doch«, grinste der Kontrolleur und gab den Soldaten in seiner Nähe einen Wink. »Bringt die Waren zum Umschlagplatz, und die Menschen zum Zelt.«

Kundor war ein guter Geschäftsmann, er begriff schnell. »Flieht!«,

schrie er seinen Leuten zu. »Flieht, zurück über die Grenze! Lasst die
Wagen stehen und verschwindet, schnell, schnell!« Er fragte sich,
wieso die Baronie Lasunt nichts dagegen unternahm; keiner ihrer
Soldaten war hier. Das alles ging nicht mit rechten Dingen zu!

Doch niemand rührte sich, sie waren alle viel zu verblüfft und verunsichert, niemand konnte glauben, was hier geschah. Erst als der
Soldat, der Kundor zuvor gedroht hatte, ihm tatsächlich den Spieß in
den Bauch stieß, rannten sie schreiend davon.

Blut schoss aus Kundors Mund, als er in die Knie brach, der
Schmerz raubte ihm fast das Bewusstsein. Von Ferne hörte er Lundis
verzweifelte Schreie. Die Soldaten veranstalteten lachend eine
regelrechte Treibjagd auf seine Leute, und auch an der Grenze brach
ein Tumult aus, als die Leute aufmerksam wurden.

Mit wenigen Waffen, teilweise bloßen Fäusten griffen die Händler
die Soldaten an, und die gingen mit rücksichtsloser Härte gegen sie
vor. Schreie erfüllten die Luft, als ohne Warnung Arme abgehackt
wurden, Kehlen aufgeschlitzt und Körper durchbohrt. Einigen Wagen gelang es, aus der Kolonne auszuscheren, und sie rumpelten über
die Steppe davon. Die Reisenden, die zu Fuß unterwegs waren, flohen
bereits an der Straße entlang und warnten die Nachfolgenden.

Der Himmel schien sich trotz strahlenden Sonnenscheins noch
mehr zu verfinstern, oder war es Kundors Geist, der sich umwölkte
und das Licht seiner Augen zum Erlöschen brachte? Er versuchte
weitere Warnungen auszustoßen, doch das Blut rann unaufhörlich
aus seinem Mund, und er brachte nur gurgelnde Geräusche hervor.
Wo blieben die Soldaten Lasunts? Das war doch alles völlig unmöglich!

Und ich sterbe, dachte er verblüfft. *Völlig ausgeschlossen, ich habe eine
Frau und Kinder, die brauchen mich.*

Niemand kümmerte sich mehr um ihn, und mit letzter Kraft
schleppte er sich zu seinem Reisewagen. Es verwunderte ihn selbst,
wie er das noch schaffen konnte, obwohl er eigentlich tot sein sollte.
Aber Kundor war schon immer so gewesen – erst, wenn ein Geschäft
erledigt war, gestattete er sich eine Ruhepause. Nicht vorher.

Und das hier war ganz ähnlich. Er zog eine Schriftrolle und eine

Feder samt Fässchen aus seiner Westentasche, stützte sich stöhnend auf und schrieb mit zitternden Fingern:

Umsturz in Barastie
Beschlagnahmung
Dunkelhimmel

Mit einem Mal trat Ruhe in die Kämpfe ringsum, und er sah verschwommen einen Reiter herannahen, der eine schwere silbern schimmernde Kampfrüstung trug. Das Helmvisier bedeckte sein Gesicht. Die Soldaten wichen zurück vor ihm, und die Händler erstarrten, als Kälte ihnen entgegenschlug und eine seltsame Dunkelheit, als würden Spinnenfinger nach ihnen greifen. Kundor konnte es genau spüren.

»*Was geht hier vor?*«, fragte der Ritter mit einer hallenden Stimme, die nichts Menschliches an sich hatte.

Der Grenzwächter, der Kundor kontrolliert hatte, näherte sich ihm. »Ein Aufstand, doch wir haben alles unter Kontrolle.«

»*Schattenweber wollen Liebe und Frieden bringen, nicht Tod*«, mahnte der Ritter. »*Ihr sollt überzeugen und Freude bringen.*«

»Frieden und Ehre dem Netz«, murmelten einige Soldaten und neigten die Köpfe. »Wir haben gesündigt.«

»*Euch sei vergeben, und ich werde mich eurer annehmen, damit auch ihr den Frieden des Netzes empfangt. Wir dachten, es sei nicht notwendig, weil ihr euch in unbedingtem Gehorsam verpflichtet hattet, doch derartige Übergriffe dulden wir nicht. Wir müssen euch auf den rechten Weg bringen.*«

Auf den Gesichtern einiger Soldaten zeigte sich nun Angst; die anderen sanken gehorsam auf die Knie. Niemand regte sich mehr, als sich plötzlich pulvrige Schwärze ausbreitete, die von dem Ritter ausströmte.

»*Seht her, dies ist mein Atem, den ich mit euch teile. Ich bin nun hier und werde euch Trost spenden. Und die Wartenden dort draußen, kümmert euch um sie, öffnet die Grenze und lasst sie herein. Der Tag neigt sich* dem Ende zu, und es wird eine kalte Nacht geben. *Sie sollen in Sicherheit sein. Heißt sie willkommen im neuen Reich und teilt eure Freude mit ihnen.*«

»Wir geben weiter, was wir empfangen haben«, kam die Antwort im Chor.

Kundor sah, wie Soldaten und Händler starr dastanden, selbst die Verwundeten, bei denen das Blut mit einem Mal nicht mehr aus den Wunden zu strömen schien. Ihre Miene wurde grau, ihre Augen verloren jeglichen Glanz. Etwas legte sich über sie wie ein dünnes schwarzes Netz, nahm sie gefangen.

Kundor aber empfand rasende Angst, ihn erreichte kein Netz, und das Blut rann weiter aus seinem Leib, verließ ihn, schmähte ihn, wollte nicht mehr bleiben. Obwohl seine Finger immer stärker zitterten, kritzelte er weiter.

Sklaven
Lundi
Schattenweber

Dann verließen ihn die Kräfte. Er klopfte gegen einen Riegel nahe bei seinem Sitz, und ein vergittertes Türchen sprang auf. Ein Zwergbotenfalk kroch hervor, klappte mit dem Schnabel und streckte die Flügel. An seinem Hals war ein Ring mit einer Hülse befestigt. Kundor rollte das Papier zusammen und steckte es nach mehreren Anläufen mühsam in die Hülse.

Erst musste er es zu Ende bringen, erst wenn alles erledigt war, durfte er nachgeben. Nicht vorher. Um Lundis willen.

Der kleine Greifvogel wusste, was er zu tun hatte, er stammte aus Kundors eigener Zucht, auf die er sehr stolz war. Gewesen war ...

Kaum von der Haube befreit, flog der kleine Greifvogel los, nur ein schmaler dünner Strich, der durch die Luft wirbelte und bald außer Sicht war. Hoffentlich erreichte er sein Ziel.

Mehr konnte Kundor nicht tun.

Lundi, vergib mir.

Er sank kraftlos zu Boden. Sein Herz schlug noch einmal.
Dann nicht mehr.

Nansha sah starren Blickes zu, wie weitere Reiter das Schloss verließen. Sie würden die Botschaft hinaustragen und den Frieden bringen, Glück und Zufriedenheit. Wie einfach doch alles war, nachdem
ihr die Augen geöffnet worden waren. Und bald würde auch Fürstin
Saranla von Hasad begreifen, dass sie auf dem falschen Weg war. Rettung nahte.

»Wie verblendet sind wir gewesen«, flüsterte sie.

»*Das Netz fängt dich auf, es umhüllt und schützt dich und lässt dich
Eins werden mit allen anderen*«, erklang eine kühle, tiefe Stimme hinter ihr.

»*Ich empfange in Dankbarkeit*«, antwortete sie in einem rituellen
Tonfall, der nicht der ihre zu sein schien. Sie deutete nach Norden.
»Was ist dort geschehen? Ich spürte einen Sturm . . .«

»*Halrid Falkon ist dem Ruf gefolgt. Er kann uns nicht mehr aufhalten.*«

»Er ist tot?«

»*Nein. Nichts kann ihn und seinen Drachen so leicht töten. Aber gefangen . . . ja, beinahe tot, das könnte man sagen. Schlimmer, als es der Tod
sein könnte.*«

»Wolltest du nicht, dass er seine Schuld begleicht?«

»*Das wird er beizeiten. Er wird unser Diener sein. Nichts wird sich uns
mehr in den Weg stellen. Halrid Falkon wäre der Einzige gewesen, der uns
hätte gefährlich werden können. Doch nun ist der Weg frei. Sieh hin,
Nansha! Schattenweber ziehen hinaus und bringen das Heil des Netzes.
Bald werden sie uns alle folgen und sie werden ein Teil von uns sein. Und
das ist allein dir zu verdanken.*«

Das Netz in ihren Augen zuckte. »Du erhebst mich zu sehr. Im Netz
sind wir alle gleich. Wir stehen treu zueinander, wie ein Mund, wie ein
Auge, wie ein Ohr.«

Er neigte den Kopf. »*Das ist wahr, edle Frau.*«

So endete der Sommer, und das Netz begann.

5.

In Winternacht

Gondwin erholte sich rasch. Die Fyrgar verfügten über hervorragende Heilmittel, deren Zutaten sie trotz der Höhenlage heranziehen konnten; in den Lieblichen Höhen herrschten die besten Bedingungen.

Ró war die Einzige, die sich von den vier Räten in der Höhle zeigte, doch Aldavinur war sicher, dass sie den anderen ausführlich berichtete.

Gondwin schwieg, wenn sie da war, und Aldavinur fragte sich, weshalb. War er schüchtern oder zurückhaltend? Oder spürte er die Ablehnung? Ró sprach ihn von sich aus nicht an, ihre Haltung war völlig unbeteiligt.

»Das Bein heilt gut«, sagte sie zu Aldavinur draußen vor der Höhle, bevor sie sich auf den Rückweg machte. »Bis zum Frühjahr ist er wiederhergestellt, dann kann er gehen.«

Der Lehrmeister nickte. Der Winter war inzwischen angebrochen. Die Berge waren dick mit Schnee bedeckt, und die Sonne zog nur noch eine kurze schmale Bahn über den Himmel, die zwar Licht, aber nur wenig Wärme brachte.

»Stellt er viele Fragen?«

»Nein.«

Aldavinur betrat die Höhle nur selten, er versorgte den Mann mit Feuer und Nahrung, sah nach dem Rechten und verließ ihn dann wieder. Gondwin schien darüber manchmal unglücklich, doch er sagte nichts.

Rauschender Flügelschlag erklang, und Beserdem landete auf der Hochfläche vor Aldavinurs Höhle. Ihre Beine versanken im tiefen Schnee, und die Schwungfedern wirbelten ihn auf, sodass er wieder herniedersank wie Kristallregen. Der weiße Schneestaub leuchtete im Sonnenschein vor dem glitzernden Veilchenblau des Himmels.

Aldavinurs Herzschlag beschleunigte sich. Bald musste er sich entscheiden. Wenn nicht zu dieser, dann zur nächsten Sonnenwende, doch in diesem Jahr musste es geschehen. Er spürte es immer drängender in sich, dass er den Schritt tun musste. Aber nicht bevor Efrynns Ausbildung abgeschlossen war. Erst wenn der Junge ihn nicht mehr brauchte.

Warte das Frühjahr ab, alles Weitere wird sich zeigen, ermahnte er sich.

Beserdems stolze Augen leuchteten, als sie auf ihn zukam. Sie verneigte sich vor ihm, und er antwortete ebenfalls mit einem Senken des Kopfes. »Ich hole Ró ab.«

»Ja. Die Gefahr von Schneelöchern ist sehr groß, und oben am Hang kann das Wetter schnell wechseln. Dorthin gelangt keine Sonne, und es gibt gefährliche Fallwinde.«

Aldavinur lebte in einem Hochtal ähnlich den Lieblichen Höhen, doch hier war es karg und rau. Es fiel mehr Schnee und Regen, die Winde waren stürmisch und wechselhaft ... aber die Aussicht auf den Wolkenreiter war hier am besten, und der Adfall war nur von hier aus zu sehen. Um nichts in der Welt hätte Aldavinur diese Aussicht tauschen mögen, er fühlte sich Lúvenor hier näher als anderswo. Und er konnte den direkten Weg zum Gipfel nehmen, es waren nur wenige Stunden mit der Kraft einer großen Katze.

Frieren musste er nicht, sein Fell war dicht und hielt Kälte und Nässe ab, und Beute fand er auch, denn oben an den westlichen und nördlichen Hängen gab es im Winter geschützte Stellen, in denen zähes Moos, Flechten und Pilze wuchsen. Er schlief nicht jede Nacht in einer Höhle; wenn es windstill war und klar, grub Aldavinur sich oft unter freiem Himmel ein Schneebett und lag viele Stunden wach, um die Sterne zu beobachten und auf das Aufgehen des Perlmondes zu warten, so schimmernd nah, dass es schien, als könnte man mit einem Sprung dorthin gelangen. Die Zeit bis dahin wurde von dem siebenstrahligen Schutzstern überdauert, und, langsam über den Himmel wandernd, von dem riesigen Sternbild des Großen Läufers, mit der Laterne in der einen und dem Speer in der anderen Hand. Sein Auge, genannt Ishtrus Träne, brannte beinahe so hell wie der

Siebenstern. Ishtrus Träne galt heute noch als Schutzstern aller Reisenden, und der Siebenstern galt als Symbol des Glücks.

Diese beiden Gestirne waren immer die ersten, die das Himmelslicht entzündeten, dann kamen die zwei Monde, der weiße und der kleine grüne, der aber nicht immer und überall sichtbar war, und zuletzt, kurz vor der Kalten Stunde, der riesige Perlmond, hinter dem alles verblasste.

Manchmal sah Aldavinur einen Gott vor dem schimmernden Mond dahinwandern, und er sah Sphärennebel aufwallen, oder er sah den Schemen einer der Geflügelten Frauen, den Dämoninnen, mit den Schwingen schlagen, auf dem Weg weit nach Norden ins Dämonenreich. So lag er träumend da und erfreute sich an dem Anblick und fühlte sich als Teil davon, erfüllt von Glück und Zufriedenheit. Und manchmal überkam ihn dann Sehnsucht nach noch größerer Einsamkeit, und er wanderte auf den Gipfel des Wolkenreiters, nur um zu schauen, um dabei zu sein, um der Weltenmelodie zu lauschen und sich mittendrin zu fühlen, und doch nicht ganz der Welt entrückt.

Bis zum Morgen musste er sich dann stets eilen, um wieder zurück zu sein, bevor Efrynn erwachte.

»Du bist ein Getriebener«, hatte Beserdem einmal zu ihm gesagt. »Rastlos, auf der Suche nach etwas, von dem du nicht weißt, was es ist.«

»Meister!« Efrynn kam angesprungen, über und über mit Schnee bedeckt, sprang übermütig umher wie ein Schneehase und schüttelte sich. Die Kälte machte ihm nichts aus, ihn wärmte sein inneres Feuer, das bei ihm stärker brannte als bei jedem anderen Fyrgar. Manchmal hustete er es unbeabsichtigt aus, und man konnte von Glück sagen, dass er derzeit nur den Schnee anzünden konnte. Aldavinur hatte nach einer etwas unangenehmen Erfahrung gelernt, einen Ausbruch rechtzeitig zu erkennen und sich dann rasch außer Reichweite zu bringen.

Efrynns Entwicklung schritt selbst in dieser stillen Winterzeit in großen Schritten voran. Aldavinur hatte mehr denn je zu tun, damit der Junge lernte, seine täglich steigenden Kräfte zu beherrschen.

»Ich habe eine Schneeskulptur gebaut!«, verkündete er strahlend. »Du musst sie dir ansehen!«

»Das werde ich«, versprach Aldavinur.

Mit der Ruhe, die er sich erhofft hatte, war es schnell vorbei gewesen. Efrynn hatte es genau zwei Tage bei seinen Eltern ausgehalten, dann war er einfach auf eigene Faust zu seinem Meister zurückgekehrt. Ihn plagte die Neugier, was aus Gondwin wurde, und er wollte keinen Wintertag versäumen; in den Lieblichen Höhen fiel sehr viel weniger Schnee. Und das Leben bei Aldavinur war aufregender, jeden Tag warteten neue Herausforderungen.

Efrynns Eltern hatten es geduldig hingenommen, auch der Rat hatte sich mit Bemerkungen zurückgehalten. Broddi selbst war sogar an einem milden Tag durch den Pass heruntergestapft und hatte sich für sein ungebührliches Verhalten entschuldigt. Den Fremden wollte er allerdings nicht sehen und hatte sich bald wieder empfohlen.

»Ich breche jetzt auf«, rief Ró sich in Erinnerung. Wie jeder war sie daran gewöhnt, dass Aldavinurs Gedanken mittendrin abschweiften.

»Ja. Wann kommst du wieder?«

»Offen gestanden besteht keine Notwendigkeit mehr. Gondwin kann sich selbst versorgen, ich habe ihm die entsprechenden Heilmittel dagelassen, und wenn er sich auf einen Stock stützt, kann er auch schon mit Gehübungen anfangen. Die Beinschienen kann Efrynn ihm anlegen, wenn er will, aber er braucht sie meiner Ansicht nach nicht mehr.«

Aldavinur nickte. »Vielen Dank, Ró. Wir sehen uns dann zur Sonnenwende.«

»Bis bald«, sagte Beserdem. »Ich werde dich weiterhin besuchen, wenn es dir recht ist.«

»Du bist nach wie vor jederzeit willkommen.«

»Eines Tages werde ich auch fliegen können, so wie du!«, rief Efrynn und winkte, als die Grypha mit der Ranagui aufstieg. Solange Efrynn klein gewesen war, hatte Beserdem ihn oft auf einen Ausflug mitgenommen, und das hatte ihn begeistert, mehr noch als die Lektionen seines Meisters.

Als Aldavinur sich zur Höhle hinwandte, sah er dort Gondwin mit staunendem Gesichtsausdruck stehen, blass und schwankend vor Schwäche.

»Hilf ihm«, sagte Aldavinur zu Efrynn, der fröhlich zu dem Halbmenschen hinsprang, ihn stützte und ihm half, zu seinem Lager zurückzukehren. Gleich darauf kam er wieder heraus.

»Er hat sich übergeben, weil er sich übernommen hat«, berichtete er. »Aber ich glaube, er will nicht mehr schwach sein.«

»Hast du sauber gemacht?«

»Äh . . . nein.« Efrynns Zunge schnellte hervor und schlug einen angewiderten Bogen. »Muss ich?«

»Wer sonst, mein Schüler?«

»Na ja, Meister.« Efrynn verschwand mit Leidensmiene, aber er tat wie ihm befohlen, ohne ein weiteres Wort darüber zu verlieren.

Aldavinur schickte sich an, das Plateau zu verlassen, und Efrynn folgte ihm, aufmerksam und gut gestimmt. Sie stapften durch den Schnee, das ganze Hochtal wollten sie heute abgehen, und unterwegs wollte der Lehrmeister seine Aufgaben stellen. Auf die übrigen Bewohner des Hochtals würden sie wohl nicht treffen. Aldavinur würde es an ihrer Stelle nicht anders halten: Beobachten, aber auf Distanz, solange kein Eingreifen notwendig war. Efrynn und Beserdem waren die einzigen Wesen, deren er nie überdrüssig wurde.

»Darf ich dich etwas fragen, Meister?«

»Du weißt, dass ich da nicht widerstehen kann.«

»Wie können so komische zerbrechliche Wesen überleben?«

»Wer – Menschen oder Krahim?«

»Nicht Krahim.« Efrynn schüttelte sich, dass seine Schuppen sich sträubten. »Die sind widerlich, und ich bin froh, dass Gondwin nur zur Hälfte so ist. Ich meine die Menschen.«

»Sie sind sehr anpassungsfähig, mutig und klug und vor allem äußerst fruchtbar. Sie überleben in der Gruppe, allein schaffen sie das kaum, wenn sie nicht gerade erfahrene Jäger und Krieger sind, von eiserner Gesundheit und kräftiger Statur.«

»Dort unten in der Welt gibt es sehr viele von ihnen, nicht wahr?«

»Manche aus den Alten Völkern sagen, *zu* viele.«

»War das Leben früher ohne die Menschen einfacher?«

»Das mögen sich die einen oder anderen Alten gern einreden, aber dem ist nicht so. Es wurde kaum weniger Krieg geführt, und nicht selten waren die Kriege weitaus verheerender. Vermutlich war es nicht so schlecht, dass die Menschen die Alten Völker in ihre Schranken wiesen.«

»Werde ich das alles eines Tages kennenlernen?«

»Warum solltest du?«

»Gondwin sagt, wir wissen nichts vom Leben.«

Aldavinur blieb stehen. »Darüber werde ich mich mit ihm unterhalten«, fauchte er. »Und du hör auf, ihm zu lauschen, verstanden? Du hast bereits einen Lehrer, du brauchst keinen zweiten, erst recht keinen sterblichen Narren wie diesen halbwissenden Halbkrahim.«

»Aber wenn ...«

»*Schluss*, sage ich!«

Aldavinurs Stimme donnerte durch das Tal, und an einem Überhang löste sich eine Schneematte und brauste als aufwirbelnde Lawine herab, um in einer gewaltigen Fontäne in ein Schneeloch einzubrechen. Erschrockene Rufe folgten, und Aldavinur sah huschende Bewegungen in den von Schnee bedeckten, mit Eiszapfen gesäumten Felsen.

Efrynn schob die Unterlippe vor und schwieg gekränkt.

Aldavinur starrte wütend vor sich hin, während sie weitergingen. Er musste den Jungen von dem Fremden trennen, es war nicht gut, dass sie Zeit miteinander verbrachten. Efrynn wurde jeden Tag aufsässiger und äußerte immer mehr Zweifel an allem, was sie taten. Es war zwar das Vorrecht der Jugend, alles in Frage zu stellen. Aldavinur erlebte das nicht zum ersten Mal. Doch die Einflüsterungen eines Außenstehenden konnten ernsthaften Schaden anrichten, der nicht wiedergutzumachen war.

Nach einer Weile sagte er versöhnlich: »Wo ist nun deine Skulptur?«

»Folge mir!«, rief Efrynn, er war nie nachtragend, wandte sich nach rechts und sprang voraus. Um zwei Schneedünen herum, dann sah Aldavinur ein großes Gebilde, das von erstaunlicher Kunstfertigkeit war. Die Skulptur bestand aus ineinander verschlungenen Bögen, wie Flechtwerk, die sich emporrankten und in einer Krone mündeten, auf der aus Eis geformte Flammen saßen.

»Wie findest du sie, Meister?«, fragte Efrynn aufgeregt und trat nervös auf der Stelle. Der Schnee schmolz unter ihm, und er sank immer tiefer ein, so viel Wärme strahlte er ab.

Wunderschön, dachte Aldavinur fasziniert. *Du erstaunliches, stolzes Kind, du bist der größte Schatz der Fyrgar.*

»Bist du der Ansicht, dass dieses Werk vollendet ist?«, fragte er streng.

»Äh ... hm ... n-nein?«, stammelte der Junge erschrocken.

»Mach weiter, und ich werde sehen, ob du ein Lob verdient hast.« Das war eine schwierige Zeit. Efrynn musste gefördert werden, durfte aber nicht übermütig werden. Er musste lernen, seine Gefühle besser zu beherrschen, und erst recht, bescheiden zu bleiben. Eitelkeit war der Grundstein zur Dummheit, die weitab vom Wege brachte.

»Jetzt gleich?«

»Ja. Ich komme später wieder und sehe mir den Fortschritt an.«

Efrynn jauchzte. »Ich werde dich nicht enttäuschen, Meister! Gib mir nur genug Zeit, damit ich auch fertig werde!«

»Du hast drei Tage. Und achte darauf, dass der nächste Schneesturm nicht gleich alles wieder fortbläst.«

Aldavinur überließ den Jungen sich selbst. Sein Atem gefror zu Eis und zauberte einen glitzernden Bart aus Raureif um Nase und Schnauze, legte sich auch auf seine Ohrhaare und auf seine langen Tasthaare über den Brauen. Lang wallte das Fell an ihm herab, während er auf den Wolkenreiter zuhielt, der sich heute in lodernder Pracht offenbarte. Als wäre alles wieder wie zuvor, und als hätte nie eine Verhüllung, eine Entfernung stattgefunden. Aldavinur lief in geschwindem Lauf bis zum Rand der Ebene, bevor der Pass steil anstieg, setzte sich dort nieder und richtete den Blick auf den leuchtenden Gipfel. Fallwinde trugen flüsternde Botschaften herab und sanfte Klänge, die sein Gehör liebkosten.

So nah und doch so fern, dachte Aldavinur. Still ließ er die Klänge auf sich wirken, er spürte, wie er sich darin auflöste und ein Teil davon wurde. Beinahe war er versöhnt. Würde sich nun alles wieder zum Guten wenden? Was brauchte es eine Fünfte Stufe, wenn er dies alles hatte!

Doch die Unruhe, die ihn schon lange quälte, gewann bald wieder die Oberhand. Er war nicht so weit, auf den Gipfel zu gehen und dort zu bleiben, das war nur ein Wunschtraum seit jeher. Hier unten warteten Aufgaben auf ihn ... und diese immer noch unbekannte Veränderung, die er nicht verdrängen konnte, deren Folgen vielleicht Efrynn betrafen. Er konnte es spüren, bis in die Spitzen seines Fells. Dass der Wolkenreiter sich versöhnlich zeigte, mochte nur ein kurzes Innehalten sein vor dem nächsten Sturm.

Aldavinur stand auf und schüttelte sich. Dann lief er Richtung Nordhang, um auf die Jagd zu gehen. Ja, jetzt, am helllichten Tag, denn nachts war es so kalt, dass selbst die Tiere mit dem dicksten Fell eng aneinandergekuschelt in Nischen und Höhlen Schutz suchten; sie besaßen kein inneres Feuer, das sie vor dem Erfrieren schützte.

Einige Tiere lagen im Winterschlaf. Aldavinur hätte sie leicht aufspüren können, doch er ließ sie in Ruhe. Seine Beute musste die Möglichkeit haben, sich zu wehren, und wissen, welche Gefahr ihr drohte. Sollte er etwas fangen, würde Aldavinur das erlegte Tier anschließend ehren, weil es ihm sein Leben geschenkt hatte, und ein Gebet sprechen, dass sein Fleisch ihm viele Tage Kräfte geben möge.

Er kletterte eine Zeitlang in den Felshängen herum, während die Sonne weiterwanderte und immer schrägere Schatten warf. Bald würde sie hinter den gezackten Gipfeln der Westkrone versinken, über die sie zu wärmeren Zeiten sonst hoch hinwegstieg.

Auf einmal ruckte sein Kopf herum, und seine Ohren stellten sich gerade nach vorn. Ein klapperndes Geräusch, nicht weit von hier. Sofort duckte Aldavinur sich und schlich sich eng an die Felsen gedrückt vorwärts. Seine Schwanzspitze zuckte. Allzu nah konnte er sich nicht heranpirschen, sein schwarzes Fell stach deutlich aus dem Schnee und dem grauen Fels hervor.

An der Kante eines Überhangs weiter vorn, ungefähr eine Sprung-
höhe nach oben, entdeckte er einen Widder. Seine Hörner waren
bereits zweimal gebogen, und er bewegte sich langsam auf zittrigen
Hufen. Er musste sehr alt sein und hatte wohl aus Schwäche den An-
schluss an seine Sippe verpasst.

Aldavinur fuhr sich mit der Zunge über die Lippen, seine Pupillen
wurden groß und rund. Er schätzte die Entfernung ab, die Geschwindigkeit des Widders, und die Stelle, an der er ihn stellen und zuschla-
gen musste, um ihn zu erlegen. Der Bock mochte langsam sein, aber
er war nicht umsonst so alt geworden. Er machte seine körperliche
Schwäche mit Erfahrung wett.

Und da hielt er auch schon inne und drehte den Kopf. Der Wind
spielte mit einem langen weißen Bart, der von seinem Kinn he-
rabwuchs. Seine bernsteinfarbenen Augen schienen sich direkt in
Aldavinur zu bohren. Er hatte den Fyrgar unmöglich wittern können, da er sich gegen den Wind angeschlichen hatte, und dennoch
wusste er es. Ein schlauer alter Bursche. Er stieß ein lautes Blöken aus,
vermutlich um die anderen zu warnen, die sicher noch irgendwo in
der Nähe waren, und sprang los, auf die Steilhänge zu.

Aldavinur schnellte vor und brachte die Entfernung mit wenigen
Sprüngen hinter sich. Doch das Felsgestein war gefroren und daher
glatt, und die Vorsprünge mochten zwar für schmale Bockshufe ge-
eignet sein, nicht aber für breite Katzenpranken. Die gelben Krallen
schabten über das Gestein, rutschten ab und mussten neuen Halt finden. Doch auch Aldavinur war erfahren, und er wusste genau, wo er
abspringen und wo er aufkommen musste. Dennoch war ihm der
Widder voraus, laut blökend, die rote Zunge herausgestreckt, sprang
er Haken schlagend am Hang entlang, immer höher hinauf. Er
kannte das Gelände ganz genau, wagte sich sogar über Schneefelder,
die unter Aldavinurs Gewicht zusammenbrechen und eine Lawine
auslösen würden.

Dann war der Nordhang erreicht, die Steilhänge ragten auf, und
Aldavinur blieb nur noch eines: Er stieß sich ab, genau auf eine senk-
rechte Wand zu, um den Widder im Sprung abzufangen.

Doch der blökte noch einmal und machte einen Satz nach oben, noch ein Stück weiter hinauf, wo er auf einem winzigen Vorsprung Halt fand, die vier Hufe eng zusammen gestellt.

Mitten im Sprung erkannte Aldavinur, dass er fehlging, streckte die Beine vor, fuhr die Krallen ganz aus und schlug sie mit aller Wucht in den Felsen, zuerst oben, dann unten. Gleichzeitig presste er die Ballen fest an die eisigen Felsen, damit die winzigen Saugnäpfe sich schmatzend ans Gestein saugten und ihm die Möglichkeit gaben, senkrecht an der Steilwand zu verharren.

Der Widder stand schräg über ihm und starrte auf ihn herab.

»Von den Saugnäpfen hast du nichts gewusst, stimmt's?«, murmelte der Fyrgar. »Und weißt du noch etwas? Ich kann auf diese Weise sogar zu dir hochklettern.«

Der alte Bock stieß ein Blöken aus. Doch statt eines Triumphschreis, kam nur ein ängstliches Rasseln hervor.

Auch Aldavinur keuchte, die Hetzjagd war sehr anstrengend gewesen. Zu anstrengend für diese Jahreszeit, zu kräftezehrend. Dabei sollte er über diesen Ehrgeiz längst hinaus sein. Aber wenn das Jagdfieber erst einmal erwacht war, war es selten aufzuhalten.

Doch jetzt war es vorbei. Der Fyrgar entblößte seine Reißzähne. »Ein andermal, mein Freund«, sagte er. »Geh in Frieden, für heute.«

Der alte Widder legte den Kopf leicht schief. Dann wandte er sich ab und kletterte vorsichtig die Steilwand weiter hinauf. Ein gefährlicher Weg mit nur winzigen Vorsprüngen, die vollkommenes Gleichgewicht und Körperbeherrschung verlangten, und das Tier würde am Ende seiner Kräfte sein, wenn es den sicheren Platz erreichte.

Aber auch Aldavinur wusste nicht, wie er von hier wieder nach unten gelangen sollte. Krallen und Saugnäpfe waren nützlich, aber der Weg war weit, und die Gefahr, dass er abstürzte, bestand trotzdem.

Da hörte er einen vertrauten Flügelschlag über sich, und aus dem sich verdunkelnden Himmel senkte sich Beserdems Gryphengestalt herab und landete mit rauschenden Schwingen neben ihm an der Wand, Adlerklauen und Löwentatzen in den Fels geschlagen, die Flügel weit geöffnet, um Halt zu finden.

»Ich habe nach dir gesucht«, begann sie.

»Und du hast mich gefunden«, antwortete er und wünschte sich, es wäre ihr nicht gelungen. Seine Gliedmaßen schmerzten, er war erschöpft, und er musste einen sicheren Weg nach unten suchen. Nach einer Unterhaltung, sosehr er Beserdems Nähe auch begrüßte, stand ihm gerade nicht der Sinn.

»Gibt es einen besonderen Grund, dass du hier an einer senkrechten Wand hängst?«

»Ach nein, ich ... plane nur eine neue Aufgabe für Efrynn.«

»Also warst du nicht auf der Jagd?«

»Siehst du etwa Beute in meinem Fang?«

»Verzeih, o Lehrmeister. Das war eine törichte Frage.«

Aldavinur fing trotz der Kälte an zu schwitzen, aber er durfte sich nicht die Blöße geben, zu hecheln.

Beserdem verlagerte ihre Stellung, und ihre Flügel schlugen, um sie besser zu tragen. »Ich bewundere dich. So wie du könnte ich das nicht. Ich meine, ohne Flügel. Du bist so ... vollkommen.« Sie rieb ihren Schnabel an seiner Schulter, was ein heftiges Muskelzucken auslöste, das er nur mühsam unterdrücken konnte.

Miau, dachte er verzweifelt. Nur die Not hielt ihn noch hier oben.

»Nicht vollkommener als du, Beserdem«, sagte er höflich. »Du solltest nicht so gering von dir denken.« *Aber vielleicht solltest du ganz schnell in die Lieblichen Höhen fliegen und Ró holen, die meinen in Kürze zerschmetterten Körper von den Felsen dort unten aufsammeln und wieder zusammensetzen muss.* Er öffnete den Rachen, um laut zu gähnen, dabei unmerklich ein wenig zu hecheln und die Anspannung zu lösen.

»Du bist immer so freundlich zu mir, o Lehrmeister, und ich schätze deine Aufmerksamkeit sehr«, sagte Beserdem. »Deshalb wollte ich dich übrigens besuchen. Ich habe das Gefühl, wir ... kommen uns näher.«

»Ja«, stimmte Aldavinur zu. *Aber möglicherweise trennen wir uns gleich für immer.* Als Beserdem erneut mit den Flügeln schlug, veränderte auch er seine verkrampfte Haltung, schüttelte nacheinander die Pfoten, bevor er sich wieder festkrallte.

»Auf dem Weg zu dir habe ich Efrynn gesehen. Was tut er dort unten?«

»Er baut eine Skulptur.«

»Sieht mir nach einem erstaunlichen Kunstwerk aus.«

»Oh ja. Ich glaube nicht, dass ich so etwas schon einmal gesehen habe, und das war erst der Anfang.« Aldavinur sah zum Himmel, der einen bläulichen Glanz annahm. Frostschlieren zogen über die Berge hinweg. Beserdem konnte nicht mehr lange bleiben, ihre Federn würden sonst vereisen. Erlösung nahte. »Ich kann ihm nichts mehr beibringen, Beserdem. Ich werde dem Rat und seinen Eltern zur Sonnenwende empfehlen, dass er durch das Feuer geht.«

Sie blinzelte erstaunt. »Aber er ist noch so jung . . .«

»Ich weiß. Doch er muss zur Reife gelangen, zur Erkenntnis finden. Nur so kann er seine Kräfte beherrschen; mir kann das nicht mehr gelingen. Er wird jeden Tag größer und stärker, und immer mehr erwacht in ihm. Ich glaube fast, er ist ein Mächtiger.«

»Beim Lichte Lúvenors!«, flüsterte Beserdem.

»Den Beweis aber kann erst das Feuer erbringen.«

»Und was werden wir dann tun, Aldavinur?«

Sie sagte *wir*. Er erwiderte ihren Blick. Deshalb also war sie gekommen. »Zur zweiten Sonnenwende, Beserdem, vor dem Herbst«, antwortete er. »Lass uns dann über eine gemeinsame Entscheidung reden.«

Sie stellte die Kopffedern auf, ihr Löwenschwanz peitschte. »Ist das ein Versprechen?«

»Ja.«

»Also gut. Gut!«

Sie stieß einen hohen Adlerschrei aus, breitete die Schwingen aus und glitt über die Wiege der Luft davon.

Aldavinur stieß sich ab und ließ sich in eine Schneewehe hinunterfallen, in der Hoffnung, dass sie tief genug war.

Mit einem dumpfen Geräusch plumpste er in den an der Oberfläche hart verkrusteten Schnee hinein, wie eine Fontäne schlugen weiße Flockengischt und Eisbrocken über ihm zusammen. Ächzend und stöhnend kämpfte er sich aus dem tiefen Loch empor, das er geschlagen hatte, und sah sich nach einem geeigneten Ruheplatz um. Die Nacht war hereingebrochen, es war zu spät, zu einer seiner Höhlen zurückzukehren.

Kurz darauf fand er eine geschützte Stelle zwischen zwei Felsen, die mit weichem Schnee gefüllt war. Ein angenehmes Bett für diese Nacht und ein passender Ort für seine Gedanken.

Beserdem, dachte er. *Ja, wir sollten es tun.*

Mit einem Hirsch im Maul kehrte Aldavinur zwei Tage später zur Höhle zurück, weidete ihn aus und trennte mit der Kralle die Fleischstücke heraus, die Gondwin bevorzugte, und trug sie hinein.

»Ich dachte schon, du hättest mich vergessen!«, empfing der Mann ihn vorwurfsvoll. Er stand aufrecht und humpelte, sich an der Wand abstützend, in der Höhle umher.

»Haben die Vorräte etwa nicht gereicht?«, fragte Aldavinur, während er das Fleisch neben die nie erlöschende Feuerstelle legte.

»Das ist es nicht. Ich . . . bin diese Einsamkeit nicht gewohnt.«

»Manchmal suchen Menschen die Einsamkeit, wenn sie hier heraufkommen.«

»Aber ich bin zur Hälfte Krahim, und die leben nie allein. Und ich bin nicht freiwillig hier.«

»Nun«, sagte Aldavinur ruhig, »du bist am Leben und wirst gesund. Bald kannst du in dein gewohntes Leben zurückkehren.«

»Entschuldige«, sagte Gondwin verlegen. »Ich wollte nicht zu viel fordern. Aber ohne dich wäre ich hier zum Tode verurteilt. Vor allem nachts ist es entsetzlich kalt. In unseren Bergen wird es nie so eisig, dass einem der Atem im Mund gefriert und Eissterne auf der Zunge entstehen lässt.« Er humpelte zu seinem Lager zurück, setzte einen Kessel für sein Fleisch auf und gab ein paar Kräuter dazu.

Aldavinur ließ sich nieder, seine Schwanzspitze bewegte sich träge.

»Wo ist denn Efrynn?«, erkundigte sich Gondwin.

»Beschäftigt. Er hat keine Zeit für dich.«

»So meinte ich das nicht. Aber ich mag den Jungen, er ist sehr aufgeweckt. Er ist etwas ganz Besonderes, nicht wahr? Selbst ich merke das.«

»Mhm.« Aldavinur gähnte und fing an, seine Vorderpfoten sauberzulecken.

»Sag mal . . . darf ich dich noch etwas fragen?«

Aldavinur rollte sich auf den Rücken, räkelte sich und nahm dann seine ursprüngliche Stellung wieder ein. »Du weißt, dass ich da niemals widerstehen kann.«

Gondwin grinste. »Ró kenne ich nun, und Efrynn, dich . . . Aber wer war dieser geflügelte Löwe mit dem Adlerkopf vor ein paar Tagen?«

»Beserdem. Man nennt sie auch die Grypha. Es gibt andere Wesen von ähnlicher Gestalt, so wie es ähnliche Wesen von meiner Art gibt, aber natürlich nur dem Aussehen nach.«

»Sehen denn keine zwei von euch gleich aus?«

Aldavinur hob den Kopf. »Nein, höchstens ähnlich. Wir werden in einer Gestalt geboren, die meistens schon eine . . . nun ja, Rohfassung unserer späteren Form ist. Erst wenn wir das erste Mal durch das Feuer gehen und dadurch die zweite Stufe erlangen, erhalten wir unsere endgültige Gestalt, unser *Baiku*.«

Gondwin hörte aufmerksam zu. »Dieses Wort, Baiku, hast du schon ein paar Mal erwähnt. Was bedeutet es?«

»Das, was wir sind, jeder von uns, unser Sein«, erklärte Aldavinur. »Die Gestalt unserer Seele. Baiku bedeutet *Wahre Form*. Es ist deine Seelensprache und deine Lebensessenz, dein ureigenes Ich. Wer das Baiku beherrscht, entbehrt nichts mehr.«

»Dann seid ihr wahrhaft mächtige Wesen«, murmelte Gondwin. »Ihr könntet die Welt beherrschen.«

»Jeder hat Baiku, Gondwin, auch du. Wir Fyrgar haben lediglich die Fähigkeit erworben, darauf zugreifen zu können, es als unser wahres Sein anzunehmen, und wir zeigen es sichtbar durch unser Äußeres. Wir verbergen dadurch nichts, und genau deswegen sind wir auch nicht an irgendeiner Form von Herrschaft interessiert.«

»Es ist bewundernswert, dass ihr nicht danach strebt.«

»Wissen steht über der Macht, Gondwin. Wenn du einmal so weit gekommen bist, hat alles andere keine Bedeutung mehr, denn wir sind ohnehin eins mit der Welt. Dennoch ... ist der Gang durch das Feuer ein spannender Vorgang für uns, denn wir wissen nicht *genau*, wie wir am Ende aussehen werden.«

»Und warum nicht?«

»Das Ergebnis einer Weiterentwicklung seiner selbst kann man nicht unbedingt einschätzen.«

Gondwin hob die Brauen. »Und ich dachte, ihr mögt keine Veränderung?«

»Aber manchmal kommt es eben dazu.« Aldavinur deutete hinaus. »Sonst hätte es Efrynn nicht gegeben. Seine Eltern entschlossen sich zur Dritten Stufe und gingen gemeinsam durch das Feuer, um neues Leben zu zeugen.«

»Das kommt nicht oft vor, was?«

»Natürlich nicht. Wenn wir das tun, verlieren wir unsere Unsterblichkeit. Dann bleibt uns nur noch eine Stufe, bevor wir uns in die Arme des Todes begeben müssen.«

»Dieser Zusammenhang erschließt sich mir nicht«, sagte Gondwin erstaunt. »Zuerst Unsterblichkeit, dann Sterblichkeit?«

Aldavinur nickte. »Als kurzlebiger Mensch kannst du dir nicht vorstellen, was es bedeutet, *unsterblich* zu sein. Eines Tages ... wirst du dessen müde. Und eines Tages willst du etwas weitergeben von dir. Deshalb sind wir dankbar für diese begnadete Gabe, dass es genau so herum ist und nicht anders. Deshalb ... haben wir diesen hohen Stand.«

Gondwin kratzte sich an seinem bartlosen Kinn. »Wie alt bist du, Aldavinur?«

»Ich zähle die Jahre nicht. Ein paar Tausend mögen es schon sein. Aber ich bin bei Weitem nicht der Älteste. Ein oder zwei Einsiedler können sich sogar noch an die Titanenschlacht erinnern. Sie verspüren kein Verlangen, ihren Zustand zu ändern, sie sind fast wie die Berge hier, heiß und kalt, mit ihnen verwachsen. Ähnlich wie die Scheinbäume, die es hier oben in manchen Tälern gibt.«

»Also sind einige von euch schon *uralt*.«

»Das ist richtig. Aber es sind nur wenige, denn auch neues Leben

105

muss entstehen, und so erhalten manche von uns eines Tages eine Art Ruf, der uns zum Gang durch das Feuer drängt. So gelangen wir nach der geistigen zur körperlichen Reife. Meistens dann, wenn einer von uns gestorben ist oder aber wenn ein Paar besonders harmoniert.«

»So wie du und Beserdem, hm? Das konnte ich selbst auf die Entfernung spüren.«

»Vielleicht.«

Aldavinur bemerkte, wie Gondwins Blick an ihm hinabglitt, und er fletschte grinsend die Zähne. »Du wirst nicht finden, wonach du suchst. Entweder Unsterblichkeit oder Zeugungsfähigkeit, beides zugleich ist nicht möglich. Ich befinde mich auf der Zweiten Stufe, des Saviantain: des Wissens. Ich bin unsterblich und damit geschlechtslos.«

Gondwin stieß einen Schrei aus. »Das ist ja entsetzlich!«

»Nein, weshalb?«, erwiderte Aldavinur erstaunt. »Dadurch können wir uns ganz der Erlangung der Weisheit zuwenden und uns der geistigen Reife widmen, ohne von körperlichen Bedürfnissen abgelenkt zu werden. Wir sind ausgeglichen und zufrieden und auf die wahren bedeutsamen Dinge konzentriert. Mein männliches Geschlecht ist außerdem angelegt, und ich bin mir dessen bewusst; es ist nur nicht fertig ausgebildet und kann mich nicht beeinflussen. Im Saviantain sind wir alle geschlechtslos. Beserdem ebenso, und sie wiederum empfindet sich als weiblich. Wir wissen es einfach.«

»Ich fasse es nicht. Ein Neutrum! Schlimmer noch als ein Eunuch! Dann pisst du also wie ein Mädchen?« Der Krahim schüttelte mitleidig den Kopf und schnalzte mit der Zunge. »Du bist kein Mann, du bist bedauernswert.« Gondwin grinste herablassend, kämpfte sich hoch, humpelte aus der Höhle und gleich nach links zum Rand des Plateaus, wo der Schnee nicht so tief war; dort stellte er sich aufrecht hin. »Sieh her, so geht das.« Er öffnete seine Hose und pinkelte in einem gekonnten Bogen über den Rand, ohne eine Miene über die Kälte zu verziehen.

Aldavinur, der ihm gefolgt war, sah mit mäßigem Interesse zu. »Das ist alles? Jämmerliche kleine Felsenkrabbe.« Er stellte sich daneben, brachte sich in richtige Position, legte los, und Gondwin gab sich lachend geschlagen.

Es wurde Zeit, nach Efrynn zu sehen, die Frist war um. Der Tag lag dunstverhangen über ihm, der Wolkenreiter hüllte sich in Schweigen und verbarg seinen Glanz.

Dennoch wies ein Leuchten dem Lehrmeister den Weg, und noch bevor er die Schneedüne erreichte, verharrte er staunend. Das Kunstwerk mochte bereits sechs Mannslängen hoch sein, und es war gekrönt, fein ziseliert, zusammengesetzt aus Hunderten feiner Linien und Muster, gestützt von dickeren Streben.

Als Aldavinur um die Düne herumging, war sein Schüler immer noch eifrig an der Arbeit, prüfte hier und raspelte dort. Als er seinen Lehrer bemerkte, sprang er auf ihn zu wie ein übermütiges Zicklein.

»Meister! Du bist zu früh, ich bin noch nicht ganz fertig! Doch es fehlt nicht mehr viel, nur noch ein paar Verbesserungen. Ich habe die ganze Zeit durchgearbeitet, auch in der Nacht, und nur wenige Stunden geschlafen!«

»Was stellt es dar, Efrynn?« Aldavinur war ergriffen, aber er ließ es sich nicht anmerken. Noch nie hatte er so etwas Schönes gesehen, obwohl es einige sehr begabte Künstler unter den Fyrgar gab.

»Die Sphäre der Welt«, erklärte der Junge eifrig. »Die uns umhüllt und schützt, in die wir uns fallen lassen können, wenn wir nur Vertrauen haben. Die Hände der Götter, allen voran Lúvenor, die uns liebevoll umfangen, die uns erschaffen haben und die über uns wachen. Und die Götter selbst, wie ich sie mir vorstelle, siehst du, hier ... und hier ...« Efrynn zeigte auf Szenen aus der Schöpfungsgeschichte, als Bildnis nicht größer als ein Rumpf, aber mit äußerster Feinheit gearbeitet. »Und da ist unser Volk, hoch oben auf den Bergen, die Bewahrer des Wissens, die Hüter der Welt, allen voran natürlich du, Meister.«

Efrynn deutete ins Innere des dichten Gewebes hinein. »Und da drin sind Menschen und Zwerge, Alte Völker und Fabeltiere, und auch Dämonen.«

»Also ist es die Welt selbst.«

»Hmmm ... stimmt, Meister. Es hat sich irgendwie verselbstständigt, und ich habe gar nicht gemerkt, dass es über meinen ursprünglichen Plan hinausging. Denkst du, das war ein Fehler?« Efrynn machte ein besorgtes Gesicht.

»Nein.« Aldavinur konnte sich nicht sattsehen. »Es ist vollkommen, Efrynn.«

»W-was?«

»Ich sagte: Es ist perfekt.«

»A-aber ich bin noch nicht ganz f-fertig, und ...«

»Du *bist* fertig, Junge. Da fehlt kein Schliff mehr. Genau so muss es aussehen. Kannst du es nicht erkennen? Kannst du es nicht hören?«

Aldavinur wich einige Schritte zurück, um das Kunstwerk insgesamt zu erfassen, und Efrynn kam aufgeregt an seine Seite, seine Schuppen waren blass vor Unsicherheit. Gemeinsam blickten sie auf das Blinken und Funkeln. Genau an den richtigen Stellen wurden Konturen hervorgehoben, während an anderer Stelle Schatten scharfe Linien zeichneten.

Und die Eiskristalle sangen im Sonnenlicht, begleitet von Zirpen, Läuten, Klingen, Summen.

»Ich zähle bereits jetzt vierunddreißig neue Töne, für die es keinen Namen gibt«, sagte Aldavinur leise. »Dieses Lied erreicht die Sphären und erfreut die Götter.«

»Meister, du machst mir Angst«, wisperte Efrynn und duckte sich in den Schnee. »So hast du noch nie gesprochen.«

Aldavinur sah seinen Schützling ernst an. »Du weißt, dass dieses Kunstwerk nur für die Erinnerung gemacht ist? Es ist vergänglich und wird nicht lange halten.«

»Gewiss, Meister. Doch kein anderer Stoff hätte derart ... wirken oder bearbeitet werden können.«

»Das ist wohl wahr.«

»Ich glaube, gerade die Vergänglichkeit ist es doch, oder die stetige Veränderung der Sphäre, die ich hier nachgebildet habe«, fuhr Efrynn fort. »Die Sphäre ist nie gleich, und auch die Weltenmelodie singt niemals dieselbe Tonfolge.«

»Du hast den Klang sichtbar gemacht«, schloss Aldavinur. »Ja, das ist es.«

»Danke, Meister«, sagte Efrynn erfreut und verunsichert zugleich. »Und was machen wir jetzt damit?«

»Alle sollen es sehen«, antwortete Aldavinur. »Und dann wird es dem Wetter und Lúvenors Auge überlassen. Einverstanden?«

»Natürlich!«, schrie der Junge glücklich. »Oh, Meister, ich danke dir!«

»Nein«, unterbrach Aldavinur. »Nein, Efrynn, ich danke *dir*. Ich ... bin sehr stolz auf dich.« Eindringlich schloss er: »Dies bringt Verantwortung mit sich. In den nächsten Mondabschnitten wirst du dich auf den Gang durch das Feuer vorbereiten. Im Frühjahr zur Sonnenwende ist es so weit.« Er wandte sich zum Gehen.

Efrynn stand da, fassungslos. Der Glanz seiner Schuppen war vollständig erloschen, kein Hauch eines Regenbogens mehr. »Das bedeutet ... ich ... ich darf nicht mehr bei dir in die Lehre gehen?«

»Ich kann dir nichts mehr beibringen, Efrynn. Deine Ausbildung ist abgeschlossen. Was könnte noch besser werden als das, was du gerade geschaffen hast? Dies ist dein Gesellenstück, und wenn du durch das Feuer gegangen bist, wirst du der Meister sein.«

Aldavinur legte seine schwarzfellige Stirn an die dornige Schuppenstirn seines Schützlings. »Wir beide wussten, dass dieser Tag kommen wird«

»Es ... es kommt auf einmal so schnell ...«, stammelte der Junge.

»Efrynn, normalerweise wird einem Fyrgar erst mit der Zweiten Stufe das Wissen des Volkes zuteil. Du aber bist schon mit Wissen geboren worden. Ich habe dich auf das Leben vorbereitet und dir geholfen, dieses Wissen zu nutzen. Ich weiß nicht, was dir zuteil wird, wenn du durch das Feuer gehst, aber es gibt keinen Grund, Angst zu haben.«

»Ja, Meister«, sagte Efrynn kläglich.

Eine Weile standen sie still Stirn an Stirn, bis Aldavinur sich behutsam löste und den Weg zu den Lieblichen Höhen fortsetzte.

Die Fyrgar hatten sich um die Skulptur versammelt, und die sang ihnen glitzernd ihre Farben und ihre Formen vor, ein ganz neuer Klang des Schnees. Efrynns Eltern verneigten sich vor ihrem Sohn, und auch der Rat war ergriffen.

Ein Misston trat ein, als plötzlich Gondwin heranhinkte und mit vor der Brust verschränkten Armen am Rand der Versammlung stehen blieb. Er hatte sich in ein Fell aus der Höhle gehüllt und seine dünnen Stiefel mit weiteren Fellresten umwickelt. Dennoch schien er zu frieren, er hatte die Schultern hochgezogen und zitterte.

Die Fyrgar bemerkten ihn sofort, doch sie taten so, als wäre er gar nicht da.

Aldavinur sagte nichts, um die feierliche Stimmung nicht zu zerstören.

»He!«, rief Gondwin und stieß einen schrillen Pfiff aus.

Viele Augenpaare richteten sich auf den Mann.

»Das ist ja alles sehr schön«, fuhr der Halbkrahim fort und holte mit den Armen weit aus, wie um das Kunstwerk zu umfassen. »Ich beglückwünsche den jungen Künstler, er ist begnadet, und euch alle, dass ihr ein so großes, allwissendes Volk seid und euch in Gefilden ergeht, die niemand sonst erreichen kann.«

Efrynn musterte Gondwin verdutzt. Die übrigen Fyrgar blickten missbilligend drein, einige wandten sich brüsk ab, andere schienen über eine Antwort nachzudenken.

Aldavinurs Nackenhaare sträubten sich. Seine Pupillen zogen sich zu nadeldünnen Schlitzen zusammen.

»Ihr könnt stolz sein auf euch!« Gondwin klatschte leise in die Hände. »Und während ihr euch hier oben feiert, geht dort unten die Welt unter.«

»Aber Gondwin, was redest du da?«, brach es aus Efrynn hervor.

»Ich rede davon, dass ihr keine Ahnung habt, was in der wirklichen Welt vor sich geht!«, schallte Gondwins Stimme durch das Tal. »Ich rede davon, dass ihr so versponnen seid in eure Weisheiten und Philosophien und in das Erreichen irgendwelcher Stufen, dass ihr nicht die Spur eines Wissens habt, was das Leben tatsächlich bedeutet!«

»Aldavinur, du solltest deinen Gast dazu bringen, dass er sich mäßigt«, sagte Broddi ungehalten.

Aldavinur schwieg.

»Ihr werdet zuerst zuhören!«, fuhr Gondwin zornentbrannt fort. »Ihr habt euch von der Welt entfernt, und von allen Völkern. Wisst ihr, welche Gefahren dort unten in den Tieflanden lauern? Welche Machtkämpfe ausgetragen werden? Denkt ihr, das hat keine Auswirkungen auf euch oder auf diese Gefilde? Da täuscht ihr euch.«

»Es gibt auf alles eine Antwort«, erwiderte Dasú kühl. »Und demnach gibt es auch eine Lösung.«

»Ach ja?« Gondwin lachte verächtlich. »Dann verratet mir doch einmal, was ihr über die Schattenweber wisst!«

Aldavinur horchte beunruhigt auf.

Garrim richtete sich hoch auf und blähte seinen Halskragen. »Schattenweber?«

»Da seht ihr es!« Gondwin spuckte verächtlich aus. »In eurem eigenen Land sind sie zum ersten Mal aufgetreten, im Fürstentum Barastie, das eng an dieses Gebirge grenzt ...«

»Wir wissen, wo Barastie liegt«, unterbrach Resimbar.

»Doch bringt es euch weiter? Auf einmal erschienen sie, zogen durch die Lande. Alle, die ihnen angehören, nennen sich Schattenweber. Im einen Moment kann ein Mensch noch ganz normal sein, doch im nächsten ist er verändert, wird grau und wie von Spinnennetzen überwuchert, und dann ist er einer von denen. Er handelt nicht mehr aus freiem Willen, hat alle Gefühle verloren, und das Schlimmste daran: Er gibt die Kälte weiter!«

»Dann ist es eine Seuche?«, warf jemand ein.

Gondwin nickte. »Ja, doch niemand kennt ihren Anfang, und ihr Ende ist nicht absehbar. Niemand wird ausgenommen, es greift verheerend um sich, aber nicht nur das. Es heißt, dass ein Heer aufgestellt wird, um Hasad zu erobern, das wiederum gerade versucht, seine Grenzen zu Barastie zu sichern! Mit Gift und mit Schwert wird vorgegangen, aber gegen wen genau? Niemand weiß, wer die Schattenweber sind und welches Ziel sie verfolgen. Doch die Auswirkungen sind zumindest derzeit offensichtlich: Unterjochung!« Gondwin blickte in die Runde. »Sagt mir, allwissende Fyrgar, Volk des Feuers und der Weisheit, wer sind *sie*, oder was ist *es*, das die Barastie heimsucht und befällt und das man gemeinhin Schattenweber nennt?«

Sie hatten keine Antwort.

Auch Aldavinur hatte das Wort *Schattenweber* noch nie gehört. Und in Efrynns angeborenem Wissensschatz war es nicht enthalten, das konnte er dem Jungen ansehen.

»Nun?« Gondwin reckte auffordernd die Arme. »Ich mache keine Scherze! Während ihr hier oben feiert, geht dort unten alles zugrunde, und ihr, die ihr angeblich Allwissende seid und die ihr Hilfe bringen könntet, seid völlig ahnungslos! Und das nur aus einem Grund: Ihr ruht euch auf dem Wissen aus, das ihr habt, und ihr glaubt, da gibt es nicht mehr. Ihr habt schon lange das Interesse am wahren Leben verloren, und deshalb wisst ihr die Antwort auf meine Frage nicht! Damit könnt ihr nicht für euch in Anspruch nehmen, den Göttern näher zu sein als irgendein anderes Volk!«

Es war Zeit zu handeln, bevor ein Unglück geschah. Aldavinur trat hastig vor Gondwin. »Es ist besser, du gehst jetzt.«

»Nichts anderes hatte ich vor«, antwortete sein Gast. Damit drehte er sich um und verschwand hinter der Schneedüne.

Betroffenes Schweigen breitete sich aus. Aldavinur war aufgewühlt. Wie konnte es eine solche Frage geben, auf die sie keine Antwort wussten? Gewiss gab es Rätsel, die auch die Fyrgar nicht zu lösen vermochten. Doch sie waren nie weltlicher Art. Eine unheimliche Bedrohung gleich hier am Fuße der Berge konnte nicht einfach aus dem Nichts entstehen. Sie musste einen Hintergrund haben, eine Vergangenheit, und darüber *mussten* die Fyrgar Kenntnis haben! Alles andere war undenkbar.

Aber wieso kam Gondwin ausgerechnet jetzt damit zu ihnen?

Wut wallte in Aldavinur hoch. Wortlos galoppierte er los.

Gondwin hatte den Eingang zur Höhle gerade erreicht, als Aldavinur ihn stellte.

»Was sollte das?«, schrie er den Mann an, der unwillkürlich vor der Wucht des erhitzten Wortstoßes zurückwich. »Weshalb verdirbst du dem Jungen diesen großartigen Moment?«

»Genau deswegen«, erwiderte sein Gast. »Es gibt keinen Grund zum Feiern, vielmehr solltet ihr ins Tal gehen und den Menschen dort unten helfen!« Er stieß einen verächtlichen Laut aus. »Ein Kunstwerk zu preisen, das sowieso in den nächsten Tagen entweder schmilzt oder vom Sturm weggeblasen wird: Wozu soll das gut sein?«

»Besitzlosigkeit ist . . .«

»Hör auf mit dieser Selbstgerechtigkeit! Nutzt doch endlich euer Wissen für sinnvolle Dinge, und *löst* Probleme, anstatt sie nur festzustellen!«

»Du hast kein Recht dazu, uns zu maßregeln«, fauchte Aldavinur außer sich.

»Und du kannst meine Frage nicht beantworten, hoch bewunderter *Lehrmeister*«, versetzte Gondwin spöttisch. »Erlerntes Wissen kannst du rezitieren, das ist auch schon alles. Anwenden kannst du nichts, du weißt doch nicht einmal, was ein Mann oder eine Frau ist!«

Gelbe Krallen sprangen aus weichen Ballen. Aus Aldavinurs Brust drang ein tiefes Knurren.

»Nur zu!«, sagte Gondwin herausfordernd. »Töte mich! Mach damit deine Bemühungen sinnlos. Es ändert nichts an der Wahrheit meiner Worte. Denk darüber nach!«

Kurze Zeit sahen sie sich schwer atmend in die Augen.

»Geh«, befahl Aldavinur dann schwer. »Du bist hier nicht mehr willkommen.«

Gondwin spuckte aus. »Keine Sorge, ich habe schon zusammengepackt. Einen Kessel mit Glutsteinen und die restlichen Vorräte nehme ich mit, wenn du nichts dagegen hast, und das Fell, sonst komme ich nicht weit, und du musst mich wieder retten.«

»Nimm dir alles, was du brauchst. Denkst du, das ist für mich von Bedeutung?«

Gondwin streckte seine Haltung. »Weißt du, was du bist? Ein eingebildeter, überheblicher, erbärmlicher Versager! Du hast mir nie richtig zugehört, dich geschweige denn für mich interessiert. Du hast mir nie Fragen gestellt, weil du ja ein Lehrmeister bist, der lehrt, nicht lernt. Aber Wissen gibt es nie genug, verstehst du? Und ich weiß eine Menge Dinge, von denen du keine Ahnung hast. Ich lebe lieber mein kleines Leben als Halbkrahim, als so zu sein wie du!«

Aldavinur wandte sich von ihm ab, es gab nichts mehr zu sagen.

Kurz darauf machte Gondwin sich ohne Abschied auf den Weg.

6.

Netzschwinger

Gondwin war fort, und Aldavinur kehrte zu seinem gewohnten Leben zurück. Allerdings bohrten die Vorwürfe des Mannes in ihm, und er grübelte jeden Tag darüber nach, was es mit diesen »Schattenwebern« auf sich haben mochte. War es ein Rätsel, das Gondwin gestellt hatte? Oder war es die Wahrheit? Brachten diese Wesen tatsächlich Tod und Vernichtung über das Reich Luvgar?

»Meister?«

Solange das Wetter anhielt, arbeitete Efrynn unermüdlich an seiner Skulptur, besserte nach, was wegschmolz, und verfeinerte die Darstellungen. Aldavinur ließ ihn gewähren, der Junge war durcheinander und musste erst mit sich selbst ins Reine kommen, bevor es an die letzten Lektionen ging. Seine Eltern hatten ihn gebeten, mit ihnen in die Lieblichen Höhen zu kommen, um sich dort auf den Gang durch das Feuer vorzubereiten, doch er hatte sich geweigert. Efrynn sah seine Ausbildung noch nicht als beendet an und wollte seinen Lehrer nicht verlassen.

»Ja, Efrynn?«

Der Junge kam um sein Kunstwerk herum, seine Schuppen schimmernd im hellen Licht, und sein scharfer Schatten bewegte sich vor Efrynn auf den Lehrmeister zu. Die Tage wurden länger, und Aldavinur, den das Fell schon ordentlich juckte, lag träge in einem bequemen Schneebett, beobachtete seinen Schüler, döste zwischendurch und schlug ab und zu mit dem Schwanz, um den schmachtenden Grauhaaken zu zeigen, dass er noch lebte.

»Hat er recht gehabt?«, fragte Efrynn und blickte Aldavinur forschend an.

Aldavinur wusste, von wem er sprach. Das beschäftigte den Jungen am meisten. »Was glaubst du, Efrynn?«

»Ich weiß nicht, Meister. Als ich es dir gegenüber das erste Mal erwähnte, wurdest du sehr wütend. Also, dass wir keine Ahnung haben vom wahren Leben und so, wie Gondwin vorher schon einmal zu mir gesagt hatte.«

»Inwiefern beeinflusst das deine Entscheidung, durch das Feuer zu gehen?«

»Die Entscheidung liegt bei mir?«

»Sicher. Du bist so weit, und das Feuer wird für dich bereitet werden, aber dass du den Schritt unternimmst, muss deiner festen Überzeugung entsprechen.«

Efrynn ließ sich nachdenklich neben ihm nieder. »Und wenn ich es nicht tue?«

Aldavinur rollte sich auf den Rücken und räkelte sich ausgiebig, rieb grunzend den Kopf in den Schnee. »Dann bleibst du ein Kind. So, wie du jetzt bist.«

»Ist ... das schon einmal vorgekommen? Ich meine, dass jemand ein Kind geblieben ist?«

»Ja«, antwortete Aldavinur knapp. Er sprang auf, schüttelte sich, stieß sich ab und landete bauchvoran in der Schneedüne, ruderte mit allen vieren hindurch und stöhnte vor Genuss. Sein Fell glänzte jetzt in der Sonne wie poliertes Metall, mit einem blauen Schimmer.

»Und dann?«

»Dann ging er durch das Feuer.«

»Oh ...«

»Nach tausend Jahren oder so. Letztendlich hatte er das Kindsein doch satt. Vor allem, weil er meistens hungrig zu Bett ging, denn sein Körper war nicht ausreichend entwickelt, um erfolgreich auf die Jagd zu gehen.« Aldavinur setzte sich auf, gähnte herzhaft und zeigte seine mörderischen Reißzähne.

Efrynns Augen wurden rund. »D-du, Meister? Du sprichst von dir?«

»Mhm.« Nun ging es an die ausgiebige Fellpflege. Kratzen, dass die Unterwolle in dichten Flocken davonflog, und das Deckhaar glattstreichen. »Ja. Ich war einmal genauso ein Tölpel wie du. Als es keine Fragen mehr zu beantworten gab, wurde mir langweilig, und ich wollte wissen, was mein Baiku nun wirklich war. Ich war so ... nun, ein Kind eben.«

»Und was genau hat sich geändert?«, fragte Efrynn gespannt.

Aldavinur richtete die rotgrünen Turmalinaugen auf ihn. »Ich habe eingesehen, dass ich nur deswegen nicht durch das Feuer ging, weil ich Angst hatte zu versagen, den Ansprüchen meiner Eltern und des Rates nicht zu genügen. Angst, dass in mich vergebliche Hoffnungen gesetzt würden. Und Angst vor dem, was aus mir werden mochte. Doch Angst, Efrynn, ist etwas sehr Wertvolles, sehr Kostbares. Sie warnt uns rechtzeitig vor Dummheiten, und sie hilft uns, einen kühlen Verstand zu bewahren. *Wenn* ...«

Efrynn hielt den Atem an.

»Wenn du dich nicht davon beherrschen lässt. Das darf niemals geschehen. Angst ist ein Teil von dir, du darfst sie nicht verleugnen, sondern du musst sie beherrschen. Nur dann kannst du dir vertrauen, und nur dann ...«

Efrynn atmete aus und grinste. »... gehst du durch das Feuer.«

Aldavinur fragte sich, ob die Felsspinnen, die schließlich auch Netze woben und auswarfen und andere damit fingen, nicht etwas über die Schattenweber wussten. Vielleicht war es eine verwandte, im Tiefland lebende, giftige Art, die plötzlich überhand genommen hatte und die nun über die Menschen herfiel und sie vergiftete.

Aldavinur ging zu den Klingfelsen, fing eine Spinne, die groß genug war, stellte seine Frage und quetschte dann ihren Hinterleib, bis sie die Antwort mit Spinnfäden zeichnete, denn Sprechwerkzeuge besaßen diese Tiere nicht.

Doch Aldavinur erhielt keine Antwort, nicht einmal einen Hinweis. Die Spinnen hatten noch nie davon gehört. Und sie lebten hier in den Bergen, schon bevor die Fyrgar kamen, und sogen mit der Beute auch Wissen auf, das sie an die Nachkommen weitergaben.

Unbefriedigt musste der Lehrmeister aufgeben. Es wäre ja zu einfach gewesen! Vielleicht hatte Gondwin sich zum Abschied doch einen bösen Scherz erlaubt und Unruhe um nichts geschürt.

Wo er jetzt wohl war? Hatte er die Gestalt der Wandelkrähe angenommen und war in seine Heimat zurückgekehrt? Aldavinur gab es nicht gern zu, aber er hatte sich tatsächlich an Gondwins Anwesenheit gewöhnt. Erst jetzt, da er nicht mehr da war, fiel es ihm auf. Sie hatten sich gut verstanden und zuletzt gemeinsam über verschiedene Dinge gelacht. Umso weniger konnte Aldavinur sein Verhalten am Schluss verstehen.

In Gedanken versunken kehrte er kurz vor Einbruch der Dunkelheit zur Höhle zurück, wo Efrynn bereits schlief. Unruhig hielt Aldavinur Wache.

Am nächsten Tag taute es.

Efrynn versuchte verzweifelt, seine Skulptur so lange wie möglich zu erhalten, die ihm jedoch unter den Krallen zerfloss und jeden Tag neue, bizarre Formen annahm. Es versinnbildlichte ihm, dass er seine Entscheidung fällen musste, weil er das Gegenwärtige nicht halten konnte.

Aldavinur war in diesen Tagen schlecht gelaunt, denn er hasste Tauwetter, wenn er tief im Schneematsch versank und kaum auf die Jagd gehen konnte. Hinzu kamen die Stürme als Vorboten des neuen Jahres, und er hatte das Gefühl, als würde immer mehr Dunkelheit den Himmel überziehen, anstatt dass es heller wurde, obwohl die Sonne schon viel höher stand und länger blieb. Wie ein Schleier, oder ein Netz.

Beserdem kam ab und zu vorbei. Manchmal flog sie gleich wieder ab, wenn sie die mürrischen Mienen sah oder einen lautstarken Streit bis in den Himmel hinaufschallen hörte.

»Was ist mit dir, o Lehrmeister?«, fragte sie Aldavinur einmal, als sie gemeinsam einen Spaziergang unternahmen. In den letzten beiden Nächten hatte es wieder starken Frost gegeben, tagsüber schneite es, und Aldavinurs Laune besserte sich . . .

»Ich bin immer so zu dieser Zeit, wenn das Jahr zu alt geworden ist und in Verwesung und Fäulnis erstickt, überall sickert Leichengift heraus, bis nur noch blanke Gesteinsknochen übrig bleiben.«

. . . oder auch nicht.

»Das ist es doch nicht allein«, fuhr sie behutsam fort. »Du bist aus dem Gleichgewicht geraten.«

»Auch ich muss mich auf den Gang durch das Feuer vorbereiten, und das ist nicht leicht für mich.«

Sie knispelte behutsam mit ihrem mächtigen Adlerschnabel an seiner dichten Halskrause, zupfte abgestorbene Wolle heraus und glättete das Deckhaar. »Ich bin auch verwirrt«, gestand sie. »Ich habe schon mit Resimbar und Sarundi gesprochen, doch sie konnten es mir nicht erklären, wieso man plötzlich weiß, dass es Zeit für die Dritte Stufe wird.«

»Wenn du möchtest, bereiten wir uns zusammen darauf vor«, schlug er vor.

Ihr Kopf ruckte hoch. »Du meinst . . . ich . . . ich könnte hier unten bleiben? Bei dir? Und du wärst mein Lehrer?«

Er lachte. »Wenn du es willst, Beserdem. Doch ich glaube nicht, dass du irgendwelche Lehren benötigst.«

»Du bist weiser als wir alle, Aldavinur. Ich lerne gern von dir.« Sie sah ihn bewundernd an.

»Zuerst aber ist Efrynn an der Reihe«, sagte er lächelnd. »Du und Efrynns Eltern holen uns am besten ab, wenn es soweit ist. Das wird Efrynn freuen und ihm die Nervosität nehmen.«

»Und wenn ich mit dabei bin«, Beserdem schlug schnabelklappernd mit den Schwingen, »kann er sich nicht einfach davonmachen, und du stehst am Ende nicht dumm da.«

»Stimmt«, gab er vergnügt zu. Seiner Lehrmeisterin hatte er das nämlich angetan. Aldavinur war einfach fortgelaufen und erst viele Jahre später reumütig zurückgekehrt. Das sollte ihm anstelle seiner Lehrmeisterin nicht passieren.

Der große Tag brach an. Das alt gewordene Jahr verabschiedete sich mit einem großen Sturm; der riss es mit sich fort und schleuderte es von den Bergen, von der ganzen Welt. Tauwetter jagte dem weichenden Schnee nach, holte ihn unbarmherzig aus Rinnen und Ritzen, aus den tiefsten Poren der Nordfelsen. Das ganze Tal troff und dampfte, Schmelzfälle rasten ins Tiefland. Die Sonne brauchte nun keine lange Dauer mehr, wenn sie sich aus ihrem Morgenbett erhob, hoch und stolz stieg sie empor, und alles wandte sich ihr zu. Rasch wurde es grün, dann bunt, und in den Hängen widerhallten die Rufe der Bergtiere.

Nur der Wolkenreiter hielt sich zumeist verborgen, und Aldavinur fragte sich, was der Grund sein mochte, gerade jetzt. Einmal stieg er hinauf, doch er erreichte den Gipfel nicht, sondern wurde vorher von einem eisigen Sturm zum Umkehren gezwungen. Fast wie ein Sphärensturm, so kam es ihm vor. Aber weshalb sollte Lúvenor *ihm* zürnen?

Oder ... war etwas anderes geschehen? Manchmal waren auch magische Ausbrüche die Ursache solcher Stürme, vielleicht ein Schutzbann ... oder ein Fluch.

Der Wolkenreiter verhindert jeden Zugang, um weiteres Unglück zu vermeiden. Was geschieht nur mit uns?

Beserdem, Resimbar und Sarundi trafen an einem wolkenlosen Vormittag ein. Efrynn begrüßte seine Eltern und die Grypha freudig, denn in den letzten Tagen war er sich sehr einsam vorgekommen, ja geradezu unerwünscht. Sein Lehrmeister hatte sich wortkarg und abweisend verhalten und ihn die meiste Zeit allein gelassen.

Aldavinur schlich kurz darauf auf weichen Ballen lautlos heran. Aufmerksam und zugeneigt, so als wäre er nie fort gewesen.

»Bist du bereit, Efrynn?«, fragte er seinen Schüler.

»Ja, Meister«, antwortete der Junge feierlich.

»Dann wollen wir gehen.«

Hinauf in die Lieblichen Höhen, zur großen Sonnwendfeier. In zwei Tagen war es so weit. Aldavinur hatte gepackt, einen kleinen Beutel, in dem er die Dinge bei sich trug, von denen er sich nie trennte, sobald er länger als einen Tag unterwegs war: ein Ledersäckchen mit Glutsteinmehl und Glutsteinen, Heilkräuter und zwei Federn von Beserdem.

Efrynn in ihrer Mitte stiegen sie die Hänge hinan, und Regenbogen rauschten auf der Oberfläche der schmelzenden Wasser des Adfall herab, dem Jungen zu Ehren, dessen Schuppen nicht weniger bunt glänzten. Doch oben herrschte weiterhin in Wolkendunst gehülltes Schweigen, über das die Sonne soeben hinwegkletterte, ohne es durchdringen zu können. Halb im Schatten und halb in der Sonne lag das Tal. Vögel schwirrten und sangen, überall waren Tiere unterwegs, denn sie wussten, dass sie jetzt nichts zu befürchten hatten. Auch die Beutejäger waren mit ihrem Nachwuchs beschäftigt, und Aldavinur verließ das Tal.

Hoch oben schwebten Greifvögel, die plötzlich laut pfeifend abdrehten. Aus dem Süden näherte sich eine wimmelnde schwarze Wolke.

»Was ist das?«, fragte Resimbar. »Sarundi, du hast schärfere Augen als ich, was siehst du?«

»Ich kann es nicht erkennen«, bedauerte Efrynns Mutter.

»Ich werde nachsehen.« Die Grypha breitete die Flügel aus und stieß sich ab. Mit schweren, aber kräftigen Schlägen gewann sie schnell an Höhe und hielt auf die Wolke zu.

Efrynn trat zu Aldavinur. »Meister, was denkst du?«

Aldavinurs Nüstern blähten sich weit, sämtliche Tasthaare spreizten sich. »Resimbar, Sarundi, macht euch zum Kampf bereit!«, sagte er alarmiert.

Efrynns Eltern starrten ihn entgeistert an. »Was ... aber warum ...«

»Weil wir angegriffen werden!«, rief der Lehrmeister und sah seinen Schützling eindringlich an. »Efrynn, es ist nicht mehr weit. Sobald ich dir das Zeichen gebe, wirst du laufen, durch den Pass, verstanden? Du wirst dich nicht um uns kümmern! Bring dich in Sicherheit!«

»Ja, Meister ...«, stammelte der Junge verwirrt.

»Wer sollte uns angreifen, und warum?«, rief Resimbar ungläubig, doch Beserdems Ruf aus der Höhe übertönte ihn.

»Krahim!«

Die Grypha kam mit rauschendem Flügelschlag zurück. »Ich kann sie nicht zählen, so viele!«

»K-Krahim ...«, stotterte Efrynn.

Aldavinur nickte grimmig. »Gondwins Rache. Ich hatte es befürchtet. Beserdem, kannst du Efrynn tragen?«

»Auf dem Boden, ja. In der Luft, nein.«

»Also gut, dann stellen wir uns jetzt um den Jungen herum und schützen ihn! Efrynn, ich wiederhole es noch einmal: wenn ich dir befehle zu laufen, dann wirst du es auf der Stelle und ohne Widerspruch tun! Hast du verstanden?«

»Ja, Meister, ich verspreche es«, sagte der Junge eingeschüchtert.

»Aldavinur, was hat das zu bedeuten?«, fragte Sarundi. »Wieso will Gondwin Rache nehmen?«

»Wir haben dafür keine Zeit mehr, und durch meine Schuld«, sagte Aldavinur zornig. »Bleibt dicht beisammen – und *lauft!*«

Da rannten sie alle los.

Die Fyrgar waren große, mächtige Geschöpfe, und ihre Sprünge trugen so weit wie ein halber Speerwurf. Obwohl es steil bergauf ging, näherten sie sich dem Pass rasend schnell.

Doch da waren die Krahim schon heran, und eine riesige, wimmelnde, krächzende Wolke aus Tausenden brausenden Flügeln senkte sich auf die Fliehenden herab.

Soweit die Erinnerungen zurückreichten, waren die Fyrgar noch nie angegriffen worden. Die Achtung vor dem Volk des Feuers war zu groß. Doch Krahim achteten niemanden. Die einen Wandelkrähen griffen in ihrer Vogelgestalt an, mit scharfen Fängen und kräftigen Schnäbeln, die anderen wechselten die Gestalt und trugen nun Waffen, die sie im Köcher mit sich geführt hatten – Speere, Spieße, Messer und Schwerter.

Die Fyrgar waren bekannt für ihre Friedfertigkeit, es gab keine Geschichte über sie, in der sie jemals ein intelligentes Wesen zuerst angegriffen, verletzt oder gar getötet hätten. Die Flammenritter mochten da eine Ausnahme bilden, doch sie waren nicht hier, sie waren kein Teil der Berge oder des Volkes mehr, und man wusste so gut wie nichts über sie.

»Los!«, rief Aldavinur, öffnete das Maul und schickte den Krahim ein donnerndes Gebrüll entgegen, das Felsstücke aus den umliegenden Bergen sprengte.

Die Wandelkrähen mochten annehmen, dass ein für seine friedliche Lebensweise bekanntes Volk unfähig war, Gewalt anzuwenden. Aber das war ein Trugschluss. Dass sie jedes Leben achteten und bewahrten, bedeutete nicht, dass die Fyrgar nicht in der Lage waren, sich zu wehren. Der Lehrmeister erteilte den Krahim nun diese Lektion.

Die vier erwachsenen Fyrgar sprangen den Wandelkrähen entgegen, die in beiderlei Gestalt auf sie zustürmten, und bevor diese auch nur eine Waffe heben oder mit dem Schnabel zielen konnten, wurden sie mit gewaltigen Prankenschlägen, fegendem Schwanz und scharfen Zähnen und Krallen aus der Luft geholt und zu Boden gerissen. Mit diesem ersten Schlag töteten die Fyrgar mehr als zwei Dutzend Krahim, und während die Federn noch durch die Luft wirbelten, landeten die toten Körper zerfetzt auf den Felsen.

Die übrigen waren so überrascht, dass sie erschrocken zurückwichen und ein großes Durcheinander entstand, weil die Nachdrängenden noch nichts bemerkt hatten.

Die Fyrgar ließen ihnen keine Zeit, nachzudenken und sich neu zu formieren, sie setzten ihnen nach, Resimbar und Sarundi am Boden, Beserdem in der Luft, und Aldavinur dazwischen. Wie ein blauschwarz glühender Sturm fegte er durch die lebende Wolke, von seinen mächtigen Zähnen tropfte rotes Blut, Federn klebten daran, und seine Krallen hielten ein furchtbares Blutgericht.

Es war ein wirbelndes Durcheinander aus Staub, Blut, Schuppen, Fell und Federn, in dem kaum mehr etwas zu erkennen war. Immer wieder raste schrill pfeifend ein rotgoldener Schatten hindurch, sprengte den Mahlstrom und hackte die Angreifer mit scharfem Schnabel in Stücke.

Inzwischen mussten über hundert Krahim gefallen sein, die Felsen waren glitschig von Blut und Schleim, und überall regneten Federn herab und bedeckten den Boden wie ein schlieriger Teppich.

Schließlich hatte Aldavinur eine gewaltige Bresche geschlagen, da zogen die Wandelkrähen sich plötzlich zurück. Während der Lehrmeister mit gesträubtem Fell und gespannten Muskeln verharrte, in geduckter, angriffsbereiter Haltung, die blutigen Überreste eines Krahim zwischen den Zähnen, eilten Efrynns Eltern und Beserdem zu dem völlig verstörten Jungen, der sich an einen Überhang gekauert hatte.

Die letzten Federn schwebten sacht herab, der Staub legte sich, und die Sicht wurde wieder klar.

Am anderen Ende des fallenden Vorhangs, Aldavinur gegenüber, stand Gondwin.

Aldavinur spie Fleischfetzen und Federn aus und knurrte. Seine Turmalinaugen glühten. »Was hast du nur getan«, flüsterte er in ohnmächtigem Zorn. Ekel schüttelte ihn, Ekel vor sich selbst.

»Was hast *du* getan«, erwiderte der Halbkrahim und kam langsam näher. Von seiner Verletzung war nichts mehr zu erkennen, er ging aufrecht und stolz. Seine Federhaare fielen fast bis auf die Hüften herab. Er trug schwarze Kleidung; Beinkleider, Hemd und einen Frack mit langen Schößen, und hohe schwarze Stiefel. Ein Schwert hing an seinem Gürtel, die linke Hand ruhte auf dem Griff. Seine Haltung war entspannt, geradezu lässig, und er lächelte herablassend. »Sieh dich an, du sanftes Kätzchen. Womit willst du mir das erklären?« Er wies um sich.

»Dass ein Narr sich selbst als Letzter erkennt.«

»Und hast du gar keine Fragen an mich?«

»Nein. Geh und nimm dein Volk mit dir, wir haben euch nichts zu geben. Auch ein tausendfaches Blutopfer, zu dem du nach all dem bereit sein magst, kann ein Felsstück nicht in Gold verwandeln. Diese Lektion ist die einzige, die euch zuteil werden kann.«

Zorn verdunkelte Gondwins Züge, und seine metallblauen Augen glühten auf. »Du hast immer noch nichts gelernt, du ... *Neutrum!*«

»Ich lehre, Gondwin, und alles, was ich zu sagen habe, ist: Bei dir habe ich versagt. Ich verschwende daher keine Zeit mehr.« Aldavinur wandte sich ab.

»Aber du solltest fragen!«, schrie der Halbkrahim ihm nach.

»Wozu fragen, wenn es nur eine Antwort gibt, die ich bereits kenne?«, erwiderte Aldavinur, ohne sich umzudrehen. Seine Augen waren auf seine Gefährten gerichtet. »Seid ihr bereit?«, fragte er leise.

Sie nickten kaum merklich.

Er sah Efrynn an. »Auch du?«

»Ja«, wisperte der Junge.

»Du kennst die Antwort nicht!«, brüllte Gondwin hinter ihm außer sich. »Und deswegen wirst du es ewig bereuen, und du wirst ewig büßen für das, was jetzt geschieht!«

»Los!«, rief Aldavinur.

»Zum Angriff!«, befahl Gondwin gleichzeitig.

Und erneut kamen die Krahim heran, und es waren mehr, noch viel mehr, als sie ursprünglich angenommen hatten. Über die südlichen Berge flatterten sie herbei wie eine dunkle Decke, die sich vor die Sonne schob und den Boden bedeckte, und sie stürzten sich auf die Fyrgar.

Diese kämpften weiter, metzelten und töteten, und es war schwer, ihnen beizukommen. Ihre Körper waren sehr widerstandsfähig und nicht so leicht zu verletzen, und sie waren ausdauernde, mächtige Geschöpfe. Doch gegen die gewaltige Überzahl der Krahim konnten sie nicht ankommen. Gleichgültig, wie viele von den Wandelkrähen fielen, es kamen fünf für jeden von ihnen nach. Aldavinur erkannte, dass er und die anderen dieser Masse schließlich unterliegen mussten.

Und Gondwin hatte sich hervorragend vorbereitet, denn nun kamen sie mit Netzen.

Beserdem war in der Luft, sie war schnell, trotz ihrer Größe, und sie versuchte, die Netzträger auszuschalten. Auch Aldavinur war schnell und geschmeidig und entkam ebenfalls.

Doch Resimbar und Sarundi waren für jähe Bewegungen zu schwer und zu massig gebaut. Als Aldavinur sah, wie die Netze auf sie herabfielen, schrie er: »Efrynn, jetzt!«

Der Junge, die Götter mussten mit ihm sein, gehorchte augenblicklich und galoppierte los, und Beserdem versuchte, ihn aus der Luft zu schützen, während Aldavinur Efrynns Eltern zu Hilfe kommen wollte.

Doch die Netze hielten sie fest umfangen, und sie wurden unter einem riesigen schwarzen, wimmelnden Haufen begraben. Sie wehrten sich mit unglaublichen Kräften, immer wieder wurde die schwarze Masse aufgewölbt, wie eine riesige, aus einem See aufsteigende Blase das Wasser aufwarf, und schleuderten die Wandelkrähen fort.

»Haltet durch, ich bin gleich bei euch!«, schrie Aldavinur, doch wieder wurde er aufgehalten und wich den Netzfängern gerade noch rechtzeitig aus.

Voller Entsetzen musste er mit ansehen, wie Resimbar ein Dutzend Krahim fortschleuderte, er lag auf der Seite, und im selben Augenblick stürzte sich eine Wandelkrähe mit voller Wucht, den Speer gezückt, auf ihn, und stieß die Waffe tief seitlich in seinen ungeschützten Hals. Resimbar gelang es, ein Bein zu bewegen, sodass er den Krahim erwischte und an seiner Schulter zerquetschte, doch damit trieb er den Speer noch tiefer in sich hinein. Eine Blutfontäne sprudelte aus der Wunde hervor, und er röchelte. Das war das Zeichen für die anderen, und sie stürzten sich auf ihn, schlugen und hackten auf ihn ein, bis er sich nicht mehr rührte und nur noch als unkenntliche blutige Masse dalag, auf der blinkende Schuppen schwammen.

Sarundi starb nur wenige Augenblicke später.

Aldavinur warf sich herum und sprang schreiend hinter Efrynn her, gab ihm Anweisungen, wie er laufen und Haken schlagen sollte, während Beserdem oben in der Luft einen heftigen Kampf führte.

Schließlich rammten ihn sechs, acht Krahim mit voller Wucht und brachten ihn zu Fall, und während er sich drehte, sie mit Zähnen und Krallen zerfleischte und unter sich begrub, wurde Beserdem ebenfalls abgedrängt, und zwei Krahim ließen ein Netz auf den fliehenden Jungen fallen, der den Pass schon beinahe erreicht hatte.

Aldavinur brüllte verzweifelt, als er mitansehen musste, wie Efrynn stürzte, wie sich das Netz um ihn zusammenzog, während er den Hang herunterrollte, und dann senkten sich zwanzig Krahim auf ihn herab, ergriffen mit ihren Fängen das Netz, hoben den sich windenden Jungen hoch in die Luft und flohen mit ihm.

»Meister!«, schrie Efrynn schluchzend.

Die Krahim zogen sich zurück und folgten den Netzträgern.

Aldavinurs Stimme überschlug sich. »Efrynn! Gib nicht auf! Du weißt, was du tun musst! Ich komme bald nach und befreie dich!«

»Meister …« Efrynns klagende Stimme entfernte sich und verhallte hinter den südlichen Bergen.

Aldavinur lag kraftlos, zerschmettert auf dem Boden, Leere um und in sich. Er hörte Gondwins unverkennbaren Schritt, doch er konnte ihn nicht ansehen.

»Du wirst ihn niemals finden, denn ich habe ihn dir genommen, ich werde dir alles nehmen«, sagte der Mann, den er einst gepflegt, mit dem er gescherzt und gelacht hatte. »Das ist *deine* Lektion, Aldavinur. Und damit lasse ich dich leben. Und deine Freundin Beserdem auch: Du wirst bald wissen, warum.«

Aldavinur hörte ein Rauschen, und ein scharfer Wind zischte über sein Fell. Aus dem Augenwinkel sah er einen geflügelten Mann auf weiten Schwingen Richtung Süden ziehen.

7.

Schandfeuer

Beserdem landete bei ihm. Sie sah zerzaust aus, aber sie war nur leicht verwundet. Aldavinur setzte sich auf und betrachtete das Schlachtfeld.

»Wir müssen Resimbar und Sarundi zum Rat bringen«, sagte er dann rau.

Die Grypha nickte.

Schweigend machten sie sich daran, die Leichname aus den Netzen zu lösen und sich auf die Schultern zu laden. Beserdem übernahm Sarundis Last, Aldavinur Resimbars.

Dann schleppten sie sich mühevoll das letzte Stück zum Pass hinauf.

»Es war ein Fehler, dass er uns am Leben gelassen hat«, bemerkte Beserdem schließlich.

»Gondwin macht keine Fehler«, knurrte Aldavinur. »Er hat alles genau geplant, von Anfang an.«

Das Volk wartete bereits auf der anderen Seite des Passes, längst war es unterrichtet. In einem feierlichen Zug brachten sie Efrynns Eltern zu einem Ort des Schweigens, den die Fyrgar gern aufsuchten, um still in sich zu gehen, und bestatteten sie dort im Schatten eines Scheinbaums noch in derselben Stunde mit allen Ehren. Sie verbrannten sie nicht, denn es gab keinen Grund mehr, durch das Feuer zu gehen. Sie waren erloschen.

Das Entsetzen hatte alle still werden lassen. Was als fröhlicher Empfang für ein Kind, das bald ein Erwachsener werden sollte, begonnen hatte, endete in Grauen. Keiner der Ältesten konnte sich an ein ähnliches Massaker erinnern, das je in den Bergen stattgefunden hätte, auch nicht unter den anderen Völkern.

Der restliche Tag und die Nacht vergingen im Schweigen, jeder Fyrgar verbrachte die Stunden allein für sich, fastend und in sich gekehrt, weiter entfernt von der Welt denn je.

Der Morgen vor der Sonnenwende brach an. Noch immer verhüllte sich der Wolkenreiter. Tiere und Pflanzen ahnten nichts von dem Schrecken, der die Fyrgar umklammert hielt, sondern erfreuten sich an der lauen Luft und dem strahlenden Frühlingstag.

Es hätte alles vollkommen sein können. Voller Freude, Gesang, Genüsse und Gelächter. Viel Gelächter. Eine große Feier, wie es sie schon seit Langem nicht mehr gegeben hatte.

Um die Mittagsstunde versammelte sich der Rat unter dem Scheinbaum, und die meisten Fyrgar scharten sich um ihn. Aldavinur machte sich auf den Weg, reagierte nicht, als Beserdem an seine Seite kam. In der Mitte des Kreises, vor Broddi, Dasú, Garrim und Ró, hielt er inne und setzte sich hin. Beserdem blieb stehen.

»Tod und Vernichtung wurden über das Volk der Fyrgar gebracht«, begann Dasú. Ihre Stimme hallte über das Tal. »Der Tod zweier hoch geehrter Angehöriger, Sarundi und Resimbar, ist zu beklagen. Gewaltsam wurden sie aus dem Leben gerissen, ohne dass sie die Gelegenheit zu einem dritten Gang durch das Feuer erhalten hätten, um im Tarsanu der Vierten Stufe noch einmal Frieden zu finden. Nun werden sie durch die Kälte streifen, bis sie hoffentlich die silbernen Gestade finden. Doch sie haben einander; vielleicht öffnet sich ihnen durch diese Wärme der Weg. Wir wünschen es ihnen.«

»Wir wünschen es ihnen«, murmelte das Volk im Chor.

Dasú fuhr fort: »Und wir haben noch einen Verlust zu beklagen. Efrynn ist uns genommen worden, unser stolzes Kind, die große Hoffnung des Volkes auf Vollkommenheit. Wir glaubten, dass in Efrynn unser Baiku gipfelte und dadurch die höchste Vollendung erreicht wäre.«

»Möge er Frieden finden«, schallte es über Aldavinur hinweg.

»Er ist nicht tot!«, rief er mit laut dröhnender Stimme in den klagenden Ton hinein, riss ihn auseinander und brachte ihn zum Schweigen. »Gondwin wollte Efrynn lebend.«

Alle Augenpaare richteten sich auf den Lehrmeister.

»Dann berichte uns, was geschehen ist, o Lehrmeister«, forderte Broddi ihn auf.

»Die Schuld trägt nicht Aldavinur allein«, warf Beserdem ein. »Sondern ich ebenso, und auch Efrynns Eltern, wofür sie teuer bezahlten.«

»Der Rat bittet den ehrenwerten Aldavinur, uns aufzuklären«, wiederholte Broddi.

Beserdem musste es hinnehmen, dass kein weiteres Wort von ihr mehr geduldet würde, und setzte sich ebenfalls hin.

Aldavinur erzählte alles, sachlich und nüchtern, und legte auch seine Schlussfolgerung dar. »Gondwin wurde nicht zufällig zu uns geweht, auch wenn sein Unfall nicht beabsichtigt gewesen sein mag. Oder vielleicht hatte er ihn sogar herbeigeführt, damit es glaubhafter würde, weil er dadurch auf uns angewiesen war. Aus irgendeinem Grund wollte er so viel wie möglich über das Volk der Fyrgar herausfinden, und darüber, welchen Nutzen unser Volk ihm bringen mochte.«

»Hat er auch von den Lieblichen Höhen erfahren?«

»Natürlich nicht. Und ich habe ihm nur das erzählt, was kein Geheimnis war. Dass Efrynn etwas Besonderes für uns bedeutet, hat er selbst gemerkt.«

»Nun«, sagte Broddi daraufhin langsam, »ich erinnere mich noch gut an seinen Vorwurf, bevor er verschwand. Die Vermutung liegt nah, dass sein Angriff mit den Schattenwebern zusammenhängt.«

»Ich kann keine Schlüsse ziehen, für die ich keine Grundlage habe«, entgegnete Aldavinur. »Gondwin wusste genau, wie er uns beeinflussen konnte. Er lenkte uns ab, indem er uns eine Frage stellte, die wir nicht beantworten konnten. Insbesondere mich lenkte er damit ab.«

Broddi stach mit dem behaarten Finger nach ihm. »Er hat dich belogen, und zwar von Anfang an!«

Aldavinur schüttelte den Kopf. »Das ist unmöglich. Ich habe den Klang seiner Worte gehört, es war kein Misston dabei.«

»Dann war dein Fehler«, sagte nun Garrim, »dass du ihm nicht die richtigen Fragen gestellt hast.«

»Ich bin Lehrer. Ich beantworte Fragen.«

Für einen kurzen Augenblick verschlug es ihnen die Sprache. Dann schrie Broddi: »Und genau diese Überheblichkeit treibt uns nun an den Rand des Abgrunds!«

»Gondwin hat es verstanden, die Wahrheit in die richtigen Worte zu kleiden, und damit die Lügen zu übertönen«, mischte sich Beserdem nun doch ein. »Ich habe gesehen, wie er abflog. Er ist ein Halbkrahim, in der Hinsicht hat er uns nicht belogen, aber er ist auch ein *Mächtiger*, dessen bin ich sicher, und das konnte er vor uns verbergen. Diese Schuld ist nicht Aldavinur anzulasten.«

»Aber es zeigt uns, wie recht wir damit hatten, Aldavinur zu warnen«, sagte Broddi düster.

»Gewiss. Wir mussten lediglich über die Gabe der Vorhersehung verfügen, um zu erkennen, was Gondwin vorhatte«, erwiderte Beserdem in scharfer Ironie. »Wir sind den Mächtigen sehr ähnlich und ein magisches Volk, aber trotzdem gehören wir nicht dazu. Ebenso wenig kann Aldavinur zum Vorwurf gemacht werden, dass er *barmherzig* war! Euer Misstrauen galt nicht Gondwins Person an sich, sondern weil er ein Fremder war. Deshalb habt ihr eure Warnung ausgesprochen, doch keiner von uns ahnte, was kommen würde.«

»Und was sollen wir jetzt tun?«, fragte Ró leise.

Aldavinur straffte sich. »Statt im Sommer werde ich jetzt durch das Feuer gehen«, antwortete er. »Und dann werde ich nach Efrynn suchen und ihn zurückbringen.«

Beserdem riss den Schnabel auf, stieß einen schrillen Pfiff aus und sah ihn entsetzt an. »Weshalb willst du durch das Feuer gehen, um Efrynn zu befreien?«

»Weil ich es muss, anstelle von Efrynn.« Er sah den Räten der Reihe nach in die Augen. »Nicht wahr?«

Sie nickten schweigend, wichen seinem Blick aber aus.

»Das verstehe ich nicht ...«, stammelte die Grypha verstört.

»Ein Ausgleich muss geschaffen werden, Beserdem. Und ich muss mich im Feuer reinigen. Ich danke dir für deine Verteidigung, aber das ändert nichts an meiner Schuld. Efrynn war mein Schutzbefohlener, und ich habe versagt.«

Das Volk versammelte sich am Nachmittag des nächsten Tages am Rande der Siedlung, zwischen dem Ort des Schweigens, auf der linken Seite und dem Zugang zu den Terrassenfeldern auf der rechten Seite. Der Platz war harmonisch, stets gut beschienen und ein Kreuzungspunkt der Winde. In der Mitte befand sich ein Kreis aus schwarz verbranntem Boden, dessen festgebackene Asche Symbole gebildet hatte. An diese Symbole wurde nie gerührt, sie waren entstanden durch die zweimal im Jahr entzündeten besonderen Feuer.

Aldavinur war häufig gebeten worden, die wunderlichen Überreste zu deuten. Manchmal lachte er überrascht, wenn er die Zeichen *lesen* konnte, doch er sagte: »Dort steht nur, was in euch selbst geschrieben ist. Das Baiku ist die Stimme und die Sprache, hört darauf, und so hört ihr auf euch. Alles, was in euch ist, ist auch in der Welt, und die Welt ist in euch. Mehr braucht es nicht.«

Der Tag bereitete sich schon auf den Abend vor, die Sonne färbte ihre Strahlen in ein sanftes Rot. Das war die beste Zeit.

Windstille herrschte, die Tiere zogen sich zurück, und das Volk schwieg. Eine Menge Glutsteine waren auf dem Platz zusammengetragen, jeder hatte dazu beigetragen: Heute war Sonnenwende, die fruchtbare Zeit des Jahres begann, alles strebte voran. Jeder Fyrgar legte einen seiner Glutsteine im Kreis ab, zur Ehrung von Lúvenors Licht an diesem Tag, zur Verschmelzung seines Baiku mit dem Gott und den Sphären. Es war stets ein feierlicher und wunderbarer Moment, doch heute schwiegen die Musikinstrumente, und niemand sang, niemand lachte, und niemand tanzte.

Heute würde nur einer durch das Feuer gehen, und niemand würde es preisen, während er das tat. Sie würden dabei sein und beobachten.

Die Räte traten vor, stellten sich um den Kreis herum auf und verneigten sich. Gleichzeitig entzündeten sie das Feuer, ohne die rituellen Worte hineinfallen zu lassen, dann traten sie zurück.

Hoch loderten die Flammen auf, als alle Glutsteine brannten. Die Fyrgar fingen an zu summen.

Aldavinur sah niemanden an, während er auf den Kreis zuschritt. Vielleicht liebte er das Feuer in diesem Augenblick am meisten; an unzähligen Sonnenwenden hatte er teilgenommen.

Das Feuer wiegte sich im Gesang und in den Klängen, und es stimmte in den Chor ein. Es gab nicht eine einzige Stimme in den Flammen, die sich wiederholte, jede hatte ihren ganz eigenen Ton. Manchmal nur ein säuselndes Zischen, dann wieder konnte es bis zu brüllendem Stakkato anschwellen. Das Feuer hatte eine Stimme aus vielen Tönen und Lauten. Es zischte und fauchte und brauste und tobte, es mahnte und summte und schnurrte und brüllte. Es gab kein Feuer, das dem anderen glich, denn es saugte und riss alles an sich, was ihm zu nahe kam, und verschmolz damit. Meistens war es der Wind, manchmal auch Regen, und vor allem der Atem der Fyrgar. Das Feuer nahm all dies auf, jeden noch so kleinen Eindruck, den es empfing, und verwandelte ihn in sein Lied, das gen Himmel loderte.

Ebenso einzigartig war jede Flamme, jede für sich in drei Stufen gehalten: die erste, innerste, war die kälteste, sie atmete und pumpte wie ein Herz, um die Flamme am Leben zu erhalten. Sie war tiefrot wie Herzblut. Die zweite war die heißeste, sie loderte grellblau und weiß glühend, war gefräßig und unersättlich, verlangte ständig mehr, noch mehr Nahrung. Diese beschaffte die äußere Flamme mit ihren züngelnden Fingern, innen grünlich und außen gelb, dann orange, und leuchtend rot in allen Schattierungen, je nachdem, wie weit sie sich vorwagten, um Beute zu erfassen.

Die Flammen veränderten ständig ihre Form, waren wie sich im Gesang wiegende Tänzerinnen, waren lockende Arme und Münder, die heiße Versprechungen flüsterten, waren aber auch brüllende Dämonen, wenn sie gereizt wurden, missachtet und angefacht. Dann wollten sie nur noch verschlingen und vernichten und rasten tobsüchtig aus sich heraus, um zerstörerische Macht zu entfalten.

Dieses Feuer zur Sonnenwende war jedoch still. Ruhig reckten sich

134

die Flammen gen Himmel, um sich mit dem Abendrot zu vereinigen. Aldavinur lauschte seinem Flüstern und Summen und erkannte: das Feuer wartete ab. Es wusste nicht, was es zu erwarten hatte, alles war anders als sonst, denn die Fyrgar hielten sich auf Distanz, und so bekam es nicht genug mitgeteilt.

Der Lehrmeister blieb dicht vor dem Kreis stehen, zog mit einem Reißzahn den Beutel von seiner Schulter, der an einem Riemen befestigt war, und öffnete ihn mit einer Kralle. Behutsam holte er eine Wachskugel mit Glutsteinmehl heraus und einen Rohstein, dann verschloss er den Beutel und legte ihn sorgsam beiseite.

Kleine Flammen am Boden züngelten sofort neugierig nach dem Glutstein und der Kugel, konnten sie aber nicht erreichen. Aufgeregt zuckten sie hin und her und flackerten gelb und orange.

Aldavinur drehte sich halb zu Beserdem um. »Komm mit mir«, bat er.

Sie knirschte mit dem Schnabel und stellte die Kopffedern auf. »Was sagst du da?«

»Beserdem, komm mit mir«, wiederholte er. »Begleite mich. Lass uns miteinander verbinden. Wie wir es wollten ... *jetzt.*«

Langsam kam sie näher. »Du meinst, falls du nicht zurückkehrst, damit etwas bleibt von dir?«

»Du wärst nicht allein, solange ich fort bin, und das Warten wäre leichter. Auch für mich, wenn ich dich hier weiß, auf derselben Stufe wie ich, erfüllt von neuem Leben. Leben, das aus uns entsteht. Du sollst mein Werk weiterführen, solange ich fort bin.«

»Aldavinur, ich ... kann nicht.«

Seine Ohren richteten sich auf sie. »Warum nicht?«, fragte er ratlos. »Was ist jetzt anders, als es im Herbst wäre?«

»Du gehst heute nicht meinetwegen durch das Feuer«, antwortete sie.

»Ja, weil ich noch eine Aufgabe zu erledigen habe«, bestätigte er geduldig. »Aber das ändert nichts zwischen uns. Es ist wichtig, dass wir die Dritte Stufe gemeinsam beschreiten, Beserdem. Du könntest mir im Herbst nicht nachfolgen. Getrennt können wir unseren Bund nicht schließen.«

Sie schüttelte langsam, traurig den Kopf. »Nein, Aldavinur.«

Tief betroffen sah er sie an, seine Augen erloschen beinahe. »Ich dachte, wir wären uns einig gewesen«, sagte er leise.

»Das waren wir auch!«, sagte sie schnell. »Aber ... es ist nicht richtig, nicht auf diese Weise. Ich habe es mir anders vorgestellt, verstehst du?«

Da hatte er nur noch ein Wort übrig, alle anderen waren in Sinnlosigkeit verweht.

»Nein.«

Aldavinur wandte sich ab und schleuderte seinen Glutstein mit der Pranke ins Feuer. Es bildete einen Durchlass, als ob ein Vorhang sich in der Mitte teilte, dann schlug es über ihm zusammen, weckte den Stein brausend und zerrte die Flamme aus ihm hervor.

Aldavinur sah, wie sich die Farben des Feuers veränderten, sie nahmen einen helleren, bläulichen Ton an. Die Hitze schlug ihm ins Gesicht, sodass seine Tasthaare klingende Funken sprühten.

Das Feuer erwartete ihn, er durfte nicht mehr zögern. Und es gab auch keinen Grund, alles war gesagt.

»Aldavinur ...«

Er hörte die Stimme, doch er erkannte sie nicht mehr, konnte nichts mehr darin erfühlen. Es war nicht mehr als das Säuseln des Windes, der von den Hängen herabkam, um ihm zuzusehen. Aldavinur konnte sein Volk nicht mehr erkennen, das ihn umringte, und auch keine Scheinbäume und keine Terrassen, er sah nur noch das Feuer, das sich vor ihm emporstreckte und die Arme ausbreitete.

Er war bereit. Nahm die Wachskugel, die das Glutsteinmehl umhüllte, ins Maul und betrat mit festem, entschlossenem Schritt das Feuer.

Nun befand sich der Lehrmeister im Innersten des mächtigen Lebewesens, das Urkraft war und Element. Eine einzigartige Erfahrung, die den Fyrgar allein vorbehalten war. Zwar konnte das Feuer auch den meisten Dämonen nichts anhaben, doch sie *bekamen* nichts von ihm, es gab keine Verbindung und keinen Austausch, und sie sprachen auch nicht mit ihm. Sie hielten die versengende Glut einfach von sich fern oder badeten sich vielleicht noch darin wie in Wasser.

Das Feuer liebkoste und umschmeichelte seinen Körper, es drang in ihn ein, durch seine Augen, Nase und den Mund, durch die Ohren, das Fell und durch die Haut. Es erfüllte ihn von innen heraus, züngelte hervor aus ihm. Es nahm ihn in den Arm und tanzte mit ihm einen Reigen durch den Feuerkreis.

Sie wanden sich umeinander, flammten ineinander, hielten sich fest umfangen.

Aldavinur gab sich dem Feuer hin, vereinigte sich mit ihm und löste sich darin auf, wurde selbst zum Element; und während dies geschah, spie er die Kugel aus, deren Wachs in der Hitze schmolz und das Glutsteinmehl freigab, das auf ihn niederging wie ein feiner Regen. In dem Augenblick, in dem es ihn berührte, setzte sich eine gewaltige magische Energie frei und verbrannte seine Gestalt.

Aldavinur brüllte auf, als er spürte, wie sein Körper um ihn herum in den Flammen verging.

Und er empfand *Schmerz*. Es war so, als würde er zerrissen und wieder neu, aber *falsch* zusammengesetzt. Er schrie immer lauter, während er weiterstolperte, er hatte das Gefühl, als würde er immer weniger, und er konnte kaum mehr vorwärtskriechen.

Etwas war falsch an dem, was mit ihm geschah, etwas vernichtete, zerschmetterte, zerquetschte ihn, riss ihn auf und stülpte ihn um.

Noch nie hatte er solche Qualen erlitten, und er fühlte sich schon dem Tode nah, da teilte sich der Vorhang vor ihm. Mit letzter Kraft verließ er den Feuerkreis und brach draußen zusammen.

Dampf stieg von ihm auf, und er blinzelte. Das Sonnenlicht blendete ihn, seine Augen fühlten sich trocken an, die Sicht war verschwommen. Undeutlich erkannte er, wie die Fyrgar mit einem Ausdruck des Entsetzens vor ihm zurückwichen und leise miteinander flüsterten. Er konnte nicht verstehen, was sie sagten, wo ihm doch sonst nie etwas entging, selbst im brausendsten Regenfall nicht. Das Blut rauschte mit dumpfem Tosen durch seine Gehörgänge, und er fühlte sich unendlich schwach, zugleich aber ... leicht. Berührte er denn überhaupt den Boden? Langsam richtete er sich auf und sah an sich hinab.

»Oh Götter«, hauchte er und verstummte entsetzt, weil er seine eigene Stimme nicht mehr erkannte, so dünn und zart.

Da war kein Fell mehr.

Nur noch Haut.

Da waren keine Pranken mehr.

Nur noch krallenlose Finger.

Seine Vorderbeine waren Arme.

Er hatte seine Reißzähne verloren, seine machtvolle Gestalt.

Und das war noch nicht alles.

Der Verfall war es. Nicht so, wie er erwartet hatte: dass er nun zwar sterblich war, aber noch zwei-, dreitausend Jahre zu leben hatte. Nein, seine Lebenszeit verrann rasend schnell, er konnte förmlich sehen, wie sie haltlos unter seinen Fingernägeln herausfloss und im Boden versickerte, bevor sie irgendeinen Sinn gefunden hatte. Sein Herz raste nun, schlug mindestens dreimal so schnell wie zuvor und wurde mit jedem pochenden Schlag alt und älter. Wie die Schnee-schmelze, die in den Bergen geboren wurde, durch das Gebirge und das Land raste und im Meer starb.

Genauso würde es nun auch ihm ergehen.

Er war ein Mensch geworden.

Durch das dröhnende Donnern in seinen Ohren hörte Aldavinur zaghafte Schritte. Mühsam hob er den Kopf und sah den Rat kom-men, alle vier: Broddi und Ró, die beiden Ranagui, und Dasú mit wit-ternder Zunge und gesträubten Schuppen, Garrim schlängelnd mit geblähter Haube.

»Da siehst du, wohin du uns geführt hast, o Lehrmeister«, sagte Broddi mit leiser, tonloser Stimme. Er kleidete seine Verachtung nicht einmal mehr in Klang. »Blut wurde vergossen, zum ersten Mal in diesen Bergen, wir haben unsere große Hoffnung verloren – und das Feuer hat dich nicht gereinigt, es hat dich gebrandmarkt.«

»Du hast bekommen, was du verdienst«, fügte Garrim hinzu, richtete seinen Schlangenkörper hoch auf und wiegte ihn hin und her. »Nun hast du deine Strafe erfahren.«

»Und damit ist es nicht zu Ende«, zischte Dasú. »Du musst nun das Volk und die Berge verlassen, denn in dieser Gestalt kannst du nicht bleiben, sie würde uns nur jeden Tag an den Verrat erinnern, den dieser Gondwin begangen hat.«

Ró schwieg, und Broddi fuhr fort: »Du weißt, was du zu tun hast. Es mag dir unmöglich erscheinen in dieser Gestalt, aber so ist es nun gekommen.«

Und Garrim: »So musste es kommen.«

Und Dasú: »Diese Gestalt ist Ausdruck deiner Schande und Fluch zugleich.«

Und wieder Broddi: »Du musst gehen.«

Brüsk wandten die drei sich um und ließen Aldavinur zurück. Und mit ihnen ging das Volk, grußlos, wortlos, ohne Zeichen.

Ró verharrte unschlüssig, bis sie allein waren.

Dann rückte sie ein Stück näher an Aldavinur heran und verneigte sich leicht.

»Zürne uns nicht, o Lehrmeister«, bat sie flüsternd. »Das Volk ist verwirrt und voller Trauer. Noch nie haben wir so etwas durchmachen müssen und nie gelernt, damit umzugehen. Broddi, Dasú und Garrim haben sich von ihrem Schmerz hinreißen lassen. Ich bin sicher, wenn sie zur Ruhe kommen, wird ihnen bewusst, was sie gesagt haben. Und ich ... hätte für dich sprechen müssen. Es nicht getan zu haben, war ein Fehler. Vergib mir.«

Sie erhielt keine Antwort. Aldavinur sah sie auch nicht an.

Sie öffnete noch einmal den Mund und schloss ihn wieder. Welche Worte mochten die richtigen sein?

»Das Feuer möge dich ewig begleiten, dich leiten und schützen, und dir Heilung spenden«, sagte sie schließlich und ging voller Kummer.

Es wurde still auf dem Platz. Die Vögel waren bereits schlafen gegangen, und die heraufziehende Nacht trieb die Sonne mit dunkler Wucht tief hinab. Mit der Sonne ging auch das Feuer, es wurde kleiner und schlief schließlich ganz ein. Sein Werk war getan, es gab nichts mehr hinzuzufügen.

Ishtrus Träne loderte am Himmel auf, der Siebenstern verbarg sich hinter dem wallenden Dunst am Wolkenreiter und ließ ihn von innen heraus erglühen.

Zuletzt ging der Perlmond auf, zum Greifen nah hinter einem Scheinbaum, der zu einem kleinen Schattenriss schrumpfte.

Aldavinur lag auf dem Rücken. Die Kälte biss in seine dünne nackte Haut. Die Zeit riss und zerrte an ihm wie ein Sturm, sein Körper zerfiel und ordnete sich neu. Er konnte es spüren bis in die letzte Faser.

Ein dunkler Umriss schob sich vor den kalt schimmernden Perlmond. Schwingen breiteten sich vor dem Licht aus, als wollten sie es schützend umfangen.

Beserdem kauerte sich neben den Gewandelten.

»Wie geht es dir?«

Aldavinur schwieg. Er hatte Angst vor seiner Stimme und davor, mit seinem durch den geöffneten Mund ausgestoßenen Atem noch mehr Leben zu verschwenden.

Eine Weile verharrte die Grypha schweigend. Ein leichter Wind zauste ihre Halsfedern. In ihren Augen spiegelte sich das Mondlicht.

»Das also ist dein Baiku?«, sagte sie dann.

Darauf musste er antworten. Er stieß krächzende Laute aus, dann brachte er mühsam hervor: »Nein, das ist es nicht. Du hast mein Baiku des Saviantain gesehen.«

»Aber dies ist nun die Stufe des Varantain – die Kostbarkeit . . .«

»Verhöhne mich nicht!«

Sie neigte den Kopf. »Das tue ich nicht.«

»Es ist ein Fluch!«, stieß er aus. »Ein Bann, den mein Volk über mich verhängt hat. Die Glutsteine, die ihr hineingeworfen habt, sollten mich nicht reinigen, sie sollten mich bestrafen. Du hast den Rat gehört!«

»Es tut mir leid.«

»Was genau tut dir leid? Dass du nicht den Mut aufbrachtest, mich zu begleiten, oder mich so zu sehen?«

»Das ist unfair.«

»Nein! Unfair ist es, was geschehen ist. Unfair ist es, dass mein Volk diese Schande zuließ und nun als Bestrafung zelebriert. Doch wir haben alle gleichermaßen Schuld. Gondwin hat recht gehabt: Wir haben uns zu weit entfernt. Weil wir hoch auf den Bergen leben, glauben wir uns über alle anderen erhaben.«

»Aber wir bewahren das Wissen der Welt ...«

»Wie viel davon? Wir sind nicht allwissend, Beserdem. Wenn wir schon *eine* Frage nicht beantworten können, wer weiß, wie viele davon es noch gibt!«

»Aldavinur, so muss es zwischen uns nicht enden. Wir können immer noch ...«

»Nein, Beserdem. Wir sind für immer getrennt. Für uns gibt es kein Miteinander mehr, nie wieder. Du hast dich entschieden, und das respektiere ich. Aber quäle mich nicht mit einer Freundschaft, die nur noch Erinnerung ist. Ich sehe es dir doch an, und vor allem kann ich es hören, selbst mit diesen schwachen Ohren. Du empfindest nichts mehr für mich in *dieser* Gestalt. Ich bin nur noch ein rasch verwesender Fleischklumpen für dich. Unappetitlich und ungenießbar. Die Schönheit unserer Gedanken kann nicht mit dem unästhetischen Anblick dieses zerfallenden *menschlichen* Körpers vereinbart werden. Der Klang meiner Bewegungen stößt dich ab.«

»Es tut mir leid.«

»Du wiederholst dich.«

Still stand sie auf und verließ ihn.

Die Nacht war lang.

Aldavinur lag da und sah den Sternen zu, wie sie über den Himmel tanzten und sangen. Er beobachtete den Perlmond, wie er langsam weiterwanderte, doch er blieb ganz nah, so als wollte er den Fyrgar nicht allein lassen. Ein Strahl des Siebensterns erkämpfte sich die

Freiheit und flog gleißend über den Himmel, verfing sich in der Speerspitze in der Hand des Großen Läufers und entzündete sie wie eine Laterne.

Lange lauschte er den Geräuschen rings umher. Sein Volk war fort. Verschmolzen mit den Scheinbäumen und den Felsen. Nichts regte sich.

Er war zu bitterer Einsamkeit verdammt.

Manchmal weinte er, dann wieder lag er ganz still da und dachte nach.

Zu weinen war eine Erfahrung, die ihn zutiefst ängstigte. Fyrgar weinten nicht, niemals. Sie hatten auf alles eine Antwort, und sie sahen alles als Teil des Lebens an.

Doch was genau war denn nun das Leben? Die Gleichgültigkeit der Fyrgar, die nur beobachteten und sich weigerten, ihr Wissen mit anderen zu teilen, oder die unbekümmerte Leidenschaftlichkeit der Menschen, die sich kopfüber und ohne nachzudenken in Gefahren stürzten, die sie vielleicht das Leben kosteten?

Die Logik hatte vor allem Vorrang, so hielten es die Fyrgar seit Anbeginn. Gefühle behinderten den Verstand und die angemessene Lösung eines Problems.

Doch Gondwins Anklage hatte Aldavinur aus dem Gleichgewicht geworfen, und das Ergebnis war *diese* Dritte Stufe, die so kostbar sein sollte, sein Baiku jedoch anstatt zu erheben in den tiefsten Abgrund gestürzt hatte.

Er war jetzt ein Mensch, er besaß das Temperament eines Menschen, und er fühlte sich zutiefst unglücklich und verzweifelt,

Er musste lernen, sich auf seine neuen Sinne einzustellen. Nie wieder würde er so gut hören, riechen und schmecken können wie einst. Nur seine Augen hatten sich nicht verändert. Sie waren nun schärfer als die Ohren.

Am Morgen war er steif gefroren. Alles tat ihm weh von dem harten, rauen Boden. Ohne Fell spürte er jedes Staubkorn, das sich in seine zarte Haut bohrte.

Im frühen Licht des Tages richtete Aldavinur sich leicht auf und betrachtete seinen neuen Körper, betastete ihn. Die Haut war so dünn, so empfindlich. Ein winziger scharfkantiger Stein hinterließ sofort deutliche Spuren, wenn nicht gar Verletzungen. Wie konnte ein Mensch damit Jahre und Jahrzehnte überleben?

Seine Geschlechtlichkeit faszinierte ihn allerdings. Der Anblick war ihm nicht ganz neu, schließlich hatte er Gondwin nackt gesehen. Doch nun selbst damit ausgestattet zu sein war eine erstaunliche Erfahrung. Wie mochten Resimbar und Sarundi sich dabei gefühlt haben, als sie ihren neuen Körper entdeckten? Neugierig, aber auch ein wenig scheu erkundete Aldavinur seine nun offen liegenden und deutlich sichtbaren männlichen Genitalien, zupfte ein wenig daran herum, versuchte zu ergründen, ob sie sich anders anfühlten als sein übriger Körper, doch er spürte nichts. Schlaff hing sein Zeugungsorgan an ihm dran wie eine nutzlose Hautausstülpung. Am meisten verwirrte ihn, wie etwas so Kostbares und Verletzliches, das neues Leben schuf, derart ungeschützt herumbaumeln konnte. Das kannte er weder von den hier lebenden Tieren noch von den Fyrgar, aber er wusste, dass auch alle Sentrii, nicht nur die Menschen, so gebaut waren.

Immerhin eines war gut an seinem neuen Körper. Er konnte nun alles anfassen und in die Hand nehmen. Und er hatte das Gefühl, als ob seine Fingerkuppen ziemlich tastempfindlich waren. Er berührte den Boden, zerrieb den Staub zwischen den Fingern, dann betastete er seinen Kopf. Er erschrak über das, was er fühlte – etwas wie trockenes Herbstgras? –, strich über sein haarloses Gesicht. Menschlich, kein Zweifel. Lächerlich winzige Ohren. Ein kleiner Mund, in den vermutlich so gut wie nichts hineinpasste. Zähne, die nicht einmal etwas zernagen konnten. Eine Nase, die irgendwelche Gerüche aufnahm, ohne sie zuordnen zu können.

Vor allem aber eine dünne Haut, die inzwischen eine leicht bläuliche Färbung angenommen hatte, die sich ständig zusammenzog und an ihm schlotterte wie ein zu groß gewordenes Fell.

Kleidung, dachte er. *Ich brauche Kleidung. Sie muss mich vor Verletzungen schützen, und vor der Kälte.*

Vor allem vor der Kälte. Das einzige Fell, das ihm geblieben war, bedeckte seinen Kopf, struppig und kurz, und ein paar krause schwarze Haare zwischen seinen Beinen. Sein inneres Feuer konnte ihn derzeit nicht schützen.

Er richtete sich auf und drehte sich, bis er auf allen vieren kauerte. Aber so konnte er sich nicht mehr fortbewegen. Nie mehr.

Aldavinur schluchzte auf. Statt seines wunderschönen, eleganten Körpers war er nun in dieser kleinen mageren, zerbrechlichen Hülle gefangen, lächerlich nackt, frierend und völlig kraftlos. Wäre er nur im Feuer umgekommen! Er hatte sein Baiku verloren. Ein schlimmeres Schicksal konnte es für einen Fyrgar nicht geben.

Die Sterblichkeit auf sich zu nehmen, um Nachkommen zu zeugen, war eine Sache. Aber zu einem kurzlebigen *Menschen* zu werden, war unerträglich.

Wie konnten die Flammenritter das ertragen? Kein Wunder, dass man nicht über sie sprach. Hatten sie ihre Form freiwillig gewählt, oder waren auch sie in Schande davongejagt worden? – Doch mussten sie nicht als *richtige Menschen* leben, und sie besaßen ein Leben in der Dritten Stufe, das noch zwei bis drei Jahrtausende währen mochte. Aber auch als Sentrii waren sie in menschlicher Gestalt gefangen.

Worüber zerbreche ich mir den Kopf?, dachte er. *So ist es nun gekommen, und damit muss ich leben.*

Er nahm das Selbstmitleid, ballte es zusammen, riss es aus sich heraus und legte es energisch neben sich ab. Im Staub mochte es vertrocknen, er konnte es nicht brauchen. Diese neue Errungenschaft des Menschendaseins wollte er nicht haben.

Energisch kämpfte er sich auf die Beine, wagte ein paar Schritte und fiel hin. Stand auf und versuchte es weiter.

Die Sonne tastete mit dem ersten verschlafenen Finger über eine Bergkuppe, als Aldavinur auf und ab ging. Es war gar nicht so schwer, sobald er das Gleichgewicht gefunden hatte, da seine Füße jetzt sehr viel weniger Gewicht zu tragen hatten. Und die Arme dabei frei zu haben war nicht unangenehm. Der Blickwinkel änderte sich.

Aldavinur blieb stehen, als eine schmale Gestalt auf ihn zukam. Es war Ró. Mit Erstaunen sah er, dass sie kleiner war als er, ihr Rücken war krumm, anders als seiner. Sie trug ein Bündel, das sie vor ihm ablegte.

»Kleidung«, sagte sie. »Wir haben sie heute Nacht für dich gefertigt. Verzeih, dass ich so spät komme, du musst entsetzlich gefroren haben.«

»Wir?«, wiederholte er rau.

»Ja, Tangil und Ledda haben mir dabei geholfen. Wir konnten nur ein paar Felle zusammennähen, doch es sollte dir helfen. Für ... für deine Füße ... waren wir zu ungeschickt. Wir wissen zwar, wie man Schuhe herstellt, aber es auch zu tun ist etwas anderes.«

»Danke«, stieß Aldavinur gerührt hervor.

»Es sind auch ein Wasserschlauch und ein paar Trockenfleischstreifen dabei. Für den ersten Tag.«

»Das ist wohl bedacht.«

Sie sah zu ihm auf. »Für mich wirst du immer der größte Lehrer bleiben, den unser Volk je hatte, o Aldavinur. Du magst allen anderen etwas vorgemacht haben, aber ich weiß es besser. Ich weiß, was du uns verschwiegen hast.«

»Ein Versager zu sein?«

»Du solltest nicht so reden.«

Nichts wusste sie. Sie konnte vielleicht ahnen, vermuten, aber nur einen Bruchteil. Doch er nickte ihr respektvoll zu.

Sie verneigte sich vor ihm. »Leb wohl, Aldavinur.« Damit verließ sie ihn.

Aldavinur hüllte sich in die Felle und spürte dankbar die Wärme. Dann griff er nach seinem Beutel, der nun sein kostbarster Besitz war, wandte sich nach Süden und verließ die Siedlung, ohne sich noch einmal umzudrehen.

Erst, als die Lieblichen Höhen außer Sicht waren, blieb der Fyrgar, der zum Menschen geworden war, stehen und schaute über die Berge. Er war allein.

Und außer seinen Erinnerungen gab es nichts mehr, das er kannte.

Er war kein Lehrmeister mehr, und sein Name war Vergangenheit wie sein Baiku und alles andere.

Neugeboren. Unbefleckt. Unbekannt. Genau wie die Welt dort unten.

Aber ich erinnere mich. Mein Bewusstsein ist mir geblieben. Ich werde die Antwort finden. Jede Antwort, und die letzte wird Efrynn sein.

Der Fyrgar atmete tief durch und streifte den letzten Rest seines Baiku von sich ab.

Dann verließ der Mensch Dàvin die Höhe und schritt hinab in die Tieflande.

ZWEITES LEBEN

Flammenritter

8.

Das Gewicht der Luft

Ein sterblicher, unbehaarter, zerbrechlicher menschlicher Körper
wurde vor allem von einem beherrscht: Schmerz. Die ungewohnten
Bewegungen verursachten Muskelschmerzen, und sein Rücken, nun
aufrecht und gerade, war völlig verspannt. Dàvins Kopf schmerzte,
weil die Luft immer dicker wurde, je weiter er nach unten kam, und er
kaum noch atmen konnte. Ihm wurde schwindlig von dem, was seine
Lungen einsaugten, und er musste auch auf andere Weise atmen. Am
schlimmsten waren die Schmerzen in seinen Füßen – ungeschützt
und nackt mussten sie über scharfkantiges Gestein wandern und auf
dem Geröll das Gleichgewicht halten. Wo vorher dicke weiche Ballen abgefedert hatten, war nun keine Schutzschicht zwischen der zarten Sohle und dem rauen Boden. Schon nach wenigen Stunden
waren seine Füße zerschunden und blutig, sodass sie ihn kaum mehr
tragen konnten. Er versuchte, sich kriechend fortzubewegen, doch
seine Hände waren noch empfindlicher, die Knie bald aufgeschlagen,
und der Rücken ächzte. Unter einem abgestorbenen Scheinbaum
fand Dàvin zwei große, dicke Äste, die er unter die Achseln klemmte
und als Stützen benutzte. So humpelte er bergab, froh um jeden Weg,
der begehbar war. Manchmal war er nahe daran, aufzugeben, wenn
Spalten und Abgründe das Vorankommen fast unmöglich machten
oder wenn Steilwände senkrecht vor ihm abfielen, über die er in seiner neuen Gestalt nicht hinabklettern konnte. Manchmal weinte
Dàvin, weil er nicht weiterwusste, weil er alles verloren hatte und
nicht einmal die Erinnerungen Trost bieten konnten.

Die Tränen erinnerten ihn aber auch daran, dass Wasser nun kostbar war, und er schluckte sie schließlich hinunter. Sie dörrten ihn aus
und brachten ihn schneller an den Tod heran, also waren sie nutzlos.

Bis zum Mittag hatte er einigermaßen gelernt, zu klettern. Seine Muskeln zitterten vor Anstrengung, doch es gelang ihm, über

einige Felsen hinabzusteigen, die zuvor unüberwindlich ausgesehen hatten.

Dàvin hatte eigentlich den direkten Weg nach Barastie einschlagen wollen, doch der war ihm als Mensch verwehrt. Zudem hatte er das Gefühl, dass er ohnehin nicht dorthin gelangen konnte, denn zum Süden hin wurde der Himmel dunkler, und seltsame hauchfeine schwarze Gespinste schwebten durch die Luft.

Schattenweber.

Eine unsichtbare Wand lag zwischen Fyrgar und Barastie, die zu überwinden er nicht in der Lage war. Also wandte er sich Richtung Südwesten, nach Lasunt, dessen Täler von hier oben aus einladender, heller und freundlicher aussahen.

Jeder Schritt war wie der Sprung in einen tiefen Abgrund, eine Erinnerung an seine brennende Hülle. Die Holzstützen linderten die Qual nur wenig, und dennoch zwang er sich weiter. Hier konnte er nicht bleiben, irgendwo zwischen Oben und Unten, was kaum mehr war als das Nichts.

Welche Wegstrecke er bis zum Abend zurückgelegt hatte, konnte er nicht sagen. Er schätzte, ungefähr den zehnten Teil dessen, was er in seiner Baiku-Gestalt geschafft hätte. Auf vier Pfoten wäre er wahrscheinlich schon fast im Tiefland angekommen.

Dàvin suchte sich eine kleine Höhle, in der er sich verkriechen konnte, und lauschte wehmütig den abgehackten, hohen Rufen der Schönlippenhirsche. Saftiges, frisches Fleisch, doch unerreichbar für ihn. Selbst wenn er schnell genug wäre – seine Hände konnten den Leib nicht aufbrechen, und seine Zähne konnten das Fleisch nicht von den Knochen reißen und kauen. Er hatte Gondwin oft genug beobachtet und wunderte sich nun nicht mehr, dass jener das Fleisch lieber weich gekocht hatte.

Immerhin hatte Ró ihm einen kleinen Vorrat mitgegeben, den er nun mühsam kaute – das Trockenfleisch war zäh und geschmacklos –, und er trank gierig aus dem Wasserschlauch, doch der würde bald leer sein.

Immerhin brauchte er kein Feuer. Inzwischen hatte er seinen Körper besser kennengelernt und wusste, er war immer noch ein Fyrgar.

Das Feuer war nach wie vor in ihm, er hatte es wiedergefunden, und es wärmte ihn von innen heraus. Eine so jämmerliche Nacht wie nach der Wandlung würde er nie wieder erleben, und er brauchte keine Kälte oder klamme Feuchtigkeit zu fürchten. Beides konnte ihm weder Leid noch Krankheit bringen.

Doch seine Füße machten ihm Sorgen. Sie waren dick geschwollen und pochten heiß. Die Wunden waren verkrustet, die Ränder sahen entzündet aus. Er suchte in seinem kleinen Beutel, der ihm jetzt noch kostbarer war als zuvor, und fand einige Kräuter. Beserdems Federn fielen ihm in die Hände, und er betrachtete sie nachdenklich. Kurz erwog er, sie wegzuwerfen, dann steckte er sie zurück.

Seine Hände waren eine große Hilfe. Mit der Geschicklichkeit seiner neuen Finger gelang es ihm, eine Paste herzustellen, die er auf seine geschundenen Füße strich. Er trennte zwei Stücke Fell von seiner Kleidung und umwickelte die Füße und wand geflochtene Wurzelfasern darum, die er bei Büschen und Bäumen fand. Dann rollte er sich zusammen und schlief ein.

Drei weitere Tage brauchte der Mann Dàvin, bis er endlich einen Weg ins Tal fand, auf dem er besser und schneller vorankam. Noch immer litt er unter der schweren, dicken Luft, und auch die zunehmende Wärme machte ihm zu schaffen. Er zerschnitt die Felle mit einem scharfkantigen Felsstück, bedeckte nur noch Lenden, Beine und Füße. Von seinem nackten Oberkörper rann trotzdem der Schweiß, solange die Sonne auf die bronzefarbene Haut brannte.

Seine Füße erholten sich und verheilten, das innere Feuer förderte dies. Dàvins Freude kannte fast keine Grenzen, als er einmal einen kleinen Wasserfall mit einem Becken entdeckte. Er stillte seinen Durst und badete ausgiebig, auch wenn die Quelle eiskalt war. Aber anschließend roch er besser, fand er, und seine Haut war gereinigt und erfrischt. Zum ersten Mal erblickte er sich selbst in einem schwankenden Wasserspiegel. Die schwarzen Kopfhaare hingen nun glatt bis fast auf die Schultern herab. Doch sie waren ganz anders als sein glänzendes Seidenfell. Nur die Augen, turmalinrotgrün mit schlitzförmigen Pupillen, waren ihm noch vertraut.

Dann bohrte der Hunger in ihm, aber sein Magen würde sich gedulden müssen. Vielleicht fand er im Tiefland wilde Bienen oder einen Kaninchenbau. Notfalls könnte er Mäuse fangen. Auch das würde sich finden, sobald er die unwirtlichen Berge hinter sich gelassen hatte.

Am Sonnenstand merkte er, dass es ihn inzwischen ziemlich weit nach Westen verschlagen hatte; er würde an einem ganz anderen Ausläufer der Berge herauskommen, weit entfernt von Barastie, seinem ursprünglichen Ziel.

Gondwin hatte von den Schattenwebern dort im Fürstentum gesprochen. Dàvin war sicher, dass der Halbkrahim Efrynn zu ihnen gebracht hatte. Er konnte sich nicht vorstellen, wer sonst Interesse an dem Jungen haben könnte. Und es fiel alles zeitlich zusammen: Die Stürme, der Sturz des Mächtigen, die Schattenweber . . . und nun Efrynns Entführung durch genau jenen Mann, der angeblich durch äußere Umstände hierher geraten war.

Aber warum hatte Gondwin die Schattenweber erwähnt, wenn er selbst dazugehörte? Somit hatte er Dàvin einen Hinweis gegeben, wo er Efrynn zu suchen hatte, obwohl er behauptete, dass Dàvin Efrynn niemals finden würde. Aus welchem Grund hatte er das getan?

Was genau hatte er ursprünglich gesucht in den Höhen? Er konnte unmöglich vorher von Efrynn gewusst haben!

Als ob er mir die Aufgabe gestellt hätte, das Rätsel zu lösen. In die Welt hinunterzusteigen und das Leben zu erfahren, denn das war doch sein Vorwurf an mich. Vielleicht gibt er mir dann Efrynn sogar zurück? Möglicherweise war ich es, den er in Wahrheit wollte? Oder . . . uns beide, Efrynn und mich?

Ich hoffe nur, er tut dem Jungen nichts an . . .

Nachdem die Hitze zu groß wurde und er nur sehr mühsam vorankam, entschloss sich Dàvin, in den kühleren Abendstunden und in den Morgenstunden zu gehen. Er musste sich Zeit geben, um sich allmählich dem Tiefland anzupassen. Gondwin konnte er ohnehin nicht mehr einholen, er hatte schon fast einen Viertelmond Vorsprung und war zudem auf Flügeln unterwegs.

Was wäre geschehen, wenn ich nicht durch das Feuer gegangen wäre?

Nein. Kein Fyrgar verließ jemals die Berge im Saviantain. Und der Lehrmeister hatte sich reinigen müssen, nachdem er so versagt hatte. Undenkbar, dass er sofort die Verfolgung aufgenommen hätte. Das hätte alles nur noch schlimmer gemacht.

Ich musste zum Menschen werden, um dem Rätsel zu folgen. Ich bin nun kein Lehrer mehr, sondern ein Lernender. Es war meine Pflicht, an Efrynns statt hindurchzugehen. Nur wenn ich lerne, kann ich das Geheimnis lösen. Diese Lektion von Gondwin habe ich jetzt begriffen. So kann mir der Makel vielleicht zum Vorteil gereichen, und es ist ein Opfer, keine Strafe.

Da höhnte eine andere Stimme in ihm: *Klammere dich nur daran! Ausreden, Ausreden! Dein ganzes Leben ist doch so verlaufen.*

Dàvin hielt sich die Ohren zu. Die Welt hier draußen konnte ihn nicht so quälen wie der Sturm in seinem Inneren.

Dàvin atmete mit einem tiefen Stoß aus. *Ich finde dich, Gondwin, und dann weide ich dich mit bloßen Händen aus*, dachte er grimmig. *Ich habe ein Ziel und eine Rache. Mehr braucht es nicht.*

Der abnehmende weiße Mond ging auf und zeigte ihm, wie viel Zeit schon vergangen war. Ein Bergstock mit drei Pfeilern ragte links von Dàvin auf, der vom dahinter aufstrahlenden Perlmond mit üppigem Licht übergossen wurde. Die zerklüfteten Felsen glühten grünlich und beschienen Dàvins Weg so hell, dass er ungehindert weiter absteigen konnte. Mit jedem Schritt entfernte er sich nun von den Bergen. Den Wolkenreiter konnte er schon lange nicht mehr erkennen; seine Heimat lag tief verborgen im Gebirgswall, der den Fremden unzugänglich und niemals endend erscheinen mochte.

Die Sphäre und Lúvenor waren nun fern. Aber sie hatten ohnehin schon seit dem letzten Sommer nicht mehr miteinander gesprochen.

Da muss es geschehen sein, dachte Dàvin. *Da müssen die Schatten-weber in Luvgar eingefallen sein. Das alles hängt irgendwie zusammen.*

Seine Finger spielten mit dem Beutel, das Stück Heimat, das er nun bei sich trug. Glutsteine und Steinmehl, ein paar Kräuter noch, und ... Beserdems Federn.

Und dann war da noch sein knurrender Magen. Wasser fand er immer wieder, aber mit dem Essen stand es schlecht. Dàvin drang zwar allmählich in Regionen vor, die fruchtbarer wurden, doch zu dieser Jahreszeit gab es noch keine Beeren oder Pilze, alles wuchs erst heran. Frisches Fleisch gab es schon. Großlöffler, Wollnasons und viele kleine Nagetiere. Es war eine Qual für Dàvin, ihre Spuren zu sehen, ab und zu auch einmal einen Blick auf ein huschendes Stück Fell zu erhaschen oder einen stechenden Geruch wahrzunehmen. Aber wie sollte er jagen?

Schließlich legte Dàvin sich doch schlafen, hungrig und mit schmerzenden Gliedern. Seine Füße gewöhnten sich allmählich an die Qualen, sie schwollen ab, die Wunden schlossen sich, und an der Sohle bildete sich eine dicke Hornhaut.

Im ersten Tagesdämmer erwachte der Fyrgar und setzte den Weg fort. Nur noch die mittleren Berge lagen vor ihm, es war nicht mehr weit in die Ebenen. Wie würde es wohl sein, zum ersten Mal berg-freies, weites Land zu sehen?

Ein Schrei zerriss die Stille. Dàvins Kopf ruckte hoch, und er ver-suchte die Ohren aufzustellen, bis ihm einfiel, dass das nicht mehr möglich war. Doch sie zuckten heftig. Auch seine Nasenflügel bläh-ten sich, aber der Geruch, den er aufnahm, war nur schwach,.

Es war ein heller Schrei gewesen, in höchster Angst, irgendwo vor ihm. Dàvin rannte los.

Als er einen Felsvorsprung erreichte, sah er ein schreiendes Kind, einen kleinen Jungen von etwa zehn Jahren zwischen den Felsen da-hinrennen. Und da entdeckte er auch schon die Ursache für den Schrecken des Kleinen.

Ein unheimliches Wesen, wie es Dàvin in seinem ganzen Leben

nur wenige Male gesehen hatte, denn normalerweise verirrten sich diese Geschöpfe nicht auf das Gebiet der Fyrgar. Es bewegte sich auf sechs Beinen; dunkelgraues, wild gesträubtes Fell, ein kahler, schmaler Kopf mit einer langen, reißzahnbewehrten Schnauze und flatternden Ohren. Und mit vier tentakelartigen Greifarmen am langen Hals, die nach dem Jungen schlugen wie Peitschen, doch er konnte sich jedes Mal durch einen instinktiven Sprung retten.

Ein Krakenwolf, einer der gefürchtetsten Jäger der mittleren Gebirge, sehr wild und gefährlich. Es war Dàvin allerdings neu, dass diese Wesen menschliche Kinder angriffen. Sie hielten sich lieber an erwachsene Menschen, zumeist Männer. Vor allem dann, wenn diese eine Wette verloren. Krakenwölfe wetteten gern, wer beispielsweise am schnellsten auf einem bestimmten Pfad laufen konnte, ein Holzstück durchbeißen, eben lauter Herausforderungen, denen Menschen in diesem Maß nicht gewachsen waren. »Faires Duell« nannten es die Krakenwölfe und hatten ihren Spaß dabei. »Lass uns zusammen feiern«, forderten sie den Verlierer danach großzügig auf, der gar keine andere Wahl hatte, als sich zuerst mit Wurzelschnaps abfüllen und dann verspeisen zu lassen, denn:

> *»Ein Spiel, ein Schnaps,*
> *macht das Fleisch süß und zart*
> *für 'nen guten Haps.«*

Manch ein Baron, der dienstfähige Männer in den Bergen einbüßte, veranstaltete daraufhin eine Treibjagd auf die gefährlichen Wesen. Und dieser Übermacht waren sie bei aller Stärke nicht gewachsen. Die Überlebenden mussten sich zurückziehen und fortan ein heimliches Leben bei Dunkelheit führen.

Umso überraschter war Dàvin, eine Jagd bei Tageslicht zu erleben. Er erfasste schnell das Gebiet, schätzte Entfernungen ab, und sah kurzzeitig einen hellen Haarschopf weiter unten zwischen zwei Felsen aufblitzen. Der Jäger war davon nicht mehr weit entfernt, nur noch ein oder zwei Sprünge.

Kurz entschlossen riss Dàvin sich die Fellfetzen von den Füßen und rannte ebenfalls los, achtete nicht auf die Schmerzen in seinen Sohlen, wenn er über scharfkantiges und raues Gestein laufen musste. Auch seine Lungen begehrten auf, sein Herz, doch es war ihm gleich. So schnell er konnte, setzte er über die Felsen hinweg, immer ein Stück oberhalb des Räubers.

Das Kind wurde langsamer, stolperte immer wieder und lief oft in die falsche Richtung, rannte auf offenes Gelände zu, anstatt Deckung zu suchen. Wie etwa einen kleinen Durchschlupf, durch den der Räuber nicht passte.

Der Krakenwolf kläffte triumphierend, während er zwei Tentakel nach vorn schießen ließ, die sich jeweils um einen Arm und um ein Bein schlangen. Der Junge stürzte, schlug sich dabei das Knie blutig und heulte laut auf, als die Tentakel ihn langsam über den schorfigen Boden zogen.

Dàvin stieß sich ab, sprang dem Krakenwolf mit seinem ganzen Gewicht in den Rücken und riss ihn um.

Der Jäger war so überrascht, dass er den Jungen losließ, und der krümmte sich schluchzend zusammen, zu keiner Regung mehr fähig vor Angst und Schmerz.

Beide Männer prallten auf harten, staubigen Fels, und Dàvin schaffte es, den Arm um die ungeschützte Kehle zu legen, und drückte zu.

Ächzend rappelte sich der Jäger auf, seine Tentakel schwirrten wild durch die Luft, eine traf Dàvin mit voller Wucht an der Schläfe. Er keuchte auf und sah Sterne vor seinen Augen tanzen. Halb betäubt schüttelte er den Kopf. Der Druck auf die Kehle des Gegners ließ nach, und das nutzte der Krakenwolf sofort aus. Mit festem Griff erwischten zwei Tentakel den Fyrgar, schleuderten ihn hoch und warfen ihn rücklings zu Boden, dass es ihm die Luft aus den Lungen trieb, und die Knochen knirschten. Der Krakenwolf war über ihm, drückte ihn mit dem ersten Beinpaar nieder und umschlang seine Kehle mit dem vorderen Tentakelpaar.

»Was soll das, du übergeschnappter Dämlack?«, knurrte der Krakenwolf Dàvin ins Gesicht, und dem wurde schwindlig von dem stinkenden Atem, als ob seine Nase in die Kloake einer Schwefelgrundel gesteckt würde. »Hältst dich für 'ne Katze, oder was?«

»So in etwa . . .«, stieß Dàvin gepresst hervor. Er hatte instinktiv gehandelt und völlig vergessen, dass er nun eine menschliche Gestalt hatte.

»Was bist du denn für ein Idiot?« Der Krakenwolf sprang zurück, schleuderte Dàvin mit den Tentakeln gegen eine Felswand. »Da vergeht einem ja der Appetit!«

Dàvin röchelte, als sich die Tentakel enger zusammenzogen.

»Einen wie dich fresse ich nicht«, fauchte der Jäger. »Könnte ansteckend sein. Was ist mit deinen Augen los? Die sind doch auch nicht normal!«

»Du kennst dich ja gut mit Menschen aus . . .«

»Meine Spezialität, Freundchen. Menschen sind zart und saftig, und ganz ohne Fell . . .«

Dàvin fühlte, dass er bald das Bewusstsein verlieren würde. »Du hast doch gar nicht den Schneid dazu . . .«

Der Krakenwolf knurrte und schüttelte ihn durch. »Ich beiße dir die Kehle durch, du dürres Elend!«

»Wie . . . willst du . . . das denn anstellen?«

»Was?«

»Du kommst doch gar nicht an meine Kehle ran, du Feigling, du kannst nur deine Tentakel rumschleudern . . .«

»Ich werde dir gleich zeigen, was ich kann!«, brüllte der Krakenwolf und kam mit gefletschten Zähnen näher.

Schon lockerte sich der Tentakelgriff.

In diesem Augenblick schoss Dàvins Kopf mit einem Ruck vor und schlug mit voller Wucht auf die empfindliche Nase des Krakenwolfs. Der kreischte auf vor Schmerz, ließ Dàvins Kehle los und fuhr zurück. Dàvin, der röchelnd nach Luft rang, setzte ihm sofort nach, ohne auf die eigene Schwäche zu achten. Er packte einen Tentakel, drückte fest zu und brach die Spitze mit einem grausamen Ruck. Der Krakenwolf heulte schrill und schlug um sich, und Dàvin trat ihm mit dem bloßen Fuß gegen das Bein. Als der Jäger die Pfote hochriss, packte Dàvin sie und verdrehte das Gelenk, wobei er gleichzeitig auf einen bestimmten Nerv drückte, sodass der Krakenwolf hilflos winselnd zusammensank.

»So groß, so gefährlich, und so dumm«, brummte Dàvin. »Willst du noch mehr? Ich kenne jeden einzelnen deiner Schwachpunkte, und ich kann sie dir alle aufzeigen.«

Blut lief aus der verletzten Nase des Krakenwolfes, und er saß hechelnd. Der gebrochene Tentakel zuckte und zitterte. Mehrmals ruckte und zerrte er an seiner gefangenen Pfote, doch das verschlimmerte nur den Schmerz, und er gab auf.

»Du ... du bist kein Mensch«, wimmerte er. »Kein Mensch ist dazu fähig, ganz ohne Waffen!«

»Waffen? Ich brauche keine Waffe, wenn ich selbst eine bin. Aber du hast recht. Ich bin kein Mensch, ich bin Fyrgar.«

»Oh nein ... oh nein ...« Der Krakenwolf kroch auf dem Bauch und legte kläglich die Ohren an. »Nun wirst du mich töten?«

»Es ist nicht nötig, dass ich dich töte«, erwiderte Dàvin. »Du wirst mir jetzt schwören, dass du fortan keine Menschen mehr jagst, egal, ob Erwachsene oder Kinder. Und du wirst diese Gegend verlassen.«

»Ja, ja!«, jappte der Krakenwolf, seine Zunge leckte hastig über die blutige Nase. »Ich werde verschwinden, weit fort von den Menschen! Ich verspreche, ich schwöre es!«

»Du bist jung und kräftig, die Jagd kann dir keine Schwierigkeiten bereiten. Es gibt genug Beutetiere, die auch nicht schwerer zu fangen sind als Menschen.« Dàvin ließ die Pfote los und versetzte dem Krakenwolf einen kräftigen Tritt gegen die Rippen. »Und jetzt pack dich, Nacktschädel! Fort mit dir!«

Der Krakenwolf wagte keinen Widerspruch mehr. Mit eingeklemmtem Schwanz kroch er über die Felsen Richtung Osten davon.

Sobald der Wolf außer Sicht war, sank Dàvin zu Boden und hielt sich den geprellten Fuß. Eine Zeitlang saß er schweißüberströmt und völlig erschöpft da. Sein Rücken brannte, die rauen Felsen hatten ihn aufgeschürft, und er konnte es warm hinabrinnen spüren. Auch seine Beine und Hände waren eingerissen und zerschunden, und der Kopf brummte ihm von dem Hieb gegen die Nase des Krakenwolfs.

Ein Glück, dass der so jung gewesen war und sich leicht einschüchtern ließ, sonst hätte es anders geendet.

Sein Mund war trocken, der Durst brannte in ihm. Ächzend kämpfte sich Dàvin auf und taumelte zu dem Kind, das immer noch zusammengerollt dalag und leise schluchzte. Die Rückenwirbel knackten, als Dàvin sich über den Jungen beugte und ihn leicht anstieß.

»He, Kleiner, auf mit dir. Ich bringe dich nach Hause.«

»M-mein Knie ...«

»Ja, das sieht übel aus. Aber ich glaube schon, dass du es belasten kannst. Deine Mutter wird es versorgen, wenn wir zurück sind.«

Vorsichtig blinzelte der Junge unter dem Arm hindurch zu ihm hoch. Er hatte helle Augen, sein Gesicht war schmutzig und tränenverschmiert, Rotz lief ihm aus der Nase. »Warum tust du das?«

»Keine Ahnung«, antwortete Dàvin aufrichtig. »Ich hatte das Gefühl, dass ich es sollte.«

Der Junge setzte sich auf. »Du bist komisch.« Er wischte sich mit der Hand Rotz und Tränen ab und setzte eine argwöhnische Miene auf. »Der Krakenwolf hat recht gehabt, du bist nicht ganz richtig im Kopf, oder?«

»Wieso?«

»Niemand tut das.«

»Du meinst, ein anderer hätte zugeschaut, wie du von dem Krakenwolf aufgefressen wirst?«

»Klar.«

»Dann hätte ich meine Berge ja gar nicht zu verlassen brauchen. Bei uns ist das ganz genauso.«

»Aber *du* bist anders, und deswegen bist du von da weg«, stellte der Junge mit nachdrücklichem Kopfnicken fest.

»Stimmt.« Dàvin zog die Lippen auseinander. »Hast du einen Namen?«

»Ja. Du etwa nicht?«

»Ist Dàvin für dich ein Name?«

»Klingt jedenfalls so.«

»Dann habe ich auch einen.«

Der Junge musterte ihn zweifelnd, ein wenig misstrauisch, doch schon mit einem halb verwegenen Grinsen. »Jurog.«

»Na schön, Jurog. Jetzt verrate mir noch, was ein Knirps wie du zu dieser frühen Zeit hier oben allein in den Bergen macht«, forderte Dàvin ihn auf.

»Bin kein Knirps«, maulte Jurog. »Und das geht dich gar nichts an.«

Dàvin ging neben dem Jungen in die Hocke. »Hast du aufgepasst, was ich mit dem Krakenwolf gemacht habe? Das kann ich mit dir auch.« Blitzschnell packte er das linke Handgelenk des Kindes und hielt es fest, während er die andere Hand leicht darauflegte. »Willst du herausfinden, ob ich übertreibe?«

»Nein!«, rief Jurog entsetzt und versuchte, seine Hand loszureißen. »Ich hab ... es ist ...« Dann brach er wieder in Tränen aus, und dazwischen sprudelten die Worte hervor. »Ich ha-ha-hab das Ziegengatter nicht richtig z-zugemacht, u-und jetzt sind sie alle davon!«, heulte er. »Ich hab die ganze Nacht nach ihnen gesucht, und-und-und ...« Er bekam Schluckauf und konnte nicht mehr weiterreden.

»Die Ziegen kommen von selbst wieder«, sagte Dàvin sanft. »Heute Abend, du wirst es sehen. Sie sind an ihren warmen Stall, Futter und ans Melken gewöhnt.«

Der Junge sah zweifelnd zu ihm hoch. »Wirklich?«

»Wenn nicht, suchen wir sie morgen gemeinsam. Die gehen nicht höher als bis hierher, weil sie weiter oben nichts mehr zu fressen finden. Einverstanden? Aber jetzt müssen wir zu deinen Eltern, die werden sicher außer sich sein vor Sorge.« Dàvin zog den Jungen mit sich hoch; der jammerte kläglich auf, als er das zerschundene Knie belasten sollte. Also blieb dem Fyrgar nichts anderes übrig, als ihn Huckepack zu nehmen und sich an den Abstieg zu wagen.

Schließlich erreichten sie ein Gebirgstal, nur noch wenige Stunden vom Flachland entfernt. Jurog hatte Dàvin gut geführt, und sie waren schnell vorangekommen.

Als sie sich dem Dorf mit den windschiefen Hütten aus Stein und Holz näherten, liefen die Leute zusammen.

»Lass mich runter!«, verlangte Jurog und fing an zu zappeln.

»Schon gut, sei nicht so ungeduldig.« Dàvin verstand den Jungen, er wollte sich seiner Familie nicht in so jämmerlicher Verfassung zeigen, sondern auf eigenen Füßen zurückkehren. Darin unterschieden sich Fyrgar-Kinder nicht von den Menschen.

Jurogs Miene verzog sich jedoch vor Schmerz, als er das verletzte Bein belastete, doch er verbiss tapfer einen Klagelaut. Das Knie war geschwollen und blaurot verfärbt, und Dàvin erkannte, dass der Kleine kaum einen Schritt würde gehen können. Aber unter keinen Umständen würde er sich helfen lassen – also musste ein kleiner Trick helfen, damit er sein Gesicht wahren konnte.

»Kannst du mich ein bisschen stützen?«, bat Dàvin Jurog. »Meine Füße tun ziemlich weh.«

»Wer ist auch so dumm und streift ohne gutes Schuhwerk durch die Berge«, erwiderte Jurog, der selber nur zerschlissene Sandalen trug. Er legte seinen Arm unter Dàvins Arm und winkelte ihn an. »Geht es so?«

»Viel besser. Danke.«

Behutsam lenkte Dàvin den Jungen so, dass er sein Gewicht auf den Mann verlagerte und das verletzte Knie entlastete. Gemeinsam humpelten sie weiter, auf die Menge zu, die sie geschlossen erwartete.

Die Menschen waren kleiner als Dàvin, noch zierlicher und zerbrechlicher, als er sich fühlte, und ihre Augen waren anders. Hübsch, wie Halbedelsteine in verschiedenen Braun-, Grün- und Blautönen, mit viel Weiß um die Farbe und kleinen schwarzen Pupillen. Sie starrten ihn ungebührlich an und wichen dem Blick seiner Augen aus, die beunruhigend wirken mussten auf sie.

Ein Mann kam ihnen entgegen, einen Sauspieß in der rechten Hand. Er war größer und schwerer als die anderen Dorfbewohner, vielleicht der Schmied.

»Halt!«, sagte er scharf. »Keinen Schritt weiter!«

Dàvin blieb augenblicklich stehen und hielt Jurog fest, weil der weitergehen wollte.

»Hunar, ich bin's, Jurog!«, rief der Junge.

»Du siehst so aus«, sagte der Hüne finster. »Und wer ist der da?«
Er ließ den Spieß leicht sinken und deutete mit der Spitze auf den
Fyrgar.

»Das ist Dàvin, er kommt von hoch aus den Bergen und hat mich
gerettet! Da war nämlich dieser Krakenwolf!«, erzählte der Junge.
Sein Gesicht hellte sich auf, als ein zweiter Mann mit grauen Haaren
und grauem Bart herannahte. »Großvater!«

Wieder wollte er loslaufen, doch Dàvin hielt ihn fest, als er die
abweisende Miene des älteren Mannes sah.

Er streckte den Arm aus, die Hand abwehrend erhoben. »Stehen
bleiben! Zuerst müssen wir wissen, ob du es wirklich bist, Junge.«

»Aber Großvater ...«, stieß Jurog verständnislos hervor. »Wer
sollte ich denn sonst sein?«

»Wer weiß, ob nicht das Netz inzwischen bis hierher vorgedrungen
ist«, sagte der Grauhaarige. Die übrigen Menschen hielten sich
tuschelnd im Hintergrund und deuteten immer wieder auf Dàvin.
»Wir müssen vorsichtig sein, dass wir uns nicht anstecken.«

Eine Frau wagte sich ein paar Schritte näher; sie hatte die gleichen
hellen Haare und Augen wie Jurog. Sie sah sehr besorgt aus, ihr Blick
richtete sich auf das Knie des Kindes.

»Mutter ...«, fing Jurog zaghaft an und verstummte, als sie warnend die Hand hob. Tränen stiegen ihm in die Augen. »Wieso
glaubst du mir nicht, dass ich dein Sohn bin?«

Die Frau zog eine traurige Miene. »Ich glaube dir, Jurog, aber es
kann dich befallen haben, ohne dass du es merkst ... Das Netz ist
tückisch ...«

Dàvin ergriff zum ersten Mal das Wort. »Ihr sprecht von den
Schattenwebern, nicht wahr? Oder von der Seuche, die sie mit sich
bringen.«

Der Schmied richtete drohend den Spieß auf ihn. »So ist es. Bisher
sind wir davon verschont geblieben, doch wir wissen, dass es immer
weiter voranschreitet.«

»Bin ich in Lasunt?«, fuhr Dàvin fort.

Die beiden Männer aus dem Dorf sahen sich an, dann richteten
sich ihre Blicke wieder argwöhnisch auf den Fremden. »Nein, weiter

westlich, in Kunchava, nicht weit von der Grenze zu Nerovia entfernt«, antwortete der Grauhaarige schließlich. »Wo kommt Ihr her, Mann, dass Ihr das nicht wisst?«

»Aus den Bergen hoch oben!«, rief Jurog an Dàvins Stelle. »Ich hab es euch doch schon erzählt! Er ist ein Fyrgar, das hat er zu dem Krakenwolf gesagt, ich hab's gehört!«

»Was redest du da für einen Unsinn, Bengel!«, rief Hunar wütend und machte einen Schritt auf Dàvin zu. »Du, lass sofort den Jungen los und geh mindestens fünf Schritte zurück!«

Jurog sah zu Dàvin hoch, und der nickte. »Das ist in Ordnung, Kleiner. Es ist gut, dass deine Leute vorsichtig sind.« Er entfernte sich genau fünf Schritte von Jurog, der ratlos und verwirrt verharrte.

»Hunar, mäßige dich«, sagte der Grauhaarige. Er musterte den Fremden durchbohrend. »Diese Augen . . .« Dann entspannte er sich ein wenig. »Sieh ihn dir genau an, Hunar. Er ist sehr schmutzig, man kann kaum etwas erkennen, aber ich bin sicher, kein Netz überzieht seine Haut. Auch seine Augen sind völlig klar. Der Beschreibung nach sollte er anders aussehen, wenn er befallen wäre.«

»Schau mich an, Großvater!«, rief Jurog. »Sieh doch, ich bin auch nicht befallen! Bitte glaub mir!«

Es war nicht zu übersehen, denn der Junge trug nicht mehr als einen dünnen Kittel, der in der schmalen Taille von einer Kordel gehalten wurde. Arme und Beine waren nackt.

Sein Großvater nickte. »Komm langsam her, Jurog, und Ihr, Fremder, rührt Euch keinen Fußbreit.«

Dàvin hob leicht die Arme, um zu zeigen, dass er friedfertig war. Hunar ließ ihn nicht aus den Augen, während Jurog auf seinen Großvater zuhumpelte. Sein Knie fing wieder an zu bluten, woraufhin seine Mutter sich nicht mehr zurückhalten konnte. Sie stürmte vor, an dem Grauhaarigen vorbei, und riss ihren Sohn in die Arme.

»Jurog! Wo warst du nur, ich bin halb wahnsinnig geworden vor Angst!« Sie presste ihn an sich, dann untersuchte sie ihn auf weitere Verletzungen.

Aus dem Jungen sprudelte es nur so hervor: »Ich hab nach den ausgebrochenen Ziegen gesucht, und dann kam der Krakenwolf. Er wollte mich fressen, aber Dàvin hat mit ihm gekämpft und ihn verjagt. Er wird uns nie wieder Ärger machen, Mutter! Und dann hat Dàvin mich hergebracht.« Er wies auf den Fremden. »Er ist ein bisschen komisch, aber er ist mein Freund! Ihr dürft ihm nichts tun.«

Das Raunen in der Menge wurde lauter, und die Ersten wagten sich zögernd näher.

»Stimmt das?«, fragte der Grauhaarige.

Dàvin nickte. »Ich komme von hoch oben.« Er deutete nach Osten, Richtung Wolkenreiter, der hinter der über blauem Dunst weißlich schimmernden Siebenkrone in den Wolken verborgen lag. »Ich bin ein Fyrgar. Die Begegnung verlief so, wie Jurog es Euch erzählt hat.«

Der Mann mit dem Sauspieß betrachtete ihn abschätzend. »Er scheint zumindest keine Waffe zu tragen. Merkwürdig, wenn einer so weit reist.«

»Ich brauche keine Waffe«, sagte Dàvin beschwichtigend. »Ich bin ein Mann des Friedens, nicht des Krieges.«

»Dann kannst du noch nicht lange reisen. Das wird sich schnell ändern. Vielleicht stimmt es doch, was du behauptest; da oben soll es ja schrullige Bergvölker geben.«

»Ich habe den Krakenwolf ohne Waffen vertrieben«, erwiderte Dàvin höflich.

Der Grauhaarige dachte nach. »Sein merkwürdiger Akzent, seine . . . nun, was immer er da auch für Fellfetzen trägt, seine offene Haltung und vor allem seine Größe. Und diese Augen . . .« Schließlich nickte er. »Ich glaube Euch. Zumindest den Teil, dass Ihr aus dem Hochgebirge herabgestiegen seid, doch ob Ihr ein Fyrgar seid, das kann ich nicht beurteilen.«

»Aber Ihr kennt mein Volk?«

»Wir leben hoch genug im Gebirge, um von Eurem Volk zu wissen, auch wenn es sich so gut wie nie hier unten blicken lässt«, sagte der Grauhaarige. »Ich glaube, das letzte Mal war . . . ach, das muss tausend Jahre her sein.«

»Das Gedächtnis der kurzlebigen Menschen ist lang«, stellte Dàvin staunend fest.

Der Mann winkte ab. »Oh, wir pflegen lange Traditionen, unsere Ahnengesänge dauern über einen Tag an. Wir sind nicht wie die Flachländer dort unten, die von Reich zu Reich hasten und nach neuen Schatzgründen suchen. So unähnlich sind unsere Völker sich gar nicht, Herr Fyrgar.«

»Also glaubst du ihm, wenn du ihn so nennst?« Der Schmied schien verunsichert, als schwankte er zwischen Misstrauen und Neugier.

»Für uns spielt es keine Rolle, ob er von den Fyrgar stammt oder einem anderen Alten Volk, also belassen wir es dabei.«

»Aber er ist so ... menschlich. Einmal abgesehen von der Größe und den Augen. Ich sage, wir verweisen ihn weiter zum Flachland; unseren Hauptweg mag er passieren, aber nicht das Dorf.«

»Auf keinen Fall!«, mischte Jurogs Mutter sich ein. »Wenn er nicht besessen ist, und diesen Eindruck macht er nicht auf mich, werden wir ihm Speis und Trank und ein Bett für die Nacht anbieten, als Dank für die Rettung meines Sohnes!«

Bei diesen Worten atmete Dàvin auf. »Offen gestanden wäre ich sehr froh darum«, sagte er. »Ich bin sehr erschöpft und völlig ausgehungert, weil ich seit Tagen ohne Nahrung unterwegs bin. Und ich habe noch einen sehr weiten Weg vor mir. Ich werde gern am Rand des Dorfes nächtigen, wenn Ihr es mir erlaubt, aber ich bitte Euch um etwas zu essen.«

»Aber ...«, setzte Hunar an, doch die Frau schnitt ihm das Wort ab.

»Schluss jetzt!«, sagte sie energisch. »Trotz der Schattenweber ist uns das Gastrecht noch heilig, und ich schulde es diesem Mann! Ich habe erst vor einem halben Jahr Jurogs Vater verloren; den Verlust meines Kindes noch dazu könnte ich niemals überleben!« Sie trat entschlossen vor, bevor ihr Vater sie aufhalten konnte, und ergriff Dàvins Hand. »Kommt mit mir, Herr ... wie war noch Euer Name?«

»Dàvin.«

»Herr Dàvin, bitte nehmt unsere Einladung an. Das werdet Ihr nicht mehr oft erleben in diesen Zeiten, doch ich werde mich an das halten, was mein Vater mich einst gelehrt hat«, und dabei sah sie den Grauhaarigen streng an.

»Kanda, du weißt doch ...«, setzte Hunar an, doch sie drohte ihm mit dem Finger. »Du kannst ja vor meinem Haus Wache halten.«

Dàvin sah, dass Jurog sich kaum mehr aufrecht halten konnte, und hielt ihm den Arm hin. »Stützt du mich bitte wieder?«

Jurog nickte dankbar. Sie humpelten in Begleitung der Mutter auf die Mitte des Dorfes zu.

Die Leute wagten sich nun näher, umringten den großen Fremden neugierig und berührten ihn sogar vorsichtig, untereinander flüsternd. Manche schlugen bestimmte Zeichen, zur traditionellen Annahme des Glücks, das der Fremde mit sich brachte. Er ließ sie lächelnd gewähren.

»Ihr seid wirklich ein Fyrgar?«, fragte die Frau.

»Ja, Kanda. Ich bin als Mensch herabgestiegen, um das Leben kennenzulernen.«

»Da habt Ihr Euch etwas Großes vorgenommen. Ich weiß nicht, ob ein Menschenleben dazu reicht.«

»Es muss reichen.«

Der Grauhaarige kam hinzu. »Mein Name ist Hargred, ich bin der Dorfvorstand. Glaubt nicht, dass wir immer so waren, noch vor einem Jahr hätten wir Euch in allen Ehren empfangen.«

»Immerhin schlagt ihr das Zeichen des Glücks, nicht der Abwehr vor bösen Geistern.«

»Ihr habt uns Jurog zurückgebracht.«

»Seit wann genau wisst Ihr denn von den Schattenwebern?«

»Seit letztem Sommer, die Kunde verbreitete sich sehr schnell, als es gegen Ende des Sommers zu einem Grenzzwischenfall von Lasunt nach Barastie kam. Doch es begann wohl schon einige Vollmonde vorher.«

»Als die Stürme begannen«, murmelte Dàvin düster.

Sie erreichten das Haus, und der Dorfvorstand öffnete einladend die Tür. »Meine Tochter wird sich bestimmt darum bemühen, Euch mit

166

angemessener Kleidung auszustatten, denn in diesem Aufzug seht Ihr gelinde gesagt lächerlich aus.«

»Das stört mich nicht. Ich kann nicht beleidigt werden.«

»Wartet ab, Herr Fyrgar. Wartet ab, bis Ihr das Tiefland erreicht.«

Ein Haus zu betreten war nicht viel anders als eine Höhle. Aber Dàvin musste sich an die Einrichtung gewöhnen: Tisch und Stühle, und in drei Nebenräumen standen richtige Betten. Jurogs Mutter führte ihn, nachdem sie sich um ihren Sohn gekümmert hatte, aus dem Haus in ein Nebengebäude, in dem ein Badezuber mit dampfendem Wasser stand.

»Ihr könnt Euch hier reinigen, Schwamm und Seife und Öle stehen bereit, und ... oh.«

Hastig wandte die Frau sich um, als Dàvin die Fellfetzen von sich warf und auf den Zuber zuging.

»Vielleicht könnt Ihr mir noch ein paar Salben und Kräuter für meine Wunden und vor allem meine Füße bringen«, sagte er höflich, während er zuerst die Finger ins Wasser tauchte. Er kannte heiße Quellen in seinen Bergen, in denen er vor allem im Winter schon ausgiebig gebadet hatte. Umständlich kletterte er in den Zuber und ließ sich mit einem behaglichen Seufzen darin nieder. Das war durchaus angenehm. Hoffentlich schlief er nicht gleich ein.

Kanda wandte sich ihm wieder zu, und er bemerkte, dass ihre Wangen sich gerötet hatten. Ob ihr etwas fehlte? Hatte er doch etwas Ansteckendes an sich?

Aber sie lächelte. »Ich werde Euch alles bringen, auch Kleidung, und ich denke, wir haben sogar ein paar gute Stiefel, die von ... meinem Mann noch übrig geblieben sind. Das wird für Eure Füße bei der weiteren Wanderung eine Wohltat sein.«

»Es tut mir leid, dass Jurog seinen Vater verloren hat.«

»Macht Euch keine Gedanken. Er war schon lange krank, und es war ein Wunder, dass er so lange bei uns blieb. Braucht Ihr meine Hilfe?«

»Danke, ich komme sehr gut zurecht.«

Er deutete leise Enttäuschung in ihrer Miene, konnte sich aber nicht erklären, weshalb und nahm an, dass er sich irrte.

Er griff nach dem Schwamm und der Seife und fing an, sich zu schrubben; was für eine Wohltat nach diesen Tagen voller Schweiß und Schmutz. Dàvin hatte stets ausgiebige Fellpflege betrieben und musste nun lernen, dass er Hilfsmittel zur Reinigung seines neuen Körpers benötigte. Später brachte Kanda ihm Heilmittel und Kleidung.

»Keinen Hut«, lehnte er strikt ab.

»Aber wenn es regnet . . .«

»Meine Kopfhaare werden mich schützen.«

Sie bedachte ihn mit einem seltsamen Blick, zuckte aber die Achseln. Als Dàvin Anstalten machte, aus dem Zuber zu steigen, riss sie die Hände hoch.

»Nur einen Moment, Herr Fyrgar, ich bin gleich draußen!« Ihre Wangen erglühten wieder so seltsam, und Dàvin machte sich allmählich Sorgen.

»Erschrecke ich Euch, oder gefährde ich Euch in irgendeiner Weise?«

»Nein, nein.« Kanda lachte versteckt hinter der Hand. »Es ist alles in Ordnung, Dàvin. Aber auch wenn ich Witwe bin, schickt sich das nicht, da ist mein Vater sehr streng.« Eilig verließ sie den Raum.

»Verstehe ich nicht«, murmelte Dàvin vor sich hin und widmete sich weiter der Pflege seines Körpers. Später kam Hargred zu ihm und zeigte ihm, wie er des wilden schwarzen Bartwuchses an seinem Kinn Herr wurde.

Die Kleidung war ungewohnt. Leibwäsche, bei der er einige Zeit brauchte, bis er verstand, wie er sie anlegen musste, dunkle Beinkleider, die zu kurz waren, ein weites dunkles Hemd, ein Wams, einen Gürtel. Zuerst musste er sich kratzen. Der Stoff fühlte sich zwar mit den Fingerspitzen nicht unangenehm an, aber auf der Haut war er . . . ungewohnt. Er hoffte, dass sich das bald gab. Den Reisemantel legte er zu den Stiefeln, die er wegen seiner wunden Füße noch nicht anzog. Zuletzt befestigte er seinen kleinen Beutel am Gürtel und flocht sich Beserdems Federn ins schulterlange schwarze Haar.

Schließlich kehrte er ins Wohnhaus zurück, wo er bereits am Tisch erwartet wurde. Niemand verlor ein Wort darüber, dass er barfuß war.

Im Kessel über der Herdstelle brodelte etwas zu essen, und ein Krug stand auf dem Tisch.

»Bergwein«, erklärte Hargred vergnügt und goss eine goldgelbe Flüssigkeit ein. Jurog brachte einen weiteren Krug mit Wasser; sein Knie war verbunden, und er hinkte kaum noch. Er sah frisch und gepflegt aus wie Dàvin.

Dàvin konnte sich gerade noch zurückhalten, den Mund an seinen Becher zu führen und die Flüssigkeit mit der Zunge herauszuschlabbern. Mit heftig zuckenden Ohren umfasste er den Becher mit beiden Händen und führte ihn an die Lippen. Damit er nichts verschüttete, sah er genau zu, wie Hargred es machte, und versuchte, es nachzuahmen. Es ging recht gut, nur ein bisschen Flüssigkeit tröpfelte ihm an den Mundwinkeln hinunter, und er wischte sie hastig weg. Warm rann es ihm die Kehle hinab und kleidete seinen Magen mit einem samtigen Wohlgefühl aus.

»Gut?«, fragte Hargred schmunzelnd.

»Sehr gut«, lächelte Dàvin. »Wirklich.« Am liebsten hätte er das Gesicht hineingetaucht, doch er hielt sich zurück, Menschen taten so etwas nicht, sie hatten schließlich keine Schnauze. Er trank noch einmal, und nun ging es schon viel besser. Sein Durst schien eher noch größer zu werden, und er sah zufrieden zu, wie sein Gastgeber nachschenkte. Ihm war bereits leicht schwindlig, aber das lag bestimmt an der Luft hier unterhalb des Gebirges.

Derweil stellte Kanda Teller mit dampfendem Eintopf auf den Tisch.

»Verzeihung«, sagte Dàvin schüchtern. »Könnte ich ... etwas Rohes bekommen?« Er hoffte, dass seine Miene seinen Ekel nicht verriet.

Die drei Menschen starrten ihn aus großen Augen an.

»Nun«, versuchte er verlegen zu erklären, »ich habe noch nie etwas Gekochtes gegessen.« Und allein schon vom Geruch drehte sich ihm der Magen um. Hastig griff er nach einem getrockneten Kräuterbündel, das in einem Topf auf dem Tisch lag, und hielt es an die Nase. Es roch sehr gut, einige der Gewürze kannte er, und ehe er sich versah, hatte er die Hälfte des Bundes zerkaut und geschluckt.

Jurog hielt sich die Hand vor den Mund und prustete hinein.

Kanda sah ihren Vater an. »Was soll ich ihm geben?«

»Hol etwas von dem frisch Gepökelten aus der Kammer hinten«, antwortete er und verwies mit dem Kopf auf den hinteren Bereich des Hauses.

Gepökelt? Also mit Salz! Dàvin lief das Wasser im Mund zusammen, und als die Frau mit einem Stück Ziegenfleisch hereinkam, hätte er es ihr am liebsten aus den Händen gerissen und seine Zähne hineingegraben. Er war so hungrig, er hätte einen ganzen Hirsch vertilgen können.

Sie nahm einen Teller. »Wartet, ich muss es etwas zerkleinern, so könnt Ihr das noch nicht zu Euch nehmen.«

Dàvin beobachtete sie gierig, während sie das Fleisch in mundgerechte Stücke schnitt, ein Licht erglühte in seinen Augen, und er merkte, wie sein hungriger, kaum besänftigter Magen sich plötzlich aufwölbte und eine Flamme nach draußen schicken wollte. Hastig sprang er auf und rannte vor die Tür, um die Flamme dort hinaus zu husten, bevor sie das Zimmer in Brand steckte. Jurog, der ihm gefolgt war, sah ihm fassungslos zu. Ein Paar, das gerade des Weges kam, sprang erschrocken zur Seite und ging hastig weiter.

»Verzeihung«, röchelte Dàvin und hustete noch einmal.

»Großvater, Dàvin ist wirklich ein Fyrgar«, rief Jurog hinein. »Er spuckt gerade Feuer! Und wie ein Drache sieht er nicht aus.«

»Ich habe die Fyrgar bisher ganz anders eingeschätzt«, stellte der Grauhaarige fest und goss Bergwein nach. »Trinkt, mein Freund, ich finde Eure Anwesenheit sehr bereichernd.«

Dàvin kehrte zurück, stieß einen kurzen miauenden Laut aus, als er den vollen Teller rohes Fleisch sah, und hielt sich erschrocken die Hand vor den Mund. »Nochmals Verzeihung.« Er setzte sich aufrecht hin und nahm die Brocken einen nach dem anderen mit zwei Fingern und steckte sie in den Mund, anstatt das Gesicht in den Teller zu tauchen.

Das Fleisch war köstlich, zart und salzig. Er kaute und schluckte gierig, zwischendurch nahm er wieder von den Kräutern auf dem Tisch und trank noch zwei Becher Bergwein. Zum ersten Mal seit seinem Abstieg fühlte er sich beschwingt und leicht, fast so wie in der Höhe. Seltsam, dass er vergorenen Getränken früher nie etwas abgewinnen konnte, dieser Wein war zu köstlich.

Die Menschen beobachteten ihn amüsiert.

»Herr Fyrgar, gestattet mir eine Frage«, sagte Hargred schließlich, nachdem er den Krug nachgefüllt hatte. Seine Nasenspitze rötete sich langsam. »Ihr wart vorher nicht wie ein Mensch gestaltet, oder?«

»Nein, niemand von uns ist das«, brachte Dàvin zwischen zwei Bissen hervor und sah dankbar, dass Kanda Nachschub holte. In seinem ganzen Leben war er noch nie so hungrig gewesen. »Ich habe leider keine Ahnung davon, wie man ein Besteck benutzt und all diese Sachen. Hoffentlich brüskiere ich Euch nicht zu sehr.«

»Nicht im geringsten«, bemerkte Jurog vergnügt. »Ich finde dich ziemlich lustig, Dàvin. Komisch, aber lustig.«

Das hatte noch niemand zu ihm gesagt. Aber er konnte schließlich auch nicht beleidigt werden, wie er zuvor bereits festgestellt hatte. Und er lernte schnell. Außerdem . . . schadete es nichts, wenn er den Menschen ein wenig Freude brachte.

Schließlich war auch das letzte Stück Fleisch verschlungen, und Dàvin war endlich satt, und in seinem ganzen Körper herrschte ein warmes, zufriedenes Gefühl, wie früher nach einem ausgiebigen Sonnenbad.

»Die Sachen stehen Euch gut«, sagte Kanda unvermittelt. »Und . . . diese Federn in Eurem Haar . . .«

»Ja, eine Erinnerung an die Heimat«, antwortete er schnell und strich unwillkürlich über die Federn. »Ich habe Euch sehr zu danken . . . für alles.«

Hargred schüttelte den Kopf. »Das ist nur recht und billig, nachdem Ihr meinem Enkel und vermutlich auch den Ziegen, die unser Überleben sichern, das Leben gerettet habt. Der Krakenwolf machte uns schon lange das Leben schwer.«

»Nun, von jetzt an nicht mehr.« Dàvin lehnte sich zurück. »Erzählt mir von den Schattenwebern«, forderte er den Dorfvorstand auf. »Was wisst Ihr über sie?«

Der Grauhaarige stand auf, holte eine langstielige Pfeife von der Wand, stopfte sie aus einem Beutel und setzte sich. Bevor er nach dem Talglicht greifen konnte, beugte Dàvin sich vor und streckte den Zeigefinger aus. »Erlaubt Ihr?«

Der Mann nickte verblüfft, und Dàvin hielt den Finger dicht an den Pfeifenkopf. Seine Augen glühten kurz auf, und dann sprang ein Funke von der Fingerkuppe auf die Pfeife über, und es knisterte, als Hargred anzog und die erste kleine Rauchwolke ausstieß.

Die drei Menschen starrten den Fyrgar mit einer Mischung aus Fassungslosigkeit, Furcht und Respekt an.

»Ihr seid, was Ihr vorgebt zu sein…«, flüsterte Hargred schließlich.

Dàvin ging nicht darauf ein. »Die Schattenweber…«

»Viel wissen wir nicht«, sagte Hargred und berichtete. Es war alles von Barastie ausgegangen, als Lýtir der Schmied aus dem Vulkan zurückkehrte. Prinzessin Nansha wurde daraufhin Fürstin und rief den neuen Glauben der Schattenweber aus. Sie schickte Ritter, um den Glauben zu verbreiten, und Soldaten, um das Land zu befrieden. Ein großes Heer wanderte nach Hasad, das im Verlauf des Winters dem Fürstentum Barastie zufiel. Gleichzeitig breitete sich der Glauben des Netzes – sie aber nannten es die Schattenweberseuche – rasend schnell aus, bereits bis nach Lasunt, und Kunchava war nun ebenfalls bedroht. Aufgrund eines Zwischenfalls im Herbst an der Grenze von Lasunt nach Barastie wurden die Grenzen Luvgars von Nerovia und Valia aus vollständig gesperrt. Ein Händler aus Nerovia schickte eine verstümmelte, mit Blut gezeichnete Botschaft an seine Familie in Nerovia, und diese setzte sofort die fünf Fürsten in Kenntnis. Auch Valia wurde informiert, und nun war ihr schönes Land abgeriegelt. »Nur der Weg durch die Wüste ist noch frei und der Zugang zum Meer«, schloss er, »aber sagt selbst, wer würde das auf sich nehmen?«

»Und ist Hilfe zu erwarten?«

»Nein, wo denkt Ihr hin? Unsere Nachbarländer halten uns für fähig, allein damit fertig zu werden. Wir wissen nur immer noch nicht, womit wir es zu tun haben. Doch eines steht fest: Fürstin Nansha will ganz Luvgar in ihre Gewalt bekommen, und sie ist dabei, ein großes, sehr großes Heer aufzustellen. Die adligen Herrschaften Luvgars treffen sich nun häufig, um zu beratschlagen, wie sie die Fürstin aufhalten sollen, aber wie Ihr Euch denken könnt, ist eine Einigung unmöglich. Keiner will einem anderen den Oberbefehl geben, und ohne einen solchen geht es nun einmal nicht.«

Dàvin rieb sich das glatt rasierte Kinn. »Also die Schattenweber sind die Anhänger dieses neuen ... Glaubens, der, wie Ihr annehmt, durch Ansteckung verbreitet wird?«

»Ja. Wer einem Schattenweber zu nah kommt, ist bald selbst besessen. Es gibt kein Heilmittel.«

Dàvin zog düster die schwarzen Brauen zusammen. Er war nun ganz sicher, dass Efrynn zu Fürstin Nansha nach Barastie gebracht worden war. Sie konnte aus dessen Wissen und Fähigkeiten Nutzen ziehen. Aber was hatte es mit Lýtir auf sich? Und welchen Rang nahm Gondwin in dieser Hierarchie ein?

Bei all dem begriff Dàvin eines: Das konnte er niemals allein schaffen. Er brauchte Hilfe, Unterstützung, Rat und Tat. Etwas ging hier vor sich, dem nur Mächtige begegnen konnten.

»Kennt Ihr das nächstgelegene Freie Haus, Hargred?«, fragte er.

»Ich wäre ein schlechter Dorfvorstand, wenn dem nicht so wäre. Es gibt in der Tat eines, nicht weit von hier, am Kreuzungspunkt zwischen Luvgar und Nerovia. Ich werde Euch den Weg beschreiben. Aber versprecht Euch nicht zu viel davon, es ist nur ein einfaches Gasthaus, in dem sich hauptsächlich Bergführer und Viehhirten treffen. Möglicherweise kann man auch gar nicht mehr dorthin gelangen, wegen der Schließung der Grenzen.«

»Danke für die Auskunft«, sagte Dàvin. Er konnte ein Gähnen nur noch mühsam unterdrücken. Die Abenddämmerung tastete sich gerade heran, und er konnte seine Müdigkeit kaum mehr im Zaum halten.

Kanda bemerkte seinen Zustand und erhob sich. »Kommt, Dàvin, ich bringe Euch zu Eurem Zimmer. Ruht Euch aus, niemand wird Euch bis morgen stören.«

»Ich kann tatsächlich kaum mehr die Augen offenhalten.«

Sein Gastzimmer war klein, nur ein Bett, ein kleiner Tisch und ein Stuhl passten hinein, aber mehr brauchte er auch nicht. Durch das kleine Fenster fiel das letzte Tageslicht herein wie ein Vorhang.

Dàvin zog sich aus und ließ sich in das weiche Bett sinken. Oh ja, das war eine angenehme Errungenschaft der Menschen, an die er sich gern gewöhnen wollte. Überhaupt nicht zu vergleichen mit einem Felllager in einer Höhle. Er streckte sich lang aus, stellte fest, dass seine Füße aus dem Bett hingen, aber das war ihm egal. Kurz darauf schlummerte er ein.

Dàvin kam sofort zu sich, genau wie zu seiner Zeit in der Baiku-Gestalt, und war sofort hellwach. Er war nicht mehr allein im Zimmer. Seine müden Augen konnten die Dunkelheit noch nicht durchdringen, aber dann empfing seine Nase den zarten, leicht blumenumwölkten Duft einer Frau, und er wusste, es war Kanda.

»Ihr seid wach«, sagte sie leise und er sah eine schmale Silhouette am Fenster vorbei gehen.

»Ist etwas geschehen?«, murmelte er und wusste nicht so recht, wie er sich verhalten sollte.

»Ich wollte nur nach Euch sehen, ob alles in Ordnung ist«, antwortete Kanda und verhielt neben seinem Bett.

»Ich danke Euch. Ich war sehr müde, aber bis morgen bin ich wieder wohlauf.«

Eine Weile schwiegen sie, und Dàvin war verwirrt. Er wollte gerade etwas sagen, als Kanda ihm zuvorkam, sich leicht zu ihm herabneigte und begann: »Ich ...«

Da erklang ein lauter Ruf durch das Haus. »Mama!«

Kanda fuhr zusammen. »Jurog«, flüsterte sie. »Er träumt schlecht. Ich muss nach ihm sehen ...« Sie drehte sich um und huschte aus dem Zimmer.

Dàvin lag noch eine Weile wach und dachte nach. Er hatte das

Gefühl, als ob da soeben etwas Entscheidendes vor sich gegangen war, das nicht zu Ende geführt wurde. So als ob er etwas versäumt hätte. Aber was?

Am anderen Morgen erwachte Dàvin und fühlte sich prächtig. Seine Füße waren auf dem Weg der Besserung, und auch die Wunden, die er im Kampf mit dem Krakenwolf erlitten hatte, heilten bereits ab. Als er fertig angezogen in die Stube kam, war die Familie bereits mit dem Frühstück beschäftigt. Hargred begrüßte ihn lächelnd, wohingegen Kanda seinem Blick auswich.

Jurog sah fröhlich aus. »Gestern Abend sind die Ziegen heimgekommen, genau wie du gesagt hast!«

»Das freut mich«, lächelte Dàvin. »Dann kann ich mich getrost verabschieden.«

Kanda schwieg, wohingegen Hargred die Nachricht erfreut aufnahm. Dàvin hielt es für besser, keine Fragen an die Frau zu stellen, solange er die Gepflogenheiten der Menschen nicht genau kannte, doch er bemühte sich um Freundlichkeit, und schließlich lächelte sie wieder.

Der Fyrgar nahm sein Frühstück ein, ließ sich den Weg zum Freien Haus beschreiben und verabschiedete sich dann von seinen Gastgebern. Die erste Begegnung mit den Menschen war gut verlaufen, fand er.

Dass es ihn so weit nach Westen verschlagen hatte, störte ihn nicht weiter; der Weg durch das Freie Haus würde einiges abkürzen. Hoffentlich fand er dort die Hilfe, die er brauchte.

9.

Feuer und Wasser und ein Schwert

Nachdem Dàvin sich an Kleidung und Stiefel gewöhnt hatte, kam er schnell voran. Es gab viele Wege zu anderen Dörfern oder für Karawanen, sodass er nicht mehr klettern musste. Das Wetter war gut, der Himmel klar, also waren die Schattenweber noch nicht bis hierher vorgedrungen.

Beschwingt schritt Dàvin dahin. Kaum zu glauben, dass Efrynn noch im Winter überlegt hatte, eine solche Reise zu unternehmen, und nun war sein Lehrer hier unterwegs. Er selbst hätte die Berge niemals verlassen, wenn es nicht um den Jungen gehen würde. Der Preis dieser Gestalt war hoch.

Er zwang sich, nicht darüber nachzudenken, sonst wäre es ihm unerträglich geworden. Es war nun so, und damit gab es kein Zurück mehr. Viel schwieriger war es, seine Ungeduld zu bezähmen. Die Sorge um Efrynn quälte ihn bis in seine Träume. Was wurde wohl von dem Kind erwartet? Wurde es gut behandelt? Dass der Junge der Schattenweberseuche zum Opfer fiel, glaubte Dàvin nicht. Fyrgar waren normalerweise gefeit gegen ansteckende körperliche Krankheiten, ihr inneres Feuer merzte alles aus, was ihr Gleichgewicht ins Schwanken brachte. Auch die Übernahme des Geistes durch einen magischen Bann war ausgeschlossen, wie überhaupt die meisten Zauber bei den Fyrgar wirkungslos waren. Aber es gab andere Wege, einen noch nicht ausgereiften jungen Geist zu beeinflussen. Oder gar zu brechen. Efrynn war nicht gefestigt genug für solche Herausforderungen, solange er nicht durch das Feuer gegangen war.

Aber er hatte immer noch eine tiefe Bindung an seinen Lehrmeister, die erst durch den Gang durch das Feuer gelöst worden wäre. Das war Dàvins große Hoffnung, dass diese Bindung ihn zu seinem Schützling führen würde. Efrynn würde sich daran erinnern und sich an die Überzeugung klammern, dass er nicht im Stich gelassen wurde.

Milde Luft wehte ihm um die Nase und brachte den Duft nach Blüten und nach Wachsendem mit sich. Grün wuchs nun zwischen den Felsen und drängte sie langsam zurück, und Ziegen zogen schon auf den Hochweiden umher, um an frischen Kräutern zu knabbern. Buschwerk und Bäume breiteten sich aus, deren Blätter und Blütenstände sich soeben öffneten. Hunderte zwitschernder Vögel lärmten im Geäst.

Dàvin musste immer wieder stehen bleiben, um diese Pracht mit allen Sinnen aufnehmen zu können. So schwach seine Sinne in dieser Gestalt auch sein mochten, er war dennoch überwältigt davon. Das alles zu erleben war nur ein Wunder zu nennen, und er schämte sich fast, weil er sich so sehr dafür begeisterte, anstatt in Düsternis versunken dahinzuwandern. Doch er war nun ein Lernender, kein Lehrender mehr, und Wissen zu sammeln war notwendig, sollte er an seiner Aufgabe nicht scheitern wollen. Die Schattenweber hatten ihm eines voraus – sie kannten diese Welt hier unten, sonst wären sie nicht in der Lage, sie umzugestalten. Dàvin musste wissen, worauf er sich einließ, damit er nicht ahnungslos in eine Falle tappte.

Und er zollte der Schönheit den gebührenden Respekt. Dies alles war Lúvenors Schöpfung, sie war einem Fyrgar heilig und durfte nicht unbeachtet bleiben.

So ging er weiter und staunte mit kindlichem Entzücken. Zu wissen, war eine Sache. Aber bewusst zu *erleben* . . .

So erreichte Dàvin schließlich eine große Straße, die direkt in die Tieflande führte: Kunchava, daneben die Grünauen und Richtung Wüste Ra'go, die drei fruchtbaren Reiche Luvgars, die an Nerovia grenzten. Die Nordwestgrenze von Kunchava stieß fast an Valia, nur ein kurzes Stück weit über ein Waldgebirge. Dàvin konnte es von hier aus sehen, nicht mehr als ein paar Tagesmärsche entfernt. Kein Wunder, dass sich hier in der Nähe ein Freies Haus befand; solche Kreuzungspunkte waren sehr beliebt.

Bisher war Dàvin niemandem begegnet, doch nun belebte sich die Straße, je mehr Kreuzungen er passierte. Die meisten Leute waren schwer bewaffnet und hatten eine misstrauische Miene, der Blick huschte nervös umher, ohne sich irgendwo festzuhalten. Dàvin grüßte höflich und erntete dafür so manchen überraschten Blick, aber auch Kopfnicken oder eine hastig gemurmelte Antwort.

Am Nachmittag sah er dann kurz vor der Ebene das Gasthaus an einer Kreuzung langsam aus einer Senke auftauchen, an einem kleinen See gelegen. Ein großes, verschachteltes Gebäude ganz aus Holz, mit angrenzenden Stallungen. An der Abzweigung zum Haus entdeckte Dàvin die weiße Statue eines Menschen, der dargestellt war wie ein Ritter. Er stützte sich auf ein großes Schwert und musterte den Besucher aus stillen Augen. Dàvin hielt inne und betrachtete die Skulptur gebannt. Sie sah sehr lebendig aus, mit einer ganz besonderen Ausstrahlung. Der Stein, aus dem sie gearbeitet war, war matt schimmernd und warf flackernde Schatten.

»Großartig, nicht wahr?« Ein Mann, der das Gasthaus soeben verlassen hatte, schlenderte auf Dàvin zu. Er war unbestimmbaren Alters, dickleibig, mit einer krummen Pfeife im Mundwinkel.

»Allerdings«, stimmte Dàvin zu.

»Diese Statue hat einen weiten Weg hinter sich«, fing der Mann an zu erzählen. »Sie wurde einst von dem Velerii Schattenläufer geschaffen, nach dem Ende des Krieges um das Tabernakel.«

»Ich erinnere mich an den Namen!«, rief Dàvin aus. »Schattenläufer und Schneemond waren die Hüter von Weideling in Inniu, und sie zogen Rowarn Perlmond auf, den König von Ardig Hall.«

»Ganz recht.« Der Mann sog an seiner Pfeife. »Einer unserer Gäste schenkte uns diese Skulptur, um seine Zeche zu bezahlen. Sie stellt Fürst Noïrun dar, den größten Heermeister von Waldsee. Ihm ist es zu verdanken, dass der Krieg um das Tabernakel gewonnen wurde und das Reich des Friedens wiederkehrte. Lange hat der Frieden deswegen gehalten, auch wenn der Fürst schon lange im Staub verweht ist. Vor ihm und nach ihm gab es keinen Ritter, der besser gewesen wäre als er. Die Alten Völker und vor allem die Zwerge ehren ihn noch heute, und auch sein eigenes Volk hat ihn nicht vergessen und ihn in den Chroniken bewahrt. Somit ist er als Mensch unsterblich geworden.«

»Ein großer Mann«, stimmte Dàvin zu. »Selbst auf den höchsten Gipfeln ist sein Lied bekannt.«

Der Mann seufzte wehmütig. »Wie sehr könnten wir seine Hilfe nun wieder gebrauchen ...« Sein Blick irrte nach Osten, um hastig zurückzukehren, schuldbewusst und ein wenig ängstlich.

»Muss das Freie Haus besorgt sein?«, fragte Dàvin beunruhigt. »Das ist doch nicht möglich ...«

»Alles erscheint möglich in diesen Tagen, mein Herr«, erwiderte der Mann. »Mächte erwachen auf der Welt, die noch älter sein mögen als ein Freies Haus.«

»Glaubt Ihr, das ist geschehen ... in Barastie?«

»Wir wissen es nicht.«

Der Mann stieß eine weitere Rauchwolke aus. »Nun kommt, Ihr seht aus, als könntet Ihr eine Rast gebrauchen.«

»Offen gestanden bin ich auf der Suche nach Hilfe«, sagte Dàvin zögernd, während er dem Mann folgte. »Eine Rast ist mir nicht möglich, da ich nichts besitze, um für Speis und Trank aufzukommen.«

»Hm, hm«, machte der Mann. »Da gibt es seit langer Zeit eine Feuerstelle in der Küche, die einfach nicht brennen will. Wenn Ihr es schafft, sie zu entzünden, bekommt Ihr eine Mahlzeit.«

Dàvin folgte dem Mann, der am Haupteingang des Gasthauses vorbeiging, auf einen in einer Nische gelegenen kleinen Eingang zu. Er öffnete die Tür, und warmer Dunst schlug Dàvin entgegen, angereichert mit Hunderten Gerüchen. Viele Wesen huschten durch ein riesiges gemauertes Steingewölbe mit zahllosen Feuerstellen, Anrichten und Regalen. Trotz der Größe wirkte der Raum beengt. Der Mann mit der Pfeife führte Dàvin zu einer großen Kochnische, deren Glut schon lange erkaltet war. Als Dàvin ratlos davor stehen blieb, hörte um ihn herum mit einem Mal alle Geschäftigkeit auf. Die Köche, Gehilfen und Schankdiener hielten inne und starrten den Fremden an.

»Was hat das hier zu bedeuten?«, fragte der Fyrgar leise. Er konnte spüren, dass etwas mit dieser Kochstelle nicht stimmte. Wenn er die Hand ausstreckte, sah er, dass sie leicht flimmerte, so als würde sie durch große Hitze tauchen. Doch es war eiskalt. Etwas sehr, sehr Altes beherrschte diesen Platz.

Stille antwortete ihm. Die Gesichter waren blass und besorgt.

Dàvin hatte den Eindruck, dass er es mit einem Fluch zu tun hatte, aber es war wohl besser, nicht zu tief zu graben. Und der auffordernden Miene des Mannes mit der Pfeife nach zu urteilen, wurde von ihm erwartet, dass er handelte.

»Holz«, sagte er und deutete auf den kahlen, schwarz gebrannten Stein.

Hastig brachte ein Küchenjunge das Gewünschte, und Dàvin schichtete es sorgfältig auf. Seine Fingerspitzen kribbelten, und ein eisiger Hauch umwehte ihn. Dàvin griff in seinen Beutel, zog das kleine Säckchen mit dem Glutsteinmehl hervor und nahm eine Prise zwischen Daumen und Zeigefinger. Behutsam streute er sie über das Holz und achtete darauf, dass sie nicht verweht wurde von dem Eishauch. Es knisterte, als der feine Staub auf das Holz rieselte.

Dàvin richtete schnell den mittleren Finger auf die Feuerstelle, konzentrierte sich und holte das Feuer aus seinem Inneren. Ein Blitz schoss von der Fingerkuppe auf das Holz, es gab einen Knall, und die Leute sprangen erschrocken zurück. Für einen Augenblick war der Fyrgar verunsichert. Doch dann knisterte es wieder, aber nicht kalt, sondern heiß, und die ersten Flämmchen züngelten empor. Kurz darauf brannte das Feuer ruhig und freundlich.

Dàvin hörte, wie einige laut einatmeten. Er konnte spüren, dass das Alte vergangen war. Es kam ihm so vor, als wäre es der letzte Atemzug eines Drachen gewesen, der sich hier verfangen hatte, denn einige Kaminabzüge waren mit Drachenschuppen ausgekleidet.

Dann fing jemand an zu klatschen, und schließlich applaudierten alle, riefen »Hoch!« und »Endlich!«

»Habt ihr nichts zu tun?«, rief der Mann mit der Pfeife streng, und alle beeilten sich, an die Arbeit zurückzukehren.

Dàvin bemerkte, dass die Stimmung in der Küche jetzt eine ganz andere war. Freundlicher, heller, und es roch besser. »Was...«, setzte er an, doch der Mann nahm Dàvin am Arm und zog ihn mit sich.

»Manches muss unbeantwortet bleiben«, sagte er scharf.

Dàvin fragte sich, woher der Mann gewusst hatte, dass er Fyrgar war. »Seid Ihr der Wirt?«

»Nein, ich bin nur ein Diener des Hauses. Kommt! Hier geht es zum Gastraum, geht hinein und lasst Euch bewirten. Habt Dank, mein Freund. Und gute Reise.«

Der Mann schubste Dàvin über die Schwelle und knallte die Tür hinter ihm zu.

Dàvin sah sich ein wenig verloren um. Die verwinkelte Gaststube erstreckte sich über mehrere Ebenen, und sie war gut besucht. Die Luft war stickig und voller Unterhaltungen, sodass kaum mehr Platz blieb zum Atmen.

Da kam eine Schankmaid mit mehreren Krügen in den Händen auf ihn zu.

»Folgt mir bitte, mein Herr«, forderte sie ihn auf.

Dàvin gehorchte. Sie führte ihn an mehreren freien Nischen vorbei, hinauf in das zweite Stockwerk, an einen Tisch, der bereits besetzt war.

»Verzeihung«, sagte Dàvin höflich. »Es sind doch noch Tische frei, kann ich mich nicht an einen einzelnen Platz setzen?«

Die Schankmaid sah ihn streng an. »*Das* ist Euer Platz«, sagte sie in einem Tonfall, der keinen Widerspruch duldete, und knallte einen Bierkrug so heftig auf den Tisch, dass der Schaum vor Schreck emporhüpfte, zurückfiel und mit einem *Pfluff* in sich selbst versank. »Euer Bier. Das Essen kommt gleich.«

»Aber ich habe doch gar nichts ...«, setzte Dàvin an, doch die junge Frau eilte bereits weiter.

»Mögt Ihr etwa kein Bier?«, fragte einer der Männer am Tisch.

»Doch, schon«, antwortete der Fyrgar und setzte sich verstört. Tatsächlich hatte er überlegt, dieses Getränk zu versuchen, nachdem ihm der Bergwein gestern gemundet und Hargred ihm empfohlen hatte, unbedingt von dem selbst gebrauten Bier des Freien Hauses zu kosten. »Ich hatte allerdings noch nichts bestellt, und wegen des Essens ...«

»Macht Euch keine Gedanken, es wird Euch munden.«

Dàvin hob ungeschickt den Krug und prostete den beiden zu. Das hatte er auf dem Weg durch die Stube hierher schnell gelernt. »Verzeihung, ich hoffe, ich störe nicht allzu sehr. Aber wie es scheint, darf ich nicht anderswo Platz nehmen.«

»Jeder erhält den richtigen Platz«, erwiderte der Mann schmunzelnd und hob seinen Weinpokal.

»Dann seid Ihr wohl nicht zum ersten Mal hier?«

»Oh nein, ich besuche gern die Freien Häuser. Nicht allzu oft, doch es ist jedes Mal ein Vergnügen.«

Das kühle, frische Bier schmeckte gut. Dàvin nahm nun unauffällig, während er trank, seine Tischnachbarn in Augenschein.

Beide Männer waren sehr alt, und einer von ihnen war ein Dämon.

Dàvin verschluckte sich, stellte den Krug hastig ab und hustete in die vorgehaltene Hand.

Die beiden taten so, als hätten sie nichts bemerkt, und unterhielten sich leise weiter.

Der Dämon wirkte von seiner Gestalt und von seinem Gesicht her sogar ein wenig menschenähnlich, bis auf die großen Ohren und die mächtigen Widderhörner. Er war blind; auf beiden Augen lag ein milchweißer Schleier. Sein Begleiter war schmal, fast hager, das lange weiße Haar umrahmte ein faltenreiches, aber immer noch edles Gesicht. Seine Augen waren auffallend hell strahlend. Eine ätherische Erscheinung, ganz anders als der Dämon.

In diesem Augenblick wurde das Essen gebracht, und Dàvin sah seine unausgesprochenen Wünsche erfüllt. Rohes Fleisch. Aber nicht so, wie er es kannte, sondern viel feiner. Von verschiedenen Tieren, die er noch nie gekostet hatte. Zartes Muskelfleisch mariniert, Kräuterleber, und sogar ein Stück Herz. Dazu gab es Dörrpilze und Beeren. Dàvin aß mit wachsendem Genuss.

Der alte Mann wandte sich ihm zu und lächelte verschmitzt. »Habe ich es nicht gesagt?«

Dàvin nickte. »Ich bin wirklich überrascht. Ich kenne natürlich die Freien Häuser und deren Besonderheiten, aber damit hätte ich doch nicht gerechnet.«

»Ihr sagt das so, als wäre Euer Wissen theoretischer, nicht praktischer Natur.«

»Nun . . . ja. Ich . . . bewege mich noch nicht lange in diesen Gefilden.« Und in diesem Körper, sollte er hinzufügen.

»Vom Berg herabgestiegen«, sagte der Dämon mit tiefer, rauer Stimme. Obwohl der Gehörnte gedämpft gesprochen hatte, klingelte es in Dàvins Ohren von seiner Stimme.

»Ihr wart noch nie hier unten?«, sagte der weißhaarige Mann überrascht.

Dàvin schüttelte den Kopf. »Um ehrlich zu sein, ich kenne mich noch nicht einmal mit dieser Daseinsform aus.« Er deutete auf sich.

»Was meint Ihr damit?«, fragte der Mann.

»Er ist ein Fyrgar«, antwortete der Dämon an Dàvins Stelle. »Die mit dem Feuer.«

»Oh«, machte der alte Mann und betrachtete Aldavinur unverhohlen neugierig. »Ich habe von Eurem Volk gehört, bin aber noch nie einem Fyrgar begegnet. Nun ja, Eure Augen sind in der Tat ungewöhnlich und bergen ein gewisses Feuer.«

»Wir verlassen die Berge normalerweise nicht. Es gibt nur wenige von uns in den Ländern. Man nennt sie die Flammenritter. Sie müssten etwa so eine Gestalt haben wie ich derzeit.«

»Welches Aussehen habt Ihr denn sonst?«, wollte der Dämon wissen und trank seinen Pokal leer. Dàvin hatte den Eindruck, als ob die blinden Augen tief in ihn hineinblickten.

Die Schankmaid brachte ihm einen frischen Krug und goss den anderen beiden Wein nach.

»Das ist schwer zu erklären. Eher wie eine große Katze, könnte man sagen.«

»Verstehe.«

»Katze, ja«, sagte der menschlich aussehende Mann leise. »Ich kannte einmal einen Schattenluchs . . .«

»Das ist lange her«, unterbrach der Dämon unwirsch. »Wie alles, wenn man sich selbst längst überlebt hat.«

»Wir sind ja dabei, das zu ändern.« Der Mann rieb sich das bartlose Kinn und sah Aldavinur aufmerksam an. »Von den Flammenrittern in Luvgar habe ich auch schon gehört. Ich wusste nicht, dass sie zu den Fyrgar gehören. In den Freien Häusern halten sie sich aber nie

184

auf.« Er stieß seinen Tischnachbarn leicht an. »Hat Halrid sie nicht irgendwann einmal erwähnt?«

»Könnte sein«, stimmte der Dämon zu. »Er hat schon viele erwähnt, und das ist kein Wunder, schließlich ist er ein Herumtreiber. In Valia waren die Flammenritter jedenfalls nie, das wüsste ich.«

»Oh, Ihr kommt aus Valia?«, sagte Dàvin erfreut. »Ein sehr geschichtsträchtiges Land, ich möchte fast sagen, das Bedeutendste. Die Statue dort draußen beweist das ...«

Der helläugige Mann schmunzelte, sagte aber nichts. Der Dämon trank seinen Wein.

»Warum hat man mich wohl an Euren Tisch gesetzt?«, fragte Dàvin in die Runde. Diese Frage hatte ihn schon die ganze Zeit beschäftigt.

»Vermutlich, damit wir Euch die Antwort geben, die Ihr braucht«, brummte der Dämon.

»Wie kommst du darauf? Ich dachte, die Fyrgar rühmen sich, alles zu wissen«, warf der weißhaarige Mann erstaunt ein.

»Das hat sich geändert«, murmelte Dàvin. »Deswegen bin ich tatsächlich hier.«

»Die Schattenweber«, brachte der Dämon es ohne Umschweife auf den Punkt. »Sie sind doch inzwischen in aller Munde.«

»Ja. Offen gestanden hatte ich gehofft, entweder einen der Flammenritter oder noch besser Halrid Falkon hier zu treffen und um Rat zu bitten.« Dàvin sah die beiden alten Männer voller Hoffnung an. »Aber vielleicht könnt Ihr mir weiterhelfen?«

»Ich fürchte, nein«, sagte der Helläugige. »Wir haben zwar davon erfahren, welcher Schrecken in Luvgar umgeht. Aber ich sehe keine Möglichkeit, wie wir eingreifen könnten.«

»Und dennoch kann ich, obwohl ich blind bin, sehen, wie deine Augen jetzt leuchten, Sohn«, sagte der Dämon streng.

Der so Angesprochene lachte. »Du kannst es nicht lassen, was, Vater? – Es wäre zu schön, ich gebe es zu.« Ein wenig wehmütig blickte er zu Dàvin. »Aber ich bin zu alt und gebrechlich geworden, meine Beine können mich kaum noch tragen.«

Dàvin wurde bleich. Endlich begriff er. »Wo war ich nur mit mei-

nen Gedanken, dass ich Euch nicht gleich erkannt habe? Ihr ...
Ihr seid König Rowarn von Valia, und Nachtfeuer, der Älteste der
Dämonen, Wächter von Waldsee.« Er sprang auf und verbeugte sich.
»Bitte verzeiht! Es ist mir eine große Ehre ...«

»Ach«, wehrte Rowarn ab und machte eine wegwerfende Handbewegung. »Um Himmels willen, setzt Euch! Ich bin kein König
mehr, nur noch ein Reisender, der fast am Ziel ist.«

»Bekomme ich hier nichts mehr zu trinken?«, donnerte Nachtfeuers Dämonenstimme durch das Haus, und für einen Augenblick
war es auf allen Ebenen still wie in einer Gruft. Der Widdergehörnte
mochte sehr alt sein, denn seine ehemals blaue Haut war fast vollständig grau, und seine Hörner hatten so gut wie keinen silbrigen
Schimmer mehr. Aber seine Kraft hatte er noch lange nicht verloren.

»Sagt doch gleich, dass Ihr ein Fass wollt!«, erklang die Stimme
der Schankmaid, die Spannung löste sich, und die Unterhaltungen
setzten sich fort. Die junge Frau eilte mit einem großen Krug herbei
und goss ein, bevor sie ihn abstellte.

Dàvin rieb sich die schmerzenden Ohren. »Aber Ihr wärt als
Unterstützung immer noch willkommen«, murmelte er.

Nachtfeuer trank, dann zuckte er zusammen und wirkte auf einmal
abwesend, seine blinden Augen waren starr geradeaus gerichtet.
Rowarn beachtete ihn nicht und rückte ein wenig näher zu Dàvin
heran.

»Und wie nennt man Euch, junger Freund von den Fyrgar?«

Das riss eine kaum verheilte Wunde auf. Dàvin schob seinen Bier-
krug herum. »So jung bin ich gar nicht mehr«, sagte er leise. »Lange
Zeit war ich unsterblich. Ich trug einen Ehrennamen – Aldavinur.
Das bedeutet *alter Freund*.« Mit feuchten Augen sah er Rowarn an.
»Doch ich habe kein Recht mehr, diesen Namen zu tragen. Ab jetzt
bin ich nur noch der sterbliche Mensch Dàvin.«

»Das muss nicht das schlechteste Schicksal sein«, meinte der alte
König. »Seht meinen Freund Noïrun dort draußen an.«

»Doch es ist meine Schandgestalt«, murmelte Dàvin. »Der Fürst
wurde so geboren, ich aber nicht. Ich habe mein Baiku verloren.«

»Und wie hängt das mit den Schattenwebern zusammen?«

»Ich muss die Antwort finden, wie Euer Vater gesagt hat. Ich hoffe, dieses kurze Leben reicht dafür, denn ich habe den Eindruck, als hätte ich meine Lebensmitte schon erreicht.«

»Oh, die Menschen verstehen sich bestens darauf, ihre wenigen Jahrzehnte mit mehreren Leben zu füllen. Erzählt mir Eure Geschichte, Aldavinur. Wir haben noch ein wenig Zeit, und ich möchte gern etwas mitnehmen, bevor wir am Ziel sind. Ich habe Geschichten immer geliebt, seit meine Muhmen sie mir als Kind erzählten. Bei allen Göttern, das ist lange her, doch ich erinnere mich immer noch daran.«

Dàvin tat dem alten Mann den Gefallen, und es war eine Wohltat, sich jemandem vorbehaltlos anvertrauen zu können. Dem legendären König von Ardig Hall und seinem Dämonenvater zu begegnen, hätte er sich nie erträumt. Obwohl er nicht verwundert sein sollte, nachdem er die Statue dort draußen gesehen hatte, denn Noïrun hatte schließlich den jungen Rowarn einst ausgebildet und zum Ritter geschlagen, bevor er König von Ardig Hall wurde. Durch diese drei war der Siebenstern entstanden, der Waldsee vor allen Mächten abschirmte.

»Ich muss das Kind Efrynn zurückholen«, schloss Dàvin.

»Ich bin sicher, dass die anderen Länder und Reiche diese Vorgänge beobachten«, sagte Rowarn nachdenklich. »Wir alle erhielten eine Warnung. Doch es ist nicht möglich, Hilfe zu schicken, weil die Befürchtungen groß sind, dass die Schattenweberseuche dann noch schneller um sich greift.«

»Das habt Ihr sehr vorsichtig ausgedrückt, Herr«, sagte Dàvin bitter. »Kurz gesagt: Luvgar ist abgeschnitten, denn Valia und Nerovia haben die Grenzen geschlossen und lassen niemanden aus meinem Land mehr hinein. Der Weg zu uns hingegen ist noch offen, für jeden, der sich hierher begeben mag. Oder vielmehr, der mit den Schattenwebern Geschäfte macht. Sei es Sklaverei oder Waffen und Rüstungen.«

»Auch Nahrung wird gebracht, denn das Volk hat einen sehr harten Winter hinter sich und musste hungern. Es gibt Händler in

Eurem Land, die die Waren an der Grenze in Empfang nehmen, nachdem sie hindurchgeschickt wurden. Das kann nur ohne Bezahlung geschehen, doch Ardig Hall und einige andere Verbündete, wie Farnheim, kommen dafür auf.«

»Soll das ein Trost sein?«

Rowarn stieß einen leichten Seufzer aus. »Zu Zeiten der Vier Königreiche wäre Hilfe keine Frage gewesen, aber heutzutage sind die Länder zersplittert in Hunderte kleiner Reiche. Ich fürchte, Ihr seid tatsächlich auf Euch gestellt, Aldavinur. Ihr seid um Eure Aufgabe nicht zu beneiden.«

»Sie ist vielleicht nicht halb so schwer, wie es die Eure war«, erwiderte der Fyrgar. »Die Schattenweber werden es nicht leicht haben mit dem Jungen, denn er hat einen sehr starken Willen und geheime Kräfte. Efrynn bedeutet nicht umsonst ›das stolze Kind‹. Wenn ich die Antwort gefunden habe, wer die Schattenweber sind, kann ich auch weitergeben, wie sie zu besiegen sind.« Und dann konnte er nach Hause und zurückfinden zu seinem Baiku. Seine Hand strich über eine der Federn in seinem Haar.

Rowarn nickte. »Meine besten Wünsche werden Euch begleiten.«

Dàvin deutete kurz mit dem Daumen auf Nachtfeuer, der immer noch reglos dasaß wie eine Statue. »Was ist mit Eurem Vater?«, flüsterte er.

»Es geht zu Ende mit ihm«, antwortete Rowarn. »Wir sind unterwegs ins Dämonenland. Ein Freund will uns hier abholen und dorthin bringen, auf dem schnellsten Wege.«

»Aber Ihr seid weit weg von Eurem Ziel ...«

»Nein, wir sind durch eine andere Tür hereingekommen. Entfernungen spielen in den Freien Häusern keine Rolle.« Rowarn lächelte ein wenig verloren. »Für weite Reisen sind wir beide nicht mehr geschaffen. Auch ich bin alt und müde ... und einsam. Für mich gibt es nichts mehr zu tun. Ich werde an die Silbernen Gestade reisen, wo Arlyn auf mich wartet.«

»Aber sicher wird doch jemand für Euch sorgen ...«

»Denkt Ihr, ich will jemandem zur Last fallen? Jeden Tag schwinde ich ein bisschen mehr. Ich bin nach Arlyns Tod nach Darystis gereist, und es war wundervoll, noch einmal in die Tiefe zu tauchen. Die Nauraka haben mich in allen Ehren empfangen. Aber . . . dort gehöre ich nicht mehr hin. Also habe ich nach meinem Vater gesucht, und da sind wir nun.« Rowarn sah auf, als ein Diener an den Tisch trat.

»Edler Herr, Ihr werdet erwartet.«

»So schnell! Nun gut.« Rowarn sah zu Dàvin und hob leicht die Schultern. »Sieht aus, als wäre es so weit.«

Dàvin hätte noch viele Fragen gehabt, gern mehr gehört. Die Zeiten, da er sich als Lehrmeister gesehen hatte, der Fragen beantwortete, nicht stellte, waren vorbei. Ein tiefer Fall von den Bergen herab. Doch damit konnte er sich noch am ehesten abfinden. »Dabei hätte ich gern noch Eure Lebensgeschichte gehört.«

Rowarn lachte. »Ich fürchte, so viel Atem habe ich nicht mehr.« Er rüttelte seinen Vater leicht an der Schulter. »Komm zu dir. Es ist Zeit.«

Die Präsenz des widdergehörnten Dämons war nun wieder deutlich zu spüren. »Vergiss nicht, Aldavinur zu geben, was er braucht. Wegen deines Geredes sitzt er sicher nicht an unserem Tisch.«

Der Fyrgar zog eine verdutzte Miene. Der Dämon musste alles gehört haben, oder woher sonst sollte er seinen Baiku-Namen wissen?

»Ich unterhalte mich eben gern, und allzu viel Gelegenheit wird es bald nicht mehr geben.« Rowarn griff an seinen Gürtel. »Wisst Ihr, vor sehr langer Zeit, als ich zum ersten Mal ein Freies Haus betrat, hatte ich eine ähnliche Begegnung wie Ihr heute«, erklärte er. »Ich war zwanzig Jahre alt und stand am Scheideweg, und ich traf jemanden, der mir weiterhalf. Er rettete meine Hand, die ich in einem Kampf beinahe verloren hätte, und führte mich auf den ersten Pfad. Halrid Falkon, der Annatai, der die Geschicke dieser Welt sehr viel mehr lenkt, als er zuzugeben bereit ist. Wir haben vorhin von ihm gesprochen. Ich bin ein wenig verwundert, dass er nicht hier ist.«

»Weil *wir* hier sind«, warf Nachtfeuer ein.

Dàvin war beeindruckt. »Eben darum habe ich gehofft, ihn zu treffen. Ihm zu begegnen wünschen sich manche Fyrgar, denn seine Weisheit übertrifft die unsere.«

»Annatai bereisen nicht umsonst als Lehrmeister das Träumende Universum. Sie sind das Erste Volk Erenatars.«

»Und dennoch fehlbar«, knurrte der Dämon. »Ich kenne die Annatai, ich war einst mit einem von ihnen befreundet.« Er stieß einen trockenen Laut aus. »Herr des Flammenthrons nennt er sich jetzt und facht den Sturm des Ewigen Krieges an. Es würde mich nicht wundern, wenn er einen erneuten Versuch unternehmen würde, diese Welt in seinen Besitz zu bekommen, Siebenstern hin oder her. Leider kann ich Waldsee bald nicht mehr vor ihm schützen, das ist das Einzige, was ich bedaure. Diese Angelegenheit zwischen uns beiden kann ich nicht mehr beenden.«

Ein Dämon, der eine Welt vor einem Mächtigen der Finsternis beschützte. Dàvin hätte gern erfahren, wie es dazu gekommen war.

»Nun, aber sicher wird es einen anderen Wächter an deiner Stelle geben«, sagte Rowarn.

Nachtfeuer nickte. »Habt Ihr schon einmal darüber nachgedacht, dass Efrynn dafür ausersehen ist, Aldavinur?«

»Nein«, antwortete er erschrocken. Aber es war nicht von der Hand zu weisen. Und dann würde sich die große Hoffnung der Fyrgar auf ganz andere Weise erfüllen! Vielleicht hatten die Schattenweber diese Möglichkeit ebenfalls erkannt . . . und wollten den Jungen nun für ihre Zwecke benutzen.

Und ich?, dachte er bitter. *Was bleibt dann am Ende von mir?* So oder so: Er durfte nicht versagen.

Rowarn löste umständlich die Scheide mit dem Schwert von seinem Gürtel und hielt sie dem Fyrgar mit zitternden Händen hin. Das mit glattem Leder umwickelte Heft war in der Mitte leicht verdickt. Ein klarer Sonnenstein saß in der Mitte des goldfarbenen Knaufs. Die Parierstange war gebogen und mit geschwungenen Symbolen verziert. »Das hier ist nun das letzte Stück Erinnerung, von dem ich mich trennen werde. Danach bindet mich nichts mehr an diese Welt, und wenn ich das sagen darf: Ich bin über alle Maßen erleichtert, frei zu sein und wieder zu fliegen wie ein Kranich. – Verzeiht, das könnt Ihr nicht verstehen. Es ist eine Erinnerung an einen Poeten, der mir ein Gedicht über einen Kranich verfasste. Ich trage es heute

190

noch bei mir.« Auffordernd nickte er Dàvin zu. »Nehmt es!«, forderte er ihn auf und presste dem Fyrgar die Waffe an die Brust.

»Das ist Luvian«, erklärte Rowarn. »Das Schwert von Sonne und Mond. Einst trug es der Velerii Lichtsänger in der Schlacht auf dem Titanenfeld. Ich bekam es gegen Ende des Krieges um das Tabernakel geschenkt und gab es danach weiter an Schneemond, Lichtsängers Tochter. Als meine Muhme Weideling für immer verließ, brachte sie mir das Schwert zurück, weil sie sagte, seine Aufgabe sei noch nicht beendet, und hier ist es nun. Luvian wurde aus dreihundert Schichten hartem und Weichmetall geschmiedet und über eintausendmal gefaltet. Das bis heute unerreichte Meisterstück eines Schmieds der Nauraka. Dieses Schwert ist einzigartig, es ist mehr als eine Waffe, nämlich ein Artefakt. Lange verkannt, soll es jetzt seiner Bestimmung zugeführt werden, das fühle ich. Es wird Euch gute Dienste leisten im Kampf gegen die Schattenweber. Damit habt Ihr einen mächtigen Verbündeten, auf den Ihr Euch immer verlassen könnt.« Rowarn lächelte mit einem gerührten Ausdruck, und seine Augen leuchteten heller als zuvor. Feierlich schloss er:

»Nehmt es mit meinen besten Wünschen, von Nauraka zu Fyrgar, von Wasser zu Feuer, von Mond zu Sonne.«

Dàvin wusste nicht, was er sagen sollte. Rowarn zwinkerte ihm zu.

»Nun liegt das Schicksal Luvgars in Euren Händen«, sagte er sanft.

»Wir müssen los«, mahnte der Widdergehörnte.

»Ja, lass uns aufbrechen. Wie sagen die Daranil zu einem derartigen Anlass doch so schön? *Es ist alles gesagt und getan, und nun fliegen wir davon.* Das ist ein gutes Abschiedswort, finde ich.«

Was für eine innige Verbindung die beiden haben, dachte Dàvin berührt. *Man stelle sich vor, ein Dämon! Wie kommt es dazu? Ob auch ein Fyrgar dazu in der Lage wäre? Hätte ich je eine derartige Beziehung zu Beserdem eingehen können, wenn ich mich nicht verändert hätte? Selbst an Efrynn war meine Bindung nicht so stark . . .*

»Es muss ein Prinzip sein«, entfuhr es ihm leise murmelnd.

Nachtfeuer drehte den Kopf zu ihm. »Versucht Euch einmal in der Selbsterfahrung, nicht immer nur als distanzierter Beobachter«, riet er. »Ihr werdet zu erstaunlichen Ergebnissen kommen.«

Rowarn musterte Dàvin heiter. Auf eine gewisse Weise schien er nicht mehr so recht von dieser Welt zu sein. Seit er das Schwert hergegeben hatte, war eine Wandlung mit ihm vorgegangen.

War es so, wenn man die Fünfte Stufe betrat: sie war nur möglich durch Aufgabe alles Weltlichen? Hatten die Fyrgar sie deswegen nie erreicht, war Efrynn umso mehr die große Hoffnung? *Nein. Es gibt keine Fünfte Stufe. Dieser Mann hat lediglich die Reife des Todes erreicht.*

»Noch einmal eine kleine Reise … ich freue mich«, stellte der große alte König abschließend fest und neigte leicht den Kopf. »Es war mir eine Ehre, Aldavinur von den Fyrgar.«

Nachtfeuer erhob sich, und der Fyrgar schluckte unwillkürlich, als das mächtige Geschöpf aufrecht wie ein Berg über ihm hochragte und einen gewaltigen Schatten warf. Er sprang auf und verneigte sich. Rowarn versuchte sich tapfer hochzustemmen, doch sein Vater griff ihm bereits unter die Achsel und zog ihn mühelos hoch. Aber das lag nicht nur an der Stärke des Widdergehörnten, der alte König schien kaum mehr als eine Feder zu wiegen.

Der Dämon hielt seinen Sohn so, dass es aussah, als würde er sich auf ihn stützen, und nicht umgekehrt. Dàvin sah, dass Rowarns Stiefel kaum den Boden berührten.

Die beiden alten Männer nickten dem Fyrgar zu und machten sich auf den Weg.

Dàvin sah den beiden legendären Wesen nach, bis sie durch eine Tür traten und verschwunden waren. »Lebt wohl«, flüsterte er ehrfürchtig.

Dann betrachtete er das Schwert in seiner Hand. »Sonne und Mond«, murmelte er zu sich. »Nicht Schatten.«

10.

Ein anderer Weg und erstaunliche Lehren

Dàvin befestigte die Schwertscheide an seinem Gürtel und fühlte beunruhigt das Gewicht der Waffe. Langsam verließ er den Tisch, ging die offene Holztreppe hinunter und auf den Haupteingang zu. Niemand beachtete ihn. *Barastie*, dachte er. *Dorthin muss ich gelangen.*

Normalerweise wurde man vom Haus dorthingeleitet, wohin man gehen musste.

Grauheit umfing ihn, als er aus der Tür trat, und für einen Augenblick wusste er nicht, welche Tageszeit herrschte. Dann sah er die Sonne vor dem westlichen Tor zur See und wusste, die Zeit stimmte mit der im Freien Haus überein. Aber der Ort war nicht Barastie. Die Berge waren von Dàvin abgerückt, als wollten sie nichts mehr mit ihm zu tun haben. Als hätten auch sie ihn nun verstoßen.

Dàvin sah sich um. Eine breite Straße durchschnitt das hügelige Land wie eine Wunde. Richtung Berge, also nordöstlich, sah er ausgedehnte Wälder, wohingegen sich nach Süden und Westen weites Land erstreckte, gelegentlich von Wäldern durchsetzt, und Auen, die sich an Flussläufen entlangzogen.

Der Himmel war fahlbleich, und alle Farben waren wie ermattet und erstorben. Alles war sehr viel gedämpfter, selbst die Schatten erschienen weniger schwarz, eher trüb und verschwommen. Eine unbeteiligte Gleichförmigkeit, ja Gleichgültigkeit.

»Lasunt«, murmelte er. »Der Weg führte nicht nach Barastie hinein. Und dennoch habe ich bereits Schattenweberland erreicht, das ist deutlich zu sehen.«

Von hier aus musste er zu Fuß weiter nach Barastie. Wieder verfluchte er sich, dass er seine ursprüngliche Gestalt verloren hatte; die Wegstrecke wäre auf vier Pfoten leicht zu bewältigen gewesen, und unterwegs hätte er jagen können.

Aber diese neue Sicht der Dinge war dennoch überwältigend. Die Berge, obwohl entrückt, von hier unten aus zu sehen war eine ganz andere Erfahrung, als von oben über die Gipfel zu blicken. Und das Land um ihn herum, von Horizont zu Horizont, in alle Richtungen, ohne dass der Blick beschränkt wurde ... ja, er fühlte sich *mittendrin*, als Teil davon. Seine Augen hatten keine Schwierigkeiten, sich auf die neue Sichtweise einzustellen, und auch das Atmen fiel ihm hier unten schon sehr viel leichter.

Die Straße sah so aus, als ob sie ein öffentlicher Handelsweg wäre. Vielleicht fand er gegen Abend ein Gasthaus, wo er seine Dienste gegen eine Mahlzeit und ein Nachtlager anbieten würde, und sich gleichzeitig erkundigen konnte, wann er Barastie erreichte.

Stunde um Stunde schritt Dàvin aus, manchmal trabte er auch, doch dabei geriet er noch zu schnell außer Atem, und ihm wurde schwindlig. Hügel zogen an ihm vorbei, in von Flüssen durchzogenen Talsenken sah er ferne Dörfer, zu denen schmale, staubige Abzweigungen von der gut ausgebauten Steinstraße führten. Rauch stieg aus Kaminen auf, dort gab es also noch Leben.

Hier auf die Straße verirrte sich nicht einmal ein Vogel, geschweige denn ein Wanderer oder Händlerkarren. Eigentlich müsste hier lebhaftes Treiben herrschen, denn Barastie konnte von Westen her nur über Lasunt erreicht werden, und die Händler machten dort stets sehr gute Geschäfte. Aber das schien vorbei zu sein.

Erst am Nachmittag entdeckte Dàvin bei einem Blick über die Schulter eine Staubwolke, die wahrscheinlich von einer Karawane herrührte. Er verspürte Hunger und vor allem Durst, und als hätte ein freundlicher Gott das Wehklagen seines Magens gehört, stieß er in der Nähe einer Kreuzung auf ein Gasthaus, dessen Kamin rauchte und den Geruch nach Holz, Kräutern und Gebratenem mit sich trug. Um einen großen Brunnen standen einige weitere Häuser, ein kleiner Marktflecken war so entstanden, wo vermutlich hauptsächlich Handwerker lebten; Karrenbauer, Schmied, Werkzeugmacher.

Eine kleine Stärkung dürfte nicht schaden, befand Dàvin, dann konnte er noch gut bis Einbruch der Dunkelheit weiterwandern. Bei guter Wetterlage fand sich auch ein Bett unter freiem Himmel.

Kurz entschlossen ging der Fyrgar, der nun ein sterblicher Mann war, auf das Gasthaus zu, öffnete die Tür und trat ein.

Einige Männer hielten sich in der Gaststube auf und saßen still bei einem Krug Bier beieinander. Sie beachteten den fremden Reisenden nicht.

»Willkommen«, erklang eine kühle weibliche Stimme, und eine Frau kam auf Dàvin zu. Sie trug das Gewand einer Wirtin mit Schürze und Haube, aus der einige blonde Haare hervorlugten.

Ihre Haut hatte einen fahlbleichen Ton, und hauchfeine schwarze Fäden zogen sich darüber, auch über ihren Augen schien ein Netz zu liegen. Dàvin spürte, wie es ihn eiskalt überlief, als ihre frostige Ausstrahlung ihn erreichte.

»Bitte sucht Euch einen Platz, es gibt genug«, forderte die Wirtin ihn auf.

»Ich führe kein Geld mit mir«, begann Dàvin. »Ich biete Euch daher meine Dienste für die Mahlzeit an, wenn das möglich ist.«

Die Frau lächelte, doch ihre Augen blieben ausdruckslos. »Ich bin sicher, da wird sich etwas finden. Vielen Dank für Eure Ehrlichkeit, mein Herr. Doch zuerst sollt Ihr Euch stärken. Reisende halten dieser Tage nur noch selten an.«

Sie führte Dàvin an einen Tisch, wischte mit einem Tuch darüber und hieß ihn, sich zu setzen.

»Warum ist das so?«, fragte er, nachdem er Platz genommen hatte.

»Ach, Gerüchte«, winkte die Wirtin ab. »Es heißt, dass Barastie einen Krieg vorbereitet, und die feigen Händler wagen sich nicht mehr her. Alles dummes Geschwätz. Wir sind ein friedliches Land voller Liebe.«

Sie verschwand hinter dem Tresen, und Dàvin beobachtete unauffällig die übrigen Anwesenden. Alle hatten die gleiche fahlbleiche Haut und das feine netzartige Muster, und ihre Augen waren ohne Glanz. Es herrschte Schweigen, und das Bier wurde gleichgültig getrunken, ohne dass sie miteinander anstießen.

Die Wirtin brachte ihm einen Krug Bier. »Was wollt Ihr essen?«

»Wenn es möglich ist, nur Rohes«, antwortete er höflich. Er erwartete Unverständnis oder zumindest Erstaunen, doch die Wirtin nickte nur.

»Ich stelle etwas für Euch zusammen.«

Kurz darauf kehrte sie mit einem Teller zurück, auf dem verschiedene Fleischstücke lagen, und etwas rohes Gemüse. Dàvin hatte zuvor misstrauisch an dem Bier geschnuppert und vorsichtig gekostet, doch es schien alles in Ordnung zu sein. Auch das Essen sah unbedenklich aus. Schweigend verzehrte er alles.

Die Wirtin setzte sich zu ihm, als er fertig war. »Ihr seid nicht von hier«, stellte sie fest.

»Nein.« Er musste schnell überlegen, bis er unbestimmt schloss: »Ich komme von weit her. Aus einem Gebiet ohne Namen, in dem Alte Völker leben.«

»Wie interessant! Eure Augen beweisen, dass Ihr kein Mensch seid, obwohl Ihr sonst so ausseht.«

»Ich bin zur Hälfte Mensch.« Er räusperte sich. »Betreibt Ihr dieses Gasthaus ganz allein?«

»Ja«, antwortete sie. »Ursprünglich stamme ich aus Barastie, doch besondere Umstände zwangen mich im letzten Herbst, ein neues Leben anzufangen. Also verschlug es mich hierher, und ich wurde von dem vorherigen Wirt in Dienst genommen. Doch er starb vor einem Halbmond bei einem Streit mit einem Gast, und seither führe ich das Haus allein. Mein Name ist Sansiri.«

»Ich bin Dàvin«, stellte er sich vor. Er deutete auf die übrigen Gäste. »Die leben hier?«

»Ja. Falls Ihr etwas zum Reparieren habt, oder falls Ihr Euer Pferd beschlagen lassen müsst . . . dann seid Ihr hier richtig.«

»Ich habe nichts, und ich könnte ja auch nicht bezahlen«, lächelte Dàvin.

»Wir brauchen kein Geld als Bezahlung, uns genügt Dankbarkeit und Treue und ein wenig Unterstützung«, erwiderte Sansiri. »Ihr müsst verstehen, dass wir für jeden sorgen. Wir sind füreinander da. Ihr gebt uns Eure Arbeitskraft, und wir geben Euch Schutz, Unterkunft und Nahrung. Wir stellen alles selbst her und sind auf niemanden angewiesen, deshalb können wir frohen Herzens teilen. Was braucht es mehr?«

Dàvin fühlte sich immer unbehaglicher. Die Männer wirkten so leblos, und er sah keine Frauen. Auch auf dem Marktplatz, wenn er durchs Fenster hinaussah, rührte sich nichts.

Sansiri musterte ihn aus ihren kalten Augen. »Ihr seid sehr unruhig«, bemerkte sie lauernd. »Kein gewöhnlicher Reisender. Eine besondere Suche treibt Euch voran.«

Er konnte es nicht mehr verleugnen, wenn es für sie schon so offensichtlich war. »Ja, allerdings. Ich bin unterwegs nach Barastie.«

In ihrem Gesicht zuckte etwas, die feinen schwarzen Linien schienen sich zusammenzuziehen. »Was mag es dort geben, dass jemand eine so lange Reise auf sich nimmt?«

»Das Blut ruft mich«, antwortete Dàvin. »Ich stehe allein, vielleicht finde ich dort jemanden aus meiner Familie.«

»Das ist ein guter Weg«, äußerte Sansiri. »Niemand sollte allein sein; dafür sind wir nicht geschaffen. Wir sind füreinander da ...« Zum ersten Mal trat ein Ausdruck in ihre Augen, den Dàvin jedoch nicht deuten konnte. »Soll ich für Euch da sein? Euch Kraft mitgeben für den weiten Weg, den Ihr noch vor Euch habt?«

»Ich verstehe nicht ...«

Sie näherte ihr Gesicht dem seinen, und er spürte, wie etwas von ihr ausging. Eine starke Lockung, die ihn einhüllte, umhüllte, die ihn zu durchdringen versuchte und ein merkwürdiges Kribbeln auf seiner Haut auslöste.

»*Was willst du?*«, flüsterte sie.

Er war unfähig, sich zu rühren.

»Es ist schwer ...«, murmelte er.

Er verstand die Gefühle nicht, die auf ihn einstürmten, er verstand nicht, was da in ihn hineinzukriechen versuchte. Es war eine seltsame Kältehitze, die ihn durchdrang und sein Feuer zu löschen drohte.

»*Empfange den Frieden des Netzes, und du bist nie mehr einsam*«, wisperte sie dicht an seinen Lippen.

Er war fast gewillt, dem nachzugeben, denn es schien alles viel einfacher zu machen, ihn zu erlösen. Erst jetzt merkte er, wie sehr ihn alles belastete, wie schwer es ihn getroffen hatte, wie tief verletzt seine Seele war ohne Baiku. Wäre dies hier seine wahre Gestalt und kein Symbol der Schande, wäre er ein Teil der menschlichen Gemeinschaft, anstatt diesen Fluch und die Einsamkeit mit sich herumzutragen.

»Wir helfen dir. Sei ohne Sorge.«

Ja, das wäre schön.

Sein Verstand suchte nach dem Wort für das, was mit ihm geschah. »V...«, fing er an. Wie hieß es nur? Er konnte kaum noch denken, alles war bleiern, so als ob eine graue Decke sich darübergelegt hätte.

»Nicht denken! Fühlen. Handeln.«

»Ver...« Es musste etwas damit zu tun haben. Mehr als Lockung.

Ihre Lippen legten sich auf die seinen, und sie waren voll, aber kalt. Er wusste nicht, was das zu bedeuten hatte; nie hatte ihn jemand auf diese Weise berührt. Fyrgar teilten ihre Nähe anders.

Es war ihm unangenehm, und er wich ein Stück zurück und sah ein kurzes Auflodern in Sansiris Augen; wilden, ungezügelten Zorn, der jedoch mit einem Lidschlag wieder der Ausdruckslosigkeit wich.

Und jetzt wusste er auch wieder das Wort. Ernüchtert sagte er: »Ver-su-chung. Versuchung. Ja. Das ist es.«

»Es ist ein Geschenk«, raunte sie.

Dàvin versuchte den Ton zu ergründen, den Klang in dieser Stimme, die so gar nicht mehr der freundlichen Wirtin von zuvor ähnelte. Darin lag etwas anderes, unglaublich Fremdes, und doch... Vertrautes. Er hörte diese Stimme zum ersten Mal, und dennoch kannte er sie.

»Wer spricht da?«, fragte er leise.

»Wir alle«, antwortete Sansiri. *»Wir, die wir Eins sind im Netz. Und auch deine Stimme wird erklingen, wenn du zu unserer Gemeinschaft gehörst. Nimm Teil am Frieden.«*

Mit einem Mal erklangen von draußen lautes Hufgetrappel und

kämpferische Rufe. Hastig stürzte er zum Fenster und und sah, wie bewaffnete Reiter den Marktplatz erstürmten. Die Pferde wurden dazu angetrieben, die Türen mit den Hufen einzutreten, ein oder zwei Männer liefen in die Häuser und jagten die Bewohner heraus.

»Was geschieht da?«, rief er außer sich und rannte zur Tür. Sansiri und ihre Gäste standen ebenfalls auf und folgten ihm langsam.

Dàvin riss die Tür auf und lief um das Gasthaus herum auf den Marktplatz zu. Er zählte fast zwei Dutzend Reiter, die die Einwohner zusammengetrieben hatten.

»Was geht hier vor?«, wiederholte er und stellte sich dem Reiter entgegen, den er als Anführer ausgemacht hatte. Der trug einen Helm mit großen Hörnern und einen mit Goldfäden durchwirkten Umhang. Die Männer waren gewandet wie Krieger, doch sie trugen keinerlei Wappen oder sonst ein Symbol für ihre Stammeszugehörigkeit. Ihre Gesichter zeigten eiskalte Entschlossenheit.

Der Anführer zügelte das Pferd und musterte ihn von oben herab.

»Zuran!«, sagte ein Krieger, der gerade herankam, und wies mit dem Schwert auf Sansiri, die zusammen mit den anderen hinter Dàvin standen. »Da sind noch welche!«

Der Fyrgar sah die versammelten Menschen, die völlig reglos dastanden, Kinder ebenso wie Erwachsene. Gleichgültig und mit leerem Gesichtsausdruck ließen sie sich festhalten. Ob sie begriffen, in welcher Gefahr sie schwebten?

»Warum tut ihr das?«, fragte Sansiri nun wieder mit ihrer ruhigen, gewöhnlichen Stimme.

»Das wisst ihr genau ... Schattenweber«, zischte Zuran, der Anführer. »Wir werden euresgleichen ausrotten, damit wieder Frieden herrscht im Land!«

»Aber es *herrscht* Frieden«, erwiderte Sansiri ohne Regung. »Das Netz bringt den Frieden. Sieh uns an. Wir sind unbewaffnet. Wir leisten keinen Widerstand. Wenn ihr ruhen wollt, so kehrt bei uns ein und erfrischt euch. Auch für eure Pferde kann gesorgt werden. Wir teilen gern, denn Nächstenliebe ist unser Gebot.«

Zuran gab seinem Vertreter ein Zeichen, der wiederum drei Männern den Befehl erteilte, Sansiri und die anderen zu den Dorfleuten zu treiben. Dann deutete er mit der Schwertspitze auf Dàvin. »Was ist mit dem da?«

»Ich weiß nicht«, antwortete Zuran. »Sieht nicht aus wie einer von denen.«

»Das bin ich auch nicht«, erklärte der Fyrgar.

»Aber wie einer von uns siehst du erst recht nicht aus, auch wenn du ein Schwert hast«, knurrte Zuran.

»Ich warte immer noch auf die Antwort auf meine Frage: Was hat das alles zu bedeuten?«, sagte Dàvin.

Der Anführer lachte, und seine Leute stimmten in das Lachen ein. Es war ein bitteres, freudloses Lachen. »Wo kommst du her, dass du das nicht weißt? Ist es dir nicht aufgefallen? So wie diese Leute hier werden immer mehr von uns, es greift rasend schnell um sich. Meine Truppe ist überall unterwegs, um die Ausbreitung aufzuhalten, und wir haben damit sehr viel zu tun. Also steh uns nicht weiter im Weg!«

»Wie genau haltet ihr die Ausbreitung denn auf?«, wollte Dàvin wissen.

Zuran bleckte die Zähne. »Indem wir das Übel ausrotten, ganz und gar, mit Stumpf und Stiel, wie Unkraut.«

»Das könnt ihr nicht tun«, sagte Dàvin. »Diese Leute sind krank, sie brauchen Hilfe!«

»Die geben wir ihnen!«, schrie ein Krieger und trieb der Frau, die ihm am nächsten stand, das Schwert durch den Hals, dass die Spitze auf der anderen Seite wieder austrat. Eine Blutfontäne schoss in hohem Bogen aus ihrem Hals, als er die Klinge zurückzog. Die Frau sank lautlos zu Boden. Die anderen regten sich nicht, selbst die Kinder weinten nicht.

»Nein!«, schrie Dàvin auf, dann verharrte er in sprachlosem Entsetzen, starrte ungläubig auf die tote Frau.

»Was du tust, ist grausam«, sagte Sansiri mit mildem Vorwurf. »Warum ermordest du uns? Wir haben dir nichts getan.«

»Weil wir es verhindern werden!«, gab Zuran zurück.

»*Wir können dir etwas viel Besseres bieten.*«

»Achtung!«, warnte jemand. »Schnell, verschließt die Ohren, sie werfen das Netz über uns!«

200

Und dann ging alles sehr schnell. Die Krieger schlossen die Helme und griffen gleichzeitig an. Mit grausamer Zielsicherheit richteten sie ein Massaker unter den Dorfbewohnern an. Mit Schwertern und Äxten hieben sie auf die wehrlosen Männer, Frauen und Kinder ein, warfen Speere auf sie und stürmten mit Spießen voran.

»Aufhören!«, brüllte Dàvin, stieß sich ab und sprang das Pferd des Anführers an, das erschrocken zurückscheute.

Zuran wurde abgelenkt, und Dàvin packte dessen Fuß und riss ihn aus dem Sattel des bockenden Pferdes, das heftig ausschlagend mitten in das Gemetzel hineinsprang. Der Krieger landete schwer auf dem Boden, und der Fyrgar war sofort über ihm, presste den Unterarm gegen seinen Hals.

»Hört sofort auf!«, wiederholte er, und tatsächlich hielten die Krieger inne. »Eine Bewegung, und ich drücke dir den Kehlkopf ein«, zischte er Zuran an. »Du bist schneller tot, als du blinzeln kannst.«

»Sei doch vernünftig«, ächzte der Mann. »Wir müssen das tun! Wir sind dieser Frau schon lange auf den Fersen, ihre mörderische Spur zieht sich durch ganz Barastie bis hierher! Wer weiß, wo sie nächsten Vollmond ist, vielleicht verbreitet sie die Seuche dann schon in Kunchava!«

»Dann nehmt sie gefangen und knebelt sie, damit sie nicht mehr sprechen kann, und findet heraus, wie ihr sie heilen könnt!«, fauchte Dàvin.

Der Vertreter des Anführers kam näher. »Wohin sollen wir sie denn bringen, du Narr?«, fragte er. »Es gibt keinen sicheren Ort mehr, nirgends in Luvgar, bis auf ein paar abgelegene Gebiete in der Wildnis und ein paar einsame Höfe. Aber die Städte und Herrschaftshäuser fallen nacheinander! Denkst du, wir haben nicht alles versucht? Meine *Frau* ist eine von denen geworden, und ich konnte nichts dagegen tun!«

»Ein Blutbad ist keine Lösung!«, erwiderte Dàvin unbeirrt. »Es muss einen anderen Weg geben. Da sind Kinder dabei! Diese Leute haben euch nichts getan, und ihr bringt sie kaltblütig um!«

»Pah«, machte Zuran.

Dàvin sah, wie die Männer ihre Waffen wieder hoben. »Rührt euch, und er ist tot!«, warnte er noch einmal.

»Na und?«, erwiderte der Stellvertreter. »Denkst du, uns bedeutet unser Leben noch etwas? Wir haben unsere Befehle, und wenn Zuran sie nicht mehr geben kann, dann tue ich es.« Er nickte den Kriegern zu.

»Nein!«, schrie Dàvin, doch seine Stimme fiel ungehört zu Boden, zusammen mit dem Wort, und blieb zerschmettert liegen.

Dàvin fuhr zurück und ließ Zuran los. Gelähmt vor Grauen sah er zu, wie die Krieger alle Menschen niedermetzelten, einen nach dem anderen.

Sansiri stand aufrecht da und regte sich nicht, bis Zurans Vertreter vor ihr stand. Ein Lächeln umspielte ihren Mund, kälter als der Schnee auf dem Wolkenreiter. *Ich vergebe dir.*

Dann wandelte sich plötzlich ihre Miene, und Angst flackerte in ihren Augen auf. »Jumin . . .«, setzte sie an. Dies brachte den Mann an den Rand des Irrsinns.

»Du bist es nicht, du aus der Höllentiefe geborener Dämon!« Mit einem hasserfüllten Schrei schwang er das Schwert und schlug Sansiri mit einem mächtigen Hieb den Kopf ab. »Für meine Frau!«

»Bei Lúvenors Licht, du Wahnsinniger, was hast du getan?«, schrie Dàvin voller Entsetzen auf.

Da schlug irgendetwas gegen seinen Schädel, und er wusste nichts mehr.

Jemand schien mit einem Hammer auf seinen Kopf einzuschlagen, es dröhnte fürchterlich, und er sah Sterne vor den Augen tanzen, als er langsam die Lider hob. Er wollte sich mit den Händen an die pochende Stirn greifen und musste feststellen, dass er gefesselt war, unfähig, sich zu bewegen.

Dàvin versuchte ein Stöhnen zu unterdrücken, er hatte Angst, dass sich sein Magen dabei umstülpen könnte. Er hing quer über dem Rücken eines Pferdes, alles schaukelte, und das Blut staute sich in seinem nach unten hängenden Kopf. Er hatte keine Kraft mehr, ihn zu drehen, und er sah nur rauen Steppenboden, der unter ihm verschwommen dahinwischte.

Sie ritten wohl nach Nordosten, den Schatten nach zu urteilen, und die Sonne bereitete sich langsam darauf vor, unterzugehen. Immerhin war das die Richtung, in die Dàvin wollte.

Während er noch darüber nachdachte, was er tun sollte, hielt der Tross an.

»Er ist wach«, sagte jemand, dann wurde er von kräftigen Händen vom Pferd gerissen und zu einer Senke geschleift, in der ein kleiner Teich lag, umgeben von Büschen. Daneben wuchsen schlanke Bäume in einem kleinen Hain. Die Berge waren ein wenig näher gerückt.

Zuran hatte sich bereits auf einer ausgebreiteten Decke niedergelassen, den Rücken an einen Findling gelehnt.

Dàvins Gesicht landete im Staub, als der Mann ihn losließ, und er drehte sich hustend und spuckend auf die Seite, soweit die Fesseln es zuließen.

»Du wunderst dich wahrscheinlich, warum du noch am Leben bist«, sagte Zuran.

»Ich wundere mich über gar nichts mehr«, erwiderte Dàvin in verhaltenem Zorn. »Aber es wäre besser gewesen, wenn ihr mich dasselbe Schicksal hättet erleiden lassen wie die anderen.«

»Das wäre Verschwendung, denn du scheinst ein kräftiger Bursche zu sein, und wir können jeden Kämpfer gebrauchen, der nicht befallen ist. Andernfalls werden wir unser Land nicht befreien können. Und ich spreche hier von ganz Luvgar, denn die Seuche setzt sich weiter fort. Mit Sansiris Tod ist uns ein entscheidender Schlag gegen die Schattenweber geglückt, doch es wird sich schnell Ersatz für sie finden.«

»Und wieso seid ihr nicht befallen?«

»Die einen sind empfänglicher als die anderen, und seit wir das mit dem magischen Einfluss der Stimme herausgefunden haben, verschließen wir unsere Ohren mit Wachs oder etwas Ähnlichem. Dann tritt die Wirkung verlangsamt ein, auch wenn einen das Netz selbst erfasst.« Zuran beugte sich vor. »Und jetzt erzähl mir mal, wieso *du* nicht befallen bist. Du warst doch im Gasthaus, und ich nehme an, du bist Sansiri ziemlich nah gekommen.«

»Sie war gerade dabei, mich zu bekehren, als ihr gekommen seid.« Dàvin ließ den schmerzenden Kopf sinken. Alles tat ihm weh. Aber sein Zorn loderte immer noch.

»So.« Zuran sah nicht recht überzeugt aus. »Das ist der zweite Grund, warum du noch am Leben bist – wir wollen wissen, wie du das gemacht hast.«

»Das liegt vermutlich daran, dass ich kein richtiger Mensch bin. Oder werden die Alten Völker gleichermaßen befallen?«

»Die haben als Erste die Flucht ergriffen und sind, solange es noch möglich war, über die Grenze abgehauen und haben uns unserem Schicksal überlassen. Es sind sicher noch einige hier, aber, Mann, die sollten mir besser nicht über den Weg laufen, sonst mache ich mit denen ebenfalls kurzen Prozess, befallen oder nicht. Dafür, dass sie uns im Stich gelassen haben.«

Das konnte Dàvin ihm nicht verdenken. Dieses Verhalten war den Alten Völkern eigen; sie zogen sich zurück, wenn sie die Möglichkeit dazu hatten. Seit der Titanenschlacht war das so, nachdem sich das Gesicht Waldsees völlig gewandelt hatte, die Menschen sich überall ausbreiteten und die Bündnisse der Alten Völker zerfielen und sie sich überallhin zerstreuten. Es war daher besser, nicht zu erwähnen, dass er ein Fyrgar war, der in der sterblichen Hülle eines Menschen gefangen war.

»Damit habe ich nichts zu tun«, sagte er. »Ich war auf dem Weg nach Barastie. Und bevor du fragst: Das geht dich nichts an.«

»Wir werden sehen. Darüber unterhalten wir uns noch.« Zuran erhob sich. »Werde mal nachsehen, wie weit die Faulpelze mit dem Essen sind.«

»Sie kannte seinen Namen«, murmelte Dàvin.

»Was?«

»Sansiri kannte den Namen ihres Mörders, und sie sah plötzlich ganz anders aus und sprach mit fremder Zunge.«

»Das ist eine List«, erwiderte Zuran und spuckte aus. »Darauf fal-

len wir nicht mehr herein. Das hat uns schon gute Männer gekostet.«
Er stampfte zu seinen Leuten davon.

»Sie wusste es«, wiederholte Dàvin flüsternd und schloss die Augen.

Sie ließen Dàvin liegen, während die Männer anfingen, ein Feuer zu
entzünden und das Nachtmahl zuzubereiten, Zelte aufschlugen und
sich dabei gegenseitig zu übertrumpfen suchten, wer am meisten Seu-
chenbefallene umgebracht hatte. Keiner von ihnen dachte auch nur
einen Moment an die Kinder oder überhaupt an die Wehrlosigkeit
der Menschen. Dann reinigten sie ihre Waffen, lachten, tranken
Bergwein, so als wäre nichts geschehen.

Stunden vergingen so, und sie wurden immer betrunkener, grölten
und sangen Lieder, deren Inhalt Dàvin nicht verstand, abgesehen
davon, dass immer Frauen darin vorkamen.

Es verwunderte ihn, dass die Männer so sorglos waren. Zogen die
Schattenweber denn nicht durch die Lande, um auch noch die Letzten »zu bekehren«?

Andererseits hatte er es unterwegs selbst erlebt, dass die Wege auf
seltsame Weise weit geworden waren. Die Leute verließen kaum
mehr ihre Heime, und auch die von der Seuche Befallenen gingen
zwar weiterhin ihren täglichen Verrichtungen nach und ins Gasthaus, wie er heute gesehen hatte, doch es verlief alles langsamer,
gemächlicher. Vermutlich war das auch bei den Netzkriegern so, dass
sie in ihren Handlungen stark verlangsamt waren. Wer auch immer
hinter der Seuche steckte musste darauf achten, dass die Menschen
nicht völlig lethargisch wurden. Sonst wären sie überhaupt nicht
mehr von Nutzen.

Was Zuran und seine Leute mit Dàvin vorhaben mochten, war
ihm nicht klar. Sicher, Dàvin war im Vergleich zu ihnen von großer
und muskulöser Statur, und er trug ein Schwert. Aber wie wollten sie
ihn dazu bringen, auf ihrer Seite zu kämpfen, nachdem er ihnen
wegen Sansiri und der anderen Vorwürfe gemacht hatte?

Sie werden es nie herausfinden, dachte er grimmig, *weil ich nicht lange
genug bleiben werde.*

Inzwischen war es dunkel geworden. Kein einziges Mal hatten sie nach ihm gesehen.

Dàvin drehte sich mühsam um, sodass er das Lager im Blick hatte. Sein Körper schmerzte, die Füße waren ihm eingeschlafen, und auch seine Arme waren halb taub. In seiner Katzengestalt hätte er die Fesseln mit einer einzigen Anspannung der Muskeln gesprengt. *Oh Feuer, warum hast du mir das angetan!*

Dàvin bewegte hinter seinem Rücken die Finger. Er tastete nach den Schnüren und streckte den Mittelfinger.

Der Fyrgar konzentrierte sich. Langsam weckte er sein inneres Feuer und lenkte es auf die Fingerspitze, stellte sich vor seinem geistigen Auge vor, wie sie die Schnur um die andere Hand berührte. Eine kleine Flamme züngelte hervor und verfing sich sofort in dem trockenen Geflecht. Leise knisternd breitete sie sich aus. Zu fressen und sich zu vermehren war das Ziel des Feuers genauso wie das der meisten Lebewesen. Auch das der Fyrgar.

Ich werde niemals ein Kind haben, dachte Dàvin, während er dem fröhlichen Geschwätz des kleinen Feuers lauschte. *Dieser Weg ist mir für immer verwehrt.*

Bitterkeit wollte aufsteigen, die beinahe das Feuer löschte, und er entschuldigte sich im Stillen bei der hilfsbereiten kleinen Flamme. Seine Nase konnte es schon riechen, und als er die Finger ballte, konnte er spüren, wie die Schnüre nachgaben. Dann, mit einem leisen zerspringenden Geräusch, zerriss die Fessel und gab seine Hände frei. Das Flämmchen erlosch, als es keine weitere Nahrung fand.

Einige Augenblicke lang lag Dàvin erschöpft da, während das Blut anfing zu kreisen und er die Arme mühevoll wieder in eine angenehme Stellung brachte. Er ließ das Feuer und die Männer nicht aus den Augen. Hastig fing er an, die weiteren Fesseln zu lösen, jetzt war es ein Kinderspiel. Aber die Beine, oh, sie waren fast abgestorben und erwachten jetzt wieder zum Leben und sagten ihm, dass sie immer noch ein Teil von ihm waren. Er wand sich vor Schmerz, während er anfing, vom Lager wegzukriechen, die noch nutzlosen Beine hinter sich herziehend. Wenn sie ihn jetzt fassten, war er verloren, er konnte nicht fortlaufen, geschweige denn sich verteidigen. *Dieser Körper ist einfach jämmerlich, zu nichts nutze!*, dachte er wütend.

Er sah erhobene Arme mit Krügen in den Händen, Lärm und Gelächter schallten herüber, das beruhigte ihn. Es bestand kaum Gefahr, dass sie ihn gerade jetzt entdecken würden. Sicher feierten sie Sansiris Tod, wenn sie ihr, wie Zuran sagte, schon so lange auf der Spur gewesen waren und sie für derart gefährlich gehalten hatten. Ihren Gefangenen hatten sie darüber vergessen.

Dàvin kroch weiter weg vom Feuer, in das dunkle Land hinaus, zum nördlichen Rand der Senke. Dahinter lagen die Berge. Irgendwo dort würde es einen Fleck geben, wo er sich verstecken konnte. Er glaubte nicht, dass Zurans Truppe ihn lange verfolgen würde. In der Nacht konnten sie seine Spur nicht aufnehmen, dafür sahen Menschen viel zu schlecht, und wittern konnten sie auch nicht. Der Vorsprung würde also reichen.

Schließlich war er am Ende der Senke angekommen, und niemand hatte bis jetzt bemerkt, dass er nicht mehr da war. Wie hätten die Männer auch ahnen sollen, dass er über die Gabe des Feuers verfügte und sich so befreien konnte?

Dàvin rollte sich auf die andere Seite und knetete seine Beine. Nach einer Weile wagte er es aufzustehen. Der Himmel war trüb, vermutlich konnte man den Flüchtenden nicht einmal als Schattenriss wahrnehmen. Mit einem letzten Blick nach unten lief er auf die Wälder zu, die er mit seinen Katzenaugen als dunkle, sich leicht wiegende Riesen vor dem rötlich schimmernden Gebirge erkennen konnte.

Dàvin machte nur zweimal Rast, um zu verschnaufen, ansonsten lief er die ganze Nacht. Als er von einem Hügel aus weiter östlich einen Wald ausmachte, der ihm bisher verborgen geblieben war, hielt er darauf zu. Sobald er den Wald erreichte, war er in Sicherheit.

Rötliche Dämmerung breitete sich über dem Himmel aus, als Dàvin am Wald ankam. Er dankte den Bäumen, dass sie so freundlich waren, ihm Obdach zu gewähren, und lief weiter zwischen den Stämmen hindurch, bis er einen etwas breiteren Tierpfad fand.

Seine Kehle brannte vor Durst. Die bleiche Sonne schien bereits durch die Wipfel, als Dàvin endlich ein Wasserloch fand. Er ließ sich am Rand fallen und tauchte das Gesicht hinein. Das Wasser war kalt und schmeckte nach Laub und Erde. Dàvin trank in tiefen Zügen und fühlte, wie seine Kräfte wiederkehrten.

In dem Augenblick, als er sich zurückzog, traf ihn ein kräftiger Schlag zwischen die Schulterblätter, dann spürte er das Gewicht eines Stiefels auf seinem Rücken, der ihn flach auf den Boden drückte.

Jemand riss ihm das Schwert aus der Scheide und sagte munter: »Danke! So ein Prachtstück habe ich mir schon immer gewünscht.«

Der Druck auf Dàvins Rücken ließ nach, und er rollte sich herum. »Bist du verrückt? Was machst du da?«

»Mein neues Schwert bewundern.« Ein Mann, gut einen Kopf kleiner als er und von gedrungener Gestalt, hielt Luvian prüfend hoch, schätzte das Gewicht und ließ es kreisen; er kannte sich aus damit, das war offensichtlich. Und er war eindeutig kein Mensch, nur von der äußeren Gestalt her, aber seine Haut war von einem weichen goldfarbenen Flaum bedeckt, er hatte lange, schmale, fellige Ohren, sein Gesicht war ebenfalls mit Flaum überzogen, sein Mund sprang ein wenig raubtierhaft vor, mit kräftigen und spitzen Zähnen, und seine grün schillernden Augen waren genauso schlitzförmig wie die von Dàvin. Eine goldfarbene Mähne, in die viele Zöpfe mit bunten Holzperlen geflochten waren, fiel ihm bis auf die Hüften herab.

»Das ist nicht dein Schwert!«, rief Dàvin empört und rappelte sich langsam auf.

»Wer sagt das?«, erwiderte der Mann spöttisch. »Sieht nicht sehr benutzt aus, abgesehen von dieser Scharte hier, aber die scheint mir sehr alt zu sein.«

»Wovon sprichst du? Das Schwert ist vollkommen, es hat keine Scharte!«

»Na, dann sieh doch mal her.«

Der Dieb hielt das Schwert etwas seitlich und deutete auf eine Stelle, etwa zwei Handbreit unter dem Heft.

Dàvin verschlug es die Sprache. Da war tatsächlich eine Scharte, ein Makel, der ihm bisher nicht aufgefallen war, und König Rowarn hatte es auch nicht erwähnt. Und diese Scharte war tatsächlich *alt*. Hatte sie sich bisher verborgen gehalten? Welcher Zauber lag darüber?

Es ist ein Artefakt, hatte der alte Friedenskönig von Ardig Hall gesagt. *In diesen Tagen offenbaren sich immer mehr.*

»Bist wohl nicht sonderlich sorgsam damit umgegangen, was?«, spottete der Dieb.

»Ich benutze kein Schwert!«, schnaubte Dàvin. »Das ist unnötig. Mein Körper ist Waffe genug.«

Der andere musterte ihn abfällig von oben bis unten. »Du leidest nicht zufällig an Größenwahn? Du bist ein Mensch! Zugegeben, ein ziemlich großer Kerl mit Augen, die den meinen ähneln, also reinblütig bist du nicht. Doch deine Ausdünstung kann nicht darüber hinwegtäuschen, dass du hauptsächlich menschlich bist. Deine Sorte hält rein gar nichts aus! Mit bloßen Händen könnte ich dich zusammenfalten und in den Brotbeutel meines Sohnes stecken, als Wegzehrung auf dem Gang zur Schule.«

»Was bist du für ein Wirrkopf?«

»Wer will das wissen?«

»Ich bin Dàvin.«

»Ich bin Fothúm. Von den Sinprasi, einem Alten Volk, das schon immer hier gelebt hat, wenngleich es heutzutage nicht mehr allzu viele von uns gibt.« Der Schwertdieb fletschte grinsend die Raubtierzähne. »Und du hast irgendetwas mit diesen Feuerköpfen da oben zu tun, was?« Er deutete mit der Schwertspitze Richtung Berge. »Ja, mach mir nichts vor, dein großer Brustkorb, deine Art, dich zu bewegen, das passt nicht zu einem Tiefländer. Und von den Alten gibt es ganz oben nur eine Sorte.«

»Gut erkannt«, musste Dàvin widerwillig anerkennen.

»Als Lehrmeister muss ich mich schließlich auskennen. Wobei ich zugeben muss, dass mir nicht ganz klar ist, was es mit deiner Menschlichkeit auf sich hat. Das widerspricht sich.«

Dàvin zuckte zusammen, doch er sagte kühl: »Für mich bist du nur ein Dieb, und du gibst mir jetzt mein Schwert zurück.«

»Sonst nimmst du es dir mit Gewalt?«

»Unsinn. Gewalt ist nicht effizient, wenn sie keinen unmittelbaren und ausgleichenden Nutzen bringt. Wie die Jagd, damit man etwas zu essen hat.«

Fothúm lachte schallend. »Da gibt noch einer den Lehrmeister! Warst wohl bisher nicht sehr erfolgreich, was? Kein Wunder bei diesem Gerede. Tja, das mag in deinen Bergen so sein, aber hier unten ist die Jagd die Hauptbeschäftigung der meisten. Nach Macht, nach Reichtum, such es dir aus.«

Dàvin schnaubte. »Ich weiche dem Kampf aus, solange es geht. Wir sind friedliche Wesen des Geistes. Das bringt viel mehr Erfüllung als ein kurzer Schauer des Triumphs.«

»Nun, dann brauchst du das Schwert ohnehin nicht«, entgegnete Fothúm leichthin. »Ich hingegen werde es angemessen behandeln.«

»Nichts wirst du!«, sagte Dàvin zornig. »Es ist und bleibt mein Schwert. Selbst wenn ich es niemals ziehe, gehört es mir. Es wurde mir übergeben, ich bin sein Hüter, und wenn es an der Zeit ist, wird es mir zu Diensten sein.«

»Es ist ein ziemlich schönes Schwert.«

»Es ist viel mehr als das. Es ist ein Einzelstück aus der alten Zeit ...«

»Ja, preise es mir nur an, du einfältiger Narr.« Fothúm grinste breit, und Dàvin sah ein, dass er gerade eine Lektion erteilt bekommen hatte. Dieser merkwürdige Kerl schien tatsächlich ein Lehrmeister zu sein.

»Du bist ein Dieb«, wiederholte er scharf. »Das Schwert wird dir deshalb seinen Dienst verweigern und dir nur Unglück bringen. So etwas geht nie gut aus, ich kenne genug Geschichten darüber.«

»Mit einer solchen Schauergeschichte könnte ich nicht mal meinen Sohn erschrecken.«

»Den du ohnehin nicht hast, da gehe ich jede Wette ein.« Dàvin spürte, wie sich das Feuer in ihm aufbaute. »Sieh dir das Schwert genau an! Es wurde nicht in einem der Reiche gefertigt, sondern in der Vulkanschmiede der Nauraka gegossen und gefaltet.«

Fothúms Miene zeigte Zweifel, aber auch Verunsicherung. Er ging ins Sonnenlicht und betrachtete die schillernden Maserungen und die hineingeätzten geschwungenen Worte. »Nauraka?«, sagte er langsam.

Dàvin nickte. »König Rowarn selbst hat es mir gegeben. Das ist Luvian, das Schwert von Sonne und Mond. Du kannst es niemals führen als Dieb. Artefakte dieser Art wissen sich zu schützen.«

»*Luvian* . . .«, flüsterte Fothúm. »Ist es möglich . . .«

Einige Zeit herrschte Schweigen zwischen ihnen. Dieser Mann war nicht einfach ein Strauchdieb und Schlagetot, und auch mehr als ein Lehrmeister. Er besaß Kriegerehre, und er sah aus und bewegte sich wie ein Krieger. Jung konnte er nicht mehr sein, trotz der goldenen Farbe seines Flaums, jedenfalls war er bedeutend älter als Dàvin, und er schien sein rechtes Bein nicht mehr voll belasten zu können, vielleicht durch eine alte Verletzung.

»Also gut«, sagte Fothúm schließlich. »Verschieben wir die Entscheidung. Du kommst mit auf meinen Hof und wirst arbeiten. Du wirst dir das Schwert zurückverdienen.«

»Ich soll einen Dieb bezahlen?«, rief Dàvin entrüstet.

»Ganz genau. Das Schwert mag nicht mein Eigentum sein, aber es ist in meinem Besitz. Ich kann mit dem Schwert nichts anfangen, wie du behauptest, und du willst es haben. Also wirst du dafür arbeiten, was und wie lange, das bestimme ich. Wenn ich zufrieden bin, bekommst du das Schwert zurück, und wenn nicht, so bewahre ich es als prächtiges Andenken, oder ich verkaufe es weiter, wie auch immer. Es braucht mich nicht zu kümmern, was mit dem armen Tropf passiert, der dafür ein Vermögen hinlegt.«

»Das ist schamlos!«, stieß Dàvin fassungslos hervor.

»Vielleicht ein bisschen unfein.« Fothúm grinste wieder. »Aber irgendwie machst du mir Spaß, Feuerkopf. Hab noch nie einen deiner Art getroffen, und wie Luvian an dich geraten ist, und was es mit deiner Menschlichkeit auf sich hat, das musst du mir unbedingt genauer erzählen.«

11.

Von Wirrköpfen und großen Talenten

Dàvin blieb nichts anderes übrig, als Fothúm zu folgen. »Wieso bist du eigentlich nicht befallen?«, fragte er unterwegs.

»Dieselbe Frage könnte ich dir stellen.« Fothúm deutete nach vorn. Sie gingen immer tiefer in den Wald hinein. »Sie scheren sich nicht um meine Einsiedelei. Ich bezweifle, dass sie überhaupt von mir wissen. Und wie steht es mit dir?«

»Ich denke, ich bin gefeit. Sansiri ist es nicht gelungen, mich . . .«

»Sansiri? Der bist du begegnet? Sie ist einer ihrer bedeutendsten Streiter! Wo sie auch hingeht, *spendet sie das Netz*, wie sie es nennt. Tausende Seelen sind ihr bereits zum Opfer gefallen.«

»War«, verbesserte Dàvin. »Sie wurde geköpft, von Jumin, Zurans Stellvertreter.«

Fothúm blieb stehen. »Denen bist du *auch* begegnet?« Kopfschüttelnd setzte er den Weg fort. »Zuran und seine Bande suchen die Lande als selbst ernannte *Säuberer* heim und verbreiten unter der Bevölkerung nicht weniger Angst und Schrecken als die Schattenweber.«

»Sie haben ein wehrloses Dorf ausgelöscht«, sagte Dàvin grimmig. »Vor meinen Augen! Und ich habe versagt, weil ich nichts dagegen getan habe.« Er presste die Lippen zusammen.

»Ich kann mir nicht vorstellen, dass sie dir eine Wahl gelassen haben«, erwiderte Fothúm. »Du hast Glück, dass sie dich nicht auch geköpft haben, normalerweise sind sie nicht so zimperlich. Aber am besten erzählst du mir die ganze Geschichte von vorn. Diese Erwähnung von König Rowarn beschäftigt mich schon die ganze Zeit; ich hielt ihn längst für tot.«

Dàvin kam der Aufforderung nach, ohne jedoch seine Suche nach Efrynn und die Wandlung seines Selbst preiszugeben. Er hoffte auf Antworten, denn Fothúm schien sehr viel zu wissen. »Wie viele Schattenweber sind es nun?«, fragte er am Ende.

»Alle Befallenen werden so genannt, weil sie sich als Einheit bezeichnen. Ihre Anführer sind zwei, die jetzige Fürstin Nansha und ihr Ehemann Lýtir. Es heißt, dass er in den Vulkan ging, um ihr als Brautgeschenk einen Diamanten zu bringen, weil er ihrer sonst nicht würdig gewesen wäre. Und er brachte stattdessen die Seuche mit. So fing es an.«

»Woher weißt du das?«

»Ihr Vater ... Fürst Réando. Lýtir versuchte, auch ihn anzustecken, aber es ist ihm nicht gelungen. Der Fürst floh und konnte eine Warnung verbreiten, die das eine oder andere Herrscherhaus und auch einige Alte erreicht hat, bevor Lýtirs Häscher ihn fanden und ermordeten. Offiziell war natürlich von einem Unfall die Rede, und Nansha veranstaltete drei Tage lang eine große Trauerfeier für ihren Vater. Doch dann heiratete sie Lýtir und ging mit ihm sogleich daran, ein Heer aufzustellen, um sich Hasad einzuverleiben.«

»Also gibt es immer wieder welche, die gefeit sind«, grübelte Dàvin.

Fothúm wiegte den Kopf. »Nicht viele, und sie überleben es nicht lang. Letztendlich breitet sich die Seuche unaufhaltsam aus.«

»Ich habe die Leute gesehen«, sagte Dàvin düster. »Und sogar das Land selbst scheint befallen, der Himmel ist trüb, die Farben sind blass, als läge ein hauchfeines Netz darüber.«

»Ja, das mit dem Land ... ist ein Rätsel. Nansha und Lýtir haben alle in der Hand«, antwortete Fothúm. »Sie beeinflussen sie. Die Leute werden träge und tun nur noch das, was man ihnen sagt, sie führen ein Schattendasein, auch wenn sie scheinbar ganz normal leben. Außerdem schicken die beiden ihre Netzritter aus, um die *Liebe des Netzes* zu verbreiten, wie sie es nennen. Aber sie tun es nicht immer so, wie Sansiri es getan hat – mit Versuchung und dem Kalten Kuss. Sie wenden auch brutale Gewalt an, wenn eine Siedlung sich widersetzt, wobei sie darauf achten, keine Kampffähigen zu töten, denn die brauchen sie für ihr Heer. Zuran dagegen bringt einfach alles um, was sich ihm in den Weg stellt oder was er als befallen erachtet. ›*Wer in diesem Land am Morgen aufwacht, hat Glück gehabt*‹, heißt es landläufig.«

214

Dàvin schüttelte es. »Aber ich glaube, es sind *drei* Anführer«, sagte er nachdenklich. »Hast du je von Gondwin gehört?«

»Nein.«

»Er ist ein Krahim, zumindest zur Hälfte. Ich glaube, er hat sich den Schattenwebern freiwillig angeschlossen, denn seine Augen waren völlig klar. Er hat sein Volk aus den westlichen Bergen Nerovias hierhergeführt, nach Barastie.«

»Krahim? Bisher ist uns das verborgen geblieben.« Fothúm warf Dàvin einen Blick zu. »Wegen dieses Gondwin also bist du hier. Was hat er deinem Volk angetan?«

»Schreckliche Dinge, Fothúm. Genug, dass ich die Berge verlassen habe, um ihn zu suchen. Ich denke, dort werde ich auch die Anführer der Schattenweber finden und die Antwort darauf, wer sie wirklich sind.«

»Du denkst, das ist noch nicht alles?«

Dávin lachte trocken. »Was auch immer Lýtir mitgebracht hat, es ist noch im Vulkan. Diese Seuche ist erst der Anfang, dessen bin ich sicher. Ich habe die Stürme letztes Jahr beobachtet, und wir werden einen Wächter verlieren.«

»Nachtfeuer?«

»Mhm.«

»Und der andere?«

»Halrid Falkon? Niemand weiß, wo er ist.«

Fothúm kratzte sich hinter dem Ohr. »Du hast recht, das alles kann kein Zufall sein. Jemand hat einen günstigen Moment abgewartet. Vielleicht hat er sogar Einfluss auf den Schmied genommen, dass er in den Vulkan hinabsteigt. Lýtir gilt als der Beste. Und Halrid Falkon ließ sein Schwert bei ihm wiederherstellen.«

Dàvin fühlte, wie jegliche Farbe aus seinem Gesicht wich. »Bei Ishtrus Träne, das ... ist möglicherweise noch weitreichender ... «

»Und da ist noch etwas«, fuhr Fothúm fort. »Auch dein Volk spielt dabei eine Rolle.«

»Inwiefern?«, fragte Dàvin, sofort in banger Sorge um Efrynn.

»Die Flammenritter. Alle tragen Rüstung und Waffen von den Schmieden der Barastie. Vielleicht auch von Lýtir.«

Dàvin musste stehenbleiben, weil seine Beine ihn nicht mehr weitertragen wollten. »Sind sie denn noch hier in Luvgar?«, fragte er heiser. »Die letzten verließen uns vor tausend Jahren.«

Fothúm richtete die grünschillernden Augen auf ihn. »Sie sind hier, Dàvin, sie haben uns nie verlassen. Sie haben immer sehr geheim gelebt, ihre Dienste zumeist den Herrschern angeboten, um Zwistigkeiten beizulegen und den Frieden zu bewahren. Sie seien Streiter des Regenbogens, hieß es. Doch nun, in der Stunde der höchsten Not, stehen sie uns nicht bei! Ich frage mich, wo sie sein mögen.«

»Lúvenors Licht erfülle mich«, flüsterte Dàvin. »Da gibt es zwei Möglichkeiten ... entweder sie sind tot, oder ... oder ...«

»... *sie* sind die Netzritter.«

Schweigend setzten sie den Weg fort.

Dàvin war zutiefst erschüttert, denn tief im Inneren hatte er gehofft, die Flammenritter zu finden und als Verbündete zu gewinnen, um Efrynn zu befreien. Doch jetzt schien sämtliche Hoffnung dahin, er musste den Kampf allein aufnehmen. Niemand würde ihn unterstützen, die Alten hielten sich verborgen, die Menschen waren zu sehr mit ihrer eigenen Verteidigung beschäftigt, und Nerovia und Valia hatten die Grenzen geschlossen und Luvgar sich selbst überlassen. Vielleicht konnte er auf Unterstützung hoffen, wenn er die wenigen Zwergensippen, die es in diesem Land gab, aufsuchte. Aber wie viele von ihnen konnte er gewinnen? Zwanzig Mann? Dreißig? Zwerge waren kraftvolle Kämpfer, doch Dàvin hätte Hunderte gebraucht, wenn nicht Tausende. Sie verfügten nicht über die besonderen Kräfte der Fyrgar oder die anderer Alter Völker.

In bitterer Verzweiflung ballte er die Fäuste. »Fothúm ... bitte gib mir mein Schwert zurück und lass mich weiterziehen.«

»Ich sagte es dir vorhin schon: Ein Schwert wie dieses, ein Artefakt noch dazu, muss man sich verdienen, Herr Lehrmeister«, erwiderte der Sinprasi ungerührt. »Es genügt nicht, dass König Rowarn dir Luvian angetragen hat. Nachdem ich es dir so leicht abnehmen konnte, bist du seiner noch nicht würdig. Deshalb bleibt alles, wie es vereinbart wurde: Du verdienst es dir, und dann kannst du dich wieder deiner Aufgabe widmen.«

»Ich ... habe die Zeit nicht!«

»Das denkst du. Stürmst du jetzt nach Barastie, so wie du bist, wirst du schneller scheitern, als du pinkeln kannst. Denk mal über deinen bisherigen Weg nach! Und wieso ausgerechnet du hier unten bist und nicht ein anderer deines Volkes. Denn Fyrgar mischen sich normalerweise nicht ein, ist es nicht so? Und da ist noch diese merkwürdige Sache, dass du wie ein Mensch bist.«

Dàvin hielt sich den Kopf. »Hör auf!«

»Es ist sehr edel von dir, dass du allein gegen den Feind zu Felde ziehen willst. Denkst du, *ich* möchte die Schattenweber im Land haben? Nur, meine Zeit als Krieger ist vorüber, ich kann nichts mehr tun. Aber ehrlich gesagt bist du momentan noch mehr als ich die Illusion eines echten Kämpfers. Also bleibt für dich nur eines: Lebe und lerne, sonst wird nichts draus.«

Schließlich kamen sie zu einer riesigen Lichtung, blühendes Grasland, und in einer Senke stand ein Haus, und ringsum eingezäunte Weiden, in denen Vieh gehalten wurde, dazu ein paar Felder und Obstbäume. Ein idyllischer Ort inmitten des dichten Waldes.

»Das ist Honigwinter, mein bescheidenes kleines Reich«, verkündete Fothúm nicht ohne Stolz.

Dàvin war froh, dass sie angekommen waren. Der ältere Mann zog das rechte Bein nun deutlich sichtbar nach, und er schien Schmerzen zu haben.

»Honigwinter?«

»Hier ist es selbst im Winter mild genug, dass der Honig flüssig bleibt. Nirgends kann es schöner sein.«

»Der Wald kam mir auf den ersten Blick gar nicht so groß vor.« Dàvin sah sich staunend um. Fothúm hatte sich ein wunderbares Heim geschaffen, das ganz auf sich gestellt war und unabhängig. Kein Wunder, dass die Schattenweber es noch nicht gefunden hatten.

Als sie bei dem Gehöft ankamen, sah Dàvin zwei Gestalten. Fothúm winkte, und sie liefen ihnen entgegen – zwei Frauen. Eine davon war von Fothúms Volk, nur dass ihre Mähne und der Flaum silberfarben waren, und die Augen blau schillernd. Außerdem war sie sehr viel jünger als er. Die andere war ein Zwergenmädchen, höchstens dreißig Jahre alt, von der stämmigen, üppigen, dennoch liebreizenden Figur, die allen Zwerginnen zueigen war, und mit Haaren wie Sommergetreide, die kunstvoll geflochten und hochgesteckt waren.

Außer Atem blieben die beiden Frauen vor ihnen stehen und betrachteten den Fremdling mit unverhohlener Neugier von oben bis unten.

»Ein seltsamer Fisch ist dir da ins Netz gegangen, Bruder!«, stellte die Sinprasi fest.

Fothúm grinste. »In der Tat.« Er wandte sich zu Dàvin hin. »Ursprünglich wollte ich fischen, bevor du mit deinem Kopfsprung alle verjagt hast.«

Das Zwergenmädchen trat mit schelmischem Lächeln von einem Fuß auf den anderen. »Willst du uns nicht vorstellen?«

»Das ist Dàvin, ein Wirrkopf.«

»Entschuldigung, der Wirrkopf bist du!«, unterbrach Dàvin. »Ich bin ein Fyrgar.«

»Oh, wirklich!«, riefen die beiden Frauen scheinbar bewundernd wie aus einem Mund und klatschten übertrieben in die Hände. Sie glaubten ihm kein Wort.

»Diese unverkennbare Sinprasi ist Fragangu, meine kleine Schwester«, stellte Fothúm vor. »Und das ist Erla, ebenfalls unverkennbar eine Zwergin.«

»Hübsch ist er ja«, stellte Fragangu fest, und Erla kicherte. »Wenigstens ist er nicht befallen. Wird er zum Essen bleiben?«

»Ein wenig länger«, antwortete Fothúm. »Er will sich mein Schwert verdienen.«

»Er hat es mir gestohlen!«, widersprach Dàvin. »Habt ihr ihn heute morgen mit diesem Schwert etwa aufbrechen gesehen?«

»Ich habe nicht darauf geachtet.«

»Ich habe Besseres zu tun, als einen griesgrämigen alten Mann in der Früh anzusehen, dessen Mähne sich noch schaurig sträubt.«

Dàvin rang um seine Fassung. Er erwog, einfach zu gehen, ohne das Schwert. Aber König Rowarn hatte es ihm anvertraut, ihm als Erbe hinterlassen und deutlich gemacht, dass Luvian ein Artefakt war, das seine Bestimmung noch nicht vollendet hatte. Dàvin war somit daran gebunden. Er musste bleiben und das Schwert wiedererlangen.

»Ich ...«, fing er an.

Die drei sahen ihn neugierig an.

»Ich ...«, wiederholte er.

Er musste die Flamme hinunterschlucken, die unbedingt hinauswollte. Es war hart. Seit Dàvin von den Bergen herabgestiegen war, hatte er fast nur Demütigungen erlitten. Auch wenn man ihm freundlich begegnete, man nahm ihn nicht ernst. Man zweifelte an dem, was er sagte. Hielt ihn für einen verschrobenen Wirrkopf, der keine Ahnung hatte, was um ihn herum geschah.

Was hätte er in seinem wunderbaren, kargen Hochtal getan, wenn alles in ihm brannte? Er hätte seinen Körper in Bewegung gesetzt und wäre durch das Tal gerannt, auf zur Jagd, und alle wären erzittert vor seinem warnenden Gebrüll.

Aber seine Berge waren fern.

Dàvin starrte auf seine Hände, und dann sah er die drei Wesen an, die immer noch geduldig und ein wenig schmunzelnd vor ihm standen. Sie waren so viel kleiner als er und zerbrechlicher. Und doch war er nicht mehr als ein unbeholfener Schüler.

»Ich werde arbeiten«, sagte er schwer.

Die beiden Frauen begrüßten seine Entscheidung. Sie drehten sich um und gingen mit wiegenden Schritten, die bei Dàvin ein seltsames, unbekanntes Gefühl auslösten, auf das Haus zu.

Dàvin merkte vor allem, während er ihnen nachsah, wie ausgedörrt seine Kehle schon wieder war.

»Alles in Ordnung mit dir?«, fragte Fothúm. »Du röchelst so komisch.«

»Vielleicht das kalte Wasser vorhin«, krächzte Dàvin. »Und ich habe schon wieder starken Durst.«

»Hoffentlich nichts Ansteckendes«, bemerkte der alte Lehrmeister, dann lachte er schallend und ging zum Haus.

Harte Zeiten brachen an für Dàvin. Fragangu und Erla kannten keine Gnade. Noch vor dem Morgengrauen wurde er geweckt und zum Holzhacken geschickt, dann musste er Wasser aus dem Brunnen holen, in einem Kessel erhitzen – mit dem Holz, das er zuvor gehackt hatte – und in drei Badezuber füllen; für ihn blieb zum Waschen nur ein kalter Teich, in dem Enten schwammen. Danach hieß es Ställe ausmisten und Vieh füttern, bevor er endlich die erste Mahlzeit des Tages bekam.

Und es war gekochtes Essen. Drei Tage brauchte Dàvin, und er war fast ohnmächtig vor Hunger, als er sich endlich überwinden konnte, davon zu kosten.

Dann aber gewöhnte er sich schnell an die Speisen, die Erla zubereitete. Niemals hätte er sich vorstellen können, dass Gebratenes, Gegrilltes, Gesottenes und Gekochtes so wunderbar schmecken könnte. Nicht nur das Fleisch, auch das Gemüse, die Früchte, die zu unglaublichen Süßigkeiten gediehen, und diese Soßen, für die Kräuter und Beeren verwendet wurden, Butter und Milch und Sahne.

Erlas Wangen wurden rosig, wenn sie seinen Lobpreisungen lauschte, und setzte ihm weitere Genüsse vor.

»Du mästest ihn!«, mahnte Fragangu, doch Erla lachte nur.

Dàvin hatte eher den Eindruck, dass er von seinem eigentlichen Ziel abgelenkt werden sollte. Die beiden Frauen genossen seine Anwesenheit und wollten ihn nicht mehr so schnell fortlassen.

»Ich bin nun einen ganzen Mond hier«, sagte Dàvin daher eines Morgens zu Fothúm. »Es wird Zeit, dass du mir das Schwert gibst und mich ziehen lässt.«

»Es ist noch nicht so weit«, erwiderte Fothúm. An manchen Tagen ging es dem alten Lehrmeister nicht gut, sein Knie schmerzte ihn, und er war verwirrt.

»Zu jedem Dreiviertelmond ist das so«, raunte Fragangu dem Fyrgar zu. »Er wurde einst verflucht. Der Bann ist zwar schon lange vergangen, zusammen mit demjenigen, der ihn ausgestoßen hat, aber du weißt, wie das mit magischen Strömungen ist – ein Rest bleibt immer erhalten. Nichts stirbt ganz, solange noch irgendetwas in dieser Welt davon übrig ist. Und mein Bruder trägt von dem Kampf, der ihm den Fluch einbrachte, immer noch einen Dolchsplitter in seinem Knie, den man nicht entfernen konnte.«

Dàvin suchte daraufhin nach dem Schwert, aber Fothúm hatte es gut versteckt. Zu seinem Ärger blieb ihm daher nichts anderes übrig, als weiterhin zu dienen. Doch er erkannte auch Fothúms Absicht hinter all dem. Dàvin musste zugeben, dass er viel lernte, wenn sie abends in der Stube oder draußen auf der Veranda saßen und sich Geschichten erzählten. Und die Arbeit zeitigte Wirkung, sein Körper wurde sehr viel geschmeidiger und er beherrschte ihn immer besser.

Also wurde es Zeit für eine weitere, ganz besondere Lektion.

Eines Nachmittags, als Bruder und Schwester gerade ruhten, befahl Erla Dàvin in die große Scheune, wo er in der Früh das erste frische Heu aufgeschichtet hatte. Der Frühsommer war da, und Hitze senkte sich über das kleine Tal, das umgeben war von rauschenden Wipfeln. Das Vieh döste im Schatten vor sich hin, und eine träge Stille hatte sich über alles gelegt, nicht einmal Fliegen waren unterwegs.

Erla stand lächelnd in der Scheune, in der das Licht in Streifen hereinfiel; die Luft war ein wenig drückend, aber angenehmer als draußen. Sie sah sehr anmutig aus, fand Dàvin und fühlte sich ein wenig an Ró erinnert, auch wenn jene kleiner und zierlicher war.

»Du hast dich verändert«, stellte die junge Zwergenfrau fest.

Er hob leicht die Schultern. Kein Wunder, seine glänzenden schwarzen Haare waren inzwischen mehr als schulterlang, und immer noch trug er Beserdems Federn eingeflochten. Seine glatte Bronzehaut spannte sich straff über seine Muskeln.

»Findest du mich eigentlich anziehend?«, fragte Erla.

»Du bist doch angezogen«, antwortete Dàvin verwirrt.

»Das Wort hat in diesem Zusammenhang eine andere Bedeutung«, lachte sie. »Anziehend heißt: Du willst mich an dich ziehen und im Arm halten.«

»Und warum sollte ich das tun?«

Sie verdrehte die Augen. »Gefalle ich dir? Magst du mein Aussehen?«

Endlich begriff er. »Ja, du bist sehr hübsch.«

»Du machst wohl nicht oft Komplimente«, stellte sie fest.

»Was immer das auch ist, damit kenne ich mich nicht aus«, gab er zu. »So etwas gibt es bei uns nicht.«

»Du besitzt so viel Wissen und hast keine Ahnung vom Leben.«

»Du bist nicht die Erste, die mir das sagt. Aber ich kann lernen. Ich ... *will* lernen.«

»Das ist gut«, kicherte sie. »Du brauchst dich also nicht in Zurückhaltung zu üben, wir sind völlig ungestört.«

Er zögerte ein wenig. »Und was wird passieren?«

»Das weißt du nicht?«

»Nein. Ich meine, doch, natürlich. Ich habe schon oft beobachtet, wie die Schönlippenhirsche und andere Tiere sich paaren, aber ich ...«

»Es ist dein erstes Mal? Oh, wie reizend! Ich bin entzückt. Wann trifft man schon mal einen ausgewachsenen jungfräulichen Mann?«

»Es ist nicht, wie du denkst. Dieser ... dieser Körper. Ich habe ihn noch nicht sehr lange, und ich kenne mich mit ihm nicht besonders aus.«

»Was meinst du damit? Bist du denn nicht so geboren worden?«

»Nein. Meine vorherige Gestalt war eher ... äh ... *anders*.«

Sie betrachtete ihn argwöhnisch. »Du bist nicht zufällig doch ein bisschen verrückt?«

Er schüttelte den Kopf. »Ganz bestimmt nicht«, erklärte er überzeugt.

»Dann hast du wohl noch nie eine Frau gesehen? In dieser Gestalt?« Sie ließ die Hände an sich hinabgleiten.

»Nein.«

Erla lachte. »Du bist sehr direkt und offen. Du musst tatsächlich aus höheren Gefilden herabgestiegen sein. Allmählich glaube ich dir, dass du ein Fyrgar bist.« Die junge Zwergenfrau trat nahe an Dàvin heran. »Dann befolge jetzt meine Anweisungen, und du wirst etwas Erstaunliches erleben. Es wird dir gefallen.« Sie nahm seine Hände. »Als Erstes nimmst du mich in den Arm. Ja, so . . . nicht zu fest, es soll angenehm sein.«

»Es . . . es ist durchaus angenehm«, stellte er fest. »Du bist sehr warm und weich, und du duftest gut.«

»Du kannst mich ruhig berühren, du musst nicht so starr dastehen. Lass deine Hände meinen Rücken hinunter- und wieder hinaufgleiten. Wie fühlt sich das an?«

»Straff«, sagte er. »Es . . . fühlt sich gut an.« Er räusperte sich. »Sehr, sehr gut.«

Sie grinste schelmisch. »Du lernst schnell.«

»Das ist die hervorstechende Eigenschaft meines Volkes.«

»Dann gehen wir einen Schritt weiter.« Sie stellte sich auf die Zehenspitzen und zog seinen Kopf zu sich herab. »Was wir jetzt tun, nennt man küssen. Das machen hier unten alle Völker gern.«

»Was muss ich dabei tun?«

»Lass es einfach geschehen. Dein Körper weiß es schon. Dein Verstand ist jetzt nicht gefordert.«

»Nicht? Aber wie . . . mhmmm . . .« Erschrocken hielt Dàvin still, als die vollen Lippen des Mädchens seinen Mund berührten.

Das hatte auch Sansiri schon getan, aber das war etwas ganz anderes gewesen. Es war unangenehm gewesen und kalt, und damals hatte Dàvin noch nicht an Berührungen solcher Art gedacht. Diese Lippen jedenfalls waren weich und warm und süß wie Honig. Und . . . als würde ihn der Blitz treffen, so kam es ihm vor. Zuerst war er besorgt, dass sein Körper das nicht verkraftete, aber das Gegenteil war der Fall. Er fühlte sich ausgesprochen wohl dabei. Sein Herz begann zu rasen, und in seinem Kopf spielten rosa Wölkchen miteinander um ein tanzendes Flämmchen Fangen.

Dàvin merkte, wie eine Menge Dinge in seinem Körper geschahen, während Erla ihn küsste. Er geriet in Hitze, als wäre er zu lange in der Sonne gewesen, überall kribbelte es, und immer wieder durchzuckten ihn Blitze. Aber es tat nicht weh. *Ganz und gar nicht.*

Und er wusste auch schon das Wort dafür, was mit ihm geschah: *Verführung.*

Viel, viel besser als Versuchung.

Verführung. Hörte sich gut an in seinen Gedanken. *Schmeckte* gut. Ein schönes Wort.

Dàvin schloss die Augen und ließ es geschehen, wie Erla ihm geraten hatte. Ganz von selbst tastete seine Zunge sich aus seinem Mund und ging auf Wanderschaft, fand eine warme, bewegliche, feuchte Antwort und versuchte, sich darum zu schlingen. Diese gegenseitige Reibung bereitete außerordentliches Vergnügen. War es das, was man Wollust nannte? Seine Hände glitten über Erlas Körper, der sich biegsam an ihn schmiegte. Seine Nase empfing Duftstoffe, die sie beide verströmten, und das bereitete ihm immer mehr Wonne.

Fühlen. Eine großartige Erfahrung.

Wie sich ihre Haut wohl *anfühlte?* Und wie sah sie aus? Seine Augen wollten ebenfalls genießen. Er hatte schließlich noch nie eine nackte Frau gesehen, mit Ausnahme von Sarundi. Doch Sarundi war immer nackt gewesen, sie hatte eine schuppige Haut gehabt, war auf vier Beinen gelaufen und hatte keine äußerlich erkennbaren Geschlechtsmerkmale besessen, bis auf die Zitzen zwischen ihren Vorderbeinen, solange sie Efrynn gestillt hatte. Und zu dem Zeitpunkt hatte Dàvin sich auf der Zweiten Stufe befunden, damals war er noch Aldavinur gewesen, ein Neutrum und unsterblich und ohne Sinn für geschlechtliches Verlangen.

Für einen Augenblick löste er sich von Erla, er musste Atem holen, und außerdem wollte er mehr. Eine großartige Lektion, die er bis zur Neige auskosten wollte. »Darf ich ... dich ansehen?«, fragte Dàvin schüchtern. »Ohne Kleid, meine ich?«

Sie lächelte liebevoll. Ihre Augen glänzten, die Wangen hatten einen rosigen Schimmer. Sie sah wunderschön aus, ganz gelöst. Sie schien nicht weniger Freude zu empfinden als er. »Ich wollte dir gerade dasselbe vorschlagen«, antwortete sie.

»Ich soll mich auch ausziehen?«, fragte er erstaunt.

»Natürlich. Denkst du, ich will dich nicht sehen? Außerdem fühlt es sich Haut an Haut viel besser an.«

»Noch besser als bisher schon?«

»Viel, viel besser.«

Ihm war ohnehin sehr heiß, also war die Idee gut. Das sollte Linderung verschaffen. Hastig riss er sich die Kleider vom Leib, die ihm sowieso irgendwie zu eng geworden waren.

»Oh«, sagte er erschrocken, als er an sich hinabsah. Da baumelte nichts mehr, sondern ragte groß und hart auf. Ein Versagen seines menschlichen Körpers? Hoffentlich war das nichts Ernstes!

»Oh«, sagte auch Erla, aber sie klang keineswegs erschrocken. Ihre Augen leuchteten noch mehr auf. »Du bist … äh … ansehnlich. Dieser Körper ist …«, sie räusperte sich, »… ist recht gut brauchbar, und wie es aussieht«, sie hielt sich kichernd die Hand vor den Mund, »auch nur allzu bereit für das, was wir vorhaben.«

»Du meinst, das ist gut?« Er deutete an sich hinab, betrachtete nunmehr fasziniert die Veränderung.

»Gut?« Sie lachte leise. »Oh ja. *Sehr* gut.« Sie hob die Arme. »Sieh mich an.«

Sogleich gehorchte er. Während er mit sich selbst beschäftigt gewesen war, hatte sie ihre Kleider abgelegt.

Er sah sie an. Betrachtete sie staunend und gerührt. Trat auf sie zu, streckte die Hand aus und berührte diese samtweiche, warme Haut, die so verletzlich aussah. Solche Gefühle hatte er noch nie empfunden, und seine Fingerkuppen kribbelten von der Flut an Empfindungen, die sie überschwemmten.

Manches konnte ihn doch damit versöhnen, dass er ein Mensch war.

Langsam zog er sie in die Arme, und sie hatte recht, Haut an Haut fühlte es sich viel besser an.

»Es ist so wundervoll«, seufzte er mit geschlossenen Augen. Er wollte nur noch fühlen, ihren Atem, ihren Herzschlag, diesen Körper nah an seinem. Noch immer begriff er nicht so recht, was mit ihm geschah, aber das war vielleicht auch nicht wichtig.

»Komm«, wisperte sie, nahm ihn bei der Hand und führte ihn zu einem Heuhaufen. Sie zog ihn mit sich hinab, legte ihre Arme um ihn, und gleich darauf wälzte er sich eng umschlungen mit ihr im Heu. Küsste sie, ertastete ihren Körper mit der Zunge, berührte sie überall. Dabei loderte die Hitze immer heftiger auf in ihm, wie ein Vulkan, der kurz vor dem Ausbruch stand. Er keuchte auf und bewegte instinktiv die Hüften, als sie ihn berührte, und sie kicherte verhalten.

»Langsam, nicht so hastig.« Sie zog die Hand zurück, schob ihn von sich herunter und presste ihn zurück ins Heu.

»Oh?«

»Was glaubst du wohl, wozu dein lebhafter Freund da unten gut ist?«

Er errötete. »Machen wir das etwa so wie ...«

»Die Tiere in deinen Bergen, die du beobachtet hast? Allerdings. Aber mit bedeutend mehr Spaß.« Sie glitt über ihn und setzte sich rittlings auf ihn.

»Da ist noch etwas, das du wissen musst«, fuhr sie fort. »Was wir jetzt tun ... nun, Zwergenfrauen beherrschen eine Besonderheit, die andere Frauen nicht haben. Ein außerordentliches und einzigartiges Talent. Das heißt, so wie jetzt wirst du es nie wieder erleben, außer mit einer Zwergin. Was aber nicht bedeutet, dass es dir mit anderen Frauen weniger Vergnügen bereitet. Es wird nur verschieden sein.«

Kurz darauf begriff er, was sie meinte. »Alle Mächte«, stieß er überwältigt hervor, dann wurde er vom Sturm fortgerissen.

Anschließend war Dàvin völlig erschöpft, aber äußerst zufrieden. Nachtfeuer hatte ganz recht gehabt, nicht immer nur Beobachter zu sein, sondern am Leben teilzuhaben. Ein guter Rat. Auch wenn seine Reise unter keinem guten Stern stand, auch wenn er in Schande war, so machte diese Erfahrung einiges wett. Im Stillen entschuldigte Dàvin sich bei Efrynn, dass er seinen Schüler getadelt hatte wegen seines Erlebnishungers. Und er war erstaunt, zu welch guten Zwecken dieser eigentlich unzulängliche Körper doch zu gebrauchen war.

226

Auch für Erla schien es angenehm gewesen zu sein, denn sie küsste ihn zum Abschied, bevor sie die Scheune verließ. Dàvin ging wieder an die Arbeit; das Abendessen später verlief wie gewohnt. In der Nacht aber kam er zu dem Schluss, dass er das Erlernte weitergeben sollte – schließlich war er einst Lehrmeister gewesen –, außerdem musste er noch feststellen, worin der Unterschied der Zwerginnen zu anderen Frauen bestand. Also lauschte er auf die schlummernde Stille des Hauses und schlich dann heimlich zu Fragangus Zimmer. Fothúms Schwester war überrascht, als er plötzlich neben ihrem Bett stand, doch sie machte ihm bereitwillig Platz und zeigte sich neugierig, als er erklärte, er habe etwas Neues gelernt, das er ihr gern zeigen wolle.

Wie sich herausstellte, waren Zwergenfrauen in einer gewissen Hinsicht wirklich ganz anders. Aber das machte nichts, Dàvin verbrachte eine interessante Nacht und verfeinerte die gerade erlernten Künste voller Begeisterung.

Fothúm verließ nach dem Morgenmahl gerade das Haus, als Dàvin auf ihn zukam.

»Zeig es mir«, verlangte er. »Den Kampf mit dem Schwert. Bring mir alles bei, und wenn ich dich am Ende besiege, gibst du mir Luvian zurück.«

»Also schön«, sagte Fothúm. »Aber bevor du überhaupt eine Klinge in die Hand bekommst, steht etwas anderes auf dem Plan.«

Und zwar körperliche Ertüchtigung. Das bereitete Dàvin keinerlei Schwierigkeiten. Natürlich war der menschliche Körper nicht mehr so kraftvoll und geschmeidig wie der des Fyrgar. Aber Dàvin war in bester körperlicher Verfassung, und er lernte immer schneller, seine ursprünglichen Fähigkeiten an seinen neuen Körper anzupassen. Dies wenigstens war eine Lektion, die Fothúm lernen musste: Ohne Waffen war Dàvin ihm überlegen. An Ausdauer, an Kraft und an Geschicklichkeit.

»Das liegt nur an meiner Behinderung und meinem Alter!«, verteidigte sich Fothúm, der einigermaßen daran zu tragen hatte. Es war nicht leicht für ihn, sich so schonungslos als alternder Krieger sehen zu müssen, der dem Schlachtfeld für immer entsagen musste.

»Selbstverständlich«, lächelte Dàvin gutmütig.

Doch die Übungen taten beiden gut, und Dàvin verfeinerte seine Künste und Wurftechniken, um einen anderen auszuhebeln und am Boden zu halten. Danach kamen verschiedene Waffen an die Reihe; mit dem Bogen konnte Dàvin nicht umgehen, mit Wurfmessern war er auch nicht sonderlich geschickt, aber Schwert, Axt, Morgenstern bereiteten ihm keinerlei Schwierigkeiten.

So kam der Sommer, und Dàvin musste zugeben, dass Fothúm sein Handwerk verstand. Und er begriff auch, dass er ohne diese Ausbildung tatsächlich nichts ausrichten konnte gegen die Netzritter. Nicht nur, dass er den Gebrauch von Waffen lernte, Fothúm brachte ihm auch bei, die Handlungen des Gegners vorherzusehen, sich in ihn hineinzuversetzen und darauf eine Strategie aufzubauen.

»Du hast es mit einer hohen Adligen zu tun, die von Geburt an zur Ausübung von Macht erzogen wurde und die ein Heer anführt«, sagte der Lehrmeister. »Du hingegen musst dich allein durchschlagen und hast so gut wie keine Erfahrung. Deshalb ist es notwendig, dass du leiser bist als eine Katze, schlauer als ein Fuchs und geschickter als ein Affe.«

»Gut und schön. Ich war fleißig, ich bin soweit, mehr Zeit kann ich nicht erübrigen.«

»Eine Sache wäre da noch.« Fothúm brachte ihm ein Pferd am Zügel. »Die Netzkrieger sind beritten, also musst auch du reiten lernen.«

Dàvin winkte ab. »Ich gehe zu Fuß. Ich bin mein Leben lang zu Fuß gegangen.«

Fragangu lachte. »Dàvin, hab dich nicht so! Eines Tages wirst du nicht darum herumkommen!«

»Oder hast du etwa Angst?«, kicherte Erla.

»Ich hab vor gar nichts Angst«, erwiderte Dàvin gereizt. »Aber mir widerstrebt es! Das ist . . . unnatürlich.« Ganz abgesehen davon, dass er Tiere solcher Art früher gejagt und verspeist hatte.

Aber er hatte wohl keine Wahl. Mit misstrauischer Miene näherte er sich dem Pferd. Ob es seine wahre Gestalt wittern konnte? Als er nach dem Zügel greifen wollte, wich es scheuend zurück. Es war Fothúms eigenes Reittier, und Dàvin wusste schon, dass es ein ziemlich wildes, ungebärdiges Pferd war, auf das sich keine der beiden Frauen setzen wollte. Energisch packte er den Zügel.

Kaum hatte sein Herr sich entfernt, wieherte der Hengst, stieg und versuchte sich loszureißen. Dàvin lockerte den Griff jedoch nicht, auch nicht, als er von dem aufgebrachten Tier über den Hof gezerrt wurde.

Fothúm, Erla und Fragangu lachten, aber Dàvin achtete nicht darauf. Wut kochte in ihm hoch. Eine Beute wagte es, ihm Widerstand zu leisten? Ihn lächerlich zu machen? Das konnte er sich keinesfalls bieten lassen!

Unvermittelt stieß er sich ab und sprang nach vorn, auf das Pferd zu, das so überrascht war, dass es nicht auswich. Ehe es sich versah, hing Dàvin an seinem Hals und zog den Kopf mit seinem Gewicht herunter. Trotzig bockte es weiter, aber es konnte ihn nicht abschütteln. Dàvins Mund war jetzt ganz nah an dem angelegten Ohr.

»Hör zu«, zischte er. »Du hast zwei Möglichkeiten. Entweder, du gehorchst mir jetzt, lässt mich aufsitzen und machst alles, was ich will, oder ich komme heute Nacht wieder und werde dich schlachten und roh aufessen, und du wirst mir dabei zusehen, weil ich bei lebendigem Leibe mit deinen Schenkeln anfange und mich dann langsam nach vorn arbeite.«

Das Pferd stand still.

Dàvin ließ den Hals los und schickte sich an, in den Sattel zu steigen. Der Hengst legte die Ohren zurück. Auf seiner Brust bildeten sich Schweißflecken.

Dàvin hatte zugesehen, wie Fothúm aufstieg, und er konnte sich auch vorstellen, wie er mit den Zügeln umgehen musste. Er nahm Schwung und saß gleich darauf im Sattel.

Dàvin verlagerte das Gewicht und presste die Unterschenkel an den Pferdeleib. Und das Tier setzte sich tatsächlich in Bewegung.

Nach einigen Runden in Schritt, Trab und Galopp ritt Dàvin zu

Fothúm zurück, stieg ab und gab ihm die Zügel. »Nicht so unangenehm, wie ich dachte, aber ich gehe trotzdem lieber zu Fuß.«

Fothúm grinste. »Jetzt bist du soweit.«

Am Abend saßen Dàvin und Fothúm noch bei einem Krug Bergwein
beisammen, während die beiden Frauen irgendwo draußen unterwegs
waren.

»Du kannst nicht einfach nach Barastie wandern«, sagte Fothúm
in Dàvins Gedanken hinein. »Die Grenze dorthin ist geschlossen für
die Alten, magisch und körperlich abgeriegelt durch Soldaten, die
keine Gnade kennen, weil sie nichts mehr empfinden. Sie folgen nur
noch den Befehlen des Netzes, das alles ist für sie: Mutter und Vater,
Geliebte und Gott. Sie sind nicht mehr in der Lage, selbst zu denken
oder zu entscheiden. Sie töten jeden, der sich nicht bekehren lässt.«

»Fothúm«, sagte Dàvin eindringlich. »Hilf mir, lass mich nicht im
Stich. Ich muss dorthinein. Gibt es nicht irgendeinen Weg? Sag es
mir, ich bitte dich.«

»Ja, es gibt einen Weg ... vielleicht. Vor der Grenze nach Barastie
gibt es eine Stadt. Eine Totenstadt. Sie existiert schon seit den vier
Königreichen. Totengräber wohnen dort, die jeden Leichnam in
Ehren aufnehmen, der von Nahestehenden zur letzten Ruhe gebracht
wird.«

»Nekramantia!«, rief Dàvin aus. »Gewiss, ich kenne sie, doch ich
konnte mir nie vorstellen, was dort geschieht. Diese Leute leben
wahrhaftig von Todesriten?«

»Ja. Vor allem die Alten Völker nehmen ihre Dienste in Anspruch. Es gibt keinen Ritus, den sie nicht durchführen, und jede Art
der Bestattung wird anerkannt. Sei es, dass du auf einem Berg von
Geiern gefressen werden willst, oder verbrannt, beerdigt, zur Statue
versteinert, in ein Labyrinth gebannt ... Nekramantia, die einzigartige Stadt der Heiligen Toten, und ihre Einwohner sind die Nekramanten, die nur dafür leben, andere zur ewigen Ruhe zu führen. Ein
Altes Volk. Ist dir mehr darüber bekannt?«

»Die Stadt wurde, soweit ich weiß, schon vor der Schlacht auf dem

Titanenfeld gegründet. Auch Lichtsänger, der einst mein Schwert führte, soll dort seinen Frieden gefunden haben. Der Legende nach ging er selbst dorthin, um zu sterben.«

»Aber hast du je von der Stadt ohne Licht gehört? Man nennt sie Neluv, Niemals-Sonne.«

Dàvin dachte angestrengt nach. »Nein ...«, antwortete er beunruhigt.

»Es ist eine verfluchte Stadt«, erklärte Fothúm. »Sie hat bereits vor Nekramantia existiert. Bevor dein Volk hierherkam und sich im Fyrgar-Gebirge niederließ und seinen Namen annahm. Ihr konntet das nicht in Erfahrung bringen, weil nur noch wenige eingeweihte Nekramanten davon wissen. Ich erfuhr lediglich davon, weil ... nun.« Er klopfte gegen sein versehrtes Knie. »Deshalb. Es geschah in Nekramantia.«

»Wir wissen so wenig«, flüsterte der Fyrgar erschüttert.

Tiefes Leid lag auf Fothúms Gesicht, und er rieb sich das Bein. »Und ich hätte es lieber nie erfahren«, sagte er leise.

Dàvin beugte sich vor. »Was hat es damit auf sich, Fothúm? Welcher Zusammenhang besteht zu meinem Weg nach Barastie?«

»Vor der großen Wende«, hob Fothúm an, »gab es eine Stadt, die man die Gottgefällige nannte, Lurantana, denn sie huldigte nicht nur Lúvenor dem Schöpfer, sondern allen Göttern Waldsees, von Regenbogen wie von Finsternis gleichermaßen.«

Der Ewige Krieg tobte schon lange. Die Bürger von Lurantana versuchten jedoch auf ihre Weise, die frühere EINHEIT zu beschwören, indem sie alle Götter gleichermaßen ehrten. Obwohl sie wussten, dass Götter sich nach der Schöpfung nicht mehr in das Weltgeschehen einmischen durften. Der eine oder andere vermochte es vielleicht, mit den Göttern an auserwählten Orten zu sprechen. Aber Lurantana nahm für sich in Anspruch, eine heilige Stadt zu sein, außerhalb von Finsternis und Regenbogen, außerhalb von allem. Sie stellte ihre eigenen Regeln auf und löste sich vom Vierten Königreich. Ihre Bewohner fingen an, sich über alle anderen zu stellen. Sie wählten sehr sorgfältig aus, wer mit wem verheiratet wurde, erkoren sich zum heiligen Volk der Luranti und duldeten Fremdvölker schließlich nur noch als Besucher und als Händler. Niederlassen durfte sich niemand mehr bei ihnen. Die Luranti zeigten sich Auswärtigen stets nur verschleiert.

Es war dennoch eine blühende Stadt, man konnte es nicht anders sagen, mit Dächern aus Gold und Mauern aus Marmor. Die Luranti waren unermesslich reich, denn sie waren hervorragende Händler, Schwindler und Betrüger. Sie taten so, als könnten sie wahren Frieden und Erleuchtung bringen.

»Erinnert dich das an jemanden?«, fragte Fothúm.

»Oh ja, bedauerlicherweise nur zu gut.«

»Die Gutgläubigen sterben ja nie aus. Sie geben die Hoffnung einfach nicht auf, auch wenn sie wissen, dass es nur Betrug sein kann, was ihnen weisgemacht wird. Die Luranti jedenfalls ließen überall kühn verbreiten, dass sie Wunderheiler seien, die Zukunft voraussagen könnten und den Göttern so nahe stünden wie niemand sonst; sie seien im stetigen Zwiegespräch.«

Und so waren sie alle gekommen. Kranke und Versehrte, Verzweifelte und Machtgierige gleichermaßen. Sie baten die Stadtväter um Rat, denn wer goldene Dächer und Mauern aus Marmor hat, muss mehr wissen als andere und der muss Heil bringen können. Die Luranti hielten also Hof, nahmen den Hoffnungsvollen alles ab, was sie besaßen, erzählten ihnen, was sie hören wollten, gaben ihnen irgendeine Tinktur gegen Blähungen und schickten sie wieder fort.

Die Geprellten, die irgendwann begriffen, was mit ihnen geschehen war, schwiegen aus Scham. Die anderen verbreiteten die frohe Kunde, wie sehr die Luranti ihnen geholfen hätten. Ein paar warnende Stimmen gab es, doch die waren natürlich schnell als Neider verschrien.

Mit der Zeit hielt man Lurantana also überall für die Heilige Stadt des Wissens und der Heilung, und immer mehr Hoffnungsuchende kamen, um Erlösung, wenn nicht gar Erleuchtung zu erfahren.

Und die Luranti wurden immer kühner und habgieriger. Zu Beginn wollten sie wohl wirklich noch Gutes tun, und sie sahen sich auch als götterfürchtige Wesen, die den Traum, Ishtrus Traum von unserem Universum, im Gleichgewicht halten wollten, während draußen der Ewige Krieg tobte. Doch dann wurden sie bestechlich, weil es keine Grenzen, keine Gesetze, einfach niemanden gab, der ihnen Einhalt gebot.

Sie fühlten sich allwissend und allmächtig. Eines Tages dann kam der Hochkönig des Vierten Reiches ans Stadttor und begehrte Einlass. Nicht nur, dass ihm der Zehnte seit langer Zeit vorenthalten wurde. Immer mehr Geschichten gab es über Unglücksfälle, und Geschädigte beschwerten sich bei ihm und riefen das Oberste Gericht an, um Gerechtigkeit zu erlangen, und zudem missfiel ihm die Stellung, die Lurantana für sich beanspruchte – nämlich, über ihm zu stehen.

»Und was sagten wohl die Stadtväter?«

»*Verschwinde.*«

»Genau! Sie sagten es natürlich in ausschweifenden, blumigen Worten. Sie erklärten dem Hochkönig, was für ein niederes Wesen er sei im Vergleich zu ihnen, den wahren Erleuchteten, und so weiter. Was immer du dir ausmalst, ist vermutlich nur halb so hochtrabend wie die Luranti es waren.

Sie behandelten den Hochkönig also wie einen Bittsteller, wiesen ihn vor ihren Toren ab und verkündeten, sie seien das Fünfte Königreich und niemandem mehr tributpflichtig. – Gibt es noch etwas zu trinken?«

Dàvin schenkte nach und half Fothúm, seine Pfeife zu entzünden. Nach ein paar Zügen fuhr er fort:

»Du kannst dir vorstellen, wie erzürnt der Hochkönig war. Es gab keine Aussicht auf Verhandlung. Doch er musste etwas unternehmen, sonst geriet alles in Gefahr.

Und so verfluchte er die Stadt.«

So ihr das Fünfte Königreich seid von der Götter Gnaden, wie ihr behauptet, und wenn ihr erleuchtet seid, so sollt ihr fortan die Tiefe erleuchten, denn kein Platz ist gemäß unter den Vieren, die verbunden sind durch die Freien Straßen und die Freien Häuser und die es nicht dulden, dass jemand sich über sie erhebt, ohne den wahren Anspruch darauf zu haben. Leid und Not habt ihr über die Hilfesuchenden gebracht, verderbt seid ihr von Grund auf unter all dem Gold und all dem Marmorglanz, und so sage ich euch, dass ihr keinen Nutzen mehr habt auf dieser Welt und keine Berechtigung mehr, sinnlose Orakel zu sprechen und nutzlose Heilsprüche zu verkünden und wertlose Tinkturen zu verbreiten.

Dieser Ort hat hiermit sein Stadtrecht verloren, und seine Bürger gelten ab sofort als Gesetzlose.

So ihr die Stadt nicht verlasset bis zum dritten Vollmond, werdet ihr darin eingemauert. Ich werde eure Stadt nicht vernichten, denn das wäre schmachvolles Blutvergießen und eines Königs des Friedens nicht würdig, doch ich werde sie vom Antlitz dieser Welt tilgen, ich werde sie bedecken mit Lehm und Erde und Stein, und ich werde eine neue Stadt darüber bauen, und euer Name wird getilgt sein ein für alle Mal, und so sich überhaupt noch jemand daran erinnern mag, soll der Name künftig Neluv sein, denn kein Tageslicht wird jemals wieder in diese Straßen dringen, und ihren Einwohnern soll nach dem dritten Vollmond verboten sein, die Stadt zu verlassen und Handel zu treiben.

»Und der Fluch schien Wahrheit zu werden, denn zum Zeitpunkt der Titanenschlacht existierte Nekramantia bereits, und von Lurantana gab es keine Spur mehr. Ich kann dir nicht sagen, ob es Neluv wirklich gegeben hat. Ich habe das alles von jenem Nekramanten erfahren, der mein Knie versorgte; genauer gesagt, tat er es aus Dankbarkeit, da ich sozusagen, wenn auch unfreiwillig, seinen Fluch auf mich genommen hatte. Doch wenn es die Stadt gab, kann ich dir eines verraten: Ihre Grenzen reichten damals von Lasunt nach Barastie, und ihre Straßen und Wege von hier nach dort könnten demnach immer noch da sein.

Wie viel Aussicht besteht, dass du den Weg findest, ist sehr ungewiss. Aber zumindest Nekramantia ist noch da. Geh dorthin und forsche selbst. Das ist der einzige Rat, den ich dir geben kann.«

»Es ist ein guter Rat«, sagte Dàvin dankbar. »Ein Anhaltspunkt, der mich zumindest in die Nähe von Barastie bringt.«

Sie schwiegen eine Weile und hingen jeder seinen eigenen Gedanken nach. »Warum bleibst du nicht hier?«, fragte Fothúm dann.

»Das kann ich nicht«, antwortete Dàvin. »Diese Frage stellt sich mir nicht.«

»Warum nicht?«, erwiderte Fothúm. »Was willst du als einzelner Mann gegen die Schattenweber schon ausrichten? Ich habe dich zwar gut vorbereitet, und du bist ein passabler Krieger geworden. Ein Ritter, um genau zu sein. Aber wozu tust du das? Rache ist kein ausreichender Grund für unsereins.«

»Es geht auch um mehr.«

»Gewiss. Du hast bis heute kaum etwas von dir preisgegeben. Aber noch mehr als andere Alte Völker halten die Fyrgar sich von allem fern. Nimm Vernunft an, Dàvin! Dieser Kampf geht dich nichts an. Sollten die Schattenweber den Grenzbann von Valia und Nerovia sprengen, ist es deren Sache, sich dagegen zu wehren. Sie haben Luvgar im Stich gelassen, und es ist bereits gefallen; wieso sollte es uns kümmern, ob die Grenze gehalten wird? Und die Flammenritter stehen vielleicht sogar aufseiten der Schattenweber. Willst du dich gegen deine eigenen Leute stellen?«

»Fothúm, mir machst du mit diesem Gerede nichts vor. Warum hast du mich denn ausgebildet?« Dávin setzte eine ernste Miene auf. »Es bekümmert dich sehr, dass du nicht ausziehen kannst, um gegen die Schattenweber zu kämpfen. Du siehst in mir ein Mittel für dich, weil du selbst nicht mehr gehen kannst.«

»Ich habe meine Meinung eben geändert«, brummte Fothúm. »Hauptsächlich sind doch die Menschen betroffen, oder? Es ist deren Angelegenheit.«

»Danke, Fothúm«, sagte Dàvin, und eine Woge der Zuneigung überschwemmte ihn.

Der Sinprasi war verdutzt. »Wofür?«

»Du hast mir gerade bewusst gemacht, weshalb ich diese Gestalt erhalten habe. Und damit steht mein Entschluss mehr denn je fest. Es liegt in meiner Verantwortung. Die Menschen brauchen mich, und ich werde sie befreien. Dank deiner Lehren begreife ich jetzt, dass es nicht nur um meine persönliche Entscheidung geht oder meine Pflicht als Lehrmeister, jede Antwort zu wissen. Ich sah, wie eure Tiere geboren wurden, wie ihr gesät und gegossen habt, wie ihr erntet und alles Lebendige pflegt. Ich habe einen ähnlichen Frieden auch in meinen Bergen bei meinem Volk erlebt, bis ... nun, bis ich gehen musste. Ich habe den Frieden fortgenommen, und mein Volk ist nun von Sorge und Kummer erfüllt.

Ich muss den Fyrgar ihren Frieden zurückbringen, und genauso muss all das, was du und alle hier unten schaffen und pflegen, erhalten bleiben. Ich kann nicht zulassen, dass es nur noch kaltes Gleichgewicht gibt, erfüllt nur noch von Gleichgültigkeit. Die Harmonie, die ich hier gefunden habe, gehört dazu. Deshalb weiß ich nun: Ich bin geschickt worden, vom Feuer selbst, weil Waldsee seine Wächter verliert und sonst niemand mehr da ist. Und deswegen habe ich Luvian erhalten.«

Dàvins Stimme verklang. Fothúm betrachtete ihn schweigend.

»Also du und kein anderer?«, sagte er schließlich.

»Darüber denke ich nicht nach, denn ich habe so entschieden. Ob richtig oder falsch, wird sich noch herausstellen. Jedenfalls muss ich gehen. Und du wirst mir auf der Stelle mein Schwert zurückgeben.«

Fothúm verschwand aus dem Haus und kam bald darauf mit Luvian zurück. »Ich habe es schon bereitgehalten, weil ich ahnte, dass du dich nicht aufhalten lassen würdest. Doch es tut mir leid um das Schwert und um dich, denn ich schätze dich sehr.«

»Ein Lehrer muss loslassen können«, sagte Dàvin lächelnd.

»Gilt das nicht auch für dich?«

»Ich habe die Ausbildung noch nicht abgeschlossen.«

Fothúm rieb sich über den Flaum am Arm und überlegte. Schließlich entschied er sich, nicht weiter auf das Thema einzugehen.

»Eine Frage habe ich noch«, schwenkte er um. »Damals, bei unserer ersten Begegnung ... hättest du mich einfach töten und das Schwert wieder an dich nehmen können. Auch wenn du zu dem Zeitpunkt einen sterblichen menschlichen Körper hattest, mit dem du noch nicht gut zurechtkamst, warst du mir bereits überlegen. Warum hast du mich am Leben gelassen?«

»Weil du mich ebenso am Leben gelassen hast«, erwiderte Dàvin. »Ich töte nur zur Nahrungsaufnahme. So wie du. Und nicht, um zu stehlen.«

Fothúm nickte. »Aber du bist dir bewusst, dass es nicht mehr so sein kann, sobald du Honigwinter verlässt? Eines Tages wirst du aus anderem Grund töten müssen. Um dich oder jemand anderen zu verteidigen, um ans Ziel zu gelangen. Die Schattenweber werden sich nicht mit klugen Worten zur Aufgabe überreden lassen.«

Dàvin verschwieg den Kampf mit den Krahim, und dass er bereits nicht zum Stillen seines Hungers getötet hatte. Dass er wusste, wie es sich anfühlte, einem intelligenten Wesen die Kehle aufzuschlitzen, ihm das Leben blutdürstig, voller Zorn und Rache zu nehmen, sich am hervorsprudelnden warmen Blut zu erfreuen und ohne Reue in die sterbenden Augen zu blicken, weil es in diesem Moment gerecht schien. »Ich bin mir dessen bewusst«, antwortete er. »So mag es denn auch sein. Doch ich werde es vermeiden, solange ich kann. Das ist eines der wenigen Dinge, das ich mir von meinem Volk noch bewahren kann: Einen Zwist friedlich beizulegen, durch das Wort, nicht die Waffe.«

»Wir werden sehen.« Fothúm wirkte auf einmal müde.

Und das war kein Wunder.

Die beiden Frauen schraken zusammen, als Dàvin mit seinem lautlosen Schritt bei ihnen in der Scheune auftauchte und in ihre traute Zweisamkeit einbrach.

»Dàvin!«, sagte Fragangu. »Was...«

»Ich breche auf«, verkündete er. »Noch heute Nacht.« Er klopfte mit der Hand an Luvian, das wieder an seinem Gürtel hing.

»Wo ist mein Bruder? Weiß er das?«

»Er schläft, und das soll er auch weiterhin. Ich habe ihm ein wenig Traumwohl in den Wein geträufelt.« Dàvin öffnete sein Hemd und streifte es ab. Die beiden Frauen starrten auf seinen bronzefarbenen, glatten Oberkörper, an dem sich kein Gramm Fett befand, aber jede Menge Muskeln. Seine Hände glitten zu seiner Hose.

»Was ist?«, sagte er. »Wollen wir die Zeit, die uns noch bleibt, mit Reden und Gaffen vergeuden, oder sinnvoller verbringen?«

Beide Frauen schluckten hörbar, während er fortfuhr, sich auszuziehen und sich dann vor sie hinstellte, die Hände in die Hüften gestemmt. Ihre Augen glühten ebenso wie ihre Wangen, und sie verschwendeten keinesfalls auch nur einen weiteren kostbaren Moment.

12.

Es stiegen Dämoninnen herab

Dàvin schlug früh am Morgen den Weg ein, den Fothúm ihm beschrieben hatte. Zuerst Richtung Süden, um auf dem kürzesten Weg aus dem Wald zu kommen, und dann gen Osten. Fürstin Nanshas Schloss lag am letzten Ausläufer des Gebirges kurz vor der Wüste, in unmittelbarer Nähe des Schlafenden Vulkans, der die Schattenweber geboren hatte.

Er hatte keinen Blick für die Schönheit der Bäume, die ihre Wurzeln und Wipfel ineinander verschränkten, die miteinander flüsterten und Lieder von Sonne und Regen rauschten. Eile zwang ihn voran, denn er sah, wie die Welt dunkler wurde, obwohl sich der Sommer und die Tage auf dem Höhepunkt befanden. Ihm war schon vor Nächten aufgefallen, dass der Perlmond zumeist von Wolken bedeckt war und dass Ishtrus Träne schwach flimmerte.

Ich wünschte, ich könnte mit Lúvenor sprechen, dachte er kummervoll. Der Gott musste wissen, was geschah. Oder ...? Vielleicht wirkte die Verdunkelung auch in die andere Richtung: Die freie Sicht wurde ihm verwehrt.

Immerhin hatte Fothúm ihm sehr viel erzählt, sodass er nicht ganz ahnungslos ins Verderben rannte. Wie mochte es Efrynn inzwischen ergehen? Noch immer hallten Gondwins Anschuldigungen in ihm nach, die der Halbkrahim wie einen Fluch hervorgestoßen hatte. War Efrynn das Pfand, um Aldavinur zu bekommen? *Da wird er eine schöne Überraschung erleben*, dachte Dàvin trocken. *Ich habe nicht nur den Großteil meiner Körpermasse, sondern auch die Hälfte meines Namens verloren.*

Dàvin lief die meiste Zeit im gleichmäßigen Trab und kam so schnell voran. Die Nacht war mild, und seinen Augen genügte das schwache Sternenlicht, das sich durch die Wipfel wagte. Rings um sich hörte er, wie sich Leben regte, wie Räuber und Beute umherstreiften. Auf ihn achtete kein Waldbewohner; das lag an seiner Aura, die immer noch die eines Fyrgar war und die für Tiere aussah, als würde er brennen, sodass sie ihn mieden. Wer fürchtete nicht das Feuer, wenn es in zerstörerischer Wut über das Land raste und alles in seiner Hitze erstickte und verbrannte.

Am Vormittag ließ Dàvin den Wald hinter sich und lief über Grassteppe, die von der Sommerhitze bereits ausgedörrt war. Große Herden gehörnter und Geweih tragender Pflanzenfresser zogen jetzt von Wasserloch zu Wasserloch, wo sie bereits von Beutejägern, zumeist schuppigen Echsen, erwartet wurden. Kurz vor dem höchsten Sonnenstand entdeckte er von einem Hügel aus eine große Handelsstraße und ringsum Gehöfte und kleine Siedlungen. Die Straße führte direkt nach Barastie. Vor der Grenze musste er nur noch einmal abbiegen, nach Süden hinunter, um Nekramantia zu erreichen, die an einer abgelegenen, aber immer noch passierbaren Route lag. Freiwillig besuchten die fast vergessene Totenstadt nur Hinterbliebene, ansonsten wagte sich niemand dorthin.

Vor Nekramantia lag eine riesige Stadt namens Ishvinn, die regelmäßig von Händlern zum Markt beliefert wurde, wo sich die Nekramanten versorgen konnten. Sie brauchten dafür keinen Lohn zu entrichten, es galt seit Jahrtausenden als heilige Pflicht, den Totendienern alles zu geben, was sie brauchten. Dafür wiederum brauchte die Stadt keine Steuern zu bezahlen.

Kurz nach der Mittagsstunde erreichte Dàvin die Straße und lief weiter. Er hatte inzwischen genügend Ausdauer, um weite Strecken in kürzester Zeit zu bewältigen. Einige Händlerkarren und Reisende zu Fuß oder zu Pferd waren unterwegs. Er brauchte keinen zweiten Blick, um an ihren wie von Netzen überzogenen Gestalten zu erkennen, dass sie Schattenweber waren. Wie Fothúm gesagt hatte: Das Leben ging scheinbar seinen normalen Gang.

Manche riefen ihm etwas nach, sie wollten ihm die Liebe des Netzes schenken, doch er achtete nicht auf sie. Es war ihm nicht möglich, ihnen zu helfen.

Dieser Gedanke drängte sich immer mehr in den Vordergrund, je weiter er vorankam. Selbst wenn es ihm gelang, Efrynn zu befreien

240

und die Schattenweber aufzuhalten oder zu vernichten, musste das noch lange nicht bedeuten, dass die Menschen damit befreit waren. Vielleicht war diese Krankheit nie wieder heilbar und sie waren zum Tode verurteilt, sobald der Einfluss auf sie, der sie am Leben hielt, nicht mehr da war.

Deswegen musste er zuerst alles darüber erfahren, bevor er dieses Wagnis eingehen konnte. Möglicherweise musste ein ganz anderer Weg beschritten werden und Valia und Nerovia hatten ganz recht gehabt, Luvgar sofort abzuriegeln. Weil es vielleicht kein Entrinnen gab.

Dàvin griff nach Luvian. Er fühlte eine besondere Wärme, sobald er das Schwert berührte, und war sicher, dass es ihm zum richtigen Zeitpunkt den Weg weisen würde.

Plötzlich umwehte Rauch seine Nase, und sein Kopf fuhr herum. Hinter einem Hügel sah er mehrere Qualmsäulen aufsteigen.

Hastig verließ er die Straße und lief über den Hügel auf eine Siedlung zu, deren Häuser in Flammen standen. Er sah Reiter mit Fackeln und Speeren, die Leute zusammentrieben. So etwas hatte er schon einmal gesehen, und er erkannte sofort die Kleidungen. Zuran und die *Säuberer*, wie sie sich nannten!

Von der anderen Seite her hielt eine ebenfalls bewaffnete Truppe auf das Dorf zu, ein Teil zu Fuß, zehn waren beritten, zwei davon trugen die Rüstung eines Ritters. Alle waren in Silber und Schwarz gekleidet und trugen dasselbe Emblem – ein schwarzes Netz auf rotem Grund. Drei Krahim begleiteten den Tross.

Dàvin rannte, so schnell er konnte. Zuran und seine Männer hatten die Netzkrieger inzwischen bemerkt, ließen von den Dorfbewohnern ab und machten sich bereit zum Kampf.

Der Moment, dass er zur Waffe greifen musste, war schneller gekommen, als er gedacht hatte. Doch der Fyrgar hatte keine Wahl.

Die Kämpfe waren bereits in vollem Gange, als er in das Dorf kam, und Zuran sah sich hart bedrängt. Die beiden Netzritter waren hervorragend ausgebildet und erbarmungslos.

Während einige Dorfbewohner verängstigt beisammenstanden und andere versuchten, die Brände zu löschen, richteten die Krieger und Soldaten weitere Verwüstungen an. Mann gegen Mann, zu Fuß oder zu Pferd kämpften sie sich durch das Dorf, brachen durch Häuser hindurch und brachten Wände zum Einsturz.

Einer der Netzritter lenkte sein Pferd absichtlich in Zurans Reittier hinein und stieß mit ihm zusammen. Zurans Pferd bäumte sich wiehernd auf und schlug mit den Hufen aus. Zuran konnte sich nicht mehr im Sattel halten und stürzte unter wütendem Gebrüll. Der Netzritter setzte ihm nach, zwang sein Pferd zu steigen, damit es Zuran mit den schweren, beschlagenen Hufen zertrampelte.

Dàvin erreichte den Netzritter, zog Luvian und rammte dem Pferd seine Schulter in die Seite. Zuran rollte sich zur Seite, und das Pferd, aus dem Gleichgewicht gebracht und durch den plötzlichen Angriff erschrocken, machte einen Satz zur Seite und stolperte. Der Netzritter rang um sein Gleichgewicht, und dieser Augenblick genügte Dàvin, um ihn am Bein zu packen und aus dem Sattel zu reißen.

Doch noch im Fallen drehte sich der Netzritter, entwand sich Dàvins Griff und landete auf dem Boden wie eine Katze. Sofort schnellte er wieder hoch, ein Langmesser in jeder Hand, und griff Dàvin an.

»Pass doch auf!«, schrie Zuran, der sich gerade hochrappelte. »Der zerhackt dich in Stücke!«

Doch Dàvin ließ sich nicht beirren, er achtete genau auf die Haltung der beiden Hände und darauf, wie sein Gegner die Füße setzte. Im letzten Moment wich er zur linken Seite aus und schlug dem Netzritter mit dem Schwert eines der Messer aus der gepanzerten Hand.

Überrascht wich der Netzritter einige Schritte zurück und zog nun ebenfalls sein Schwert. Sein Gesicht war hinter dem heruntergezogenen Visier verborgen, sodass Dàvin keine Möglichkeit hatte, von seiner Miene abzulesen, was er als Nächstes vorhatte. Doch er vertraute darauf, dass niemand so kämpfte wie er, denn nach wie vor bewegte er sich geschmeidig wie eine Katze.

Erneut ließ Dàvin den Netzritter an sich herankommen, wich ihm dann aus, und sie kreuzten nur leicht die Klingen. Der andere umkreiste ihn lauernd, wagte nicht mehr als kleine Vorstöße und prüfte Dàvins Kraft.

Die Kämpfe um sie herum tobten weiter, und Zuran stellte sich dem zweiten Netzritter, der nun heranstürmte. Er zog einen Dolch und schleuderte ihn auf das galoppierende Pferd. Der Dolch traf das Tier in die Brust und drang bis zum Heft ein. Das Tier wieherte schrill, knickte mit den Vorderläufen ein und überschlug sich, und sein Reiter wurde in hohem Bogen fortgeschleudert.

»Siehst du, so geht das!«, rief der Mann mit dem großen gehörnten Helm.

»Dann sieh mal genauer hin«, gab Dàvin zurück. Denn der Netzritter machte einen Überschlag in der Luft und landete sicher auf den Beinen, Schwert und Langmesser bereits erhoben.

»Oh . . .«

Dàvin stieß sich ab und ging zum Angriff auf den zweiten Netzritter über, schwang Luvian, das freudig sang und selbst in diesem trüben Licht hell aufleuchtete.

Dàvin hatte noch nie mit diesem Schwert gekämpft, und er wurde völlig mitgerissen. Als ob es ein Eigenleben besäße. Er war schneller, wendiger und stärker als je zuvor, keine Übungswaffe war so gewesen wie diese. Wie schwerelos war die Klinge zu führen.

Hell klingend traf Metall auf Metall, als der Netzritter Dàvins Angriff abwehrte, und Funken schlugen, als die Klingen schrill gegeneinanderschlugen. Rasend schnell ging der Schlagabtausch, Dàvin drängte den Netzritter zurück, der weder dazu kam, das Langmesser einzusetzen, noch einen Fußbreit Boden zu gewinnen.

Dàvin setzte jetzt seine Beine ein, hebelte den Ritter aus und warf ihn zu Boden. Der Mann stürzte auf die linke Seite, verlor das Messer, und er kam nicht einmal dazu, das Schwert hochzurecken, als Dàvin schon über ihm war und ihm den Kopf abschlug. Die unglaublich scharfe Klinge schnitt so leicht durch Knochen, Knorpel und Sehnen, dass Dàvin die Wucht des Schlags kaum spürte.

Der Kopf des Mannes war noch nicht im Staub gelandet, als Dàvin bereits an Zurans Seite sprang und mit ihm zusammen den verbliebenen Netzritter angriff, der Zuran soeben zusetzte. Gemeinsam trieben sie den Schattenweber zurück und erschlugen ihn.

Zuran wollte aufatmen, doch daran war nicht zu denken.

»Sie hören nicht auf«, sagte er verwirrt. »Was sind das nur für Wesen? Sie haben keine Anführer mehr und kämpfen auf verlorenem Posten!«

»Das muss ihre Herrin noch lernen«, erwiderte Dàvin grimmig. »Sie weiß nicht, wann es genug ist.«

»Dann töten wir sie eben alle.«

Zuran spornte seine Krieger an, und die kämpften nun mit doppeltem Eifer gegen die verbliebenen Netzsoldaten. Schließlich errangen sie den Sieg, wenngleich nur knapp. Zwei der Krahim wurden abgeschossen, der dritte entkam.

Nachdem der letzte Netzkrieger gefallen war, ließen sich Zurans Leute völlig erschöpft zu Boden fallen und rangen keuchend nach Luft. Die meisten rissen ihren Helm herunter, und Dàvin sah zu seinem Erstaunen zwei Frauen, die sich gegenseitig die Wunden betasteten und notdürftig versorgten.

»Woher . . .«, fing Zuran an, doch Dàvin hob die Hand.

»Später.« Er steckte das Schwert in die Scheide und lief zu den Dorfleuten, die das Feuer inzwischen eingedämmt hatten. Frauen und Kinder duckten sich ängstlich, als sie ihn herankommen sahen, doch er winkte beschwichtigend. »Ich tue euch nichts, seid unbesorgt.« Er blieb vor ihnen stehen und betrachtete sie.

Dann wandte er sich Zuran zu. »Bist du wahnsinnig geworden? Was hast du getan? Diese Leute hier sind nicht befallen! Keiner von ihnen!« Er nickte einer Frau zu. »Ist es nicht so?«

Sie schüttelte schluchzend den Kopf und presste ihr Kind, ein etwa fünfjähriges Mädchen, an sich.

»Wir wollten sie ja nicht töten, sondern wegbringen! Sie konnten nicht hierbleiben!«, gab Zuran zurück. »Wir wussten, dass die Schattenweber hierher unterwegs waren, und wollten das Dorf räumen. Aber die Leute haben sich geweigert, und so mussten wir sie eben zwingen.«

»Idiot«, knurrte Dàvin.

»Hör mal!«, brauste Zuran auf, und drei seiner Männer kamen auf die Beine und angriffslustig näher.

»Wir sollten ihn endlich dahin schicken, wo die Schattenweber bereits sind!«, schlug einer von ihnen vor. Er stolperte erschrocken zurück, als Dàvin mit einem Sprung bei ihm war und ihn anfuhr:

»Das werdet ihr bleiben lassen! Zuran verdankt mir sein Leben, und ich werde den Preis fordern!«

»Ist ja gut, Mann, beruhige dich«, stammelte der andere und hob beschwichtigend die Hände. »Deine Augen können einem ja Angst machen.«

»Wie soll ich mich beruhigen?«, rief Dàvin und wies auf die rauchenden Hütten. Über die Hälfte des Dorfes war niedergebrannt, kaum ein Haus war unbeschädigt. »Diese Leute haben alles verloren! Ist euch wirklich daran gelegen, dass sie euch mehr fürchten als die Schattenweber? Ihr treibt sie denen doch in die Arme!«

»Wir wollten ihnen helfen!«, protestierte Zuran. »Es geht nun einmal nicht ohne Opfer, wir haben Krieg!«

»Sehr richtig, und in einem Krieg kämpft man um den Schutz der Unschuldigen, um ihre Freiheit und Sicherheit!«

Der Anführer winkte zornig ab und wandte sich um. »Du hast ja keine Ahnung, Mann aus den Bergen.«

»Ich habe seit unserer ersten Begegnung eine Menge dazugelernt, unter anderem auch das Töten!«, gab Dàvin zurück. »Und jetzt warte hier!«

»Seit wann gibst du denn die Befehle?«

»Seit du mir dein Leben schuldest.« Dàvin schickte Zuran einen flammenden Blick.

»Du scheinst mir heute ziemlich übel gelaunt«, brummte der in seinen wild wuchernden Bart.

Dàvin ging zu den Dorfbewohnern und bat darum, mit dem Oberhaupt sprechen zu dürfen. Die Leute waren immer noch völlig aufgelöst, viele Frauen und auch Männer weinten, als sie vor den verkohlten Überresten ihres Lebens standen; einige Kinder warfen mit Steinen nach Zurans Leuten und beschimpften sie, und die knurrten wütend zurück.

Dàvin überredete den Dorfvorstand, dass sie alles zusammenpacken sollten, was sie noch fanden, und sich dann bereithalten.

»Packtiere haben wir genug«, er wies auf die Pferde der Netzkrieger, »und vielleicht habt ihr noch ein oder zwei Karren.«

»Aber wo sollen wir denn hin?«, rief eine Frau und rang verzweifelt die Hände.

»Wir finden einen Weg«, sagte Dàvin. »Aber hier könnt ihr nicht bleiben. Beruhigt euch, ihr guten Leute. Ihr seid den Schattenwebern fürs Erste entkommen. Nur das allein zählt. Also gebt nicht auf.«

Zuran und seine Leute waren dabei, den Gefallenen die Waffen abzunehmen und alles, was nützlich aussah. Sie holten die Pferde, und einer von ihnen rief: »Seht mal, was der am Sattel hängen hat!« Es war das Pferd eines Netzritters, und Dàvins Magen krampfte sich zusammen, als der Krieger eine Rüstung herunternahm – Wappenrock, Netzhemd, Handschuhe, Beinschienen, Umhang und Flügelhelm. Das Emblem auf dem Wappenrock zeigte einen schneebedeckten Berggipfel vor blauem Hintergrund, und darüber eine rotgoldene Flamme, wie von einer Kerze.

»Flammenritter«, stieß der Fyrgar hervor.

»Wieso schleppt der Kerl das mit sich herum? Als Trophäe etwa?«, fragte Zuran.

Der Moment der Wahrheit war gekommen. Dàvin näherte sich den Leichen der beiden Netzritter, die nicht weit voneinander entfernt lagen. »Ich muss es wissen«, flüsterte er.

»Sei vorsichtig«, warnte Zuran.

Dàvin kniete bei einem der Toten nieder und streckte die Hand nach dem Helm aus, zögerte und riss ihn schließlich mit einem entschlossenen Ruck vom Kopf.

Dann stieß er den angehaltenen Atem aus.

Zuran machte sich an der zweiten Leiche zu schaffen und nickte. »Es sind also Menschen, genauso wie wir, keine übermächtigen Wesen. Vielleicht waren sie Söldner, wer weiß.«

Dàvin sprang auf und ging zu dem Mann, der die Rüstung hielt. »Gib sie mir«, verlangte er. »Der Flammenritter, der sie einst getragen hat, ist im Kampf gegen die Schattenweber umgekommen. Ich bin jetzt sicher, dass Fürstin Nansha mit der Zurschaustellung der

Rüstung ein Zeichen setzen will, um den Widerstand zu brechen. Deshalb werde ich diese Rüstung nun tragen, um ihr zu zeigen, dass sie sich täuscht.«

Zuran lachte trocken. »Du? Ein Ritter?« Er schüttelte den Kopf.

Dàvin verlor die Fassung. »Sieh meine Augen an!«, schrie er. »Und mein Schwert! Sieh die Größe der Rüstung an! Wem wird sie wohl passen, dir oder mir? Die Flammenritter sind von meinem Volk!« Er riss dem Mann die Rüstung aus der Hand und legte sie an. Zuran und die anderen sahen nachdenklich schweigend zu.

Da geschah es.

Ein gewaltiger Donnerschlag ließ die Erde erzittern. Die Dorfbewohner schrien auf und warfen sich zu Boden, als erwarteten sie den endgültigen Untergang.

Der Himmel wurde finster, und ein gewaltiger Sturm brauste hoch oben am Himmel über das Land hinweg. Wolkenwirbel bildeten sich, von einem Sphärenwind getrieben. Von Norden her kamen die Wolken heran, gefolgt von Gewittern und wogenden, vielfarbigen Sphärenlichtern, die unter den Wirbelstürmen entlangflatterten wie Vorhänge. Die Luft wurde sehr trocken und heiß, sie knisterte und sprühte Funken, und die Haare stellten sich auf.

Dann erfüllten seltsame Töne und Klänge die Lüfte, fremdartige Melodien, die nicht von dieser Welt waren. Die Gesänge waren von namenloser Trauer erfüllt.

Dàvin spürte, wie sein Herz langsamer schlug und sich zusammenkrampfte. Tränen füllten seine Augen. Der Schmerz raubte ihm fast die Besinnung, keuchend sank er auf die Knie und fasste sich an die Brust. Er konnte den Blick nicht vom Himmel wenden, der nun völlig schwarz war, wie auch die Welt ganz in Dunkelheit gehüllt war; auf unerklärliche Weise vielfarbig, aber nur schwach erhellt von den Blitzen und vorüberziehenden Sphärenlichtern.

Der Sturm gewann noch an Kraft, sein Brausen über den Bergen übertönte fast die Gesänge und Melodien. Hoch im Norden stieg plötzlich ein hell strahlendes Licht auf. Wie eine Fontäne flutete das

Licht nach oben und schuf einen Riss in der schwarzen Ballung des Himmels.

»W-was geschieht da«, krächzte Zuran fassungslos.

»Ein Großer stirbt«, antwortete Dàvin gepeinigt. »Einer der wahrhaft Mächtigen.«

»Du kannst es spüren?«

»Ja ... und ich bin wahrscheinlich nicht der Einzige. Die Lebensessenz eines Dämons ist es, die dort verströmt, und sie muss aufgefangen werden, sonst könnte sie die Welt vernichten ... es ist *sein* Todessturm ...«

Der Riss im Schwarz des Himmels, in den Sphären, verbreiterte sich wie zu einem riesigen Portal, und darin wurde ein Schemen sichtbar. Die diffuse Gestalt einer schlanken Frau, bis zu den Knöcheln umwallt von schillernden Haarschleiern, die ständig ihre Farben wechselten. Gewaltige, anmutige Schraubenhörner wuchsen aus den Seiten ihres Kopfes. Die Augen der Frau waren gänzlich schwarz, und das Abbild tausender Sterne glitzerte darin. Sie war so groß, dass es schien, als könne sie über den ganzen Himmel fassen, als könne sie die Berge einfach aufnehmen und in den Händen halten wie ein Spielzeug.

»Èta Garon Marú, die Große Mutter der Dämonen ...«, keuchte Dàvin. »*Sie* ...«

Hunderte, Tausende weiblicher Gestalten schwebten mit weiten Schwingen durch den Riss herab und folgten dem Lichtstrahl, und es sah so aus, als würden sie ihn auf dem Weg in sich aufnehmen.

Die riesige gehörnte Gestalt, die herabströmte wie das Wasser eines Flusses, neigte sich und nahm das mächtige Licht auf, hielt es in den Armen wie ein Kind, drehte sich um und bewegte sich auf den Riss zu. Und alle geflügelten Dämonenfrauen gaben das Ehrengeleit. Als die letzte Schwinge durch den Riss entschwunden war, zog er sich rasend schnell zusammen, und für einen Augenblick hielt alles den Atem an, und die Welt selbst schien stillzustehen. Dann gab es einen grellen Blitz, begleitet von einem ohrenbetäubenden Knall, während das blendende Licht, wie ausgesandt von einem neugeborenen Stern, über den Himmel raste, die Sphärenlichter löschte, die Wolken auflöste, den Sturm versiegen ließ.

Innerhalb eines Lidschlags war alles vorbei und wie vorher.

Dàvin stand taumelnd auf, der Schmerz verklang nur langsam, und sein Gehör kehrte widerwillig zurück. Blinzelnd sah er zum Himmel hoch, der für einen Moment wie einst ausgesehen hatte, hell und frei, doch schon trübte sich die Sonne wieder.

Ein gurgelnder Laut ließ ihn herumfahren.

Einer der Netzritter hatte ihn ausgestoßen, ein letzter Rest Leben war noch in ihm.

»*Nachtfeuer ist tot*«, stieß der Sterbende mit letzter Kraft hervor, und es klang wie ein Chor, so als würde er mit vielen Zungen und Stimmen reden. »*Gut. Die Welt hat einen großen Beschützer verloren und wird einen neuen gewinnen:*

Schattenweber.«

Mit diesem letzten Wort sprudelte schwarzes Herzblut aus seinem Mund hervor, sein Kopf neigte sich zur Seite, und er war tot.

»Nein«, flüsterte Dàvin. »Nein, das darf nicht geschehen. Ich lasse es nicht zu.«

Er war und blieb allein. Und es war an ihm, das hatte er immer gewusst.

»Ich lasse es nicht zu!«, wiederholte er erbittert, als der Himmel sich weiter verdüsterte und plötzlich feine graue Fäden herabregneten, die sich überall niederließen und festsetzten und die Farben löschten, wo sie auftrafen.

»Was sollen wir jetzt nur tun?«, fragte eine Frau verzagt.

Zuran schwieg, und Kummer verzerrte seine Züge.

»Ich sage es euch!«, sagte Dàvin laut. Mit festen Griffen fuhr er fort, die Rüstung fertig anzulegen. »Ihr werdet nicht aufgeben, niemals! Die Schattenweber können euch nichts anhaben, wenn ihr euch ihnen nicht ergebt. Hört nicht auf ihre Einflüsterungen, und ihr bleibt frei! Es gibt keinen Grund, Angst vor ihnen zu haben. Sie sind nicht schlimmer als andere Räuber. Lasst nicht zu, dass sie eure Seele stehlen! Es liegt an euch.«

»Aber wir sind allein!«, rief jemand aus dem Dorf. »Niemand

steht uns bei, die anderen Länder haben uns von allem abgeschnitten!«

»Ihr seid nicht allein«, erwiderte er und setzte den Helm auf, schloss das Visier, denn was die Menschen jetzt brauchten, war ein Symbol, keine lebendige Figur, die so verletzlich war wie sie. Er zog das Schwert, und dann ließ er die Rüstung von innen her erglühen und das hoch erhobene Schwert gleißend blau aufflammen. Ein unglaubliches Gefühl der Macht durchdrang ihn, als könne er den Geist des Flammenritters noch in Rüstung und Helm fühlen, als würde er sein Erbe übernehmen.

»Ich bin Aldavinur«, sprach er weithin schallend, »ich bin der Fyrgar, von den Bergen herabgestiegen und zum Menschen geworden, um dem Land gegen die Schattenweber beizustehen. Ich stehe zu euch, so wie ihr alle zueinander stehen werdet. Niemand ist allein! Verbreitet überall, welche Niederlage die Schattenweber hier erlitten haben, und dass es Hoffnung gibt, solange ihr Widerstand leistet!«

13.

Donnerschwingen

»Was ist mit euch?«, dröhnte Zurans Stimme durch die sich immer weiter ausbreitende Stille, über der das Grau des Netzes lastete. »Packt endlich, wir brechen auf, oder soll ich euch persönlich Beine machen?«

Hastig machten sich alle, einschließlich der Krieger, an die Arbeit, bepackten die Pferde und beluden die zwei Karren, die sie noch unversehrt gefunden hatten. Wer zu schwach oder krank war, um zu Fuß zu gehen, wurde auf einen Wagen gesetzt.

»Schwer beeindruckend«, wandte der Anführer sich Aldavinur zu.

Der steckte das erloschene Schwert ein. Es strahlte keine Hitze aus. Dann öffnete er hastig das Visier und schnappte nach Luft. »Darunter erstickt man ja!«, keuchte er und riss schließlich den Helm ganz herunter. Bevor Zuran eine weitere Bemerkung machen konnte, sah er ihn streng an.

»Du wirst deine Kräfte jetzt in die richtigen Bahnen lenken«, sagte er mit einer Stimme, die keinen Widerspruch duldete. »Diese Jagd kreuz und quer durch das Land und das sinnlose Gemetzel hören auf. Wir werden uns vielmehr zum Sturm auf Schloss Barastie sammeln, denn wir können die Seuche nur ausrotten, indem wir das Übel an der Wurzel packen und es ausreißen.«

»Und du glaubst, ich folge dir so einfach?« Zurans Miene verfinsterte sich.

»Wir haben dasselbe Ziel. Und du bist mit deinen Leuten ein Vorbild für die Menschen. Ich habe nachgedacht, wieso ihr nie befallen worden seid, obwohl ihr den Schattenwebern oft begegnet seid. Weil ihr euch gewehrt habt! Die Schattenweber holen eure tiefsten Wünsche und Sehnsüchte ans Licht und machen süße Versprechungen. Ich habe es selbst erlebt, es ist eine große Versuchung, dem nachzugeben. Natürlich ist es schwer, der magischen Stimme und dem Einfluss zu widerstehen, doch ihr habt nicht nachgegeben, also kann man widerstehen. Wenn ihr euch fern haltet, könnt ihr dem Einfluss entkommen. Das beste Beispiel seid ihr, Zuran! Deshalb rüttelt die Leute wach!«

»Aber es ist Wahnsinn, Schloss Barastie anzugreifen. Das ist eine uneinnehmbare Felsenfestung!«

»Und du begibst dich in eine aussichtslose Lage, wenn du weiterhin marodierend durch die Lande ziehst. Wie lange kannst du die Schattenweber so aufhalten? Ein Jahr? Zwei? Höchstens. Dann ist es vorbei. Dein Kampf ist von vornherein verloren, und das weißt du. Aber wenn wir gemeinsam den Widerstand leiten, werden sich uns immer mehr anschließen. Folge mir, und wir haben wenigstens eine kleine Aussicht auf einen Sieg gewonnen.«

»Aber wie willst du in das Schloss hineinkommen?«

»Durch das Tor.«

Zuran zog eine verblüffte Miene, dann kratzte er sich den Bart. »Die dünne Luft dort oben in den Bergen tut dem Verstand nicht gut«, brummte er. »Das war mir schon bei der ersten Begegnung klar.« Er zuckte die Achseln. »Einverstanden.«

Aldavinur ließ sich seine Erleichterung nicht anmerken. »Zuerst zu den Dorfleuten. Gibt es in erreichbarer Nähe einen Ort, der nicht befallen ist?«

»Ja – noch«, antwortete Zuran. »Unser Stützpunkt, wo sich der Rest meiner Leute befindet. Wir haben schon nach den ersten Anzeichen der Seuche eine Mauer gebaut und alles abgeriegelt.«

»Bring sie dorthin und sorge dafür, dass sie Unterkunft und Verpflegung erhalten. Und dann sammelst du mit deinen Leuten Freiwillige. Ruf sie zusammen, so viele du nur bekommen kannst! Mit ihnen geht ihr nach Nekramantia.«

Zuran stieß einen ungläubigen Laut aus. »Warum ausgerechnet in die Totenstadt?«

»Weil es dort einen verborgenen Weg nach Barastie gibt.«

»Es gibt keinen ...«

»Zuran, vertrau mir! Ich werde einen Weg nach Barastie finden, und von Nekramantia aus ist es nicht mehr weit bis zur Grenze! So oder so, wir *werden* hinüber gelangen.«

Zuran war immer noch nicht ganz überzeugt. »Und was ist mit den anderen Flammenrittern? Wieso sind die nicht hier? Wer sagt uns, dass sie nicht doch auf *deren* Seite kämpfen?«

»*Ich* sage das, denn ich spüre den Geist des Mannes, der vorher diese Rüstung getragen hat. Die Flammenritter werden kommen.« Aldavinur bemühte sich um einen ruhigen Tonfall. »Sagt es den Leuten.«

»Wie stellst du dir das vor mit den *Freiwilligen*, wenn die Leute wie gelähmt sind vor Angst?«

»Mach ihnen klar, dass sie entweder von den Schattenwebern rekrutiert werden oder sich vorher uns anschließen – eine andere Wahl haben sie nicht. Keiner kann sich entziehen.«

Zuran zeigte eine grimmige Miene. »Das ist wohl wahr. Aber du wirst dich heraushalten, inwieweit wir den Begriff *freiwillig* auslegen.«

Aldavinur verzichtete auf eine Bemerkung und nickte lediglich. »Bis zum Herbst müsst ihr eintreffen.«

»Und was hast du vor?«

»Ich reise allein weiter nach Nekramantia.«

»Aber nicht zu Fuß«, sprach der Soldat dazwischen, der die Rüstung gefunden hatte. Er führte einen Rappen am Zügel. »Ein Flammenritter braucht ein Pferd, sonst macht er sich lächerlich. Und du kommst bedeutend schneller voran.«

Aldavinur dachte ein wenig wehmütig an Fothúms weise Voraussicht.

»Ich verlasse mich auf dich«, sagte er zu Zuran. »Vielleicht finden zudem Mutige aus Kunchava, Grünauen und Ra'go den Weg hierher.«

»Wir werden sie dazu aufrufen.«

Aldavinur stieg auf den Rappen und ritt los, erfüllt von neuer Zuversicht.

Er hatte seinen vollen Namen zurückerhalten. Erst jetzt war die Wandlung wahrhaftig vollendet, und nun würde er als Flammenritter handeln. *Als Mensch und Fyrgar*, dachte er. *Nur so kann ich wirklich verstehen*.

Mit Nachtfeuers Tod und dem Erlangen der Rüstung war etwas auf Aldavinur übergegangen, das alles veränderte. Er hatte getötet, wie Fothúm es ihm prophezeit hatte. Seine Gegner waren Menschen gewesen, die zu diesem Kampf gezwungen worden waren und die keine Möglichkeit gehabt hatten, sich frei zu entscheiden. Es war eine Sache, gegen einen erklärten Feind, einen Söldner oder einen Soldaten, anzutreten, wenn sich jeder seiner Handlung voll bewusst war und einen Grund hatte, weswegen er auf dem Schlachtfeld stand. Aber diese Wesen kämpften erbittert für eine unbekannte Macht, die ihnen nichts zu bieten hatte als schöne Versprechungen und Gaukeleien. Viele würden noch sterben müssen, auf beiden Seiten, bis Aldavinur die Ursache des Übels gefunden hatte.

Immerhin war er nicht mehr so hoffnungslos und verzweifelt wie zu Beginn, denn er hatte wieder zu sich selbst gefunden. *Es ist wahrhaftig ein Fehler, sich aus allem herauszuhalten. Eine bittere Lektion, die Gondwin mir da erteilt hat: Es kann nicht das Ziel der Fyrgar sein, nur auf sich selbst gerichtet zu sein. Wozu ist Wissen gut, wenn es nicht geteilt wird . . .*

Aldavinur wollte sich nicht ausmalen, wie viele tausend Tote dieser Krieg fordern mochte. Wie viele würden übrig bleiben, wenn er mit allen Waffenfähigen, die noch nicht befallen waren, gegen Schloss Barastie zog? Würde sich der Schrecken der Titanenschlacht wiederholen? Konnte auf diese Weise die Rettung gebracht werden?

Ebenso war die Angst um Efrynn gestiegen. Konnte der Junge denn auf Dauer der Versuchung der Schattenweber widerstehen, auch wenn er ein Fyrgar war?

Aldavinurs große Hoffnung lag jetzt in der Stadt Neluv, dass sie keine Legende war.

254

Der Weg nach Nekramantia war selbst zu Pferde weit, denn Lasunt war in dieser Gegend dicht besiedelt und Aldavinur hatte so gut wie keine Möglichkeit, heimlich abseits der Wege zu reisen. Er gab sich allerdings nicht unauffällig, sondern ritt in voller Rüstung, denn da er nun schon einmal hier war, konnte er ebenso gut den Kampf beginnen.

Aldavinur schien mit seiner Vermutung, was die Ansteckung mit der Seuche betraf, recht zu haben. Wer sich zur Wehr setzte, wurde nicht befallen. Es konnte sogar vorkommen, dass in einer Familie Befallene und Gesunde zusammenlebten, weil sie vorher keine große Nähe zueinander gehabt und nebeneinander her gelebt hatten. Ob es auf Dauer so bleiben würde, hielt der Fyrgar für fraglich. Vermutlich würden die Menschen mit der Zeit einer nach dem anderen der Seuche zum Opfer fallen, wenn sich nicht bald etwas änderte.

Aldavinur unterhielt sich mit den Ältesten und Weisen in den Städten darüber.

»Es ist eine Krankheit, die Fürstin Nansha und Lýtir in den Wahnsinn getrieben hat, und sie verbreiten das Gift nun weiter, um zu herrschen«, sagten einige.

»Schuld an allem ist ohnehin Saranla, denn hätte sie Barastie nicht bedroht, wäre Lýtir niemals in den Vulkan gegangen und hätte von dort die Seuche mitgebracht«, fügten andere hinzu.

Aldavinur fragte: »Sollte man in den Vulkan hinabsteigen, um den Ursprung zu finden?«

Die Ältesten und Weisen wiegten den Kopf. »Es ist tödlich, dort hinunterzugehen, die Hitze bringt jeden um. Lýtir war der Erste, der lebend zurückkehrte, doch er brachte das Unheil mit sich.«

Einem Fyrgar machte Feuer nichts aus. Wahrscheinlich hatte Aldavinur keine Wahl, sobald er Efrynn befreit und Nansha und Lýtir ausgeschaltet hatte. Nur so konnte er dem Rätsel auf die Spur kommen.

Flüchtlingen begegnete Aldavinur unterwegs nie, denn seit die Grenzen geschlossen waren, gab es für niemanden mehr einen Ausweg. Einige Dörfer und kleine Städte hatten seit dem vergangenen

Winter behelfsweise Mauern um ihre Siedlungen errichtet und sich gegen die Ansteckung gewehrt.

Sie waren sehr abweisend, wie Aldavinur feststellen musste, weil die Wachen auf den Türmen ihm nirgends das Tor öffnen wollten.

»Seht ihr denn nicht, dass ich die Rüstung eines Flammenritters trage?«

»Ach, da könnte ja jeder kommen.«

»Aber keiner, der mit Feuer derart gut umgehen kann wie ich!« Sobald Aldavinur einen kleinen Feuerzauber zeigte und drohte, das Tor in Brand zu setzen, durfte er passieren.

An den notdürftigen Schutzwällen zeigte sich, wie lange der Frieden in diesem Land schon währte, weil es mit Ausnahme des Schlosses der Barastie und dem einen oder anderen Herrscherhaus nirgends gut befestigte Anlagen gab. Die meisten größeren Städte waren frei zugänglich. Jahrtausendelang hatte sich das Vertrauen bewährt. Nun geriet es zum Fluch, weil der Feind aus dem eigenen Land kam.

Aldavinur hatte erwogen, sich an jedes einzelne Herrscherhaus zu wenden, doch das war müßig. Die meisten Adligen waren bereits befallen, manche waren rechtzeitig geflohen, und die wenigen, die noch geblieben waren, hatten sich vollständig abgeschottet und verweigerten jede Verbindung. Auf sie konnte er nicht zählen, sie ließen ihre Untertanen im Stich; allerdings, das musste er ihnen zugestehen, verfügten sie kaum noch über bewaffnete Truppen, und die restlichen Waffenfähigen konnten nur noch zu ihrem eigenen Schutz dienen.

Andere Städte, die wichtige Märkte unterhielten und bereits in den Einfluss der Schattenweber geraten, aber noch nicht vollständig gefallen waren, fanden sich schicksalsergeben mit den Verhältnissen ab.

Und hier fiel es Aldavinur auf, dass die Schattenweber nach wie vor hauptsächlich mit Versuchung vorgingen. Seit Nachtfeuers Tod, als der Himmel sich mit einem Netz überzogen hatte, traten immer mehr Propheten und Verkünder der »Liebe des Netzes« auf. Gekleidet in graue Bettelgewänder zogen sie durch das Land, predigten und sangen auf den Marktplätzen. Anführer einer solchen Gruppe war stets ein alter Mann, der vertrauenerweckend war, begleitet von jungen Männern und Frauen, die sich voller zur Schau getragener Zuneigung unter die Menge mischten und jedem Glückseligkeit versprachen, für nur einen Kuss.

Die meisten erlagen der Versuchung, denn so viele Menschen waren unglücklich. Einsam, arm, unterdrückt, krank, ausgestoßen... es gab viel Leid, und nahezu jedermann hatte seinen besonderen Wunschtraum. Das Netz versprach, sie alle aufzufangen, sie zu beschützen und zu versorgen, und tatsächlich waren die Nachgiebigen dann ja auch Teil des Ganzen und verkündeten ihre Erfüllung vielstimmig wie aus einem Mund.

Aldavinur versuchte anfangs, mit Zwang und mit Waffen dazwischenzugehen, weil es das war, was er zuletzt gelernt hatte, und weil er fassungslos war, wie leichtgläubig die Menschen waren und wie bereitwillig sie sich einem anderen unterwarfen.

Bis er sich auf sein früheres Baiku und auf sein Dasein als Lehrmeister besann. Von da an begegnete er den Verkündern des Netzes auf deren Weise: mit Wortgewalt. Er legte die alles verhüllende Rüstung ab und zeigte sich nun wieder offen statt als Symbol, als Mensch unter Menschen, zeigte sich als lebendes, warmes, atmendes, *mitfühlendes* Wesen. Durch seine große Gestalt konnte er nicht übersehen werden, und seine Stimme war weit tragend, wenn er sich auf den Plätzen zeigte und vor den Schattenwebern warnte.

Sich Gehör zu verschaffen, war einfach. Er stieß die Netzverkünder einfach beiseite, führte sie als schwach vor, und nahm ihre Stelle ein.

»An dir zeigt sich die Verderbtheit des Bösen!« – »Die Liebe des Netzes wird dich niemals auffangen!«, zeterten die Propheten, doch sie wagten es nicht, sich ihm zu nähern, sobald er sie mit seinem Feuer bedrohte. Notgedrungen mussten sie das Feld räumen.

Als Erstes blieben immer die jungen Frauen stehen und sahen kichernd und flüsternd zu dem Mann auf, der ihre Aufmerksamkeit mit Blicken und kurzen Gesten errang. Doch sobald er zu reden anfing, nahmen ihn auch die Männer wahr.

Aldavinur verstand sich auf Worte, gehüllt in Samt, auf Überzeugung und Eindringlichkeit. Und zum Beweis, dass er im Recht war und die Schattenweber im Unrecht, streckte er stets die Hand aus und ließ eine Flammenkugel darauf entstehen und tanzen.

»Dies ist die Wärme, die wahrhaftiger ist als die Kälte des Netzes«, sagte er dazu. »Sie bringt Licht und Leben. Die Flamme kommt aus meinem Herzen, sie ist mein Herz selbst, und ich biete sie euch dar.«

»Kann ich auch so eine Flamme entzünden?«, fragte einmal ein Kind.

»In deinem Herzen«, antwortete Aldavinur. »Ich gebe sie an dich weiter.«

»Und was mache ich dann damit?«, erklang eine andere Stimme.

»Wärme dich an ihr und gib sie weiter, damit niemand mehr frieren muss«, sagte der Flammenritter. »Tragt meine Botschaft hinaus: Die Schattenweber können euch nicht mit dem Grau des Netzes befallen, solange ihr euren freien Willen bewahrt. Gebt der Versuchung nicht nach, denn sie nimmt euch die Freiheit. Oder wollt ihr das?«

»Nein!«, riefen daraufhin die meisten, doch es gab auch Gegenstimmen, wenn sich Schattenweber unter die Menge mischten und deklamierten:

»Im Netz finden wir Geborgenheit und Frieden, und einer ist für den anderen da! Keine Not mehr, kein Hunger, wir sorgen füreinander und sind nie mehr allein!«

Wenn es Aldavinur dadurch nicht gelang, seine Zuhörer zu überzeugen, ersann er neben dem Feuerspiel noch ein Mittel, das zumindest für den weiblichen Teil der Menge sehr passend war und auf eine ganz besondere Weise bei der Verbreitung seiner Worte half. Oft sah er die Mädchen und Frauen nämlich mit bebender Brust und glühenden Wangen in der Menge stehen, wenn er ihnen sein brennendes Herz darbot und sie alle der Reihe nach eindringlich ansah. Dann wusste er, dass er diese schon halb gewonnen hatte, es bedurfte nur noch eines letzten Anstoßes. Also ging er am Ende seiner Rede auf sie zu, erzählte ihnen auf ergreifende Weise, weswegen er die beiden Federn in seinem Haar trug, und so wie die Schattenweber den Kalten Kuss gaben, gab er mit weichem Mund sein Feuer an die Frauen und Mädchen weiter. Und des Nachts manchmal noch ein bisschen mehr, wenn sich die Gelegenheit ergab.

Aldavinur war sicher, dass diese Frauen danach nicht mehr anfällig waren für die Versuchungen der Schattenweber, und dass sie vor allem sein Feuer auf ähnliche Weise weitergaben, um auch die Männer vor der Ansteckung zu bewahren.

Schließlich belegten die Schattenweber ihn öffentlich mit einem Bann und forderten die Menschen auf, ihn zu fassen und zu töten oder den Netzkriegern auszuliefern. Überall gab es Proklamationen, und Ausrufer warnten vor »dem schwarzen Mann«. Aldavinur bekam die Folgen schnell zu spüren, als er in einer Stadt mit Steinen beworfen wurde und in der nächsten ein Mann ihn angriff.

Er legte die Rüstung wieder an und wurde erneut zum Symbol – zu dem unbesiegbaren Helden, der die Menschen mit dem Schwert verteidigte. Ebenso gnadenlos, wie die Schattenweber nun Jagd auf ihn machten, stellte er den Befallenen nach, allerdings nicht in dem Bestreben, sie zu töten, sondern um sie zu entwaffnen und aus den Städten zu verjagen.

Manchmal erhielt er Unterstützung durch die Stadtwachen, die allerdings weniger zimperlich waren als er und jeden Befallenen gnadenlos niedermachten. Aldavinur konnte es nicht verhindern. Ebenso wenig wie er verhindern konnte, dass in anderen Städten alle diejenigen umgebracht wurden, die sich weigerten, dem Netz zu folgen. An manchen Orten gab es sogar Gesunde, die sich freiwillig den Schattenwebern anschlossen und am eifrigsten gegen die »Ungläubigen« vorgingen. Sie taten alles, um sich ihr armseliges Leben zu bewahren, und einen Anschein von Freiheit. Aldavinur hatte Mitleid mit ihnen, denn diese Anbiederei würde sie letztendlich nicht davor bewahren, angesteckt zu werden. Die Schattenweber spielten mit ihnen, verhöhnten sie, und sie merkten es nicht.

Je weiter er nach Osten kam, desto schwieriger wurde es für ihn, Gehör zu finden. Am besten gelang ihm das noch bei den Frauen, die ihm nicht selten Unterschlupf gewährten, wenn er verfolgt wurde. Dennoch hörte er nicht auf, zum Widerstand aufzurufen.

Viele Waffenfähige, die versprachen, sich ihm anzuschließen, verschwanden spurlos über Nacht. Der Fyrgar nahm an, dass sie nach Barastie oder nach Hasad verschleppt wurden.

Er nutzte den Kummer der Familien, um sie noch einmal aufzurütteln.

Laut rief er es überall: »Das ist der Beweis für euch alle! Es gibt zwei Seiten, aber nur *einen* Kampf! Ihr müsst euch entscheiden, oder die Schattenweber nehmen euch die Entscheidung ab! Und dann werdet ihr kämpfen müssen, Bruder gegen Bruder, ohne dass ihr jemals Feinde geworden seid!«

Die Grenze von Barastie rückte näher, und Aldavinurs Kampf wurde immer aussichtsloser. Es gab nur noch wenige Widerstandsfähige, die sich in Höhlen und Wäldern versteckten. Die Schattenweber hatten die meisten Kampffähigen bereits geholt, und es war absehbar, wann sie den nächsten Rekrutierungszug durch Lasunt unternehmen würden und wahrscheinlich noch weiter westwärts wanderten. Von Barastie selbst hörte er kaum etwas. Dort schien es keinen freien Menschen mehr zu geben, und die Alten Völker waren alle geflohen.

Allerdings gab es Neuigkeiten aus Hasad; wie es aussah, wuchs das Heer der Schattenweber dort stetig an. Das ganze Land schien als Ausbildungsplatz und Lager zu dienen. Was aus Fürstin Saranla und ihrem Sohn Sasteme geworden war, konnte Aldavinur nicht in Erfahrung bringen, doch es war anzunehmen, dass beide den Tod gefunden hatten, wie vor ihnen schon Fürst Réando von Barastie.

Wie es aussah, bereitete Fürstin Nansha etwas bedeutend Größeres vor, als nur ganz Luvgar ihrem Willen zu unterwerfen. Nach nunmehr einem Jahr gehörte ihr bereits das halbe Land, und obwohl es nur eine Frage der Zeit war, bis ihr auch die andere Hälfte zufallen würde, rüstete sie immer noch weiter auf. Das erhärtete Aldavinurs Verdacht, dass die Fürstin Ausführende einer unbekannten Macht im Hintergrund war.

Ab und zu erhielt er Nachrichten aus den übrigen Gebieten Lasunts und sogar aus Kunchava und den Grünauen, und wie es aussah, war Zuran eifrig am Werk. Endlich baute sich ein organisierter Widerstand auf, ein paar Tausend sollten es inzwischen sein. Sie hatten einen schwierigen Weg vor sich, denn unterwegs mussten sie sich immer wieder den Schattenwebern stellen, doch Aldavinur war überzeugt, dass sie letztendlich wie verabredet Nekramantia erreichen würden.

Aber warum hatte er dennoch kein gutes Gefühl dabei?

Der Sommer neigte sich allmählich dem Ende zu, das Land wurde immer trockener und staubiger, je weiter Aldavinur südostwärts kam. Er ließ die fruchtbaren, dicht besiedelten Gebiete hinter sich und näherte sich nun der Einöde, die nur gelegentlich von dünnblütigen Flüssen mit schmalen Wiesenstreifen und wenigen Bäumen durchzogen wurde. Zumeist lagen kleine Marktflecken an der Gabelung größerer Straßen und in den Flussniederungen, ansonsten gab es nur verstreute Einödhöfe. Aldavinur sah schon von Weitem, dass er hier nichts mehr ausrichten konnte, ein grauer Schleier lag über den Siedlungen, der alles noch trostloser erscheinen ließ.

Zumeist versorgte er sich und sein Pferd am Fluss oder an einem Brunnen mit Wasser, für Nahrung musste er jagen, außerdem hatte er etwas Vorrat an Trockenfleisch dabei. Der Rappe musste sich mit rauem Steppengras und kärglich belaubten Büschen begnügen, doch er war sehr genügsam und beschwerte sich nie.

Auf dem Weg hörte Aldavinur sich um, doch es gab keine Nachrichten über die Flammenritter. Niemand wollte sie gesehen haben, obwohl die Leute das Emblem auf seinem Wappenrock erkannten. Aber wie es schien, waren sie seit mindestens einem Jahr verschollen. Über den Ritter, der vorher diese Rüstung getragen hatte, war ebenfalls nichts bekannt.

Aldavinur hatte die Hoffnung noch nicht aufgegeben, Verstärkung durch Angehörige seines Volkes zu erhalten. Immerhin standen sie nicht auf der Seite des Feindes, doch wie es aussah, war er der Einzige von den Alten Völkern, der Luvgar verteidigte. Dennoch fragte er sich, wohin die Flammenritter wohl verschwunden waren. Vielleicht dorthin, wo auch Efrynn jetzt wahrscheinlich war – im Schloss von Barastie.

Das Land wurde nun ziemlich eben und bereitete sich darauf vor, einige Tagesreisen weiter südlich in die Wüste überzugehen. Nur noch mageres Steppengras hielt sich hier, ein paar rauborkige Bäume und stachlige Büsche. Nach Osten zu konnte man schon das dunkle Wolkennetz über der Barastie erkennen. Von einer kleinen Erhebung aus sah Aldavinur rechter Hand an einem Flusslauf in einer Senke eine sich weithin erstreckende Stadt liegen. Das musste Ishvinn sein. Von hier aus war nicht zu erkennen, ob die Stadt befallen war. Als eine der wenigen von Luvgar, von Zwergen erbaut, besaß sie eine starke Außenmauer und einen einzigen Zugang durch ein Stadttor. Grauer Dunst lag über der Stadt, aber das musste nichts besagen, denn es lebten weit über hunderttausend Einwohner dort, und dazu kamen zu glücklicheren Zeiten noch Tausende Händler und Reisende. Ishvinn war die südlichste Stadt der vier Länder, und sie galt als Ort voller Mythen und Legenden, voller seltsamer Wesen und prächtigen Bauten, wie es sie nirgendwo sonst gab. Nicht nur wegen ihrer Farbenpracht und ihres Reichtums aus Juwelen, Gold und Silber, sondern auch wegen ihrer Form. Nichts war vergleichbar mit Ishvinn, der Stadt der Träume. Sie war keinem Herrscherhaus unterworfen, sondern folgte innerhalb ihrer Mauern ausschließlich ihren eigenen Regeln. Der Stadtkönig wurde von den Bürgern gewählt, und die Rechtsprechung sollte äußerst gerecht sein.

Die Zwerge hatten die Stadt einst erbaut, aber längst stellten sie nicht mehr den Hauptteil der Bevölkerung. Es gab mindestens ebenso viele Menschen und auch verschiedene Angehörige der Alten Völker, wie sie nirgendwo sonst in dieser Vielfalt an einem Ort zu finden waren. Ein buntes Gemisch mit einem riesigen Markt, der sich vom Hauptplatz aus über unzählige bunte Gassen fast über die ganze Stadt verteilte. Die Stadt, in der alles angeboten wurde und käuflich zu erwerben war, einschließlich magischer Dinge, Zauberformeln, Sprüchen und Liedern.

Ab und zu brachen Wagemutige von hier aus nach Osten zum Meer auf, oder sogar in die Wüste hinein, über die jede Menge Märchengeschichten erzählt wurden. Städte aus Glas und aus Diamant sollte es dort geben, große Oasen mit Palmen, von denen Juwelentau fiel, zauberische Wesen des Äthers, und vieles mehr. Es gab einen bekannten Karawanenpfad Richtung Osten zu der etwas weiter nördlich gelegenen Grenze von Nerovia. Aber sicherlich war auch diese Wegstrecke inzwischen gesperrt.

Nach einiger Überlegung entschloss sich Aldavinur, an Ishvinn vorbei unmittelbar nach Nekramantia zu reiten. Die Versuchung, diese Stadt kennenzulernen, war groß. Die Vorstellung, einige Zeit dort zu verbringen, das Leben in seiner Vielfältigkeit auf engstem Raum zu erfahren, reizte ihn. Doch deswegen war er nicht hier. Wenn Ishvinn noch nicht gefallen war, so sollte sie in Ruhe gelassen werden. Wenigstens ein Traum von Freiheit sollte bestehen bleiben.

Sollte sie jedoch von den Schattenwebern erstürmt worden sein ... war es besser, das nicht zu wissen.

Am Nachmittag, nachdem er weiträumig um Ishvinn herumgeritten war, kam Aldavinur auf eine prächtige Straße aus glänzendem Onyxmarmor. Gesäumt wurde sie von Hunderten mannshoher weißer Säulen, von denen jede auf andere Weise mit kunstvollen Schnitzereien versehen war. Segen und Heilsprüche fanden sich am Sockel, und am oberen Ende Verse und Liedzeilen großer Gesänge.

Aldavinur stieg ab und führte das Pferd am Zügel weiter; diese letzte Strecke wollte er auf gewohnte Weise zurücklegen. Es tat gut, wieder den Boden unter den Füßen zu spüren, und auf diese Weise nahm er auch mehr Details an den Säulen wahr. Zudem war der blank polierte Boden sehr glatt und zwang zur langsamen Fortbewegung. Faszinierend, fand er, denn die Fyrgar dachten nur wenig nach über den Tod. Wenn der Tod am Ende der Vierten Stufe eintrat, so war das ein ganz normaler und natürlicher Vorgang, um den kein großes Aufhebens gemacht wurde. Eine kurze Zeremonie, die Bestattung, mehr brauchte es nicht. Schließlich gab der Fyrgar nur sein weltliches Dasein auf; ein sphärisches Dasein erwartete ihn danach. »Ein Fyrgar stirbt nie«, das stimmte in gewisser Weise. Er ging in eine andere

Daseinsform über, anders als jedes Volk, anders als selbst die Mächtigen.

Das war der Unterschied von den Hochbergen zum Tiefland: Dort oben waren die Götter immer da und Teil des Lebens, jeder Fyrgar konnte sie spüren, manchmal hören, und ab und zu sehen. Das Leben an sich verlief stets auf dieselbe Weise. Wenn ein Fyrgar vor der Zeit starb, dann durch ein Unglück oder im Kampf. Das kam selten vor und war gewiss tragisch, doch auch das gehörte dazu. Das weltliche Leben währte selbst für Unsterbliche nicht ewig.

Aber diese erhabene Straße entlangzuschreiten war schön, und Aldavinur war unerklärlicherweise von heiteren Gedanken erfüllt. Er erinnerte sich an seine Kindheit und an seine Jugendzeit, und daran, wie er zum Lehrmeister wurde. Er dachte nunmehr versöhnlich an Beserdem und verzieh ihr, ebenso wie allen anderen seines Volkes.

Selbst das Sonnenlicht schien hier kräftiger herabzufallen, der Himmel ein wenig klarer zu sein. Auf dieser Straße hatten die Schattenweber keinen Platz. Beinahe wie eine Freie Straße, so kam es dem Fyrgar vor.

Der Rappe hatte dafür nichts übrig, er trottete mit hängendem Kopf seinem Herrn hinterher, überließ ihm die Führung und gestattete sich ein kleines Nickerchen im Gehen.

Beschwingt schritt Aldavinur dahin und ließ sich den sanften Wind durch die Haare streichen. Ab und zu berührte er Beserdems Federn, die ihm stets ein Trost gewesen waren, und den kleinen Beutel an seinem Gürtel; seine Heimat, die er noch immer bei sich trug.

Nach einer kleinen Kuppe lag sie vor Aldavinur: Nekramantia, die Stadt der Toten.

Erstaunlich groß war sie, und strahlend weiß. Jedes Haus, jeder Turm, jede Kuppel war durch Säulenbögen miteinander verbunden, und die Wege waren gepflastert. Viele Fenster waren aus buntem Glas, mit prächtigen Szenen und Bildern, mit Figuren und mythischen Wesen. Das Hauptfenster einer großen Kuppel wurde geziert vom Abbild eines mächtigen, steigenden Velerii, der in der einen Hand ein Schwert hielt und in der anderen Hand eine Harfe.

Das Schwert war Luvian, daran gab es keinen Zweifel. Glänzend und unversehrt, noch nicht mit der Scharte geschlagen. Jener Scharte, die sich erst beim Betreten des Tieflandes von Luvgar offenbart hatte.

»Lichtsänger. Er muss es sein.«

Aldavinur zog sein Schwert und hielt es ins rötliche Nachmittags-licht. »Wolltest du hierher? Zu deinem Herrn?«

Nein. Er hatte das Gefühl, als würde der Griff kälter, als Antwort auf die Frage.

Das Schwert wollte geheilt werden, was seinem eigentlichen Herrn verwehrt geblieben war.

»Werde ich eines Tages erfahren, was dir zugestoßen ist?«, flüsterte der Fyrgar. »Vielleicht wenn es mir gelingt, dich deiner Bestimmung zuzuführen . . .«

Er steckte Luvian wieder in die Scheide, setzte den Helm auf und schloss das Visier. Der Onyxmarmorweg führte auf einen prächtigen, sehr hohen, geschwungenen offenen Eingang zu.

»Wer die Toten hierherbringt, findet Trost in seiner Trauer«, stellte Aldavinur für sich fest. »Weshalb nur meiden die Lebenden diesen Ort? Wovor fürchten sie sich? Er ist wunderbar, mit sich im Reinen im Klang der Stille.«

Am von Westen nach Norden verlaufenden Bogen der Stadt be-fand sich ein großer See mit Bäumen, und einem grasbestandenen sandigen Ufer, das bis an die mit Büschen dicht bewachsene Stadt-grenze reichte. Dieser See musste von einer unerschöpflichen unter-irdischen Quelle gespeist werden, sonst würde er in der trockenen Dürre rasch verdunsten. Aldavinur sah Blasen aufsteigen, die Ringe bildeten, und schuppige Fischleiber aufblitzen, wenn sie an die Ober-fläche kamen.

Kurz entschlossen nahm er dem Rappen Zaumzeug und Sattel ab und ließ ihn frei. Augenblicklich trabte das Pferd mit freudigem Schnauben los, auf den See und das saftig grüne Gras zu. Lächelnd legte Aldavinur die Sachen neben dem Säulenweg ab und ging durch den geschwungenen Eingang hinein.

Angenehm kühle Dämmerung umgab ihn. Seine Augen gewöhnten sich rasch an das trübe Licht, und er sah, dass die ganze Empfangshalle mit farbenprächtigen Mosaiken ausgelegt war, die wiederum zeitlose Geschichten erzählten.

Doch niemand kam auf ihn zu. Seltsam. Die Nekramanten mussten ihn doch schon längst bemerkt haben. Wo waren sie nur?

Aldavinur lauschte, sah sich um, schritt langsam weiter, auf ein helles Licht am anderen Ende der Halle zu, das durch eine kleinere, ungleich prächtiger gestaltete Öffnung hereinfiel. Er spürte keine Gefahr, sah auch kein Grau, kein Netz. Dieser Ort schien verlassen zu sein.

Nach und nach ging Aldavinur durch alle Räume. Er fand Vorrichtungen zum Einbalsamieren, zur Ölung, zur Mumifizierung, zur Bekleidung, zur Vorbereitung auf Verbrennung oder auch Zerteilung, zur Bestattung und zur Auflösung. Kaum zu glauben, wie viele Rituale es für die Behandlung nach dem Tode gab, Aldavinur konnte sie kaum zählen, verstand sie nicht einmal alle.

Alles war sauber und ordentlich, so als wäre der Ort in aller Ruhe und geplant verlassen worden. Den Staubspuren nach zu urteilen, konnte der Aufbruch noch nicht lange her sein und war wohl auch nicht in der Absicht geschehen, nie wieder zurückzukehren. Denn weshalb sollten alle Gerätschaften an Ort und Stelle bleiben?

Warum verlässt man eine Stadt nur vorübergehend? Aldavinur fand keine Spuren eines Kampfes, weder Blut noch Leichen, auch keine abgebrochenen Pfeile oder Speere. Nur die Vorratskammern waren nahezu leer, bis auf einen kleinen Raum, vor dem ein Regal lag. Darin fand Aldavinur zu seiner Freude getrocknetes Fleisch, eingelegtes Gemüse und kandierte Früchte, und verschlossene Krüge mit leichtem Blumenwein und kräftigem Bergwein. Der Fyrgar stärkte sich zuerst mit einer Mahlzeit und einigen kräftigen Schlucken Blumenwein, bevor er sich weiter umsah.

Er vermutete, dass die Nekramanten eine herannahende Gefahr rechtzeitig erkannt und ihre Totenstadt deshalb verlassen hatten. Aldavinur hoffte, dass sie nach Ishvinn geflohen waren und dort Zuflucht gefunden hatten.

Dann ging Aldavinur hinaus ins Freie, und durch die Innenhöfe, offene Säle und Kammern. Das Licht blendete ihn, während er die von Bogensäulen überkrönten Wandelgänge entlangschritt. Es gab verschiedene Ebenen und Stufen, zumeist gekennzeichnet mit unterschiedlichen Symbolen oder auch mit mahnenden Worten.

Auch hier war alles einsam und verlassen, die Stille allerdings von freundlicher Zurückhaltung, verschmolzen mit warmer, trockener Luft. Nicht einmal zähe Wüstenvögel schnatterten herum.

Schließlich kam Aldavinur auf eine gewaltige Terrasse, von der einige Stufen hinab ins Freiland führten. Auf der linken Seite führten ebenfalls einige Stufen hinunter zum See, die Bäume ragten mit leise rauschenden Wipfeln über die Terrasse auf. Aldavinur konnte mitten im Gras einen schwarzen Fleck ausmachen, seinen Rappen, der sich gemächlich bewegte.

Die Verlockung war groß, die Rüstung und vor allem den Helm abzulegen und sich mit ein wenig Wasser abzukühlen. Aber noch traute Aldavinur der friedlichen Stimmung nicht.

Auf der rechten Seite gab es einen weiteren Säulengang, der zur Terrasse hin offen war, die andere Seite war gemauert. Der Grund bestand wahrscheinlich in den aufgereihten Statuen, die dort geschützter standen als mitten im Freien. Vielleicht sollten sie auch nicht sofort den Blick auf sich lenken. Wen sie wohl darstellten? Möglicherweise unvergessliche Helden, so wie Fürst Noïruns Skulptur beim Freien Haus oder wie Lichtsängers Abbild in dem Fenster?

Neugierig ging Aldavinur näher – und verharrte schockiert.

Es waren gar keine Statuen, sondern in der Bewegung erstarrte Wesen, die lebendig in einen Glasbann gemauert worden waren. Eine gläserne Hülle umgab sie, die hart war wie Stein und nicht einfach zerschlagen werden konnte, weil dadurch auch die Eingemauerten zertrümmert würden. Aldavinur konnte sehen, dass sie atmeten.

Wer so etwas tat, war unglaublich grausam. So wurden Angehörige Alter Völker dazu gebracht, sich zu unterwerfen oder gar eine Lebensschuld einzugehen.

Menschen waren deutlich einfacher, sie folterten mit Instrumenten, die den Körper zerstörten, um jemanden zur Unterwerfung zu zwingen oder um ihn zu quälen.

Die Alten gingen sehr viel gerissener vor, sie setzten bei Geist und Seele an, demütigten, sperrten ein, was nach Freiheit dürstete, machten sich jede Schwäche zunutze. An roher, blutiger Gewalt lag ihnen nichts.

Und der Glasbann war eine der schlimmsten Qualen.

Aldavinur wurde es schwindlig, und durch das Donnern seines rauschenden Blutes in den Ohren war er kaum noch in der Lage, auf die Geräusche um sich herum zu achten. Keuchend taumelte er auf die eingesperrten Körper der Flammenritter zu, zwanzig waren es an der Zahl, in voller Rüstung, mit geschlossenem Helm; jeder Wappenrock hatte seine eigene Farbe.

Erst im letzten Moment hörte er das Geräusch von Schwingen, die die Luft peitschten, und fuhr herum. Dann erstarrte er wiederum.

»Ich hatte angenommen, du seist tot«, sagte Gondwin, nachdem er gelandet war. Er sah so viel größer aus, als Aldavinur ihn in Erinnerung hatte, bis ihm einfiel, dass er selbst kleiner geworden war. Gondwins Flügel falteten sich zu einem Umhang zusammen, der ihm von den Schultern bis zum Boden hinabfiel. Seine metallblauen Augen waren klar und kalt. Das Schwert an seiner linken Seite ließ er unangetastet.

»Wie ist dir das gelungen? Die Verletzungen, die ich dir zugefügt habe, *mussten* tödlich sein! Es ist allerdings sehr dumm von dir, zurückzukehren. Dachtest du, ich würde dich nicht erwarten? Ich würde auch nur einen von euch entkommen lassen?« Der Halbkrahim kam näher, im selbstbewussten Schritt eines Herrschers. »Nun wirst du doch noch ihr Schicksal teilen, du Narr. Wie du siehst, haben sie sich bisher nicht gefügt. Aber vielleicht kommen wir jetzt endlich zu einer Einigung. Wirke auf sie ein, und ich schone dich – und befreie zudem deine Gefährten. Weigerst du dich, bist du verloren.«

Aldavinur straffte sich, als er sich Gondwin zuwandte. Es war wichtig, dass er jetzt ruhig blieb, obwohl alles in ihm nach Rache verlangte und nach Blut.

Sein ehemaliger Pflegling hatte ihn nicht als Aldavinur erkannt – wie sollte er auch. Gondwin nahm an, dass der Ritter, dem die Rüstung ursprünglich gehört hatte, auf wundersame Weise seinen Verletzungen nicht erlegen und zurückgekehrt war.

Misstrauen flackerte in Gondwins Augen auf. »Warum sagst du nichts?«

»Was sollte es zu sagen geben?«, erwiderte Aldavinur ruhig. Seine Stimme war noch immer tief, aber sie besaß bei Weitem nicht die Kraft von früher. Wenigstens war er noch einen halben Kopf größer als Gondwin, das beruhigte ihn etwas.

»Dann willst du kämpfen? Deine Gefährten rächen?« Gondwin lachte rau. »Versuch es nur, dann werde ich diesmal mein Werk vollenden und dich endgültig töten!«

»Das ist dir bereits gelungen.«

»Was soll das werden? Willst du mir mit einer Geistergeschichte Angst einjagen? Du vergisst, wer ich bin.«

»Das habe ich niemals vergessen, den ganzen langen Weg nicht.«

Gondwins behandschuhte Hand legte sich an das Heft des Schwertes, sein Gesicht nahm einen wachsamen Ausdruck an. »Wer bist du?«, fragte er lauernd.

»Ein Flammenritter, wie alle anderen hier.«

»Aber nicht der, den ich zuletzt in dieser Rüstung sah. Deine Stimme klingt anders, du sprichst anders ... aber deine Haltung ... irgendetwas daran kommt mir bekannt vor.«

Aldavinur entschloss sich, das Versteckspiel zu beenden. Er hob die Hände an seinen Helm, öffnete ihn und nahm ihn ab.

Gondwin starrte ihn an, angriffslustig und unsicher zugleich. Plötzlich stutzte er. »Diese Augen! Aber ...« Dann entdeckte er Beserdems Federn in Aldavinurs langem Haar.

»Du ... du *bist* es«, stotterte er fassungslos. »Ich hörte, wie sie überall im Land von dir sprachen und einen Flammenritter feierten, der den Schattenwebern den Krieg erklärte. Die Geschichten, die um dich kreisen, könnten schon ein Buch füllen. Aber ... wie ist das möglich ...?«

»Ich bin durch das Feuer gegangen«, antwortete Aldavinur. Verwirrt sah er, wie unvermittelt Freude durch Gondwins Gesicht zuckte und der Ausdruck seiner Augen sich veränderte.

»Aldavinur!«, rief er. »Lýtirs Hammer, du bist es wirklich! Und in solcher Gestalt! Ich kann es nicht glauben!«

»Hast du gedacht, ich lasse Efrynn im Stich?«, sagte der Fyrgar scharf.

»Offen gestanden, ja. Aber es geht nicht um Efrynn. Lass mich dir erklären ...«

»Schweig!«, donnerte Aldavinur, der seinen Zorn jetzt nicht mehr zurückhalten konnte. »Ich brauche keine weitere Erklärung, wenn ich *das* sehe«, er wies auf seine gebannten Artgenossen, »und wenn ich die Rüstung eines Toten trage!« Er zog das Schwert und ging auf Gondwin zu. »Sieh mich an! Ich bin nicht mehr der vierbeinige Narr, der einem Verletzten Obdach gab und ihm vertraute!«

»Ich will nicht gegen dich kämpfen.« Gondwin hob die leeren Hände und wich zurück.

»Lügner! Warst du es nicht, der einen Fluch über mich sprach?«

»Weil ich wütend auf dich war, du überheblicher Narr! Weil du verbohrt warst und stur, und weil du dich geweigert hast, mir zuzuhören! Für dich gab es nur deine eigene Weisheit!«

»Nun, dann freue dich, dass ich mich verändert habe. Ich habe keine Hemmungen mehr, dich zu töten, ob du dich wehrst oder nicht, denn ich habe lange auf diesen Moment gewartet.« Aldavinur hob das Schwert. Ein großer Sprung, und er wäre bei Gondwin.

Ein Sonnenstrahl fiel auf die Schneide, und sie glühte auf mit leisem Klang.

»L-Luvian«, stotterte Gondwin überrascht. »Wie bist du an *dieses* Schwert gekommen? Weißt du denn nicht, dass ...«

»Genug!« Aldavinur sprang, und Gondwin konnte sich nur retten, indem er sich über die Kante von der Terrasse fallen ließ und die Flügel ausbreitete, um den Sturz abzufangen. »Stell dich mir, du Bas-

270

tard!«, brüllte der Fyrgar. »Wir beenden jetzt, was im Frühling begonnen hat!«

»Du bist ein unbelehrbarer Einfaltspinsel!«, schrie Gondwin zurück. Er hob den Arm und schlug mit der geballten Faust durch die Luft.

Aldavinur wurde von den Beinen gerissen, und er keuchte auf, als wäre er unmittelbar von dem Hieb getroffen worden.

»Ich bin ein Mächtiger! Du kannst mich nicht besiegen, nicht einmal die geballte Kraft aller einundzwanzig deiner Artgenossen konnten das!« Gondwin brauste über den Gestürzten hinweg und versetzte ihm weitere Lufthiebe.

Unter größter Anstrengung rollte Aldavinur sich herum, versuchte den Schlägen auszuweichen und kam taumelnd wieder auf die Beine. Er packte Luvian mit beiden Händen und hielt es vor sich. Seine Turmalinaugen flammten. »Kämpfe endlich wie ein Mann!«, knurrte er. »Ich habe dieselbe Gestalt wie du, wir sind ebenbürtig. Feigling! Sei *ein Mal* aufrichtig in deinem Leben!«

»Ich habe dich nie belogen!«, rief Gondwin, landete ein Stück abseits und rannte auf den Fyrgar zu, ohne das Schwert zu ziehen. Mit einer einzigen magischen Bewegung schleuderte er Luvian aus Aldavinurs Händen und sprang ihn an.

Die beiden Männer rangen miteinander und schlugen mit Fäusten aufeinander ein, rammten den Kopf gegen die Nase und teilten Tritte aus in der Absicht, Knochen zu brechen. Sie hebelten sich aus, stürzten und rollten über den Boden, kamen wieder hoch, schleuderten den anderen über die Terrasse, gegen die Säulen. Keuchender Atem erfüllte die Luft ringsum. Längst bluteten sie, das Gesicht gezeichnet von Rissen und Schürfwunden.

Luvian lag nutzlos auf den Steinen, und Aldavinur kam nicht an den Dolch und das Langmesser am Gürtel heran. Jedes Mal, wenn er es versuchte, setzte Gondwin seine Magie ein. Also blieb Aldavinur nichts anderes übrig, als das Raubtier freizulassen, das immer noch in ihm lauerte, und er schlug mit aller Kraft auf den Halbkrahim ein, mit allen Gliedmaßen, wie eine Katze. Auch wenn ihm die Zähne und die Krallen für einen tödlichen Schlag fehlten, war er sehr viel stärker als sein Gegner.

Als Gondwin merkte, dass er bald unterliegen würde, setzte er ein weiteres Mal seine Macht mit einem Blendschlag ein, schleuderte den halb betäubten Aldavinur zu Boden, setzte sich auf ihn, presste seine Arme mit den Knien zu Boden, packte ihn an der Kehle und drückte zu.

»Hör auf, Aldavinur, das ist Wahnsinn!«

»Nein ... es ist unmöglich«, keuchte der Fyrgar. »Wie kann ... deine Magie ... gegen mich, gegen uns alle wirken? Was ist da ... in dir?«

Er konnte sich nicht mehr bewegen, und die kräftigen Finger schnürten ihm die Luft ab. Das alles war unvorstellbar, ein Halbkrahim konnte einem Fyrgar niemals überlegen sein, und gewöhnliche Magie hatte keine Wirkung. Fast jeder Zauber prallte von einem Fyrgar ab, mit Ausnahme der großen Flüche wie dem Glasbann. Aber wieso beherrschte Gondwin ihn überhaupt? Aldavinur hatte bereits vermutet, dass er ein Mächtiger war, aber wodurch?

»Bitte, Aldavinur!« Gondwin schluchzte fast. »Wenn du mir nur endlich zuhören würdest!«

Es gab nur eines, das Aldavinur von ihm hören wollte. Die Fragen, die er stellen wollte, würde Gondwin nicht beantworten, und vom Schattenwebergeschwätz hatte er genug.

»Ich will ... nur ... folgendes wissen: Wo ... ist ... Efrynn?«

»Du wirst ihn nicht mehr finden.«

»Dann ... beende es jetzt ... töte mich, oder du wirst es ... bereuen ...«

»Warum willst du es nicht verstehen?«, flüsterte Gondwin und beugte zu ihm hinunter. »Es gibt keine Neutralität, das ist nur Illusion. Die Finsternis bringt den Frieden. Ich habe es gesehen ...«

»Wenn ... du mich ... zu Tode reden ... willst ... wird dir ... das bald gelingen.«

Gondwin lockerte den Griff etwas, aber nicht so, dass Aldavinur sich hätte befreien können. Doch er konnte endlich wieder ausreichend Luft holen, und er atmete mit einem pfeifenden Geräusch ein.

Langsam sammelte er das Feuer in sich, die letzte Waffe, die ihm blieb.

Gondwins Atem strich über Aldavinurs Gesicht. »Was wäre, wenn ich dich jetzt küssen würde?«, wisperte er dicht an seinen Lippen.

»Mein Feuer vernichtet deine Kälte, Gondwin, dein Kuss würde nichts bewirken«, antwortete der Fyrgar heiser und hustete. »*Diese* Magie wirkt nicht. Beende es! Ich werde niemals aufhören, dich zu jagen. Und ich werde einen Weg finden, deine Magie auszuschalten. Ich bin Fyrgar, ich kann nicht auf diese Weise vernichtet werden.«

Gondwins Gesicht verzerrte sich, und er schüttelte ihn. »Wann begreifst du es, du Narr? Ich will dich nicht töten! Wenn mir daran gelegen wäre, hätte ich dich bereits in den Bergen erschlagen! Ich will, dass du den richtigen Pfad einschlägst. Erkenne, welchem furchtbaren Irrtum du unterliegst!«

Aldavinur schwieg.

Gondwin strich ihm mit der Hand über die Wange. »Dieses Gesicht ... wenn ich das jemals geahnt hätte ...«

Es blieb nur noch eine Frage.

»Bist du der Schattenweber?«, fragte Aldavinur tonlos.

Gondwin war der einzige Anhänger, der nicht von der Seuche befallen war. Wie sollte er sie dann durch den Kalten Kuss übertragen können?

Gondwin ließ ihn unvermittelt los und stand auf. »Nein. Aber du bist nah dran.« Er grinste plötzlich und breitete seine dunklen Flügel aus, schlug leicht damit. »Vielleicht gibt es ja doch noch Hoffnung, Meister. Ich erwarte dich also. Ich werde dich nicht aufgeben, denn die Wahrheit lässt sich niemals aufhalten, und gerade dir ist daran mehr gelegen als an allem anderen.« Dann erhob er sich in die Luft und flog ostwärts davon.

Aldavinur richtete sich auf und rieb sich die Kehle. »Nur einer«, flüsterte er. »Nur *einer*.« Ihm wurde eiskalt.

14.

Die man die Wächterin nennt

Aldavinur stand auf, sammelte Helm und Schwert ein. Dann ging er zu einem Wasserspender an einer Säule, der aus der Seequelle gespeist wurde, wusch sich das Gesicht und trank ein paar Schluck. Er fühlte sich erschöpft und mutlos, doch er durfte sich nicht damit aufhalten, sich allzu viele Vorwürfe zu machen.

Die Suche nach Gondwin musste er zunächst aufschieben, ihn konnte er später wiederfinden, und dann war der Weg zu Efrynn wahrscheinlich auch nicht mehr weit. Aber zuerst mussten die Flammenritter befreit werden.

Der Halbkrahim nahm bestimmt an, dass der Glasbann unüberwindlich war, und lange vorhielt. Er konnte also seiner Einbildung nach seine Forderungen so lange stellen, bis seine Gefangenen aus Verzweiflung nachgaben. Und das war absehbar. Der Zeitpunkt *würde* kommen, zu dem ihnen alles besser erschien als dieser gläserne Kerker.

Doch Aldavinur lebte schon einige Tausend Jahre, und er mochte zwar nicht viel wissen über das Leben der heutigen Zeit, aber mit alten Mächten kannte er sich aus. Bereits als Kind hatte er viel studiert und seiner Lehrmeisterin unermüdlich Fragen gestellt.

»Was schmilzt Glas?«, murmelte er und löste den kleinen Beutel von seinem Gürtel. »Feuer. Und das beste Feuer wird aus Glutsteinmehl geboren. Es ist unzerstörbar. Nichts kann dieses Feuer beherrschen oder gar löschen, wenn der Fyrgar es nicht will.« Das war, wenn man so wollte, die ureigene Magie des Volkes. Fyrgar konnten keinen echten Zauber wirken, und es gab keine Mächtigen unter ihnen, aber sie konnten damit umgehen.

Die erhabene Stille des Ortes erfüllte ihn, während er sich der ersten Statue in purpurfarbenem, goldgesäumtem Wappenrock zuwandte. Er streute etwas Steinmehl auf das Glas und verfuhr so bei jedem Gebannten. Dann kehrte er zur ersten Statue zurück, zeigte mit einem Finger auf die vorbereitete Stelle und konzentrierte sich.

Diese Rüstung war hervorragend gearbeitet. Die in den Handschuh eingewobenen feinen Metallfäden nahmen sein inneres Feuer auf und leiteten es auf das Glutsteinmehl. Nur eine kleine Stichflamme, die sofort wieder erlosch, bevor ein Funke versehentlich auf das Glas traf, denn das konnte schwerwiegende Folgen haben. Aldavinur lauschte, und als er das leise Knistern vernahm, ging er sofort weiter zur nächsten lebenden Skulptur. So verfuhr er mit allen und trat schließlich zurück, beobachtete genau, was geschah. Das Knistern wurde lauter, begleitet von leisem Zischen, als das erhitzte Mehl anfing, Löcher in das Glas zu schmelzen. Er sah, wie sich bald ein milchig trüber Rand bildete und die Konturen der Flammenritter verschwammen.

Kerben und Rillen bildeten sich im Glas, vereinzelt liefen außen Tropfen herab. Keine Risse, das war sehr wichtig. Es war so weit. Die Glut sollte entfacht werden.

Aldavinur streckte die Hände aus und konzentrierte sich erneut. Funken lösten sich von seinen Fingerkuppen, sprühten auf die Gebannten zu und trafen auf das glühende Steinmehl.

Mit einem dumpfen *Pfumm* ging das Mehl hoch, und fast mannshohe Flammen schlugen empor. Aldavinur sah, wie die Aura des Banns um die Flammenritter flackerte und sich heftig wehrte.

Das Feuer zögerte, wiegte sich vor und zurück, schien unschlüssig, ob es sich wirklich ins Innere hindurchfressen konnte.

Aldavinur starrte das Feuer an, und das Feuer starrte zurück. »Ich bin Fyrgar«, flüsterte er. »Und du wirst gehorchen.«

Da wölbten sich die Flammen und tauchten in die Rillen und Kerben ein, schlugen hindurch und schmolzen das Glas, fraßen Lücken und Löcher in den Bann. Aldavinur bangte weiterhin darum, dass er die richtige Mischung gefunden hatte, denn noch immer bestand Gefahr, dass er sie alle verlor. Ein einziger Sprung im Glas, und alles wäre vorbei.

Bald waren alle Bannfiguren in violettes Feuer gehüllt, und er sah, wie erste Bewegungen einsetzten. Erleichtert atmete er auf. Nun war es fast geschafft, den Rest erledigten die Flammenritter durch ihr eigenes Feuer, das sich mit dem Glutsteinmehl verbinden konnte.

Nur wenige Augenblicke später barst der erste Glasbann, die Splitter schossen in alle Richtungen davon, doch bevor sie Aldavinur oder ein anderes Hindernis treffen konnten, verloren sie ihre Substanz und lösten sich auf.

Mit einem lauten Schrei stieg der brennende Ritter aus den Überresten, ging hinaus in die Sonne, bevor er die Flammenaura löschte. Nach und nach folgten ihm alle nach, und bald standen sie vor Aldavinur, kriegerische Gestalten wie er, mit geflügelten, gehörnten oder gekrönten Helmen.

Er hatte seinen Helm abgenommen, damit sie keinem Irrtum unterlagen. Der erste der Flammenritter, in purpurnem Wappenrock und mit einem Zackenkamm bewehrten Helm, an dem seidige Haare im Wind wehten, trat einen Schritt näher.

»Was machst du in dieser Rüstung?«, zischte der Ritter ihn an. »Leg sie sofort ab!«

»Wieso, brauchst du eine zweite?«, gab Aldavinur zurück.

Die anderen Ritter rückten näher zusammen.

Der Anführer hielt einen Augenblick inne. Dann öffnete er den Helm und nahm ihn ab.

Langes kupferrotes Haar wallte herab. Goldbraune Augen mit schlitzförmigen Pupillen funkelten Aldavinur herausfordernd an. »Es ist die Rüstung meines toten Freundes. Ich spürte, wie sein Herzschlag versiegte.«

»Und nun dient sie mir«, erwiderte Aldavinur ungerührt.

Auch die übrigen Flammenritter nahmen den Helm ab, drei weitere Frauen, der Rest waren Männer.

»Du bist kein Flammenritter«, zischte die Anführerin. »Du siehst aus wie Fyrgar, aber du bist Mensch.«

»Ich bin Aldavinur«, stellte er sich vor. »Warum ich ein Mensch bin, ist eine lange Geschichte. Warum ein Flammenritter, kürzer. Welche möchtest du zuerst hören?«

Erstaunen und Neugier zeigten sich nun auf den Gesichtern der Flammenritter, mit Ausnahme der rothaarigen Anführerin. »Der

ehrenwerte Lehrmeister . . .«, sagte ein Mann, und eine Frau nickte.
»Wir hörten von dir . . .«

Einer nach dem anderen verneigten sie sich ehrfürchtig vor ihm.

»Ich bin kein Lehrmeister mehr«, sagte er rau.

Die Anführerin zog eine Augenbraue in die Höhe. »Gewiss nicht . . .
Mensch.« Sie wandte sich ab und ging auf den Rand der Terrasse zu, um
über das Land zu blicken.

Ihre Gefährten jedoch traten zu Aldavinur, reichten ihm lächelnd
die Hand, bedankten sich für ihre Befreiung und stellten sich der
Reihe nach vor.

»Zürne ihr nicht«, sagte Wyndrit, die etwas Vogelartiges an sich
hatte. »Das ist Nefreta, die Wächterin von Luvgar. Sie macht sich
schwere Vorwürfe wegen der Ereignisse. Der Tod unseres Flammen-
bruders, unsere Gefangennahme . . . und dass du nun hier bist, hat uns
alle sehr überrascht.«

»Das ist verständlich«, erwiderte Aldavinur. »Ich hatte auch nie
vor, meine Gefilde zu verlassen, doch die herrschenden Umstände
zwangen mich dazu.«

»Verschieben wir die Erzählungen auf später«, schlug Endwist mit
den Hirschaugen vor. »Ich habe schrecklichen Hunger. Haben die
Krahim etwas übrig gelassen?«

»Ja.« Aldavinur beschrieb die Kammer, und die Flammenritter, bis
auf Aldavinur und Nefreta, begaben sich eilig dorthin. Unter dem
Glasbann konnten sie nicht verdursten oder verhungern, aber das
unaufhörliche Gefühl des Mangels quälte sie dennoch fast bis zum
Wahnsinn. Und nun mussten sie sich sofort versorgen, sollte die
Schwäche sie nicht überkommen.

Nefreta verharrte schweigend mit dem Rücken zu Aldavinur. Ihre
langen Haare bewegten sich wie Flammen im Wind, über denen ein
Goldglanz lag. Aldavinur stellte sich neben sie, den Blick auf das
Land gerichtet.

»Was ist geschehen?«, fragte er ruhig.

»Die Schattenweberseuche begann im letzten Sommer, wir waren
nicht in Barastie, keiner von uns«, begann sie. Ihre Stimme war nun
ebenfalls frei von rauem Zorn, sie klang weich und ungewöhnlich

dunkel für eine Frau, wie eine purpurschwarze Mitternachtsrose. »Nur wir, die du hier siehst, sind übrig geblieben. Die anderen haben Luvgar verlassen oder sind gestorben.« Sie senkte kurz den Blick, dann fuhr sie fort: »Im Herbst überschritt die Seuche die Grenze nach Lasunt und trat zum ersten Mal offen auf. Bis dahin gab es kaum Nachricht aus Barastie. Ich bemerkte wohl, dass etwas vor sich ging, schon seit dem Sommer, doch ich begriff nicht, wie ernst die Lage war. Zunächst ging es nur um den Angriff auf Hasad, der mich nicht weiter überraschte. Fürstin Saranla hatte aufgerüstet und Barastie eine Frist gesetzt, sich entweder per Heirat zu unterwerfen oder sich einem Krieg stellen zu müssen. Als der Angriff auf Hasad erfolgte, wollte ich sofort dorthin und mich um eine friedliche Lösung bemühen, doch die Grenzen waren bereits gesperrt. Daraufhin rief ich meine Gefährten zusammen, und wir trafen uns hier. Es ist ein guter Ort für eine heimliche Versammlung, und vor allem auch günstig zu Barastie gelegen. Die Nachrichten, die meine Gefährten mitbrachten, waren wenig ermutigend. Daher riegelten wir Ishvinn sogleich ab und brachten die Nekramanten dorthin in Sicherheit.«

»Dann ist die Stadt noch nicht gefallen?«

»Ich hoffe es nicht. Du solltest es besser wissen als ich.« Nefreta strich sich eine Strähne ihres roten Haares zurück, die ihr ins Gesicht wehte. »Den ganzen Winter hindurch versuchten wir, die Seuche aufzuhalten, doch wir standen auf verlorenem Posten. Die Netzritter wurden ausgeschickt, um uns zu jagen. Als wir uns zu Beginn des Frühjahrs wieder hier versammelten, spürte Gondwin uns mit seinen Krahim auf. Er kannte uns gut.«

»Kein Wunder«, murmelte Aldavinur. »Er hat unser Volk studiert und sich kundig gemacht. Dafür nahm er sogar einen schweren Unfall und Knochenbrüche auf sich, um glaubwürdiger zu erscheinen.«

»Dann kennst du ihn also?«

»Ja. Ich habe gegen ihn gekämpft, bevor ich euch befreite.«

»Hast du ihn getötet?«

»Ich sagte, ich habe gegen ihn gekämpft.«

Sie nickte. »Uns erging es nicht anders, einer von uns verlor deswegen sogar sein Leben. Gondwin forderte uns auf, uns den Schattenwebern anzuschließen. Es kam zum Kampf, und er belegte uns mit dem Glasbann, und nur Phinn konnte entkommen, aber er war bereits schwer verletzt. Er wollte zu euch in die Berge, doch ich ahnte, dass er es nicht mehr schaffen würde.«

»Einer der Netzritter nahm seine Rüstung als Trophäe.« Aldavinur seufzte. »Mir ist klar, dass Gondwin die Flammenritter nicht tot sehen will, als lebende Waffen sind sie weitaus nützlicher. Doch in seiner Überheblichkeit unterschätzt er uns, und das ist eine Lektion, die *ich* ihm erteilen werde.«

Zum ersten Mal sah sie ihn an. »Dann bin ich jetzt auf deine Geschichte gespannt.«

»Lass uns zu den anderen gehen, sie sollen sie alle hören.« Das würde sehr schwer. Aber er hatte keine Wahl.

Die Flammenritter hörten schweigend zu, während Aldavinur ihnen seine Geschichte erzählte, jede Einzelheit, bis zu dem Moment ihrer Befreiung. Sie hatten sich mit vollem Teller draußen auf den Steinboden gesetzt, um Luft und Freiheit zu genießen.

Aldavinur beschönigte nichts, so sehr er sich auch seines Versagens schämte. Doch am Ende seiner Offenbarung stand einer nach dem anderen auf und vollzog eine typische Fyrgar-Geste der Achtung vor ihm, jeder auf seine Weise, bevor er wieder Platz nahm. Nefreta war die Letzte in der Reihe, und in ihrer Geste lag ein gewisser Spott, dennoch nahm sie daran teil.

»O Lehrmeister«, sagte Wyndrit feierlich, »du bist die wahre Hoffnung des Volkes, und keine Schande. Mögen die Unseren da oben das denken, und ich bedaure sie dafür, doch ich kenne das Leben hier unten, und ich habe Gondwins Ränke und seine Macht erfahren. Ich weiß nicht, ob ich dieses Opfer auf mich genommen hätte. Und in so kurzer Zeit zum Widerstand aufzurufen ... und uns zu befreien, nachdem wir über Monde hinweg so kläglich versagt hatten ... dir gebührt höchste Ehre.«

Die anderen stimmten murmelnd und brummend zu.

Aldavinur war überwältigt, und er brauchte eine Weile, um sich zu fassen. »Da ist noch etwas, das ihr wissen müsst«, sagte er schließlich. »Das habe ich gerade von Gondwin selbst erfahren. In Wirklichkeit gibt es nur einen einzigen Schattenweber, und alle anderen sind seine Handlanger. Gondwin ist der Einzige, der frei handelt, und er weiß, wem er dient. Und es handelt sich keinesfalls um Nansha oder Lýtir.«

Sie sahen ihn betroffen und entsetzt an. »Dann ist es also nicht getan mit dem Sturm auf Schloss Barastie«, äußerte Nefreta düster.

»Nein, ein weiterer Mächtiger steckt dahinter«, sagte Aldavinur. »Und von ihm hat Gondwin seine Macht, denn er ist nicht so geboren. Mensch und Krahim: Es ist unmöglich, dass daraus ein Mächtiger von Geburt an entsteht.«

»Also steckt womöglich einer von uns dahinter«, überlegte Endwist. »Das würde sein Interesse an uns und vor allem an dir erklären.«

»Daran denke ich, seit Gondwin mir die Antwort gab«, gestand Aldavinur. »So wie ich zuerst befürchtete, ihr seid die Netzritter, wegen eurer Rüstungen aus Barastie ...«

»Aber wenn es so ist, wie kann einer von uns zum Mächtigen werden?«, warf Svenlin ein, ein Mann wie ein Stier.

»Wenn wir das herausfinden, haben wir den Ursprung der Seuche«, antwortete Aldavinur. Er stand auf. »Wir müssen uns jetzt um zwei Dinge kümmern. Erstens, wir müssen den Zugang zu Neluv finden, das hier irgendwo unter uns liegt. Zweitens, wir werden unser Heer hindurchführen, um nach Barastie zu gelangen.«

»Keiner der Nekramanten hat je über dieses Neluv gesprochen«, wandte Svenlin ein. »Und obwohl ich schon lange hier im Tiefland lebe, habe ich nie von dieser Legende gehört.«

»Die Stadt *ist* da!«, beharrte Aldavinur. »Gerade weil niemand mehr von ihr weiß. Und das Land hier ist ruhig, die Straßen und Gassen sind demnach vielleicht nicht eingestürzt und könnten noch erhalten sein. Wir müssen den Eingang finden!«

»Gut, wir werden dich unterstützen«, brummte Svenlin, und die anderen nickten.

»Dann muss nur noch eines geklärt werden«, sagte Nefreta und erhob sich ebenfalls. »*Du* willst uns sagen, was wir zu tun haben?«

Die Blicke der anderen wechselten schnell zwischen ihnen hin und her.

»Nefreta, du bist die Wächterin, so lautet die Bedeutung deines Namens«, antwortete Aldavinur ruhig. »Du bist weise und besitzt viel Erfahrung. Du bist eine Heermeisterin, das steht außer Frage, und ich brauche dich, als Ratgeberin, als Strategin, überhaupt in allem. Du wirst uns führen.« Er deutete Richtung Westen. »Aber das Heer dort draußen, das bis zum Herbst eintreffen wird, kommt meinetwegen. Das bedeutet, ich habe den Oberbefehl, und mein Wort gibt den Ausschlag.«

Nefretas Augen funkelten, und eine Weile fochten sie ein stilles Blickduell. Dann wandte sie sich an ihre Gefährten. »Ist das in eurem Sinne?«

Endwist hob die Hände. »Bin dabei.«

»Ich auch.«

Alle waren es.

»Dann ist es beschlossen«, entschied Nefreta.

Also suchten sie nach dem Eingang zu der Stadt unter Nekramantia. Das Gebiet der Stadt selbst war schon groß, aber auch das Gelände darum herum. Östlich des Sees erstreckte sich ein ausgedehntes Gebiet mit teils jahrtausendealten Grabstätten, aufgeschütteten Grabhügeln, Säulentempeln. Manches war zerfallen, anderes erstrahlte in kräftigen Farben. Richtung Süden gab es weitere Anlagen und Gärten.

Die Flammenritter schwitzten ganz unritterlich, während sie in der glühenden Hitze, die so gar nichts vom Herbst wissen wollte, nach einer Legende suchten, an die nur Aldavinur glaubte. Fünf von ihnen hatte er nach Ishvinn geschickt, damit sie Vorräte beschafften. Ishvinns Stadtmauer war so großzügig angelegt, dass Anbau, Viehhaltung und vor allem eigenständige Wasserversorgung möglich war. Vielleicht hatten die Einwohner dort noch genug, um wenigstens für ein paar Tage ein Heer zu versorgen. Zwei der Flammenritter sollten zum Schutz von Ishvinn anschließend dort bleiben.

»Du bist ein Narr«, sagte Nefreta zu ihm.

»Du bist nicht die Erste, die mir das sagt«, erwiderte er trocken.

»Du glaubst, dass ein Heer eintreffen wird, und du glaubst, dass es diese verfluchte Stadt wirklich gibt. Wie kannst du das mit deinem Stand als Lehrmeister vereinbaren, der nur nach Wissen urteilt und entscheidet?«

»Ich habe hier unten gelernt, dass man nicht alles wissen muss.«

Sie verdrehte die Augen und gab es damit auf. Aldavinur war froh; die meiste Zeit lagen sie sowieso im Streit, weil ihre Auffassungen seiner Ansicht nach grundverschieden waren. Und weil Nefreta ihn nicht verstand.

Nefreta war eine sehr stolze, unabhängige Frau und nahm ihre Aufgabe als Wächterin ernst. Sie war scharfsinnig und zog schnell Schlüsse. Und sie war unglaublich schön mit einer hell strahlenden Aura, die andere in ihren Bann schlug. Es war kein Wunder, dass sie die Anführerin der Flammenritter war.

Aldavinur musste notgedrungen lernen, dass man ihr nicht so einfach widersprechen oder ihr Vorschriften machen durfte. Sie war anders als jede Frau, die er bisher kannte, und besaß einen genauso starken Willen wie er. Es war nicht leicht für ihn, sich auf jemand anderen einstellen zu müssen. Unter den Flammenrittern nahm sie denselben Rang ein wie er und ließ sich von seinem früheren Ansehen als Lehrmeister nicht im geringsten beeindrucken.

Und dennoch trennten sich ihre Wege nicht, wenn sie Nekramantia durchstöberten, sie suchten stets gemeinsam nach Hinweisen auf Neluv, spornten sich gegenseitig mit Vorschlägen an.

Wieso es dann immer wieder zum Streit kam, konnte Aldavinur sich nicht erklären.

»Warum kommt Gondwin nicht zurück?«, fragte Nefreta eines Nachmittags, als sie und Aldavinur in einem Raum, der zur Terrasse hinausging, nach geheimen Riegeln und versteckten Gängen suchten. Es war möglich, dass Neluv so gründlich zugemauert worden war, dass es keinen echten Zugang gab. Das bedeutete, sie würden Mauer um Mauer,

Boden um Boden abklopfen müssen, um Hohlwege zu entdecken. Sie mussten alles versuchen, und die Zeit drängte. Inzwischen war ein Botenfalk eingetroffen, der eine Mitteilung von Zuran brachte. Mehr als zehntausend Kämpfer waren mit ihm nach Nekramantia unterwegs. Sie gingen auf getrennten und möglichst abgeschiedenen Wegen, um die Schattenweber nicht aufmerksam zu machen.

Die Flammenritter begrüßten die Nachricht überschwänglich, und Nefreta gab offen zu, dass Aldavinur nicht nur ein Träumer war. Doch gleichzeitig wies sie darauf hin, dass in Hasad mehr als zehnmal so viele Soldaten unter Waffen standen. »Aber die sind in Hasad, nicht in Barastie«, erwiderte Aldavinur gelassen und setzte die Suche nach Neluv fort. »Und wir sind weder in dem einen noch in dem anderen Land«, setzte Nefreta dagegen.

Allerdings war Nefretas Frage, weswegen Gondwin nicht zurückkehrte, berechtigt.

»Das ist so Gondwins Art, mir eine Lektion zu erteilen«, antwortete Aldavinur. »Er lässt mich allein mit der Schande, euch nicht helfen zu können.« Er verzog den Mund. »Gondwin hat längst nicht alles erfahren, was es über die Fyrgar zu wissen gibt. Einerseits ist er jetzt gespannt, was ich als Nächstes tun werde, andererseits meidet er eine vorzeitige Begegnung, weil es zum Kampf käme, und er braucht mich lebend. Er will mich von der Richtigkeit seines Handelns überzeugen, aus welchen Gründen auch immer.«

»Und wenn er uns beobachten lässt?«

»Wir haben keine Wahl, Nefreta.«

Sie stieß ein zischendes Geräusch aus. »Du willst ein Oberbefehlshaber sein und hast nicht einmal einen Plan! Du handelst rein spontan, genau wie ein Mensch! Wenn du uns nicht getroffen hättest, wie würdest du Neluv in dieser kurzen Zeit allein finden wollen?«

»Genauso, wie wir sie jetzt auch finden werden.«

»Für wen hältst du dich eigentlich? Du bist so unglaublich überheblich, du glaubst alles zu wissen und betrachtest dich als unbesiegbar! Doch alles, was dir geblieben ist, sind diese armseligen Federn, die...«

Er hatte genug. Fuhr zu ihr herum, holte aus, stieß sie gegen die

Wand, packte sie bei den Handgelenken und riss ihre Arme hoch, während er sie mit seinem ganzen Gewicht gegen den kalten Stein presste. Er spürte die Anspannung ihrer Muskeln, als sie versuchte, sich gegen ihn zu stemmen. Sie war eine unglaublich starke Frau, aber er war stärker als sie. Das konnten wahrscheinlich nicht viele Männer von sich behaupten, nach allem, was Aldavinur inzwischen über Nefreta wusste. Und erst recht nicht, sie überraschen zu können. Aber sie hatte ihn unterschätzt.

»Du gehst zu weit«, fauchte er sie an. Seine Augen flammten. »Halt dich zurück. Ich bin kein friedliebender Weiser der Fyrgar mehr, sondern ein Mensch in der Gestalt eines Flammenritters. Also fordere mich nicht noch einmal heraus!«

Nefreta sagte nichts. Starrte ihn an, und selbst in seinem vor Zorn brennenden Verstand erweckte der veränderte Ausdruck ihrer Augen Verwunderung. Aldavinur sah, wie ihre Nasenflügel sich blähten. Sie witterte, schien seinen Geruch aufzunehmen.

Und er nahm *ihren* Geruch auf. So sehr verließ er sich inzwischen auf seine Augen als seinen stärksten Sinn, so sehr Mensch war er inzwischen geworden, dass er die Abstumpfung seiner übrigen Sinne zugelassen hatte.

Vergessen hatte, wie es war, zu *wittern*. Er *war* ein Narr!

Er schloss halb die Lider und löschte das Feuer seines Zorns und seine durcheinandergeratenen Gedanken, jagte sie aus dem Verstand, damit nichts ihn stören konnte. So überließ er sich dem wahrsten und reinsten Sinn des Geruchs, der ihm einst alles bedeutet hatte. Der ihn nie im Stich gelassen hatte, der Wahrheit und Lüge gleichermaßen aufspürte und untrüglich voneinander unterscheiden konnte ...

Ihm war, als würde sein Fell sich sträuben, und er brach in Schweiß aus. Statt seines Verstandes kochte nun sein Körper, geriet in Hitze. Unwillkürlich fletschte er die Zähne wie früher, auch wenn diese Geste in menschlicher Gestalt lächerlich anmuten musste.

Sie lachte nicht. Sondern zog die Lippen ebenfalls von den großen weißen Zähnen zurück und knurrte ihn an, aber auf besondere Weise, die nichts Angriffslustiges an sich hatte. Duft strömte aus ihr, der ihn umgab wie eine Wolke. Der ihn halb verrückt machte. So vertraut, und doch so neu.

Längst übte er keinen Druck mehr auf ihre Handgelenke aus. Längst hätte sie sich befreien können. Aber noch immer verharrten sie dicht aneinandergedrängt, an die Mauer gepresst, die Arme nach oben gereckt, die Finger plötzlich ineinander verschränkt, und betrachteten sich verwirrt.

»Lúvenor, erleuchte mich«, stieß Aldavinur hervor. »Du bist ...«

»... wie ich«, vollendete Nefreta den Satz voller Staunen.

Nicht Schuppen, nicht Federn, nicht Hirschfell. Raubtier.

Katze.

Die Welt verschwamm vor seinen Augen, und Aldavinur glaubte, seine Gestalt wiedergefunden zu haben, als wäre er durch das Feuer gesprungen. Große Pranken und scharfe Krallen. Glänzendes blauschwarzes Fell. Ein peitschender Schwanz. Reißzähne, die aus dem Maul ragten. Lange, bewegliche Ohren, denen kein Geräusch entging.

Und Nefreta ...

Sie stieß ihn von sich und rannte davon, ins Licht hinaus, ein schlanker, fließender, gestreifter Schemen in Kupfer und Gold, mit langem Fell wie Seidenhaar. Als würde sie fliegen, so leichtfüßig lief sie dahin. Er *sah* sie, aber nicht mit den Augen, sondern mit der Nase und den Ohren, und er fühlte sie mit seiner Haut, mit den feinen Härchen darauf, die in den Windsog ihres Laufs gerieten, während er ihr hinterherstolperte.

Dann klärte sich sein Blick, und seine Pupillen wurden weit und rund.

Aldavinur spurtete los und folgte Nefreta, jagte sie über die Terrasse und die Stufen hinab, zwischen Säulenruinen hindurch und über jahrtausendealte Gräber. Sie blieb genau eine Sprungweite vor ihm, nicht mehr, nicht weniger.

Schließlich, als sie den Rand der Ruhestätte erreichten und die Oase nur noch einen Sprung weit unter ihnen lag, stieß Aldavinur sich ab und machte einen gewaltigen Satz nach vorn, sprang wie im Angriff auf Nefreta und riss sie mit sich zu Boden. Ineinander verklammert rollten sie über den Rand, fielen von der Steinkante hinab auf grasbewachsene Erde, knurrten und fauchten und fletschten drohend die Zähne, doch das hatte nichts mit einem Kampf zu tun. Menschliche und tierische Gestalt vermischten sich, als beider Auren miteinander verschmolzen.

Keuchend schnappten sie nach Luft, umschlangen sich mit Armen und Beinen, pressten sich aneinander, als wolle einer im anderen aufgehen. Atmeten sich gegenseitig ein und versanken in dem Wunder, das ihnen zuteil wurde.

Nefreta kam schließlich obenauf und hielt Aldavinur fest. »Das gefällt mir in dieser Gestalt am besten«, flüsterte sie, und dann küsste sie ihn voller Leidenschaft.

»Mir auch«, keuchte Aldavinur, als sie ihn erst nach langer Zeit wieder freigab. »Das ist schon fast alles wert.«

Nefretas Augen glühten, und sie fletschte die Zähne diesmal zu einem breiten Grinsen. »Und was ist *alles* wert?«, fragte sie lauernd.

»Du erlebst es gleich«, antwortete er gurgelnd.

Stöhnend vor Gier warf er sie herum und und fing an, ihr die Rüstung vom Leib zu reißen, das schwere Gewand und das Kettenhemd und die Schienen.

Sie war viel schneller und geschickter als er und nicht weniger hemmungslos und erfahren, sodass ihm schwindlig wurde, und als Nächstes erinnerte er sich an ihre Finger auf seiner Haut, wie sie nach unten glitten. Beinahe wäre es schiefgegangen, so sehr reizte sie ihn, bis sein Blut kochende Lava war.

»Hab doch ein wenig Geduld, Weib!«, schimpfte er, dann hatte er endlich ihr letztes Kleidungsstück heruntergezerrt und warf sich auf sie.

War es Fell oder Haut, was seine Hände berührten, er konnte es nicht mehr unterscheiden. Nefreta wiegte sich geschmeidig in seinem Rhythmus, passte die Bewegungen ihrer Hüften seinen leidenschaftlichen Stößen an und schnurrte an seinem Ohr, ließ ihre Zunge darübergleiten, biss hinein. Ihre Hände wussten genau, wo sie hingreifen mussten, und Aldavinur wurde von dem Gefühl überwältigt, in einen explodierenden Hexenkessel gefallen zu sein.

»Große Götter, das ist …«, stieß er den letzten Rest Verstand aus, den er bis dahin noch besessen hatte, dann riss es ihn fort.

»Was ist das für eine Fügung, dass wir uns hier unten im Tiefland finden, in dieser Gestalt«, murmelte Nefreta später, das Gesicht an seine Wange geschmiegt. Inzwischen war es dunkel geworden, und das Sternenlicht kämpfte gegen die Netzschlingen an.

Aldavinur streichelte ihre Schulter. »Ein großes Wunder ist es«, sagte er leise. »Und das zeigt mir, dass Efrynn immer noch dort draußen ist, irgendwo. Wir haben unsere Hoffnung nicht verloren.« Behutsam küsste er sie auf die Stirn. »Nun sind wir wahrhaftig unbesiegbar, Nefreta, nachdem wir zusammengefunden haben.« Seine Hand glitt zu ihren Brüsten, liebkoste sie. »Deine Schönheit erfüllt mich wie die Sterne den Himmel. Von nun an gibt es nur noch dich für mich, du bist ein Teil von mir geworden. Unsere Auren sind unauflöslich miteinander verschmolzen.«

Ihre Finger zeichneten die straffen Muskeln seines Bauches nach. »Weshalb haben wir das nicht sofort geahnt?«

»Wir sind fern von der Heimat und unserem Baiku.«

»Ich weiß nicht«, sagte sie nachdenklich. »Meine Gestalt ist wahr, Aldavinur.«

»War es kein Schock für dich, so verändert zu sein, als du durch das Feuer gegangen bist?«

»Nein, denn ich bin in der festen Absicht hindurchgegangen, ein Flammenritter zu werden. Hinunter in die Welt zu gehen und ihr meine Fähigkeiten zur Verfügung zu stellen, damit sie nicht verschwendet sind. Wie alle anderen, die so sind wie ich.«

»Und ich bin gegangen, weil ich in Schande fiel«, flüsterte er rau.

»Auch wir sind deswegen in Schande gefallen«, erwiderte sie. »Doch wir haben es nicht so betrachtet.«

»Bin ich deswegen ein Mensch geworden?«

»Mach dir keine Gedanken. Nichts, nicht einmal eine Schandgestalt, kann Fyrgar, die zusammengehören, auf Dauer voneinander trennen.«

»Bis auf den Umstand, dass du wahrscheinlich noch tausend Jahre lebst, ich aber nicht.«

Sie sprachen nicht darüber, dass der Krieg gegen die Schattenweber bedrohlich vor ihnen lag und alles verändern könnte.

»Dann müssen wir eben zusehen, dass wir aus der Zeit, die dir bleibt, tausend Jahre machen«, sagte Nefreta schlicht.

Aldavinur spürte, wie sich sein Herz füllte mit etwas, für das er keine Bezeichnung wusste. Denn es besaß keinen Geruch und machte kein Geräusch, und erst recht war es nicht zu sehen. Doch es war da und wahres Fühlen. Intensiver, reiner und ursprünglicher als alles, was er kannte. Es war immer da gewesen, nur hatte er es nie verstanden. Damit er es nicht wieder aus den Augen verlor, zeigte es nun Auswirkung: Es erfüllte ihn mit Licht und ließ sein Herz erstrahlen.

»Außerdem«, sagte er andächtig und fassungslos zugleich über das namenlose Glück, das er soeben durchlebte, »kann ich noch einmal durch das Feuer gehen, das verschafft uns weitere Zeit. Und wir verwenden für uns eben eine ganz eigene Zeitrechnung. Ein Menschenjahr wird sein wie hundert Jahre, wenn wir es entsprechend ausfüllen.«

»Das werden wir«, flüsterte sie zärtlich. In ihre Augen trat ein Funkeln, dann glitt sie über ihn, ihre kräftigen Schenkel pressten sich an seine Hüften, und er stöhnte hingegeben, als sie ihn in sich aufnahm. Sie verschränkte ihre Finger in seinen und hob seine Arme zu sich. »Nun lass dich führen ...«

Der Abend schritt voran, und Aldavinur spürte, dass er allmählich müde wurde, wenngleich er nicht genug von Nefreta bekommen konnte. Ihre Kraft durchströmte ihn und ließ ihn sich stärker fühlen als je zuvor. Er bedeckte sie ganz mit seinem Körper, um nichts von ihrer Haut zu versäumen, strich mit den Händen durch ihre Kupfermähne, küsste sie zart auf die Lippen. Ließ seinen Blick träumend umherwandern, ehe er sich wieder Nefreta zuwandte.

Plötzlich stutzte er, und sein Kopf ruckte hoch.

»Augenblick mal«, stieß er hervor. »Wo ist mein Pferd?«

15.

Licht, wo es keines gibt

Streitend kamen sie in die Küche. Alle anderen hatten gerade ihre Abendmahlzeit beendet, bis auf zwei für die Wache eingeteilte Ritter hatten sie die Rüstungen abgelegt und bereiteten sich auf die Nachtruhe vor.

Falls sie sich Gedanken über die lange Abwesenheit der beiden Anführer gemacht haben sollten, ließen sie sich nichts anmerken.

»... wenn dir das Pferd wichtiger ist!«, waren Nefretas wütende Worte zu vernehmen, während sie hereinstürmten, Aldavinur mit gesenktem Kopf voraus, als wolle er gleich damit durch die Wand stoßen.

»Es geht nicht um das Pferd, sondern darum, dass es verschwunden ist!« Aldavinur riss Andun den Teller aus der Hand, den der Ritter ihm reichte, und ließ sich auf den Schemel fallen. Gierig schlang er alles in sich hinein und trank in unglaublicher Geschwindigkeit drei Becher mit Wasser vermischtem Wein leer.

»Es ist dunkel!«, gab Nefreta zurück, setzte sich ihm gegenüber und fing ebenfalls hastig an zu essen.

»Meine Augen sind sehr gut.«

»Das Pferd ist schwarz...«

»... und damit auf dem grünen Gras sehr gut zu erkennen, so dunkel war es noch nicht. Bei allen Windgeistern, Nefreta, ich hatte schon heute Morgen das Gefühl, als würde etwas fehlen, doch ich bin nicht drauf gekommen.«

»Und dann fiel es dir auf einmal ein?«

Er zog die schwarzen Augenbrauen zusammen, neigte das Gesicht über den Teller und murmelte etwas Unverständliches.

»Worum genau geht es denn nun?«, fragte Arenhel beschwichtigend dazwischen. Die anderen gaben sich Mühe, nicht zu offensichtlich zu grinsen.

Nefreta wies auf Aldavinur und beschäftigte sich mit dem Weinkrug.

»Mein Rappe ist verschwunden«, erklärte er.

»Vielleicht ist er weggelaufen?«, schlug Arenhel vor.

Aldavinur schnaubte. »Er hat einen reich gedeckten Tisch. Im Umland erwartet ihn karge Steppe und Wüste. Wohin sollte er gehen?«

Sie zuckte die Achseln und zwinkerte verschmitzt. »Nach einer Stute suchen?«

»Sagte ich es nicht«, murrte Nefreta und goss sich nach.

»Nein«, widersprach er. »Nein. Das ist es nicht.«

»Nun, in Luft wird er sich wohl kaum aufgelöst haben«, meinte Endwist.

»Genau darum geht es.« Aldavinur beruhigte sich langsam. »Ein Pferd kann nicht einfach verschwinden. Deswegen werden wir morgen in aller Frühe nach Spuren suchen. Zuerst im Umland, um sicherzugehen, dass der Rappe nicht einfach in die Steppe davongelaufen ist. Und dann müssen wir in der Oase weitersuchen, bis wir ihn gefunden haben.«

Svenlin horchte auf. »Du glaubst doch nicht etwa . . .«

Aldavinur nickte heftig. »Genau das glaube ich!«

Nefreta schob ihren leeren Teller weg. »Also gut«, sagte sie. »Dann werden wir morgen allesamt die Suche fortsetzen, und zwar sehr gründlich. Zuran und das Heer sind nicht mehr weit entfernt, und der Herbst kommt bald. Geht schlafen, wir fangen gleich nach Sonnenaufgang an.«

»Wir gehen auf Wache. Gute Nacht.« Fanguin und Etera griffen nach ihren Waffen und verließen die Küche. Die anderen suchten ihre Schlafkammern auf; Andun war zum Aufräumen eingeteilt, also gingen auch Nefreta und Aldavinur.

Vor ihrer Kammer blieben sie stehen, und er sah sie eindringlich an. Aldavinur überragte alle Flammenritter, doch Nefreta war nur wenig kleiner als er. Trübes Licht fiel zwischen den Säulen hindurch in den Wandelgang. Nefretas Augen glänzten wie dunkles Gold, ihre Pupillen waren weit und rund.

»Rotgrüne Augen«, sagte sie. »Wie Turmalin. Das reinste Feuer, das es gibt. Das ist mir nie zuvor aufgefallen.«

Er hob die Hand zu ihrem Gesicht, strich ihr mit dem Fingerrücken sacht über die Wange.

»Verzeih mir.«

»Schon gut.«

Sie sahen sich an. Dann lachten sie gleichzeitig los. Nefreta öffnete die Tür und nahm Aldavinurs Hand. »Komm jetzt, ich habe lange genug meine sterbliche Zeit reglos unter Glas verbracht.«

»Und ... die anderen?«

»Du meinst, was sie denken? Als wären wir gemeinsam durch das Feuer gegangen. Und ist es nicht beinahe so? Dein Feuer hat mich befreit und umhüllt. Nun haben wir uns gefunden, und wenn der Augenblick noch so ungünstig erscheinen mag, es ist geschehen. Wir werden unseren Bund stärken, Aldavinur, dann kann kein Feind es mehr mit uns aufnehmen.«

In der Steppe fanden sie keine Spuren des Rappen, doch in der Oase waren zahlreiche Abdrücke, und es war manchmal schwer zu erkennen, welche Spur die ältere war.

Die Flammenritter fanden weitere Gräber und Gebetsäulen und Baumschnitzwerk, doch von dem Pferd war nichts zu sehen. Sie verteilten sich weit und bewegten sich auf die höher gelegene Terrasse zu. Aldavinur tat so, als bemerkte er es nicht, als sie dabei an einer Stelle vorbeikamen, wo das Gras platt gedrückt war, wo es keine Abdrücke von Hufen gab, aber jede Menge andere Spuren.

Der Steinboden ragte ein Stück weit über die Grundmauer hinaus, und darunter wuchsen dichtes Gebüsch und Schlingwerk. Sie stocherten darin herum, bis sie auf felsigen Widerstand stießen.

»Da ist nichts«, sagte Wyndrit mutlos, wurde jedoch von Anduns Aufschrei unterbrochen, der als Letzter in der Reihe vorn an der Kante nach Osten unterwegs war.

»Hier ist ein Hufabdruck, noch nicht sehr alt – und er führt hinein!« Aufgeregt deutete er auf die Büsche an einem schmalen, nicht mehr als einen Sprung breiten Ausläufer des Sees, der um das Blattwerk herummurmelte. Während die anderen auf ihn zuliefen, zog er Rüstung und Stiefel aus und watete barfuß, nur mit Hose und Hemd bekleidet, ins Wasser.

»Es ist sehr kalt!«, stellte er fest und zog die Schultern hoch. »Und die Fließrichtung führt *in* den See! Ich glaube, wir haben die Quelle gefunden!« Er stakste auf die Büsche zu und bog sie auseinander. Dann war er verschwunden.

»He!«, rief Svenlin. »Bist du nicht an der Mauer?«

»Hier gibt es eine Lücke«, scholl es aus den Büschen heraus. »Hol mich der Steuereintreiber, das müsst ihr euch ansehen!«

»Arenhel, Fanguin, ihr übernehmt die Wache hier«, ordnete Nefreta an. »Ihr anderen bezieht Posten auf der Terrasse. Es genügt, wenn Aldavinur und ich gehen.« Sie war schon dabei, die Rüstung abzulegen, und Aldavinur tat es ihr mit Leidensmiene gleich.

»Macht dir das Wasser gar nichts aus, ich meine ... *so?*«

»Ich habe mich daran gewöhnt.«

Sie folgten Andun durch die Büsche, der sie auf der anderen Seite grinsend erwartete. Und dort stand auch ein friedlich grasendes Pferd, das kurz den Kopf hob, als es seinen Herrn bemerkte, die Ohren spitzte und dann weiter fraß.

»Das ist uns oben nie aufgefallen«, sagte Nefreta staunend und sah sich um. Das Bodengestein der Terrasse war lichtdurchlässig, und ein diffuser Schein, der in dünnen Strahlen durch feine Risse und Löcher fiel, tauchte die grüne Höhle in dämmriges Licht. Die Terrasse darüber war so geschickt angelegt, dass nur wenige Stützsäulen in der Mitte notwendig waren; das Gräberfeld bildete den Abschluss mit Schreinen, die vermutlich die ersten Toten bargen. Auf der anderen Seite gab es keinen Durchlass. Es war nicht anzunehmen, dass alle Nekramanten hiervon noch wussten, da es nicht von Bedeutung für sie war. Möglicherweise war es auch von einer Generation zur nächsten aus der Erinnerung verbannt worden, und nur wenige Eingeweihte hatten noch Kenntnis davon. Und einer von ihnen hatte das Wissen an Fothúm weitergegeben.

»Augenblick«, sagte Nefreta streng zu Aldavinur. »Das Vorhandensein dieser künstlichen Höhle bedeutet noch lange nicht, dass es Neluv gibt. Ich sehe hier nichts, was einer Stadt ähnelt.«

»Die Erbauer von Nekramantia haben den Hohlraum geschaffen, um der Quelle freien Lauf zu lassen«, vermutete Andun, der am Rand entlangschritt. »Nachdem die erste Reihe der Schreine geschlossen war, haben sie ihn vergessen. Hier unten war schon sehr lange niemand mehr, es finden sich auch keine Gräber oder Gedenkstätten.«

Sie bewegten sich zur Mauer, auf der anderen Seite, immer am Quellverlauf entlang, bis zu seinem Ursprung, der aus einem schmalen Spalt hervorkam.

Aldavinur klopfte das Gestein ab, legte die Hand darauf, lauschte, legte sich flach neben den Bach und spähte in den Spalt. »Andun«, sagte er. »Geh zu den anderen, bewaffnet euch mit Schaufeln und Pickeln und mit einer Schlagaxt. Wir schaffen eine größere Öffnung.«

»In Ordnung.« Der Flammenritter machte sich sofort auf den Weg.

Aldavinur stand auf und schüttelte feuchten Sand ab. »Es ist so gut wie jede andere Möglichkeit«, sagte er zu Nefreta.

»Vielleicht besser«, meinte sie. »Ich hoffe es für uns alle.«

Bis zum Mittag hatten sie eine Öffnung in das Mauerwerk geschlagen, durch die sie hindurchkriechen konnten. Der Quellbach verlor sich im Dunkel, und es war gerade so viel Platz, dass sie am Rand des schmalen Kanals, durch den das Wasser unermüdlich hervorrauschte, entlangkriechen konnten. Kurz vor der Dunkelheit, die selbst Aldavinurs Augen nicht mehr durchdringen konnten, gelangten sie zu einem kreisrunden Wasserloch, das leichte Wellen und Blasen schlug.

»Das Wasser steigt von unten auf«, stellte Nefreta fest.

»Und wir brechen nach unten durch«, ordnete Aldavinur an. »Wir sind ganz nah, ich bin sicher.«

Niemand widersprach. Sie machten sich an die mühselige und schweißtreibende Arbeit auf engstem Raum, und dann war der

Widerstand plötzlich weg, und sie gruben sich in einen weiteren Hohlraum hinein. Plötzlich brach vor ihnen ein kreisrundes Stück Boden weg und rauschte unter Getöse in die Tiefe. Kurz darauf fauchte eine Staubwolke nach oben, und sie mussten hustend ein Stück zurückweichen.

Nefreta mahnte zur Vorsicht und befahl alle aus dem engen Gang. Aldavinur als Oberbefehlshaber wurde von ihr ebenfalls ausdrücklich aufgefordert, draußen zu warten, sodass er nur wie durch ein Fenster beobachten konnte. Sie steckte zuerst eine angezündete Fackel durch das Loch und schaute dann hindurch, um sich umzusehen.

Aldavinur wartete nervös.

»Was ist denn?«, fragte er ungeduldig, als sie immer noch schwieg.

»Da unten ist ...«, setzte sie an. Ihre Stimme hatte einen seltsam hohlen Nachhall, der über das Wasserrauschen hinweg herausdrang und kalt über die Wartenden hinwegfegte.

Aldavinur bezwang mühsam seine Ungeduld.

»... Gestank«, führte Nefreta fort. »Unglaublicher Gestank aus *brennenden* Fischöllampen. Und ich sehe nicht weit von mir ein Fenster, und dort unten ist eine breite gepflasterte Straße, die sich weiter hinab windet, zwischen hohen Häusern hindurch.«

Einen langen Augenblick rührte sich niemand, obwohl der Hall von Nefretas Stimme inzwischen versickert war.

Dann jubelten die Flammenritter auf, umarmten sich und klopften sich gegenseitig auf die Schultern. Aldavinur stand abseits. Er war zu solch einem Gefühlsausbruch nicht in der Lage. Seine Gefährten trugen diese Gestalt schon länger als er und waren dem Tiefland und all seinen dramatischen Gefühlsäußerungen mehr angepasst. Der Mensch gewordene Flammenritter fühlte sich nicht zugehörig, er sah sich immer noch als Fyrgar der Berge, und auch wenn er mittlerweile weitgehend im Einklang war mit seiner Schandgestalt, fühlte sein Geist sich seinem verlorenen Baiku immer noch näher als dem Körper, in dem er gefangen war.

Nefreta schob sich aus dem Loch und stand auf, ihr Blick kreuzte sich mit dem seinen, und er fühlte sich ihr unendlich nah und vertraut. Sie nickte ihm zu und schickte sich an, den Hohlraum unter dem Terrassenfeld zu verlassen.

»Wir haben viel zu tun«, sagte sie.

Nun arbeiteten sie nahezu ohne Unterlass daran, einen Zugang zu Neluv zu schaffen. Bisher war nicht erkennbar, wer da unten noch lebte und die Öllampen auffüllte. Dass er ihre Anwesenheit nicht bemerkte, war ausgeschlossen bei all dem Getöse und einstürzendem Mauerwerk.

Ein weiterer Botenfalk brachte eines Vormittags Nachricht von Zuran, der nun auf dem Weg hierher war. Er meldete, dass sich alle Soldaten der Schattenweber nach Barastie zurückgezogen hätten, sodass das Heer sich inzwischen sammeln und ungehindert vorwärtsmarschieren konnte.

»Die Absicht, die dahintersteckt, ist klar«, sagte Nefreta. »Sie erwarten uns auf der anderen Seite, um die Spelzen von der Kornfrucht zu trennen und sich die einzuverleiben, die den Kampf überleben. Hier draußen besteht die Möglichkeit, dass wir dem Angriff der Schattenweber ausweichen und neue Kämpfer finden, solange das Land nicht vollständig erobert ist. Die Kämpfe würden sich lange hinziehen. In Barastie wären wir von jeglichem Nachschub abgeschnitten. Gondwin denkt sich das so: Wer ihn stellen will, muss das auf *seinem* eigenen Gebiet tun.«

Aldavinur stimmte ihr zu. »Gondwin wird vor allem neugierig sein, wie wir hinübergelangen wollen, um anschließend den Weg entweder selbst zu nutzen oder um ihn zu versperren. Er wird uns voller Freude erwarten und in eine Falle locken wollen, um uns in einer einzigen Schlacht zu besiegen. Unser Vorteil ist, dass er nicht weiß, wo wir ankommen werden.«

»Wir auch nicht«, wandte Andun ein.

»Aber wir kommen unbemerkt.«

Gondwin würde also warten und Späher ausschicken und feststellen müssen, dass das gegen ihn anrückende Heer auf einmal verschwunden war. Was mochte dann wohl in ihm vorgehen? Wollte er Aldavinur dann immer noch für sich gewinnen?

Einige Flammenritter beobachteten unablässig den Himmel. Sobald auch nur ein Vogel zu nah darüberzog, schossen sie ihn zielsicher ab. Von Vorteil waren die hohen, dichten Bäume der Oase, die alles verbargen, was darunter vor sich ging.

Die Krahim zeigten sich nicht, sie hatten Lasunt und die anderen Reiche verlassen. Inzwischen gab es genügend menschliche Schattenweber, die die Seuche weiter verbreiteten, ohne dass ihre Anführer dafür Sorge tragen mussten.

Aldavinur schickte dem Heer Endwist entgegen, um Zuran aufzutragen, dass sie nur noch nachts marschieren sollten, in dunkler Kleidung, ohne Licht; selbst Schilde und Rüstungen aus Metall mussten verdeckt werden. Die Tageslager mussten, soweit möglich, in sicherer Deckung aufgeschlagen werden. Endwist sollte die nachtblinden Krieger auf sicherem Pfad heranführen.

Sie sprachen nicht offen darüber, wie sie denn einen Ausgang nach Barastie finden sollten. Aldavinur hatte nicht mehr als eine vage Beschreibung von Fothúm erhalten, wonach Neluv in jedem Fall bis nach Barastie hineinreichte, aber ob dort ein Weg nach draußen führte, blieb fraglich.

Aldavinur sagte sich in seiner unerschütterlichen Zuversicht, wenn es einen Weg hinein gab, dann gab es auch einen Weg hinaus. Notfalls würden sie sich einen sprengen, schließlich waren sie Fyrgar! Und er konnte sich auf seinen Orientierungssinn verlassen, er würde den Weg nach Osten immer wieder finden, auch wenn die Pfade innerhalb der übermauerten Stadt verschlungen sein sollten.

»Warum bist du dir dessen so sicher?«, fragte Nefreta.

»Ich weiß, wohin es mich zieht«, antwortete Aldavinur. »Zu Efrynn. Er ist dort im Schloss, ich habe überhaupt keinen Zweifel. Etwas in mir drängt mich dorthin.«

Gegen Abend waren sie mit den Durchbrüchen und den Stützen fertig. Diese waren jetzt breit genug, dass sie hindurchgehen konnten, ohne dass Einsturzgefahr bestand. Für den Abstieg hatten sie aus Holz mehrere feste Leitern gefertigt, so wie sie zum Erstürmen einer

Mauer verwendet wurden, und sobald der Letzte den Abstieg geschafft hatte, würden die Leiter nach unten gezogen. Gondwin würde den Eingang zweifelsohne finden, denn über zwanzigtausend Stiefel hinterließen unübersehbare Spuren, aber dann würde es zu spät sein.

Während die Gefährten sich auf eine kurze Entspannung freuten, führten Aldavinur und Nefreta den Rappen zurück in die Oase; das Pferd würde von nun an auf sich allein gestellt sein. Es gefiel dem Fyrgar nicht, dass sie keine Reiterei mitführen konnten, aber es ging nicht anders.

Sie gingen in der Dämmerung ein Stück am See entlang, während der Rappe munter davonsprang, und Nefreta schien zu merken, dass Aldavinur etwas beschäftigte, denn sie sprach ihn darauf an: »Was ist mit dir? Du ringst mit Worten, die von deinen Lippen wollen, aber du hinderst sie daran.«

Er hob die Schultern. »Die ganze Zeit schon grüble ich darüber nach, wie ich meine Gefühle für dich in einem Wort zusammenfassen kann. Das ist ganz neu für mich und verwirrend, ich verstehe kaum, was mit mir vorgeht.«

Sie lachte heiter. »Aber das ist doch das einfachste der Welt, Aldavinur. Das Wort heißt *Liebe*.«

»Aber ... in unserem Sprachschatz gibt es das Wort nicht, weil ...«

Er brauchte es Nefreta nicht zu sagen, sie wusste es selbst. Das Wort »Liebe«, gab es bei den Fyrgar nicht, weil sie sich mit allem in Zuneigung eins und verbunden fühlten. Für sie war es eine Selbstverständlichkeit, die keine Bezeichnung brauchte.

Doch die Fyrgar hatten Zuneigung und Zugehörigkeit zu allem, was lebte, mit einem Gefühl verwechselt, das aus sich selbst heraus entstand. Das als Erstes da gewesen war und den Anstoß zur Schöpfung gegeben hatte.

Aldavinur begriff staunend. Genau das war die treffende Zusammenfassung für Achtung und Zuneigung und Leidenschaft und Einssein und vieles andere mehr, das er Nefreta entgegenbrachte.

Natürlich kannte er das Wort an sich; bei den Menschen hatte er es gehört, und die Schattenweber benutzten es in ihrer pervertierten Form des Kalten Kusses, doch bisher hatte er nicht darauf geachtet, weil es keinen echten Ton gehabt hatte. Aldavinur hatte dieses in Fyrgar unübersetzbare Fremdwort nie bewusst wahrgenommen, weil es nicht mit der gebotenen Ernsthaftigkeit und Wahrhaftigkeit erklungen war.

»Es ist ein schönes Wort«, schloss er leise. »Ich will es so oft wie möglich benutzen.«

»Dann sag es«, forderte sie ihn auf.

»Was soll ich sagen?«

»Was du für mich empfindest.«

Er sah sie an. Dachte nach. Dann sagte er aus tiefstem Herzen: »Ich liebe dich, Nefreta.«

Ihre Augen bekamen einen besonderen Glanz, und ihre immer noch leicht spitzen Ohren zuckten als sanfte Erinnerung, wie sie sich am früheren Katzenkörper bewegt hätten. »Als ob Erenatar selbst seine ersten Worte durch dich gesprochen hätte. Reiner Klang und Glocken, schöner als jede Melodie, schöner als jeder Gesang, den ich bisher gehört habe. Selbst dort oben in den Bergen, nahe der Sphärenmusik.« Sie legte die Hand an seine Wange. »Und ich liebe dich, Aldavinur.«

Er schloss die Augen und ließ den Nachhall auf sich wirken, hing dem vielfachen Echo in seinem Inneren nach, verzückt und verzaubert. »Ich verstehe, was du meinst.« Heftig zog er sie in seine Arme und küsste sie. »Wäre dies in unseren Bergen geschehen ...«

»... bevor wir die Dritte Stufe betreten hätten, wären wir die vollkommenen Fyrgar gewesen. Ja. Aber vielleicht mussten wir erst diesen außerordentlich feinen Tastsinn der Fingerkuppen entwickeln, der nicht so gut ist wie ein Schnurrhaar, aber stimmungsvoller, und in diesen zerbrechlichen, nackten Körper gebannt werden, um das zu begreifen.«

»Es ist eben immer nur ein Teil der Vollkommenheit möglich«, murmelte er. »Wir gehen durch das Feuer, um eine Stufe weiterzukommen, aber das hat seinen Preis und ist daher immer auch ein Rückschritt. Wie etwa Unsterblichkeit oder Zeugung ...«

»Mein weiser Lehrer«, unterbrach sie leise lachend. »Was das betrifft, wirst du dich nie ändern. Aber da wir schon dabei sind, das große Wunder Liebe zu ergründen, sollten wir uns nicht nur auf das Gedankliche beschränken, findest du nicht auch?«

Augenblicklich spürte er, wie das gesamte Blut aus seinem Kopf in seine Lenden schoss, um ihr recht zu geben. Hatte sie nicht sowieso immer recht? Und jetzt ganz besonders.

Hastig sah Aldavinur sich um. Niemand war in der Nähe. Die Gefährten waren alle in die Stadt zurückgekehrt. Der Rappe war längst außer Sichtweite.

Er wandte sich Nefreta zu, löste behutsam die Verschlüsse ihrer Rüstung, legte alles nacheinander ab. Er fühlte ihre wunderbare Haut, ertastete sie mit seinen empfindlichen Fingerspitzen. Für Menschen mochte das selbstverständlich sein, für ihn war es immer noch ein Wunder.

Resimbar und Sarundi hatten wohl von Vergnügen beim Geschlechtsakt gesprochen, dem jedoch keine große Bedeutung beigemessen. Nach Efrynns Geburt hatten sie ganz damit aufgehört und waren zu ihrem gewohnten Leben zurückgekehrt, das sie vor dem Gang durch das Feuer geführt hatten. Sie hatten nie gelernt, Leidenschaft zu entwickeln, im Guten wie im Schlechten. Keinesfalls hatten sie Liebe füreinander empfunden. Wie sollte es da eine Fünfte Stufe geben?

Lange standen Nefreta und Aldavinur Arm in Arm, fühlten einer die Nähe des anderen, streichelten sich. Tauschten Küsse. Liebten sich voller Innigkeit. Sie sprachen kaum, jetzt ging es nicht um Worte, sondern um ganz andere Klänge.

»Ja, wir kommen Efrynn näher«, sagte Aldavinur später. »Die ganze Zeit über konnte ich ihn nicht spüren, doch das lag an mir. Nun aber habe ich mich endlich geöffnet ...«

»Das denke ich auch«, stimmte Nefreta zu. »Was mit uns geschieht, bringt uns nicht nur einander, sondern auch allen Fyrgar näher. Erfüllt es dich mit Zuversicht?«

»Ja, sehr.«

Sie hoben den Kopf, als der Boden erzitterte und ein fernes Dröhnen erklang. Durch die Bäume hindurch sahen sie im letzten Licht des Tages aus westlicher Richtung eine Staubwolke nahen.

»Zuran!«, rief Aldavinur.

Nefreta teilte die Flammenritter in drei Gruppen ein, die das Heer durch die Stadt Neluv, Niemals-Sonne, wie Fothúm sie genannt hatte, oder auch Nicht-Licht, wie die Flammenritter dazu sagten, führen sollten, während sie mit Aldavinur vorangehen wollte. Ihnen war klar, dass den Menschen nicht wohl dabei sein würde, für längere Zeit der Sonne entsagen zu müssen, deshalb sollten sie ständig beschäftigt werden. Aldavinur holte Erinnerungen aus seiner Zeit als Lehrmeister hervor und erzählte kleine Geschichten, die von seinen Gefährten an die Nachfolgenden weitergetragen wurden, bis sie den Letzten erreichten.

»Damit sie nicht vergessen, warum sie hier sind«, sagte er.

»Ich höre dir gern zu«, erwiderte Nefreta. »Du bist wahrhaftig der Lehrmeister unseres Volkes. Beinahe wäre alles verschwendet gewesen . . .«

»Ich sah es als meine Aufgabe an, Efrynn zu lehren.«

»Efrynn war weise von Geburt an. Du hast ihn geleitet, mehr nicht. Das Wissen sollte hierhergelangen, so sehe ich das. Deswegen habe ich vermutlich nie gespürt, dass ich dich treffen muss.«

»So wie meine Eltern es taten«, murmelte Aldavinur.

Seine Plan ging auf; die Menschen blieben beisammen, und es gab nur wenig Streit unterwegs, auch wenn das trübe Licht, der eingeschränkte Blick und der fehlende Himmel sich aufs Gemüt schlugen. An den Gestank gewöhnten sie sich langsam, doch weil die Luft sich kaum erneuerte, wurden bald alle von Kopfschmerzen geplagt und ihnen wurde schwindlig. So manch einer fing an, seltsame Dinge zu sehen, wie etwa fliehende Schatten oder aufblitzende Augen, und huschende Geräusche zu hören.

Neluv war einst eine große und in der Tat sehr prächtige Stadt gewesen, was auch heutzutage noch erkennbar war. »Ishvinn ist, wenn ich das hier sehe, nur ein schwacher Abglanz dessen, was Lurantana einst gewesen sein mag«, erzählte Nefreta Aldavinur, der die Stadt der Träume noch nicht kannte. Soweit man an den Überresten einiger herabgezogener Dächer noch erkennen konnte, hatten sie tatsächlich aus Gold bestanden, und viele Hauseingänge waren aus Marmor gestaltet, in den Juwelen eingelassen waren. So verschwenderisch war der Reichtum gewesen, dass man ihn mit Füßen treten konnte!

Nun hatte Aldavinur auch eine Vorstellung davon, was der Fluch angerichtet hatte. Wie es angedroht worden war, war die Stadt mit einer dicken, undurchlässigen Decke Gestein übermauert worden, und alles, was darunter noch lebte, wurde für immer eingeschlossen. Es war schwer zu sagen, wie viele Einwohner die Stadt vorher verlassen hatten. Ab und zu drangen sie in Häuser ein und fanden sie verlassen vor, aber nicht geräumt. Man sollte annehmen, dass jemand, der seine Heimat für immer verließ, seine Habseligkeiten mitnahm. Doch es war alles noch da.

»Sie sind geblieben und dann gestorben«, stellte Aldavinur erstaunt fest. »Wer mochten sie gewesen sein?«

»Ein lange vergangenes Altes Volk«, antwortete Nefreta. »Sentrii, zweifelsohne, die sich vermutlich kaum von unserer Gestalt unterschieden. Vielleicht gab es sie nur hier, weil nichts über sie bekannt ist.«

»Es war jedenfalls gründliche Arbeit, sie in die Vergessenheit zu zwingen, dass selbst wir nichts mehr darüber wissen.«

Sie bewegten sich wachsam, die Waffen stets bereit. Die brennenden Fischöllampen bewiesen, dass hier unten noch jemand lebte. Jemand, der sich gut zu verstecken wusste, denn bis jetzt fanden sie keinerlei Spuren oder Hinweise. Neluv wirkte still und verlassen, genau wie Nekramantia oben. Die meisten Straßen waren breit genug, dass zehn Krieger nebeneinander gehen konnten und sich dabei selbst im Verteidigungsfalle nicht behinderten. So kamen sie sehr viel schneller voran.

Zuran hatte vor dem Abstieg nicht wenig gestaunt, als er von den Flammenrittern empfangen wurde, und sein dröhnendes Gelächter erfüllte die Totenstadt bis in den hintersten Winkel. Die Berittenen allerdings leisteten lange Widerstand, bis Aldavinur sie endlich überzeugen konnte, dass es das Beste für die Pferde war. Es war unbekannt, ob die Wege in Neluv für Pferde passierbar waren, und Aldavinur wollte sie dort unten nicht elend umkommen lassen. Notgedrungen gaben die Reiter nach; auch die Flammenritter waren nicht allzu begeistert, weil sie eine Menge Ausrüstung mit sich schleppen mussten.

Bis jetzt war es nicht schwer, die Richtung nach Osten beizubehalten, denn Neluv war in exakten Linien aufgebaut worden, keineswegs so verwinkelt und verschlungen wie die meisten anderen Städte. Selbst Nekramantia wies Kurven und Bögen auf, nicht jedoch dieser uralte Ort. Ein System aus Vierecken, die aneinander anschlossen und miteinander verbunden waren.

»Es müssen Tausende Lampen sein, die immer wieder nachgefüllt werden«, sagte Nefreta, deren Wachsamkeit nie nachließ. »Wer mag das tun? Und warum?«

Aldavinur wusste keine Antwort darauf.

Sie legten nur dann Rast ein, wenn die Müdigkeit zu groß wurde. Gegessen wurde unterwegs, und es wurde streng eingeteilt. Aufsässigkeiten und Widerworte wurden nicht geduldet, und die Flammenritter achteten streng auf Ordnung. Ein Zeitgefühl hatte keiner von ihnen mehr, aber dass sie bereits tagelang unterwegs waren, stand außer Frage.

Und dann erreichten sie einen älteren Teil der Stadt, der weniger Reichtum aufwies. Die Decke senkte sich langsam herab, die Straßen wurden schmaler. Waren bisher bis zu acht Stockwerke die Regel gewesen, gab es jetzt nicht mehr als drei. Die Fenster waren einfacher gestaltet, und die Hauseingänge zumeist schlicht in Holz gehalten.

»Das ist wohl die ursprüngliche Siedlung, und der jüngste Teil befindet sich direkt unter Nekramantia«, stellte Nefreta fest. »Die Totenstadt oben reicht keinesfalls so weit, aber anscheinend die ältesten Gräber.«

Gräber auf einer Stadt der Lebenden, dachte Aldavinur. *Der Zorn des Hochkönigs kannte keine Grenzen.*

Die Luft wurde feuchter und zugleich stickiger, und in der Ferne war das Rauschen eines Flusses zu hören. Bisher hatten sie nur künstlich angelegte Wasserkanäle gesehen, Plätze mit Brunnen gefunden, aber auch ehemalige Parkanlagen mit künstlichen Seen. Zum Teil war die Bewässerung noch unversehrt, doch vieles war inzwischen ausgetrocknet.

»Die Gründer waren jedenfalls bescheidener als ihre Nachfahren«, bemerkte Aldavinur. Ein Späher Zurans kam plötzlich angelaufen.

»Sie sind alle da, genau vor uns!«, rief er aufgeregt. »Wenn der ehrenwerte Flammenritter die Richtung beibehalten will, kommen wir an ihnen vorbei. Und wir nähern uns dem Wasser, das ihr hört.«

»Wer ist ›sie alle‹?«, fragte Nefreta.

»Ihr müsst es euch ansehen. Alle sind da, keiner fehlt.« Der Mann wirkte aufgewühlt; mehr war aus ihm nicht herauszubekommen.

Das Gelände stieg allmählich an, und das Pflaster ging in grobes, unregelmäßiges Gestein über; auch die Häuser bestanden nur noch aus Holz und Stein.

Schließlich erreichten sie die Stadtgrenze, und Aldavinur biss sich auf die Lippen. Es sah nicht so aus, als ob es einen Ausgang gäbe. Er ordnete an, dass das Heer warten sollte, während er mit Nefreta das Gelände erkundete.

Die letzten Wege endeten vor einer massiven Wand aus Felsgestein.

»Sie sind da drin«, sagte der Späher und deutete auf die Felsen. »Aber das ist alles. Nur sie sind da, nichts sonst. Wir haben das Ende erreicht.«

»Das kann nicht alles gewesen sein«, stieß Aldavinur wütend hervor. »Hier hat Lurantana begonnen. Das Gestein der ersten Häuser wurde an dieser Stelle abgebaut.«

Es gab mehrere natürliche Höhlengänge, von denen manche künstlich erweitert waren und stark ausgetreten, andere hingegen waren eingestürzt. Das Rauschen wurde lauter. Der Späher führte die beiden Flammenritter zu dem Gang, den er gefunden hatte, und sie hielten unwillkürlich den Atem an.

Sie hatten die Bewohner Neluvs gefunden.

Knochen und Schädel.

Fein säuberlich auf zweifache Mannshöhe aufgeschichtet und nach Knochengröße sortiert reihten sich die Gebeine an sich verzweigenden Höhlengängen entlang, beleuchtet von trüben Funzeln, deren flackernder Schein Bewegung in leere Augenhöhlen warf.

»Ich habe es euch gesagt«, murmelte der Späher, den Kopf zwischen den Schultern eingezogen. »Sie sind alle hier, und es geht nicht mehr weiter.«

»Das müssen Hunderttausende sein.« Aldavinur betastete die Gebeine. »Einige sind versteinert, doch oben gibt es auch jüngere. Bis vor wenigen Jahrhunderten muss die Stadt noch bewohnt gewesen sein, bevor die Letzten ausstarben. Mit Ausnahme derjenigen, die diese Grabstätte angelegt haben und das Licht bewahren.«

»Und das bedeutet, wir sind tatsächlich am Ende angelangt.« Nefreta rieb sich die Arme. »Es wird allerdings immer kühler, je tiefer wir in die Höhle vordringen.«

»Dem Gestein nach zu urteilen, haben wir das Felsengebiet von Barastie erreicht«, erklärte der Späher, der beständig unruhig von einem Bein auf das andere trat. Man sah ihm an, dass er den Ort so schnell wie möglich wieder verlassen wollte. »Ich stamme von hier, deswegen erkenne ich es wieder.«

»Bestens! Also müssen wir nur noch einen Ausgang finden!« Aldavinur folgte dem Geräusch des Wassers, und nach mehreren engen Windungen gelangte er in eine riesige Höhle, die von einem großen See beherrscht wurde. Aus mehreren höher gelegenen Löchern sprudelte Wasser hervor, vereinigte sich zu einem Fall, der sich brausend in den See ergoss.

Nefreta fing an, sich auszuziehen. »Das müssen wir erkunden«, sagte sie. »Irgendwo dort drüben, wo das Wasser herkommt, gibt es vielleicht einen Durchgang.«

Aldavinur rührte sich nicht.

Sie hielt inne und sah ihn an. »Was ist?«

»Ich kann nicht.«

»Was soll das heißen: du kannst nicht? Ich weiß, du bist einigermaßen wasserscheu, aber das ist hier nicht angebracht. Du wäschst dich schließlich auch.«

»Das ist was anderes.«

»Komm endlich, du machst dich ja lächerlich.«

Aldavinur schüttelte den Kopf. »Ich kann das nicht, Nefreta.« Er wich dem Blick des Spähers aus, der ihn verwundert ansah, räusperte sich und gestand: »Ich kann nicht schwimmen.«

Sie runzelte die Stirn, dann lachte sie. »Ist das dein Ernst?«

»Ich hatte keine Zeit, es hier unten im Tiefland zu lernen. Ich bin auch in meinen Bergen niemals geschwommen, weil es keinen Grund dazu gab. Wenn ich mir einen Fisch fing, dann in Ufernähe.«

»Nun wirst du es lernen müssen, andernfalls musst du hierbleiben, fürchte ich.«

»Darauf lasse ich es ankommen.« Er nickte dem Späher zu. »Du begleitest Nefreta. Ich sehe mich hier weiter um.«

»In Ordnung«, lenkte Nefreta ein.

Kurz darauf war sie mit dem Späher in den eiskalten Fluten verschwunden. Aldavinur trat an den Rand und starrte in das glasklare Wasser. Der Grund des Sees fiel rasch steil ab. Er erblickte eine Vielzahl von Fischen, die sich darin tummelten, und einige sahen denjenigen ähnlich, die im See der Oase zu finden waren. Vermutlich gelangten sie als Jungfische dorthinein, was darauf hinwies, dass es eine ununterbrochene Verbindung geben musste.

Aldavinur dachte nach. Wenn der Fluss wiederum aus dem Oasensee unterirdisch weiterfloss, konnte das bedeuten, dass er zuletzt in den Goldenen Fluss mündete, der Valia in West und Ost teilte. Wo mochte wohl sein Ursprung liegen?

Sein Kopf ruckte herum, als er eine Bewegung wahrnahm. Sehr schnell, huschend, zwischen Stalaktiten und Felsvorsprüngen. Seine nicht vollständig verschütteten Raubtierinstinkte waren sofort geweckt, und er nahm die Spur auf. Glücklicherweise überdeckte der rauschende Wasserfall die Geräusche seines Kettenhemdes, sodass er sich immer noch anschleichen konnte. Seine Augen suchten die Stelle ab, an der er die Bewegung wahrgenommen hatte. Es konnte nichts Großes gewesen sein, was sich zwischen den Spalten hindurchgezwängt hatte, und er konnte von Glück sagen, wenn er nach Ablegen von Wappenrock und Kettenhemd gerade noch hindurchpasste. Hastig befreite er sich davon, einschließlich des Helms und der Handschuhe, und presste sich durch den Spalt in einen sehr schmalen Gang. Er musste seitwärts hindurch, weil seine Schultern zu breit waren, und einige Male hatte er Sorge, steckenzubleiben. Wenn er jetzt angegriffen würde, säße er in der Falle. Doch er wollte den Dolch nicht zücken, das behinderte ihn noch mehr. Er verließ sich nach wie vor lieber auf seinen Körper als auf ein Hilfsmittel.

Einige sehr enge Windungen weiter kam er an einem Gebeingang heraus, dessen Knochenhaufen nicht an einer Felswand, sondern als undurchdringliche Trennmauer zu einem anderen Gang aufgeschichtet waren. Aldavinur nahm an, dass er sich der Zuflucht jener Wesen näherte, die bis heute überlebt hatten. Das Wasserrauschen blieb dumpf hinter ihm zurück, während er sich vorsichtig weiterbewegte. Öllampen gab es hier keine mehr, doch die feuchten Wände waren von Glimmer und Leuchtflechten überzogen, an denen grellblaue Krabbenspinner entlanghuschten, auf der Suche nach grün leuchtenden Felskriechern, die sich von den Flechten ernährten. Alles zusammen erzeugte ausreichend Helligkeit, um sich zurechtzufinden. Aldavinur blieb stehen und lauschte. Durch das entfernte, nur noch gleichmäßig tönende Wassermurmeln hindurch hörte er gepresstes, hastiges Atmen. Er war dem kleinen Wesen schon sehr nah. Trotz der unzulänglichen menschlichen Nase konnte er dessen Angst riechen. Wie ein Schatten bewegte er sich weiter, mit flachem Atem, und lautlos, auf geschmeidige Katzenweise, die er nie verlernt hatte.

Als er das winzige Versteck entdeckte, ging er geräuschvoll daran vorbei, duckte sich dann an die Felsen und wartete reglos, bis das Wesen aufatmete und sich ein Stückweit herauswagte.

Er sprang es an und packte zu.

Zerrte ein zunächst unkenntliches *Etwas* hervor, mit struppigem, verfilztem Haar, dreckverkrustetem Gesicht und zerlumptem Kittel.

»Ein menschliches Kind!«, stieß er hervor.

Das Kind war so erschrocken, dass das Weiße in seinen aufgerissenen Augen durch die Dämmerung leuchtete, doch es fasste sich schnell. Wie ein Regenwurm wand es sich im Arm des Mannes, trat kräftig mit den Beinen aus und biss zu.

Aldavinur knurrte unwillig, hielt das magere Bündel von sich weg und packte es mit der anderen Hand im Genick. Ein leichter Druck auf eine Nervenbahn, und das Kind hielt still.

»Ganz ruhig«, sagte er sanft. »Ich will dir nichts tun. Kannst du mich verstehen?«

Er lockerte den Griff etwas, und das Kind nickte langsam.

»Wer bist du?«

»Lundi.«

»Wie kommst du hierher, Lundi?«

»Ich komme aus Nerovia, genau wie mein Papa, aber mein Papa ist tot, und Gibliwigg sorgt jetzt für mich und die anderen.«

»Die anderen?« Aldavinur sah gerade noch, wie sich Lundis Blick veränderte, von Angst und Wut zu Triumph, und er ließ ihn los und fuhr herum.

Er stand einer Gruppe Kinder gegenüber, angeführt von einem bleichen, mageren Wesen mit spinnenartigen Gliedmaßen und großen dunklen Augen. Früher mochte ein dichtes Haarkleid seine Haut bedeckt haben, doch heute waren die schütteren Überreste grau und räudig. Bevor Aldavinur etwas sagen konnte, schleuderte das Wesen eine brennende Fischöllampe auf ihn, die an seiner Brust zerbarst. Im Nu floss das Öl wie zäher Schleim über seinen Körper und setzte ihn in Brand.

»Da hast du es, du verdammter Sklaventreiber!«, schrillte das bleiche Wesen, und alle Kinder jubelten, als sie sahen, wie der vermeintliche Feind in Flammen aufging. Lundi rannte an ihm vorbei.

Aldavinur richtete sich zu seiner vollen Größe auf, sein Kopf reichte fast bis an die Decke der Höhle, und streckte die Arme aus. Er erweiterte seine Aura, damit die Kleidung keinen Schaden nahm, und betrachtete die Flammen, die stinkend und ölig an ihm hinab und wieder hinauf flossen.

»Brenne!«, schrie das Wesen, das vermutlich Gibliwigg war. »Du wirst kein Kind mehr verschachern!«

»Das hatte ich nicht vor«, erwiderte Aldavinur. Mit einer einzigen Bewegung löschte er das Feuer, woraufhin die Kinder und ihr Beschützer mit panischem Geschrei vor ihm zurückwichen.

»Schon gut!«, rief er und hob beschwichtigend die Hände. »Beruhigt euch, ich bin kein Sklavenhändler, ich tue euch nichts! Ich will euch helfen.« Langsam ging er vor der Gruppe in die Hocke, um auf Augenhöhe mit ihnen zu sein. Gibliwigg war durch seine gekrümmte Haltung kaum größer als die Kinder.

»Ich bin ein Fyrgar, ich komme hoch von den Bergen. Seht her.« Er drehte die Handfläche nach oben, ließ eine kleine Flamme entstehen, die die Form eines Tänzers annahm und sich anmutig auf der Hand zu einer imaginären Melodie wiegte.

Die Kinder starrten wie gebannt darauf und flüsterten miteinander. Neugierig rückten einige von ihnen etwas näher.

»Passt auf! Lasst euch nicht einlullen, gleich wirft er sein Netz über euch!«, warnte Gibliwigg. Er wirkte ziemlich ratlos. Das Feuer war seine einzige Waffe gewesen, ansonsten besaß er nichts zur Verteidigung.

Aldavinur lächelte. »Ich bin kein Schattenweber, mein kluger Freund. Du bist einer von den Alten, richtig? Und wenn mich nicht alles täuscht, bist du sogar unsterblich. Nachdem ich dich so ansehe, hast du entfernte Ähnlichkeit mit einem Wipfelspringer, wie ihr einst genannt wurdet. Euer eigener Name lautet Tannvist. Wir sind also tatsächlich in Barastie, deine eigentliche Heimat dürfte nicht weit entfernt liegen.«

Staunen breitete sich aus auf dem knochigen, blassen Gesicht Gibliwiggs. Er kam ein wenig näher und streckte die Hand nach der tanzenden Flamme aus. »Kann es sein . . .«, flüsterte er. »Gibliwigg kann sich kaum mehr erinnern . . . so sehr verändert hat er sich in der langen dunklen Zeit hier unten . . .«

»Ich glaube kein Wort!«, schrie Lundi. »Wir sollten ihn töten, denn er weiß jetzt, dass wir hier sind! Wir werden nie mehr Ruhe finden und sind nirgends sicher, wenn wir ihn gehen lassen!«

Aufgeregt redeten die Kinder durcheinander, während der Tannvist verwirrt verharrte.

Aldavinur löschte die Tänzerflamme und richtete sich auf. »Ihr werdet mich begleiten«, sagte er. »Wir werden euch in Sicherheit bringen. Kommt.«

»Wir? Du bist nicht allein?«

»Nein. Wir sind mehrere Tausend hier unten, auf dem Weg zum Sitz der Schattenweber, um diejenigen zu bestrafen, die euch das angetan haben: eure Eltern ermordet und euch in die Sklaverei verkauft. Kommt mit mir.«

Er wandte sich zum Gehen, doch niemand rührte sich. Verunsichert blickten die Kinder von Lundi zu Gibliwigg und zurück.

»Vertrau mir, Gibliwigg. Du kannst zu deinem Volk zurückkehren. Du hast hier genug getan. Es ist niemand mehr da außer dir, und die Toten brauchen keine weitere Fürsorge. Sie haben ihren Platz gefunden.«

»Aber . . .«, setzte Lundi an, und Aldavinur drehte sich zu ihm um. Er streckte auffordernd die Hand hin. »Überzeuge dich, ob ich gelogen habe, Lundi. Du bist mutig, also geh mit mir. Die anderen werden von Gibliwigg geführt.« Er nickte auffordernd. »Du hast es bis hierher geschafft, Kleiner. Dann wirst du jetzt nicht kneifen, oder?«

Lundi presste die Lippen aufeinander und schüttelte den Kopf. Dann nahm er Aldavinurs Hand und ließ sich führen.

Nefreta und der Späher erwarteten ihn bereits, tropfnass und ohne Neuigkeiten. Sie staunten nicht wenig, als sie Aldavinur im Gefolge von mindestens dreißig Kindern und einem merkwürdigen Wesen sahen, an der Hand ein weiteres Kind.

»Das ist Lundi«, setzte der Fyrgar an. »Er . . .«

»Sie«, korrigierte Nefreta.

»Was?«

»Das ist ein Mädchen.«

Aldavinur blickte verdutzt auf das Kind hinab, das mit weißen Zähnen aus dem schmutzigen Gesicht zu ihm hochgrinste.

»So schlau bist du gar nicht, wie du dich gibst, Feuerkopf.«

»Stimmt.« Er versetzte ihr einen zarten Klaps gegen den Hinterkopf. »Jetzt sind wir quitt.« Er nickte dem Späher zu. »Hol Zuran, diese Geschichte muss auch er hören. Und er soll von unserem Essen etwas mitbringen.«

Nefreta packte von ihren Vorräten an Trockenfleisch und Früchten aus, was sie noch hatte, und verteilte gerechte Stücke davon an die Kinder, die sich begeistert, einige weinend vor Glück, daraufstürzten.

Lundi übernahm es dann, die Leidensgeschichte der Kinder zu erzählen. Am Anfang waren sie wohl über hundert gewesen, und sie wurden kreuz und quer durch Lasunt und Barastie von Markt zu Markt geschleppt. Die Schattenweber selbst konnten nichts anfangen mit ihnen, aber es gab genügend ihrer Anhänger, denen sie gerade zupasskamen. Es gab viel zu tun, Rüstungen und Waffen mussten hergestellt werden, Erze abgebaut, und große Vorratshäuser angelegt werden. Da die meisten Kampffähigen eingezogen waren, kam es jetzt vor allem auf die Kinder an, wichtige Arbeiten zu erledigen.

Lundi erzählte, dass sie sich heimlich in die Karawane ihres Vaters geschlichen hatte, bevor dieser nach Barastie aufgebrochen war, nur um dann seinen grausamen Tod mitzuerleben, während sie verschleppt wurde. Immer wieder hatte sie versucht, den Sklavenhändlern zu entkommen, und dafür büßen müssen; Narben würden sie für den Rest ihres Lebens daran erinnern. Sie zeigte ihnen ihre Narben am Bauch und auf dem Rücken und an den Armen; auch im Gesicht unter all dem Schmutz hatte sie Male. Doch sie wollte kein Mitleid und ging unbewegt darüber hinweg.

Sie hatte nicht aufgegeben, ganz die sturköpfige Tochter ihres Vaters. Eines Tages, als sie an einem Fluss lagerten, entdeckte Lundi einen Spalt in der Erde. Noch in derselben Nacht, als die Männer betrunken in einen unruhigen Schlaf fielen, brachte sie so viele Kinder, wie sie zusammentrommeln konnte, durch den Spalt unter die Erde. Die Sklavenhändler wurden schließlich wach und versuchten sie aufzuhalten, doch sie passten nicht hindurch und mussten sie ziehen lassen.

»Sie haben sich bestimmt furchtbar gerächt an den anderen«, rief ein Junge aus dem Hintergrund.

»Alles ist besser, als denen weiterhin ausgeliefert zu sein«, fuhr das Mädchen nüchtern fort. »Wir wollten lieber hier unten verhungern, aber ich konnte eben nicht alle mitnehmen.«

Lundi hatte ohnehin Verantwortung genug zu tragen. Da sie die Flucht in die Tat umgesetzt hatte, sahen die Kinder sie auch weiterhin als Anführerin. Aber wie sollte sie alle am Leben erhalten? Gab es denn überhaupt einen Weg hinaus? Doch dann entdeckte sie ein riesiges Höhlensystem und stieß auf Gibliwigg.

»Gibliwigg war gar nicht erbaut«, warf der Tannvist ein. »Er hat nämlich viel zu tun und keine Zeit für dumme Menschenkinder, die nicht unter die Erde gehören und auch nicht in Bäume, sondern an die Sonne und auf festen Boden, ja, ja.«

Der Unsterbliche erklärte dann auf eine umständliche, leicht wirre Art, weshalb er nach so langer Zeit immer noch hier unten war und die Toten versorgte. Er war tatsächlich damals nach dem Fluch mit eingemauert worden, obwohl er alles versucht hatte, das Volk von Lurantana zur Flucht zu bewegen. »Doch sie wollten nicht gehen, auch der Königssohn nicht, ja, ja. Aber Gibliwigg war sein Lehrer und für ihn verantwortlich, also konnte er auch nicht gehen. Und da half er dem Volk, in Dunkelheit zu überleben und Fisch zu fangen und einzusammeln, was von oben herabkam, aus Nekramantia, ja, ja. Die Nekramanten wussten schon nicht mehr, dass es Neluv gab, der Name wurde gleich getilgt, so verlangte es der König, als der letzte Stein gesetzt war und es dunkel und still wurde. Das Volk weinte, doch es wollte nicht gehen, es gab keinen Platz, nirgendwo, denn es war verflucht. Und Gibliwigg entsagte den Tannen und Wipfeln und Nadeln und dem Honig, weil er den Königssohn liebte und weil er hoffte, dass der König eines Tages ein Einsehen haben und verzeihen würde.

Doch das hatte der Königs nicht getan, und Neluv wurde eine geheime Stadt, die niemand fand und die niemand verließ, eine Nicht-Stadt, und kein Licht, keine Freude, nein, nein, konnte sie erhellen. Nur diese Lampen, oh, diese stinkenden Lampen, und dann der Unrat überall, und da war auch noch Vieh und Nachtgetreide und Wurzeln, damit überlebten sie, ja, ja. Und so viel Zeit verging, manchmal wagte Gibliwigg einen Ausflug nach oben, ja, ja, er war so klein, und niemand wusste es, und er war ja auch nicht wirklich verflucht, nein, nein, weil er ein Tannvist war. Doch der Fluch lauerte dort draußen, und Gibliwigg kehrte zurück und setzte seine Arbeit fort. Immer weniger wurden es, ja, ja, und er bestattete sie alle, so wie die da oben es taten, das war seine heilige Pflicht, sonst wäre er ja gestorben wie die anderen, nicht wahr? Einer nach dem anderen gingen sie dahin, und die Letzten wussten nichts mehr von vorher, alles war getilgt, das Volk vergaß sich selbst, ja, ja, und das war ein Segen, denn so wurden sie frei.« »Und so«, schloss Gibliwigg seine Erzählung, »blieb der arme Gibliwigg und hatte weiterhin viel Arbeit, damit die Stadt den König willkommen heißen konnte, wenn er eines Tages zurückkehrte und vergab, ja, ja.«

Alle schwiegen, Mitleid und Betroffenheit lag auf den Gesichtern der Flammenritter, Zurans und seiner befehlhabenden Männer. Nefreta sah Aldavinur auffordernd an, und der nickte.

»Gibliwigg«, sagte er sanft. »Es gibt keinen König mehr. Es gab vor langer Zeit eine große Schlacht auf dem Titanenfeld, dort ist er gefallen, und nicht nur er, sondern auch die anderen drei Könige und viele Mächtige, Götter und Dämonen. Das Land Luvgar besteht noch, doch es ist keines der Vier Königreiche mehr, es gibt sie alle nicht mehr. Alles hat sich verändert. Für dich wird es Zeit, heimzukehren. Welche Schuld auch immer du auf dich geladen haben magst, sie ist getilgt.«

»Aber wohin soll Gibliwigg denn gehen, wenn niemand ihn mehr braucht«, sagte der Tannvist leise und traurig.

»Die Kinder brauchen dich«, erwiderte Aldavinur. »Geh mit ihnen nach Ishvinn und sorge dafür, dass sie eine neue Familie finden oder dass sie zu ihren Eltern zurückkehren können – eines Tages, wenn die Seuche gebannt ist.«

Wie er es sich gedacht hatte, löste die Aussicht, an die Oberfläche zurückzukehren, Freude und Schrecken gleichermaßen bei den Kindern aus. Sie wollten unbedingt an die Sonne zurück, aber sie glaubten nicht daran, dort oben jemals wieder sicher zu sein. Nefreta redete beruhigend auf sie ein, während Aldavinur zu Zuran sagte: »Stell fünfzig Krieger ab und gib Etera Bescheid, den Befehl zu übernehmen. Sie bringt die Kinder und den alten Mann mit den Fünfzig nach Ishvinn. Bereite alles vor, ihr geht los, sobald Gibliwigg uns den Weg nach draußen beschrieben hat.«

»Da gibt es keinen«, sagte der Tannvist erschrocken. »Viel zu schmal, nur für Kinder, ja, ja, solche Spalten.«

»Es *gibt* einen«, widersprach Aldavinur ruhig. »Und du wirst ihn uns jetzt beschreiben.«

»Es ist sehr wichtig, Gibliwigg«, fügte Nefreta hinzu. »Wir wollen deine Heimat befreien. Es ehrt dich, dass du sie schützen willst, doch wir stehen auf deiner Seite.«

Da gab der Tannvist nach und gestand, einen Weg zu wissen, einen ausgetrockneten Flusslauf durch die Felsen. Es fiel ihm nicht leicht, darüber zu reden, nachdem er das Geheimnis so lange bewahrt hatte.

Es war nicht mehr weit, allerdings sehr mühsam. Doch die Aussicht, bald wieder Tageslicht zu erblicken, spornte alle an. Gibliwigg hatte erklärt, dass sie mitten in einem unbewohnten Felsengebiet der Barastie herauskommen würden, nicht weit von der Grenze nach Lasunt entfernt. Im Schutz der Felsen konnten sie dann weitergelangen, bis auf wenige Tagesreisen von Schloss Barastie entfernt, bevor sie offenes Land erreichten. »Immer dem Vulkan nach, den könnt ihr gut sehen, ja, ja«, sagte Gibliwigg zum Schluss.

»Aber die Krahim werden über die Felsen wachen«, wandte Zuran ein.

»Das spielt keine Rolle«, erwiderte Aldavinur. »Sie können uns nicht angreifen. Gondwin kann erst im freien Gelände gegen uns vorrücken, aber der Winter wird ihn aufhalten.«

»Genau wie uns«, brummte der Heerführer der Menschen.

Und so erblickten sie endlich wieder freien Himmel und atmeten frische Luft. Die Flammenritter erkundeten das Gelände, während die Menschen trübe blinzelnd ins Freie stolperten, wo sie von kalt wehendem Dunst empfangen wurden. Der Durchlass war sehr eng, sodass sie nur einer nach dem anderen hindurchkonnten.

Sie kamen in einem engen, tiefen Tal heraus, umgeben von finsteren Felsen, die durch ihre vielen Vorsprünge und Grate kaum einen

Blick von oben herab erlaubten. Es gab Wasser und Herbstfrüchte an großen alten Büschen, auch Wild war zu finden, sodass für die erste Zeit keine Not herrschte. Aber sie konnten den Winter nicht hier verbringen, deshalb mussten sie bald weiterziehen. Nachts herrschte bereits leichter Frost, und die Sonne erreichte kaum mehr den Talgrund. Doch Aldavinur vertraute auf seine Gefährten. Die meisten Flammenritter kannten sich gut aus in der Barastie und wussten, wo Nachschub zu finden war.

Aldavinur und Nefreta erkletterten nach dem Verlassen der Stadt Neluv gemeinsam die Schlucht, um sich einen Überblick zu verschaffen, und oben entdeckten sie tatsächlich als Erstes den Schlafenden Vulkan, der in der Ferne wie ein schwarzer Koloss aus dem Dunst ragte. In einiger Entfernung zogen dunkle Flügelschatten am Himmel dahin, vermutlich Krahim auf Patrouille. Von hier oben war die Veränderung der Barastie kaum zu erkennen, abgesehen von dem grauen Licht, das die kräftigen Herbstfarben in Braun, Rot und Gold dämpfte. Felsen und Waldland wechselten sich ab, Nadelhölzer zogen sich in spinnwebüberzogenem Grün über Hügel hinweg.

Aldavinur deutete nordwärts auf die gewaltigen Hochtannen, über fünfzig Mannslängen hoch, in denen die Tannvist lebten.

Es war ein langer Weg gewesen, den Aldavinur seit seinem Abstieg von den Bergen zurückgelegt hatte, und er hatte damals nicht geahnt, dass er mit einem Heer hierherziehen würde.

»Von hier oben sieht alles so friedlich aus«, sagte Nefreta neben ihm. Er legte den Arm um sie und zog sie an sich.

»Und es wird auch wieder so sein, besser sogar«, sagte er sanft. »Der Himmel wird wieder klar sein, und jeder wird sich frei bewegen können.«

»In mir ist dennoch Bitterkeit«, murmelte sie. »Vor zwölf Jahren ließ ich diese Rüstung anfertigen, wie auch alle davor. Das ist so Brauch bei uns Flammenrittern, weil hier nun einmal die besten Schmiede leben.«

»Bei wem hast du arbeiten lassen?«, fragte er.

»Als ob du das nicht wüsstest«, antwortete sie. »Bei Lýtir, der damals noch ein junger, leidenschaftlicher Bursche war. Es war sein

Meisterstück und verhalf ihm zu erstem Ansehen. Außerdem war er sehr hübsch.«

»Mhm.«

»Während er meine Rüstung fertigte, teilten wir auch das Lager. Vielleicht ist es meine Schuld, dass ich ihm Flausen in den Kopf setzte. Bis dahin war er ein bescheidener Junge, aber dann trat er in Wettstreit, um die Anerkennung des Fürsten zu erhalten.«

Er drehte ihr Gesicht zu sich und küsste sie. »Rede dir das nicht ein. Du bist für nichts von dem verantwortlich, was hier geschehen ist.«

»Und du ebenso wenig«, gab sie zurück. »Als Gondwin zu dir kam, war es schon längst geschehen.«

Aldavinur seufzte. »Und nun ist Lasunt gefallen, und den anderen Ländern droht dasselbe Schicksal, wenn wir den Schattenweber nicht aufhalten können.«

»Du hast Zuran nicht erzählt, dass es nur einer ist.«

»Nein. Die Menschen müssen frohen Mutes sein und daran glauben, dass sie einen Gegner haben, der nicht stärker ist als sie. Der so ist wie ihresgleichen, und das ist ja nicht gänzlich gelogen. Was den Schattenweber betrifft, so ist er unsere … meine Sache. Finde ich Gondwin oder Efrynn, finde ich auch ihn. Das hoffe ich zumindest.«

Nefreta nickte. Dann sah sie ihn ernst an. »Wir müssen uns trennen, Aldavinur.«

Für einen Moment war er zu schockiert, um etwas sagen zu können, doch dann begriff er. »Du willst von zwei Seiten gegen Barastie marschieren …«

»Wir müssen alles ausschöpfen. Wir brauchen jeden Mann, und ich glaube, es gibt hier immer noch Kämpfer, die nicht befallen sind. Zwerge, Alte Völker, und auch Menschen. Außerdem muss die Grenze nach Hasad besetzt werden, damit das Heer von dort nicht hierher bewegt werden kann. Ein Glück für uns, dass es Winter wird, denn Nansha wird bis zum letzten Moment warten, bevor sie ein so großes Heer in ihr eigenes kleines Land schickt. Zuerst werden sie abwarten wollen und einschätzen, wie viele sie gegen uns schicken müssen. Dass ich die Grenze abriegeln könnte, damit werden sie nicht rechnen, auch Gondwin nicht.«

»Es ist nicht gut, wenn wir uns aufteilen«, meinte Aldavinur widerstrebend. »Nansha hat auch hier noch viele Krieger, allen voran die Netzritter. Ihr Heer ist unserem zahlenmäßig sicherlich überlegen.«

»Gegen das Schloss ziehen wir natürlich gemeinsam«, erwiderte Nefreta. »Wir werden einen Ort ausmachen, an dem du auf mich wartest. Dann schlagen wir zu.«

Den Rest des Tages und die ganze Nacht beratschlagten sie weiter, doch letztendlich stimmte Aldavinur Nefretas Strategie zu.

»Zwischen Hasad und Barastie liegt ein tiefer Einschnitt, der das Land entzweischneidet, bis fast an die Grenze zu Ra'go. Es gibt eine einzige natürliche Landbrücke. Dort werden wir auf unserer Seite mit Feuer eine Barriere aufbauen, die ein Durchkommen unmöglich macht. Nanshas Heer muss dann südwestwärts nach einem anderen Weg suchen, der sehr viel länger dauert. Bis es beim Schloss eintrifft, ist schon alles vorbei.«

»Warum sollte Gondwin unser Vorhaben nicht vorausahnen?«

»Das würde ihm jetzt nichts mehr nutzen. Er setzt nicht so viele Leben aufs Spiel im Winter, nur um uns zu besiegen. Er wird darauf hoffen, dass wir verhungert sind, bis wir das Schloss erreichen, und die Festung im Fels gilt nicht umsonst als uneinnehmbar. Ich denke, sein Hauptaugenmerk liegt auf dir. Also tu ihm den Gefallen und lenke ihn ab und sorge dafür, dass er nicht so schnell herausfindet, dass wir uns getrennt haben. Ich nehme nur zweihundert Leute mit, da können wir im Felsenland ziemlich unbemerkt von den Krahim vorankommen.«

Aldavinur fiel der Gedanke an den Abschied von Nefreta überaus schwer, aber er sah ein, dass sie wie immer recht hatte. So musste er sie ziehen lassen.

Er selbst sollte mit der Hauptstreitmacht auf verborgenen Wegen Richtung Schloss Barastie marschieren und gleichzeitig überall im Land nach weiteren Kampfwilligen suchen, auch wenn die Aussicht gering war, überhaupt noch Gesunde zu finden. Aldavinur wusste jetzt schon, dass er viele Briefe schreiben würde, die er nie abschicken konnte, weil die Gefahr zu groß war, dass sie abgefangen wurden.

Ihm war, als würde ihm die Hälfte seines Herzens herausgerissen, als die Flammenritterin aufbrach. Er tröstete sich damit, dass sie beide nach der Vernichtung der Schattenweber sein verbliebenes Menschenleben vor sich hatten, und das betrug wenigstens noch ein paar Jahrzehnte. Zeit genug.

Dann konzentrierte er sich auf das Ziel. *Efrynn*, dachte er. *Bald bin ich bei dir.*

Die folgende grausame Zeit verlangte ihnen alles ab. Der Winter wartete mit vielen Stürmen auf, als habe Gondwin sie selbst heraufbeschworen. Waren die Berittenen zu Anfang noch erzürnt gewesen, weil sie ihre Pferde zurücklassen mussten, so waren sie nun froh. In diesem schwierigen und kargen Gelände, bei dem eisigen Wetter, hätte es das Todesurteil für die meisten Tiere bedeutet.

Zuran ordnete schließlich an, nicht benötigtes Gepäck abzulegen, nur noch das Notwendigste sollte mitgenommen werden. Obwohl so mancher geglaubt hatte, ohnehin kaum etwas mit sich zu führen, fand sich doch das eine oder andere unnötige Gewicht. Lediglich die Flammenritter schleppten alles weiter, sie ließen nichts zurück.

»Was habt ihr nur in diesen Mehlsäcken, von denen ihr euch nicht trennen wollt?«, fragte der Heerführer kopfschüttelnd. »Goldsand?«

»Viel besser«, brummte Andun. »Komm diesen Säcken nicht zu nahe, es würde dich in Stücke reißen.«

»Der macht sich über mich lustig, oder?«, wandte Zuran sich aufgebracht an Aldavinur.

Der legte ihm lächelnd die Hand auf die Schulter. »Auf keinen Fall. Doch es ist notwendig, dass wir das, was sich in den Säcken befindet, bis zum Schloss mitführen. Es ist eine Art . . . Waffe.«

Zuran runzelte die Stirn, verzichtete aber auf eine weitere Bemerkung.

Gondwin wusste nun, dass die Flammenritter frei waren und gegen ihn zogen; Aldavinur selbst forderte ihn immer wieder offen heraus, indem er Botschaften an ihn richtete. Auch die Späher riefen über das Land, dass der Anführer der Flammenritter den Halbkrahim zum Kampf forderte. Doch der ließ sich nicht darauf ein. Aber er schickte seine Netzritter und Kampftruppen, um den Fyrgar aufzuhalten. Als sie das Felsgebirge verließen, trafen sie zum ersten Mal aufeinander.

Sie schlugen mehrere Schlachten, je weiter sie vorrückten, oft begleitet von Hunger und Verzweiflung. Zumeist waren es Grabenkämpfe, Angriffe aus dem Hinterhalt; ein offener Marsch gegeneinander und die Bildung einer Frontlinie waren bei dem zumeist stürmischen Wetter und in dem nach wie vor unwegsamen Gelände nicht möglich. Der Feind konnte seine Reiterei kaum einsetzen und hatte dadurch keinen Vorteil. Diese Scharmützel dienten eher dazu, sich gegenseitig zu zermürben und aufzureiben, einander zu jagen.

Nun war nachvollziehbar, weshalb das Hauptheer der Schattenweber in Hasad stand, denn dieses Land hier hatte kaum mehr etwas. Obwohl Aldavinur jeden einzelnen Händlerkarren abfing, bevor er das Schloss erreichen konnte, war er gezwungen, Nachschub aus Dörfern und Städten zu holen, obwohl diese inzwischen selbst verarmt waren. Die Schattenweber hatten an vielen Orten Schutztruppen eingesetzt, die ebenfalls essen und trinken mussten. Die Kämpfe zwischen den Schattenwebern und den Verteidigern Luvgars wurden erbittert geführt, manch einer aus Aldavinurs Streitmacht wurde schließlich vom Netz befallen, weil er aus Schwäche keinen Widerstand mehr leisten konnte. Des Nachts liefen vereinzelt Krieger, die keine Hoffnung mehr sahen, zum Feind über.

Andererseits errang Zurans Heer auch mehrere Siege, die ihnen neue Waffen und Pferde sowie Vieh einbrachten.

Trotz Schnee und Eis kamen sie dem Schloss langsam, aber unaufhaltsam näher. Der Handel kam schließlich wegen des anhaltend harten Winters vollends zum Erliegen, sodass die Mittel nicht nur für Schloss Barastie, sondern auch für Aldavinurs Truppen knapp wurden. Das mitgeführte Vieh wurde immer weniger, und dann mussten sämtliche Tiere einschließlich der erbeuteten Pferde geschlachtet werden, weil sie zu geschwächt waren, um noch länger durch den Schnee zu stapfen. Immerhin gefroren das in dünne Scheiben und Streifen geschnittene Fleisch und die Innereien sofort und blieben dadurch haltbar. Die Soldaten kauten es während des Marsches. Sie waren fast unablässig unterwegs; eine Möglichkeit zum Lagern gab es in dem unwegsamen Land kaum.

Schließlich erreichten sie den mit Nefreta vereinbarten Ort, an den der Schlafende Vulkan nun schon nah herangerückt war und den halben Horizont einnahm, und hier hatte das Wetter auch endlich ein Einsehen, und es wurde milder. Aldavinurs Herz zog sich schmerzhaft zusammen, als er die gewaltige Bergkette sah, die sich Richtung Norden auftürmte. Normalerweise müsste der strahlende Gipfel des Wolkenreiters weit hinten erkennbar sein, doch dort lag alles unter dichten, niemals abziehenden Wolkennetzen. Seine Heimat verbarg sich vor ihm, für ihn gab es dort keinen Platz mehr. Es sei denn, er brachte Efrynn nach Hause.

Die einsetzende Schneeschmelze brachte allerdings kaum Erlösung, nein, es machte ihren Weg sogar noch beschwerlicher. Nun versank alles in Schlamm und Matsch, es ließ sich kaum eine trockene Stelle finden, und viele ohnehin geschwächte Menschen wurden krank und bekamen Fieber. Es wurde immer schwieriger, voranzukommen und vor allem Nahrung und sauberes Wasser aufzutreiben.

Aldavinur und die Flammenritter rüttelten die Menschen immer wieder auf, spendeten ihnen Wärme, so viel sie geben konnten, machten ihnen Mut. Und die Soldaten hielten durch. Es gab für sie keinen Ort mehr, wohin sie gehen konnten, erst recht kein Leben in Freiheit. Als Gefangene ihres eigenen Landes mussten sie jetzt kämpfen oder sich der Seuche ergeben. Doch das lehnten die Meisten ab. Sie wussten, dass die Unterwerfung nichts besser oder leichter machen würde. Sie würden ihren Willen, sich selbst und den Glauben an alles verlieren und trotzdem kämpfen müssen – gegen ihre eigenen Freunde und Brüder und Schwestern.

Zu Aldavinurs großer Freude trafen auch immer wieder neue Freiwillige ein – die meisten von den Alten Völkern, die aus der mittleren Bergregion herabkamen oder von Nefreta geschickt wurden. So erfuhr Aldavinur wenigstens ab und zu, dass sie wohlauf war und dass sie Hasads Grenzen halten konnte.

Am meisten staunte er aber, als Krakenwölfe sich ihnen anschlossen, eine ganze Rotte, an die Hundert mochten es sein.

»Nur wegen der Krahim«, erklärte der Leitwolf. »Die haben in unserem Land nichts verloren.«

Zuran und die anderen waren aus alter Feindschaft zwar ziemlich aufgebracht, doch Aldavinur gelang es, sie zu beruhigen, und er fand für die Krakenwölfe einen Platz abseits des Heeres, schärfte dem Leitwolf ein, auf seinen Befehl zu hören und auf keinen Fall Menschenfleisch zu essen, und damit mussten alle miteinander zurechtkommen.

Einen Mond lang gab es keine Nachrichten von Nefreta, und mit den Frühjahrsstürmen begann der offene Krieg. Schloss Barastie errichtete eine Frontlinie nur noch eine Tagesreise von der Festung entfernt, im Schatten des Vulkans.

Der Marsch der Verteidiger Luvgars durch die Ebene begann, bis sie eine Hügelgruppe erreichten, von der aus die feindliche Front gut zu überblicken war. Aldavinur schickte Boten, um die Verhandlung mit Gondwin aufzunehmen, und jener entsandte eine Schar Krahim zur Antwort.

»Überlasst sie uns!«, schrien die Krakenwölfe, und Aldavinur ließ sie gewähren.

Die Tentakel der Krakenwölfe waren gefährliche Waffen, und sie verfügten über eine unglaubliche Sprungkraft. Hundert von ihnen wogen leicht tausend Menschen auf. Sie warfen sich den Wandelkrähen geschlossen entgegen, und die Krahim erlitten eine schmähliche Niederlage und flohen zurück zur Festung.

»Damit hat Gondwin nicht gerechnet«, brummte Aldavinur bei sich und rieb sich den dichten schwarzen Bart, der ihm über den Winter gewachsen war.

Sofort schickte er weitere Unterhändler zu Fürstin Nansha und Fürst Lýtir. Doch auch sie erklärten sich nicht zu einer Zusammenkunft bereit. Aldavinur erhielt eine lange Botschaft, in der von Frieden und von Liebe die Rede war, von Verblendung und dem Wunsch, ihn und die »Verirrten« auf den rechten Weg zu bringen. Noch in derselben Stunde griff die Reiterei Barasties an und schlug eine tiefe Schneise in Aldavinurs Kampfreihe, ehe sie zurückgedrängt werden konnte.

Aber auch Nachricht von Nefreta kam. Der Feuerring hielt, das Heer aus Hasad kam nicht mehr hindurch. Dahinter hatte Nefreta ein Bollwerk errichtet, das von zweihundert Kriegern, die Hälfte davon Alte Völker, gehalten werden konnte.

Nur einen Tag später ritt ein Netzritter mit einer weißen Fahne an die Frontlinie und ließ eine persönliche Botschaft an Aldavinur übergeben.

Das war gut, mein Lieber, schrieb Gondwin als Einleitung.

Ich habe die Fähigkeiten deines Volkes erneut unterschätzt und vor allem dich. Einen Glasbann zu sprengen, ist für jemanden, der kein Mächtiger ist, etwas Außerordentliches. Das vertieft meine Zuneigung zu dir nur noch mehr, und ich kann es kaum erwarten, bis du endlich kommst. Glaube nicht, dass es mich stört, mein Heer in Hasad lassen zu müssen, ich brauche es sowieso nicht. Mit deinem unausgebildeten lächerlichen Haufen werden wir mit unseren Truppen von Barastie leicht fertig. Spätestens bei der Belagerung der Festung werdet ihr von Hunger und wachsender Unlust aufgefressen.

Aber ich will nicht euren Tod, das wäre Verschwendung kostbaren Lebens. Ich werde daher meine besten Netzritter schicken, die deine Soldaten darüber aufklären werden, dass sie dem falschen Gott folgen. Glaube mir, all deine Feuerspielchen werden dir nichts mehr helfen, wenn die Menschen endlich die wahre Erkenntnis erlangen.

Du würdest es die Fünfte Stufe nennen, welche die Schattenweber erhalten und die dir verwehrt bleiben wird, solange du dich der Wahrheit verweigerst. Wie viele Strafen willst du noch erleiden? Warum kannst du nicht einsehen, wie sehr du im Unrecht bist?

Du glaubst, ich hasse dich. Aber das stimmt nicht. Denn ich liebe dich, Aldavinur, so wie ich jedes Wesen liebe, das der Erleuchtung nahe ist. Ich werde dich nicht aufgeben, und ich will dich nicht bekämpfen. Ich begegne deiner Wut mit Liebe. Du stachelst die Menschen auf, aber sie werden erkennen, wer tatsächlich der Feind ist. Du bist es, und am meisten bist du dir selbst ein Feind. Efrynn hat versucht, es dir zu sagen, doch du warst damals schon so verblendet, dass nichts zu dir durchdringen konnte.

In deinem blinden Eifer erinnerst du mich an diese Frau, Nefreta. Sie ist eine Kriegsherrin, und sie ist auch diejenige, die den meisten Unfrieden stiftet. Kampf und Blut erhalten sie am Leben, das ist ihr einziges Ziel und alles, was sie erstrebt. Fühlst du dich zu ihr hingezogen? Würde mich nicht wundern, schließlich bestätigt sie dich als Einzige und treibt dich sogar noch an. Ich bezweifle, dass du ohne sie so weit gekommen wärst.

Nun. Mit deinen Kriegern werden wir noch vor Ende des Jahres fertig sein.

Es liegt an dir, ob du noch mehr Schuld auf dich laden willst. Ja, wie die am Tod von Efrynns Eltern, deren Leid dein Schützling ertragen musste!

Willst du dir auch noch die Auslöschung eines ganzen Landes aufbürden, nur um Rache an mir zu nehmen? Wundert es dich nicht, warum dir keiner der Alten zur Seite steht? Alle wissen, dass du den falschen, zerstörerischen Weg eingeschlagen hast.

Ich bitte dich, Aldavinur. Komm zu mir und höre mir wenigstens ein einziges Mal zu, was ich dir zu sagen habe.

Glaube mir, dass ich dir nichts vorgespielt habe, als du mich gepflegt hast. Meine Freundschaft war echt, und meine Liebe zu dir ist ungebrochen.

Beende es, bevor es zum alles vernichtenden Blutvergießen kommt. Komm her. Schau mich an und hör mir zu. Öffne deinen Geist, der so unendlich klug und wissend ist. Lasse alles in dich hinein, denke darüber nach. Und dann entscheide.

In aufrichtiger Liebe und Freundschaft,
dein Gondwin

»Was hat er geschrieben?«, wollte Zuran wissen.

»Dasselbe wie Nansha«, antwortete Aldavinur und riss den Brief in tausend kleine Fetzen, die er in seiner Handfläche in Flammen aufgehen ließ, bis nichts blieb als Asche, die der Wind aufnahm und forttrieb.

324

»Und was antworten wir?«

Aldavinur lehnte sich zurück. »Was möchtest du gern antworten?«

»Ich habe nur eine Antwort.«

»Das ist auch die meine.«

In Zurans Augen entzündete sich ein wildes, gieriges Licht. »Dann gebe ich mal den Befehl«, zischte er. »Und die Krakenwölfe schicke ich an vorderste Front!«

Aldavinur stand auf und richtete den Blick auf den verhüllten Wolkenreiter. *Es ist kein Wunder, dass du dich vor mir verbirgst*, dachte er. *Ich vergieße Blut, ich töte gnadenlos, und es ist mir egal. Ich habe mir diese Schandgestalt nicht freiwillig auferlegt. Ich bin ein Mensch geworden, also teile ich auch deren Wahnsinn und Mordlust.*

Noch vor dem Morgengrauen war das Heer bereit. Zuran ließ das Signal weithin hörbar aus hundert Hörnern erschallen, dann stürmten seine Krieger los.

Das Schlachtenglück wogte hin und her, doch letztendlich kämpften die Verteidiger von Luvgar verbissener und unnachgiebiger. Die Befallenen besaßen nicht diesen starken Willen, sie kämpften nur auf Befehl, ohne zu begreifen, was sie da taten. Lediglich die Netzritter zeigten mehr Entschlossenheit und Grimm, doch ihnen gegenüber standen die Flammenritter, weitaus geringer an Zahl, aber umso mächtiger. Sie waren die Beherrscher des Feuers, und noch war das Feuer stärker als die Macht des Netzes.

Aldavinur kämpfte mit der Kraft seines früheren Baiku. Er wurde zum Schrecken der Schattenweber, und selbst die Netzritter wichen vor ihm zurück, wenn sie ihn erblickten. Er benutzte sein Schwert und einen Kriegshammer; ein Morgenstern steckte noch dazu in seinem breiten Gürtel. Er ging stets zu Fuß, vorwärtsdrängend wie ein Rammbock. Seine Schläge hatten die Wucht einer Felslawine, und er bewegte sich mit katzenhafter Geschmeidigkeit und Schnelligkeit. Sogar Pfeilen konnte er ausweichen, und wenn ihn doch einmal einer traf, prallte er an seinem Kettenhemd, am Helm oder an den Arm- und Beinschienen ab. Die Schmiede der Barastie waren nicht umsonst berühmt für ihre Kunst. Die Zahl der Gegner wurde Aldavinur nie zu viel, seine Arme schienen sich zu vervielfachen, sobald er angegriffen wurde.

Und weil die Verteidiger Luvgars sahen, dass ihr Oberbefehlshaber stets an vorderster Front stand und der beste der legendären Flammenritter war, kämpften sie ohne Furcht. Sie wollten sein wie er.

Oft genug stürmte Zuran mit seiner neuen Reiterei aus erbeuteten Pferden voran, mitten in die vordersten Reihen des Feindes hinein, und schlug dort zu mit der Wucht eines Unwetters, bevor er sich ebenso schnell wieder zurückzog. Er machte den Weg frei für den bronzehäutigen, schwarzhaarigen Fyrgar, der ihm auf dem Fuße folgte und mit schrecklicher Gewalt unter dem Feind wütete.

»Wir sind gar nicht so schlecht«, grinste der Mann mit dem mächtigen Hörnerhelm, als sie eines Abends erschöpft zum Lager zurückkehrten. Er ging neben Aldavinur, das schweißnasse Pferd am Zügel hinter sich. »Und du bist wie ein Donnervogel, alter Freund.«

»Ich bin nicht mehr als ihr«, wehrte Aldavinur ab.

»Du bist mehr als alle Flammenritter zusammen, mit Ausnahme von Nefreta vielleicht. Haben sie dich in den Bergen sehr gefürchtet?«

»Wenn ich auf die Jagd ging. Doch ich war … friedliebend und tötete damals nur, um mich zu ernähren. Was ich jetzt tue, ist verwerflich.«

Zuran schüttelte den Kopf. »Du bist ein großer Mann, Aldavinur, und dein Kampf rettet das Land und, solltest du siegen, vielleicht sogar die Welt. Ich kann darin nichts Schändliches erkennen, und du tötest ehrenvoll im offenen Kampf. Ich meine, die Kerle sind doch selbst schuld, wenn sie nur zu siebt auf dich losgehen.«

»Du willst mich aufmuntern.«

»Ich versuche dich zu verstehen. Ihr Fyrgar habt eine Lebensauffassung, die euch zwingt, abgeschieden in den Bergen zu leben, doch ob dies besser ist … ich weiß nicht.«

»Ich bin unter anderem auch deswegen herabgestiegen, Zuran, um das herauszufinden.« Aldavinurs Stimme klang ruhig.

»Ich glaube, du hast einfach Angst zu versagen«, erwiderte der Heerführer und versetzte Aldavinur damit einen kleinen Stich ins Herz. »Das Gefühl kennen wir alle, und es ist nicht schandbar.« Er lachte freudlos. »Ich habe meine ganze Familie verloren, weil ich nicht in der Lage war, sie zu beschützen. Denkst du, das werde ich mir je verzeihen? Egal, wie viele Köpfe ich abschlage. Oder wie viele ich schone! Und was wird sein, wenn der Krieg vorbei ist? Habe ich dann noch ein Leben?«

»Genau dafür kämpfst du doch. Aber ich verstehe schon, was du meinst.« Aldavinur klopfte ihm leicht auf die Schulter. »Wir stehen das bis zum Ende durch.«

»Und ob! Und ich weiß, was ich als Nächstes verbreiten werde: dass wir von einem *Donnervogel* angeführt werden! Ha! Nefreta wird die Löwin von Luvgar genannt, und nun haben wir auch noch einen Donnervogel. Die Netze werden erzittern und sich auflösen!«

Als kein Sieg mehr zu erringen war, zogen sich beide Seiten hinter die Frontlinien zurück, leckten ihre Wunden und überlegten neue Strategien. Das Wetter wechselte ständig, das Gelände war unübersichtlich, und die lang andauernden Kämpfe hatten viel Kraft abverlangt. Beide Seiten benötigten Zeit zur Erholung, Waffen mussten neu beschafft werden, Verletzte geheilt. Aldavinur hatte sich damit auch eine Frist verschafft, bis Verstärkung eintraf. Das war notwendig, denn seine Verluste waren erheblich angewachsen, und ein Durchbruch in die Festung wurde immer fraglicher.

Dann, eines Tages, sauste ein Botenfalk herbei, und noch bevor Aldavinur die Nachricht mit zitternden Fingern entrollen konnte, kam schon ein Späher, einer der sechsbeinigen Krakenwölfe, in höchster Eile und schneller als jedes Pferd angaloppiert und meldete das Herannahen von Nefretas Streitmacht – mehr als zweitausend Mann!

Die Frühlingssonnenwende war zu diesem Zeitpunkt nicht mehr

weit. Ein paar Tage noch, dann war es genau ein Jahr her, dass Alda-vinur durch das Feuer gegangen war, und ein Jahr, seit Efrynn ihm geraubt wurde. Ein Jahr wie hundert, so kam es ihm vor.

Es ist der richtige Zeitpunkt, befand er. *Um das Feuer zu entzünden und das Schwert singen zu lassen.*

Er suchte sich den höchsten Punkt seiner Kampflinie, stellte sich dorthin und ließ die Hörner erschallen, damit er die Aufmerksamkeit auf sich zog. Er nahm Luvian, und kaum hatte er die Spitze gen Himmel gereckt, jagte ein Sonnenstrahl durch die dichte Wolkendecke und hüllte das Schwert in tosendes Gleißen, das bis zum Fürstenschloss sichtbar sein musste.

Das Zeichen, auf das sie alle gewartet hatten. Das Schwert von Sonne und Mond erwartete seine Bestimmung, und Lúvenors Segen war mit ihnen, gebündelt in diesem einen Sonnenstrahl.

16.

Das letzte Feuer

Gondwin schickte keine weiteren Botschaften mehr. Und am Morgen nach Eintreffen des Botenfalks war die gegenüberliegende Kampflinie sogar verlassen! Über Nacht hatte Gondwin seine Truppen zurückgezogen. Nachdem er vermutlich genau wie Aldavinur Kunde von dem nachrückenden Heer erhalten hatte, zog er sich jetzt in die Festung zurück, um dort den Ansturm zu erwarten.

Aldavinur gab den Befehl, alles für den Angriff auf das Felsenschloss vorzubereiten – Sturmleitern zu bauen, und Rammböcke, Steinschleudern, Riesenarmbrüste, Geschütztürme, die Bogenschützen und Speerwerfern dienen sollten. Waffen wurden wiederhergestellt und geschliffen, Rüstungen ausgebeult und poliert, neue Aufstellungen vorgenommen. Die Flammenritter sorgten mit ihrem Feuer dafür, dass die Schmiede Tag und Nacht arbeiten konnten. Zuran behielt den Überblick und erstattete dem Oberbefehlshaber regelmäßig Bericht.

Die Tage vergingen schnell in reger Betriebsamkeit; das alles half Aldavinur dabei, sich abzulenken, denn er konnte kaum mehr den Tag erwarten, da Nefreta endlich eintreffen würde. Er vermisste sie so sehr, dass ihm durch die Anspannung sogar die Muskeln schmerzten.

Sie waren bereits dabei, gegen das Felsenschloss zu ziehen, als eine Staubwolke aus südlicher Richtung die Ankunft von Nefretas Heer samt Reiterei ankündigte. Der Jubel war groß, und die Begrüßung dauerte lange, als sie zusammentrafen.

Doch auf Aldavinur wartete eine bittere Enttäuschung.

»Wo ist Nefreta?«, fragte er.

»Sie wurde aufgehalten«, antwortete Wyndrit.

»Aufgehalten? Was soll das heißen?«

»Sie bat uns, dir Grüße auszurichten, und du mögest dich ein wenig gedulden, da sie noch etwas sehr Wichtiges zu tun habe. Eine unaufschiebbare Angelegenheit.«

»Was sollte das für eine Angelegenheit sein, die wichtiger ist als unser Kampf?«

»Es betrifft unseren Kampf, aber sie hat mir nicht mehr dazu gesagt.«

Aldavinurs Miene verfinsterte sich, und er konnte sich nur mit Mühe bezähmen.

Wyndrit vollzog eine beschwichtigende Geste. »Vergiss nicht, Nefreta war zuvor schon die Wächterin Luvgars. Möglicherweise wollte sie noch an der Grenze zu Hasad nach dem Rechten sehen, dich aber nicht beunruhigen.«

»Aber das Gegenteil ist der Fall!«, rief er. »Wohin ist sie geritten?«

»Sie hat es uns nicht gesagt, um zu verhindern, dass du ihr folgst. Sie rät dir dringend, Barastie anzugreifen. Sie wird auf direktem Wege dorthin reiten und im rechten Moment eintreffen.«

Aldavinur schüttelte beunruhigt den Kopf. »Das ist ...«

»Sie wird kommen«, unterbrach Andun. »Nefreta hat noch nie ihr Wort gebrochen. Sie *wird* kommen!«

Daran musste Aldavinur glauben.

Am Abend unternahm Aldavinur einen Spaziergang, um nachzudenken. Andun mochte zuversichtlich geklungen haben, doch Aldavinur war es nicht. Gondwin war ein nicht zu unterschätzender Gegner. Irgendetwas stimmte da ganz und gar nicht. Was verbarg Nefreta? Was war mit ihr geschehen? Der Fyrgar konnte nicht begreifen, weshalb sie nicht mit den anderen gekommen war, ihnen nicht einmal einen Brief an ihn zur Erklärung mitgegeben hatte. Auch seine eigenen Briefe hatte sie nie beantwortet. Es war, als wäre die Verbindung zu ihr vollständig abgerissen.

Aldavinur wanderte auf eine nahe gelegene Felsengruppe zu und stieg hinauf. Von dort aus konnte er sich den heimatlichen Bergen ein wenig näher fühlen. Auf dem höchsten Felsplateau verweilte er und schaute über das nächtliche Land. Soweit das Auge reichte, erstreckte sich das Lager der Verteidiger Luvgars, sichtbar durch viele kleine, weit verstreute Feuerpunkte. Er konnte die Last des Netzes, die darüberlag, körperlich spüren. Je näher er der Festung kam, desto erdrückender wurde es. Hier gab es nichts mehr, das frei war, alles wurde eingestäubt mit Finsternis und bedeckt mit schweren Wolken, die nicht aus Dunst gewoben schienen, sondern aus Spinnfäden. Wer mochte der Schattenweber sein? Was hatte er vor? Aldavinur glaubte nicht, dass es diesem nur um die Eroberung Luvgars ging. Eher hatte er den Eindruck, als sollte das ganze Land benutzt werden, um ein riesiges Heer aufzubauen, als Stützpunkt für die weiteren Schritte. Es war erst der Anfang.

Ein Schatten verdeckte kurz den Himmel, und Aldavinur hörte das sanfte Rauschen vom Wind getragener Federn. Er regte sich nicht, als Gondwin bei der Landung so nahe zu ihm trat, dass er seinen Atem spüren konnte.

»Wen liebst du mehr?«, fragte der Halbkrahim leise. »Sie oder die Berge?«

»Ich weiß nicht, wovon du sprichst.«

»Diese Frau. Nefreta. Du bist ihr verfallen, nicht wahr? Sie ist verführerisch und besitzt gewaltige Kräfte. Also sag es mir, hast du eine Entscheidung getroffen, für sie oder für das Land?«

»Diese Frage stellt sich mir nicht«, erwiderte er, ohne den Kopf zu drehen.

»Sie wird nicht mehr kommen, Aldavinur. Ich habe sie ausgeschaltet. Du bist allein.«

»Das ist dein Ziel?«

»Ich werde dir alles nehmen, bis nur noch eines bleibt. Das habe ich dir einst geschworen.«

Gondwin legte stets so viel Aufrichtigkeit in seine Stimme, dass seine Lügen darunter verborgen blieben. Niemand konnte Nefreta aufhalten, sie war die größte Kämpferin des Reiches. Besser als Aldavinur selbst, weil sie viel mehr Erfahrung besaß und weitaus mehr Geschick entwickelt hatte.

Gondwin konnte von ihrer wahren Beziehung nichts wissen, doch er hatte ein feines Gespür, und er kannte Aldavinur sehr gut. Er wollte den Fyrgar erschüttern, verunsichern, aus dem Gleichgewicht bringen und Zweifel wecken.

Und das gelang ihm ausgezeichnet.

»Rede keinen Unsinn«, versetzte Aldavinur beherrscht und sah Gondwin streng an. Er durfte sich nicht anmerken lassen, dass Gondwins Worte ihn getroffen hatten. »Was ich besitze, kannst du mir nicht nehmen.«

»Und was sollte das sein?«

»Alles.«

Wut funkelte in Gondwins blau leuchtenden Augen auf, und seine Flügel spreizten sich. »Immer noch dieselbe Überheblichkeit«, zischte er. »Soll ich dich auf meinen Schwingen mitnehmen und dir die Welt zeigen?«

»Was willst du, Gondwin?« Aldavinur wandte sich ab.

»Dir sagen, dass dein Kampf verloren und jetzt die letzte Gelegenheit gekommen ist, Frieden zu schließen. Ich wollte dir die Demütigung vor den anderen ersparen, deshalb habe ich diesen Moment abgewartet.«

»Oder wolltest du deine Verführung fortsetzen?«

Gondwin zögerte. »Wäre . . . das denn möglich?«

Aldavinur stieß einen trockenen Laut aus und verzichtete auf eine Antwort. Er regte sich nicht, als er Gondwins unmittelbare Nähe spürte, das Rascheln von Flügeln, die ihn flüchtig berührten.

»Ich bin auch deinetwegen hier«, sagte Gondwin leise. »Erkennst du nicht, wie ähnlich wir uns sind? Mensch-und-doch-nicht-Mensch, so hast du mich einst genannt. Und das trifft nunmehr auch auf dich zu.«

»Lass dir etwas anderes einfallen«, schmetterte Aldavinur ihn kalt ab. »Weder Lügen noch Verlockung fruchten. Wie wäre es, wenn du versuchst, mir Angst einzujagen?«

»Hast du denn keine?«

»Nein. Ich habe vor nichts Angst.« Nur um Nefreta. Aber sie konnte selbst auf sich achtgeben. Er sollte seine Sinne ausschließlich auf den Kampf richten und sich nicht von einem Mann beeindrucken lassen, der nur der Diener des wahren Feindes war.

Vielleicht konnte er ihn damit packen.

»Aber ich kann mir vorstellen, dass *du* Angst hast«, fuhr er fort. »Wie viel Zeit hat dir dein Herr gegeben, um mich zu bekehren? Hast du dich deswegen hierhergewagt, obwohl du davon ausgehen musstest, dass ich dich töte?«

»Du lenkst ab. Warum glaubst du mir nicht einfach?«

Da musste Aldavinur lachen. »Du sprichst von Liebe und verstehst darunter kaltblütigen Mord. Ich bin nur froh, dass meine Lehrmeisterin das nicht mehr erleben muss. Sie wäre leichte Beute für dich gewesen, denn sie hätte sich selbst aufgegeben, um die anderen zu schützen. Aber das hätte den Untergang erst recht besiegelt. Das war eine der ersten Lektionen, die ich während meines Weges nach unten lernte, und die leider der Lehre meiner Meisterin widerspricht.«

»Die da wäre?«

»*Ich habe nicht das Recht, einem anderen das Leben zu nehmen; ich habe es ihm schließlich auch nicht gegeben.*«

»Das hat deine Lehrmeisterin dich gelehrt?«

»Oh ja.«

»Welch erleuchtete Weisheit. Und warum hast du sie dann nicht angenommen, oh großer Lehrmeister der Fyrgar?«

»Nicht alle Lehren können gleichermaßen Anwendung finden, Gondwin. Meine Lehrmeisterin war ein sanftes Geschöpf, das sich nur von Pflanzen ernährte und selbst dabei noch das Gefühl hatte, Leben zu nehmen. Sie hatte es daher nicht leicht mit mir. Denn ich bin Beutejäger von Geburt an.« Aldavinurs Augen glühten durch die Dunkelheit, als er lautlos in drohender Haltung auf den Geflügelten zuging. »Und du vergisst, dass dies meine Schandgestalt ist. Ich bin kein Lehrmeister der Fyrgar mehr, und ich folge auch nicht länger den Lehren meines Volkes. Ich habe mich von allem losgesagt, denn es geht für mich nur darum, Efrynn zu finden und zurückzubringen und dich zur Rechenschaft zu ziehen. Ich werde nicht zulassen, dass die Finsternis ihr Netz ausweitet. Sag das deinem Herrn!«

»Und was ist mit Beserdem?«, fragte Gondwin.

»Oh, richtig, ich vergaß.« Aldavinur trat an den Rand des Felsens, griff in seine Haare, löste die beiden Federn und ließ sie mit dem

Wind davontreiben, höher und höher hinaufgetragen und gewirbelt, als würden sie den Weg nach Hause suchen. »Ich gebe sie zurück!«, rief er. Dann wandte er sich Gondwin zu, und kalter Hass brannte in seinen Augen. »Nun bin ich frei. Ich könnte dich hier und jetzt töten, also solltest du besser verschwinden.«

»Du kannst mich nicht töten ...«

»Gondwin, unterschätze niemals einen Fyrgar! Wir sind keine Mächtigen, doch nichts und niemand wird uns hindern, die Festung Barastie einzunehmen. Du kannst mich nicht aufhalten. Es sei denn, du tötest mich jetzt und hier.«

»Du weißt, dass ich das nicht will«, erwiderte Gondwin.

»Eines Tages wird dir nichts anderes übrig bleiben«, versetzte Aldavinur. »Und das ist diesmal meine Lehre an dich, weswegen ich dich unbehelligt ziehen lasse. Wenn du es nicht selbst begreifst, wird dein Herr dich dazu zwingen.«

»Wer sagt dir, dass es ein *Herr* ist?«, zischte Gondwin. »Hast du nie daran gedacht, dass auch Verrat geübt werden kann? Dass ein Plan dahintersteckt, den du nicht durchschaust? Oder hast du bereits eine Vermutung gehegt, wer die Schattenweber wirklich sind, und weigerst dich, sie zuzulassen? Weshalb seid ihr wohl jetzt nicht alle hier?« Er deutete zum Lager hinunter. »Du führst sie ins Verderben! Genau dorthin, wo die Schattenweber sie haben wollen!«

Aldavinur spürte, wie das Gift in seine Adern rann und heiß und kalt zu seinem Herzen strömte. Er musste es abwehren, musste festhalten an seinem Ziel. »Es ist nur *ein* Schattenweber, das sagtest du mir in Nekramantia selbst. Du hast dich inzwischen so sehr in deine Lügen verstrickt, dass du durcheinander kommst. Also sag deinem *Herrn*, dass ich komme. Soll *er* dann sein Glück an mir versuchen. Wir beide sind jedenfalls fertig miteinander.« Er ließ den Geflügelten stehen und machte sich an den Abstieg.

»Einer ist viele!«, rief Gondwin ihm hinterher. Er sprang von der Felskante, breitete die Flügel aus und tauchte in die Nacht ein.

Aldavinur verschwendete keinen Blick mehr an Gondwin.

Doch sein Herz war sehr schwer. Nefreta war verschwunden, und nichts war mehr sicher. *Nein*, dachte er. *Gondwin hat gelogen. Er hat Nefreta nicht gefangen oder getötet, und sie hat auch nichts mit den Schattenwebern zu tun. Das ist absolut unmöglich, ich kenne sie doch und ihr Baiku, wir sind eins, und wir lieben uns. Wahrscheinlich sind wir die ersten Fyrgar, die sich jemals geliebt haben. Das ist unzerstörbar, weder durch Gift noch das Böse, durch keine Macht des Universums. Diese Liebe kann niemals auf einer Lüge basieren, sie ist so rein wie der unberührte Schnee auf dem Wolkenreiter.*

Aber was war, wenn diese Liebe verdorben wurde? Wenn Nefreta nichts dafür konnte, weil auch in ihre Adern Gift geträufelt wurde?

Aldavinur ballte seine Fäuste, er zitterte vor Wut, weil er es zuließ, dass Zweifel in ihn schlich. Warum hatte er Gondwin zugehört! Er wusste doch, dass er nur Zwietracht säte, er hätte es besser wissen sollen!

Nein, ich darf nicht zweifeln, zwang er sich zur Ruhe. *Genau das beabsichtigt dieser verfluchte Krähenmann! Ich vertraue Nefreta, für immer. Unsere Liebe kann nicht verdorben werden, nicht einmal von Gondwin.*

Aber . . . das war noch nicht alles.

Einer ist viele.

Was hatte das nun wieder zu bedeuten?

Aldavinur sprach mit den Flammenrittern über Gondwins letzte Worte, doch auch sie waren ratlos. Sie versprachen, danach zu forschen, während der Marsch auf die Festung fortgesetzt wurde. Das Heer wurde unterwegs nicht mehr aufgehalten, und so kamen sie schnell voran. Ab und zu zeigten sich Krahim am Himmel, doch sie waren nur als Späher eingesetzt und hielten sich außerhalb der Reichweite von Speeren und Pfeilen. Gondwin hüllte sich fortan in Schweigen, er schickte Aldavinur keine Botschaft und suchte ihn auch kein zweites Mal auf. Mehr gab es also nicht zu sagen. Nun wartete er zurückgezogen in der Festung wie eine Felsspinne darauf, sein Netz auszuwerfen.

Der Vulkan schien jeden Tag zu wachsen, je näher das Heer herankam. Schwarz und bedrohlich, vom Netz überzogen, ragte er über die letzten Ausläufer des Fyrgar-Gebirges auf.

Sie kamen jetzt nur noch sehr langsam voran, weil sie Geschütztürme, Rammböcke und Leitern mit sich führten. Aldavinur teilte die Versorgungskarren auf, damit die Soldaten unterwegs ausreichend versorgt waren. Zuran spornte ihren Eifer an, indem er ihnen ausmalte, welche Genüsse in Schloss Barastie auf sie warteten. Keinen Hunger, keine Not würde es mehr geben, wenn sie die Mauern erst einmal erstürmt hatten. Die Flammenritter zeigten sich regelmäßig und sprachen zu den Kriegern.

»Es ist sehr ruhig«, sagte Andun zu Aldavinur. »Wir haben keine Deserteure mehr, aber es schließt sich uns auch niemand mehr an. Alles wartet auf den Endkampf.«

Abends scharten die Soldaten sich um die von den Flammenrittern entzündeten Feuer, lauschten Geschichten oder sangen. Jeder bereitete sich auf die alles entscheidende Schlacht vor.

Ein Raunen ging durch das Heer, als sie eines Tages endlich die trutzige Festung erblickten, dicht an den Vulkan geschmiegt. Auf der linken Seite türmte sich das Fyrgar-Gebirge auf.

Aldavinur rief die Befehlshaber ins Versammlungszelt, während das Lager aufgeschlagen wurde und letzte Vorbereitungen für den Sturm getroffen wurden. Die Geschütztürme wurden in Position gebracht, die Rammböcke bereitgelegt, große Steinschleudern und Riesenarmbrüste wurden bestückt und gespannt. Einige Bolzen und Steinbrocken wurden mit in Öl getränkten Lappen umwickelt, die vor dem Abschuss entzündet werden sollten.

Dann wurden die Krieger zur Ruhe geschickt, um ihre Kräfte zu sammeln.

Auf dem Tisch im Zelt lagen Karten ausgebreitet, und die Befehlshaber planten die ganze Nacht zusammen mit den Flammenrittern und Aldavinur den Angriff des kommenden Tages. Bereits im frühen Morgengrauen sollte der Sturm beginnen, und jeder einzelne Schritt wurde besprochen und zeitlich abgestimmt, denn es sollte Schlag auf Schlag gehen.

Die Befehle wurden kurz vor der Dämmerung ausgegeben und verteilt, und bis zum ersten Dämmerschein stand das Heer bereit. Fahnen wehten in der Morgenbrise, ab und zu wieherte ein Pferd, ansonsten war es still. Alle warteten auf das Zeichen.

Aldavinur verließ das Zelt und nickte dem wartenden Hornbläser zu. Der erste tiefe Ton erschallte und wurde augenblicklich aufgenommen und weitergetragen.

Der Sturm begann.

Der Sommer schritt heran, während der Kampf um Schloss Barastie noch immer tobte. Die Steinschleudern hatten schon viele Löcher in die Mauer geschlagen, auch das Schloss selbst wies schwere Beschädigungen auf. Immer wieder waren die Sturmleitern angelegt worden, wurden die Geschütztürme nah genug herangebracht, um die Brücken zur Erstürmung herunterzulassen, doch die Festung strafte ihre Legende nicht Lügen. Sie *war* uneinnehmbar. Manchmal gelang es sogar bis zu hundert Soldaten, hinter die Mauer zu kommen, doch sie konnten nichts ausrichten. Bevor sie das Tor erreichten, wurden sie niedergemacht. Kein einziger kehrte jemals zurück. Die Zahl der Verwundeten wuchs, und das bereitete Aldavinur am meisten Sorge – dass sie von innen her geschwächt wurden.

Während eines Gangs durch das Lazarett in Begleitung von Zuran wurde Aldavinur Zeuge einer tragischen Szene, die beispielhaft war für viele weitere. Kampfgefährten und Freunde harrten am Lager der Verwundeten aus, sprachen ihnen Mut zu, beteten für sie, versuchten sie aufzumuntern.

Einen der Pflegenden erkannte Aldavinur, Magred, ein verdienter Soldat von Mitte vierzig, mit wettergegerbtem Gesicht und grau gesträhnten roten Haaren. Er saß am Lager eines jüngeren Mannes, dessen Gesichtszüge den seinen ähnlich waren, und hielt dessen Hand.

»Radfin, kleiner Bruder«, sagte er leise. »Komm zu dir! Morgen geht es wieder in den Kampf, und ich brauche dich an meiner Seite!«

Die Lider des Verwundeten flatterten, dann gelang es ihm, sie zu heben. »Ich bin so schwach, Großer«, wisperte er. »Ich kann nicht mehr.«

»Aber wir haben es den Eltern versprochen!«, fuhr Magred eindringlich fort. »Für die Zwillinge, und für Hethia, unsere Schwester, erinnerst du dich? Sie haben sie verschleppt, und wir holen sie zurück!«

»Du musst es allein tun«, hauchte Radfin. »Ich gehe ein ins Totenreich.«

»Unsinn, deine Verwundung ist nicht tödlich!«

»Nicht die des Körpers ... doch alles wird grau um mich ... «

Panik verzerrte die Züge des harten Soldaten. »Nein ... nein ... du hast doch keinen Kuss empfangen ...«

»Als wäre etwas über mich geworfen worden, als ich fiel ... und ich sehe das Netz ...«

Aldavinur wandte sich dem Heiler zu, den Zuran in aller Eile gerufen hatte. Der musterte den Verwundeten kurz, dann schüttelte er den Kopf. »Ich kann nichts mehr für ihn tun.«

»Aber warum nicht?«, rief Zuran. »Sein Bruder ist bei ihm, er kann ihn stärken! Er muss Widerstand leisten!«

Da brach es aus dem Heiler hervor. »Er kann nicht!«, schrie er, und für einen Augenblick hielt alles inne. Das Lazarett war groß, aus vielen Zeltdächern zusammengesetzt, und Liege stand an Liege. Es stank nach Blut und nach Wundbrand, Verletzte jammerten und stöhnten, und viele, die gerade operiert wurden, schrien erbärmlich, wenn ihnen ein Glied abgenommen oder der Bauch geöffnet werden musste. Sie hatten nicht mehr genug starke Betäubungsmittel, konnten nur eine leichte Linderung spenden. Immerhin schwelten Rauschkräuter in großen Schalen, deren starker, süßlicher Duft in dicken Schwaden durch das Zelt waberte und einen ganz benommen machte. Aber das war nur ein sanftes Beruhigungsmittel.

Der Heiler merkte, dass er zu weit gegangen war, solch einen Ausbruch durfte er sich nicht erlauben. Er musste Zuversicht verbreiten und Ruhe. Er schluckte die restlichen Worte hinunter und fuhr mit gedämpfter Stimme fort: »Er hat einfach keine Kraft mehr. Zu wenig zu essen, seht ihn Euch doch an, die Rippen stehen hervor. Der Schmerz macht ihn halb wahnsinnig. Gewiss könnte ich ihn mit den entsprechenden Mitteln und mit guter Nahrung rascher heilen und er könnte dem Netz Widerstand leisten. Aber das ist nicht möglich, uns fehlen die Mittel, und er ist zu schwach. Es gibt andere, denen ich noch helfen kann. Ich muss ihn aufgeben.«

»Aber ich nicht!«, rief Magred. »Ich werde alles tun, ich ...«

»Bruder ...«, hauchte Radfin. »Küss mich zum Abschied ...«

Aldavinur sah die graue Haut, über die sich ein feines schwarzes Netzmuster zog, sah, wie die Augen sich verschleierten, sah, wie jeglicher Ausdruck aus dem Gesicht des Verwundeten schwand. Er packte Magred, der sich schon über seinen Bruder beugen wollte, und riss ihn zurück; musste den sich sträubenden Mann mit aller Gewalt festhalten.

Zuran zog das Schwert, als Radfin sich halb aufrichtete und mit grauem Blick um sich sah.

»*Ihr alle werdet in die Glückseligkeit eintauchen*«, sagte er. »*Folgt mir, und ihr werdet gesund. Stärker denn je, und geborgen in der Liebe des Netzes.*«

»Nein ... nein ...«, keuchte Magred verzweifelt und wand sich in Aldavinurs Griff. »Lasst mich zu ihm, ich muss ihn retten, ich ...«

Zuran hob das Schwert, um den Verletzten zu erschlagen, doch der Heiler fiel ihm in den Arm. »Nicht hier!«, keuchte er. »Dies ist ein Ort der Heilung!«

»Aber was sollen wir dann tun?«, fragte Zuran, wütend und entsetzt zugleich.

»*Komm zu mir*«, flüsterte Radfin. Er lächelte, obwohl seine Wunde aufgebrochen war. Aber er schien sie nicht mehr zu spüren.

»Ich rufe zwei Flammenritter, die werden ihn zur Mauer bringen«, entschied Aldavinur traurig. »Da er nun einer von denen ist, werden sie ihn im Lauf der Nacht holen und gesund pflegen. Magred, verabschiede dich von deinem Bruder.«

»Tot ist er besser dran!«, stöhnte der Soldat.

»Das werde ich nicht zulassen. Für diesen Zustand kann er nichts.«

»Du findest es stattdessen besser, dass er auf der Seite des Feindes gegen uns kämpft, gegen seinen eigenen Bruder?«, warf Zuran fassungslos ein.

»Besser, als dass er hier und jetzt in wehrlosem Zustand erschlagen wird. Bleiben kann er wegen der Ansteckungsgefahr nicht. Mehr habe ich dazu nicht zu sagen.« Aldavinur zerrte Magred mit sich und stieß ihn aus dem Zelt. »Dieser Mann darf das Lazarett nicht mehr betreten«, ordnete er an und ließ Wachen aufstellen. Zwei Flammenritter bezogen Posten im Zelt, um zu handeln, sobald der Nächste der Versuchung erlag.

Zuran rannte ihm ins Zelt nach. »Wie kannst du das tun?«, rief er.

»Dieses Blut wird nicht auch noch an meinen Händen kleben!«, gab Aldavinur zurück. »Ich erschlage keinen wehrlosen Mann. Es gibt schon viel zu viele Opfer, und die meisten sind unschuldig, weil sie nicht wissen, was sie tun.«

»Und morgen kämpfen sie gegen uns, und wir verlieren!«

»Nein.«

»Ich verstehe dich nicht. Einerseits gehst du gnadenlos vor, du kämpfst wie ein Rithari, andererseits lässt du Fahnenflüchtige ziehen, die das Heer des Feindes verstärken! Welche Taktik verfolgst du damit?«

»Ich muss einen Mittelweg finden. Ich will nicht mehr so gleichgültig sein wie die Fyrgar, aber ich will auch nicht gnadenlos jedes Leben auslöschen, nur weil es mir im Weg ist. Diese Männer können vielleicht noch gerettet werden, wenn alles vorbei ist und sie nicht in der Schlacht gefallen sind!«

Zuran machte ein ungläubiges Gesicht. »Darüber haben wir nie gesprochen: Was geschieht, wenn die Schattenweber ausgeschaltet sind? Besteht Hoffnung auf Heilung oder nicht?«

Aldavinur hob die Schultern. »Diese Seuche ist keine gewöhnliche Krankheit des Körpers, sondern eine Krankheit des Geistes. Wir gehen der Reihe nach vor: Erst schalten wir die Schattenweber aus, und dann werden wir über die Heilung nachdenken, falls sie nicht sofort erfolgt. Wichtig ist es, die Ansteckung zu unterbinden.« Er musterte Zuran eindringlich. »Zweifelst du an mir?«

»Natürlich nicht. Dafür ziehe ich schon zu lange mit dir. Aber ich hoffe, du weißt, was du tust, Donnervogel.«

Gondwin schickte seine Netzritter aus mit dem Ziel, Gefangene zu nehmen, um sie gegen ihre Freunde auszuspielen. Manchmal schleuderten die Schattenweber abgetrennte Köpfe über die Mauern herab, manchmal hörte man die Gefangenen laut predigen, dass sie endlich die Wahrheit erkannt hätten und sie nun weitergeben wollten. Die Krakenwölfe und die Kämpfer der Alten Völker ließen sich davon nicht beeindrucken. Die Menschen waren manchmal der Verzweiflung nah, denn sie verloren Tag um Tag ihre engsten Kampfgefährten, und sie rannten vergeblich gegen den schwarzen Fels an, während hinter ihnen der Hunger heranrückte. Aber das bedeutete nicht, dass sie deswegen ihren Mut verloren. Seite an Seite mit den Krakenwölfen und den Alten kämpften sie mit unverminderter Kraft weiter.

Dennoch wurde Aldavinurs Herz immer schwerer. Jeden Morgen und jeden Abend blickte er nach Osten und nach Süden, hielt Ausschau nach Nefreta.

Andun kam zu ihm und legte ihm eine Hand auf die Schulter. »Nefreta ist die Wächterin Luvgars«, sagte er sanft. »Und das schon seit fast tausend Jahren. Es mag in der ganzen Zeit keinen solchen Krieg gegeben haben, aber sie hat so manchen Kampf gefochten. Man nennt sie nicht umsonst die ›Löwin von Luvgar‹. Du hattest nicht genug Zeit, den Liedern der Barden zu lauschen. Sonst hättest du viel über sie erfahren.«

»Ich hörte immer nur, dass ihr verschwunden seid.«

»Ja, wir haben viele Jahre zurückgezogen gelebt, weil es keinen Grund gab, uns öffentlich zu zeigen. Das Land lebte in Frieden. Wir haben unsere Rüstung gegen den Lehrkittel vertauscht und Kinder unterrichtet, im ganzen Land. Nefreta wurde am meisten bewundert, alle liebten sie, und sie konnte auch gut mit Kindern umgehen. Durch das Wissen, das wir weitergaben, wurden die Menschen offener und zugänglicher, und der Handel blühte.« Andun machte eine kurze Pause, um die folgenden Worte umso besser wirken zu lassen.

»Nefretas erkorenes Ziel war es, alle Grenzen zu öffnen und die großen Länder zu einen, zu einem einzigen Reich, regiert von einem großen Rat, der sich aus allen Völkern zusammensetzen sollte. Sie glaubte, das würde auch die ständigen kleinen Grenzkriege und Streitigkeiten beenden und Waldsee stärken für den Sturm, der kommen wird.«

»Ein großes Vorhaben«, murmelte Aldavinur.

Andun lächelte. »Sie wollte zu den Fyrgar gehen und sie aufrütteln. Als sie dich traf, wurde ihr bewusst, dass sie noch ganz am Anfang steht, und haderte schwer mit unserem Volk.«

»Anstatt der Welt näherzukommen, haben wir uns immer weiter von ihr entfernt.« Aldavinur nickte. »Ja, das kann ich verstehen. Ich hadere ebenfalls damit. Denn selbst wenn ich Efrynn zurückbringe, ist es fraglich, ob es etwas ändern wird. Vor allem . . . kann ich noch dort oben leben? Oder Efrynn? Ich habe mich verändert, und Efrynn wollte schon immer die Welt außerhalb der Berge kennenlernen.« Er wandte sich dem Gefährten zu. »Was geschieht mit uns, Andun? Werden wir uns immer weiter aufspalten in sterbliche Flammenritter und in unsterbliche Weise? Wird unser Volk aussterben?«

»Ich höre Nefreta durch dich sprechen. Wer weiß, Aldavinur! Jetzt sollten wir uns Gedanken über die Zukunft Luvgars machen, wie wir sie lebenswert schaffen können.«

»Wohl gesprochen.« Aldavinur zögerte. »Aber sag mir . . . war . . . Nefreta schon einmal so lange fort?«

»Nein«, antwortete Andun und konnte die Besorgnis in seiner Stimme nicht mehr länger unterdrücken.

Nachts griffen die Wandelkrähen an, mit Öl und Steinen, rasten wie ein Sturm über die Verteidiger Luvgars hinweg, säten Feuer und Vernichtung und verschwanden sogleich wieder, bevor die Wachen zum Gegenschlag bereit waren. Die Belagerer kamen nicht zur Ruhe, doch die Ausdauer der Menschen war bewundernswert. Aldavinur hörte kein Murren, kein Klagen, sondern sie wurden dadurch erst recht angehalten, nicht aufzugeben. Wenn es überhaupt möglich war, steigerten sich Wut und Hass noch, und sie ließen im direkten Kampf, Mann gegen Mann, keine Gnade walten.

Aldavinur ließ keinen Nachschub zum Schloss durch, das ganze Gelände wurde weiträumig abgeriegelt, niemand kam ohne sein Wissen mehr hinein oder hinaus.

»Mach dir keine Gedanken«, sagte Zuran zu Aldavinur. »Wir werden durchbrechen, und zwar schneller, als du glaubst. Es muss nur der richtige Moment kommen.«

»Der ist nicht mehr fern«, erwiderte Aldavinur. »Meine Gefährten und ich bereiten den endgültigen Schlag vor – durch das Tor. Ihr werdet an der Mauer für ausreichend Ablenkung sorgen. Sollten wir scheitern, gebt den Kampf auf und verschwindet. Geht in die Berge, zu meinem Volk. Die Fyrgar werden euch helfen, einen anderen Weg gegen die Seuche zu finden.«

»Ich dachte, die lehnen jede Verbindung ab?«

»Sie wissen, was vor sich geht. Sie werden von jetzt an für euch da sein.«

»Nach all der Zeit glaubst du immer noch daran ...«

»Ich gebe mein Volk niemals auf. Genauso wenig wie diesen Kampf.«

Aldavinur hatte sehr lange nachgedacht und sich mit den Flammenrittern beraten. Es war ersichtlich, dass die Festung auf die bisherige Weise nicht zu erstürmen war, selbst wenn sie zwanzigtausend Mann gehabt hätten.

»Dann sollten wir jetzt reingehen«, empfahl Andun. »Wofür haben wir das Zeug die ganze Zeit mitgeschleppt, wenn wir es nie einsetzen?«

»Ich wollte warten, bis Nefreta eintrifft, weil unsere Aussichten dann sehr viel höher gewesen wären«, sagte Aldavinur. »Aber wie es aussieht, wird sie nicht mehr kommen.«

Die anderen schwiegen betreten. Keiner sprach offen aus, was sie alle dachten: Dass Nefreta etwas zugestoßen sein musste, weil sie so lange ohne Nachricht fernblieb.

Schließlich sagte Wyndrit: »Sie hat darum gebeten, bis zum Sommer zu warten. Sie wollte zum entscheidenden Angriff eintreffen.«

»Warum so lange?«, erwiderte Aldavinur. »Sie hat in all der Zeit nicht eine einzige Botschaft geschickt!«

»Du musst vertrauen ...«

»Ich vertraue ihr, aber ich weiß auch, was Gondwin mir gesagt hat!« Aldavinur schüttelte den Kopf. »Ich kann nicht mehr warten. Wir müssen jetzt losschlagen, ansonsten haben wir verloren. Unsere Vorräte gehen zur Neige, der Herbst ist nicht mehr fern, und wir sind keinen Schritt weiter. Mit jedem Tag verlieren wir mehr an Kampfkraft. Eine Belagerung über den Winter ist unmöglich. Unsere bisherigen Strategien hatten keinen ausreichenden Erfolg, also nehmen wir uns jetzt das Tor vor und gehen rein, so gering unsere Aussichten auf Erfolg auch sein mögen.«

»Sammelt euch«, sagte Aldavinur am anderen Morgen zu den Befehlshabern. »Wir greifen an, und diesmal werden wir so lange kämpfen, bis wir entweder durchgebrochen sind oder bis keiner mehr am Leben ist.«

»Wir werden alle das Beste geben, und wir werden es schaffen, denn die Mauer wird bald fallen«, knurrte Zuran und gab den Hornbläsern Anweisung, welches Signal sie hinausschmettern sollten. Und sie taten es mit Inbrunst und Hingabe und mit solcher Eindringlichkeit, dass der Feind augenblicklich die bebende Mauer besetzte.

Aldavinur rief die Flammenritter zusammen; sie waren alle zu Pferde, auch er selbst. Der Plan lautete, im Sturm durch das Tor der Festung zu brechen. Der Einsatz des Feuers war genau abgesprochen, sie hatten sich abgestimmt. Es musste sehr schnell gehen, damit sie nicht vorzeitig ermüdeten. Sie würden den Schattenwebern zeigen, dass die Fyrgar mehr waren als nur abgeschieden lebende Weise und dass das Wort »Flammenritter« nicht einfach nur eine klangvolle Bezeichnung war.

Zusammen mit seinen Gefährten ritt er in voller Rüstung, den Helm geschlossen, vor das Heer. Sie bauten sich alle hinter ihm auf.

Die Pferde trugen starke Brustpanzer und lange Schabracken; sie tänzelten feurig schnaubend, geballte Kraft in angespannten Muskeln unter glänzendem Fell. Die Reiter hielten Fahnen mit ihrem Wappen hoch, jeweils in der Farbe des Rocks gehalten, die erwartungsvoll im Wind flatterten.

Aldavinur ritt auf und ab, Luvian emporgereckt, und hielt seine Ansprache an die Soldaten, an jeden Einzelnen.

Er sagte nicht viel. Doch Aldavinur zeigte ihnen durch Gesten, durch die Körperhaltung, durch jede Bewegung, dass er sein Vertrauen in sie setzte und an sie glaubte. Dass es nun um alles ging und sie deshalb auch glauben mussten. An sich und den Streiter neben sich, der ihnen Deckung gab. Jeder für den anderen, für die Freiheit.

Es war ein Abschied, und sie wussten es alle.

Dann ritten sie los.

Aldavinur führte die den Flammenrittern folgende Reiterei ein Stück weit voraus, doch diese scherte aus, als sie sich der Mauer näherten. Gleichzeitig begann der Sturm des Heeres. Noch während der Nacht hatte der Oberbefehlshaber die Türme, Leitern und Rammböcke in Stellung gebracht – doch so, dass vom Feind weder die Anzahl noch die genaue Stellung ausgemacht werden konnte. Jetzt kam es auf Schnelligkeit an; Aldavinur vertraute auf die Befehlshaber. Er konnte ohnehin nichts mehr ausrichten, sie mussten getrennt handeln.

Die ersten Schleudergeschütze nahmen ein Mauerstück unter schweren Beschuss, während Leitern und Rammböcke dorthin gebracht wurden. Ebenso wurden die Türme auf die Mauer zu gezogen. Die Bläser gaben ununterbrochen Signale, die für den Feind nur unverständliche Tonfolgen waren, die den Befehlshabern jedoch genau anzeigten, wohin Zuran die Aufmerksamkeit lenken wollte. Die Reiterei ging in Stellung, und wurde, falls der Feind die Festung verlassen wollte, verstärkt durch Bogenschützen. Das restliche Heer rannte im Sturmlauf auf die Mauer zu.

Aldavinur konnte das Tor schon sehen. Es gab keinen Graben und keine Zugbrücke, die Mauern waren so dick und von Felsen umschlossen, dass diese einzige Schwachstelle nicht mehr besonders gesichert wurde.

Das Tor selbst war allerdings beste Schmiedearbeit, für einen Riesen zu schwer und ganz aus Metall. Aber Fyrgar-Feuer ließ sich auch davon nicht abschrecken, es verfügte über verbindende Möglichkeiten und eine hohe Schmelzkraft.

Die Flammenritter hielten die Beutel mit dem Glutsteinmehl bereit.

»Dann gehen wir also alle gemeinsam durch das Feuer!«, lachte Svenlin, während sie auf das Schloss zu galoppierten.

Da fiel ihm Arenhel ins Wort, wild gestikulierend brüllte sie: »Seht doch! Nefreta! Sie kommt!«

Aldavinur fuhr so jäh herum, dass er beinahe den Halt im Sattel verloren hätte, und sein Herz schlug so wild, dass er Angst hatte, es würde ihm die Brust durchstoßen. Und tatsächlich, von Südosten her preschte ein großes Pferd heran, auf dem eine Rittergestalt in rotgoldenem Wappenrock saß, der weithin sichtbar leuchtete. Lange kupferfarbene Haare wehten wie eine Fahne.

Auch das Heer hielt für einen Augenblick inne, und die Soldaten schlugen begeistert Schwert, Axt und Speer gegen die Schilde und schrien wie aus einem Mund:

»Die Löwin von Luvgar! Hoch! Hoch! Der Feind wird fallen!«

»Sie hat es gewusst«, murmelte Aldavinur, zitternd vor Anspannung. »Sie hat genau den Augenblick abgewartet, denn jetzt werden sie unerschütterlich an den Sieg glauben und den Durchbruch schaffen!«

»Die Löwin von Luvgar!«, schrien auch die Flammenritter und hoben die Schwerter. »Hoch Nefreta! Barastie wird brennen!«

Dann preschten sie gemeinsam los, nur Aldavinur hielt sein aufgeregtes Pferd zurück, gab erst die Zügel frei, als Nefreta zu ihm aufgeholt hatte. Ihr Pferd wieherte laut, und viele Streitrösser antworteten schallend.

Eine Menge Töne brachen sich in diesen Stunden an den Felsen und wurden vielfach erschauernd zurückgeworfen.

Nefreta hob ihre Fahne und preschte neben Aldavinur auf das riesige Tor zu, dessen Ketten, Stacheln und Scharniere unüberwindlich und unzerstörbar wirkten.

Die Flammenritter formierten sich nun zu Vierergruppen. Aldavinurs Plan ging auf, nur wenige Wachen schickten ihnen einen Pfeilhagel und Speere entgegen, alle anderen waren zur Verteidigung der Festung gegen das Heer gebunden. Sie hoben die großen Schilde, die sie nur beim Angriff zu Pferde trugen, bildeten so eine fast geschlossene Formation und wehrten alle Geschosse ab.

Nefreta und Aldavinur setzten sich nun an die Spitze und waren bald zu nah unter den Überhängen, als dass sie von den Pfeilen hätten erreicht werden können. Zum Tor waren es nur wenige Galoppsprünge, und Aldavinur hörte hektische Befehle und sah eilige Bewegungen, doch direkt am Tor, das in einen großen, breiten Bogen eingefasst war, konnte keiner sie mehr erreichen.

Sie saßen ab und ließen die Pferde laufen; ab jetzt konnten sie ihnen nicht mehr nützlich sein. Auch die Schilde legten sie ab; einer nach dem anderen kamen die Gefährten heran; die Letzten gaben Deckung, indem sie mit der Armbrust auf die Zinnen schossen.

»Sie werden verzweifelt sein, weil sie nicht wissen, was wir jetzt vorhaben«, sagte Andun und nahm seinen großen, schweren Beutel vom Sattel. Auch Endwist und Wyndrit brachten ihre Säcke mit, gefolgt von den anderen.

»Sie haben noch nie gegen Fyrgar gekämpft«, erklang Nefretas vertraute, warme Stimme.

Aldavinur hätte sie so gern in die Arme geschlossen, ohne hinderliche Rüstung. Er wusste nicht, was er sagen sollte, es war so viel und doch so wenig, und der Zeitpunkt war denkbar schlecht. Aber irgendetwas musste er sagen, und so fing er an: »Nefreta...«

Es klirrte leise, als sie ihren metallverstärkten Handschuh auf seinen gepanzerten Arm legte. Ein heißer Strom durchfuhr ihn, und er fühlte sie plötzlich an seiner Haut, ganz nah. »Alles ist gut«, sagte sie nur zu ihm, niemand sonst konnte sie hören. »Wir sind zusammen.«

»Alles bereit«, unterbrach Andun und deutete auf die Säcke, die nun vor dem Tor aufgestapelt waren. »Das wird einen ordentlichen Bums geben.«

»Hat das eigentlich schon einmal einer von euch versucht?«, fragte Arenhel.

»Ich weiß nur, dass es zündet und knallt«, gab Svenlin zur Antwort. »Dieses schwarze Zeug gibt es hier massenhaft beim Vulkan, und die Nekramanten verwenden es für eine besondere Zeremonie, deswegen lagern sie es.«

Und deswegen waren Aldavinur und Nefreta damals während der Planung in der Totenstadt übereingekommen, es mitzunehmen, auch wenn sie unterwegs keine Möglichkeit fanden, die Wirkung auszuprobieren. Aldavinur vertraute darauf, dass die Nekramanten die Flammenritter nicht falsch informiert hatten.

»Hoffentlich fliegen wir nicht alle in die Luft, weil es zu viel ist«, murmelte Wyndrit.

Aldavinur winkte ab. »Für dieses massive Tor brauchen wir schon einiges.«

»Ja, aber wenn wir die Wirkung nicht kennen, wie wollen wir das berechnen?«

»Wenn *wir* das nicht schaffen – wer sonst?«, fragte Nefreta in die Runde, und alle lachten.

Aldavinur fühlte sich ein wenig unbehaglich und fragte sich, ob der Plan nicht zu kühn war. Fyrgar hielten einiges aus, aber vielleicht war es doch besser, Deckung zu suchen? Aber wie wollten sie dann aus der Ferne Feuer schlagen?

Immer noch wurden Wurfgeschosse auf sie geschleudert, doch diese zischten hinter ihnen vorbei, ohne Schaden anzurichten. Ab und zu holte ein Flammenritter einen feindlichen Soldaten mit einem Pfeil von der Mauer. Etwa zehn Speerwürfe entfernt tobte die Schlacht, und Zuran schlug sich tapfer. In der Mauer klaffte inzwischen ein Loch – wenngleich es noch kein Durchbruch war –, und Gondwin schickte die Krahim, die als Erstes einen Geschützturm zum Einsturz brachten. Doch sofort waren die Krakenwölfe zur Stelle.

Sollte es mit der Zündung klappen, würde Zuran es nicht überhören können und dann erst recht alles aufbieten, was sie hatten.

»Also dann.«

Sie streuten ihr kostbares Glutsteinmehl über die Säcke, dann wichen sie zurück, so weit es möglich war, und drängten sich dicht zusammen. Sie verstärkten ihre jeweilige Aura, damit das Feuer sich nicht an Rüstungen und am Stoff festhalten konnte, und streckten eine Hand aus, gegen das Tor und die Säcke, die davorlagen.

»Auf mein Zeichen«, sagte Nefreta.

»Haben wir noch Zeit, zu beten?«, plapperte Svenlin nervös dazwischen.

»Stützt euch gegenseitig, haltet euch fest«, mahnte Aldavinur. »Stemmt euch in den Boden gegen die Druckwelle.«

Die Anspannung stieg, in jedem von ihnen baute sich das Feuer auf, und zugleich sogen sie Energie aus den Vulkanadern, die überall verliefen, im Boden unter ihnen, in den Felsen.

»Ich hoffe, irgendjemand weiß, was wir da tun!«, rief Arenhel.

»Das hoffe ich auch«, sagte Andun unruhig.

»Konzentriert euch«, befahl Nefreta. »Nehmt Verbindung zueinander auf. Die Aura ist jetzt stark genug, also geht es ans Feuer.«

Ihr bester Verbündeter. Der Gefährte, der sie nie im Stich ließ.

Aldavinur schloss halb die Lider und spürte die Anwesenheit der anderen, sah viele kleine Lichter vor seinem inneren Auge tanzen. Seine Gefährten. Flammen, die frei sein wollten – und die vernichten wollten, denn dafür waren sie gedacht. Angereichert mit Wut und Hass und dem unbezwingbaren Willen, den Feind niederzuwerfen. Zerstörung, nichts sonst.

»Jetzt!«, schrie Nefreta, und augenblicklich reagierten sie, als wären sie nur ein Körper, ein Geist. Gleichzeitig ließen sie das Feuer in sich frei, es schoss aus ihren Händen und traf in gewaltigen Strahlen auf das Glutsteinmehl. Dieses entzündete sich sofort, und die Flammenritter drängten sich noch dichter zusammen, um sich gegenseitig zu stützen und zu halten, die vereinten Auren umgaben sie mit leuchtendem Glanz.

Unwillkürlich hielt Aldavinur den Atem an.

Das aus dem Glutsteinmehl geborene Feuer zischte, fraß sich in die Säcke, hielt für einen Augenblick inne, wie um Atem zu holen – und dann gab es eine gewaltige Explosion, als wäre der Vulkan selbst ausgebrochen.

Der Knall war so ohrenbetäubend, dass Aldavinur ganz taub wurde davon, und er sah eine gewaltige Rauchwolke, aus der eine riesige Stichflamme bis über die höchsten Zinnen schoss, dann raste die Druckwelle heran wie eine Meeresflut und riss ihn und seine Gefährten zu Boden, knickte sie einfach um wie zarte Hälmchen und drückte sie nieder. Sie krallten sich fest, um nicht davongeweht zu werden, und duckten sich. Und das war ihr Glück, denn aus dem sich immer weiter aufblähenden schwarzen Qualm heraus flogen auf einmal die beiden riesigen Torflügel, schossen über die Gestürzten hinweg und schlugen mehrere Speerwürfe hinter ihnen donnernd in den Karstboden ein. Dabei wurde eine zweite Wolke aus Sand, Steppengras und Gestein hochgewirbelt, die ihnen die Sicht raubte.

Aldavinur fühlte sich, als wäre er zwischen Hammer und Amboss geraten. Seine Brust schmerzte von dem Druck, wahrscheinlich waren mehrere Rippen gebrochen, und seine Lungen rangen immer noch nach Luft.

Nefreta stand schon, packte ihn am Arm und zog ihn hoch; nicht zum ersten Mal fiel ihm ihre unglaubliche Kraft auf. Auch die anderen Flammenritter kamen hustend und ächzend auf die Beine und betrachteten das Loch in der Festungsmauer, aus dem immer noch schwarzer Rauch quoll.

Das hochgeschleuderte Glutsteinmehl hatte an der Mauer und auch innerhalb der Festung Halt gefunden und brannte sich dort fest. An immer mehr Stellen loderte Feuer auf, das sich am Stein entlangfraß und auf Dächer und Balken übersprang – das unlöschbare Fyrgar-Feuer, das nur die Fyrgar selbst bändigen konnten.

Die Flammenritter klopften sich den Staub ab, dann zogen sie ihre Schwerter und gingen auf die Öffnung zu. Gluthitze wallte ihnen entgegen, und sie hielten die Schwertspitzen an die brennenden Überreste der Säcke, nahmen das Feuer auf und gaben ihm Nahrung. Es floss über ihre Aura wie Öl und entzündete sie.

Wie brennende Fackeln traten sie in das Innere der Festung Barastie, und viele Soldaten ergriffen die Flucht. Nur die Netzritter stellten sich ihnen entgegen, und die Fyrgar schwärmten aus und griffen mit geballter Macht an. Sie schleuderten Feuerbälle und schwangen ihre Schwerter mit tödlicher Wucht. Wer ihnen zu nahe kam, ging schreiend in Flammen auf. Nichts konnte sich ihnen in den Weg stellen.

Aldavinur war immer noch wie taub, er konnte nichts hören von dem Kampfgetümmel, bis es in seinen Ohren auf einmal schrill klingelte. Bald darauf verging das Klingeln wieder, und das normale Gehör kehrte zurück. Da befand er sich bereits auf der Portaltreppe zum Schloss hinauf.

Mit einem kurzen Blick zur Seite sah er, dass an der Mauer heftig gekämpft wurde, wodurch der Großteil von Gondwins Streitmacht weiterhin gebunden war.

Nebeneinander schritten sie die Portaltreppe hinauf, setzten alles in Brand, was sie erreichen konnten, und töteten jeden, der es wagte, sie anzugreifen. Auf sie abgeschossene Pfeile und Speere wurden vom Feuer aufgefangen und fielen zerschmolzen zu Boden. Die Palastgarde war alles, was dem Feind zur Verteidigung blieb, und diese stürzte sich jetzt mit geballter Macht auf sie.

»Wir erledigen das!«, rief Andun.

Aldavinur nickte Nefreta zu, die gerade zu ihm hersah, und dann gingen sie gemeinsam die Treppe weiter hinauf, während ihre Gefährten sich gegen die Feinde wandten und ihnen Rückendeckung gaben.

Nefreta ging links neben Aldavinur, und er sah bewundernd, dass sie das Schwert in die linke Hand genommen hatte. Er konnte zwar mit der Linken einen Kriegshammer oder einen Morgenstern tragen, doch mit dem Schwert war er ungeschickt.

Im Gleichschritt gingen sie auf das Eingangsportal zu. Vier Netzritter stellten sich ihnen entgegen, die sie mit wenigen Streichen die Treppe hinunterstießen.

Sie ließen ihr Feuer erlöschen. Dann öffneten sie das prächtig verzierte Portal, das bereitwillig nachgab, und traten in die kühle Stille der Thronhalle.

Dämmriges Licht herrschte hier. Nefreta stieß das Tor mit einem kräftigen Tritt zu und versperrte es mit dem Riegel. Die Gefährten würden draußen Stellung beziehen, damit niemand hereinkonnte.

Ihre Schritte dröhnten durch die Halle, deren hohe Decke in der Dunkelheit kaum zu erkennen war. Nur durch einige schmale Fenster an den Seiten fielen Lichtstrahlen herein.

Am anderen Ende konnte Aldavinur einen Thron erkennen, auf dem jemand Platz genommen hatte. Daneben befand sich ein kleinerer Sitz, auf dem ebenfalls jemand saß.

»Fürstin Nansha und Lýtir der Schmied«, sagte Aldavinur leise; diese ehrwürdige Halle brachte ihn unwillkürlich dazu, mit gedämpfter Stimme zu sprechen.

»Wir kommen zu spät«, erklang Nefretas dumpf klingende, enttäuschte Stimme.

Gleich darauf verstand er.

Die Fürstin war nur noch an ihren prächtigen Gewändern zu erkennen, ebenso ihr Gemahl. Ihre Körper waren längst in Verwesung übergegangen, dicht überwuchert vom Schattennetz. In jeder Brust steckte ein Messer. Wahrscheinlich hatte der Schattenweber sich ihrer schon im Frühjahr entledigt, nachdem Hasad erobert und ganz Barastie zur Festung umgewandelt worden war. Danach waren sie nicht mehr von Nutzen gewesen. Es wurde einfach weiter in ihrem Namen gehandelt, niemand hinterfragte, wer die Befehle gab.

Nefreta ballte die Faust, sodass die Metallglieder knirschten. »Wie würdelos, sie einfach so … zurückzulassen!«

Aldavinur trat näher und wies auf die Messer. »So, wie sie dasitzen, wurden sie überrascht. Blickten ihrem Mörder ins Gesicht, während er sie mit zwei sehr schnellen, perfekt gezielten Würfen umbrachte.«

»Wie vielen Täuschungen sind wir wohl noch erlegen?«, fragte Nefreta bitter. »Wie tief reichen Lug und Trug und Verrat?«

»Tiefer, als du jemals erahnen wirst, Löwin von Luvgar«, erklang eine männliche Stimme, und dann trat Gondwin in einen Lichtstrahl, der seine finstere Gestalt und die Federn seiner leicht geöffneten Flügel mit hellem Schein übergoss. Aldavinurs Blick heftete sich an dessen Waffengürtel, an dem fünf Schlaufen für Wurfmesser angebracht waren. Zwei davon waren leer. Gondwin hatte sich nicht einmal die Mühe gemacht, die Messer zu ersetzen.

»Dann bist du für all das verantwortlich?«, rief Nefreta. »Ich hielt dich lediglich für einen Handlanger.«

»Das ist er auch«, sagte Aldavinur.

Gondwin lächelte. »Etwas mehr bin ich schon. Doch nun lasst mich euch willkommen heißen. Ich habe lange auf euch gewartet, aber ich habe nie daran gezweifelt, dass ihr den Weg hier herein finden würdet. Es gibt keine Mauern, keine Hindernisse, die den berühmten *Donnervogel* aufhalten können – umso mehr, wenn er in Begleitung der legendären Wächterin kommt.«

Nefreta sprang aus dem Stand mit einem gewaltigen Satz auf ihn zu. Das Schwert hoch erhoben, stürzte sie sich auf den Halbkrahim. Doch er schien damit gerechnet zu haben, denn er machte einen Ausfallschritt, duckte sich zur linken Seite, riss die Arme hoch und schleuderte Nefreta über sich hinweg. Die Flammenritterin stieß einen wütenden Schrei aus, während sie mit scheppernder Rüstung auf dem glatten Hallenboden landete. Sie drehte sich sofort, sprang auf, stieß ein keuchendes Geräusch aus und sackte kurz zusammen, ehe sie wieder sicheren Stand hatte.

»Sie ist keine Frau vieler Worte«, sagte Gondwin höhnisch. »Zumindest sagte man mir das so.«

Aldavinur achtete nicht darauf. Nefreta hatte ihr Schwert eingesammelt und kehrte an seine Seite zurück. Ihr Atem beruhigte sich bereits, und er konnte keinen Zorn bei ihr spüren. Sie war ganz Fyrgar und ließ sich jetzt nicht mehr von Gefühlen leiten.

»Wo ist Efrynn?«, fragte er.

»Ohne Umschweife gleich zur Sache.« Gondwin lachte. »Deinem Schützling geht es gut. Er ist hier!«

Da kam auf einmal Bewegung in Dunkelheit und Schatten, etwas entrollte sich, glitt und schleifte über den Boden, wuchs langsam in die Höhe. Es schien fast, als nähme es die Hälfte der Halle ein, und es war immer noch nicht zu Ende. Schuppen glühten auf, wo sie von Lichtstrahlen getroffen wurden, und erst jetzt offenbarte sich, was die

Flammenritter vorher nicht erkennen konnten, weil es fast gänzlich mit den Schatten verschmolzen war.

Hinter dem Thron richtete das Wesen sich auf, es ragte fast bis zur Decke empor und breitete gewaltige Hautschwingen aus. Schillernde Augen saßen in einem mit Stacheln gespickten Kopf, und eine purpurfarbene Zunge rollte sich aus einem langen, zähnestarrenden Maul. Rote Nüstern blähten sich weit.

»Lúvenors Licht«, stieß Nefreta entsetzt hervor und wich zurück.

Aldavinur war nicht minder geschockt. »Du ... bist durch das Feuer gegangen ... wie ...«

»Erinnerst du dich nicht mehr?«, fragte Gondwin belustigt. »Ich habe damals Glutsteine in einem Kessel mitgenommen. Vorgeblich, um nicht zu erfrieren, doch in Wahrheit waren sie für Efrynn gedacht.«

»O Meister«, erklang Efrynns erwachsen gewordene Stimme, volltönend und selbstsicher. Er neigte den Kopf auf dem langen Hals herab. »Wie sehr habe ich auf dich gewartet. Sieh, was aus mir geworden ist!«

»Ich sehe«, sagte Aldavinur.

»Aber was ist nur mit dir geschehen?«, fuhr Efrynn fort.

»Auch ich bin durch das Feuer gegangen«, antwortete Aldavinur. Er öffnete den Helm und nahm ihn ab. »Doch ich bin immer noch ich selbst.«

Efrynn zuckte leicht zurück, als der Blick der rotgrünen Turmalinaugen ihn traf. Er war viermal so groß wie zuvor, doch seine Ehrfurcht hatte er nicht verloren. »Es scheint so«, stellte er fest.

»Du hingegen bist nicht mehr du selbst«, setzte Aldavinur fort.

»Natürlich bin ich es! Genau diese Gestalt hast du doch erwartet, das hast du damals selbst gesagt! Meine Entwicklung deutete es bereits an. Und du hattest in allem recht, oh Meister!« Efrynn ereiferte sich immer mehr und klang beinahe wie früher. »Aus mir ist sogar etwas sehr viel Mächtigeres geworden, als du erhofft hast – ich bin der Erlöser!«

»Nicht der Erlöser der Fyrgar!«, fuhr Nefreta dazwischen.

»Nein«, bestätigte Gondwin. »Sondern der Erlöser der Schattenweber.«

»Es gibt nur einen!«, rief Aldavinur.

»Richtig.« Efrynn fletschte grinsend die Zähne. »*Mich*.«

Aldavinur taumelte, als habe er einen heftigen Schlag erhalten. Er bekam kaum noch Luft, seine gebrochenen Rippen brannten. »Unmöglich«, keuchte er.

Gondwin aber nickte. »Es ist die Wahrheit.«

»Nichts aus deinem Mund ist wahr ...«

»Du hast ihm nie zugehört, oh Meister«, warf Efrynn ein. »Er wollte es dir schon lange sagen. Bereits damals in den Bergen.«

»Ich v-verstehe nicht«, stotterte Nefreta erschüttert. »Lýtir war es doch, der ...«

»... in den Schlafenden Vulkan hinabstieg, richtig«, bestätigte Efrynn. »Statt des ersehnten Diamanten fand er dort unten etwas Erstaunliches. Ein uraltes Artefakt, den Splitter einer Dunklen Macht, der irgendwann einmal dorthin gelangt war. Er steckte wie ein Speer im Herzen des Vulkans. Als Lýtir ihn berührte, ging die Dunkle Macht in dem Splitter auf ihn über, und er wurde zum ersten Schattenweber, wenngleich er nur der Träger der Macht war. Der Schattenweber machte sich auf die Suche nach demjenigen, der der wahre Träger werden sollte – dem Erlöser.«

»Und so sind wir uns begegnet«, setzte Gondwin fort. »Ich war ebenso auf der Suche, und zwar nach einer neuen Heimat für mein Volk, die Krahim. Obwohl ich ein halber Mensch bin, stellte sich für mich nie die Frage, wohin ich gehöre.«

»Es ist ohnehin kaum vorstellbar, dass Mensch und Krahim sich freiwillig miteinander vereinigen«, spottete Nefreta.

Gondwins Grinsen wurde noch breiter. »Es war nicht freiwillig. Mein Vater vergewaltigte meine Mutter, ohne zu ahnen, dass diese Verbindung fruchtbar sein könnte. Nach meiner Geburt nahm er mich mit zu den Krahim und zog mich auf. Aber genug von mir, meine Geschichte ist nicht weiter von Belang.«

»Nur insofern, als du dich freiwillig dem Schattenweber angeschlossen hast«, bemerkte Aldavinur.

»Ja, und daran hat sich nichts geändert«, gab Gondwin zu. »Wir stehen treu zueinander, und ich habe meine Überzeugung. Höre weiter. Der Schattenweber erfuhr von den Fyrgar, die ihm bis dahin völlig unbekannt waren. Fürst Réando hat einiges über sie preisgegeben, und der Schattenweber begriff sofort, dass der Erlöser nur bei deinem Volk zu finden war. Daher schickte er mich aus, und ich fand viel mehr, als wir erwartet oder gar erhofft hatten. Es musste eine glückliche Fügung gewesen sein, anders war es nicht möglich. Großes würde geschehen. Waldsee ist neutral, doch der Sturm des Ewigen Krieges nähert sich, und die Welt muss ihm standhalten. Deshalb wurde der Schattenweber erweckt, und deshalb wurde Efrynn geboren.«

»Was für ein Unsinn!«, fuhr Aldavinur auf. »Du hast dir die leichtere Beute gesucht und Efrynn zu deinem Werkzeug gemacht. Und zum Gefäß des Schattenwebers!«

»Nein, so ist es nicht«, widersprach Efrynn. »Ich bin der Schattenweber selbst. Die Dunkle Macht dient mir, nicht umgekehrt! Wir sind gemeinsam durch das Feuer gegangen!«

Gondwin nickte. »Ich habe Efrynn nach der Entführung alles genau dargelegt, und er war sofort bereit, sich mir anzuschließen. Denn er erkannte in diesem Augenblick, was seine Bestimmung war! Er nahm die Dunkle Macht in sich auf, während er durch das Feuer ging, und wurde zum Schattenweber selbst.«

»Ich bin weder befallen noch beeinflusst, sondern ich bin zu dem geworden, der ich werden sollte. Erinnerst du dich nicht, oh Meister, dass ich immer die Berge verlassen wollte? Weißt du noch, dass ich eine Skulptur baute, von der du stark ergriffen warst? Ja, ich war etwas Besonderes, aber nicht für die Fyrgar. Sondern für ganz Waldsee!« Efrynn kam hinter dem Thron hervor und zeigte sich nun in voller Größe, mit all seinen schimmernden Regenbogenschuppen. Doch die Farben waren düster.

»Schließ dich uns an!«, rief er voller Inbrunst. »Du selbst hast schon davor gewarnt, dass unsere Welt dem Sturm vielleicht nicht trotzen kann. Hilf uns dabei, sie zu wappnen!«

»Indem du ... aus allen Wesen seelenlose Puppen machst, die du an Fäden führst?«, stieß Aldavinur fassungslos hervor.

356

»Nein, sie werden alle Eins. . . .«

»Genug!«, donnerte Aldavinur, beinahe so machtvoll wie in früheren Zeiten. »Efrynn, komm zu dir! Ich werde einen Weg finden, dich von Gondwins Gift zu heilen!«

Der Drache spie ihm Feuer entgegen. »Ich bin nicht krank!«, fauchte er. »Und Gondwin befolgt meine Befehle, genauso wie jeder andere! Du bist nur deswegen hier, weil ich dich für mich gewinnen will! Nach mir bist du der mächtigste Fyrgar, und du sollst teilhaben an der Wandlung der Welt. Ich brauche dich, Meister! Wir sind das mächtigste Volk der Welt, ihr Flammenritter habt es gerade bewiesen!«

Aldavinur lauschte auf den Klang der Worte, blickte tief in Efrynns Baiku hinein, und erkannte, dass sein ehemaliger Schützling ihn nicht belog. Er war der, der er vorgab zu sein, und er war überzeugt von dem, was er tat. So musste es schon immer gewesen sein, doch der Lehrmeister hatte es nicht wahrhaben wollen. Aber wie konnte es geschehen, dass die Hoffnung der Fyrgar der Finsternis anheimgefallen war?

»Deine Eltern sind umsonst gestorben«, flüsterte er.

»Daran trägst allein du die Schuld!«, zischte Efrynn ihn an und senkte den Kopf, bis er auf Augenhöhe mit Aldavinur war. »Kein Wunder, dass du nun in dieser Schandgestalt gefangen bist! Aber es gibt noch Hoffnung für dich. Ich kann dir dein ursprüngliches Baiku und deine Gestalt zurückgeben!«

Nefreta, die unterdessen, von Gondwin argwöhnisch beobachtet, in der Halle auf und ab gegangen war, trat vor. »Wie lange wollen wir uns das noch anhören?«

»Keinen weiteren Herzschlag mehr.« Aldavinur setzte den Helm auf und verschloss ihn. Dann zog er sein Schwert.

Efrynn lachte auf. »Du willst *mich* angreifen, Meister? Noch dazu in dieser Gestalt?«

»Ich habe ihn gefunden«, fuhr Nefreta fort und deutete in die Dunkelheit am rechten Ende der Halle.

Darauf hatte Aldavinur nur gewartet. »Gut! Worauf warten wir?« Gemeinsam rannten sie los.

»Halte sie auf!«, schrie Efrynn, der sich nicht schnell genug herumdrehen konnte.

Gondwin breitete die Flügel aus, stieß sich ab und folgte den Fliehenden, doch niemand konnte zwei Katzen einholen, auch wenn sie menschliche Gestalt trugen. Mit weiten Sprüngen gelangten sie zu einer hinter einem Wandteppich verborgenen schmalen Tür und waren hindurch, bevor Gondwin sie einholen konnte.

»Es kann nicht mehr weit sein«, rief Nefreta im Laufen. »Die Wände hier sind schon aus Vulkangestein!«

Aldavinur sah einen langen Gang vor sich, der zu einer schmalen, steilen Treppe führte. »Dort entlang!«, keuchte er. Seine Rippen brannten. »Es ist sehr eng, das verschafft uns einen Vorsprung, bis Efrynn den anderen Weg genommen hat.« Er hörte Gondwins Flügelschlag hinter sich und hastete die Treppe hinab. Sie war zu eng zum Fliegen, und so würde der Geflügelte auch die Füße benutzen müssen.

Doch er hörte ihn nicht mehr nachkommen, anscheinend nahm er, so wie Efrynn, einen anderen Weg.

»Er hat recht, Aldavinur«, erklang Nefretas Stimme über ihm. Die Treppe war sehr eng und steil, und es war kein leichtes Durchkommen. »Obwohl wir keine Mächtigen sind, besitzen wir mit unserem Wissen und mit der Gewalt des Feuers unglaubliche Stärke. Wenn sich das ganze Volk der Fyrgar zusammentäte, nicht nur die Flammenritter, könnte niemand uns Widerstand leisten.«

»Aber so sind wir nicht«, gab er zurück. »Auch ihr Flammenritter habt eure Macht niemals ausgenutzt.«

»Doch es muss in uns lauern, sonst hätte Efrynn nicht so werden können ...«

»In uns allen gibt es Licht und Dunkelheit, Nefreta. Und es ist wahr, dass ich Misstöne bei Efrynn spürte, doch ich wollte sie nie wahrhaben. Vielleicht wäre es auch nie so weit gekommen, wenn Gondwin nicht gewesen wäre.«

»Es ist müßig, darüber nachzudenken oder sich gar Vorwürfe zu machen.«

»Ja.«

Sie drangen immer tiefer in das schwarze Vulkangestein vor, die Treppe war nur noch roh behauen. Es sah nicht so aus, als wäre sie oft benutzt worden. Möglicherweise war dieser Weg beim Bau des Schlosses angelegt und mit der Zeit vergessen worden.

Aldavinur spürte, wie es immer heißer wurde. Eine Hitze, fast so stark wie das Fyrgar-Feuer, aus dem tiefsten Inneren der Welt, ihr Blut.

»Wir sollten die anderen rufen, Aldavinur.«

»Nein. Du kümmerst dich um Gondwin«, sagte er entschieden. »Efrynn geht nur mich etwas an.« Er sah nach oben, als er merkte, dass Nefreta zusehends zurückblieb. »Alles in Ordnung?«

»Nur ein wenig Schwindel bei diesen vielen Windungen«, erwiderte sie schwer atmend. »Außerdem schone ich meine Kräfte. Wir haben noch eine Menge vor uns. Ich hoffe, du hast dir nicht zu viel vorgenommen.«

»Sollte ich scheitern, könnt ihr mein Werk vollenden, solange Efrynn hier unten ist. Ich werde ihn notfalls im Feuer bannen, bis Verstärkung für dich eintrifft.«

Sie lachte hustend. »Er wird hier nie wieder herauskommen, das verspreche ich dir.«

»Ich werde mein Baiku nie zurückerlangen, wenn ich das nicht tue«, schloss er grimmig.

Schließlich waren sie am Fuß der Treppe angelangt, und ein schmaler Durchlass, gerade groß genug für sie, führte in eine riesige Kaverne, deren wahre Ausmaße auf den ersten Blick nicht erkennbar waren. Die Luft war schwer und drückend, voll giftiger Dämpfe, und es herrschte große Hitze. Für Menschen musste es unerträglich sein hier unten.

Nefreta trat zu ihm und lehnte sich kurz an ihn. »Das Herz des Vulkans.«

Auf der gegenüberliegenden Seite stiegen rot schimmernde Schwaden auf und tauchten die Halle in mattes Licht. Eine offene Ader des Vulkans, am Grund einer verkrusteten Spalte, die sich von einer Wand zur anderen zog.

»Hier muss es sein«, murmelte Aldavinur und schritt durch die Halle. Der Ursprung der Dunklen Macht, der eigentliche Schattenweber. Vielleicht bestand immer noch eine Verbindung zu Efrynn, die durchtrennt werden konnte. Vor allem wollte Aldavinur herausfinden, was es mit dem Splitter auf sich hatte, ob er ein Artefakt war oder etwas ganz anderes.

»Du wirst nicht finden, was du suchst«, erscholl eine kalte raue Stimme, und Efrynn kam von der anderen Seite herein. Sein langer, zackenbewehrter Schwanz, dessen Ende geformt war wie eine Speerspitze, wand sich wie eine Schlange. »Nichts ist mehr zu finden, nur ich bin noch hier.«

Hinter ihm folgte Gondwin, dessen Flügelspitzen in der Hitze leicht glommen. Doch er wich und wankte nicht. Er hielt ein langes Schwert in der rechten Hand.

Nefreta ging kampfbereit auf ihn zu. »Jetzt wirst dafür bezahlen, dass du mich mit dem Glasbann belegt hast!«

»Komm nur, Katzenweib«, spottete der Halbkrahim. »Ich werde dich ausgiebig genießen, bevor ich dich töte.«

»Deine Leidenschaft wird brennen«, knurrte sie und griff ihn an. Die Vulkanenergie verstärkte Nefretas Kräfte, sodass auch ein Mächtiger nichts ausrichten konnte gegen sie.

»Wodurch ist Gondwin ein Mächtiger geworden?«, fragte Aldavinur Efrynn, um dessen Aufmerksamkeit auf sich zu lenken.

»Ich gab ihm die Macht«, antwortete der Drache. »Wir sind jetzt so etwas wie Brüder im Blute ... Seelenverwandte.«

»Dann bist du also auf ihn angewiesen?«

»Nein. Aber er auf mich.« Efrynn senkte leicht den Kopf. »Mach ein Ende, Meister. Ich möchte nicht, dass Nefreta stirbt, sie kann unserer Sache dienen.«

»Wir sind Fyrgar, und wir handeln auch so«, erwiderte Aldavinur. »Jeder ist für sich selbst verantwortlich.« Er machte sich bereit. »Außerdem gibt es niemanden, der Nefreta jemals besiegen konnte. Sie ist die Beste der Fyrgar.«

Als er Luvian hob, fing es an zu singen und leuchtete hell auf. Die Scharte erglühte an den Rändern blutrot.

Für einen Moment hielt er inne und betrachtete das Schwert. »Also ist es die Wahrheit«, sagte Aldavinur leise. »Du bist der Schattenweber, und Luvian will nun geheilt werden.« Dann sammelte er seine Kräfte. »Führe mich, Schwert!«, rief er. »Dies ist dein Kampf!«

Von weit her erklang das Klirren von Metall, doch der eigentliche Kampf tobte zwischen dem Fyrgar und dem Drachen. Aldavinur musste seine ganze Geschicklichkeit aufwenden, um den schnellen Stößen des Schädels auszuweichen, und den Schlägen des Schwanzes. Efrynn spie Feuer, und Aldavinur geriet in Brand. Doch das stärkte ihn nur noch mehr, weil er nun die Energie des Vulkans besser aufnehmen konnte. Weiße Flammen loderten auch von der Klinge aus den Vulkanschmieden der Nauraka, und Efrynn schrie auf, als er ein Vorderbein hob, um zuzuschlagen, und dabei eine tiefe Schnittwunde erlitt. Er fuhr zurück, und Aldavinur setzte ihm nach, und jetzt wusste er auch, was er zu tun hatte. Efrynn mochte um ein Vielfaches größer sein als alles, was er je in Katzengestalt gejagt hatte, doch Aldavinur kannte das Verhalten so vieler Tiere und hatte jahrtausendelange Erfahrung. Es gab keine List, die er nicht vorhersehen konnte. Und Aldavinur kannte seinen ehemaligen Schützling nur allzu gut. Er wich ihm aus, täuschte an, sprang immer wieder vor und stieß ihm das Schwert ins Bein oder in den Leib, in die Schulter, in den Hals, in den Schwanz. Efrynn blutete bereits aus vielen Wunden, und sein Lehrmeister hatte noch nicht einmal einen Kratzer davongetragen. Der Schattendrache raste vor Wut. Er wollte besser sein als sein Meister und machte dadurch nur noch mehr Fehler.

Doch diese Wunden waren nur oberflächlich, das wusste Aldavinur. Es gab nur eine einzige tödliche Stelle, und nur eine Möglichkeit, das Schwert und das Land zu heilen: den Hieb zwischen den Vorderbeinen hindurch ins Herz.

Doch so viele Wunden er Efrynn auch beibrachte, an diese Stelle kam er nicht heran. Der Schattendrache konnte jedes Mal rechtzeitig ausweichen, knapp am Hieb vorbei, und Aldavinur stieß ins Leere. Er konnte sich dann nur durch einen schnellen Sprung retten.

Trotz der Energie, die der Vulkan ihm spendete, spürte Aldavinur, wie er müde wurde. Seine gebrochenen Rippen schmerzten schrecklich, er bekam kaum noch Luft, und auch das Feuer in ihm drohte zu erlöschen. Der menschliche Körper war nicht so ausdauernd und widerstandsfähig wie der eines Fyrgar. Efrynn erkannte es in dem Moment, was mit Aldavinur geschah, als dessen äußeres Feuer erlosch.

»Ich will dich nicht töten, Meister!«, rief er. »Schon um Gondwins willen nicht, denn er liebt dich! Und ich verehre dich zu sehr, als dass ich diese Schuld auf mich nehmen könnte!«

»Was spielt das für eine Rolle«, keuchte Aldavinur. »Du bist kein Fyrgar mehr, du hast alles verraten!«

»Warum kannst du mich nicht als den anerkennen, der ich bin? Was gibt dir das Recht, über mich zu urteilen?«

»Ich urteile nicht über dich, Efrynn. Aber ich habe den Menschen dort draußen versprochen, dass ich sie von der Schattenweberseuche erlösen werde, und wenn ich dich dazu töten muss, dann soll es so sein. Denkst du, mich kümmern noch meine eigenen Lehren und Weisheiten, meine Regeln und Gesetze? Sieh mich an! Ich bin ein sterblicher Mensch, meine Lebenszeit ist schon zur Hälfte abgelaufen. Ich bin ein Verbannter meines Volkes und der Berge, weil ich bei dir versagt habe! Dieses Schwert hat mich zu dir geführt, und ich werde dafür sorgen, dass es geheilt wird! Ich bin der Arm, den es braucht.«

»Dann liegt dir also nichts mehr an mir? All die lange Zeit, die du mich beschützt und geleitet hast, ist vorüber?«

»Ja, für immer. Du bist nicht mehr der Efrynn, den ich damals angeleitet habe. Du bist durch das Feuer gegangen, und du bist kein Kind mehr, sondern ein Erwachsener. Ich ziehe dich zur Rechenschaft!«

Efrynn hatte seine Deckung aufgegeben. Luvian schrillte und glühte weiß auf, und dann riss es Aldavinur mit sich fort. Er hatte keine Macht mehr darüber, es trug ihn voran.

Efrynns Kopf stieß ins Leere, Aldavinur war bereits darunter hindurchgehuscht. Entsetzt versuchte der Schattendrache auszuweichen, doch es war zu spät; das Schwert zu schnell und zu entschlossen. Ein gurgelndes Ächzen entrang sich seiner Kehle, als die Spitze in seine Brust eindrang und mühelos, fast weich hineinglitt bis zum Heft. Aldavinur hielt sich daran fest, wurde hochgerissen, als Efrynn sich aufbäumte, und dann durch die Luft geschleudert, als das besudelte Schwert sich aus der Wunde löste. In pumpenden Stößen quoll schwarzes Herzblut hervor, und Efrynn stürzte dröhnend, sodass der Felsboden bebte, auf die Seite, trat mit den Beinen um sich und brüllte vor Schmerz. Sein Schwanz peitschte ziellos durch die Luft.

Aldavinur, der sich gerade aufrappelte, sah den Hieb zu spät kommen. Mit der Wucht eines herabfallenden Felsens traf ihn der Schwanz, die Zacken durchschlugen die Rüstung und bohrten sich in seinen Leib. Hilflos, das Schwert immer noch umklammernd, wurde Aldavinur erneut herumgerissen, bevor er zu Boden geschmettert wurde. Blut spritzte aus fünf Löchern in der Rüstung heraus wie Fontänen. Halb besinnungslos blieb er auf dem Rücken liegen, während Efrynn sich nicht weit von ihm entfernt im Todeskampf wand.

Sein Schwanz peitschte ein zweites Mal über Aldavinur hinweg, stellte sich auf, als wolle er nach einem Halt suchen, dann fuhr die Spitze herab, schlug in den Felsboden ein, wieder und wieder, und traf zuletzt Aldavinur, der nicht mehr in der Lage war, sich zu retten.

Kein Laut drang aus seiner Kehle, als die speerartige Schwanzspitze seinen Brustpanzer durchschlug und sich durch eine gebrochene Rippe hindurch in seine Lunge bohrte. Ein kurzer Stich, dann zuckte der Schwanz zurück und peitschte wieder über ihn hinweg.

Mit letzter Kraft riss Aldavinur sich den Helm vom Kopf, rang nach Atem und richtete sich auf. Blut quoll aus seinem Mund, er wusste nicht, wie viele inneren Verletzungen sein halb zerschmetterter Körper davongetragen hatte, doch er war nicht gewillt, aufzugeben. Noch immer war Feuer in ihm.

Taumelnd kam Aldavinur auf die Beine und steckte Luvian zurück in die Scheide. Das Schwert hatte sein Werk getan, nun musste nur noch zu Ende gebracht werden, was es begonnen hatte.

Efrynns Bewegungen waren langsamer geworden; zitternd und zuckend lag er in einem See aus schwarzem Blut. Sein lautes Röcheln erfüllte die Halle. Die Schwaden der Vulkanader hüllten ihn ein.

Von der anderen Seite humpelte Gondwin mit zerfetzten Flügeln heran, auch er war dem Tode näher als dem Leben, dann kam Nefreta, deren Wappenrock blutgetränkt war.

Der Schattendrache bewegte leicht den Kopf, als er bemerkte, wie Aldavinur näher kam. Eine dicke ölige Träne rann aus seinem matt schimmernden Auge.

»Meister . . .«, flüsterte er.

»Jetzt«, stieß Aldavinur hervor, während ein Blutfaden aus seinem Mundwinkel sickerte, »befreie ich die Menschen von dir und deiner Seuche.«

Dann holte er das Feuer aus sich hervor, und mit einem gewaltigen Flammenstoß trieb er den riesigen Drachenkörper über die Spalte. Für einen kurzen Augenblick schien Efrynn über dem Nichts zu verharren, dann fiel er mit einem klagenden Laut in die Tiefe.

»Efrynn!«, schrie Gondwin verzweifelt auf. Aldavinur sah, dass inzwischen drei Schlaufen an seinem Messergürtel leer waren, und wollte ihn aufhalten. Doch der Geflügelte wischte den Fyrgar mit blutigen, verstümmelten Schwingen weg, die ihn niemals mehr tragen würden, dann sprang er hinter Efrynn her in den Abgrund.

Draußen tobte die Schlacht. Die Flammenritter hatten das Tor gesprengt, durch das die Krieger nun hineinströmten, aber auch bei der Mauer war endlich der Durchbruch gelungen. Das Heer erstürmte nun von zwei Seiten Schloss Barastie. Die Schattenweber leisteten erbitterten Widerstand, und ein unübersichtliches Chaos entstand. Überall wurde gekämpft, auf der Mauer oben, den Wehrzinnen, in den Gängen. Berittene sprengten über den Hof, die Pferde trampelten jeden nieder, der nicht rechtzeitig zur Seite sprang. Die Verteidiger Luvgars und die Schattenweber waren kaum mehr voneinander zu unterscheiden. Und dann . . .

Auf einmal, mitten im Kampf, brachen die Feinde zusammen. Und zwar gleichzeitig und ohne Vorwarnung. Sie sanken um, wo sie gerade waren. Nur noch wenige Soldaten hielten sich aufrecht, doch vor Schrecken völlig erstarrt – es waren die Söldner, die sich den Schattenwebern freiwillig angeschlossen hatten und niemals befallen worden waren.

»Was ist denn jetzt los?«, rief jemand, als die Verteidiger Luvgars erstaunt innehielten und eine gelähmte Stille eintrat.

Zuran, abgekämpft und blutüberströmt, mit abgeschlagenem Horn am Helm und schartiger Axt, schritt auf die Portaltreppe zu. Er verharrte, als jemand auf der obersten Stufe erschien, dann erkannte er einen Flammenritter im grünen Wappenrock; das musste Andun sein.

»Sieg!«, rief der Fyrgar schmetternd und hob das Schwert. »Die Schattenweber sind gefallen! Luvgar ist frei!«

Für einen Herzschlag war alles wie erstarrt, dann löste sich die Spannung. Sein Ruf wurde begeistert aufgenommen, die Kämpfer fingen an zu lachen und zu schreien, warfen die Waffen fort, fielen sich in die Arme und tanzten vor Freude.

Wyndrit kam auf Zuran zu. »Die Befallenen leben, sie sind nur bewusstlos«, verkündete sie. »Das Netz weicht von ihnen!«

Zuran wandte sich den umstehenden Männern zu. »Habt ihr das gehört? Sie werden alle gesund!«

Da wurde der Jubel noch größer, und die ersten stürmten los, um im Schloss, in Kerkern und Verliesen, nach Freunden und Verwandten zu suchen. Die Söldner der Schattenweber streckten die Waffen.

Es war vorbei.

»Wo sind Aldavinur und Nefreta?«, fragte Zuran die Flammenritterin.

Wyndrit hob die Schultern und schüttelte langsam den Kopf.

»Sie sind nicht im Schloss«, berichtete Svenlin, der gerade die Treppen herabkam. »Wahrscheinlich befinden sie sich im Herzen des Vulkans und haben dort den Schattenweber gefunden und vernichtet.«

»Dann müssen wir sofort . . .«, begann Zuran, doch Svenlin hielt ihn fest.

»Niemand kann dort jetzt hinunter«, sagte er leise.

Am Rand der Spalte brach Aldavinur in die Knie. Er hatte keine Kraft mehr. Sein Leben verrann.

»Draußen werden sie inzwischen wissen, dass sie frei sind.« Nefreta sank neben ihm nieder und lehnte sich an ihn. »Aldavinur, mein Geliebter, kannst du ein Feuer entzünden? Ich glaube, ich schaffe es nicht mehr . . .« Sie glitt an ihm hinab zu Boden.

Das rüttelte Aldavinur auf, und er riss ihr den Helm herunter, dann den Wappenrock, und stieß einen heiseren Schrei aus. In ihrer Brust steckte das dritte Messer.

»Wann . . .?«

»Oben in der Halle . . .«

»Bei den Sphären, warum hast du nicht . . . ich habe dich gefragt . . .«

»Was hätte es geändert?« Sie lächelte schwach zu ihm hoch. »Wir konnten den Kampf schließlich nicht unterbrechen, bis ich geheilt gewesen wäre.«

Aldavinur knirschte hilflos mit den Zähnen. Gondwins Fluch traf ihn nun mit voller Wucht. *Ich werde dir alles nehmen, bis am Ende nichts mehr bleibt.*

»Aber auch du hast nichts mehr, Gondwin, nicht einmal dein Leben«, stieß er bebend hervor. »Ich hätte dich in Stücke schlagen sollen!«

Er strich über Nefretas bleiche Wange, beugte sich über sie und küsste sie vorsichtig auf die blutleeren Lippen. Dann straffte er sich, keine Schwäche jetzt, es kam auf ihn an. Entschlossen kämpfte er sich auf die Füße, riss sich die schwere Rüstung vom Leib, alles, was er nicht mehr brauchte, bis auf den Schwertgurt. Dann half er Nefreta, vorsichtig darauf bedacht, das Messer nicht zu berühren. Noch verschloss es die Wunde. Noch war nicht alles verloren. Die anderen Verletzungen waren nicht so schwerwiegend.

»Du läufst aus wie ein Sieb«, stellte sie fest und deutete zitternd auf die vielen Wunden in seinem Leib, aus denen unablässig Blut sickerte.

»Mhm«, brummte er und nestelte mit fahrigen Fingern nach dem Beutel mit dem Glutsteinmehl. Hier unten brauchte er nicht viel, es würde für sie beide reichen. Doch er musste sich beeilen, immer wieder wurde ihm schwarz vor Augen, und sein Atem ging rasselnd und pfeifend und gurgelnd von Blut. Viel Leben hatte er nicht mehr in sich.

Er legte die Vulkansteine zu einem kleinen Kreis aus und streute Glutsteinmehl darüber.

Nefreta richtete sich leicht auf und streckte die Hand aus. »Zusammen . . .«, hauchte sie.

»Niemals getrennt. Warte, ich bin gleich bei dir.« Jetzt gingen sie also doch noch gemeinsam durch das Feuer. Besser so als nie. »Aber es tut mir leid, Nefreta, ich werde ein Mensch bleiben. Ich habe Efrynn nicht zurückgebracht, daher bleibe ich ein Verbannter.«

»Das . . . macht nichts . . .«, flüsterte sie.

Er kniete sich neben sie, half ihr, sich aufzusetzen, und zog sie an sich. Behutsam ergriff er ihren rechten Arm, legte seine Hand an ihre, und dann entzündeten sie gemeinsam das Feuer mit einem kurzen, kraftvollen Strahl.

»Niemand ist so stark wie du«, flüsterte er ihr ins Ohr.

Mit glänzenden Augen betrachteten sie das Feuer, das rasch emporwuchs und sich einladend wiegte.

»Schön«, sagte Nefreta voll Zärtlichkeit. »Das schönste Feuer, das ich je gesehen habe.«

»Ja«, sagte Aldavinur staunend.

Es war nur ein kleines Feuer, doch es leuchtete in allen Farben, es tanzte und sang in Klängen, die er noch nie vernommen hatte. Und immer wieder wanden Flammen sich umeinander, umarmten und vereinigten sich, und auf den Spitzen tanzten Sternenfunken.

Er erhob sich. Nefreta versuchte aufzustehen, doch sie war zu schwach. Aldavinur spürte, wie einige weitere Muskelfasern rissen, als er sich bückte und Nefreta auf seine Arme hob. Ein scharfer Schmerz durchzuckte ihn. Er beachtete ihn nicht.

Nur noch drei Schritte.

Zwei.

Ein Schritt ...

Dann war er im Feuer, dann waren sie beide umhüllt von Flammen, und Aldavinur spürte augenblicklich, wie seine Wunden heilten und seine Kräfte zurückkehrten. Seine alte Hülle wurde abgestreift, sein inneres Feuer verband sich mit dem äußeren und schuf eine neue, gesunde Hülle für ihn.

Die Vierte Stufe erwartete ihn, Tarsanu, der Verlust ...

Wie wahr.

Und wie sehr Verlust, sollte er nun erfahren, als Gondwins Fluch seine volle Wirkung entfaltete.

Während das Blut versiegte und Aldavinurs Wunden sich schlossen, geschah bei Nefreta nichts. Sterbend lag sie in seinen Armen, sie wurde immer leichter, je stärker er und je schwächer sie wurde.

»Geliebte, warum heilst du nicht?«, fragte er erschüttert.

Sie legte die Hand an seine Wange. »Weil ich schon einmal als Sterbliche hindurchgegangen bin«, flüsterte sie. »Es gibt keine Stufe mehr für mich. Doch für dich gab es Hoffnung, und ich wollte ... so gern mit dir durch das Feuer gehen ...«

»Nein ... nein ...«, stieß er verzweifelt hervor. »Bitte verlass mich nicht ...«

»Es tut mir leid.« Ihre Stimme war unendlich sanft. »Ich muss jetzt gehen. Sei nicht traurig, mein Liebster, du bist ein Fyrgar. Du weißt, wie wir zum Tod stehen ...«

»Aber ich liebe dich!«, schrie er unter Tränen. »Warum sollte ein Fyrgar trauern, der nie liebt, der nie Anteil nimmt am Leben, sondern alles immer nur aus der Distanz betrachtet? Das bin ich nicht mehr!«

Das Feuer sang um sie herum, umhüllte sie mit liebevoller Wärme, schmiegte sich an sie. Es tanzte nur für die beiden Fyrgar.

»Und das ist wunderbar«, wisperte Nefreta zärtlich. »Doch du
wirst mich nicht verlieren, mein geliebter Aldavinur, und du bist
auch nicht allein. Da ist noch etwas, das du erfahren musst. Warum
ich mich von den anderen getrennt habe und erst jetzt gekommen
bin ...«

Er kniete sich hin und legte sie sanft auf dem Boden ab, lehnte
ihren Oberkörper an sich, ihren Kopf in seine Armbeuge gebettet.
Dann begriff er. »Willst du sagen, dass du ... und ich ...«

Sie nickte schwach. »Unsere Liebe wurde gekrönt durch eine
wunderschöne Tochter. Ich bin deswegen fast bis nach Ra'go geritten. Kurz vor der Grenze gibt es ein liebliches Tal, durch das sich ein
Fluss schlängelt, und am Ufersaum steht ein einsamer Hof. Du wirst
ihn leicht finden. Das Blutband zwischen euch wird dich führen.«

»Warum ... hast du mir das nicht vorher gesagt ...«, schluchzte er.
»Warum durfte ich nicht dabei sein ...«

»Weil du dich damit an Gondwin ausgeliefert hättest. Du hättest
nur an dein Kind gedacht und an mich. Alle Hoffnungen ruhten auf
dir, Aldavinur. Und ich wäre niemals zurückgestanden. Ich bin die
Wächterin Luvgars, das ist meine Pflicht. Aus diesem Grund hatte
ich bisher nie ein Kind. Aber mit dir ... unsere Baikus verflochten
sich miteinander. Wir sind gemeinsam durch das Feuer gegangen, auf
unsere Weise, und ich bin sehr froh.« Ihre Miene verdunkelte sich.
»Es wird Zeit ...«

»Geh nicht ...«, flehte Aldavinur. »Nefreta!« Er hielt sie fest in
seinen Armen, presste seine Lippen auf ihren Mund, um ihren letzten Atem aufzufangen und an sie zurückzugeben, damit sie weiter-
atmete, damit sie lebte. Es musste möglich sein, denn die Liebe war
das Leben, ermöglichte alles, war der Ursprung jeglichen Seins. Mit
Liebe war dieses Universum geschaffen worden, sie musste stärker
noch als der Tod sein und ihn überwinden können.

»Ich liebe dich«, wiederholte er weinend, wie einen magischen
Bannspruch. »Nefreta, du darfst mich nicht verlassen, nicht jetzt!
Unser Kind braucht auch eine Mutter, nicht nur einen Vater! So spät
erst erkannte ich den Irrtum der Fyrgar und lernte das Wahre Wort
kennen, und alles, was damit verbunden war. Mein Herz ist erfüllt

davon, und ich will weitergeben, was ich gelernt habe. Ich flehe dich an, Nefreta . . . «

Doch die Löwin von Luvgar atmete nicht mehr.

Asturin sah auf, als er in den letzten Tagen des Sommers einen Mann aus dem Wald kommen sah, der direkt auf ihn zuschritt. »Geh ins Haus«, sagte er zu Feruna und schob Messer und Sichel an seinem Gürtel zurecht. Die Heugabel stellte er aufrecht neben sich wie eine Hellebarde und blickte dem Herannahenden herausfordernd entgegen.

Gleich darauf entspannte er sich. Nur auf einen Mann traf diese Beschreibung zu. Dieser geschmeidige Gang einer Katze, der hohe, kräftige Wuchs, die glänzenden blauschwarzen Haare und vor allem die kristallklaren Turmalinaugen, rot und grün, mit schlitzförmigen schwarzen Pupillen. An der linken Seite trug er ein schimmerndes Schwert in einer schlichten Scheide; der Sonnenstein am Knauf strahlte hell.

»Ich habe Euch erwartet, Herr Aldavinur«, begrüßte er den Fremden und verneigte sich mit Ehrfurcht. »Aber wo ist Frau Nefreta?«

»Im Feuer begraben«, antwortete Aldavinur, und tiefer Schmerz zerfurchte sein Antlitz. »Ich konnte noch einmal hindurchgehen. Sie aber nicht.«

»Oh, welch Unglück«, sagte Asturin erschüttert. »Eine große, edle Frau. Ich kenne sie, seit ich ein kleiner Junge war, und stehe mein Leben lang in ihrer Schuld. Ein schwerer Verlust für das Land.« Er wandte sich um, als er ein Geräusch hinter sich hörte. Seine Frau war aus dem Haus getreten und kam nun näher, einen Säugling, erst wenige Monde alt, auf dem Arm.

»Ist sie das?«, flüsterte Aldavinur mit einer Stimme, die so klang, als würden Stücke seines gebrochenen Herzens anstelle von Tönen darin schwingen.

Feruna nickte. »Das ist Eure Tochter.«

»Eírtiti, die Allumfassende. Ich erkenne ihren Namen, ich sehe ihr Baiku.« Der ehemalige Flammenritter rang um seine Fassung. »Bitte, zeigt sie mir.«

Feruna wickelte das Kind aus dem in traditionellen Farben gehaltenen Kleidchen, damit der Vater seinen Körper sehen konnte.

Es war weiblich.

»Danke«, stieß Aldavinur hervor, und die Frau legte das Gewand wieder um seine Tochter.

Das Mädchen sah den Fremden die ganze Zeit über unverwandt an, aufmerksam, ohne Furcht.

»Darf ich?« Aldavinur hob die Hände.

»Aber natürlich.« Feruna schaute das Kind fest an. »Das ist dein Vater«, sagte sie zu dem kleinen Mädchen. »Aldavinur, den man auch den Donnervogel nennt. Ich habe dir von ihm erzählt.« Sie streckte die Arme aus und hob das Bündel Aldavinur entgegen.

Die Kleine fing nicht an zu weinen, als sie in die fremden Arme gelegt wurde. Ihre großen braungrün gemaserten Augen musterten den Vater weiterhin aufmerksam. Auf ihrem Kopf wuchs erster schwarzer Flaum, mit einer Spur von Rot. Ihre Haut war nicht ganz so bronzefarben wie seine, mehr samtgolden, wie bei Nefreta.

»Du ... du bist genauso schön wie deine Mutter«, flüsterte Aldavinur. Dann drückte er sein Kind an sich, küsste es weinend. »Verzeih mir, dass ich sie nicht mitbringen konnte ...«

»Dádá«, sagte Eírtiti und legte ihm die kleinen Ärmchen um den Hals.

Die Zieheltern hielten sich gegenseitig im Arm.

»Ihr erstes Wort, und so früh«, wisperte die Frau.

»Sie weiß es«, stieß der Mann hervor.

»Sie kann es spüren«, murmelte Aldavinur. »Sie ist eine Fyrgar.«

»Ihr wisst aber, dass sie sterblich ist?«, sagte Feruna mit zitternden Lippen.

Aldavinur nickte. »Für mich ist sie vollkommen, so wie sie ist, auch in ihrer menschlichen Gestalt.«

»Was ist denn an der verkehrt?«, brauste Asturin unwillkürlich auf.

»Nichts«, lächelte Aldavinur beschwichtigend. »Gar nichts. Das ist es ja.«

Die Kleine sah ihn fragend an. »Dádá?«

»Ja, kleiner Grashüpfer. Wir werden nun gehen.« Er neigte den Kopf vor dem Paar. »Dank Euch für alles.«

»Was denn . . . wollt Ihr etwa schon aufbrechen?«, stotterte der Mann verdattert.

Aldavinur nickte.

»Aber . . . ich muss ihre Sachen packen und . . .«, stammelte die Frau.

»Wir brauchen nichts«, lehnte der Fyrgar ab.

»Nein«, widersprach Feruna heftig. »Das lasse ich nicht zu! Sie kann nicht ohne ihr Lieblingsspielzeug reisen, und sie braucht Decken und Vorräte! Ihr könnt doch nicht einfach . . .« Ihre letzten Worte waren nicht mehr zu verstehen, da sie bereits im Haus verschwunden war.

»Solange müsst Ihr Euch noch gedulden«, sagte Asturin.

»Gewiss.« Aldavinur hielt seine Tochter in der Armbeuge und streichelte sie. »Verzeiht, ich bin . . . sehr rücksichtslos zu Euch. Aber es ist so . . .« Er unterbrach sich kurz, wandte den Kopf zum Himmel und suchte dort Beistand und Ruhe. Wie sollte er diesen Leuten erklären, dass er sich auf der Flucht sah.

»Ich weiß, tiefe Trauer bewegt Euch«, sagte der Mann sanft. »Das ist nur zu verständlich.« Er wies einladend auf sein Haus. »Wollt Ihr nicht doch hereinkommen und etwas zu Euch nehmen? Ihr seht sehr müde aus.«

»Ich kann nicht. Tut mir leid.«

Kurz darauf kam die Frau mit einem Beutel zurück und drückte ihn Aldavinur in die Hand. »Da ist alles drin, was sie braucht, auch ein wenig Wegzehrung für unterwegs und . . .« Sie konnte nicht mehr weitersprechen und fing herzzerreißend an zu schluchzen.

Ihr Mann nahm sie tröstend in die Arme. »Werden wir sie je wiedersehen?«

Aldavinur schwieg, und das war Antwort genug. Er ließ dem Paar Zeit, sich von dem Kind zu verabschieden.

Dann schulterte er den Beutel und schritt mit Eírtiti auf dem Arm Richtung Wald davon.

DRITTES LEBEN

Die Allumfassende

17

Und was dann geschah

Wohin nun? Wohin konnte Aldavinur sich wenden? Er war erneut durch das Feuer gegangen, und nun gab es nichts mehr für ihn, außer dem Warten auf den Tod. Vielleicht zwanzig Jahre, oder dreißig, wer konnte das sagen, doch es war ihm gleich. Sein einziges Ziel war es, Eírtiti in Sicherheit aufwachsen zu sehen, dann war alles getan. Ohne Nefreta gab es kein Leben mehr, er fühlte sich, als hätte man ihn in der Mitte gespalten und nur noch die Hälfte von ihm wäre übrig.

Er bewegte sich durch das Land, immer Richtung Nordwesten. Dorthin, wo alles begonnen hatte. Dorthin, wo er die Berge wenigstens von Ferne sehen konnte. Dorthin, wo er vielleicht Rat finden würde.

Was um ihn herum geschah, berührte ihn nicht, und er suchte nie eine Behausung auf, mied alle Straßen und Wege. Eírtiti war nicht schwer zu versorgen, sie war eine Fyrgar und stammte von Eltern ab, die Jäger gewesen waren. Es war einfacher als bei den Menschen.

Aldavinur wusste nicht, wie viele Flammenritter überlebt hatten, und was noch von Zurans Heer übrig war. Das war auch nicht wichtig. Sie kamen alle selbst zurecht und brauchten ihn nicht mehr bei ihrem Neuanfang. Das Land war frei, die Seuche gebannt, und alle Befallenen waren auf dem Wege der Heilung. Sie würden wieder zu sich selbst finden. Und die letzten Krahim hatten sich zum Domgar in Nerovia zurückgezogen, ein aussterbendes Volk, das in Bedeutungslosigkeit versank. Also gab es nichts mehr zu tun für ihn.

Der Himmel strahlte, und in der Ferne konnte er den weißen Gipfel des Wolkenreiters erahnen, den keine Wolke mehr verdeckte. Vielleicht war ihm verziehen worden. Doch er konnte nicht zurück in die Berge, noch nicht.

Das war ihm nur zu einer letzten Pflicht möglich, später.

Eírtiti wackelte ihre ersten Schritte, als Aldavinur mit ihr das Freie Haus erreichte, in dem er damals König Rowarn und Nachtfeuer getroffen hatte. Zum ersten Mal seit Beginn der Wanderung begab er sich in die Nähe anderer, und ihm war seltsam zumute, als er die Tür öffnete und vielstimmiger Lärm, begleitet von Musik und Gesang ihm entgegenschlug und Essensgerüche und körperliche Ausdünstungen ihm in die Nase stiegen. Er hatte den Vorraum kaum betreten, da eilte ihm bereits eine Schankmaid entgegen und gab ihm wortlos ein Zeichen, ihr zu folgen. Mit der Tochter auf dem Arm folgte er der jungen Frau. Eírtiti sah sich mit großen Augen und offenem Mund um, sie hatte noch nie so viele Wesen auf einmal gesehen. Angst hatte sie keine, ab und zu grinste sie, wenn sich ihr Blick mit einem Gast kreuzte.

Aldavinur verharrte, als plötzlich Stille einkehrte und sich ihm alle zuwandten, genau in dem Moment, da er das Zentrum des Hauses durchquerte. Dann standen sie auf, alle zugleich, Mensch oder Alter Dämon oder Unsterblicher; auch das Gesinde kam zusammen, und sie verneigten sich wortlos vor ihm.

Seine Lippen zitterten, und er konnte nicht verhindern, dass ihm eine Träne über die Wange lief. Aber nicht aus Rührung. Es war nicht leicht, jetzt nicht in Flammen aufzugehen, so verbittert war er, so sehr schmerzte es ihn. Er nickte als höfliche Geste in den Raum hinein und sah dann die Schankmaid bittend an.

Kein Ton war gefallen, und alle Gäste nahmen ihre Plätze wieder ein, während die junge Frau ihm bedeutete, ihr weiter zu folgen. Schwermütig setzte er den Weg fort, während um ihn herum wieder alles war, als wäre nichts geschehen.

Aldavinur bekam eine kleine Nische zugewiesen, wo er für sich sein konnte; niemand beachtete ihn jetzt noch, so als würden sie alle seinen unausgesprochenen Wunsch achten, in Ruhe gelassen zu werden. Darüber war er froh, und er fühlte sich rasch besser.

Er setzte sich auf die Bank, Eírtiti auf seinem Schoß. Freudestrahlend patschte sie auf den vollgefüllten Teller, der zusammen mit einem Krug Bier vor sie beide hingestellt wurde. Im Nu waren sie, ihr Vater und die Tischplatte bekleckert. Anschließend leckte sie sich die Handballen ab. »Mhmmm«, machte sie und schmatzte genüss-lich.

Er seufzte und schob die Schwermut von sich; seine Tochter ver-langte nach Aufmerksamkeit. »Langsam«, brummte er. »Wir wollen beide was davon haben.«

»Hihi«, kicherte sie und wollte nach seinem Bierkrug greifen, was er gerade noch verhindern konnte.

Es wurde dann noch ein anstrengendes, aber vergnügliches Essen, und Aldavinur ertappte sich dabei, dass er tatsächlich nicht nur mehrmals schmunzeln musste, sondern einmal sogar lachte. Irgend-wie fühlte er sich plötzlich befreit, denn jetzt gab es nur noch Eírtiti für ihn, und das war eine wundervolle Aufgabe. Die schönste der Welt.

Sein Trost war es vor allem, dass seine überaus lebhafte Tochter, die von Anfang an einen sehr starken Willen besaß und ihn auch durchzusetzen wusste, so gut wie nie weinte oder gar missmutig war. Manchmal hatte er das Gefühl, dass sie absichtlich Faxen machte, um ihn aufzuheitern. Aldavinur hatte bis jetzt nicht die geringste Ahnung von Kindern gehabt, die keine Fyrgar waren, aber in den vergangenen Monden hatte er eine Menge gelernt. Und er war völlig fasziniert; diese Lektion war sicherlich die beste seines gesamten lan-gen Lebens, und er stellte sich vor, wie es wohl gewesen wäre, wenn Nefreta und er noch viel mehr Kinder gehabt hätten. Es hätte ihm gefallen, und ihr bestimmt auch.

Nach dem Essen war Eírtiti ziemlich müde, und er tunkte ein wenig Brotrinde in sein Bier und gab es ihr zum Nuckeln, damit sie leichter einschlafen konnte. Dazu wiegte er sie zärtlich und küsste sie ab und zu auf die Stirn. Er wollte ihr all seine Zuneigung geben, die Nefreta nicht mehr von ihm bekommen konnte. Seine übermächtige Liebe musste hinaus aus ihm, sonst würde sie ihn verbrennen.

Lange saß er dann versunken vor seinem Bier. Eírtiti lag in seinen Umhang gebettet auf der Bank und schlummerte, den Daumen im Mund. Aldavinur breitete die kleine Decke aus ihrem Beutel über sie und wollte sich gerade wieder seinem Bier zuwenden, da stand wie aus dem Boden gewachsen der Mann an seinem Tisch.

Der Fyrgar musterte einen Hünen, noch größer und breiter als er selbst, mit pechschwarzen Haaren und Augen wie schwarze Sonnen. Eine Narbe, einer Falkenklaue ähnlich, saß auf seiner rechten Wange wie ein Mal. Seine Aura umgab ihn mit schimmerndem Glanz. Seine Ausstrahlung überrollte Aldavinur wie eine Flutwelle.

Nun, nach allem, begegnete er ihm also.

»Ihr seid der Annatai«, sagte Aldavinur.

»Und Ihr der Fyrgar«, antwortete der Zauberer. Er hob leicht die Hand, in der er einen Bierkrug hielt, als wolle er anstoßen. »Darf ich mich setzen?«

»Selbstverständlich.« Wer würde schon dem mächtigsten Wesen dieser Welt, das zu den größten Legenden zählte, etwas abschlagen.

Den Kopf, vielleicht, dachte Aldavinur in einem aufsässigen und sehr wütenden Moment.

Halrid Falkon beugte sich leicht über den Tisch, bevor er sich niederließ, und betrachtete das schlummernde Kind mit einem seltsamen und nahezu zärtlichen Ausdruck. »Ich habe auch Kinder«, sagte er. »Zwillinge. Sicher haben sie selbst schon Kindeskindeskinder.«

»Kennt Ihr sie denn nicht?«, fragte Aldavinur erstaunt.

Der Zauberer schüttelte den Kopf. »Ich bin nie nach Erytrien zurückgekehrt. Ich kann die Insel auch aus der Ferne schützen.«

Er richtete den dunkel brennenden Blick auf Aldavinur. »Es ist besser so, nach allem, was dort geschehen ist.«

»Dann seid Ihr also seit Jahrtausenden im Exil?«, sagte Aldavinur.

»Aber nein.« Halrid Falkon lächelte, während er den Krug zu seinem Mund führte und bedächtig trank. »Diese ganze wunderbare Welt ist mein Zuhause, ich möchte überall sein und nirgendwo anders.« Er beugte sich leicht zu Aldavinur hinüber. »Wisst Ihr übrigens, dass Euer Volk ursprünglich von Erytrien stammt?«

»Nein«, antwortete Aldavinur überrascht. »Und allmählich fange ich an zu glauben, dass wir so gut wie gar nichts wissen, und ich, den man – *ha!* – ›Lehrmeister‹ nennt, weiß noch weniger.«

»Ihr seid ein Volk großer Weisheit, gesegnet mit dem größten Wissensschatz der Welt«, erwiderte der Zauberer schmunzelnd. »Doch Ihr könnt nicht alles bewahren. Im Lauf der Zeit geht doch das eine oder andere verloren, oder es wird . . . verdrängt. Und nach ihrer Herkunft haben die Fyrgar schon lange nicht mehr gefragt.«

»Erytrien, sagt Ihr?«

»Ja. Die Insel liegt zwischen Valia und Ishgalad . . . Verzeihung, das wisst Ihr natürlich. Dort gab es vor sehr langer Zeit ein unsterbliches Volk, das sich spaltete: die einen wurden mit einem Bann belegt und ruhen seither unter den Hügeln, die anderen verließen die Insel und siedelten sich in den Bergen Luvgars an, und nannten sich fortan Fyrgar, nach ihrer neuen Heimat. Sie waren damals schon Meister des Feuers, doch ihre wahren Fähigkeiten erwarben sie erst hier.«

»Warum wurden die anderen mit einen Bann belegt?«

»Um etwas zu bewahren. Ich weiß nicht, was, ich habe nie daran gerührt. Waldsee ist voller Artefakte, und möglicherweise bewahren sie eines davon.«

»Die Fyrgar bewahren Wissen, keine Artefakte. Und ich . . .« Aldavinur warf einen Blick auf Eírtiti. »Ich werde mein Kind großziehen, und wenn es mich nicht mehr braucht, soll es mit meinem Leben vorbei sein, ich habe genug.«

»Wollt Ihr das wirklich?«, versetzte der Zauberer.

Aldavinur antwortete nicht. Er war zu müde, um darüber zu sprechen. »Darf ich Euch eine Frage stellen?«

»Selbstverständlich.«

»Nachdem ich herabgestiegen bin, führte mich mein Weg als Erstes in dieses Freie Haus, um mir Wissen zu verschaffen. Ich begegnete dem dahinscheidenden König Rowarn von Ardig Hall. Er wunderte sich, dass Ihr nicht da wart.«

»Weil *er* da war.«

»Ich weiß, und das war auch nicht meine Frage.« Zorn verdunkelte Aldavinurs Augen. »Ihr seid das mächtigste Wesen dieser Welt. König Rowarn sagte, Ihr seid immer dort, wo Ihr am meisten gebraucht werdet.« Seine Stimme wurde immer lauter, und er sprang auf und beugte sich über den dunklen Mann, der überrascht zu ihm aufsah.

»WO, VERDAMMT NOCHMAL, BIST DU GEWESEN, ALS LUVGAR IN HÖCHSTER NOT WAR?«, brüllte er den Zauberer an. Der donnernde Hall seiner Stimme erfüllte den ganzen Raum. Es war ihm gleichgültig, dass ihn jeder hören konnte, und dass er hier einen Mann zur Rechenschaft zog, der wahrscheinlich über göttliche Kräfte verfügte, aber gewiss über wenig Geduld.

Der Annatai sah zu ihm auf. »Diese Frage ist nicht unberechtigt.«

»Und wie lautet die Antwort?« Aldavinur war immer noch aufgebracht. Er hatte seinem so lange aufgestauten Zorn kaum Luft gemacht. Heftig atmend setzte er sich wieder.

»Es ... war mir nicht möglich.«

»Das genügt mir nicht!«

Halrid Falkon lenkte ein. »Na schön. Die beschämende Wahrheit ist, dass ich mich tölpelhaft in einer Falle fangen ließ und erst freikam, nachdem du die Schattenweberseuche ausgelöscht hattest! Es war alles sehr genau geplant. Und alles wäre verloren gewesen ... ohne dich.« Halrid Falkon lehnte sich zurück. »Aus diesem Grund bin ich jetzt hier, Aldavinur, um meine Schuld abzutragen. Was du getan hast, verdient Hochachtung und Dank. Ich möchte dir helfen, zur Ruhe zu kommen. Deshalb bitte ich dich, mich zu begleiten. Ich werde dich an einen Ort bringen, wo deine Seele heilen und deine Tochter glücklich und in Sicherheit aufwachsen kann.«

Aldavinurs Zorn war verraucht. Er brachte nur noch ein Wort heraus. »Gut.« Er hatte keine Kraft mehr, nach dem Warum zu fragen, und ob er das annehmen konnte. Im Grunde war er doch genau deswegen hierhergekommen, um Unterstützung zu finden. Trost und Rat.

»Dann ist es beschlossene Sache. Trink aus, mein Freund, es gibt keinen Grund, länger hier zu verweilen. Das ist eine der Regeln der Freien Häuser.«

»Was würde sonst geschehen, wenn wir es täten?«

»Das weiß man nie. Aber es heißt, dass hier schon so mancher verloren ging, weil er ohne Grund blieb.«

»Und du?«

Halrid Falkon entblößte prächtige weiße Zähne, als er lächelte.

»Wenn ich nicht gerade in eine Schlinge stolpere und mich darin verfange, bin ich oft hier. Man trifft so viele interessante Leute.«

Aldavinur entschlüpfte ein vorsichtiges Lächeln. Er sollte nach vorn blicken, nicht zurück. Und die Aussicht, auf einem Drachen zu reiten, hatte einen gewissen Reiz. Dann stand er auf, zog sein Schwert, ohne es anzusehen, und hielt es dem Zauberer hin.

»Bitte nimm es. Ich habe keine Verwendung mehr dafür, und es soll in sichere Hände.«

Der Annatai betrachtete das Schwert schweigend, ohne es zu berühren. »Luvian«, sagte er schließlich. »Du hast es von Rowarn Perlmond erhalten, nicht wahr?«

»Ja, damals hier im Freien Haus.«

»In einem Freien Haus begegnete auch ich ihm einst das erste Mal«, sagte Halrid Falkon leise. Schmerz zuckte in seinem Gesicht. »Das ist das Grausame an der Unsterblichkeit: Man muss immerfort Abschied nehmen und lässt alle hinter sich.«

»Nur wenn man hier unten ist, und da sind wir beide nun einmal angekommen, Herr Zauberer. Bei den Fyrgar wäre das anders. Wie auch immer: Nimm Luvian«, bat Aldavinur.

»Um nichts in der Welt«, lehnte der Zauberer entschieden ab. »Mir genügt das zweitbeste Schwert, ich brauche nicht noch eins dazu. Ich habe zudem geschworen, mich von allen Artefakten fernzuhalten, und Luvian ist ein solches. Außerdem kannst du es noch nicht hergeben, denn seine Aufgabe ist keineswegs erfüllt.«

Aldavinur blinzelte. »Woher willst du das wissen?«

»Sieh es dir an«, sagte der Zauberer und deutete auf die Schneide. »Es ist noch nicht geheilt.«

Aldavinur betrachtete zutiefst erschrocken die verletzte Klinge. Er hatte sie seit Nefretas Tod nicht ein einziges Mal gezogen, sondern in der Scheide stecken lassen, ungereinigt und blutbefleckt. Er war davon ausgegangen, dass Luvian geheilt sei und nun an den nächsten übergehen würde, der es brauchte. Und er wollte das Schwert nicht mehr ziehen, weil es zu viele schmerzliche Erinnerungen barg, weil er Angst davor gehabt hatte, das Blut daran zu berühren.

Doch die Klinge war blank und sauber, als hätte sie nie Fleisch in blutige Stücke geschnitten. Nur die Scharte war noch immer da. »Dann ...«, setzte Aldavinur schwer atmend an, »... dann ist es also nicht zu Ende?«

Das war es doch, was er die ganze Zeit gefühlt und befürchtet hatte. Gondwins Intrigen waren noch lange nicht vorbei, sie wirkten auch über seinen Tod hinaus und waren weitreichender, als Aldavinur es je erfassen könnte. Noch waren einige Geheimnisse nicht gelöst.

»Nein, mein Freund. Es tut mir leid. Nach wie vor verdunkelt eine Bedrohung den Himmel. Du hast das wahre Geheimnis des Schattenwebers nicht gelöst.«

»Aber wie ist das möglich?«, fragte Aldavinur verzweifelt. »Efrynn behauptete, er sei der Schattenweber, und ich habe die Wahrheit gesehen!«

»Efrynn *war* der Schattenweber. Doch ich glaube nicht, dass das, was in Efrynn war und ihn zum Schattenweber machte, so einfach zu vernichten ist.«

»Gondwin sagte ...« Aldavinurs Bronzehaut verlor ihren Glanz und nahm einen fahlen Ton an. »Großer Schöpfer, er hat es mir doch geschrieben. *Du folgst dem falschen Gott ...*« Hilflos starrte er Halrid an. »Ist es das? Der Schattenweber ist nicht einfach eine Dunkle Macht, die aus einem Artefakt erstand, sondern ... ein ... ein ... *Gott?*« Er hatte das Gefühl, als würde er in einen bodenlosen Abgrund stürzen.

»Zumindest das, was von ihm übrig ist«, antwortete Halrid Falkon. »Ich hege da eine Vermutung, und sie hängt mit der Schlacht auf dem Titanenfeld zusammen. Möchtest du sie hören? Ich glaube, so viel Zeit haben wir noch.«

»Nein.«

»Ich dachte, es würde dich interessieren ...«

»Nein!«

Er hatte genug. Das ging ihn nichts mehr an. Halrid Falkon war jetzt hier und konnte alles in die Hand nehmen. Aldavinur brauchte kein Wissen und keine Lektionen mehr, gar nichts.

»Verstehst du denn immer noch nicht?«, zischte er den Zauberer mit schillernden Augen an. »Die Seuche ist vorbei! Götter sind nicht meine Angelegenheit.«

»Abgesehen von Lúvenor, meinst du.«

Aldavinur fuhr zusammen. Wie konnte er das wissen? »Wir reden schon lange nicht mehr miteinander. Also lass mich in Ruhe!« Er fing an, zusammenzupacken. Dann eben kein Drachenritt, er kam auch so zurecht. Über die Grenzberge nach Valia, dort fand sich schon ein ruhiger Platz, wo niemand Eírtiti finden würde.

»Und wenn doch?«, fragte Halrid Falkon ruhig.

»Du liest meine . . .«

»Dazu brauche ich keine Gedanken zu lesen. Deine Mimik brüllt es lauter hinaus, als jede Stimme es könnte.«

Resigniert hob Aldavinur die Hände und sank in sich zusammen. »Also schön. Erzähl mir von deiner Vermutung.«

Halrid Falkon schob den Bierkrug beiseite. »Zwei Personen erzählten mir von der Schlacht. Eine davon war selbst dabei – Nachtfeuer. Die andere erfuhr davon von ihrem Vater Lichtsänger: die Velerii Schneemond. Und all das hängt mit Luvian zusammen.«

»In was bin ich da nur hineingeraten«, murmelte Aldavinur.

Die Titanenschlacht. Noch heute ist sie Sinnbild für grenzenlosen Wahnsinn. Worum es ging? Um Waldsee und um die Herrschaft darüber. Es ging nicht nur um Regenbogen und Finsternis, sondern auch um Macht. Erenatar, der ERSTE GEDANKE, hatte die Welt einst Lúvenor geschenkt, dem Schöpfer von Himmel und Erde und Wasser und von vielen Völkern. Doch die Welt war so groß, dass bald weitere Götter mit ihren Völkern kamen, und auch die Erste Menschheit fand hier ein Zuhause, allerdings noch weit entfernt von den uns bekannten Landen, jenseits der Wüste. Die Vier Königreiche blühten und wurden von weisen Herrschern regiert, bis Neid und Zwietracht entstanden und Krieg unter den Göttern entbrannte, an dem Halrids eigener Vater, der Widdergott Shyll, nicht ganz unschuldig war. Die beiden hatten bisher nie darüber gesprochen.

»Er ist dort oben in den Sphären und spinnt seine Intrigen«, sagte

Halrid, »und ich beschütze hier unten die Welt vor ihm und seinesgleichen.«

Die Titanenschlacht ging als das größte Gemetzel in der Geschichte Waldsees ein, sie war der Höhepunkt all der Kriege und Auseinandersetzungen, die vorangegangen waren, und nahezu alle waren dabei, Titanen, Götter, Mächtige, die Alten Völker, ja sogar die Zwerge. Die Fyrgar waren nicht daran beteiligt, ebenso wenig die Menschen, die noch in den Wilden Landen hausten. Aldavinurs Volk war damals gerade in die Berge Luvgars gezogen. Zu dem Zeitpunkt wusste wohl schon niemand mehr, wer gegen wen kämpfte und warum, denn die Grenzen zwischen Finsternis und Regenbogen waren längst verwischt, und auch innerhalb der Reiche gab es Machtkämpfe. Die Nauraka leisteten ihren Beitrag, indem sie für Lichtsänger Luvian schmiedeten, denn sie setzten alle Hoffnungen in diesen Velerii, der keine Macht wollte, sondern Frieden.

Er war ein großer Sänger, doch mit Luvian erwies er sich zudem als großer Kämpfer.

Und so geschah es, dass auf Lichtsänger zwei große Veränderungen zurückzuführen sind. Zum einen bezwang er Nachtfeuer – oh ja, den mächtigsten und ältesten aller Dämonen, ein Wesen, dessen plötzlicher Tod den Untergang der Welt hätte herbeiführen können. Nachtfeuer verletzte Lichtsänger schwer in jener Schlacht, und der Velerii sollte dereinst an dieser Wunde sterben. Doch der Pferdmensch besaß das beste aller Schwerter, und damit schleuderte er als Antwort auf den Angriff den Dämon aus dessen Sphäre und schleuderte ihn verwundet zur Erde hernieder. Nachtfeuer prallte mit solcher Wucht auf den Boden, dass er ein riesiges Loch in das gepeinigte Land schlug und Ishgalad von den anderen drei Königreichen trennte. Ja, *er* war es, der die Trennung von Ishgalad herbeiführte, der die Umschließende See zwischen die Länder brachte! Es war ein Donnerschlag, der die Welt verdunkelte, der beinahe das Ende herbeiführte, und das Meer füllte das entstandene Loch mit einer gewaltigen Flut. Das folgende Beben gebar neue Vulkane und Inseln und ließ andere untergehen. Der Bruch der Vier Königreiche war so entsetzlich, dass der Hochkönig Ishgalads auf der Stelle starb, und die anderen, als wäre ein Stück von ihnen mit in den Untergang gerissen worden, folgten ihm bald darauf im Kampf, weil sie nicht mehr genug Stärke und ... ja, auch Lebenskraft hatten.

Nach Nachtfeuers Sturz wurde Lichtsänger trotz seiner Wunde von ungeahnten Energien durchströmt, und er nutzte den Moment, solange alle Seiten zutiefst erschüttert waren über dieses unerhörte Ereignis. Schwer verwundet, vom Tode gezeichnet, wie er wusste, dachte er nur noch an eines: die Finsternis auf Waldsee zu vernichten. Er war einer, der mit Lúvenor sprechen konnte, der durch seine Lieder erleuchtet war und dem Gott so nah, wie es vielleicht nur noch die Fyrgar dort oben in ihrer Höhe sein konnten.

Noch während die Erde zitterte und bebte, während gewaltige Fluten das Land überschwemmten und noch mehr Leid und Tod brachten, während alle um ihr Gleichgewicht rangen, nahm Lichtsänger also Luvian, um ihm das zu geben, wofür es geschmiedet war, und stürzte nicht nur den mächtigsten aller Dämonen, sondern auch einen Gott der Finsternis, dessen Name dabei verlorenging. Niemand kann ihn mehr nennen.

Lichtsänger stieß das Schwert in ihn hinein und verwundete ihn tödlich. Ja, er löschte einen Gott aus!

Und während der Finstere Gott dem Dämon nachfolgte und stürzte, zog er einen Feuerschweif hinter sich her, und brennend fiel er aus den Sphären zu Boden, und dort schlug er ein und versank, und niemand fand ihn je wieder. Die Welt wurde dunkel.

»Damit endete die Schlacht, weil endlich allen bewusst wurde, was sie getan hatten. Millionen Tote und ein Meer von Blut. Die Welt würde nie wieder sein, wie sie gewesen war.«

Aldavinur legte die Fingerspitzen aneinander und formte die Hände zu einem Dach. Dann legte er die Finger an die Stirn und schloss die Augen. »Lúvenor sei mit mir, er stürzte einen Gott der Finsternis ...«

»Und der Schlafende Vulkan birgt das Geheimnis«, vollendete der Annatai. »Der Gott wurde nie gefunden, man nahm an, dass er über die ganze Welt verstreut wurde. Ein Teil von ihm, das glaube ich, vergiftet seither den Atem des Vulkans. Und ich bin sicher, mit Efrynns Tod ist es nicht getan. Er war ein Finsterer. Er ist jene Kraft, die den Regenbogen antreibt. Ich kann nicht glauben, dass er für immer fort sein soll. Wenn dort im Vulkan ein Splitter des Gottes steckt, dann wird er auch einen neuen Weg finden, die Schattenweber wieder zum Leben zu erwecken.«

»Aber kein Gott darf sich in die weltlichen Belange einmischen ...«

»Das ist richtig. Nur ist dieser Gott zum einen nicht am Leben, und zum anderen benutzt er die Sterblichen für seine Zwecke. Er umgeht die Gesetze.«

Aldavinur starrte auf die Scharte in seinem Schwert. »So muss es sein ...«, wisperte er mit brechender Stimme. »Efrynn hat mich also belogen.«

»Ich glaube nicht, dass er es besser wusste, denn es ist nicht gesagt, dass der Gott sich ihm offenbarte.«

»Aber Gondwin wusste es. Er sagte zu mir: Einer ist viele.«

»Dann hat er die Wahrheit verschwiegen, um dich für sich zu gewinnen. Vielleicht hatten sie dich als weiteren Träger ausersehen.«

»Halrid, ich ... ich kann nicht noch einmal ...«

»Du missverstehst mich.« Der Zauberer berührte sanft Aldavinurs Arm. »Ich sage nicht, dass *du* das Schwert weiterführen sollst. Du hast wahrhaftig genug getan, und wie ich bereits ausführte, stehe ich tief in deiner Schuld. Natürlich sollst du dein Schwert weitergeben, nur ... ich kann es nicht nehmen. Bedenke, welche Macht es in Lichtsängers Hand hatte. Ich bin ein Annatai, noch dazu mit göttlichen Wurzeln. Ich wage es einfach nicht, dieses Schwert zu führen.«

»Aber du willst nicht sagen, dass Eírtiti ...«

»Niemals! Deine Tochter ist keine Kämpferin, sondern etwas ganz Einzigartiges. Aber ... wenn immer noch ein Überrest des Schattenwebers existiert, ein dunkler, nie verheilter Kern der Seuche ...«

»... wird er eines Tages von Eírtiti erfahren und mit ihr fortsetzen wollen, was er mit Efrynn begonnen hat.« Aldavinur rieb sich kummervoll die Stirn. »Es wird nie vorbei sein ...«, flüsterte er.

»Doch, es wird enden, sobald Luvian geheilt ist. Aldavinur, ich verspreche dir, ich werde nach einem Weg suchen, dieses Schwert seiner Bestimmung zuzuführen. Es tut mir leid, dass ich dir seine Last jetzt noch nicht abnehmen kann, und bitte dich um ein wenig Geduld. Doch zuerst bringe ich dich und deine Tochter in Sicherheit, außerhalb von allem Geschehen, weit fort von hier. Du sollst Frieden finden. Einverstanden?«

»Sicher. Ich bin so müde . . .«

Ein Ruck ging durch ihn. Er erwachte.

Noch blind und taub tastete er um sich, streckte seine Fühler aus und nahm auf, was um ihn herum war. Asche und Erde, Fels und Staub, Verfall und Verwesung. Nach und nach kehrte seine Erinnerung wieder.

Er wusste, wo er war.

Er wusste, was er war.

Es ist noch nicht vorbei, dachte er.

Gut.

Aldavinur fühlte sich besser und getröstet, als sie schließlich in Farnheim ankamen. Er fand sich allmählich damit ab, dass er das Schwert noch weiter bewahren musste, bis er es an den Richtigen weitergeben konnte. Die Reise mit Halrid Falkon und Fylang verlief angenehm. Der ehemalige Flammenritter erfuhr viel über das Volk der Annatai, unter anderem von Fylang, der ja alle Erinnerungen in sich trug, und über den Ewigen Krieg, der laut Halrid in eine entscheidende Phase getreten sei. Der Sturm näherte sich tatsächlich.

»Die Schlafende Schlange ist dabei zu erwachen, sie hat sich schon geregt«, berichtete der Zauberer. »Vor allem die Götter Waldsees sind deshalb von Furcht ergriffen, denn sie sind schon sehr alt, und es besteht die Gefahr, dass sie das Chaos nicht überstehen. Der Schutz des Siebensterns kann sie möglicherweise nicht vor dem Untergang bewahren, wenn der Sturm hierherkommt. Die Neutralität zu bewahren ist eine Sache, aber die drohende Auslöschung eine andere, und der Siebenstern besitzt die Macht vielleicht nicht, das zu verhindern ...«

»Was können wir tun?«

»Ich denke, eines Tages werde ich ein Tor öffnen müssen, um einem Annatai-Bruder, der zur Wahrung der Ordnung ausersehen ist, mein Artefakt von Erytrien zu übergeben. Vielleicht besitzt es die Macht, die Schlange wieder in Schlaf zu versetzen. Doch bis dahin muss Waldsee unbedingt geschützt sein. Und das ist nicht zuletzt dank dir immer noch möglich. Trotzdem ist die Zukunft damit keineswegs gesichert. Dunkle Mächte mögen auch andernorts drohen.«

»Wie gut, dass ich das nicht mehr erleben muss«, bemerkte Aldavinur trocken.

»Aber für dich ist es noch nicht vorbei«, sagte Halrid mit warnender Stimme.

»Das hast du schon einmal angedeutet. Worauf willst du hinaus? Einerseits sagst du, ich habe genug getan, andererseits ...«

»... musst du dich eines Tages deinem eigenen Geheimnis stellen, Aldavinur, und es offenbaren. Denn damit hängt alles zusammen, und ich glaube, das ist auch der Grund, warum du immer noch das Schwert hüten musst.«

Aldavinur wandte sich brüsk ab. »Es gibt kein Geheimnis um mich«, knurrte er. »Es geht nur noch um Eírtitis Sicherheit.«

»Schon gut«, sagte der Zauberer beschwichtigend. »Du wirst deinen Weg finden, um mit dir ins Reine zu kommen. Und dir selbst zu verzeihen. Jetzt lebe in Frieden, und zieh deine Tochter auf, bis ich euch hole.«

So erreichten sie Farnheim im Land Valia, das neutrale Reich der Heilung, wo niemand Fragen stellte und wo außer der Herrin niemand wusste, wer die Fyrgar waren.

Farnheim war im riesigen Nordwald, dem sagenumwobenen Ferlungar, gelegen. Es war ein großes Gebiet, von Wald, Felsen und dampfenden Quellen umgeben auf der einen und von ausgedehnten

Weiden, Feldern und einer Stadt umgeben auf der anderen Seite. Inmitten eines Parks, zwischen riesigen Farnbäumen, stand das altehrwürdige Haus der Heilung, von dem aus viele Wege durch den Park führten, an kleinen runden Häusern vorbei, die für die Kranken und Leidenden gedacht waren. Überall waren Statuen errichtet: eine große Skulptur von Nachtfeuer, zusammen mit seinem Hengst Aschteufel und dem Schattenluchs Graum auf dem Marktplatz der Stadt; aber auch von Rowarn von Ardig Hall, Noïrun von Lingvern, Olrig von den Zwergen, und vielen, vielen Helden mehr.

Halrid entschied, dass sie erst nach Einbruch der Dunkelheit landen würden, um nicht zu viel Aufmerksamkeit auf sich zu ziehen. Dennoch wurden sie erwartet; von einer großen, schlanken Frau mit den blau strahlendsten, zugleich aber auch traurigsten Augen, die Aldavinur je gesehen hatte.

Fylang landete ein Stück davor, und sie gingen den Weg entlang die wenigen Schritte auf die Herrin von Farnheim zu. Aldavinur spürte sofort die heilende Ruhe dieses Ortes, der etwas ganz Besonderes, Einzigartiges war. Hier herrschte vollkommene Neutralität, niemand würde es jemals wagen, Farnheim anzugreifen. Der Zauberer hätte keinen besseren Ort wählen können.

»Ich bin Alrydis«, stellte die Herrin von Farnheim mit dem ergrauenden Haar sich vor, doch ehe sie weitersprechen konnte, ergänzte Aldavinur:

»Lady Alrydis, Tochter von König Rowarn Perlmond und Königin Arlyn Antasa. Es ist mir eine große Ehre, edle Herrin von Farnheim.« Er ergriff ihre Hand und führte sie an seine Lippen, während er sich tief verneigte.

Sie war überrascht, dann schmunzelte sie. »Ihr solltet Euch nicht zu voreilig verraten, Herr Aldavinur von den Fyrgar.«

Halrid brachte Eírtiti, und Aldavinur sah verwundert, dass Fylang eine dicke Drachenträne vergoss, die hell im Mondlicht glänzte.

»Ich habe mich so an diese kleine Nervensäge gewöhnt«, schniefte der riesige geflügelte Drache, zwischen dessen Zähnen das kleine Mädchen Platz gefunden hätte. Er hatte Eírtiti in seiner Drachenhand gewiegt, sie in seinen zusammengeknüpften Barteln geschaukelt und sie durch gestaltformendes Feuerprusten durch die Nüstern zum Lachen gebracht.

Eírtiti hatte die Männer und auch den Drachen unterwegs durch ihre lebhafte Art in Atem gehalten. Wobei Halrid unendliche Geduld bewies und das Kind fast die ganze Zeit mit sich herumschleppte.

Auch jetzt schien er sich kaum von ihm trennen zu wollen, nur zögerlich übergab er die Kleine in Aldavinurs Arme. Woraufhin Eírtiti laut zu weinen anfing und die Händchen nach dem Zauberer ausstreckte.

»Hal'id!«, schluchzte sie herzerweichend.

»Man sollte doch annehmen, *ich* wäre ihr Vater«, brummte der Fyrgar und versuchte, seine Tochter zu beruhigen.

Halrid Falkon strich ein letztes Mal über ihr Köpfchen. »Zu deinem zwanzigsten Geburtstag kehre ich zurück, kleiner Schmetterling, das ist schon beinahe morgen. Ich verspreche es dir.«

Der Zauberer verabschiedete sich von Aldavinur und Alrydis, und kurz darauf war er zusammen mit Fylang verschwunden.

»Wollt Ihr ein Haus für Euch?«, erkundigte sich Alrydis und wies auf die kleinen runden Bauten ringsum.

»Wenn es Euch recht ist«, erwiderte Aldavinur, »würde ich gern ein Zimmer in Farnheim selbst beanspruchen. Ich möchte Eírtiti keinen Moment allein wissen, und ich kann nicht ständig bei ihr sein.«

»Dann kann sie auch mit den Kindern des Gesindes aufwachsen, das ist sicher gut für sie.«

»Fyrgar leben normalerweise sehr abgeschieden voneinander, aber das Baiku meiner Tochter ist der Mensch, sie braucht Gesellschaft. Und ... und eine ... Mutter, wenn Ihr gestattet.«

Er sah, wie ihre feinen Gesichtszüge sich anspannten. Natürlich wusste er um ihre Geschichte. Sie hatte einen Prinzen der Nauraka geliebt und verloren, und ebenso auch ihre Zwillinge ziehen lassen müssen, die ins Meer zurückkehrten. Ihr selbst blieb dieser Weg verwehrt, deshalb hatte Alrydis ihre Kinder stets nur zu bestimmten Zeiten gesehen, und manchmal auch deren gewandelten Vater, der das Erbe des Seedrachen angenommen hatte. Eine der tragischsten

Geschichten von Waldsee, die Aldavinur früher seinen Schülern zwar erzählt hatte, aber ohne dass sie ihn besonders berührt hätte. Nun jedoch wusste er, was Verlust bedeutete und wie sich ein gebrochenes Herz anfühlte, das niemals wieder heilen konnte.

»Verzeiht meine Dreistigkeit«, entschuldigte er sich. »Aber ... ich allein kann Eírtiti nicht genügen, ich bin nur ein Fyrgar, der keine besondere Erfahrung mit den Menschen oder gar mit Kindern hat. Ich brauche Euren Rat, Eure Hilfe ...«

»Ich werde gern für sie da sein«, unterbrach sie ihn. Dann lächelte sie zärtlich und streichelte die Wange des kleinen Mädchens. »Halrid hat nie aufgehört, Pläne zu ersinnen. Mir ist seine Absicht klar.«

»Weil wir beide verwundete Seelen haben, soll das Kind uns heilen, und wir sollen uns gegenseitig stützen.« Aldavinur nickte. »Ich hatte mir deswegen unterwegs schon überlegt, einfach irgendwo zu bleiben. Doch ich wüsste keinen besseren Ort für meine Tochter als diesen. Ich muss gestehen, dass ich sehr froh bin, hier sein zu dürfen, und sehr dankbar.« Dann musste er lachen. »Feuer und Wasser! Was denkt dieser Zauberer sich nur dabei!«

Er kroch hervor aus der namenlosen Tiefe, robbte sich unermüdlich nach oben. Immer wieder schlief er vor Erschöpfung ein. Wie ein Wurm wand er sich hinauf, und viel mehr als ein Wurm war er auch noch nicht. Er konnte nur tasten und fühlen, das war alles. Der Weg war hart und mühselig, oftmals gab es nur sehr schmale Ritzen zwischen hartem Gestein, durch die er sich zwängen konnte. Danach verlor er jedes Mal das Bewusstsein. Doch er erwachte wieder und kroch weiter.

Dann fühlte er Veränderung. Er konnte es nicht sehen, aber er wusste, dass er sich auf das Licht zubewegte, denn die Finsternis fühlte sich anders an. Dies hier war milder, weicher, und die Luft war dünner, verlor an Geschmack. Dafür kamen neue Eindrücke hinzu. Von frischem Leben, das vorüberzog, Leben, das Fleisch war, und Sehnen und Muskeln. Und da waren Wurzeln und Gräser.

Er verließ die Welt dort unten und kam nach oben, schlängelte sich durch weiches Gras und über lehmigen Boden. Kein rauer Fels mehr.

Und keine Enge. Das Oben war unendlich weit, er konnte es nicht erfassen.

Etwas glitt in Wellen über seinen Körper hinweg. Er besaß noch kein Gehör, doch aus seiner Erinnerung wusste er, was es war: Stimmen. Ganz in der Nähe.

Nahrung, dachte er.

Er tastete sich weiter, dem Fluss der Wellen nach, dann stieß er auf Widerstand. Er tastete und fühlte und wusste sofort, dass er am Ziel war, warmes, atmendes Leben. Eilig kroch er empor, dorthin, wo er schon salziges Blut wittern konnte. Er brauchte einen verborgenen Platz, damit er nicht gleich wieder abgeschüttelt werden konnte. Schließlich fand er eine geeignete Stelle, drückte sein vorderes Ende darauf, und aus seinem Inneren schoss ein kreisrunder, mit vielen winzigen Zähnen besetzter Mund hervor. Er biss sich fest, und die Zunge schnellte vor, hart und spitz wie ein Stachel, bohrte sich tief hinein, bis sie warmes, pochendes Blut fühlte.

Gierig begann er zu saugen. Er saugte und saugte, bis er so dick und schwer war, dass er sich nicht mehr halten konnte. Er ließ los und fiel nach unten, landete weich und rollte weiter, in eine kühle, feuchte Dunkelheit. Dort ringelte er sich zusammen und schlief ein.

Als er wieder erwachte, fühlte er sich eingesperrt und beengt, er konnte kaum mehr atmen. Er hatte wohl so viel gefressen, dass ihm seine Haut nicht mehr passte. Als er sich entringeln wollte, platzte die Haut auf, an vielen Stellen, er konnte nichts dagegen tun. Er fing an, sich herauszuschälen und das nutzlose alte Ding abzustreifen, drehte und wand sich mühsam, bis er zu schwach war, um sich noch rühren zu können. Er schlief ein.

Als er erwachte, fühlte er sich bestens. Die neue Haut passte hervorragend, sie war biegsam, aber auch fest. Vergnügt bewegte er die Arme und die Beine, die er dazugewonnen hatte.

Und er hatte Augen.

Und Ohren.

Gut. Gut. Gut.

Heiter lag er im Gras und harrte der nächsten Beute.

Aldavinur lebte sich ein, und jedermann, ob Reisender, ob Kranker oder Einwohner von Farnheim, gewöhnte sich an ihn, falls er ihn überhaupt bemerkte. Er war wortkarg und fast unsichtbar und legte überall dort Hand an, wo es nötig war. Mit der Erziehung seiner Tochter gab er sich viel Mühe, und er liebte sie abgöttisch. Eírtiti wuchs zu einem selbstsicheren, wissbegierigen Kind heran, dessen Temperament nicht leicht zu zügeln war. So manchem dreisten Jungen hieb sie schon im Alter von zwei Jahren kräftig auf die Nase, um ihm zu zeigen, dass sie kein hilfloses Mädchen war. Als sie drei Jahre alt wurde, offenbarte sich, dass sie mit Wissen geboren war. Sie war in jeder Hinsicht einzigartig, und es war nicht einfach, dies vor Fremden verborgen zu halten. Sie war gewitzt und fand schnell heraus, wie sie andere um den Finger wickeln konnte. Ihr Vater konnte ihr nichts abschlagen, sosehr er es auch immer wieder mit Strenge versuchte. Aber gegen sie kam er überhaupt nicht an. Sie schüttete sich noch aus vor Lachen, wenn er sie, ernsthaft gereizt, wie eine Katze anknurrte und so in ihre Schranken zu weisen versuchte. Wer konnte dabei ernst bleiben? Selbst Aldavinur nicht. Alrydis erging es kaum anders; sie liebte das quirlige, fröhliche Kind über alles, das jedem Fremden mit Neugier und Herzlichkeit begegnete.

So vergingen fünf Jahre, und Aldavinur hatte sich sein drittes Leben eingerichtet. Er lenkte sich, wie er es vorgehabt hatte, jeden Tag durch viel Arbeit ab und beschützte Eírtiti und Farnheim. Er wurde sehr geschätzt und galt schließlich gar als heimlicher zweiter Herr von Farnheim. Das war ihm nicht recht, doch er nahm es schweigend hin.

Aber es kam kein Morgen, an dem er nicht sofort nach dem Erwachen an Nefreta dachte, und es verging kein Tag, an dem er nicht um sie trauerte. Er gab sich jedoch aufrichtig Mühe, dass seine Tochter das niemals zu spüren bekam, und kümmerte sich voller Hingabe um sie.

Doch sobald sie eingeschlafen war, kehrten die Erinnerungen zurück. Manchmal musste er sich deshalb vor dem Zubettgehen noch mit Wein und Ushkany betäuben, damit er schlafen konnte. Das bekam ihm nicht immer, es geschah ab und zu, dass er dann zum Kräutergarten hinter dem Haus wankte, um sich zu übergeben und anschließend den Rest der Nacht laut schnarchend irgendwo auf dem harten Steinboden zu verbringen. Einmal hatte er sich in einem tagelangen Rausch vergessen, doch als seine Tochter ihn im Zustand der Verwüstung fand und zuerst fürchterlich schimpfte, bevor sie in Tränen ausbrach, wurde er augenblicklich nüchtern und ekelte sich vor sich selbst. Es war das einzige Mal, dass Eírtiti vor Kummer weinte, und Aldavinur schämte sich zutiefst, dass er der Grund war. Weitere derartige Ausschweifungen kamen danach nie wieder vor.

Nachdem er Eírtiti eines Abends zu Bett gebracht hatte, ging Aldavinur wie gewohnt noch einmal in die Stube hinunter. Die meisten Gäste waren gegangen, und Alrydis saß allein am Tisch und träumte vor sich hin.

»Darf ich mich zu dir setzen?«, fragte er scheu. In all den Jahren hatten sie nie viele Worte miteinander gewechselt und waren nur selten beisammengesessen. Doch heute war ihm nach Gesellschaft zumute. »Es ist noch zu früh, um schlafen zu gehen.«

Sie machte eine einladende Geste. »Nimm Platz. Wobei ich es als Heilerin eigentlich ablehnen müsste, dass zwei, die am Herzen krank sind, sich unterhalten. Doch als Heilerin bin ich jetzt nicht hier.«

»Ich glaube, du bist heute aus demselben Grund hier wie ich, und ich sehe dich nicht gern allein an einem so großen Tisch sitzen. Aber mach dir keine Gedanken, ansonsten haben wir keine Gemeinsamkeiten. Wir sind zu verschieden«, sagte er. »Feuer und Wasser . . .«

»Wasser? Ich bin Ylwanin, für mich gibt es kein Wasser mehr.«

»Das stimmt nicht, Alrydis. Dass du keine Kiemen mehr hast, bedeutet nicht, dass das Wasser nicht mehr dein Element ist. So wie mein Element immer noch das Feuer ist, auch wenn ich ein sterblicher Mensch geworden bin. Ich bin trotzdem ein Fyrgar.«

»Und ich bin trotzdem eine Ylwanin. Nun gut. Meine Herkunft kann ich wohl nicht verleugnen. Dann lass uns Flüssigkeit zu uns nehmen, in der ich ertrinken werde und in der du dein Feuer löschst. Das Ergebnis wird dasselbe sein: Ein schwerer Kopf.«

Sie hatten sich allerdings mehr vorgenommen, als sie tatsächlich schafften. Sie tranken jeder nur einen Pokal Wein, die meiste Zeit über schweigend, und als danach niemand außer ihnen mehr anwesend war, sah Alrydis die Zeit gekommen, zu Bett zu gehen. Sie wies die müden Schankdiener an, aufzuräumen und abzusperren, verließ mit Aldavinur die Stube und stieg mit ihm die breite Treppe hinauf.

Sie sagte kein Wort, als er ohne zu zögern mit zu ihrer Kammer ging, anstatt zu seinem Zimmer, das durch eine Zwischentür mit Eírtitis Kammer verbunden war.

Helles Mondlicht fiel durch das Fenster herein, sodass sie kein Kerzenlicht brauchten. Im Halbdunkel zogen sie sich voneinander abgewandt aus und legten sich ins Bett, Rücken an Rücken, ohne sich noch einmal angesehen oder miteinander gesprochen zu haben.

Irgendwann wachte Aldavinur auf, weil er jemanden atmen hörte, und drehte sich um. Alrydis schlummerte tief, und ihre Wärme übertrug sich auf ihn. Er rückte nah zu ihr hin, bis keine störende Decke mehr zwischen ihnen war. Mit geschlossenen Augen atmete er ihren Duft ein, dann berührte er ihre Schulter, ihren Arm. Strich über ihren Körper, so warm, so weich. Ihr Atemrhythmus veränderte sich, sie war jetzt wach, doch sie bewegte sich nicht. Er küsste ihren Nacken, die Wirbel zwischen den Schulterblättern, während seine Hand nach vorn glitt und ihre runden Brüste umfasste und streichelte. Als er merkte, dass ihre Brustwarzen anschwollen, rieb er sie, bis sie sich steif in seine Hand drückten. Dann strich er über ihren Bauch hinab zu ihrem Schoß, tastete sich hinein und fand sich dort willkommen.

Sanft drang er in sie ein, liebte sie ruhig und gleichmäßig. Ab und zu hörte er sie leise seufzen und spürte, wie sie sich fester an ihn drückte und ihr Becken leicht bewegte. Als er merkte, dass sie ihrem Höhepunkt entgegenstrebte, gestattete er sich ebenfalls freien Lauf und presste sich mit einem letzten Stoß zitternd und aufkeuchend an sie.

Den Arm um Alrydis gelegt, an ihren Rücken geschmiegt, schlief Aldavinur wieder ein. Noch vor dem Morgengrauen erwachte er, stand auf, nahm seine Sachen und verließ lautlos das Zimmer.

Viel Zeit war vergangen, und er hatte sich mehrmals gehäutet und war stark gewachsen. Inzwischen musste er darauf achten, sich zu verbergen, weil er nicht mehr übersehen werden konnte. Tagsüber versteckte er sich in einer Höhle oder wo auch immer er eine geeignete Zuflucht fand, und nachts setzte er seinen Weg fort.

Es zog ihn in die Berge. Er wollte ganz hoch hinauf, denn von dort aus war es nicht mehr weit bis in die Sphären. Nichts konnte ihn aufhalten, denn niemand wusste von ihm. Niemand kannte ihn.

Er hatte keinen Namen. Und er brauchte auch keinen. Er wusste ja, wer er war. Inzwischen ernährte er sich am liebsten von Menschenfleisch, das er mit ihren Seelen würzte. Es war nicht schwer, sie aus ihnen herauszusaugen, Menschen hielten, da sie so kurzlebig waren, nicht sonderlich daran fest. Doch für ihn waren sie ein Segen, sie stärkten ihn, sie ließen ihn wachsen, und er konnte sich mit der Zeit immer besser verbergen. Er fing an, dieses Leben zu mögen.

Doch er konnte sich nicht auf immer hinter den Seelen der Sterblichen verstecken. Er strebte nach mehr, viel mehr.

In einer der seltenen völlig mondlosen Nächte machte er sich an den Aufstieg. Die Lieblichen Höhen waren sein Ziel.

Als Eírtiti zwölf Jahre alt wurde, sagte sie zu ihrem Vater, der gerade auf der Bank vor dem Haus saß und vor sich hindöste: »Dádá, es wird Zeit, dass du dir eine Frau suchst. Es kann nicht angehen, dass ein gesunder Mann wie du immer allein schläft.«

»Ich bin sehr zufrieden damit, wie es ist«, erwiderte Aldavinur und strich sich durch seinen grau gewordenen Bart. Nicht, dass er über seine vorlaute und altkluge Tochter empört gewesen wäre. Das hatte er längst aufgegeben. »Und wie du siehst, bin ich gealtert, welche Frau sollte mich da wohl ansehen.«

»Ich kann nicht glauben, dass du keine Bedürfnisse mehr hast!«, versetzte sie mit der ganzen Strenge ihrer Mädchenjahre. »Du wolltest altern, weil du dich jeden Tag grämst und in deiner Trauer verkriechst. Denkst du, ich weiß das nicht? Was wirst du tun, wenn ich erwachsen bin?«

»Dann wirst du fortziehen, und ich werde mir einen Platz zum Sterben suchen.«

Ihr stockte der Atem. »Wie kannst du das zu mir sagen, ich bin noch ein Kind!«

»Du bist eine Fyrgar, Eírtiti, und ich habe dich so erzogen. Du weißt, wie wir zum Tod stehen«, versetzte er ungerührt. »Außerdem haben wir darüber gesprochen, was geschieht, wenn du erwachsen bist, und davon bist du noch einige Jahre entfernt.«

Sie schüttelte den Kopf, sodass ihre langen, glänzenden schwarz-roten Haare aufflatterten wie Flügel. »Das kann nicht dein Ernst sein!«

Er hob beschwichtigend die Hand. »Du verstehst das nicht, Eírtiti. Es gibt für mich dann nichts mehr zu tun. Ich lebe jetzt für dich und gehe den Weg aller sterblichen Menschen. So viele Jahre habe ich nicht mehr vor mir, und ich will nicht dereinst als Tattergreis von der Bank fallen.«

Ratlosigkeit ergriff das Mädchen, und Hilfe suchend wandte es sich an Alrydis, die gerade herauskam. »Mutter, steh mir bei! Erzähl ihm, wie es ist, weiterzuleben. Du hast es doch auch getan, nicht wahr?«

Die Lady zögerte mit der Antwort.

Eírtiti hob resigniert die Arme. »Ich gebe es auf! Euch beiden ist nicht mehr zu helfen.« Kopfschüttelnd lief sie zu den Pferdeweiden.

Alrydis setzte sich neben Aldavinur und ergriff seine Hand. »So schlau, so klug, und doch so rührend unbedarft, eben immer noch ein Kind. Nie hat sie etwas gemerkt. Wir müssen es ihr sagen.«

Er stieß einen trockenen Laut aus. »Was sollen wir ihr sagen? Dass wir miteinander schlafen? Dass wir es tun, weil wir so davon träumen können, unsere wahren Geliebten lägen in unseren Armen?«

»Es hilft uns doch«, erwiderte sie. »Sie hat recht, weißt du.«

»Natürlich hat sie recht«, schnaubte er. »Was wir beide da tun, ist töricht. Aber was bleibt denn schon für mich? Du ... kannst zur Umschließenden See, und dort ist dein Mann, dort sind deine Kinder.«

»Dein Kind ist hier«, erinnerte sie ihn. »Du hast es aufgezogen.

Und ich habe meine Sehnsüchte gestillt, indem ich Eírtiti die Mutter ersetzte, da ich meine eigenen Kinder nicht aufwachsen sah. Längst schon sind sie erwachsen und haben selbst Kinder. Die Zeiten, da sie nach Ardig Hall oder zu Besuch hierhergekommen sind, sind lange vorbei. Und ich … es ist doch nur eine Erinnerung, der ich nachhänge. Mein Prinz ist tot, daran lässt sich nichts mehr ändern. Das Wesen, das mich aus dem Wasser begrüßt, trägt nur noch eine schwache Erinnerung an ihn in sich. Je mehr Zeit verstreicht, desto mehr vergisst er, wer er einst war. Eines Tages wird er davonschwimmen und nicht mehr zurückkehren.«

»Er wird dich nie vergessen«, widersprach Aldavinur.

»Und was ändert das für mich? Er hat ein Leben. Ich nicht.« Alrydis strich sich eine Strähne aus der Stirn.

»Wir sind es doch, die nicht vergessen können, Aldavinur«, murmelte sie. »Fast jede Nacht klammern wir uns aneinander wie Ertrinkende, und unser Liebesakt trägt den Geruch von Verzweiflung, nicht von Lust.«

Betroffen schwieg er.

Sie stieß einen seufzenden Laut aus und neigte leicht den Kopf. »Es tut mir leid, das ist ungerecht. Zwischen uns besteht Harmonie, das lässt sich nicht leugnen. In deiner Nähe fühle ich mich wohl und geborgen. Ich finde dich sehr anziehend, und ich mag es, wie du … du weißt schon.« Ein Lächeln huschte über ihr Gesicht.

Er legte eine Hand in ihren Nacken und küsste sie auf die Stirn. Es war die erste Zuneigungsbekundung, die Auge in Auge stattfand, und beide vergaßen in diesem Augenblick, dass sie nicht unter sich waren. Seine Hand streichelte ihre Wange. »Aber wir sollten es beenden, willst du das sagen?«

»Es wäre besser für uns beide. Halrid mag die Hoffnung gehegt haben, dass unsere Seelen heilen, wenn wir zusammen sind. Doch er hat nie so sehr geliebt wie wir, er kann es nicht verstehen. Wir pflegen unsere Trauer und bestärken einander nur darin. Unternehmen wir wenigstens den Versuch, ein normales Leben zu führen. Ich lebe zwar vermutlich schon zu lange wie eine Witwe, als dass sich etwas ändern könnte, aber bei dir besteht noch Hoffnung.«

»Also gut.«

Sie hielten genau einen Halbmond durch, dann war alles wie vorher.

Zu Mittsommer erreichte er das abgeschiedene Tal. Es war alles noch so, wie er es in Erinnerung hatte. Inzwischen war er so groß und so stark, dass sich ihm nichts mehr in den Weg stellen konnte. Noch beherrschte er das Feuer nicht, doch das brauchte er auch nicht. Er wusste, dass er Hilfe bekommen würde.

Er wanderte am Adfall vorbei, ohne ihn zu beachten, und strebte dem Passdurchgang zu. Es war sehr still, so als würde etwas fehlen.

Sie bemerkten ihn sofort, als er durch den Pass kam, und rotteten sich zusammen. Um ihn zu begrüßen oder um ihn zu verjagen? Er würde es nie herausfinden, denn er begann sofort mit seinem Werk. Dem Ersten, der in seine Nähe kam, entriss er das Baiku, noch bevor der begriff, was mit ihm geschah. Obwohl er sehr schnell war, rote und gelbe Federn, ein scharfer Schnabel. Wie leblos sank er zu Boden, nur mehr eine atmende, aber leere Hülle.

Ungeahnte Kräfte durchströmten ihn, und wilde Erregung erfasste ihn. In rasender Gier stürzte er sich auf die anderen und wütete unter ihnen. Und sie hatten keinerlei Chance, sich gegen ihn zur Wehr zu setzen.

Er nahm ihnen zwar nicht das Leben, aber ohne ihr Baiku waren sie trotzdem so gut wie tot, sie besaßen kein Bewusstsein mehr und stürzten alle zu Boden, um sich nie wieder zu rühren. Sie vergingen nicht, sondern verharrten in unbeweglicher Starre, vielleicht bis ans Ende aller Zeit, wenn sie keine Erlösung fanden. Lebende Tote. Nichts konnte grausamer sein, nicht einmal der Glasbann.

Aber was kümmerte es ihn? Nur die Baikus gaben ihm genug Kraft für das, was er vorhatte.

Befriedigt verließ er das Tal, kehrte zurück in die Stille und stieg auf den Wolkenreiter hinauf, sammelte unterwegs an Nahrung ein, was er finden konnte.

Kalte, dünne Luft umwehte ihn, als er den eisflammenden Gipfel erreichte, und er hörte den Misston in den Sphären, als die dort oben seiner ansichtig wurden. Er stellte sich aufrecht hin und verhöhnte sie. Sie konnten ihn niemals erreichen, sie konnten nichts tun gegen das, was er vorhatte. Sie zürnten ihm mit Blitz und Donner und Schneesturm, doch er lachte nur.

Jetzt fehlte lediglich noch eines: Das Feuer. Geschaffen von dem Einen, der ihm die Vollkommenheit bringen würde.

Satt und zufrieden rollte er sich im Schutz eines Felsens zusammen. Alles war, wie es sein sollte. Nun war er bereit.

»Er wird kommen«, flüsterte er. »Ich kann warten.«

Irgendwann gaben Alrydis und Aldavinur ihre Heimlichkeiten auf. Die Harmonie zwischen ihnen, die sich über die Jahre entwickelt hatte, konnte nicht verborgen bleiben, vor allem, da beide mit der Zeit ausgeglichener und heiterer wurden. Schließlich bezogen sie ein gemeinsames Schlafgemach, wenngleich sie tagsüber immer noch zumeist getrennte Wege gingen. Die Jahre vergingen schnell und hinterließen ihre Erinnerungen in Aldavinurs Haar, bis es silberweiß geworden war.

Eírtiti wuchs zu einer wunderschönen jungen Frau heran, mit langen schwarzroten Haaren, goldfarbener Samthaut und einem schmalen Gesicht, das von zwei außergewöhnlich schönen, braungrün gemaserten Augen beherrscht wurde. Ihre Pupillen waren leicht länglich, aber nicht ganz so schlitzförmig wie bei ihren Eltern. »Irgendwie ein bisschen wölfisch«, bemerkte einmal eine Magd, doch sie meinte es nicht abwertend. Aber es war der Beweis, dass Eírtiti trotz ihrer menschlichen Sterblichkeit zu den Fyrgar gehörte. Darüber sprach Aldavinur jedoch nie; es war ein wohlbehütetes Geheimnis.

Selbst Reisende aus Luvgar erkannten ihn nicht. Und das war kein Wunder, nachdem er keine Rüstung mehr trug und gealtert war. Vielleicht hätten seine Augen ihn verraten können, aber kaum jemand bekam Gelegenheit, sie bewusst wahrzunehmen. Ab und zu brachten Reisende Nachricht aus den anderen Ländern, und wie es aussah, erholte Luvgar sich langsam von der Verwüstung. Die Flammenritter halfen beim Aufbau, und Zuran stand einer jungen Adligen als Berater zur Seite, die eine Verwandte des Geschlechts derer von Barastie war und sich plötzlich als Fürstin auf dem Thron sah. Nach und nach erholten sich Land und Menschen. Noch immer gab es zwar Kranke, die unter den Nachwirkungen der Seuche zu leiden hatten, doch die Aussichten auf Heilung waren gut; nur sehr wenige Schwermütige gaben sich auf. Aldavinur war nach seinem Verschwinden zur Legende geworden und wurde besungen, und auch um Nefreta rankten sich viele neue Geschichten. Sie wurden jedoch nie in einen Zusammenhang gebracht, und das war beruhigend. So ahnte nie jemand von Eírtitis Herkunft.

Jeder, der sie zum ersten Mal sah, begriff allerdings, dass Eírtiti ein ganz besonderes Wesen war. Ihre Aura umgab sie wie ein Glanz, vor allem, wenn sie lachte – und sie lachte viel. Die Menschen verziehen ihr deshalb ihr großes Wissen, das sie als Kind manchmal allzu altklug offenbarte, und sie war sehr beliebt und überall wohlgelitten. Als sie zur Frau heranreifte, kamen nicht nur ihre Freundinnen nach Farnheim zu Besuch, sondern auch die ersten schüchternen Verehrer, und sehr zum Leidwesen ihres Vaters fand Eírtiti großen Gefallen daran, umworben zu werden.

»Das muss den Fyrgar wohl im Blut liegen«, schmunzelte Alrydis, und Aldavinur bereute, ihr so viel von seinem Leben erzählt zu haben. Nachts bereute er es jedoch weniger, weil Alrydis einiges von ihm erfahren wollte, was er ihr gern im stillen und doch innigen Spiel preisgab. So fand einmal zusammen, was sonst unvereinbar schien, Feuer und Wasser.

An Eírtitis zwanzigstem Geburtstag bat ihr Vater sie zu einem Spaziergang, und sie wanderten hinaus in den altehrwürdigen Park, den Hügel hinan auf die warm dampfenden Kaskadenfälle zu.

Inmitten der Frühlingsgesänge sagte er zu ihr: »Eírtiti, es wird Zeit zu gehen.«

»Hast du Heimweh, Vater?«

»Nein, das hatte ich nie. Ich bin jetzt ein Mensch, und ich bin es zufrieden.«

»Ist das wahr?«

»Ja. Ich habe mich mit mir selbst versöhnt. Doch du musst zu deinem Volk, das steht außer Frage.«

»Es ist auch dein Volk.«

»Ich bin immer noch ein Verbannter, Kind. Vergiss nicht, ich habe Efrynn nicht zurückgebracht.«

»Weil er der Feind war! Du musstest ihn töten.«

»Das spielt keine Rolle. Aber du bist eine geborene, reinblütige Fyrgar.«

»Obwohl ich ein Mensch und weiblich bin?«

»Ja. Deine Mutter und ich waren Fyrgar und sind es geblieben. Unsere körperliche Veränderung fand statt, weil wir beide ein anderes Baiku annahmen. Auf dich aber wartet dein Baiku erst noch. Es wird Zeit, dass du durch das Feuer gehst, um deine wahre Gestalt zu finden. Und wer weiß, vielleicht wirst du dadurch sogar unsterblich.«

Eírtiti blieb stehen. »Aber Vater, vielleicht will ich diese Gestalt nicht aufgeben . . .«

»Dann ist sie möglicherweise auch deine wahre«, antwortete er. »Aber es ist wichtig, dass du dein Baiku erhältst.«

»Das kann ich doch auch hier tun, ich meine, durch das Feuer gehen.«

»Nein. Du gehörst zu deinem Volk, sie alle sollen daran teilhaben. Sie müssen erfahren, dass es dich gibt, und du musst die Fyrgar kennenlernen. Du musst das Gebirge sehen, du musst hinaufgehen zum Wolkenreiter und den Göttern nah sein. Du hast das Wissen in dir, also musst du diesen Weg einschlagen, um wahre Erkenntnis zu finden.«

»Aber da ist noch etwas, nicht wahr? Ich kenne dich so gut, du kannst es nicht vor mir verbergen.«

»Ja. Eírtiti, du . . . ich weiß nicht so recht, wie ich es dir sagen soll. Schon lange ringe ich mit mir, doch ich denke, der Zeitpunkt ist gekommen.« Er fuhr sich durchs Haar und starrte eine Weile düster zum Wald.

Sie machte eine besorgte Miene. »Sprich freien Herzens, Dádá, ich werde alles ertragen.«

Zweifelsohne. Sie war sehr stark, und sie war im Einklang mit sich selbst. Aldavinur liebte seine Tochter nicht nur. Er verehrte sie. Und den Grund dafür musste sie erfahren.

Aldavinur zögerte, suchte nach den richtigen Worten, die schon lange hinauswollten, doch seine Zunge fürchtete sich davor, sie zu bilden. Es ging um die Wahrheit, über sich, die er schon Jahrtausende mit sich herumtrug. Die er noch niemandem offenbart hatte. Aber wenn nicht Eírtiti, wem dann?

Also gab er sich einen Ruck. »Damals, nach dem Ende der Schattenweberseuche, brachte Halrid Falkon uns hierher, dich und mich.«

»Der ... Zauberer? Der Annatai? Der mit dem Drachen? Natürlich weiß ich alles über ihn«, sagte sie aufgeregt. »Alle meine Freundinnen geraten ins Schwärmen, sobald die Barden ein Lied über ihn zum Besten geben! Und wir sind damals mit dem Drachen geflogen? Oh, wieso kann ich mich nicht daran erinnern?«

»Tochter! Mäßige dich, ich ...«

»Wie kann ich das, Dádá? Warum hast du mir das nicht schon längst erzählt? Alle wären grün geworden vor Neid!«

Er seufzte. Eírtiti war die Weiseste der Fyrgar, und dennoch ein bezauberndes junges, unbedarftes, temperamentvolles Mädchen. Oh, wenn Nefreta das nur miterleben könnte! Sie hatte stets gegen die Gleichgültigkeit der Fyrgar gewettert, und sie war selbst ein überaus leidenschaftliches Geschöpf gewesen, das ihm nicht nur einmal den Atem geraubt hatte.

Aber das war es ja, was sie so sehr in Gefahr brachte.

Am liebsten hätte er seine Tochter in den Arm genommen und an seine Brust gepresst, sie ganz in sich aufgesaugt, so sehr liebte er sie. Solche Angst hatte er um sie. Er hoffte, dass er das in all den Jahren nie zu sehr gezeigt hatte, um sie nicht zu erdrücken, damit sie sich ungehindert entwickeln konnte, frei von ihm. Schließlich musste sie eines Tages ohne ihn auskommen.

Eírtiti stieß ein begeistertes Kichern aus, dann bezwang sie sich und setzte eine ernste Miene auf. »Entschuldige, Vater, ich werde dir nicht mehr ins Wort fallen.«

»Du solltest in Sicherheit aufwachsen«, fuhr Aldavinur fort, als habe es die Unterbrechung nicht gegeben. »Hier in Valia bist du deiner Heimat sehr fern, niemand hat je von dir erfahren. Denn der Annatai befürchtet, dass das, was die Seuche ausgelöst hat, immer noch im Schlafenden Vulkan ruht und auf seine Stunde wartet. Er hat ein besseres Gespür als wir und sieht einen Schatten. Ich hege ähnliche Gedanken, denn das Schwert ist nicht geheilt.«

»Also habt ihr angenommen, dass ich genauso benutzt werden könnte wie Efrynn, sollten die Schattenweber zurückkehren?« Eine nüchterne Schlussfolgerung, Eírtitis Gesicht war ausdruckslos. Sie war in diesem Moment wie er. So wie er früher gewesen war.

»Benutzt, ja«, antwortete er. »Das würde auf dich zutreffen, auf Efrynn aber nicht. Er hatte diese dunkle Seite von Anfang an in sich, und er *war* der Erlöser für die Schattenweber. Doch du ... du bist anders. Du darfst dem Feind niemals in die Hände fallen. Denn ... denn ...«

»Bitte sag es mir, Dádá!« Erschrocken hielt Eírtiti inne, als sie sah, dass ihr Vater weinte.

»Dádá ... so kenne ich dich gar nicht ...« Sie ergriff seinen Arm und drückte sich an ihn. Sie liebte ihn sehr, das wusste er. Viel zu sehr. Er musste sie darauf vorbereiten, dass sie sich würden trennen müssen. Nicht nur, weil es nicht die Art der Fyrgar war, so eng verbunden zu bleiben, sondern ... weil nun ihr eigener Weg begann, an dem er nicht teilhaben konnte.

»*Du* hättest es sein sollen, nicht Efrynn«, flüsterte er. Er sah seine Tochter voller Schmerz an. »*Du* bist die Hoffnung der Fyrgar, Eírtiti, und deswegen muss ich dich zu deinem Volk bringen!«

»A-aber wie könnte denn ich ...«, stammelte sie verwirrt.

»Weil ich als *Erster* mit Wissen geboren wurde!«, brach es aus ihm heraus.

Seine Tochter zuckte zusammen, sie wich unsicher vor ihm zurück, als seine Gestalt für einen Augenblick flackerte und riesige, katzenhafte Umrisse annahm.

Aldavinur wandte sich ab und presste die Fäuste gegen die Schläfen, um sich wieder zu fassen. »Niemand hat es je gewusst«, offenbarte er gebrochen.

»Vater.« Eírtiti trat zu ihm, legte ihm die Hand auf den Arm. Er spürte ihre Wärme, ihre Liebe, die ihn wie ein Leben spendender Fluss durchströmte. »Erzähl es mir.«

»Ich wurde auf dem Gipfel des Wolkenreiters geboren, an einem eisigen Tag im hohen Winter. Ab dem Zeitpunkt meiner Geburt erwachte das Wissen meines Volkes in mir, noch bevor ich durch das Feuer gegangen war.

Meine Eltern hatten weitab im Westen gelebt, auf verschiedenen Bergen, doch eines Tages verspürten sie das Verlangen, sich zu den Lieblichen Höhen aufzumachen, um das Sonnwendfest zu begehen. Auf dem Weg begegneten sie einander zum ersten Mal und begriffen, dass es Fügung war, die sie zusammenführte. Zumeist werden Kinder gezeugt, wenn ein Fyrgar stirbt, damit das Gleichgewicht erhalten bleibt. Es kommt nicht oft vor, dass einer von uns stirbt, doch für jeden von uns schließt sich früher oder später der Kreis. Die Zahl unseres Volkes ist immer ungefähr gleich, sie gilt als harmonisch.«

»Die Zwei ...«

»Ja. Zwei: zwei ERSTE GEDANKEN, Tag und Nacht, Feuer und Wasser, Luft und Erde, Sand und Zeit. Mann und Frau. Unser Volk umfasst stets etwa zweitausend Baikus. Da wir alle durch ein starkes Band miteinander verbunden sind, nimmt es nicht Wunder, dass meine Eltern sich auf den Weg machten, sich begegneten und erkannten, dass sie unterwegs waren, um gemeinsam durch das Feuer zu gehen und neues Leben zu zeugen. Sie gehörten zusammen, waren Harmonie, und so entstand ich. Als meine Mutter erkannte, dass die Geburt bevorstand, begab sie sich auf den Wolkenreiter. Mein Vater begleitete sie. Und Lúvenors Licht fiel über sie, als sie oben im flammenden Eis ankamen.

Ich kam zu Bewusstsein, als ich in Lúvenors Licht eintrat, doch ich war nicht mehr als ein hilfloser Säugling in der Kälte und in der dünnen Luft, nur spärliches Fell bedeckte meinen Körper. Ich erblickte meine Eltern im Eisfeuer, ich sah sie brennen, aber blau, nicht rot. Sie sahen mich an, und ich sah sie an. Sie wussten, dass ich sie erkannte, doch ich begriff nicht, was mit ihnen vor sich ging. Heute nehme ich an, dass sie meinetwegen all dies auf sich nahmen, dass sie mich mit in die Verbindung nehmen wollten, um mich zu stärken und um mich vorzubereiten auf das, was kommen würde. Sie sahen in mir wohl die Hoffnung des Volkes, und deshalb nahmen sie mich auf die Arme und trugen mich ins Eisfeuer, ins Licht hinein.

Doch sie irrten sich in mir, und diese scheußliche Gabe des Irrtums reichten sie weiter an mich. Sie sahen etwas in mir, was ich nicht war, so wie ich in Efrynn etwas sah, was er nicht sein konnte. Ich wurde mit Wissen geboren, aber ansonsten war ich ein Narr, der sein ganzes Leben lang in seinen Entscheidungen fehlging und versagte.«

Eírtiti schüttelte den Kopf. »Das darfst du nicht sagen, Vater. Du hast immer versucht, dein Bestes zu tun, und hast wie jeder andere lediglich Fehler begangen. Wissen bedeutet doch nicht Vollkommenheit oder dass man sich nie irrt. Wenn du unter mehreren Entscheidungen eine auswählst, muss sie auf irgendeine Weise richtig sein, denn du triffst sie ja nicht ohne Grund. Erst später kann sich offenbaren, ob es der richtige Weg war oder der falsche.«

Aldavinur lächelte schwach. »Siehst du, mein weises Kind, du hast etwas erkannt, was den Ältesten und auch mir verborgen blieb. Für uns hieß Wissen damals Vollkommenheit und dass man daher niemals fehlgehen könnte. Dass ich wegen meines Versagens zum Menschen wurde, sah ich als Beweis meiner Schande, und auch mein Volk hat es so gesehen.«

»Aber das ist falsch!«, widersprach sie heftig.

»Heute weiß ich das, Tochter, wenn ich in deine Augen sehe. Nein, was rede ich da. Ich wusste es ab dem Moment, als Nefreta mir von deiner Geburt erzählte und ich deinen Namen erkannte. Da war ich endlich bereit, mich mit mir selbst zu versöhnen.

Denn ich war mit Wissen geboren worden, weil ich der Lehrmeister war. Das war meine besondere Gabe, so wie ein Barde mit dem Talent für die Dichtkunst geboren wird. Aber noch war nicht alles zusammengekommen, das ... die wahre Hoffnung hervorbringen konnte. Ich erkannte nicht, dass ich den Grundstein dafür legen sollte! Gondwin warf mir stets vor, ich sei überheblich, und wie recht hatte er damit!« Er atmete einmal tief durch, bevor er fortfuhr.

»Der Gipfel des Wolkenreiters befindet sich bereits in der Weltensphäre. Wahrscheinlich gingen meine Eltern deswegen dorthin, weil sie hofften, dass Lúvenor selbst sich meiner annehmen würde …« Aldavinur unterbrach sich, sein Blick glitt in ferne Weiten. »Also war ich im Feuer, kaum dass ich geboren war, und es war ein ganz besonderes, einzigartiges Feuer, das es nirgendwo sonst gibt. Ich badete darin, und ich *spürte* den Gott … ja. Ich fühlte mich mit ihm verbunden. Doch es verhinderte nicht, dass ich versagte.«

Eírtitis braungrün gemaserte Augen glühten missbilligend bei den wiederholten Worten ihres Vaters, doch sie schwieg. Und er war ihr dankbar dafür. Es tat gut, endlich darüber zu reden. Er hatte nicht genug Zeit gehabt, sich Nefreta anzuvertrauen, er hatte nie mit ihr darüber gesprochen.

»Meine Eltern schwiegen über das, was auf dem Gipfel geschehen war, und auch ich habe nie offenbart, dass ich von Anfang an *wusste*. Wie alle Kinder wuchs ich geborgen in den Lieblichen Höhen auf, und als ich das erste Mal durch das Feuer gehen sollte, verließen meine Eltern mich und gingen wieder ihrer Wege, jeder für sich. Ich sah sie nie wieder, doch ich empfing ihren Abschied, als sie schließlich starben.

Als ich Beserdem begegnete, glaubte ich, nun wäre es Zeit, mich zu offenbaren. Ich war sicher, dass sie mein anderer Teil war, diejenige, mit der ich die wahre Hoffnung des Volkes zeugen würde. Mir war längst klar, dass ich selbst es nicht war, es fehlte einfach zu viel, und darin bestärkten mich meine Aufenthalte auf dem Gipfel des Wolkenreiters nur noch, wenn ich Lúvenor um Antworten bat.«

»Gab er sie dir?«

»Ja, aber ich habe sie nie verstanden. Er schien traurig und besorgt zu sein, und er warnte mich, weil großes Leid auf uns zukommen würde. Er sprach vom Sturm des Ewigen Krieges, der sich nähere. Ich sagte: Aber wir haben doch den Siebenstern, und er erwiderte: Du ahnst nicht, wie klug er ist, der, den die Finsternis ausgeschickt hat. Wie hätten wir erkennen sollen, dass die Finsternis schon längst einen Anker hat auf dieser Welt! Und ich fragte: Aber wie konntest du das übersehen? Und er antwortete: Weil es für mich immer noch die EINHEIT gibt.«

Aldavinur hob die Schultern. »Es hätte vermutlich nichts geändert, wenn Lúvenor rechtzeitig erkannt hätte, dass noch immer ein Teil des Schattenwebers existierte. Der hier unten auf der Welt war, seinem Zugriff entzogen, und dem Zugriff der anderen Götter.«

Eírtiti hing gebannt an seinen Lippen. Zum ersten Mal erzählte er ihr die Geschichte so, wie sie wirklich erzählt gehörte.

»Also war ich in der Lage, mit Lúvenor zu sprechen, weil ich in seinem Licht gebadet hatte, weil meine Eltern durch das Eisfeuer die Verbindung zu ihm geschaffen hatten. Aber ich war nicht sein Sendbote, oder der Hoffnungsträger des Volkes. Ich nahm an, dass immer noch etwas fehlte, und deshalb war ich sicher, dass Beserdem das Fehlende ersetzen würde. Deshalb wollte ich mit ihr sprechen, ihr alles anvertrauen. Doch dann gingen Resimbar und Sarundi durch das Feuer und traten in vollkommener Einheit daraus hervor. Ich wartete, was weiter geschehen würde, und Efrynn wurde tatsächlich wissend geboren.

Und meine Aufgabe war es, sein Lehrmeister zu sein. Das zumindest war meine nächste Schlussfolgerung, und leider war es wieder das Falsche.«

»Aber nein, Dádá«, sagte sie eindringlich. »Es war genau das Richtige. Es ist, es *kann* nicht deine Schuld sein, dass Efrynn einen anderen Weg einschlug.«

»Aber er lernte zu viel von mir, Eírtiti, was er im Bösen verwenden konnte. Und sag mir nicht, Wissen kennt nicht Gut oder Böse. *Ich* kenne es, und ich habe es vermittelt, das macht den Unterschied.

Doch ich spreche noch von der Vergangenheit. Ich habe mich entschieden, Efrynn anzuleiten und ihn auf den Weg zu bringen. Erst wenn er mich nicht mehr brauchen würde, wollte ich Beserdem bitten, mit mir durch das Feuer zu gehen, denn ich spürte, dass es geschehen musste. Ich empfand eine Nähe zu Beserdem wie zu niemandem sonst, und ihr schien es ähnlich zu gehen. Wir harmonierten. Doch dann habe ich die Gefahr durch Gondwin nicht rechtzeitig erkannt, und das Unglück nahm seinen Lauf.«

Seine Tochter öffnete den Mund, doch Aldavinur hob abwehrend die Hand.

»*Bis*«, fuhr er fort. »Bis ich Nefreta begegnete. Wir erkannten einander, und ich begriff, dass es gar nicht Beserdem gewesen war, die zu mir gehörte, sondern Nefreta, die genau von meiner Art war, genauso getrieben von Zweifeln wie ich und keineswegs so zielgerichtet wie einst meine Eltern. Anstatt zu den Lieblichen Höhen zu kommen und mir zu begegnen, ging sie allein durch das Feuer und wurde Flammenritterin. Sie tat es aus Überzeugung, und sie hat den Völkern hier unten so viel gebracht und so viel gegeben. Doch nichts kann Fyrgar, die füreinander bestimmt sind, die ... Zwei sind, zwei Hälften, die zusammengehören, daran hindern, eines Tages zueinanderzufinden. Egal, wo wir sind, egal, was wir tun, das Band ist unzerstörbar. Und deshalb ... bin ich ihr begegnet, und deshalb gibt es dich.«

»Und ich wiederhole noch einmal, Vater: Wieso soll ich nun die Hoffnung sein? Ich bin sterblich, ich bin weiblich, obwohl ich noch kein einziges Mal durch das Feuer gegangen bin, ich bin ein Mensch!«

Er legte seine Hände auf ihre schmalen Schultern. Sie war so viel kleiner und zarter als ihre Eltern, und doch ruhte eine ungeheure Kraft in ihr, eine Kraft, die sie nicht nur mit ihrem Willen, sondern auch mit ihrem Körper aufbrachte. »Weil deine Mutter und ich uns *geliebt* haben, Eírtiti. Wir haben alle Stufen erklommen ... und mehr. Wir waren Fyrgar und Flammenritter, wir waren Menschen, wir waren ... das Leben an sich. Du bist, was uns vollkommen macht, meine Tochter, und dir fehlt nichts mehr außer der letzten Erkenntnis.«

»Und was sollte dann daraus erwachsen?«, fragte sie leise.

»Ich weiß es nicht«, antwortete er aufrichtig. »Ich kann dir nicht sagen, ob es die Fünfte Stufe gibt, nach der die Fyrgar streben. Doch ich weiß, deine Existenz ist der Beweis, dass unser Volk noch lange nicht am Gipfel angekommen ist. Ich wünsche mir, dass du den Fyrgar zeigst, wie sie wieder zurück ins Leben finden und daran teilnehmen. Die Völker hier unten können unsere Weisheit und unseren Beistand brauchen.«

Eírtitis Lippen zitterten. »Wenn du es verlangst, Vater . . .«

»Nein, Tochter«, unterbrach er hastig. »Nein. Ich verlange überhaupt nichts. Alles, was du tust, ist allein deine Entscheidung. Aber du hast ein Anrecht darauf, durch das Feuer zu gehen und die nächste Stufe zu erlangen. Ich habe meinem Volk Efrynn genommen, aber ich will ihm dich zurückgeben. Sie werden dich begrüßen, Eírtiti, und sie werden dich ehren. Nicht umsonst lautet dein Name ›die Allumfassende‹. Das bist du. Du bist das Ziel, das die Fyrgar seit jeher erstrebt haben. Aber . . . die Entscheidung liegt bei dir. Du sollst frei sein. Du allein wirst erfahren, was das zu bedeuten hat.«

Sie schwieg eine Weile und nickte dann langsam. »Ich möchte mein Volk gern kennenlernen, Vater. Das wollte ich immer. Also werde ich dich begleiten. Wie es dann weitergeht, werde ich entscheiden, wenn ich dort bin. Aber . . . was wird aus Mutter Alrydis, wenn wir gehen? Du hast doch sicher nicht vor, zurückzukehren, nicht wahr?«

»Sie wird Farnheim auch verlassen, Tochter, das hat sie mir eröffnet, bevor ich mit ihr darüber reden konnte. Sie weiß ebenso wie ich, dass die Zeit gekommen ist, für sie und für mich. Sie wird ans Meer hinunterziehen, zu ihrer Nauraka-Familie, die inzwischen ziemlich groß geworden ist. Dann wird sie nicht mehr hin- und hergerissen sein, so wie jetzt. Sie hat in Farnheim genug getan, und sie hat Ruhe verdient. Eine andere Ylwanin kann das Reich weiterführen.«

»Also gut. Dann hast du dein ursprüngliches Ziel nie aus den Augen verloren, nicht wahr? Du gehst dorthinauf, um mich in die Welt zu entlassen und um selbst zu sterben?«

»Ja. Wenn ich von meinen Eltern eines gelernt habe, dann dies: zu erkennen, wann es gut ist und nicht mehr besser werden kann. Genug ist genug, Eírtiti, und ich will dir die besten Voraussetzungen mitgeben, damit du das Leben führen kannst, das du dir wünschst. Sieh es als mein Erbe an‹.«

Er legte ihr den Arm um die Schultern und zog sie mit sich, und sie gingen schweigend weiter, am Wald entlang und von den Kaskadenfällen aus zu den Weiden hinunter, wo Hunderte Pferde und Kühe grasten.

Schließlich brach Eírtiti das Schweigen. »Dann will ich packen gehen, denn wir haben einen weiten Weg vor uns.«

»Das sollte keine Schwierigkeiten bereiten«, erwiderte ihr Vater da unerwartet vergnügt. »Aber vorher wollen wir feiern. Alrydis hat ein großes, wirklich sehr großes Fest vorbereitet.«

Und Eírtiti staunte nicht wenig, als noch vor dem Mittag viele Gäste von überall herbeiströmten. Ylwanen, und Velerii, Zwerge und Menschen, sogar Flammenritter, darunter Andun, Etera und Wyndrit, und auch die geflügelten Daranil, Yahis stolze Söhne.

»Reisen wir etwa mit einem Luftschiff?«, fragte Eírtiti begeistert, doch Aldavinur schüttelte geheimnisvoll grinsend den Kopf.

Es was das größte Fest seit Langem, mit mindestens fünfhundert Gästen. Wie es schien, fiel Eírtitis Geburtstag mit mehreren großen Ereignissen zusammen: mit Alrydis' Abschied von Farnheim, der Übergabe an ihre Nachfolgerin und mit vielen Jahrestagen, wie dem Ende des Krieges um das Tabernakel, dem Wiederaufbau von Ardig Hall, aber auch mit Todestagen. Der Toten wurde ebenso gedacht wie der ehrwürdigen Lebenden, die sich noch an den Krieg um das Tabernakel erinnern konnten oder deren Väter und Mütter daran teilgenommen hatten, und viele berühmte Helden fanden in Liedern und Geschichten Wiederauferstehung. Es war fast so, als würden die Statuen dort draußen im Umland wieder lebendig werden und ebenfalls teilnehmen.

Das größte Aufsehen aber gab es, als ein paar erschrockene Kinder schreiend angelaufen kamen, dass ein Drache dahergeflogen komme! Eírtiti warf einen misstrauischen Blick zu ihrem Vater, der strahlte wie schon lange nicht mehr. Mit Alrydis an seiner Seite erwartete er die Ankunft des weißgoldenen Drachen auf dem großen Platz vor Farnheim und begrüßte lachend den riesigen, breitschultrigen schwarzhaarigen Mann, der gerade absaß.

Einige junge Damen schienen einer Ohnmacht nahe, als der

sagenumwobene Annatai an ihnen vorüberging, der schon viele Jahrtausende alt war und keinen Tag älter aussah als ein Mann in den besten Jahren und dessen Aura brannte wie eine schwarze Sonne, doch er hatte nur Augen für Eírtiti, die errötete, als er sie behutsam bei den Schultern fasste, sich zu ihr hinunterbeugte und sie auf beide Wangen küsste.

»Herzlichen Glückwunsch dem zauberhaftesten Feuerkind unter dieser Sonne«, sagte er mit tiefer Stimme unter dem jubelnden Beifall der anderen. Eine neue Legende wurde in diesem Moment geschaffen, und die Barden waren schon dabei, die passenden Lieder zu schreiben.

Der Drache lachte scheppernd. »Genug der Rührseligkeiten! Gibt es einen Krug, der groß genug ist für die Zunge von Fylang, damit er sich am Bier laben kann?«, rief er.

Und erhielt sogleich Antwort: »Ein ganzes Fass und mehr für alle, die durstig sind!« Dem Aufruf schlossen sich sogleich viele an.

»Lass mich raten, Vater«, sagte Eírtiti, nachdem sie sich von ihrer Überraschung erholt hatte. »Wir werden auf einem Drachen nach Fyrgar fliegen?«

»Ich hoffe es.«

Der Zauberer lachte, was man bei diesem finsteren Mann kaum erwarten würde. Er stand immer noch dicht bei der jungen Frau, obwohl er sonst als unnahbar galt. »Einige Jahre sind ins Land gegangen, seit ich die kleine Maid im Freien Haus zum ersten Mal sah. Du hast ein gutes Werk getan, alter Freund.«

»Und ich danke dir, dass du dein Versprechen gehalten hast – und pünktlich gekommen bist!«, gab Aldavinur zurück.

Fylangs massiger Schädel neigte sich herüber, die schmatzende Schnauze mit Bierschaum bedeckt. »Er hat die Tage gezählt, seit wir euch verlassen haben, denkst du, da hätte er sich vertan?« Seine glühenden Augen richteten sich auf Eírtiti. »Wir haben dich sehr vermisst, kleiner Springinsfeld, noch nie haben wir uns nach wenigen Tagen Reise einsamer gefühlt. Und was für eine wunderschöne junge Frau bist du nun geworden!«

»Ich glaube, ich fange an, mich zu erinnern«, erwiderte sie

erstaunt und sah mit großen Augen zu dem Zauberer auf, erschauerte über den Ausdruck, mit dem er sie ansah.

Weitere drei Tage lang wurde gefeiert; drei Tage lang sah Eírtiti sich zu ihrem wachsenden Erstaunen und zur großen Enttäuschung vieler junger Männer stets der Aufmerksamkeit des Zauberers ausgesetzt, der keinen Moment lang von ihrer Seite wich. Dann war der Augenblick des Aufbruchs gekommen.

Zuerst wurde Alrydis mit dem Luftschiff der Daranil, begleitet von Fylang, Halrid, Aldavinur und Eírtiti, in den Süden nach Nerovia geflogen, wo sie an einem großen Korallenriff von einer Menge Nauraka in prachtvoll farbigen Gewändern erwartet wurde. Der Abschied zwischen ihr und Aldavinur fiel kurz aus, da sie sich schon zuvor ausgesprochen hatten, so blieben also keine Worte, nur noch eine Geste. Das erste und letzte Mal berührten sich ihre Lippen und sie küssten sich, und dann trennten sich Wasser und Feuer wieder, und es ging weiter nach Osten, immer auf das große Gebirge zu, dessen hohe Gipfel sie an einem Nachmittag erreichten, die, von der untergehenden Sonne angestrahlt, zu brennen schienen wie Feuer. Fyrgar, die Feuerfelsen, und über alle aufragend bis in den Himmel, der schneegekrönte Wolkenreiter, dessen lodernde Flammen bis in die Sphären zu reichen schienen.

Fylang setzte auf einem großen Plateau auf, denn Aldavinur wollte die letzten Schritte unbedingt auf eigenen Füßen zurücklegen. »Es ist besser, sich langsam an die dünne Luft zu gewöhnen«, sagte er. »Gerade für dich, Eírtiti, die du im Tiefland aufgewachsen bist.«

Halrid Falkon hob die zierliche junge Frau vorsichtig von dem Drachen herunter, ließ sie jedoch nicht gleich los. »Gib auf dich acht.«

»Das werde ich«, versprach sie. Er schien immer noch nicht gewillt, sie loszulassen. »Du weißt, ich muss da allein hinaufgehen«, fügte sie lächelnd hinzu.

»Fylang und ich ... wir werden hier warten«, sagte der Zauberer.

Sie sah ihm in die tiefschwarzen Augen, strich mit dem Finger über das Falkenmal auf seiner Wange und nickte. Nun endlich ließ er sie gehen.

»Was habe ich da eben gesehen?«, fragte ihr Vater, nachdem sie zu ihm aufgeschlossen hatte und die ersten Schritte in die Höhe bewältigt waren.

»Er hat sich in mich verliebt, schon damals im Freien Haus, als ich noch ein Säugling war«, antwortete sie. »Er erzählte mir, dass er einst eine Weiße Wölfin geliebt habe, die von jenem Volk stammte, das auch die Fyrgar als Ursprung haben. Sie ist die Mutter seiner Zwillinge. Er sagte, wenn ich durch das Feuer ginge, würde ich zur Wölfin, denn das wäre mein Baiku, doch ich würde auch diese Gestalt beibehalten, denn sie wäre ebenso Teil meines Innersten. Das will er alles damals erkannt haben, als ihr euch im Freien Haus begegnet seid. Und er sagte zu mir, dass er nichts dagegen tun könne, was mit seinem Herzen geschähe, denn das sei bei Annatai so, wenn sie ihrem Schicksal begegnen.«

»Also wird er dich beschützen?«

»Immer, Vater.«

»Dann ist es gut«, sagte er leise.

18.

Eisfeuer

Eine Weile stiegen sie schweigend den schmalen, steilen Weg hinauf, und Eírtiti sah staunend, wie fest und sicher ihr Vater ausschritt, ja dass er immer beschwingter wurde, wohingegen sie außer Atem war. Es stimmte: Die Luft wurde dünn und immer dünner, und obwohl sie in Farnheim fast jeden Tag eine weite Strecke gegangen war – ihr Vater hatte sie dazu gezwungen –, war es doch etwas anderes, eine solche Steigung bewältigen zu müssen.

»Ich werde für *ihn* durch das Feuer gehen«, sagte sie schließlich unvermittelt.

Ihr Vater nickte verstehend. »Ich dachte es mir schon. Der Ausdruck in deinen Augen, wenn du ihn angesehen hast, ist Offenbarung genug. Und der seine erst.«

»Er hat sich die ganze Zeit ehrenhaft benommen, wir haben nicht einmal einen unschuldigen Kuss getauscht.«

»Ah! So genau wollte ich das gar nicht wissen. Ich kann ihn ohnehin nicht fordern. Lächerlich wäre das.«

»Bist du . . . deswegen böse auf mich?«

»Ich kann dir niemals böse sein, Eírtiti. Und ich bin auch nicht überrascht. Nachdem Halrid uns damals abgesetzt hatte, hast du eine Woche lang geweint und nach ihm gerufen. Ihr gehört wohl zusammen, das lässt sich nicht ändern. Ich bedaure nur, dass du dadurch deine Unbeschwertheit verlieren wirst, wenn du dich so früh an einen so alten Mann bindest.«

»Ich versäume nichts, Vater«, erwiderte sie lächelnd. »Halrid wird mir die Welt zeigen. Er hat mir gesagt, dass ich nicht an ihn gebunden sein werde. Ich soll bei ihm bleiben, solange ich will. In die Zukunft kann ich nicht blicken, aber . . . als ich zum ersten Mal in seine Augen sah, ist etwas passiert mit mir. Ich *erkannte* ihn *wieder*, und ich wusste, wir gehören zusammen.«

»Möglicherweise ist das ein Neubeginn«, murmelte er. »Ihr könnt der Welt viel Frieden und Hoffnung bringen. In jedem Fall zeitigt dein Gang durch das Feuer sehr viel mehr Wirkung und gewinnt an Bedeutung, wenn . . . es unter dieser Voraussetzung geschieht.«

Sie hakte sich bei ihm unter. »Jetzt erzähl mir von dem Leben dort oben«, forderte sie ihn auf.

»Oh, es ist wundervoll«, sagte er lächelnd. »Darüber erzähle ich dir gern.«

Aber Eírtiti weinte. Aldavinur hielt sie im Arm und weinte selbst.

Die Lieblichen Höhen waren übersät mit den leblos wirkenden Körpern der Fyrgar. Aldavinur kniete bei Beserdem nieder, die in der Nähe des Passes lag. Die Augen der Grypha waren weit geöffnet, der Blick starr. So sehr Aldavinur es auch versuchte, sie zu sich zu bringen, sie konnte ihn weder hören noch sehen, reagierte auf nichts. Ihr Atem ging gleichmäßig, und ihr Körper sah unversehrt aus. Er musste dennoch schon lange hier liegen, denn allerlei Pflanzen rankten sich an ihr empor. Als ob sie unter einem Glasbann stünde, unter dem es ebenfalls keinen Verfall gab.

Doch das hier war schlimmer.

»Ihr Baiku ist ihr entrissen worden«, sagte Aldavinur erschüttert. »Ihr Körper ist nur noch eine leere Hülle. Niemals hätte ich geglaubt, dass so etwas möglich ist . . .«

»Wie konnte das geschehen? Wer hat so eine Macht?« Eírtiti konnte sich kaum beruhigen. Sie wagte sich nicht einmal in die Nähe Beserdems.

»Ich weiß es nicht, Tochter. Aber ihnen allen ist dasselbe zugestoßen.« Er stand auf und wies um sich. »Das ganze Volk ist betroffen.«

»Werden sie jemals wieder zu sich kommen?«

»Ich glaube nicht. Und wenn, dann werden sie ein unwirkliches Schattendasein führen. Wer das getan hat, muss von tiefstem Hass gegen die Fyrgar erfüllt sein.«

Aldavinur war völlig fassungslos. Diejenigen Fyrgar, die bereits die Dritte Stufe betreten hatten, waren noch begünstigt. Sie würden eines Tages sterben. Aber die Unsterblichen würden auf ewig in diesem Zustand verharren.

»Wer, Vater?«, schluchzte Eírtiti. »Wer hat ihnen das angetan?«

»Ich habe keinerlei Vorstellung«, antwortete Aldavinur düster. Seine Hand glitt unwillkürlich zum Schwertknauf an seiner Seite. »Verdammter Zauberer«, fluchte er leise und verzweifelt. »Du hast es gewusst, die ganze Zeit. Du hast es mir sogar gesagt! Solange das Schwert nicht geheilt ist, bin ich dazu verdammt, es zu tragen. Von Wasser zu Feuer, von Mond zu Sonne.«

»Aber was können wir nur tun?«

Er atmete tief durch. »Wir steigen wie geplant zum Wolkenreiter hinauf, und dort gehst du durch das Feuer.«

»Auf keinen Fall!«, rief Eírtiti.

Aldavinur hielt sie bei den schmalen Schultern fest. »Tochter, dies ist das erste und einzige Mal, dass du widerspruchslos tun wirst, was ich dir sage. Möglicherweise bist du der letzte lebende Fyrgar! Deshalb *musst* du durch das Feuer gehen! Das Wissen des Volkes muss bewahrt werden.«

»Aber du bist auch ein Fyrgar...«

»Ich habe bereits die Vierte Stufe erreicht, Kind. Für mich gibt es nichts mehr. Alle Hoffnungen ruhen auf dir, Eírtiti! Ich bitte dich, lass unser Volk nicht untergehen! Du bist die Einzige, die es retten kann. Vielleicht findest du einen Weg, den Fyrgar ihr Baiku zurückzugeben. Du hast Halrid an deiner Seite, er ist das mächtigste weltliche Wesen von Waldsee!«

Sie fing wieder an zu weinen. »Das also verstehst du unter Freiheit?«

Er sank vor ihr auf die Knie, ergriff ihre Hände und presste sie an seine Brust. »Verzeih mir«, stieß er verzweifelt hervor. »Ich flehe dich an: Rette unser Volk!«

Eírtitis tränenerfüllter Blick glitt über das Tal, das so lieblich war und doch nur noch Schrecken barg. Hunderte Fyrgar lagen auf den Wiesen und Wegen, die blicklosen Augen starr zum Himmel gerichtet. Zitternd wischte sie die Tränen fort.

»Dádá, bitte steh auf, erniedrige dich nicht so«, sagte sie mit brüchiger Stimme. »Ich verstehe dich ja. Und schließlich bin ich von

Anfang an belastet gewesen, so wie du, nicht wahr? Mit Wissen geboren, von einzigartigen Eltern, die mehr Stufen durchschritten haben, als Fyrgar jemals erreichen können. Und mein Name sagt doch schon alles.«

»Du ... bist nicht allein.« Aldavinur stand auf. »Und manchmal ... können wir eben nicht wählen. Ich habe alles dazu getan, damit du frei sein wirst, aber letztendlich ist es nicht möglich, wenn wir unsere Verantwortung wahrnehmen wollen. Ich wollte es dir nicht aufbürden, Eírtiti. Wenn ich gewusst hätte, was uns hier erwartet, wären wir nie hergereist! Ich hätte dich in Farnheim gelassen und wäre allein hier heraufgegangen. Denn es ist mein Kampf, es ist immer mein Kampf gewesen, von Anfang an.«

Da wurde sie ruhig, und in ihren Augen lag ein besonderer Glanz, als sie zu ihm aufsah. »Ja, es ist dein Kampf«, sagte sie. »Und dann liegt es an mir, zu heilen und weiterzuführen, was dann folgt. Ich sehe es jetzt deutlich vor mir. Es ist wahr: Du führst es zu Ende, und ich trage den Anfang. Du hast immer recht gehabt, Vater, dass dein Weg enden würde. Es wird Zeit, das Schwert niederzulegen. Genau so musste es kommen. Lass uns gehen.«

Den Weg zum Gipfel legten sie schweigend zurück. Aldavinur konnte es kaum fassen, dass ihm der Zutritt gestattet wurde, nach so vielen Jahren – und nach zwei Leben. Der Wolkenreiter zeigte sich unverhüllt in eisig glänzender Pracht, brennend in der Sonne. Es wäre ein wundervolles Erlebnis gewesen, wenn ihrer beider Herzen nicht so schwer gewesen wären. Aldavinur konnte den Anblick Beserdems nicht vergessen.

Sie hatten die Spitze fast erreicht. Einige Felsen ragten aus dem ewigen Eis, die rot in der Abendsonne brannten. Aldavinur konnte die wallenden Sphären über sich sehen, und er hörte den so lange vermissten, vertrauten Klang.

Er blieb stehen und deutete auf einen Schneeüberhang. »Du versteckst dich bitte hier, bis ich dich rufe. Ich werde das Feuer vorbereiten.«

Sie nickte, ohne Fragen zu stellen. Er küsste sie auf die Stirn und ließ sie zurück.

Die letzten Schritte wurden schwer. Eine Weile suchte er, bis er einen guten Platz gefunden hatte, und fing mit den Vorbereitungen an, einen Feuerkreis zu errichten.

Da erstarrte er mitten in der Bewegung. Bevor er ihn hörte oder sah, *spürte* er *ihn.*

Langsam richtete *er* sich im gleißenden Eislicht auf und öffnete die Schwingen, die verzerrte Schatten warfen.

»Endlich, Meister«, sagte Efrynn.

Aldavinur wusste nicht, wen er erwarten sollte, doch er war sicher gewesen, dass er hier auf denjenigen treffen würde, der die Fyrgar vernichtet hatte. Aber seinen ehemaligen Schüler vorzufinden, überstieg seine Vorstellungskräfte.

»Wie konntest du überleben, Efrynn? Ich habe dich getötet und sah dich sterben, während du in den Abgrund fielst!«

»So war es auch. Doch dort unten war Feuer, am Ufer des Lavastroms. Ich holte meine letzte Kraft aus mir und . . . ging hindurch.«

Aldavinur war am Boden zerstört. Alles, alles war umsonst. Der Untergang war nicht mehr aufzuhalten. »Was willst du jetzt tun?«

»Ich werde die Fünfte Stufe beschreiten.«

»Du weißt, dass es diese Stufe nicht gibt!«

»Vielleicht nicht für die Fyrgar, aber für mich.« Die Gestalt des Schattendrachen wuchs noch mehr in die Höhe und schlug mit den Schwingen.

»Ahnst du es denn immer noch nicht?«, dröhnte seine völlig veränderte Stimme nun durch die Berge und brachte sie zum Erzittern. Selbst das Sphärenlicht flackerte. Die Götter dort oben hielten den Atem an. Noch war er außerhalb ihrer Reichweite.

Aldavinur schwankte. »*Du*«, flüsterte er, »du bist es selbst. Der Finstere Gott. Der Schattenweber!«

»Und beinahe wiederauferstanden.« Der riesige Drache zog die Lefzen in die Breite und entblößte weiße Reißzähne.

»Um die Wahrheit zu sagen: Der erste Schattenweber war nicht Lýtir, sondern Gondwin, der ich nun ebenfalls bin, so wie ich auch Efrynn bin, Fleisch und Blut, bis ich mich vollständig wiederhergestellt habe.

Einer ist viele, wie Gondwin es dir einst sagte. Und jetzt, am Ende der Welt und fast in den Sphären, wirst du mir zuhören, Lehrmeister der Fyrgar.«

Aldavinur schwieg. Er hatte keine Wahl und nahm es hin.

Genau wie der Schmied, nur einige Monde früher, stieg Gondwin damals in den Vulkan hinab, um Diamanten zu suchen. Er wollte damit sein Volk der Krahim aus Armut und Bedeutungslosigkeit herausführen und hatte dafür eine weiten Weg und viel Wagnis auf sich genommen.

Stattdessen aber fand Gondwin den Leichnam jenes Finsteren Gottes, der seit seinem Sturz auf dem Titanenfeld im Vulkan verborgen lag und auf genau diesen Moment gewartet hatte. Als Gondwin den riesigen halb versteinerten Leib, neugierig wie jede Krähe, berührte, geschah es.

Ihm wurde offenbart, dass der Finstere dort unten der Gott der Krahim war, mit dem sie einst nach Waldsee gelangt waren. Durch dessen Fall versanken sie in Bedeutungslosigkeit und mussten ihre Heimat verlassen, obwohl sie zu etwas anderem ausersehen waren.

Gondwin konnte sein Glück kaum fassen, denn die Krahim hatten nie aufgehört, an ihren Gott zu glauben und nach diesem zu suchen.

Genährt von den Strömungen des Vulkans, flossen immer noch Energien durch den Körper des toten Gottes, und diese rannen nun auch durch Gondwin. Als ob er durch das Feuer gegangen wäre, wandelte er sich und wurde zum Mächtigen. So wurde er zu Mund und Auge und Ohr des Finsteren, doch er war immer noch Gondwin. Sein eigener freier Wille war es, sein Leben fortan der Finsternis zu weihen, und er schwor seinem Gott, alles zu tun, um ihm ins Leben zurückzuhelfen.

Gondwin kehrte also aus dem Vulkan zurück und ging ans Werk.

Unerkannt als Halbkrahim kam er an Fürst Réandos Hof und machte sich kundig über die Welt, denn viel wusste er bis dahin noch nicht, da er abgeschieden in den Bergen Nerovias gelebt hatte, genau wie die Fyrgar. Réando selbst erzählte ihm von seinem Besuch bei den Fyrgar, und Gondwin sah darin die Gelegenheit, bedeutende Verbündete und auch Macht zu gewinnen – vor allem über das Feuer. Das war der Schlüssel zur Wiedergeburt!

Er erfuhr auch von Lýtir, der ein paar Jahre zuvor Halrid Falkons Schwert wiederhergestellt hatte, und von dessen heimlicher Liebe zu Prinzessin Nansha, die sich ihm selbst anvertraute, denn Gondwin besaß die Gabe, Vertrauen zu erwecken. Es brauchte nicht viel, um den Schmied zu überreden, in den Vulkan hinabzusteigen. Was er dort fand, ist klar – und er berührte ebenfalls den Leichnam und nahm die Dunkle Macht in sich auf. Dabei verlor er seinen Willen, weil er kein Krahim war. Er wurde der zweite Schattenweber – und derjenige, der das Netz verbreiten sollte. Der Finstere brauchte eine Bastion, um sich dort festsetzen und wirken zu können. Und so gewann er zuerst Lýtir, dann Nansha, dann errang er die ganze Barastie.

Gondwin machte sich derweil auf die Suche nach den Fyrgar, doch es wurde Herbst, bis er endlich den richtigen Weg fand, und Aldavinur und Efrynn als den Erlöser. Dass er dabei durch den ungeplanten Unfall beinahe das Leben verlor, machte seine Anwesenheit glaubhafter, und er gewann Zeit, die Fyrgar kennenzulernen.

Aldavinur schloss die Augen. Gondwin war es also gewesen, von Anfang an, immer nur er. Hätte Aldavinur ihn sterben lassen, wäre vielleicht alles anders verlaufen. Die Flammenritter hätten Luvgar gegen Lýtirs Schattenweberseuche wahrscheinlich halten können … doch es war müßig, Vermutungen darüber anzustellen. Nichts war mehr ungeschehen zu machen.

Die Stimme des Gottes nahm einen noch tieferen Klang an.

»Wer von euch würde es sein, der mir zur Wiederauferstehung verhelfen würde? Gondwin konnte es nicht herausfinden, denn er wusste zwar, welche Hoffnungen die Fyrgar in Efrynn setzten, doch er spürte auch in dir etwas Besonderes. Aber du warst ein Zauderer, Aldavinur, der seine Angst zu versagen hinter Überheblichkeit verbarg und der vorgab, er sei auf dem richtigen Weg, obwohl ständig die Ungewissheit an dir nagte, ob du das Richtige tust.

Obwohl Gondwin im Grunde dich erwählt hatte, entschied er sich für Efrynn, der leichter zu lenken war. Die Überraschung war natürlich groß, als Gondwin noch vor Erreichen der Barastie erkannte, dass Efrynn nur allzu bereit war, sich zur Finsternis zu bekennen. Er war von Anfang an so gewesen, dein Gegenpol, Aldavinur, weil du keineswegs so neutral warst, wie du dich immer gegeben hast. Denn du warst Lúvenors Mund und Auge!

So stieg Efrynn herab zu mir, um das Gleichgewicht zu wahren. Er begleitete Gondwin freiwillig, genau wie er es dir erzählte. Er erkannte sich als Erlöser, er begriff, was sein Baiku tatsächlich bedeutete.

Er fand noch einen letzten Rest Bewusstsein, einen fast erloschenen Funken Göttlichkeit in mir, als er mich berührte.

Du weißt, dass nichts vollständig vergangen ist, solange noch ein Rest Stofflichkeit zurückbleibt. Also nahm er meinen Funken in sich auf und ging mit ihm durch das Feuer. Mein Erlöser.

Dann haben wir auf dich gewartet.«

»Aber es kam anders als geplant«, knurrte Aldavinur. »Beide sind umgekommen, Efrynn und Gondwin.«

»Nur eine kleine Verschiebung«, lächelte der Finstere. »Efrynn erkannte, dass er sterben musste, deswegen setzte er sich nicht zur Wehr, als du ihn in den Abgrund gestoßen hast, weil er vom Feuer dort unten wusste. Und Gondwin sprang ihm nach, weil er noch einen Rest Glutsteinmehl bewahrt hatte. Er opferte sich, um den Jungen und meinen Funken in ihm durch den Rest der Glutsteine zu retten.

Mein Funke erwachte in dem Augenblick, als Efrynn durch das Feuer ging, und ich war mir meiner selbst wieder vollständig bewusst. Als ich Gondwins sterbende Hülle sah, zwang ich Efrynn, noch einmal durch das Feuer zu gehen, mit Gondwin auf den Armen, um ihn zu retten. Er sollte wieder ein Teil von uns sein, das hatte er verdient. Damit erreichte Efrynn die Vierte Stufe.

So sind wir alle drei vereint, und nicht nur das: Auch dein Volk ruht nun in mir. Meiner Wiedergeburt steht nichts mehr im Wege!«

»Aber was hast du dann vor?«, fragte Aldavinur langsam.

Der Gott zeigte mit einem Krallenfinger auf den Siebenstern. »Ich werde ihn zerstören. Waldsee muss zurückfallen in die Normalität. Der Gedanke der Neutralität ist blanker Unsinn. Waldsee wird zu einer Bastion der Finsternis, zu *meiner* Bastion!«

»Das werden die anderen Götter nicht zulassen«, rief Aldavinur entsetzt.

»Welche Wahl haben sie? Ich trage fast das gesamte Baiku der Fyrgar in mir. Ich bin damit mächtiger als die anderen Götter, und ich werde es immer sein!«

»Nein, höchstens für einen kurzen Augenblick!«, erklang in diesem Moment eine donnernde Stimme, und da brauste Fylang mit seinem Herrn über die Felsen herauf.

Bevor Aldavinur es verhindern konnte, stürzte der weißgoldene Drache sich auf den Schattenweber.

Halrid Falkon war vorher abgesprungen und setzte nun mit ausgestreckten Händen seine Magie ein. Doch er musste sie schnell zurücknehmen, da sie völlig entfesselt über beide Drachen hereinbrach und nicht nur dem Schattenweber, sondern auch Fylang Wunden zufügte.

»Hör auf! Es ist sinnlos!«, rief Aldavinur und fiel ihm in den Arm. »Gegen diesen Gott können wir nicht bestehen. Er holt seine dunkle Macht aus den Tiefen der Welt, wohin du nicht gelangen kannst, Halrid!«

»Ich bin selbst ein Dunkler Gott *und* ich bin ein Annatai!«, schrie der Zauberer. »Er kann unmöglich mächtiger sein als ich!«

»Vielleicht nicht auf der Welt. Aber wir sind hier oben schon in der Himmelssphäre, und wenn du jetzt eingreifst, wird es auch dein Vater tun, und dann . . .«

»Kommt es zum Krieg zwischen den Göttern.« Der Annatai stöhnte in ohnmächtigem Zorn. »Mir sind also die Hände gebunden.«

»Nein. Du musst dafür sorgen, dass kein anderer Gott eingreift. Wird dir das gelingen?«

Halrid beobachtete Fylang, der sich einen erbarmungslosen Kampf mit dem Schattenweber lieferte. »Es muss mir gelingen.« Er entfernte sich ein Stück weit und sammelte sich mit geschlossenen Augen.

Aldavinur presste grimmig die Lippen aufeinander und setzte die Vorbereitungen für das Feuer fort. Bald loderten die Flammen im Kreis hell auf und tasteten nach dem Himmel.

»Jetzt«, flüsterte er und sprach mit einem seltsamen Gefühl der Dankbarkeit die rituelle Formel:

> *So gehe denn durch das Feuer.*
>
> *Möge es dich ewig begleiten, dich leiten und schützen, und dir Heilung spenden. Mögest du Teil werden der Urkraft und ihr Hüter. Gib das Feuer weiter in Dankbarkeit und Demut, um zu leiten, zu wärmen und zu dienen. Bewahre, was dir gegeben wurde, und halte es in Ehren. Missbrauche niemals seine Macht und nimm sein Urteil an, sobald es gefällt ist.*
>
> *Das Feuer ist dein Baiku, und dein Baiku ist das Feuer.*
> *Und dies bist du: Fyrgar.«*

Aldavinur wandte sich seiner Tochter zu, die daraufhin ihr Versteck verließ und an seine Seite trat.

»Eírtiti, dies ist dein Feuer. Geh hindurch. Zögere nicht! Sonst ist es vorbei für immer. Noch hat er dich nicht gesehen.« Er deutete auf den Zauberer, der in sich versunken dastand und versuchte, den Zorn der Götter zu besänftigen. »Tu es für ihn, wie es dein Wunsch gewesen war von Anfang an, sonst verlierst du auch ihn.«

»Aber was hast du vor, Vater? Du kannst doch nicht mehr durch das Feuer gehen!«

»Durch *dieses* Feuer schon.«

Er holte den letzten Glutstein, den er noch besaß, warf ihn in den Schnee und entzündete das Eisfeuer, genau wie er es damals nach seiner Geburt bei seinen Eltern beobachtet hatte. Hell loderten die blauen Flammen neben den roten empor. Die beiden Drachen fuhren auseinander, als sie diese Veränderung bemerkten, und der Schattendrache hielt inne und sah erstaunt auf das Feuer. Davon konnte Efrynn nichts wissen, denn Aldavinur hatte es ihm nie erzählt, und auch die übrigen Fyrgar hatten dieses Feuer hier oben noch nie entzündet. Der Gott war völlig ahnungslos, was der Fyrgar tatsächlich vorhatte.

Aldavinur atmete tief ein und stieß einen Seufzer aus. Er hielt eine Hand in das Eisfeuer und lächelte. »Mein Baiku ist zurück. Es hat die ganze Zeit hier auf mich gewartet.«

»Vater...«

»Leb wohl, Eírtiti – und geh jetzt!« Dann rannte er los, und auf einmal wurden seine Sprünge immer weiter und länger, seine Gestalt wandelte sich, bis eine riesige blauschwarze Katze sich auf den Schattendrachen warf, der gerade zum tödlichen Schlag gegen den am Boden liegenden Fylang ausholte. Der Schattendrache stieß einen wütenden Schrei aus, verlor das Gleichgewicht und fiel hintenüber. Aldavinur drehte sich, erhob sich auf die Hinterbeine und versetzte ihm einen zweiten gewaltigen Stoß, setzte nach, und dann waren sie beide im blauen Feuer.

»Du überraschst mich immer wieder, Meister!«, hörte der Fyrgar Efrynns Stimme durch das Brausen um sie her.

»Und mehr, als du ahnst, denn es gibt da etwas, von dem du nichts weißt, Efrynn«, sagte Aldavinur. »Ich wurde einst mit *Wissen* geboren, genau wie du. Gondwin spürte damals das Besondere in meinem Baiku, verstand jedoch nicht, was es war.«

Er wies auf die Grenze zwischen den blauen und den roten Flammen, die Eírtiti soeben zögernd betrat. Nackt, wie sie geboren worden war, sie hatte alles abgelegt, um ihr Baiku zu empfangen.

»Von ihr hast du nichts gewusst, die ganze Zeit über! *Sie* ist es, du Narr! Sie ist die Fünfte Stufe, nicht du! Du bist genauso unvollkommen wie ich. Es ist so, wie dein Herr gesagt hat: Du bist mein Gegenpol. Die Vollendung findet sich erst in meiner Tochter!«

»Das kümmert mich nicht«, erwiderte Efrynn. »Der Schattenweber ergänzt, was mir fehlt, er macht mich vollkommen, so wie Gondwins Anteil! Ich bin bereit für die Fünfte Stufe!«

Da lachte Aldavinur böse. So böse, wie er noch nie in seinem ganzen Leben gelacht hatte.

»Du irrst dich, du ungezogenes, dummes Kind! Ich habe dich getäuscht. Dieses Feuer habe ich nicht geschaffen, es sind die Eisflammen des Wolkenreiters, und es ist ein Sphärenfeuer! Ich habe nur den Funken entzündet, als ich meinen letzten Stein daraufwarf. Ich habe gar kein Glutsteinmehl mehr, und du auch nicht. Das hier ist kein Feuer der Fyrgar, und es ist nicht natürlichen Ursprungs. Weißt du, was das bedeutet, nachdem du die Vierte Stufe schon betreten hast?«

Ein panischer Ausdruck trat auf Efrynns Gesicht, er schlug mit den Schwingen, um sich aus den Flammen zu retten, doch Aldavinur hielt ihn mit seinen gewaltigen Kräften fest, obwohl er selbst in seiner Katzengestalt viel kleiner war als der Drache. Es gab kein Zurück mehr für sie beide.

Bald schon begann das Feuer an ihm zu züngeln und zu lecken. Doch was Efrynn widerfuhr, war noch viel grausamer. Der Schattendrache schrie in höchster Not, als die Flammen sich gegen ihn richteten und über ihm zusammenschlugen.

Und in diesem Augenblick brachen die gefangenen Baikus der Fyrgar aus ihm hervor und flohen den Berg hinab. Glücklich sah Aldavinur ihrer flammenden Spur nach und wusste, sein Volk war gerettet. Das Sphärenfeuer hatte sie befreit!

Sein ehemaliger Schüler aber war nun ohne jeglichen Schutz. Die brennende Gestalt des Drachen riss auf, und sterbend sank Efrynn zu Boden, als der Gott aus ihm hervortrat, eine gewaltige menschenähnliche Gestalt, mindestens drei Mannslängen groß, mit riesigen schwarzen Federschwingen.

Du bist nah dran, hatte Gondwin in Nekramantia zu Aldavinur gesagt, als der ihn gefragt hatte, ob er der Schattenweber sei. Wie wahr. Der Gott der Krahim war er, ihr Ursprung, und Gondwin war sein Abbild gewesen.

Vielleicht hatte alles damit begonnen, als Gondwins Vater die Menschenfrau genommen und die Wiedergeburt des Gottes damit eingeleitet hatte. Gondwin hatte nie erzählt, wo es geschehen war, doch Aldavinur hielt es nicht für ausgeschlossen, dass der Einfluss des Gottes daran beteiligt gewesen war. Halrid hatte erzählt, dass man damals allgemein davon ausgegangen war, der Finstere hätte sich während seines Falls über die Welt verstreut. Vielleicht war tatsächlich ein Stück von ihm während des Sturzes in den Flammen verloren gegangen, bevor der Rest seines Leibes im Vulkan sein Grab fand.

Efrynn, das stolze Kind, der kaum erwachsene Junge, der nur benutzt worden war, war tot und dahin, ohne sich dessen bewusst geworden zu sein. Die Überreste seines Drachenkörpers verkohlten bereits.

Aldavinur hatte gehofft, auch den Schattenweber vernichten zu können, doch vergeblich. Der Gott war fast zu Hause angekommen, er brannte nicht in diesem Sphärenfeuer. Doch er war noch nicht ganz wiedergeboren, und er hatte in dem harten Kampf und durch das Abstreifen der Hülle des Drachenkörpers viel an Kraft verloren.

Somit war es jetzt an der Zeit, es zu Ende zu bringen. Aldavinur nahm seine menschliche Gestalt wieder an. Es war ganz einfach, er brauchte nur daran zu denken. Sein Baiku war nun beides.

»Hast du einen Namen?«, fragte er den Gott.

»*Du kannst mich Lýtir nennen, denn auch ich war einst ein Schmied, der beste von allen, und ich war es, der den Flammenthron schuf*«, dröhnte die Stimme des Finsteren. »*Oder nenne mich Schattenweber – wie es dir beliebt. Den Namen, den ich zuvorderst trug, habe ich längst abgelegt.*«

»Nein, das hast du nicht.« Aldavinur bückte sich, griff nach dem Gürtel, der nach seiner Wandlung von ihm abgefallen war, und zog langsam sein Schwert, Luvian Sonne-und-Mond. »Hat Gondwin dir nicht gesagt, dass ich es besitze?«

»*Dieses Schwert kann mir nichts mehr anhaben*«, erwiderte der Gott.

»Ich glaube, du täuschst dich. Siehst du die Scharte darin?«, sagte Aldavinur. »Sie hielt sich lange verborgen und trat erst zutage, als du erwachtest. Denn das Schwert ist unauflöslich mit dir verbunden. Die Scharte entstand damals auf dem Titanenfeld, als Lichtsänger das Schwert in dich stieß.« Aldavinur holte Luft.

»Damit entriss er dir deinen Namen!«, schleuderte er dem Gott entgegen. »Nach deinem Sturz glaubte der Velerii dich tot, doch das Schwert wusste es besser, denn dein Name war in ihm eingeschlossen, in den Rand dieser Scharte, und er war nicht erloschen. Lange Zeit hat Luvian geduldig gewartet, um sein Werk zu vollenden. Nun wird es geheilt, und auch du wirst geheilt werden. Das Schwert wird dir deinen Namen zurückgeben ... und damit endlich den damals begonnenen tödlichen Streich vollenden und dich vernichten.«

Und mit diesen Worten stieß er dem geflügelten Gott das Schwert in den finsteren Leib, genau wie Lichtsänger damals.

Die Flügel des Schattenwebers spreizten sich weit, als sein Innerstes daraufhin aufglühte und hell erstrahlte.

Aldavinur konnte das Schwert nicht mehr halten, und er ließ es los und taumelte zurück.

Inmitten des brausenden blauen Feuers griff der Finstere Gott sich an die Brust, in der Luvian unverrückbar steckte und immer heller erstrahlte. Was dem Sphärenfeuer nicht gelang, das gelang nun diesem Schwert. Auf ewig gebunden an den Gott, vernichtete es ihn, indem es sich selbst vernichtete. Sonne und Mond und ein Name.

Der Schattenweber schlug mit den Schwingen und stieg höher in die Sphären empor, eine lange Spur nebliger Essenz hinter sich herziehend; seine Göttlichkeit, die verrann, das Blut seiner Existenz. Noch immer hielten seine Hände das Schwert umklammert, und sterbend drehte er sich auf den Rücken, seine Schwingen sanken herab, doch er stieg noch immer auf.

Aldavinur sah die Sphären flackern, vielfarbige Lichter strömten herab, und dann erkannte er die diffusen Schemen von Göttern, die ihre Arme nach dem sterbenden Finsteren ausstreckten und ihn auffingen, um ihn nach dieser langen Zeit zum endgültigen Nichtsein zu geleiten.

Das alles geschah still und von der Welt unbemerkt.

Der Fyrgar aber war froh um diese letzte Gnade, welche die Götter ihrem Bruder zuteil werden ließen, denn Finsternis oder nicht ... ein Gott blieb ein Gott, und dieser war ein Großer gewesen, der schon vor dem ersten Erwachen der Schlafenden Schlange existiert hatte.

Und ein Handlanger ist ein Handlanger und nicht mehr, zog er den Schluss über sich selbst, doch nicht zornig, sondern heiter, weil nun endlich alles vorüber war und seine Bestimmung gefunden hatte.

Aber ich werde wohl trotzdem den Preis dafür zahlen müssen, was ich getan habe, denn die Vernichtung eines Gottes darf nicht ungesühnt bleiben.

Eírtiti verließ das Feuer. Kurz bevor sie die Grenze überschritt, schüttelte sie sich und spürte die Pracht ihres schwarzroten Fells, kratzte mit den Krallen über gefrorenes Gestein, witterte mit schwarzer Nase. Ihr Blick reichte weit, so unendlich weit über das Gebirge hinaus, und ihr Gehör vernahm mühelos den Schrei eines Neugeborenen unten im Tiefland. Doch sie hatte nur Augen für den Mann, der müde auf der anderen Seite stand und wartete, eine große dunkle Gestalt mit einem Drachen im Gefolge, der ziemlich zerzaust und angeschlagen aussah.

Ich erinnere mich an dich, dachte sie. Der Geist der Goldenen Insel Erytrien durchdrang sie, die Erinnerung an das vereinte Volk, bevor es zur Trennung gekommen war.

Es gab viel zu tun. Sie musste den Fyrgar das Bewusstsein zurückgeben und dann die Welt auf den sich nahenden Sturm vorbereiten. Noch immer gab es Mächte auf Waldsee, die das Gefüge ins Wanken und den Schutz des Siebensterns zum Einsturz bringen konnten. Die Zeit würde kommen, da alle Artefakte, die noch übrig waren, erwachten und ihrer Bestimmung zugeführt wurden. Die Zeit würde kommen, da Waldsee die Neutralität ablegen und sich entscheiden musste. Wenn die Schlafende Schlange endgültig erwachte, weil der Sturm des Ewigen Krieges sie geweckt hatte, und anfing, das Träumende Universum zu verschlingen.

Darum bin ich hier, dachte Eírtiti. *Ich bin die Hoffnung und das Artefakt der Fyrgar. Meine Pflicht ist es, die Welt zu schützen und zu bewahren, und die Entscheidung vorzubereiten.*

Aber das war kein Opfer, sondern eine Weiterentwicklung. *Effizient,* würde ihr Vater dazu sagen. Wieder war alles ganz anders gekommen, als er angenommen hatte. Eírtiti würde kein weiteres Mal mehr durch das Feuer gehen, denn sie hatte ihr Leben nicht auf der Ersten, sondern bereits auf der *Vierten* Stufe begonnen.

Deswegen hatte sie das Wissen von Anfang an besessen, war sterblich und weiblich gewesen. Und nun ... war sie etwas ganz anderes, ihr Baiku hatte sich gewandelt, und sie hatte die Unsterblichkeit erhalten.

Mein Baiku ist *die Fünfte Stufe,* dachte sie. *Ich bin es selbst!*

Zärtlich betrachtete sie den Annatai, der geduldig und besorgt wartete. Sie würde ihn ergänzen, seine Macht verstärken, denn die Welt musste sich wappnen. Bald würden die Grenzen für die Götter fallen, und der Sturz der Sterne würde beginnen.

Ich bin Eírtiti, die Allumfassende, ich bin die Welt selbst. Ich werde sie schützen, und ich habe den mächtigsten Krieger und Zauberer an meiner Seite.

Sie trat über die Schwelle, und während dies geschah, wandelte sich ihre Gestalt, und sie nahm ihre gewohnte Form an. Nackt und unversehrt, mit strahlenden Augen, trat sie auf den Zauberer zu, der seinen Umhang abnahm und ihn um sie legte, denn die Luft war schneidend kalt ohne Fell und ohne schützendes Feuer. Sie war noch zu neugeboren, um ihr inneres Feuer wecken zu können.

Eírtiti drehte sich um und blickte auf das Eisfeuer, in dem sie die schattenhaften Umrisse ihres Vaters erkennen konnte. Er brannte allein dort, nachdem der Schattenweber vernichtet war. Sie wusste, sie konnte ihn nicht mehr erreichen.

Ach, Vater, du kannst es nie mehr erfahren. Wenn du nur wüsstest, wenn du sehen könntest, dass ich erreicht habe, was du für unmöglich hieltest! Du hast nicht versagt, wie du immer geglaubt hast. Denn du allein hast es möglich gemacht, durch dich ist die Fünfte Stufe erst entstanden! Ich liebe dich dafür umso mehr und danke dir für dieses wunderbare Geschenk. Ich werde dich nicht enttäuschen.

»Nun wird er gehen, nicht wahr?«, flüsterte sie mit Tränen in den Augen. Der Schmerz drohte sie zu überwältigen, doch sie rang ihn nieder. Es gab keinen Grund zur Trauer, denn es war das Beste für ihn.

Halrid legte seine Arme um sie und lehnte sie wärmend und schützend an sich. »Er hat genug getan«, antwortete er sanft. »Und sein Herz muss endlich heilen.«

»Leb wohl, Dádá«, wisperte Eírtiti, lächelte und weinte zugleich und ließ ihren Vater los.

Aldavinur stand ruhig im Eisfeuer. Sein Körper brannte, aber es tat nicht weh. »Meine Schuld ist beglichen«, sagte er zufrieden. »Und jetzt ist es hoffentlich wirklich zu Ende.«

Das ist es.

Der Fyrgar spürte Wärme in sich, hörte die Klangmelodie, die er schon so lange vermisst hatte. Bilder kamen in seinen Geist, und Töne, die er in Worte übersetzte. »Lúvenor«, wisperte er. »Ich danke dir.«

Ich danke dir, mein alter Freund.

Das diffuse Abbild eines mächtigen Löwen erschien vor ihm, es ragte vor ihm auf wie ein Berg, doch er sah in der Höhe den Gott lächeln. *Du hast es richtig erkannt, dass wir Götter zwar sehr mächtige Wesen sind, aber keineswegs vollkommen. Wir sind an strenge Gesetze gebunden, um die Ordnung zu erhalten. Ich durfte in die Geschehnisse nicht eingreifen, obwohl es ein Gott war, der dein Land bedrohte.*

»Die ganze Welt . . .«

Der Schattenweber hat jede List genutzt, um die Gesetze zu umgehen, er hat sogar die Sterblichkeit auf sich genommen, um dort unten wirken zu können, doch nun ist er an die Grenze gestoßen. Seine Existenz ist beendet, für immer. Dank dir.

»Habt ihr ihn in Frieden gehen lassen?«

Gewiss. Ein solcher Verlust schmerzt jeden von uns. Als würde ein Gedanke für immer verloren gehen und eine Lücke im Traum hinterlassen.

»Nun, ich nehme an, jetzt bin ich an der Reihe.«

Ja, es wird Zeit für dich. Lúvenor wies mit einer Pranke auf das rote Feuer, das immer noch brannte. Eírtiti war bereits hindurchgegangen, doch Aldavinur konnte nicht sehen, was aus ihr geworden war. Die Welt dort draußen war für ihn nicht mehr erkennbar. Und nur noch die eisigen Flammen hielten ihn aufrecht, während sie gleichzeitig seinen Körper fraßen. Die Kräfte verließen ihn mehr und mehr.

»Ich kann dort nicht mehr hindurchgehen«, sagte er ruhig.

Geh hindurch, Aldavinur, und stelle fest, ob es möglich ist. Was hast du noch zu verlieren?

»Du ... meinst ... die ... Fünfte ... Stufe ...«

Ich weiß es nicht, Aldavinur. Dies ist allein dein Weg. Geh hindurch.
Und sieh, was du auf der anderen Seite findest.

Aldavinur trat hindurch, von Blau in Rot, und dann hatte er das
Gefühl, als würde etwas von ihm abfallen. Er verlor den Boden unter
den Füßen, schwebte hoch und breitete die Arme aus, und fühlte,
fühlte ...

Schau.

Die Flammenwand zog sich vor Aldavinurs Augen zurück, und
dann waren da Wolken und Nebel, und er sah alles ganz klar vor sich.
Das Land, das ihm so vertraut war. Er sah, wie die Menschen und die
anderen Völker dort in den vergangenen Jahren den Boden wieder
zum Blühen gebracht hatten, ihr Leben weiterführten, als hätte es die
Schattenweberseuche nie gegeben. Er sah den alten Gibliwigg fröhlich von Ast zu Ast über die Tannen springen und die nunmehr he-
rangereifte und üppig gewordene Lundi als Oberhaupt eines großen
Handelshauses in Nerovia. Neue Siedlungen entstanden, die Grenzen waren offen, und reger Händlerverkehr aus Nerovia und Valia
fand statt auf den Straßen. Die Herrscher der vielen Regionen fanden
sich an der Kreuzung der Freien Straßen, bei dem dortigen Freien
Haus, zu einem Treffen zusammen, um über Zusammenarbeit und
neue Wege zu sprechen. Auch Flammenritter waren anwesend, und
Zwerge, Alte Völker ... Vieles würde sich verändern.

Vielleicht würde sich Nefretas Wunsch über ein geeintes Reich
mit einem gewählten Rat eines Tages doch erfüllen.

Das hast du bewirkt. Und dein Volk weiß es auch, erkennt es in diesem
Moment, da es wieder erwacht, denn was ihm gestohlen wurde, ist zurück-
gekehrt. Und nun wissen die Fyrgar, dass es die Vollkommenheit gibt, die
letzte Stufe ihres Seins, denn sie erleben es gerade durch Eírtiti – deine
Tochter.

Aldavinur war ergriffen. »Sie ... sie *ist* es tatsächlich? Ich habe
mich einmal nicht getäuscht? Die Fünfte Stufe? Oh, Lúvenor, das ist
das schönste Geschenk, das ich jemals erhalten durfte! Dann geht es
ihr gut?«

Sie wird eine große Hüterin sein. Ja, es geht ihr gut. Sie wird zuerst den Fyrgar helfen, bevor sie sich auf die große Reise begibt.

Dein Volk aber wird dich als Lehrmeister niemals vergessen, und es wird neu aufbauen auf deinen Lehren.

»Ach, aber ich bin keineswegs vollkommen, und ich bin erst recht nicht so wie Eírtiti«, murmelte Aldavinur.

Es kommt darauf an, was man als vollkommen erachtet. Die Fünfte Stufe – bist du selbst. Jetzt, in diesem Augenblick, befreit von allem, hast auch du sie erreicht, genau wie deine Tochter. Du hast alles abgelegt, Aldavinur, es gibt keinen Ballast mehr. Dein Werk ist getan, und dein Streben hat ein Ende. Das ist der Augenblick, in dem du die Erkenntnis aufnehmen kannst. Sieh hin!

Etwas öffnete sich in Aldavinur, ein weiteres Auge, das den Blick schärfte und ihm noch mehr zeigte vom Land.

»Erla?«, rief er, als er eine Zwergenfrau entdeckte, die am Rand einer jungen, noch wachsenden Zwergenstadt aus dem Haus trat, mit einem Säugling auf dem Arm und zwei weiteren kleinen Kindern, die um sie herumsprangen. Ein Zwergenmann breitete lachend die Arme aus, um die Kleinen zu begrüßen. Aldavinurs Atem stockte, als er dann den fast erwachsenen jungen Mann hinzukommen sah, der ... ja, ein Zwerg war, und doch wieder nicht. Er war größer und schlanker, seine Haare waren schwarz, und seine Augen ...

»Odumeinegüte«, stammelte Aldavinur. »Sie ... äh ... ich ...«

Du hast ihr ein wunderbares Geschenk hinterlassen. Und nicht nur ihr.

Aldavinur sah daraufhin Fragangu und noch viele weitere Frauen, und er stöhnte auf. »Ich habe mich ja über das ganze Land verbreitet ...«

Du hast dem Land einen Teil von dir gegeben. Ganz besondere Geschöpfe wachsen nun heran, sodass die Fyrgar weiterhin geschützt und das Wissen bewahrend auf ihren Bergen bleiben können, und trotzdem auch unter den Völkern leben und diese unterstützen. Genau wie die Annatai durch das Universum, sollen die sterblichen Fyrgar, deine Nachkommen, durch die Welt wandern und ihr Wissen und ihren Rat weitergeben. Das ist ermutigend, finde ich.

»Es ist wundervoll. Doch jetzt . . . sollten wir über den Preis reden, den ich noch zahlen muss. Immerhin habe ich die Existenz eines Gottes ausgelöscht.«

Genau genommen war es dein Schwert. Dir gebührt Dank, keine Strafe. So sehen wir alle es. Du, mein Freund, hast wahrhaftig viel gegeben. Was willst du noch bezahlen?

Ein Riss entstand hoch über dem Adfall, und dann sah Aldavinur eine große gläserne Brücke über einem Nebelmeer, die über den Eissturz bis hierher in die Sphären ragte. Eine menschenähnliche Gestalt wanderte von der anderen Seite her über die Brücke auf ihn zu.

Aufgeregt sah Aldavinur sie an, erkannte sie und spürte die Antwort in ihrem Blick. Dieselbe Wahl wie seine: das, was zu ihrem wirklichen Selbst geworden war. So wollte er es, und so sah er die Bestätigung. »Dann . . . dann kann ich jetzt aufbrechen?«

Ja. Deine Zeit in dieser weltlichen Gestalt ist um. Dies ist das letzte Feuer, durch das du schreitest, doch es stellt zugleich deine Brücke dar. Du bist nun frei, zu wählen, wohin du gehen willst. Ins Nichts, ins Universum, zu einem neuen Beginn auf dieser Welt, zu den Sphären, zu . . .

»Gutgutgut«, unterbrach Aldavinur hastig, den göttliches Gerede seit diesem Anblick nicht mehr im geringsten interessierte. Er hatte überhaupt alles vergessen, jetzt gab es nur noch Eines. »Ich weiß schon.«

Ganz Lächeln war er, als er ohne zu zögern den Pfad zu der Brücke betrat. Er musste nun nichts weiter mehr hören, geschweige denn auf irgendetwas, und er brauchte keinen Rat.

»Nefreta«, sagte er glücklich.

Und damit war alles gesagt und getan.

Anhang

Die Vier Königreiche

Am Ende der Schöpfung schritt Lùvenor über die Welt und betrachtete sein Werk und war zufrieden. Nach und nach erwachte das Leben, tummelte sich in der Umschließenden See und kam über die Berge in das große, leere Land. Lúvenor empfand es als zu groß für nur einen Thron und teilte es auf in vier Reiche, die verbunden waren durch die Freien Straßen, und die ersten Freien Häuser entstanden.

Lange Zeit hindurch wurden die Vier Königreiche von gütigen Herrschern regiert, die Unsterbliche waren und Mächtige zugleich. Sie waren von Lúvenor selbst nach der Schöpfung eingesetzt worden, als die Alten Völker begannen, sich auszubreiten auf der Welt. Die Zahl der Alten war so groß, wie ihre Gestalt vielfältig.

Die Vier Königreiche, das waren:
- im Norden Valia, die Segensreiche,
- im Osten Luvgar, der Lichtfels,
- im Süden Nerovia, der Schwarzweg,
- im Westen Ishgalad, das Traumgold.

Und lange Zeit ging alles gut. Die Welt blühte und gedieh in strahlendem Glanz, und sie war voll glitzernder magischer Pracht. Gewaltige Bauwerke, Städte und Paläste entstanden, und besondere Gefilde voller geheimnisvoller Geschehnisse, die nichts so erscheinen ließen, wie es war. Bald war Waldsee im Universum sagenumwoben und ein Vorbild, seine Tore standen weit offen, und die Weisheit und Fähigkeiten der Alten Völker waren bei den nach und nach entstandenen jüngeren Welten sehr geachtet. Der Traum war niemals schöner gewesen als zu jener Zeit, so heißt es noch heute, und es ist die Wahrheit.

Denn alles änderte sich, als die EINHEIT zerbrach und der Ewige Krieg begann. Während der erste Sturm durch das Universum fegte, ging vieles in die Brüche und wurde zerstört auf immer. Auch auf Waldsee schlossen sich einige Portale, und sie konnten nie wieder geöffnet werden. Im letzten Moment wurde das vollständige Erwachen der Schlafenden Schlange und die damit einhergehende Zerstörung des Traums verhindert, doch es kostete einen hohen Preis, und der Ewige Krieg war damit keineswegs beendet.

Auch Waldsees Antlitz wandelte sich. Die Welt hatte ihre Unschuld verloren, wie so viele andere. Die Vier Herrscher versuchten die Ordnung zu wahren, doch die Alten Völker waren nicht mehr friedliebend wie einst. So verschieden sie in ihrer Art waren, so verschieden waren sie nunmehr in ihren Ansichten, seit es nur noch das GETEILTE gab. Manch einer wollte ein bestimmtes Gebiet für sich beanspruchen oder verlangte nach edlen Metallen und Kristallen, und manchmal auch nach einer Verbindung, die von anderen nicht gutgeheißen wurde. War man sich vorher immer einig gewesen, herrschte nun Spaltung.

Trotz aller Bemühungen der Herrscher und strengen Machtworten entbrannten Streitigkeiten und Kriege, und während die einen Frieden schlossen, brach unter den anderen Zwist aus. Die Herrscher wurden gezwungen, Magie zu verbieten und Waffengewalt anzuwenden, und das machte alles nur noch schlimmer.

Und es wurde schwieriger, je mehr Götter Lúvenors Gastfreundschaft in Anspruch nahmen und ihre Völker mitbrachten. Die meisten waren neu entstanden nach den furchtbaren Ereignissen des ersten Erwachens der Schlafenden Schlange; ihre Welten jedoch waren zerstört oder unbewohnbar oder sie waren erobert worden.

Zum ersten Mal standen die Urvölker von Waldsee zusammen, als auch noch Dämonen eine Heimat finden sollten, und der erste große Krieg, der alle Reiche einschloss, entbrannte. Der Frieden war nicht mehr zu wahren. Wie es aussah, war der Ewige Krieg nun auch auf Waldsee angekommen und spaltete die Welt.

Die Vier Herrscher versammelten sich ein letztes Mal, stiegen auf den Wolkenreiter bis fast in die Sphären, und baten Lúvenor um Rat. Doch der Gott sagte nur, dass alle einen Weg finden müssten, um zusammenzuleben; Platz gebe es genug, und Waldsee sei dazu ausersehen, Heimat aller bedeutenden Völker zu sein, denn es sei die größte und zweitälteste Welt des Träumenden Universums, und trotz des Sturms unversehrt. Der Ewige Krieg durfte hier nicht einbrechen, diese Welt sollte die EINHEIT erhalten, so, wie sie einst gewesen war.

Das war ein göttlicher Wunsch, den jedoch nicht alle teilten. Einige Götter waren der Ansicht, dass Lúvenor, der als einer der ältesten Götter den ersten Sturm überstanden hatte – und es gab nicht mehr viele von seiner Art – nicht das Recht hatte, allein zu entscheiden.

Und so begann der große zerstörerische Krieg, an dem alle sich beteiligten – Götter ebenso wie Titanen, und nahezu alle Völker. Regeln und Gesetze waren außer Kraft gesetzt, niemand scherte sich mehr um die Ordnung.

Der Krieg gipfelte in der grausamen Titanenschlacht in Valia, als die Sonne dunkel wurde, weil Lúvenor sich voller Entsetzen abwandte. Viele Millionen verloren dabei ihr Leben, und darunter waren Götter ebenso wie Sterbliche. Manche Völker wurden vollständig ausgelöscht.

Das Gemetzel schien kein Ende zu nehmen, und die Rufe der Vier Herrscher verhallten ungehört. Es schien keine Rettung mehr zu geben – bis Lichtsänger mit dem Schwert Luvian antrat. Er stürzte den höchsten der Dämonen und einen Gott der Finsternis fast zur gleichen Zeit, und die zerstörerischen Folgen brachten die Kämpfenden endlich zur Besinnung. Denn Ishgalad wurde von den anderen drei Reichen für immer getrennt, und alle Vier Herrscher starben an dem Schock, der davon ausgelöst wurde. Und der Tod dieser Mächtigen konnte nicht unbemerkt bleiben.

Anhänger von Regenbogen und Finsternis gleichermaßen kamen zu sich, erkannten, was sie angerichtet hatten, und sahen das Meer von Blut, das den Boden überschwemmte. Erdbeben überzogen die

Welt, und Sturmfluten, und fast alle Prachtbauten und viele Städte gingen unter.

Und sie spürten den Verlust, sahen das Leid und die Zerstörung und erschraken zutiefst, und großes Klagen setzte ein.

Der Krieg war beendet – fast zu spät. Nahezu nichts mehr von den Zeugnissen der Blütezeit war übrig. Die Götter zogen sich in die Sphären zurück, die meisten Titanen waren dahin, und was noch übrig war von den Alten Völkern, suchte einen Ort der Zuflucht.

So behielten die Vier Reiche ihren Namen, doch jene drei, von denen man noch wusste, waren verwaist. Keiner von den Alten wollte es wagen, einen der Throne einzunehmen. Wie ein Mahnmal standen sie leer.

Bis die Menschen aus den Wilden Landen kamen. Nach dem Ende des ersten Sturms waren sie von den großen, altehrwürdigen Helden des Ewigen Krieges, Eldaron und Eldamar, nach Waldsee gebracht worden. Die Brüder siedelten sie in den Wilden Landen an, außerhalb der Vier Reiche und fern der Alten Völker, weil sie kaum Magie besaßen und kurzlebig und von schwächlicher Statur waren. Sie sollten sich in Ruhe niederlassen und sich entfalten.

Neugierig, wie die Menschen sind, machten sie sich eines Tages auf den langen Weg durch die riesige Wüste, die damals jedoch bessere Bedingungen bot als heutzutage. Durch die vielen Fluten war die Wüste grüner gewesen, sodass sich Wege hindurch finden ließen.

Und so erreichten die Menschen die drei verbliebenen Reiche, und sie dachten sich gar nichts dabei, die verwaisten Throne zu besteigen. Die Alten Völker hatten sich zurückgezogen, also bildeten sich unter den Menschen die großen königlichen Geschlechter heraus, deren Nachkommen angeblich noch heute leben. Die ersten Herrscher waren klug und von friedlicher Gesinnung, und sie brachten die Reiche wieder zum Blühen. Waldsee lebte wieder auf, auch die Freien Straßen wurden instand gesetzt, und die Freien Häuser öffneten erneut ihre Pforten.

Nur über Ishgalad wurde seit der Trennung nichts mehr bekannt.

Ein paar Jahrhunderte währte der Frieden, bis die drei Reiche anfingen, sich aufzulösen. Die großen Herrscherhäuser, inzwischen zahlreich an Erben, zerfielen, als immer mehr Nachkommen sich ihre eigenen kleinen Reiche erschlossen. Baronien, Fürstentümer und Herzogtümer entstanden. Die Freien Straßen, die Hauptgrenzen und die Namen der Reiche blieben aus Tradition bestehen, doch innerhalb davon waren sie zersplittert in Hunderte, wenn nicht Tausende einzelner Herrschaftsgebiete.

Doch die Zeit der großen Kriege immerhin war vorbei, weil die Schlacht auf dem Titanenfeld unvergessen blieb.

Die Menschen stellen heute die höchste Zahl aller Völkerschaften, und nach wie vor gibt es Unruhen und kriegerische Auseinandersetzungen, doch der Frieden wird weitgehend gewahrt, und alle Völker der Welt haben gelernt, miteinander zu leben. Selbst den Dämonen wurde hoch im Norden von Valia ihr eigenes Reich zugestanden, und Lúvenors Auge ruht wieder gütig auf der Welt.

Glossar

Aldavinur »Alter, vertrauter Freund«, Ehrenname bei den Fyrgar.

Annata, Annatai Annata gehört wie Waldsee zu den ältesten Welten, von Erenatar geformt, Heimat der mächtigen Annatai, langlebige sterbliche Zauberer/innen. Annatai wandern als Lehrmeister durch das Träumende Universum und sind überall bekannt, geehrt, aber noch mehr gefürchtet. Alle Annatai zeichnen sich durch ihre imponierende Körpergröße und außergewöhnliche Schönheit aus, wobei sie alle schwarzhaarig und schwarzäugig sind; daher schon äußerlich leicht zu erkennen.

Ardig Hall (eigtl. Håll für »große Halle«); Schloss des Friedens im Land Valia, einst von den Nauraka gegründet. Nach der Zerstörung während des Tabernakelkrieges und dem Wiederaufbau nahmen König Rowarn von den Nauraka und Königin Arlyn Antasa den Thron ein.

Arlúvanen Sonnenaufgang

Baiku »Wahre Form«, das Wahre Ich, die Seele.

Dämonen Der berühmteste und legendärste aller Dämonen dürfte Nachtfeuer sein.
Die Letztgeborenen wurden von der Finsternis selbst erschaffen, zusammen mit den aus ihr ent-

standenen Göttern und Lebensbringern. Kaum zwei Dämonen ähneln einander. Nur die Frauen und die nicht geschlechtsreifen Kinder haben Flügel. Beide Geschlechter leben streng voneinander getrennt und haben eine sehr unterschiedliche Lebensweise, sogar die Sprache unterscheidet sich völlig. Das Frauenreich ist für die Männer tabu. Die Frauen wählen Partner und Zeitpunkt der Empfängnis selbst und ziehen den Nachwuchs allein auf. Mit Einsetzen der Geschlechtsreife werden die Knaben zu den Vätern geschickt.

Daranil Geflügelte Sentrii, die im großen Wolkenmeer leben, das sich hoch über allen Bergen über Teile von Valia, Nerovia und der Umschließenden See erstreckt. Enge Verbündete der Nauraka.

Darystis »Silberspeer«, Königreich der Nauraka in der Umschließenden See, weit im Süden von Nerovia.

Domgar »Erleuchteter Berg«; -gar = Garí, Fels, Stein, Dom' = Dorluvan, Eislicht.

Donnervogel Kreatur der Altvorderenzeit, ohne Federn oder Fell; wird oft als Unglücksbote bezeichnet, denn er bringt Blitz und Donner mit sich und geballte schwarze Wolken. Donnervögel ziehen ewig rastlos über die Welt, ohne je zu landen.
Sie gelten auch als Vorboten großer Ereignisse und waren oft Begleiter des ausgelöschten Ordens der Visionenritter.

Erenatar ERSTER GEDANKE des Träumers Ishtru, Schöpfer der Welten zu Anbeginn des Universums, Fürsorger und Wächter. Schöpfer auch von Waldsee, die er Lúvenor zum Geschenk machte.

Ewiger Krieg   Nach der Trennung der EINHEIT (Harmonie/Gleichklang und Gleichgewicht) in Regenbogen und Finsternis brach der Ewige Krieg aus, der seitdem das Universum wie ein Sturm überzieht und die Schlafende Schlange in Unruhe versetzt.

Ferlungar   Der riesige Nordwald von Valia, in dem auch Farnheim liegt. Im Zentrum erhebt sich ein Felsengebiet, das wie die Ruinen eines gewaltigen Bauwerks eines Titanen aussieht.

Flammenthron   Machtmittel des Schwarzen Annatai Tar'meso, ein selbst in den eigenen Reihen gefürchteter Anhänger der Finsternis. Es heißt, dass er den Ausgang des Ewigen Krieges entscheiden könne. Seit langer Zeit versucht er, nach Waldsee zu gelangen und es zu seiner Bastion zu machen. Die Macht des Siebensterns verwehrt ihm (noch) den Zugang.

Freies Haus   Freie Häuser entstammen noch der Frühzeit und wirken auf den ersten Blick wie normale Gasthäuser, doch sie sind bedeutende magische Orte, deren Türen nicht immer dorthin führen, wo man es erwartet.

Fyrgar   Fyr = Feuer, -gar, Garí = Fels, Stein. Das Volk ist nach dem größten und höchsten Gebirge im Land Luvgar benannt.

Halrid Falkon   Auf der Insel Erytrien geborener Annatai, der seit Jahrtausenden einsam mit seinem Drachen

Fylang durch Waldsee wandert und die Geschicke der Welt mitbestimmt. Er hat in allen Reichen einen legendären Ruf, ist unsterblich und gilt als das mächtigste weltliche Geschöpf, fast wie ein Gott.

Ishgalad »Traumgold«, Das Land des Westens.

Ishtru »Der Träumer«, Schöpfer des Träumenden Universums.

Lúvenor »Der Lichte«, Schöpfergott von Waldsee, zu dem die Alten Völker, langlebig oder unsterblich, gehören. Eine sehr alte, zurückgezogene Macht, die zu den Ersten gehört.

Luvgar »Lichtfels«, Land des Ostens.

Luvian Das Schwert von Sonne und Mond, das einst dem legendären Velerii Lichtsänger gehörte.

Mächtige/r Das Träumende Universum wird von Magie zusammengehalten, die gibt und nimmt. Wer die Fähigkeit dazu hat, die Ströme zu nutzen und Magie anzuwenden, wird als Mächtiger bezeichnet. Die höchste Vollendung der Kunst beherrscht ein Zauberer (wie etwa die Annatai).

Mannslänge ca. 1,80 Meter (Wasser), ca. 1,70 Meter (Land).

Nauraka »Seegeborene«, eigtl. Nauråka, das Urvolk des Meeres, das in enger Verbindung zu dem mythischen Seedrachen steht.

Nerovia »Schwarzweg«, das Land des Südens.

Niamolaren	Mondschattenzweig.
Noïrun	Fürst von Lingvern, zurzeit des Tabernakelkrieges »Fürst Ohneland« genannt, Heermeister von Ardig Hall, wird nicht weniger als Lichtsänger als Held verehrt. Seine Taten wurden in den »Chroniken von Waldsee« festgehalten.
Olrig	Kriegskönig der Zwerge im Tabernakelkrieg, von der Sippe der Kúpir, später hoch angesehener Poet und Volksheld. Über ihn wird in den »Chroniken von Waldsee«, berichtet.
Rithari	»Tollwütiger Rasender«. Manche Söldner versetzen sich durch Rauschkräuter in eine Art Trance, die ihre Schnelligkeit und Kraft vervielfacht. Diese Kampfeswut kann so weit führen, dass sie sprichwörtlich schäumen und den Verstand verlieren. Schon zwei oder drei Rithari können über den Ausgang einer Schlacht entscheiden.
Rowarn	»Perlmond«, König von Ardig Hall, letzter Nachkomme der Nauraka, die das Meer verließen, Sohn der Nauraka Ylwa und des Dämons Nachtfeuer. Seine Geschichte wird in den »Chroniken von Waldsee« erzählt.
Schlafende Schlange	Ishtrus Feueratem ist gleichzeitig wie Erenatar als ERSTER GEDANKE zu Beginn des Traums entstanden; Schöpfer der Sonnen und Vulkane. Wandelte sich nach Beendigung der Formung zur Schlafenden Schlange, Wächter über das Gleichgewicht des Traums. Wird das Gleichgewicht zerstört, erwacht die Schlange und vernichtet das Universum. Am Ende erwacht der Träumer, und

der Traum, das Träumende Universum, ist vergangen, als wäre es nie gewesen. Seit der Ewige Krieg in eine entscheidende Phase getreten ist, hat sich die Schlange zum ersten Mal gerührt und droht zu erwachen.

Sentrii Zusammengefasster Begriff für alle menschenähnlich aussehenden Wesen, die aber keine Menschen sind.

Siebenstern Aus dem Tabernakel entstandener hell strahlender Himmelskörper, der auch bei Tage sichtbar ist. Er bewahrt die Neutralität von Waldsee und schützt sie vor dem Zugriff von Finsternis und Regenbogen.

Sternsang Tochter der Velerii Schneemond und Schattenläufer; Bardin und Lehrerin am Hof von Ardig Hall.

Stufen der Fyrgar 1. Stufe: Leviantain – Leichtigkeit
2. Stufe: Saviantain – Wissen
3. Stufe: Varantain – Kostbarkeit
4. Stufe: Tarsanu – Verlust
5. Stufe: ?

Tabernakel, -krieg Magisches Artefakt, über das in den »Chroniken von Waldsee«, berichtet wird. Der Krieg darum entschied über das Schicksal der Welt.

Titanenfeld Schauplatz der großen Schlacht um Waldsee in Valia. Kampf der Götter und Dämonen um Gebiete und um Reiche, Verdrängung der Alten Völker. Die Schlacht war ein Massaker, das einen so tiefen Schock hinterließ, dass es daraufhin zur Einigung und zum Frieden kam.

Valia	»Die Segensreiche«, Land des Nordens.
Velerii	»Schnell wie der Wind«. Die Pferdmenschen gehören zu den ältesten und mächtigsten Völkern Waldsees. Sie sind sterblich, aber langlebig. Ihr Schöpfergott ist Lúvenor, der erste Gott Waldsees; der bekannteste Held, Lichtsänger, der am Ende der Titanenschlacht den Großen Totengesang komponierte. Seine Tochter Schneemond ging den ehelichen Bund mit Schattenläufer ein; sie waren lange Zeit die Hüter von Weideling.
Visionenritter	Der Orden der Visionenritter mit einer einzigartigen magischen Gabe, die im Kampf einen unüberwindlichen Vorteil bot, wurde von der Annatai Gynvar (der Mutter Halrid Falkons) gegründet, zur Verteidigung des Tabernakels vor dem Zugriff der Mächte. Nach der Zusammenführung und Aktivierung des Tabernakels erlosch der Orden; zu dem Zeitpunkt gab es mit Angmor ohnehin nur noch einen einzigen Angehörigen (s. a. »Chroniken von Waldsee«).
Yahi	Vom Volk der geflügelten Daranil aus dem Wolkenreich. Hat einst Prinz Erenwin von Darystis das Leben gerettet und war seither den Nauraka, allen voran Königin Lurdèa, in Freundschaft verbunden.
Ylwanen	Auch genannt »das Junge Volk«, das neue Volk aus den Nachkommen von Rowarn und Arlyn von Ardig Hall.

Werden Sie Teil
der Bastei Lübbe Familie

Lernen Sie Autoren, Verlagsmitarbeiter
und andere Leser/innen kennen

Lesen, hören und rezensieren Sie unter
www.lesejury.de Bücher und Hörbücher
noch vor Erscheinen

Nehmen Sie an exklusiven Verlosungen
teil und gewinnen Sie Buchpakete,
signierte Exemplare oder ein
Meet & Greet mit unseren Autoren

Willkommen in unserer Welt:
www.lesejury.de